杜甫传

狂夫的寂寞与倔强

余凤兰 著

中国文史出版社

图书在版编目（ＣＩＰ）数据

杜甫传 / 余凤兰著 .-- 北京：中国文史出版社，2023.10
（历史文化名人传记小说丛书）
ISBN 978-7-5205-4510-5

Ⅰ.①杜… Ⅱ.①余… ②史… Ⅲ.①传记小说—
中国—当代 Ⅳ.① I247.5

中国国家版本馆 CIP 数据核字 (2023) 第 230472 号

责任编辑： 徐玉霞

出版发行：中国文史出版社

社　　　址：北京市海淀区西八里庄路 69 号院　　　邮　　编：100142
电　　　话：010-81136606 81136602 81136603（发行部）
传　　　真：010-81136655
印　　　装：廊坊市海涛印刷有限公司
经　　　销：全国新华书店
开　　　本：1/16
印　　　张：31
字　　　数：400 千字
版　　　次：2025 年 5 月北京第 1 版
印　　　次：2025 年 5 月第 1 次印刷
定　　　价：86.00 元

目录

第一章　在洛阳的幸福时光

七龄思即壮，开口咏凤凰。

九龄书大字，有作成一囊。

——《壮游》

东都洛阳文化的熏陶，开阔了聪慧少年的艺术视野，培养了他敏锐的艺术感受力，前辈的提携和鼓励，使他在诗坛初露头角。

1.《剑器浑脱》舞

唐玄宗开元五年（717）冬天，豫州（今河南）郾城极其寒冷，街道两旁的树只剩下光秃秃的枝丫。离县衙不远处有一块空地，常常是卖艺杂耍人的处所。这天上午，一位约莫三十五岁的男子牵着一个六岁的男童从县衙侧门走出。男子是郾城的县尉，时值公休，带着儿子上街买菜。那块空地早已有了很多卖艺的人，耍猴把戏的、耍飞刀的、唱曲子的……还夹杂着小贩的吆喝声。不知是何缘故，县衙前走路的、买菜的，还有其他的小商贩等，都呼啦啦地朝着一个角落拥去。六岁的孩童挣脱了父亲的手，站不住了。

"甫儿，别乱跑，人多！"中年男子说。

"爹爹，我也要去那！"男童指着疾走的人群说。

男子似乎妥协了，他拉着儿子的手随着人流朝那边走去。人越围越多，他们只能站在圆圈外围了。

男童看着前面大人们组成的人墙，急得大叫起来："爹爹，爹爹，我看不见！"

男子没有说话，抱起儿子举到自己肩膀上坐着。

越过前方众多的人头，男童看见了一位年轻美丽的女子，穿着锦衣戎装，双手握剑威风凛凛地站在场子中间。

男童兴奋地喊道："爹，爹，我看见了！"

前面的一位青年回过头来："别吵！马上就要开始了。"

男童安静下来，他骑坐在父亲的双肩上，双手抱着父亲的额头，眼睛盯着场子中间那位美丽的女子。

旁边一老者兴奋得似乎有些哽咽："今天真是有眼福，能一睹大娘的绝妙舞姿了！"

乐曲声响起，人们顷刻安静下来了。

只见场中的女子，首先向众人行了一个礼，然后从背后抽出双剑，她亮相后，双手握剑，随着音乐舞动起来。在人们的惊呼声中，她舞动着的双剑，刚劲有力，如同天空的霹雳；她飘逸的舞姿，轻盈得如同驾着云朵在飞翔；她上升的身姿，如同得道的仙人冉冉升起；她下降的体态，如同后羿射落的太阳，金光闪闪；忽而她疾行的脚步如在海面凌波，又似驾着飞龙潜行；她双手娴熟地舞动着双剑，时而似在战场与敌人厮杀，时而又似在月下轻歌曼舞，时而似震怒的急雷，在空中轰隆而过……人们随着她的剑舞时而紧张，时而舒缓，当音乐戛然而止时，她的舞姿也倏然而止，众人还沉浸在她舞蹈的意境里。

半晌，人们回过神来，齐声呼喊："公孙大娘！公孙大娘！"

"再来一曲！公孙大娘，再来一曲！"喊声热烈而整齐。

年轻的女子，将双剑插进背后的刀鞘里，朱唇微启，露出一口雪白的牙齿，笑盈盈地给众人行礼。

男童低下头问道："爹爹，公孙大娘是谁？"

"公孙大娘啊，一位奇女子！"

人们恋恋不舍地散去，三五成群地一边走一边议论刚刚观看的乐舞。

男童也被父亲从肩上放下来了，他拉着父亲的手问道："爹爹，你还没告诉我公孙大娘怎么奇呢？"

"公孙大娘啊，就是刚才跳舞的女子，她擅长跳西域舞蹈，是宫廷教坊里教舞的，她的舞技无人能比，常在民间献艺，特别是她的'剑器浑脱舞'，宫中只有她一人能跳。"

"哦！"男童似乎明白了。

这对父子便是父亲杜闲和儿子杜甫。

六岁的杜甫还沉浸在刚才舞蹈的意境里，他有好多问题要问。

杜甫："爹爹，公孙大娘为什么穿着戎装跳舞？还有，为什么看的人那么多？"

杜闲摸了摸儿子的脸，说道："甫儿，我们先去买菜，买好了菜回家后我再仔细讲给你听。"

"好！"杜甫高兴了起来。

杜闲对儿子的请求是从不拒绝的，他对没有母亲的杜甫疼爱有加。

郾城在巩县（今巩义）的东南，巩县城东二里远的瑶湾村是杜甫的出生地。

睿宗景云元年（710）二十八岁的杜闲娶了清河士族崔家的女儿崔姑娘。第一个儿子出生后夭折了，两年后，杜甫出生了，谁知道一年半后，身体羸弱的崔姑娘患了一场病，不久就撇下幼小的杜甫离世了。

悲痛中的杜闲看着身体弱小的儿子，心如刀绞。

此时，杜闲的二妹提出来抚养侄儿杜甫，因为她的儿子和杜甫一般大小，她说正好做个伴，于是杜闲就将儿子送到洛阳二妹家中，杜闲时时接儿子到他工作的郾城小住数日。

父子俩买好了菜，回到衙门的官舍。

杜甫伸出一双小手拉着杜闲的一只手说："爹爹，现在可以给我讲刚才的那个剑舞的故事吧！"

杜闲将儿子抱到自己的腿上，说道："甫儿，刚才你看的舞是'剑器浑脱舞'。"

"浑脱是什么？"杜甫眨巴着一双大眼睛问，"剑器我懂，就是拿着剑舞蹈吧！"

杜闲对儿子的领悟能力很满意，他说："浑脱是北方少数民族语言，最早见于北魏贾思勰的《齐民要术》，在炙法第八十捣炙法中，介绍菜肴烹饪中'炙'的方法。"

"我知道，我知道！是将肉卷放在竹筒上烤，将蛋清、蛋黄涂抹在肉上，肉熟了，就剥下来。姑姑给我吃过这个肉卷。"杜甫噼里啪啦像炸豆子似的说。

"对！对！'既熟，浑脱，去两头，六寸断之。'这里的'浑脱'就是指肉卷完整地剥离，然后引申为中空、囊袋的意思。'浑脱'还是西北少数民族使用的器具，用来装置动物血乳酿制的'打酪酥'。长孙无忌经常戴一顶黑羊毛编织的浑脱帽，这个浑脱帽就类似囊袋，他戴着浑脱帽子还常常被人嘲笑呢。'浑脱舞'中各式帽子是道具。"杜闲耐心地解释。

杜甫似懂非懂，他接着问道："可是'浑脱'与舞蹈有什么关系呢？"

"我朝乐舞分软舞和健舞，如《采莲曲》《后庭花》等宫廷舞，太过于柔弱，属于软舞；健舞呢，体现出矫健之美，非常有力量，看后让人精神振奋，你今天看的便是健舞。剑器和浑脱原本是两个不同民族、不同风格的乐舞，'剑器舞'是中原传统舞蹈，'浑脱舞'原叫泼寒胡戏，是从西域传过来的。泼寒胡戏是在严冬时节，裸体相互泼水投泥的一种游戏，有大臣上疏，痛斥泼寒胡戏伤风败俗，让皇上禁止。于是，开元元年（713），泼寒胡戏被禁止了，而浑脱舞却在各州县广泛流行。教坊的舞者，如公孙大娘等将这两种乐舞融合起来，于是，将充满旷野草原气息的雄健舞姿融进中原柔美的乐舞中，这样，'剑器浑脱舞'便产生了。公孙大娘将'剑器浑脱舞'跳到出神入化的境界，是他人不能及的，她又将乐舞的服装做了改制。你今天看到了，那身戎装穿在公孙大娘身上，真是既英武又漂亮，绝妙的舞姿和华丽的锦衣震撼了世人。"杜闲也沉浸在美妙乐舞的回忆中。

杜甫双手托着小脸也在发呆。

父子俩各自沉浸在自己的世界里。

杜闲回过神来，他伸出一根指头，在儿子眼前晃了一晃，可是儿子还是在发呆。

"甫儿，甫儿，发什么呆啊？"杜闲"扑哧"一笑。

"爹爹，你笑什么啊？"杜甫问。

"我笑你个小呆鹅。对了，我还要告诉你，书法家张旭，吴中四士之一，一个好酒的书法家，他为了在草书上有所突破，经常观看公孙大娘的舞蹈。"杜闲接着说。

杜甫点点头："嗯，知道了，他一定希望成为草圣。"

"会的！"杜闲站起来，"以他狂放不羁的性格，加之他的勤奋，会成为一代书法宗师。"杜闲准备将菜拿去洗，他回过头来对杜甫说道，"甫儿，你也要开始习诗写字了。明天我送你去姑姑家里。"

杜甫歪着头看着父亲，默不作声。

2. 九岁咏凤凰

在邙山南侧，有一座城因地处古洛水北岸而得名洛阳。自古以来洛阳就被五水环绕，即黄河、洛河、伊河、涧河、瀍河。洛阳东、南两边被洛河、伊河包围；往北是重要的农耕区，被邙山、外黄河包围；往南是秦岭余脉的伏牛山脉；西边是巍峨的秦岭。洛阳三面环山，水流密布。隋炀帝时就大力营建洛阳，修建的大运河以洛阳为中心，通过运河供给都城大量需要的粮食，官仓含嘉仓就在运河边。

隋朝时洛河北岸的皇宫被称为"紫微宫"，唐朝建立政权后，便称为洛阳宫。作为东都的洛阳宫经武则天二十余年的经营后规模更加宏大、繁华，已经是政治、经济、文化的中心。往西，它连通丝绸之路，往南、往北连通大运河，交通之便使这里商贾云集，许多西域人赶着驼队前来，洛阳一时成为国际大都市。城内，一条洛河贯穿洛阳城，北岸是皇宫，南岸是坊市，坊市建筑规划齐整，又实行坊市制度，即平民住宅区为坊，平民的市场交换区为市，坊市分离。洛阳有一百多个坊，南北两市，如此建筑规划，处处可与长安媲美。在经济上，甚至比长安还要富庶。玄宗即位后，常常行幸洛阳，因此洛阳成为许多达官贵人居住的首要之地。

洛阳城东边建春门内仁风里，杜甫的二姑杜静娴住在这里。

这是一座典型的庭院式结构的房子。只见门楼高大气派，两扇大门漆着朱红，青石门槛更衬出大门的稳重。进入庭院，有一个照壁，照壁后是一块宽敞的空地，然后是高大的堂，堂的后面有后室，隔着两丈又有一排较矮的房子。庭院的左右是东西厢房，厢房中间的高大，两边的略小，瓦脊上有装饰，整个庭院布置典雅气派。

当杜闲带着杜甫到达洛阳时，已经是掌灯时分。虽然天气极其寒冷，但是被包裹严实的杜甫却感到十分温暖。

一下马车，杜甫就扑向大门，小手拍着门，喊道：

"二姑姑，我回来了，快开门！"

门开了，露出一张年轻白净，带着笑容的脸。

年轻的妇人伸出手将杜甫抱了起来，用脸挨着杜甫的笑脸说：

"回来了，甫儿回来了，姑姑可想你了，走！姑姑做好吃的给你吃！"

一个中年男子出现了，他伸出手摸了摸杜甫的脸。

杜甫大声叫道："姑父，姑父，你的手好冰呀！"

那男子边笑边走出门，对着杜闲喊了声哥，便帮杜闲将行李拿进屋。

吃完晚饭后，杜静娴给杜甫洗浴完毕，将他送进东厢房。杜闲也跟着进去了，杜静娴一边拍着杜甫睡觉，一边和哥哥说着话。

不一会儿，杜甫便睡着了。

见杜甫睡着了，杜静娴开始谈另外一个话题。

杜静娴："哥哥，你单身好几年了，也该再娶一位嫂子了。"

杜闲："这个不急，等甫儿大点再说吧！"

杜静娴："可是你一个人在外……"

杜闲："别担心，我会照顾好自己的。"

杜静娴："你是不放心甫儿吗？哥哥，我会将他当自己的儿子一样。"

杜闲："我知道，我当然知道你对甫儿的精心照顾。若不是为了照顾甫儿，你的儿子也不会夭折。否则，他也和甫儿一般大了。"

杜静娴叹了一口气："生死皆有天命，这些都是天意，只要甫儿健康地成长，我就安心了。"

杜甫睡意中，听到父亲和姑姑提到自己的名字，他突然惊醒了，他佯装着熟睡，却静静地听着他们的谈话。

原来，杜静娴有一个儿子和杜甫一样大，四岁那年，两人先后染上了时疫，杜静娴请来了大夫，怎么吃药都不见好转，万般无奈之下，杜静娴便请来了女巫。女巫察看了房子，说东南角的房子对生病的孩子比较有利，杜静娴便将杜甫抱到这处房子，悉心照料，因此却疏于对亲生儿子的照顾，不料，自己的儿子夭折了。

杜甫听到父亲和姑姑的谈话，突然想起了一次有两个邻居看着他议论，一个说："唉，一晃这个孩子都这么大了，要不是疏于照顾自己的孩子，杜静娴的儿子也该这么大了。"

另一个说："是啊，还不是看见这孩子体弱多病，又没有娘，静娴的哥哥又是独子，这个侄儿又是独苗。也难为他了，好在姑父也疼爱这个孩子，真是难得！"

杜甫的记忆霎时明晰起来了，他记起幼时有个玩伴，也是表弟，后来表弟不见了，这才明白原来因为自己，姑姑才失去自己的儿子，在他小小的心里，突然生出许多愧意，也多了一份心事。

在姑姑和父亲的低声细语中，杜甫又睡着了。

三天后的一个早晨，杜闲早早地起床后，备好一些礼物，叫醒了杜甫，他们要去拜访一位住在城南的老师，因为杜甫要开始读书了。

杜闲带着杜甫去拜访的老师叫林子谦，他住在洛河北岸上东门积德坊。

走过洛河浮桥，经过上林坊，然后右拐，便到了林子谦的家了。

这是一栋普通民居，一间小小的四合院落，住着经纶满腹、久试不第的林子谦。久试不第的他后来断了入仕的念头，专心做起先生。他只有一个女儿，早早地出嫁了，前年妻子病死，只剩下他和老母亲一起生活。

杜闲敲了敲门，不一会儿门开了，露出一张带着皱纹的脸。

"哦，是杜县尉来了，快进屋，坐一坐！"这是一位四十多岁的男子，他满脸堆笑，将杜闲引进客厅，"这是令公子吧？好一个聪明伶俐的孩子。"

杜闲："先生过奖了，这是犬子杜甫。甫儿，快叫老师！"

杜甫连忙跪下："学生拜见老师！"

林子谦微笑地看着杜甫，上前去将他牵起来。

杜闲将礼物放在桌子上，不一会儿，一位老太太给杜闲送上一杯水。

杜闲连忙站起身来，作揖后接过水："老人家，晚辈来看望您来了！"

林子谦的母亲爽朗地笑了："谢谢，我有好几年没看见你了，现在在哪里高就啊？"

"在郾城做一个小小的县尉。"

林子谦的母亲说："不错，不错，你这么年轻，前途无量！哦，你们有事要谈吧？你们忙。"说完，她退下了，进了西厢房。

看着杜闲放在桌子上的礼物，林子谦微笑着问："杜县尉带着这么贵重的礼物，是……"

杜闲站起来拱手："犬子已到了启蒙的年龄，今日特来拜见老师！"

林子谦说："哦，不知杜县尉是请私塾还是家塾？"

杜闲："犬子体弱多病，寄养在我妹妹家，犬子若是到您家中，要经过一座浮桥，路太远，我和妹妹都不放心，想请您做做家塾。"

林子谦沉吟片刻，点头答应了。

于是，林子谦带着杜闲和杜甫进了书房。

书房内，神龛上放着孔子的牌位，杜甫在牌位前行叩拜大礼。

接着，杜甫又给坐在太师椅上的林子谦行拜师礼。

礼毕，林子谦开口说道："子美，从今日起，你就开始读圣贤书了。你的先祖杜预，是晋代名将，多才善战，懂天文，知地理，也是《左传》的研究者。你的祖父杜审言，奉儒守官，诗名在外，与李峤、崔融、苏味道被美誉为'文章四友'。你祖父那篇长达四十韵的《和李大夫嗣真奉使存抚河东》堪称名作，希望你向先人学习，出人头地。"

杜甫认真地听着，连连点头。

杜闲说："感谢老师对犬子的教诲，今后还请老师多多教导！"

几天后，林子谦来到杜静娴家中，教杜甫读书了。

与其他蒙童不一样的是，林子谦一开始就教给杜甫许慎的《说文解字》，再学《周礼》《孝经》《尚书》等。

几个月后，杜甫写了一首《咏凤凰》的诗，得到了林子谦的赞许。

杜甫开心地念给二姑听，杜静娴静静地抱着杜甫，脸上笑着，眼睛里却含着泪水："甫儿会作诗了，将来一定要出人头地，光宗耀祖哟！"

杜甫点点头："姑姑，我会的！"

3. 大字成一囊

一盏油灯下，杜甫正在习字，缝制衣服的杜静娴停下手中的活看着杜甫。

杜甫打了一个哈欠，站起身来伸了伸懒腰。

杜静娴："甫儿，累了吧？要不早点睡吧！"

杜甫："不，姑姑，我再写一会儿。"

杜静娴站起来，走到杜甫身边，看了看瘦弱的侄儿，然后走到房门口，喊了一声："玉儿，给我端碗汤过来！"

玉儿是家中的丫鬟，不一会儿，一位眉清目秀约莫十二岁的女孩子端来了一碗汤，放在杜甫习字的几案上："少爷，请！"然后轻手轻脚地出去了。

"趁热喝了吧！姑姑给你讲讲你母亲家族的往事。"杜静娴说。

杜甫拿起调羹，舀了一口汤喝进去，嗯了一声。

杜静娴："甫儿，你母亲崔姓是个盛族……"

原来杜甫的外祖母是义阳王李琮的女儿。李琮是李慎的次子，李慎是太宗李世民的第十个儿子，被封为纪王，任荆州刺史，与越王李贞齐名。武后执政时，李慎一家惨遭迫害，因为太宗和高祖李渊的许多子孙遭受杀戮，垂拱四年（688），博州刺史琅琊王李冲起兵反对武则天当政，豫州刺史越王李贞起兵响应，两王合兵十万之多，起兵失败后，李慎因与李贞关系密切，受到牵连被投进监狱，改姓虺氏，流放岭外。简陋的交通工具，加上路上饥寒交迫，走到半途中便死去了。李慎的次子李琮也被投进监狱，李琮的女儿嫁给了崔姓。见父亲李琮惨遭迫害，被投进监狱，每天一大早，她满面愁容，穿着布衣草鞋，提着篮子，去监狱给父亲送牢饭。一日复一日，时间久了，洛阳城里很多人都认识这个孝顺的女子，并被她的"勤孝"感动，这个女子便是杜甫的外祖母。李琮的两个弟弟也被流放到桂林，那些酷吏见李家如此情形，落井下石，将二人残杀。李琮的儿子行远、行芳因受到牵连，被流放到嶲州（今四川西康西昌）。兄弟两人的刚烈令人称赞，六道吏用刑时，行远已经成人，行芳还未成年，按照律法，行远该被杀死，行芳免除一死，但是行芳抱着哥哥痛哭，愿意替代哥哥去死，结果兄弟二人全被杀死。行芳是杜甫母亲的舅舅，行芳"死悌"的故事被西南一带的人伤悼。

杜甫外祖父的家族也是非常显赫。

杜甫外祖父的母亲是舒王李元名的女儿，李元名是高祖的第十八个儿子，太宗的弟弟。武后执政的永昌年间，李元名为奸臣所害，流放到利州（今四川广元），不久，也被杀死。

杜静娴讲完杜甫母亲家族的家世时，杜甫已经泪流满面了。

看到侄儿满脸的泪水，杜静娴站起来用手绢替侄儿擦去脸上的泪水，抚摩着他的头说："甫儿，你一定要好好读书，将来出人头地，光宗耀祖！"

杜甫无声地点了点头。

杜静娴："已经很晚了，早点睡吧！"

杜甫："姑母，你去睡吧，我再习一会儿字就睡。"

杜静娴："那你早点睡啊！"

正要出门的杜静娴见丈夫裴荣期进来了，问道："你也没睡？"

裴荣期笑着说："没有，刚读完一本书。"他拿起几案边堆着的一摞纸稿，仔细地看了看，欣喜地说："甫儿真是勤奋，你的字大有长进，好好读书习字，他日必成栋梁之材！"

"谢谢姑父的谬赞！"杜甫低着头揉了揉眼睛说。

看到杜甫满脸悲戚，裴荣期弯下身子，盯着杜甫的脸说："甫儿，怎么啦？是不是姑姑又责备你了？"

杜甫摇摇头。

杜静娴："我刚给他讲了他母亲家族的一些事。"

裴荣期一听，有些生气："你给孩子讲这个干什么？他才多大啊！况且那些都是过去了的事情，还提它做什么？"

杜静娴："也不小了，甫儿迟早会知道的。"

"唉！"裴荣期叹了一口气，"甫儿，你要好好读书，将来做栋梁之材！"

"知道！"杜甫一边习字一边回答，"姑姑、姑父，你们去睡吧！我过一会儿就睡。"

"那……好吧！"杜静娴答应着侄儿，拉着丈夫轻手轻脚地出了房门，然后轻轻地带上门。

杜甫习了一会儿字，感觉有点倦意，他站起来走到窗前。

微暗的灯光映在窗户上，将杜甫的影子投在上面，他茫然地看着，朝着左右摇了摇头，影子也左右摇晃，他眯着眼睛用手指戳了戳那个影子，将头顶在木格窗棂上，透过缝隙他看见玉儿站在窗外，大约是要等他熄了灯才去睡吧。

杜甫轻轻地走向门边，将门拉开，蹑手蹑脚地走到玉儿身边，拉了拉玉儿的袖子。

沉思中的玉儿吓了一跳，小声地说："少爷，你吓死我了，写完了没有？写完了赶快睡吧，我也困死了，你不睡我也不能睡。"

杜甫牵着玉儿进了房间，关上门："玉姐姐，我写几个'之'字给你看，你给我评评哪个'之'字写得好。"

"那你快写吧，写完就睡觉啊！"玉儿打了一个哈欠说。

杜甫专心致志地写了几个"之"字，问玉儿："玉姐姐，你看这几个字哪个写得好？"

玉儿揉了揉眼睛，敷衍道："都好，都好！"

杜甫看出了玉儿的敷衍，兴趣大减："我要睡了！"

玉儿："是呀，你明天还要去老师那里呢。"

杜甫怏怏不乐地上床睡了，玉儿帮着吹灭了灯，也走出了房间。

林子谦的庭院里，聚着一批文人。

一棵大树伸开浓郁的枝叶，像一把大伞遮盖着六月火辣辣的太阳。树下，放着一张方桌，旁边还有一个条几，林子谦的几个好友坐在条几旁聊天。

"唉，这次洪水上涨决堤，听说又淹死了不少人。"年逾五旬的包永期叹了口气说。

"可不是吗？将近两千人呢。"又一老者搭话，这位老者是林子谦的好友，不愿出仕的张明强。

满头白发的杨庭瑜说："百姓又受苦了。"

"唉，是呀，要多出几个忠臣就好了。由宋王改封为宁王的李宪还是不错的，规劝皇上非常得体，也想做一番事，这次赈灾不知如何处理。"包永期说。

"朝廷自有办法。记得去年有一次皇上在阁楼之间的天桥上发现卫士将吃剩的饭菜倒在坑穴中，皇上非常生气，想用刑杖将这个卫士打死，当时没有人敢说话，倒是宁王李宪出言规劝皇上，说是偷偷发现他人的过失，若是因为饭菜之事将人处死，恐怕人人自危，饭菜不过是能养活人罢了。皇上一时明白自己滥用刑罚，宴席上一高兴，亲手解下自己身上的红玉带，连同自己所乘的坐骑一并赏赐给宁王。皇上身边有这样明事理的人，也是百姓的福。"杨庭瑜说。

接着，杨庭瑜咳嗽了两声，清了清嗓子："一旱一灾，遭殃的都是百姓啊！"

正在方桌前写字的林子谦接过话说："是呀，多事之年。据说宋丞相很讨厌那些明明有罪却四处告状的人，他将这些人送到御史台治罪，建议御史台将那些认罪不再申诉的人释放，结果得罪了很多人。借这次大旱，那些人利用演滑稽戏的俳优在皇上面前告状。"

原来那些演滑稽戏的俳优在宫中为玄宗演戏，正逢大旱，一俳优问扮演旱神的俳优："你为什么来人间降灾呢？"

旱神："我是奉了丞相的命令降临人间的。"

又问："为什么呢？"

旱神："蒙冤者达三百余人，丞相将他们全部关进监狱，借此压制他们，所以我不得不来到人间降灾以示警告。"

皇上看了这出戏后，若有所思。

宫中戏演出不久，宋丞相和中书侍郎、同平章事苏颋一同建议禁止私铸的劣质钱流通，特别是江淮一带的劣质钱泛滥成灾，宋侍中派监察御史萧隐之前去搜查劣质钱，萧隐执法严酷，百姓怨声载道，结果宋丞相被贬为开府仪同三司，苏颋被罢免为吏部尚书，萧隐之也被贬官。原京兆尹源乾曜提为黄门侍郎，并州长史张嘉贞为中书侍郎，两人皆任同平章事，他们对劣质钱的查禁大为放松，劣质钱的使用又泛滥起来。

几个人对春天朝廷发生的事大发感慨。

九岁的杜甫在方桌前一边为林子谦磨墨，一边听着老师们的议论。

林子谦为杜甫示范了几个字，便让杜甫书写。

杜甫饱蘸浓墨，提笔书写，写完后，林子谦将杜甫的字摆放在条几上。

林子谦："各位，我这弟子的字怎么样？"

包永期赞叹："好字！好字！小小年纪就有虞世南的韵味了。"

"这孩子真不错！"张明强转过脸来对林子谦说，"你可要好好培养他哦。"

林子谦颇为得意："各位放心，这孩子和虞世南年少时一样，意志坚定，努力学习！"

捻着胡须的杨庭瑜朝杜甫喊道："子美，过来！"

杜甫走到杨庭瑜的身边："老师，有何指教？"

杨庭瑜："你看，你写的这个横折还不到位，去将笔墨拿来。"

杜甫将笔墨拿到条几上，杨庭瑜站起来，写了几个字作了示范，他边写边讲解，杜甫不断地点头。

4. 出入翰墨场

开元十三年（725），十四岁的杜甫已经不是那个身体羸弱的儿童了，而是一个活泼开朗，身体强健的少年。他常常和小伙伴们爬树，摘枣子、梨子和桑葚。其中两年前他认识一位名叫路六的小伙伴，是他最好的玩伴。他们在一起互相考对方诗文，也相约前去护城河玩耍，一有空更是跑到郊外。比起在家中读书习字，郊外对他们更有吸引力。

四月的一天，杜甫约路六去郊外。

两人开始沿着街道行走，越过建春门就出了城。

在郊外的一棵柳树下，杜甫和路六坐了下来。

杜甫神秘地说："六六，我有个绝密的消息告诉你。"

路六一听，高兴起来，连忙靠近杜甫："快说！快说！什么消息？"

杜甫故意卖关子："你猜猜，我从哪儿得来的消息，猜中了，我就告诉你。"

路六："你老师那里？"

杜甫摇摇头。

路六："你姑父那里？"

杜甫又摇摇头。

"那我就不知道了。"路六说。

"我在岐王宅里听到的。"杜甫说。

路六一听是在岐王宅里听到的，立即兴奋起来，并显出羡慕的神色："快说说，什么消息？"

"你知道吗？当今皇上十分重视人才，这对我们来说可是大好事情，你我要好好读书，争取考取功名。"杜甫说。

"喂！喂！喂！你说具体点好不好？"路六有些急了。

杜甫慢腾腾地说："据说在四月初三这天，皇上与中书省、门下省及礼官、学士们一起在集仙殿聚饮，你知道皇上说什么？"

路六："说什么？"

杜甫："皇上说'神仙是凭空虚构的，朕并不认为可取。贤才则是治理国家的工具，朕今天与诸位一起会餐，应该将集仙殿改为集贤殿'，六六，你说这个不是好消息吗？皇上求贤才呢。"

路六："是呀，你打算什么时候京试呢？"

杜甫："过几年吧，我得多读些书。自去年十一月皇上率百官贵戚又来东都洛阳，这里又热闹起来了，文人墨客都来了。"

……

两人聊着聊着，不觉快中午了。

突然，杜甫一惊："糟了，姑父说下午带我去岐王家中。"

路六："快，我们跑回去吧！"

杜甫气喘吁吁地跑回姑姑家中，一家人在餐桌前等着杜甫了。

裴荣期："你这孩子，一早又跑哪里去了，说好早点吃完午饭，去岐王宅子里，听乐师李龟年表演。"

杜甫吐了吐舌头："姑父，对不起，我和朋友去郊外了。"

杜静娴给杜甫盛来一碗热饭："又是和路六一起去的吧？快吃饭，吃完换身衣服，你看你满头大汗，一身灰尘。"

杜甫没有回答，狼吞虎咽地吃完，口里还含着一口饭对裴荣期说："姑父，我先去洗一洗，换身衣服。"

杜甫换完衣服出来，裴荣期也吃完了。

两人一起前往岐王家中。

岐王李隆范是睿宗的第四个儿子。睿宗当皇帝时，他被封为郑王，后改封卫王。睿宗让位给武则天后，长寿二年（693），他又改封为巴陵郡王。中宗神龙元年（705）复位后，任太府员外少卿。景龙二年（708），为陇州别驾，银青光禄大夫。睿宗复位（710）后，加封为岐王，实封500户，拜太常卿，兼左羽林达将军。玄宗因其功加封满五千户，开元八年（720），迁太子太傅。在洛阳他的宅邸，文人们常常聚会，诗词唱和。

杜甫的才华初露头角，得到了前辈们的提携和喜爱，因此，他常常出入前辈们的宅中。

岐王李范的宅子在皇城端门的对面尚善坊，过洛水上的星津桥、天津桥、黄道桥，之后便是皇宫，岐王的府第豪华气派。

裴荣期带着杜甫坐着马车沿着街道西行，穿过熙熙攘攘的南市，不一会就到了岐王的宅邸，门童认识他们，引着两人进了客厅。衣着朴素的岐王正坐在厅中，郑州刺史崔尚和豫州刺史魏启心坐在岐王的左右，旁边散坐着一些客人。

裴荣期带着杜甫急忙上前去行礼。

岐王微笑着说："坐，坐，荣期！你们看看，子美越发俊美了，最近诗词学得怎样了？"

杜甫急忙上前再行礼答道："承蒙前辈关爱提携，子美一直在研习中。"

"好！好！"岐王看着杜甫点头称赞，"小小年纪才学出众，不愧为'奉儒守官'的后代。"

洛阳名士崔尚接着夸道："后生可畏啊，他的才学将来不会输给扬雄和班固。"

在场的众人对杜甫夸奖了一番。

不一会儿，进来一位27岁模样的男子，浓眉大眼、高大的身材，他见厅中坐着的人，连忙拱手道："各位前辈，晚生龟年有礼了！"

岐王站起来："坐，坐！"

有茶童倒上了一杯水。

李龟年坐了下来。

杜甫看着李龟年，心中暗暗称奇：这就是我经常在崔大人家听说过的梨园弟子呀，真是相貌堂堂！

玄宗时代有四处宫廷梨园：禁苑梨园、宫内梨园、长安太长寺管理的"梨园别教院"以及东京太常寺管理的"梨园新院"。李龟年在"梨园新院"，他善唱、善奏、善曲三者兼备，深得玄宗喜欢，洛阳东都的公侯均以请到他表演为荣。

住在洛阳通远里的李龟年经常到崔尚和岐王宅中表演。

岐王见都到齐了，便说："各位，请移步中厅！"

众人随着岐王来到了中厅，这里有一个很大的戏台，戏台前的桌椅已经摆放好了。众人分主宾落座。

李龟年演唱的第一个曲目是雅乐《太平乐》。

盛唐的曲目分为三类：以先王之乐为雅乐，前世新声为新乐，合胡部者为燕乐。

杜甫盯着李龟年，只见李龟年行过礼后，又朝一旁的乐师行了礼，音乐声起，舒缓优美，李龟年随着音乐的节奏开始唱了，声音由低渐渐升高，然后高亢嘹亮，声情并茂，众人凝神倾听。

接着，李龟年又唱了王维的《出塞》：

> 居延城外猎天骄，白草连山野火烧。
> 暮云空碛时驱马，秋日平原好射雕。
> 护羌校尉朝乘障，破虏将军夜渡辽。
> 玉靶角弓珠勒马，汉家将赐霍嫖姚。

今年三月河西节度副大使崔希逸在青海战败吐蕃，王维以监察御史的身份，奉使出塞宣慰，于是他写了这首诗。

这首诗很快传到玄宗手上，一时间在西京和东都唱开了，唯有李龟年唱出了边塞广漠和战事紧张的那种气氛。

李龟年唱完《出塞》后，众人连连叫好。

接着陇西沈妍弹奏秦音慢板、扬州薛满弹奏楚音流水，舞伎表演胡舞。

接下来，李龟年表演打羯鼓。

李龟年和玄宗都是打羯鼓的高手。羯鼓源于羯族，是一种乐器，羯鼓两面蒙上公羊的皮，腰部很细。有一次李龟年和玄宗在一起宴饮，玄宗问李龟年打坏多少支鼓槌，李龟年说打坏了五十支，玄宗说他打坏了三柜子鼓槌，两人常在一起切磋打羯鼓的技艺。

李龟年的羯鼓打得不同凡响，急切时像密集的箭矢，舒缓时像一匹无缰的野马在广袤的草原闲荡，时而风和日丽，让人的心随着鼓点的节奏而变化；时而高亢激昂，似骏马奔驰在战场。

这一场演出让杜甫开阔了眼界。

晚上的酒宴上，岐王谈到了玄宗将于十一月来东都，然后封泰山，并祭孔子于孔宅。岐王还特别提携杜甫，让他有空常常来府邸玩耍，杜甫满心欢喜地答应了。

之后，他常常去岐王府邸，和这些前辈一起出游、宴饮、写字、作诗，他的青春活力感染着这些年迈之人，他的聪颖让前辈们赞赏。

八月的一天，杜甫站在姑姑的庭院里，仰头看着已经红透的枣子，已经成金黄的梨子，表弟表妹们呼啦啦地围着他："哥哥，我们要吃枣子！"

"好呢！"杜甫脱下一件衣衫刺溜一口气就爬上了枣树。

"下来！甫儿，拿杆子去打枣！"杜静娴透过窗户看到侄儿几乎站在了树梢上。

"不用，姑姑，我会小心的。"杜甫避开树上的枣刺，朝弟弟妹妹们喊着，"接着！"一把把枣子落在弟弟妹妹们的篮子里。

接着，杜甫又爬上梨树，摘了一些梨子下来，弟弟妹妹们欢呼雀跃，围上来，每个人都拿着一个大梨子，心满意足地跑回房间。

杜甫下了树，拍了拍身上的灰尘，洗了手，进了书房。

安静地坐着，杜甫想起岐王、崔尚、魏启心等对他的鼓励和提携，他暗自下定决心，一定要出人头地，写好锦绣文章，将来做辅佐君王的开明臣子。

晚上，杜甫做了一个梦。

梦中有人叫他去康水采集文章，他去了之后，看见一个童子，童子头戴峨冠，对他说："你本是天上的文曲星下凡，之所以让你下来，是让你为大唐盛世写锦绣文章，上天的旨意我已经下达了，你到豆子垄下去找找吧！"说完，童子就不见了，杜甫连忙在豆子垄下寻找，忽然他找到一块石头，只见石头上刻着金色的字：诗王本在陈芳国，九夜扪之麟篆熟，声振扶桑享天福。杜甫记下这几句，伸手去摸这些字，忽然被石头的冰凉惊醒了。

躺在床上，杜甫回味着梦中的情景，想了许多……

第二章　漫游人生的洗礼

岱宗夫如何？齐鲁青未了。

造化钟神秀，阴阳割昏晓。

荡胸生曾云，决眦入归鸟。

会当凌绝顶，一览众山小。

——《望岳》

走出了书斋，杜甫觉得天地辽阔。他不再是穿梭在豪门高官宅邸的早慧少年，而是一个有着远大志向的青年。从洛阳出发，他漫游吴越、齐赵，饱览大好河山，结识志同道合的朋友，过着裘马轻狂的生活。

1. 走出书斋天地宽

杜甫十五岁那年，喜爱他的岐王李隆范和崔涤相继离世，杜甫心中十分难过，由于两位在世时的推荐和提携，杜甫结识了洛阳城里很多文人。杜甫与他们交往、出游、作诗，思想上和文学上有很大的提高。

开元十八年（730）夏，洛水、瀍水泛滥成灾，洛阳的天津桥、永济桥被冲毁了，来自扬州的许多船也沉溺了，洛水两岸倒塌了近千户房屋。十九岁的杜甫决定走出洛阳，北渡黄河去漫游，杜静娴为他准备好了行囊。

杜静娴将侄儿送出了城门，两个表弟和三个表妹也一同相送。

“姑姑，你带着弟妹们回去吧，我会照顾好自己的。”到了城门，杜甫停下脚步对杜静娴说。

杜静娴替杜甫整了整衣服，又检查了他的箱箧：“读万卷书，行万里路，甫儿，你已经读了很多书，在外交友要慎重，先不要走得太远。”

"我知道，姑姑，你放心！"杜甫俯下身子，亲了亲最小的表妹，和弟弟妹妹以及姑姑告别。

杜静娴看着杜甫的身影渐渐变成了一个小黑点，这才进了城内。

杜甫渡过了黄河，进入了晋地，到了郇瑕（今陕西临猗），郇瑕西临黄河，东望太岳，北屏峨嵋岭，南面中条山，这里平畴万里的自然环境让杜甫十分欣喜。

杜甫走到了一个小镇上，他有点累，便在一小馆子里休息一下，喝完水，打个盹。

不一会儿，进来了一位年轻人，他看见杜甫在那里打盹，便轻手轻脚地进来，他用手势招来店主，要了一碗粥喝了起来。

杜甫醒了，看到邻桌有个和他年纪相仿的人在喝粥，那人朝他笑了笑，问："你也来一碗吧？"

杜甫："谢谢，我吃过了，在下杜子美，请问你……"

年轻人站了起来："在下韦之晋，京兆杜陵人。"

杜甫一听是京兆杜陵人，倍感亲切，他说自己也是京兆杜陵人。

两个年轻人很快成了好朋友，深入地聊下去，他们有很多观点不谋而合，颇有相见恨晚之意，于是他们结伴同游。

一个月后，他们决定去离郇瑕不远的舜帝陵。

舜帝陵在蜿蜒百里的鸣条岗西端，它北枕孤峰，涑水的波涛在其后面，南面对着条山，右边缠绕着黄河玉带。

走了几天，他们终于到了舜帝陵。

陵墓前，他们俩谈论着舜帝的功绩，忽然传来一阵掌声："说得好！"

两人抬头一看，见一位年轻人朝他们走来。

不等他们开口，那年轻人自我介绍道："在下寇锡，幸会二位！"

杜甫和韦之晋连忙拱手："幸会！幸会！"

"在下杜子美。"杜甫说。

"在下韦之晋。"韦之晋说。

一聊起来，三人都是来晋地漫游。

同吃同住同游，他们建立起深厚的情谊，并且相约，无论贫贱富贵，永远亲如兄弟。

不久，他们分手各自回家了。

杜甫回到了洛阳。

当姑父问及杜甫漫游的感受，杜甫颇有感触，说："姑父，这次短暂的漫游让我开阔了眼界，结识了很多朋友，学到了书斋里学不到的东西，过完年后，我还想去江南漫游。"

裴荣期点点头："是该出去长长见识，明年你打算漫游哪些地方？"

杜甫："吴越。可能这次时间要长一些。"

裴荣期："不要紧，你小姑姑和姑父，还有你的叔叔都在江南，他们会照应你的。"

杜甫满怀豪情："我要过金陵、下姑苏、渡浙江、过剡溪，走那些诗人走过的路！"

姑姑杜静娴满脸欣喜地看着杜甫，心中暗自高兴：甫儿成人了，希望将来能成才，光耀我杜氏门楣。

想到弟弟和妹妹在江南，杜静娴嘱咐道："你去江南一定要去看看姑姑和叔叔！"

杜甫满口答应。

杜甫的叔父杜登在武康县（今浙江湖州）任县尉，他的姑父贺㧑在常熟（今江苏常熟）也任县尉，此时，在任上的父亲也给了杜甫足够的游资。

过完年后，杜甫又从洛阳出发，到江南漫游了。

开元十九年（731）正月末，寒风依然凛冽，沿途的树还是光秃秃的枝丫，整个大地还未从冬眠中醒来，路途上很多行人往来匆匆，不时有马车驶过，也有人骑着驴子或马匹走在官道上。杜甫徒步从洛阳出发，走了两天后，再坐马车来到黄河岸边，他渡过了黄河与淮水，到达运河，在运河坐船到了长江岸边，过长江，便来到了他的第一站江宁（今南京）。

入夜，灯火辉煌，杜甫离开了客船，登上了岸。

长长地舒了一口气，杜甫按捺住心中的激动：这就是我梦中的六朝古都啊！

当杜甫站在街口四处张望时，一位店小二热情地来给他打招呼，问他是否要住宿，并且说价格便宜，管三餐伙食。

见价格还公道，杜甫便在店小二的带领下在悦来客栈住下了。

第二天一早，杜甫去洗漱房，见有一名和他年龄相仿的男子在洗漱池前洗脸，杜甫朝他点点头，算是打招呼。

那男子洗完脸，回答杜甫："早安！在下许八。"

杜甫："早安！在下杜子美，来自洛阳。"

一听说来自洛阳，许八连忙让出洗漱池："你是远道来的客人，请你先洗漱！"

杜甫摆摆手："不用客气，我等一会儿没关系。"

许八迅速地洗完，让出了位置："我在膳房等你一起吃早饭。"

杜甫点点头。

当两人在膳房坐定后，店小二端来了稀饭和包子。

两人边吃边聊了起来。

原来许八与朋友一起吃饭，酒过量了，没有回家，就在店子里住下了。

许八："子美，今天你打算去哪里？"

杜甫："我对这里不熟悉，你能否给个建议？"

许八："我们先去瓦官寺吧！"

杜甫高兴地答应了："江南古刹，好！这是我梦寐以求的地方。"

吃完早饭，两人便出发了。

瓦官寺位于城西南隅花露岗，秦淮河北面，是一座香火鼎盛的古刹，兴建于东晋兴宁二年（364）。当年因僧人慧力的奏请，晋武帝诏令在官府管理陶业机构的所在地建立寺庙，所以称瓦官寺。而管理陶器的官署搬到秦淮河北岸。不久，慧力又建一塔。高僧竺法汰驻锡时，开拓堂宇，兴建重门，晋简文帝对他十分敬重，请他讲《放光般若经》。开讲时，文帝亲临听讲，王侯公卿更是闻讯而至，瓦官寺因此声名大振，也由此得到了扩建。之后又有许多高僧来驻锡，盛开讲席。孝武帝太元二十一年（396）七月，一场大火将寺庙和塔化为灰烬。孝武帝下旨重修。南朝宋元嘉十六年（439），当时有异鸟三只飞集瓦官寺，朝廷认为是凤凰栖息的瑞相，乃置凤凰台，山称凤台山。梁武帝时期，瓦官寺旁边还建起了一座雄伟的瓦官阁。瓦官寺在五代时先后改为吴兴寺、升元寺。

当杜甫和许八两人穿过金陵城，来到城西南时，时间快近中午了。他们爬上山坡后，眼前一亮，不远处一片明黄色映入眼帘，一大片屋檐飞翘的庙宇显得幽静恢宏，只见寺庙的山门写着"瓦官寺"，又有高出寺庙的一个楼阁和一座楼台。

许八："子美，你看，这就是瓦官寺，看！"

杜甫难掩心中的激动："是的，是的！"

两人都加快了脚步。

进了寺庙大门，便是弥陀殿，只见佛前摆着一对石烛擎，古朴精美，雕满了缠枝花纹，燃烧的香烛和袅袅的烟雾让大殿更加神秘庄重。两人在佛前礼拜完毕，就去了五方佛殿，礼拜上了香后，便到了后面的天井，穿过天井，便进了一个殿，他们来到一堵墙前，确切地说，是一幅壁画。

杜甫和许八两人站在壁画前，看着壁画久久不语。

还是许八打破了寂静："子美，你能想象当年顾恺之壁画成功第一天的情形吗？"

杜甫："能！"

杜甫闭上眼睛，缓缓地说道："当年慧力建寺庙，向京城士大夫募捐，但是没有多少人响应，慧力带着僧侣们去求见画家顾恺之，顾恺之满口答应认捐一百万钱。寺庙一天天建好了，却不见顾恺之捐钱。僧侣们急着去找顾恺之，顾恺之说：'你们只管建寺庙，只留一面白墙给我就行了。'众僧侣回去继续建。寺庙完工后，顾恺之就去了寺庙，整整一个月，他闭门在那堵墙前创作'维摩诘像'，这像看起来病恹恹的，画像大体完成了，就等点眼珠。点眼珠那天，顾恺之请僧侣打开门，让民众参观，但是规定头一天来观看的人，捐钱十万，第二天五万，第三天随意乐捐。第一天，许多人为了争睹顾恺之的'开光点眼'，都拥入瓦官寺。顾恺之当众起笔点睛，只见那么一点，原来病恹恹的画像便活灵活现。很快，一百万钱便凑足了。"

许八感慨地说："若不是顾恺之相助，靠僧侣们化缘得多少年啊。"

杜甫看着壁画："三百多年了，壁画还是如此之完美，可见当年虎头（顾恺之小字）的功力和不凡。"

许八："是啊，那场大火没有将此壁画殃及，多亏了僧人们的鼎力相救，否则……"

杜甫："此乃天意。"

许八："子美，我收藏有壁画的图样，若你喜欢，我送给你。"

杜甫一听许八有壁画的图样，惊喜地说："谢谢！正是我求之不得的。"

许八："今天游完后，你就到我家里去住吧，省了住店的费用。"

"这怎么好？"杜甫看到许八期待的神情，"那恭敬不如从命吧！"

中午，两人在寺庙里吃了斋饭，在这里他们结识了僧人旻上人。旻上人和许八早就相识，也是好友。旻上人善弈，他们三人约定找个时间一起下棋。

吃完午饭后，杜甫和许八便去登瓦官阁。

瓦官阁在瓦官寺的旁边，阁高二十五丈，站在阁上，他们看到北面长江水静静流淌，江面上大大小小的船只往来，放眼望去，整个金陵城尽收眼底。

杜甫感慨道："难怪历代骚客来此登楼赋诗，真是一处绝境！"

许八："是啊，不知子美兄可有好诗句？"

杜甫微微一笑："在许八兄面前我献丑了。"

沉思片刻，杜甫便吟出一首。

许八步其韵也和了一首。

两人又聊了一会时事，便下了楼阁，去了凤凰台。

凤凰台亦建得气势雄伟。

他们站在凤凰台上极目远眺，心情愉悦，当场以凤凰为题各自赋诗。

这一天，两人游得很尽兴，晚上杜甫和许八去了旅店拿了杜甫的行李，坐着马车去了许八的家中。

晚上，两人热烈地讨论着瓦官寺的三绝：狮子国（今斯里兰卡）所赠玉佛像；东晋雕塑家戴逵用其所创的干漆夹纻塑造的五方佛像，以及顾恺之的《维摩诘示疾图》壁画。

直到公鸡打鸣，他们才睡去。

2. 漫游吴地赏佳景

江宁的春天是迷人的，杜甫在这里逗留了近半年，他与许八、旻上人一起登山、泛舟、下棋、写诗、作画，三人年龄相仿，志趣相投，度过了愉快的时光。

杜甫即将启程继续漫游。

在与杜甫第一次相识的小店里，许八为杜甫辞行，旻上人和其他的一些诗友作陪。席间，诗作连连，气氛热烈，一帮年轻有为的年轻人在诗作中抒发为国为民的志向。

许八："读万卷书，行万里路，子美，我们相逢一场，这是缘分，祝愿你此去一路顺风，他日科场得意名扬天下！"

"谢谢许兄吉言，也祝愿你实现你的抱负！"杜甫又转向旻上人，"他日，你的棋艺必将无人能比。"

旻上人："子美，你的文采非他人能及，将来必将是大家。"

杜甫："谢谢吉言，我定当努力！"

长江边，杜甫与朋友们辞别，当船离开后成为江中的黑点，许八等人还站在岸边。

从长江乘船再转乘运河的客船，这一路的水乡景色让杜甫心旷神怡，接下来他要去的地方是姑苏。

背着箱箧，带着简单的行李，还有沿途所作的诗作。

行船不过几日的时间，杜甫到了姑苏，从船上登岸之时正是早晨。夏季天亮较早，杜甫已在船上向船家打听好了住一品居客栈。他问了几个人，找到了一品居客栈，安顿好一切，吃完早饭后，就要去姑苏台。

姑苏台又名姑胥台，在苏州城外西南隅的姑苏山上，苏州是春秋时吴国的国都。阖闾十一年（前504）起台于胥门姑苏山，始建于吴王阖闾，后经夫差续建，历时五年才完成。姑苏台高三百丈，宽八十四丈，山的南边由九曲路拾级而上，站在高台上可饱览方圆二百里范围内湖光山色和田园风光，在当时姑胥台的景色在江南独有，闻名于天下，高台四周五里之内还栽上四季之花，八节之果，此外，还建有灵馆，挖掘了天池，池中造青龙舟，开人工河、养殖围猎物等。姑苏台一系列建筑极华丽，规模极宏大，耗资极其庞大。当年阖闾在姑苏山上筑烽火高台，是为了观察、预防外来之敌，而夫差续建则是为了自己享乐。越王勾践投其所好，送去美女供夫差享乐，送去能工巧匠为他大造宫殿。为建造此台，夫差劳民伤财，道路上常有死者，街巷哭声不绝，百姓困乏，军士痛苦……勾践终于用计谋前后花三年的时间于公元前475—前473年，不用一弓一箭，只把吴国城池团团围困，吴国城中粮食有限，百姓和士兵都处于饥饿的状态，士兵没有力气作战。就这样，越兵轻易入城，吴王夫差闻讯带领亲信逃至姑苏山上，被追赶而至的越兵围困山中，断粮断炊之中，吴王夫差派人求和，却遭到拒绝。此时，吴王夫差后悔当初未听伍子胥的忠告，让自己走上绝路，于是他用大巾盖脸，自刎而死。宏伟华丽的姑苏台，被越兵付之一炬，成了一片废墟。

杜甫站在姑苏台上，这片废墟让他陷入了沉思：一个国家，一个民族要立于不败之地，除了有一代明君，更要有一批贤臣，他决心要实现自己的志向，为国为民做出一番事业。

凝视着废墟，杜甫叹了一口气。

"年轻人为何叹气啊？"有声音从杜甫身后传来。

杜甫回过身来，看见一位童颜鹤发的老者朝他微笑。

"愚生子美来自洛阳，见此废墟不禁叹息。"杜甫拱手道。

老者依然微笑："好！好！原来是来自繁华的东都。老夫张清瑜，就住在附近。"

接着两人从阖闾聊到夫差，从勾践聊到伍子胥，越聊越投机。

原来张清瑜以教书为生，年轻时考过功名，止于秀才。

中午，张清瑜邀请杜甫去他家，两人一起小酌，张清瑜邀请杜甫住在他家中："子美，就住在我家吧，老朽很久没有和人这么痛快地聊天了。"

盛情难却，杜甫答应了："给先生添麻烦了，我心中十分不安。"

张清瑜："你这是说哪里的话，见外了。"

杜甫在张清瑜家住了下来，接下来几天将城区游遍。

几天后，杜甫去游览虎丘。

虎丘在苏州城西北，原名海涌山。相传，春秋时期，这里是吴王阖闾的离宫所在。公元前496年，阖闾在与越国的战争中负伤，最后死去。他的儿子夫差将他葬在这里。据记载，当时征调了约十万军民施工，并使用大象来运输，穿土凿池，积壤成丘。丧葬墓室十分讲究，灵柩外套铜椁三重，池中灌注水银，以金凫玉雁随葬，并将阖闾生前喜爱的"扁诸""鱼肠"等三千柄宝剑一同秘藏于幽宫深处。传说下葬三天后有白虎蹲在坟墓上，所以得名虎丘。

杜甫走出热闹的市区，然后从田间阡陌穿行，不久便到达了虎丘。

虎丘不高，约三十米，但是绝岩耸壑，古树参天，风景极佳。除了杜甫外，还有五六个游人也在游览。

站在阖闾墓前，杜甫浮想联翩，他想起了那个在马上驰骋的吴王阖闾，也想起了他荒淫无度奢靡无为的儿子夫差，更想起了被夫差赐剑自杀的伍子胥。感叹之中他在想，一个国家，一个民族若想兴盛，明君与贤臣是何等的重要。他也在想自己的将来，走仕途，做贤臣，如他的先辈一样。

随着游览的人群，杜甫来到了不远处的剑池。

剑池池形狭长，广约六十步，深约二丈，池水清澈见底，常年不涸。杜甫站在池边，顿觉池水暗生寒气。抬头望去，只见一座石桥呈拱形飞悬空中，剑池的一面石壁上长满了苔藓，倒垂下来的藤萝花倒映在水中，又给这寒气逼人的剑池带来一抹亮色。

站在杜甫旁边的是一对父子，父亲约莫三十岁，其儿子十多岁。只见儿子惊喜地说："父亲，你看这个池子像不像平放着的宝剑？"

父亲连忙肯定："像！像极了。"

杜甫称赞："这小弟弟眼光独到。"

儿子："谢谢谬赞！"

那个父亲也朝杜甫点点头，笑了笑。

杜甫："在下杜子美，来自洛阳。"

父亲："幸会！幸会！在下李森浦，这是犬子李元常。"

李森浦向杜甫行了一个礼："还请子美兄以后多多关照。"

与父子两人聊起来，杜甫得知，他们居住在常熟，到苏州城探亲，顺便来这里看看。

杜甫："我有一个姑父也在常熟，在府衙做县尉。"

李森浦："那太好了，你要去常熟探望他吧？"

杜甫："是的。"

李森浦："在下也曾在府衙当过差，后来因故辞职，不知你姑父叫什么，或许还认识呢。"

杜甫告诉李森浦他姑父名叫贺挐，李森浦一拍手说太巧了，他们不仅认识，还是好友。

谈到剑池中的剑，两人的话题更是热烈。

杜甫与李森浦父子一起去了长洲苑。吴王阖闾除了修建了吴大城外，还修建了不少的离宫别苑，其中有一处便是长洲苑。长洲苑在苏州城西南，太湖北，以江水洲为苑，为吴王圈养禽兽、种植林木、游猎的场所。

此时正是六月，长洲苑的荷花正开，杜甫和李森浦父子租下一条船，在荷叶丛中，划着小船，穿梭于荷叶间。

在长洲苑游玩了几日，杜甫辞别李森浦父子，独自一人去了太伯墓。

吴太伯是周朝祖先古公亶父的长子，太伯有两个弟弟仲雍和季历。按常理古公该将王位传给太伯，但是古公预见三子季历的儿子也是他的孙子姬昌将来很有作为，所以古公想将王位先传给三子季历，再传给孙子姬昌。太伯知道父亲的想法后，便带着二弟仲雍一起到了南方，王位顺利传给了姬昌。果然，姬昌即后来的周文王有所作为，传到周武王的时候，周灭掉了殷商，统一了天下。

太伯的让国之举成为美谈。

拜谒了太伯墓后，杜甫便去了常熟姑姑家。

杜甫的姑姑见杜甫来了，十分高兴。一晃很多年没有见到侄儿了，现在站在她面前的是健壮的青年，她欢喜得嘴巴一直合不上，急忙去市场买菜。杜甫的姑父贺挐从府衙回来，见到不期而至的杜甫，也是十分高兴。

在姑姑家住了两个多月，杜甫便辞别姑姑一家，前往浙江。

姑姑给了一些钱作为杜甫的游资，杜甫见自己所剩的钱不多，也就接受了姑姑的馈赠。

这次来浙江，杜甫先去探望叔叔杜登，杜登在武康（浙江湖州）做县尉。

杜甫在叔叔家住了一个多月，准备离开，他给叔叔说了他的行踪：登西陵（萧山县）古驿台，到会稽，寻禹穴，追溯秦始皇的行踪，赏鉴湖秋色，游剡溪，登天姥山，若有可能东渡扶桑。

杜登了解杜甫的行踪后，写了几封信，委托杜甫所游之地的同僚照顾侄儿，让侄儿住官舍，既减免旅途费用，又让侄儿结交一批官场朋友，他又给了一大笔游资给杜甫，怕杜甫的费用不够，杜甫的婶子又补加了一笔。

辞别叔叔，杜甫开始了他的越地之行。

3. 越地风景独好

在浙东，有一条古老的水路全程约一百九十公里，它从钱塘江启程，上溯到绍兴镜湖，沿浙东运河，曹娥江，然后南折进入剡溪，经过沃洲山，天姥山直达天台山石梁飞瀑。这条水路，谢灵运、谢朓等诗人走过，杜甫也想像他们一样走出一路浪漫，一路诗情。

沿着水路，杜甫渡过钱塘江，来到了西陵（今萧山县西兴）古驿台。

西陵（今萧山县）古驿台在钱塘江南岸河口，是春秋战国越国的军事港口，这段码头便是西陵驿。全长二百五十公里的浙东运河从这里起源，途经萧山、绍兴、上虞、余姚、宁波，在镇海城南注入东海。历史上，这里是两浙门户，春秋末期，越国大夫范蠡在这里筑城抵御吴国，时称固陵。现在这里是"唐诗之路"的入口，涌潮、江风、驿站、关楼、茶亭、塔林等吸引众多的文人墨客在这里驻足，勾践、西施、文种、伍子胥的悲壮往事让众多的诗人咏叹不绝。宁绍平原的稻米、食盐和其他物产通过浙东运河进入钱塘江直达京都。来自扶桑（今日本）、高丽（今朝鲜）、中东和东南亚诸国的使臣，也是从这里进入钱塘江晋谒皇帝。

古驿站处，杜甫看到这里商贾云集，士民来来往往络绎不绝，各种叫卖声不绝于耳，他静静地看着这繁华的古驿站，如今这里依然是水运码头。他想起了谢灵运坎坷多舛的命运，谢灵运的山水诗无人能及，开创了山水文学的新境界。他也要像谢灵运一样，游遍天下的山山水水。

"请让一让！"

杜甫的沉思被打断了，他回过头一看，原来是有一位挑夫挑着担子在对他说。

侧身让过了挑夫，杜甫继续往前走，他找到一家客栈住了下来，并打算在这里待上几天，将周围的风景好好游览一番。

"客官，请进！"店小二十分热情地将杜甫迎进小店里。

客店干净整洁，杜甫说要住上几天。

店老板脸上笑成一朵菊花，连忙喊店小二为杜甫端来热水。

在客房里，杜甫洗了脸，出了房门和店老板攀谈起来。得知杜甫第一次来这里，店老板就絮絮叨叨地介绍起来："客官，你别看这个地方小，可有来头。当年范蠡在这里筑城，那时候越国是多么强大呀。"

杜甫："可是，越国还是被吴国灭了。"

店主讪讪地笑了一下："吴越争霸，总有胜负。"

当杜甫问到此地的风景名胜时，店主一一做了介绍。

杜甫在驿站周边游玩得很尽兴。

几天后，杜甫乘船离开西陵，到了会稽（今绍兴）。

会稽因为会稽山而得名。

会稽山原来叫作"茅山"，公元前2198年，大禹在此召集全国诸侯，"大会计，爵有德，封有功"，大禹死后葬在此山上，为纪念大禹的功德，诸侯们将茅山更名为"会稽山"。

因爬山而大汗淋漓的杜甫坐在一棵古槐树下休息，此时，一位樵夫背着一大捆柴也来到了树下。

看到杜甫在擦汗，那樵夫放下柴，从他的葫芦水壶里倒出一碗水，递给杜甫："年轻人，喝碗水吧！"

杜甫拱手道："谢谢！"说完，他接过碗一饮而尽，那水沁凉略带香味。

杜甫将碗递给樵夫："这水真好喝！"

樵夫微笑道："我这是采鲜竹叶心、莲子心、麦冬、鲜佩兰煮的，解渴解暑。"

杜甫："难怪这么清凉。"

樵夫坐在柴捆上，问杜甫："客官是哪里人？听你的口音不像是本地的。"

杜甫告诉他自己来自洛阳，来吴越游学，来此会稽山寻大禹墓穴，拜谒大禹。

听到这里，樵夫激动地站起来："客官，你可找对了人。我们的始祖为夏朝君主少康的庶子无余，大禹的直系后裔。大禹墓在山那边的山脚下。"

杜甫看了看上山的路："请问，这两条路我该走哪一条？"

樵夫："哦，都不走，我带你从山脚下绕过去。"

杜甫："那你……"

樵夫："我将柴放在这里，晚点来拿也不迟。"

杜甫跟着樵夫下了山，他们从山脚下往会稽山的南边走，两人边走边聊。

樵夫："我们大禹的后裔，每年都要去大禹陵南侧大禹祠祭拜先祖，大禹祠是禹的第六代孙子无余建造的，几经兴废，我辈前年还修缮过。"

杜甫："哦，当年秦始皇也来此祭拜。"

樵夫："是呀！"

两人边走边聊，不觉来到了一条小溪边，这里有一处野渡，樵夫和杜甫上了船，樵夫熟练地将船划到溪的对岸。

穿过一座村庄，又走了一段山路，终于到了会稽山南的山脚下。

樵夫指着前面不远处对杜甫说："客官，你再往前面走便是。"

杜甫拿出几缗钱，要给樵夫。

樵夫生气地拒绝了："客官，你这样做无异于打我的耳光，你从东都来祭拜我的先人，我怎能收你的钱？若将来你做了官，来此地任职，可别忘记了百姓的苦愁，多为百姓做好事。"

杜甫连连点头，与樵夫告别。

郁郁葱葱的树木掩映着大禹陵，大禹陵背负会稽山，面对亭山。大禹陵边有大禹祠，大禹庙。杜甫来到了碑廊处，看到一块碑石，杜甫仔细观赏，他从书上读过，说这碑石叫"会稽石刻"，又称"李斯碑"，雕刻于秦代。据记载，秦始皇三十七年（前210）十一月，秦始皇东巡狩猎，登上会稽山，祭祀大禹，他让宰相李斯在石上刻文歌颂自己，所以也叫"李斯碑"，其字清秀俊朗。

接着，杜甫游览了大禹祠和大禹庙，在山上一户人家借宿，第二天又沿着秦始皇的巡山足迹在会稽山上游玩了一日。

在绍兴县南，有一鉴湖，这里是杜甫计划中要游览的地方。

鉴湖一名为镜湖，一名为贺监湖。南北朝任昉《述异记》载："镜湖，世传轩辕氏磨镜湖边。因得名。"鉴湖被称为贺监湖与贺知章有关。在京为官五十多年的贺知章，八十多岁告老还乡。唐玄宗赐他"镜湖剡川一曲"。因为他官至秘书监，"镜湖"因而亦称为"贺监湖"。

鉴湖的水域宽广，清澈的水面漂荡着一只只船，尽管已经是秋天了，但是湖边的岸柳依然葱茏，随风摇摆，远处青山重叠，倒影在湖中，犹如镜中如意。杜甫惊叹之余，租了一艘船，船家是父女俩。杜甫上了船，那父亲熟练地将船撑离岸边，女儿约莫十六岁，模样俊俏，穿着蓝布花衣，她提着水壶给杜甫倒水，然后回眸羞涩地冲着杜甫一笑，这一笑将杜甫的心给融化了。在此之前的日子，他都是在匆忙的旅途中游山玩水，很少有静下来的时候，此刻，这江南女子的柔媚激起了他心底最温软的情愫。杜甫喝了一口水，稳定了一下自己的情绪。

这一切，船家看在了眼里，他微微一笑，问道："客官可是从北方而来？"

杜甫："是的，我从东都洛阳来此。"

船家："哦，看样子，你出来有些日子了。"

杜甫："是的。"

船家显然是见多了这样游学的年轻人："读万卷书，行万里路，这一路收获很多吧？"

杜甫："是的，一是游学，一是探亲。我姑姑和叔叔都在江南。"

船家爽朗地一笑："江南还真是个好地方！"

杜甫和船家闲聊着，那女孩子静静地听着，也不插话，不时地给杜甫添水，午餐和晚餐都是在船上吃的，女孩子做的饭菜很香，杜甫吃得津津有味，连声夸赞。女孩子也不接话，依然是浅浅一笑。

杜甫呆呆地看着女孩子，心想，我若留在江南，一定要娶这样的女子，他再次呆呆地看着女孩子。

船家夹了一筷子菜，放在杜甫碗里："客官，吃菜！吃菜！"

杜甫回过神来，意识到自己的失态，连忙道谢。

在鉴湖泛舟三日后，杜甫告别父女俩，他要去剡县，那里有剡溪。

剡溪是曹娥江干流，是流经绍兴嵊州的一段，迂回曲折三十多公里，两岸万壑争流，众源并注，古迹迭续，美景无数。最大的胜景是由南来的澄潭江和西来的长乐江汇流的水色。澄潭江俗称南江，因江底坡度较大，水势湍急，称"雄江"；长乐江又叫"西江"，江底较平，水流缓和，称为"雌江"。洪水来时，两江汇合之后，中间夹有一条细长的银色带状水流，把雌雄两水隔开，南面浑浊而浪涌，北面清亮而波平，形成一江两流，中嵌银带，直到远处才融成一片，成为一道奇观。历代诗人学士或居或游，留下了无数咏剡名篇及趣闻轶事，这里也是唐代诗人们必游的一处胜景。

在天姥山，杜甫在这里结束了剡溪的游览。

接下来的三年，杜甫游遍了吴越的山山水水。开元二十三年（735）春，二十四岁的杜甫接到父亲的来信，让他火速赶回巩县。

原来皇帝驾临东都，在福唐观举行科举考试，因为杜甫作为生徒，他只能从巩县推荐上来考试。

杜甫很顺利过了乡试，又急忙赶往洛阳参加进士考试，参加考试的三千人中，录取二十七名，可是录取的进士名单中，没有杜甫。

惆怅之余，年轻的杜甫觉得自己还有很多机会，他决定继续漫游，这次他选在齐赵。

4. 裘马轻狂游齐赵

开元二十四年（736），杜甫在姑姑家过完年，正月十六便启程去兖州。

杜甫进士不第后，并不在意这次落第，他觉得自己还年轻，以后还有机会。所以，他决定继续漫游。过完年，杜甫便决定去兖州看望做司马的父亲，然后漫游齐赵。

杜甫从东都洛阳出发，经过龙门山时，决定去游览奉先寺。

奉先寺在河南府伊阙县北四十五里，那里有一座山叫作"龙门山"，也称为"伊阙"，杜甫将游宿于此寺。

奉先寺，原名大卢舍那像龛，是一组摩崖型佛龛，隶属于皇家寺院奉先寺，所以俗称"奉先寺"。咸亨三年（672），武则天助脂粉钱两万贯用于加速开凿，并亲率群臣参加卢舍那佛的"开光"仪式。

中午时分，杜甫到达寺庙，他首先去拜见了寺中的方丈，谈及旻上人，方丈说他和旻上人是故交。听说杜甫和旻上人是朋友，方丈特安排一僧人陪杜甫游览，并关照安排上好的僧房给杜甫住。

站在主佛卢舍那前，杜甫仰望着高 17.14 米，头高 4 米，耳朵长达 1.9 米的佛像，惊叹不已。只见佛像面部丰满圆润，头顶为波状形的发纹。双眉弯如新月，附着一双秀目，微微凝视着前方。像当时所有的佛像一样，鼻梁高直，嘴巴小巧，面部慈祥带着微笑。双耳长且略向下垂，下颌圆而略向前突。通肩式袈裟和简朴无华的同心圆式衣纹，更衬出头像的鲜明和圣洁。

僧人对杜甫讲道："佛有三身，分别是毗卢遮那佛、卢舍那佛和释迦牟尼佛。卢舍那佛是梵文，即报身佛，是表示证得了绝对真理，获得佛果而显示佛智的佛身。'卢舍那'的意思就是智慧广大，光明普照。"

杜甫边听边点头。

僧人又介绍："奉先寺一共有九躯大像，这是大弟子迦叶，这是二弟子阿难，这是菩萨，这是力士……"

杜甫边走边观赏这些佛像，只见大弟子迦叶饱经沧桑、老成持重，二弟子阿难温顺聪慧，菩萨表情矜持、雍容华贵，力士咄咄逼人……杜甫不停地转换角度看向卢舍那佛，他发现卢舍那佛的那双充满了仁爱、友善、关爱的眼睛也看着他，杜甫心中涌起一阵阵温暖，他对僧人说："这是真正的石刻雕琢典范。"

白天游览完毕，晚上，夜宿于寺中，听着风吹树叶簌簌的声音，嗅着清新的空气，杜甫很快进入了梦乡。清晨寺中的钟声响了起来，杜甫听着钟声，心中一阵感慨，起床后拿出笔墨写下了《游龙门奉先寺》：

已从招提游，更宿招提境。

阴壑生虚籁，月林散清影。

> 天阙象纬逼，云卧衣裳冷。
> 欲觉闻晨钟，令人发深省。

在奉先寺待了三天，杜甫启程去兖州看望父亲。

此时杜闲已和卢姓女子再婚，有了几个儿女，其中四个儿子杜颖、杜观、杜占、杜丰亦在刻苦攻读，以期他日考取功名，此外杜闲还有一个女儿。长子杜甫的到来让他十分高兴。对于杜甫的落第他没有责怪，只是鼓励他来年重考。杜甫因为长期没有和继母生活在一起，对她非常陌生，因此对她是既礼貌又尊敬。

这天，杜甫一个人在兖州城内漫步，不觉走到了兖州的城楼前。这是一座不太大的城楼，古朴优雅。杜甫第一次登上这座楼，俯瞰着兖州城，只见城内房子密集整齐，放眼远眺，飘浮的白云似乎连接着东海和泰山，一马平川的原野直入青州和徐州。秦始皇的石碑如一座高高的山峰屹立在这里，鲁恭王修的灵光殿只剩下一片荒芜的城池，杜甫心中感慨万千，当即吟诵：

> 东郡趋庭日，南楼纵目初。
> 浮云连海岱，平野入青徐。
> 孤嶂秦碑在，荒城鲁殿馀。
> 从来多古意，临眺独踌躇。

在城内游玩至夜色降临，杜甫才回到父亲家中。晚上他将白天吟诵的诗句工整地誊写在纸上，加上题目《登兖州城楼》。

杜甫拿着诗，走进父亲的书房，他双手呈了上去。

杜闲见儿子的字大有长进，十分欣喜，当读到这首诗的时候，他觉得不太满意，这首诗很平常，没有特别的句子。儿子还年轻，需要历练，杜闲心想。面对儿子期待的目光，他则表现出十分高兴的神情，对儿子大加赞赏。

杜闲："甫儿，这诗不错。嗯，你打算在齐赵漫游多久，路线想好了吗？"

杜甫："父亲，我打算先在兖州一带漫游，大约半年，然后北去邯郸，东到青州。整个游程需要三四年的时间，您觉得如何？"

杜闲："好！古人云，读万卷书，行万里路，这一路游历下来，开阔了眼界，增长了知识。只是要注意安全，多结交一些有才学的朋友，待人要真诚。"

杜甫："谨记父亲教诲！"

杜闲站起身来，从箱子里拿出一些钱给儿子做盘缠。

杜闲："甫儿，这些钱拿着，不够的话我再给。这几年我特地给你攒了一些钱作为你的游资。"

杜甫非常感激："谢谢父亲！"

拿着父亲给的游资，杜甫就开始漫游齐赵。

首先他决定在兖州漫游。

传说大禹治水成功后，将天下之地分为九州，兖州便是其中之一。兖州文化底蕴深厚，孔子、孟子、曾子等都在此讲学。兖州治所设在瑕丘，管理任城、瑕丘、平陆、袭丘、曲阜、邹、泗水七县。兖州地处鲁西南平原，东仰"三孔"，北瞻泰山，南望微山湖，西临水泊山。兖州百姓尚好儒学，诚实淳朴，性格豪放讲义气。

杜甫首先游历了兖州的兴隆塔，兴隆塔因兴隆寺而得名，塔不大，建于隋朝。

游完了兖州城周边的地区，杜甫决定去东岳泰山。

东岳泰山，号称"天下第一山"，这里有数不清的名胜古迹，摩崖碑碣。巍峨、雄奇、沉浑、峻拔的自然景观是杜甫早就想游览的。

从南麓山脚下行走了两日，这天，杜甫在一棵松树下休息一会。他拿出一壶酒，还有带着煮熟的干牛肉、馒头，铺开随身带的牛皮毡子，将酒和肉摆置在上面。打开酒壶。一阵香气弥漫开来。

"好酒！真香！"有声音从不远处传来。

杜甫抬头看去，上山的路上走来一位俊秀的青年。

杜甫站起来，打了招呼："你好，这一路辛苦了，歇会儿一起小酌吧！"

"好嘞！"年轻人加快了脚步，很快就到了松树下，他双手作揖道："在下苏源明，见过兄长！"

杜甫回礼："在下杜甫！"

两人坐下，叙了起来。

原来苏源明从小父母双亡，早年离开故乡武功县，徒步客寓徐州、兖州等处，此时在东岳山中读书。此刻他刚从山下购物回山中。

杜甫也将他自己的情况做了介绍，一聊起来，两人越聊越投机，他们决定一起结伴漫游一段时日。

开元二十五年（737）秋天，两人相约登临泰山看日出，当他们到达日观峰时，翘首八荒，东见鸡鸣寺日出三丈，一轮红日出现在东海水天相接的地平线上，尚未到绝顶，便欣赏到胜景。他们看着脚下的山峦，只见青山葱茏连绵蜿蜒起伏，尽在眼底，脚下云雾袅袅。惊喜中他们相视一笑。

见杜甫在沉思，苏源明问道："杜兄可在酝酿好诗？"

"苏兄见笑了，请斧正！"杜甫清了清嗓子，吟诵道：

> 岱宗夫如何？齐鲁青未了。
> 造化钟神秀，阴阳割昏晓。
> 荡胸生曾云，决眦入归鸟。
> 会当凌绝顶，一览众山小。

苏源明鼓掌道："好诗！起句超然，由远及近！尤其是'会当凌绝顶，一览众山小'，绝了！结句写的是兄长的胸中抱负吧？"

杜甫笑道："苏兄过奖了，你也来一首吧！"

苏源明说："好吧，我就和你一首！"

当苏源明吟诵出来后，杜甫对苏源明的和诗也赞不绝口。

在日观峰他们吃着自带的干粮，接着朝山顶登去。一路上，两人畅谈他们的理想，觉得在这盛世该当有一番作为。

接下来的日子里，他们春天放歌于赵王台，冬天纵猎在青丘旁，北到邯郸，东到青州，苏源明见识了杜甫骑马射箭高超的技艺。

开元二十八年（740），杜甫在汶上游玩，遇到了高适。

时年37岁的高适此时正客游梁（开封）宋（商丘），他是去年六月抵达山东的，居住在宋城。

　　高适（约 700—约 765），字达夫、仲武，渤海郡（今河北景县）人。开元二十三年（735），高适三十二岁，应征赶赴长安应试，不料落第。杜甫和高适两人一见如故，同是落第之人，皆有远大的抱负，希望将来能为国效力。

　　在兖州长沙亭的一次游宴上，杜甫认识了张玠，两人成为好友。张玠带着六七岁的儿子张建封，活泼可爱的张建封机敏聪颖，杜甫赞不绝口。

　　从开元二十四年（736）到开元二十八年（740），杜甫在齐赵游历的日子里，过着裘马轻狂的生活。

第三章　星云际会在诗情

秋来相顾尚飘蓬，未就丹砂愧葛洪。

痛饮狂歌空度日，飞扬跋扈为谁雄？

——《赠李白》

三十三岁的杜甫和四十四岁的李白在洛阳相遇了，宛若两颗闪亮的星星，他们在诗坛发出耀眼的光芒，高适来了，李邕也来了。李白和杜甫两度重逢，第二次，他们白天携手同行，醉时共被酣睡……

1. 首阳山上祭远祖

书房里，杜甫拿出游历时作的一些诗作给父亲看。

杜闲仔细阅读后，点点头："嗯，进步不小。你结识了不少志同道合的朋友。"

"是的，父亲。苏源明、高适、张玠、许主簿等，我们成了莫逆之交。"杜甫接过父亲的话。

杜闲挑出几首诗，扬了扬说："《望岳》《题张氏隐居二首》《刘九法曹郑瑕丘石门宴集》《与任城许主簿游南池》和《对雨书怀走邀许主簿》比较好，与以前相比进步很大。我尤其喜欢你的《望岳》。"

杜甫："谢父亲谬赞！"

盯着杜甫这张成熟的脸看了几分钟，杜闲叹了一口气。

杜甫正在疑惑父亲为什么盯着看他，忽然听到父亲的叹气声，连忙问道："父亲，我有什么做得不对吗？"

"没有！"杜闲摇摇头说，"你已三十了，该成家了！"

"可是父亲，我还没有立业。"杜甫说。

"先成家，后立业吧！"杜闲说，"我有一朋友，司农少卿杨怡世伯，你见过的。他的小女儿贤淑端庄，知书达理。我觉得很适合你，去年我向杨世伯提起过，他以前见过你，也很喜欢你。若你同意，我便派人去提亲。"

杜甫心中半是喜欢半是担忧："可是父亲……"

"别担心！"杜闲说，"你是担心住所吗？我已经为你备好了钱。你打算在哪里安家呢？"

杜甫说道："父亲，我在首阳山下安家如何？"

杜闲点点头："好！那里有我们的祖茔，有我们杜家所置的田产。几百年来，我们杜家祖祖辈辈在那不断地置下田产，这些年来那里的田地产业养活了我们一大家族。我给你备下了一笔钱，你可再买些好地，建造一住所，置下一份田产，生活应该不成问题。你要记住切不可懈怠，要不断进取博得功名！"

"谢谢父亲教诲！"杜甫连连点头。

杜闲起身从书柜中取出钱交给杜甫："你速回偃师，尽早将房子建起来，好迎娶杨家姑娘。明天我请媒人去提亲后，我们随后再去上门拜访。"

杜甫接过钱，连声感谢父亲："好的，父亲，一切听你的安排。"

第二天，杜闲请媒人去杨家提亲。几天后，媒人回话说同意了。约定好日子，杜闲带着杜甫上门拜访杨怡。

杨怡在洛阳尚善坊置有一处房产，家眷皆住在洛阳。

一辆马车停在尚善坊一户大宅前，这便是杨怡家。

杨怡早在这天将家中让人布置了一番，他在家中等候杜闲父子的到来。

杜闲和杜甫下了车，伙计将车中的礼品往下搬。

杨怡在门口等候，看到杜闲拱手道："杜兄，劳您大驾！杨怡在此恭候！"

杜闲回礼："让杨兄久等了！早该来府邸拜访。"

杜甫连忙行礼叫道："世伯好！"

杨怡看着高大、潇洒、飘逸的杜甫，满脸的喜欢："世侄好！一路辛苦了！"

客厅落座后，杜闲和杨怡谈了谈时局以及官场的一些见闻。杜闲话题一转："杜兄，今日来拜访，一是为犬子提亲；二是商量为犬子置业，来征询你们的意见。"

杨怡："杜府家学渊源、世代书香、家底雄厚，杜兄见多识广、豁达宽容，世侄少年早慧，在洛阳颇有名气，皆是杜兄教导有方。"

杜闲："过奖了！犬子在吴越和齐赵游学多年，将成家之事耽搁下来，慕闻杨府千金端庄贤淑、知书达理，特来恳请结为秦晋之好，我们高攀了。我已为犬子备下一些费用，想在首阳山下置业安家，不知杨兄以为如何？"

杨怡："那可是一块风水宝地！离洛阳近。杜兄祖茔和祖业皆在那里。"

"感谢杨兄！"得到杨怡的肯定，杜闲安下心来，他转向杜甫，"既然得到世伯的首肯，你可速去置办产业。"

杜甫点头："好的。"

晚宴上，杜甫见到了杨怡的小女儿杨淑娟，淑娟小杜甫十多岁，年方十八，端庄秀气。两人只互相看了一眼，就喜欢上了对方。

杨怡和杜闲商定等房子一完工，就给杜甫和杨淑娟完婚。

首阳山在偃师县西北二十五里处，自当阳侯杜预晋太康六年（285）葬于首阳山下，到杜甫的祖父杜审言，其间四百多年间，杜氏十几代人去世后都埋葬在这里，且在此处所置下丰厚的田产，供养杜氏后裔。

杜闲委托偃师一同僚帮杜甫买地，很快地选好了，距离祖茔不远处。杜甫去洛阳请了一些工匠，姑父裴荣期也亲自来勘察地形，择好屋基。杜甫亲自购得上好的木材、石头，很快工匠们开工了。附近居住的杜姓本族都来帮忙。

寒食日那天所筑房屋落成。一大早，工匠们早早地到了，族里的许多人也来祝贺，姑父裴荣期于前一天就来了。杜甫的父亲因路途较远，没有及时赶回来。

杜甫为之取名为陆浑庄。陆浑庄是典型的四合院，三进三重，卯榫结构，布局合理，豪华气派。

举行完落成仪式，安排好其他事务后，杜甫骑着马去首阳山中祭祀远祖杜预。

　　杜预是魏晋时期著名政治家、军事家和学者，是杜甫最景仰的先祖。杜预文武双全，初在曹魏为官，授尚书郎，成为司马昭高级幕僚，封为丰乐亭侯。西晋建立后，历任河南尹、安西军司、秦州刺史、度支尚书。迁镇南大将军，成为晋灭吴之战的统帅之一，封为当阳县侯，入为司隶校尉。太康五年（284）逝世，终年六十三岁，追赠征南大将军、开府仪同三司，谥号为成。

　　首阳山是偃师境内最高处，因"日出之初，光必先及"而得名，又因伯夷叔齐隐于首阳山，采薇而食名扬天下。

　　首阳山南坡，杜甫远远地看到山坡碑石林立、古冢累累。这是从洛阳东去开封的官道，在官道旁大约一百二十步处，有一坟墓，背靠首阳山，坐北朝南。墓地占地面积很大，墓碑上写有"晋当阳侯杜公讳预之墓"，墓前建有杜公祠。在墓地向西瞻望是洛阳宫阙，向北仰望首阳山上是夷叔旧迹，向南眺望是奔流东去的伊洛河，而向东，则是两处陵寝崇阳、峻阳二陵所在。崇阳陵是司马昭的陵寝，峻阳陵是司马炎的陵寝。杜预娶了司马昭之妹后，拜尚书郎，复袭祖父杜畿丰乐亭侯爵。杜甫来到祠旁，下了马，系好马，将酒食拿了下来。在墓的不远处有一排土坯屋，屋前有衣服晾晒着，一只大黄狗跑出了屋子朝着杜甫狂吠起来。从土坯屋子里走出一位五十多岁的男子，喝道："回去！"大黄狗摇了摇尾巴回屋去了。

　　杜甫喊道："三叔！"

　　被喊的人见是杜甫，惊喜道："是甫儿呀，今天来山里？"

　　"是呀！在山下筑的陋室落成，今特来祭祀先祖。"杜甫回答。

　　被杜甫喊着三叔的是杜甫的本家杜昌常，因为一场洪水吞噬了妻儿的性命，他万念俱灰，来山上守墓，一守就是三十多年。

　　杜昌常："先祖勤奋好学，能文能武，善于与人结交，做事机敏，且说话谨慎。你可要好好学他，文武双全，成为栋梁之材。"

　　"谢谢三叔教诲！"杜甫回答。

　　在杜预墓前，杜甫摆好酒菜，上香磕头后，便开始诵读《祭远祖当阳君文》：

　　维开元二十九年岁次辛巳月日，十三叶孙甫，谨以寒食之奠，敢昭告于先祖晋驸马都尉镇南大将军当阳成侯之灵：初陶唐氏，出自伊祁，圣人之后，世食旧德。降及武库，应乎虬精。恭闻渊深，罕得窥测，勇功是立，智名克彰。缮甲江陵，祓清东吴，建侯于荆，邦于南土。河水活活，造舟为梁。洪涛奔汜，未始腾毒，《春秋》主解，稿隶躬亲。呜呼笔迹，流宕何人？苍苍孤坟，独出高顶，静思骨肉，悲愤心胸。峻极于天，神有所降，不毛之地，俭乃孔昭。取象邢山，全模祭仲，多藏之戒，焯序前文。小子筑室，首阳之下，不敢忘本，不敢违仁。庶刻丰石，树此大道，论次昭穆，载阳显号。于以采蘩，于彼中囿，谁其尸之？有齐列孙。呜呼！敢告兹辰，以永薄祭，尚飨。

　　念完，杜甫将祭文在杜预坟前烧掉了。随后，他来到不远处的东北方向，在祖父墓前摆上酒菜，上香、叩首。

　　祭祀完毕，杜甫告别三叔，下山了。

　　三个月后，杜甫迎娶了杨淑娟。

　　婚礼简朴但是热闹，杜甫看着父亲在人群中穿梭敬酒，父亲清瘦的背影和蹒跚的脚步，让杜甫心中一酸：年近花甲的父亲老了，不再是当年将他扛在肩上高大俊朗的郾城尉！

　　客人散去后，在新房内，杜甫拥抱着妻子，这一刻他觉得自己是幸福的，今后的日子他要像远祖杜预一样有所作为。

　　杜甫："淑娟，我期望自己能像远祖当阳君那样建功立业。我祖父官阶不高，终官修文馆直学士，官六品，但他以文扬天下。父亲虽然文不及祖父，但是他的官阶是从四品下，属于贵阶，为官口碑好。我希望你能支持我，在世上有所作为！"

　　杨淑娟伏在杜甫胸前，轻声说道："夫君，我会全力支持你！你骑马射箭是好手，文采飞扬早在洛阳传开了，又胸怀安邦治国之雄心，肯定会大有作为！"

杜甫听到妻子的话，说道："我不会辜负你的！"

夜，在他们的悄声细语中安静了下来。

2. 与李白相见的欢喜

婚后，杜甫时而住在东京洛阳，时而回陆浑庄居住。

山中的七月，满眼葱茏，凉爽的风不断拂面。这天，杜甫从东都洛阳回陆浑庄，他忽然来了兴趣，过宋之问的旧庄时，进去看了看，只见山庄凋敝，杂草丛生，残垣断壁。杜甫心中感慨万千。

晚上吃完饭后便和妻子聊了起来。

杜甫："今天我路过祖父好友宋之问的陆浑别业，我便去看了，荒草萋萋，房屋破旧，唉！"

杨淑娟："是吗？据说他口碑不好，而且结局很惨。"

杜甫："是的，他的一生是悲剧人生。他和祖父是好友，本朝初年著名诗人，律诗的奠基人。虽然他被很多人不齿，但我以为他不过是政治斗争的牺牲品，他更适合做一个文人。'近乡情更怯，不敢问来人''山雨初含露，江云欲变霞。但令归有日，不敢恨长沙'，多好的句子！我欣赏他的诗文。"

杨淑娟："他的诗文确实不错！但是为官却做了很多让人不能理解的事情。为文可学他，为官你可别学他！"

杜甫："知道！我是感念他和祖父的情谊。则天皇后圣历元年（698），祖父坐事贬吉州司户参军，宋之问曾写诗以赠祖父，在很多人避开祖父时，他和祖父依然往来，他这个人重情重义。"

说着，杜甫吟诵起来：

卧病人事绝，嗟君万里行。

河桥不相送，江树远含情。

别路追孙楚，维舟吊屈平。

可惜龙泉剑，流落在丰城。

杜甫："听到了吧？多好的诗！这是他送给祖父的诗。"

杨淑娟："他的诗写得真好。对了，大弟的信你回了吗？"

杜甫："今天晚上回吧。入秋以来，黄河泛滥，伊洛河也是。洛阳的天津桥被冲毁，居民房屋庄稼毁损无数，河水中漂满了尸体。"

杜甫的大弟杜颖在山东任齐州临邑的主簿、典领文书，掌治河之职，写信给杜甫述说黄河水灾给百姓带来的忧患。其时，杜甫居住地伊洛以及支流四下漫溢，河南北二十四郡水满为患。

晚上，杜甫写了一首诗《过宋员外之问旧庄》，然后给杜颖回了一首诗《临邑舍弟书至，苦雨黄河泛滥，堤防之患，簿领所忧，因寄此诗，用宽其意》，问候并安慰弟弟。

多事之秋刚过，杜闲在任上突然去世，刚过而立之年的杜甫十分悲伤，他们兄弟几人将父亲的灵柩运回首阳山下，安葬在祖父坟墓的不远处。

正月，朝廷改元天宝元年（742），大赦天下。

陆浑庄内，杜甫和弟弟杜颖聊着朝廷的一些事。

杜甫问杜颖："田同秀献符，朝廷改元你怎么看？"

杜颖："老子出函谷关一千多年后李渊建立唐朝，追认老子为李姓始祖，当朝对老子的推崇经久不衰。田同秀献符，我以为是故意为之，取悦于皇上。"

杜甫："我想也是。皇上在位几十年间，一共三次修改年号，即位第一年，他将年号改成了先天，其后第二年又将年号改为开元，即位第三十一年，现在将年号改为天宝。"

开元之前，每年供边兵衣粮，费用不过二百万；天宝之后，边将奏守兵逐渐增多，每年用衣千二十万匹，粮百九十万斛，公私劳费，均从百姓身上出，从此百姓开始困苦。

杜颖没有接话，叹了一口气。

杜甫："唉！民不聊生！长此以往百姓怎么活？"

杜颖："是啊！对百姓的困苦我了解得很多。"

兄弟俩就这样不紧不慢地聊着天。

二月，朝中一些官职名称也做了变动，侍中、中书令为左右丞相，丞相改为仆射，东都、北都皆为京，州为郡，刺史为太守。

这天，杜甫正在陆浑庄家中吃午饭，突然，姑姑家的一位仆人匆匆赶到。一见到杜甫。他的声音就哽咽了：

"杜……你姑姑……"

"姑姑怎么啦？"杜甫着急地问。

"你姑姑她……她突然去世了！"仆人说。

"啊！"杜甫感觉脑袋一晕，眼泪不自觉地流了出来，他想起了姑姑对他的关爱。

匆忙赶到洛阳，在东都仁风里姑姑家，杜甫见到了安详去世的姑姑，他跪在姑姑遗体旁，看着姑姑蜡黄的脸，别过脸去，泪水像断线的珍珠。

六月二十九日，杜甫的姑姑迁殡于河南县平乐乡之原，这是杜甫姑父的故里河南县。

杜甫为他的义姑作墓志。

裴荣期读着杜甫写的《唐故万年县君京兆杜氏墓志》，悲痛的心又有了一份惊喜，他不禁为这篇文章叫好：墓志铭没有运用以往的四六骈俪文之类过于华丽的文饰，它与六朝的四六骈俪文迥然不同，已从美文丽词中走出来，此墓志从辞藻华丽的赞美转移到着重追忆姑姑的德行，这是情到深处的文字。裴荣期感觉到杜甫的文字功底经过这几年的磨炼，更加深厚了。

裴荣期走到杜甫身边，用手拍了拍杜甫的肩膀。

杜甫伸出手按在了姑父的手背上，算是对姑父安慰的表示。他的心中充满悲凉，从此他失去了一个最疼爱他的长辈，他为自己没有向姑姑报恩感到万分遗憾。

洛阳酒坊里，杜甫独自一人饮酒，想到自己已过而立之年，功名遥遥无望，漫游吴越和齐赵所交之友也在努力求仕之中，对自己没有多大的帮助，又想到父亲和姑姑相继去世，悲从心来，一口接一口地喝酒。

蒙眬间，他听到旁边桌子上有人在议论。

"听说了吗？诗人李白被皇帝遣出宫了，据说皇上给了不少钱。"一个穿黑衣服的人说。

另外一个穿蓝衣服的回应："是呀，估计是得罪了娘娘。李诗人还真是了不得，敢让高力士给他脱靴。"

"那还不是喝酒的缘故？"

"唉，话不能这么说，酒醉心明，或许他早就看不惯高力士了。"

……

原来，天宝三载（744）在长安的李白为高力士所谗，得罪了杨贵妃。

高力士，潘州人（今广东省高州市城区），原名冯元，为北朝海南民族英雄代表人物冯盎的曾孙，十岁时，其家因株连罪被抄，他被阉。幼年入宫，被宦官高延福收为养子，取名高力士。高力士虽为阉人，却有非凡的政治眼光和决断性格，有勇有谋。景龙四年（710），李隆基发动宫廷政变，杀韦皇后、安乐公主和武氏党羽，睿宗复位，立隆基为皇太子，高力士参与谋划有功。先天元年（712），高力士协助玄宗（李隆基）又发动一次宫廷政变平乱，他参与谋划。在宦官中，他的地位无人能比。玄宗有一句话说："力士当上，我寝则稳。""每四方进奏文表，必先呈力士，然后进御，小事便决之。"由此可见，高力士在宫中的地位。

天宝元年（742），李白的文采得到玉真公主和贺知章的交口称赞，玄宗看了李白的诗赋，对他十分欣赏，便召李白进宫。李白进宫朝见那天，玄宗降辇步迎，"以七宝床赐食于前，亲手调羹"。玄宗问到一些当世事务，李白凭半生饱学及长期对社会的观察，胸有成竹，对答如流。玄宗大为赞赏，随即令李白供奉翰林，陪侍皇帝左右。玄宗每有宴请或郊游，必命李白侍从，利用他敏捷的诗才，赋诗纪实。

天宝二年（743）春，四十三岁的李白奉诏作《宫中行乐词》，赐宫锦袍。暮春的一天，兴庆池牡丹盛开，玄宗与杨玉环同赏，这是玄宗命人移植的牡丹花，玄宗非常高兴，就叫舞女歌姬前来助兴。玄宗说"赏名花，对妃子，焉用旧乐词为"。这时掌管梨园的李龟年便请李白来，请他写《清平调》词三章，李白一气呵成写出三首。接着他又奉诏作《清平调》，深得皇上喜欢。

但是，李白对御用文人生活日渐厌倦，开始纵酒以自昏秽。与贺知章等人结"酒中八仙"之游，有时，玄宗请他去作诗他也不去。曾经奉诏醉中起草诏书，又令高力士给他脱靴……这样高力士借李白写给杨贵妃的诗在贵妃面前进谗言，贵妃在玄宗面前说李白的坏话，加上高力士也在玄宗耳边进谗言，玄宗渐渐对李白疏远，除去李白翰林院官职，赐金还乡。

出了宫的李白宛若脱笼的鸟，他感到这才是他要的生活。

夏天，李白来到洛阳，自然要拜见杜甫。此时，杜甫在陆浑山庄，听说李白来到洛阳，他也来到洛阳。

洛阳仁静里，杜甫正在租住的屋子里准备酒菜。酒是杜甫亲自去打的，妻子杨淑娟正在灶台上忙着做菜。

上午十时，李白乘坐的马车到了杜甫的家门口。

"客人到！"车夫在门外喊道。

杜甫急忙出屋迎接，见到气宇轩昂的李白，杜甫忙拱手：

"久仰李兄，今日到来，蓬荜生辉！"

李白爽朗一笑："杜兄，幸会！幸会！久仰大名，今日才得拜访。"

"李兄，请！"杜甫和李白进了屋子。

杨淑娟急忙来见李白，行了礼，又去灶台忙去了，她将菜端了出来。

两人落座，李白："听说尊君和义姑仙逝，本该早来看你，只是……"

杜甫："谢谢李兄关爱，您在皇城很忙，我知道的。"

李白哈哈一笑："忙？忙着为他人写诗填词，忙着为自己喝酒！"

吃了一口菜，喝了一口酒，李白连声赞叹："好酒好菜！杜兄啊，庙堂的黑幕和宫闱的秽乱你是不知的，不说了，不说了！我这样很好，解除我的翰林职位，从此我可以过自己想要的生活，'安能摧眉折腰事权贵，使我不得开心颜'！"

杜甫给李白敬酒："李兄见多识广，今后还需要您多指点。在洛阳，我也看到了钩心斗角、阿谀逢迎。"

李白："你不一样，你还年轻，世代守儒，你享受令尊的官荫，可以走仕途。"

杜甫见李白这样鼓励自己，对未来充满了希望。

两人边喝边聊，越聊越投机，于是决定秋天等杜甫守孝期满一起游梁宋（今河南开封一带），一起寻找道山仙境，采摘瑶草。

3. 仙人般的日子

滔滔黄河中，一叶扁舟在水中奋力驶向对岸。李白端着酒杯站在船头，高大的身躯，被风吹动的衣衫，远方接着水天的云朵，这些仿佛都是背景，更衬托出李白的潇洒飘逸。杜甫心中感叹："好一个谪仙人！"

游侠和求仙，在贵族和豪门中是一种时尚。李白十五岁开始学习剑术，二十岁时充当剑客，亲手杀死好几个人。随后到处漫游，结交有权有势的达官贵人。他求仙访道，迷信符箓。

杜甫本不信道，前几年听到天台山马子微称赞李白有"仙风道骨"，洛阳贺知章一见他就说是"天上谪仙人"。杜甫仰慕李白很久，当他见到李白时，被李白仙风道骨的神采吸引，又被他妙笔生辉的文章折服，而李白的豪放以及和他一见如故，让杜甫深深感动。两人夏天见面后相约秋天一起到梁州（开封）宋州（商丘）一游。

初秋，两人见面后，李白邀约杜甫渡黄河去王屋山参拜道士华盖君，杜甫欣喜地答应了。

船舱内的小几上，几碟菜，一壶酒，一盘水果，这便是船家提供的午餐。

杜甫拿着酒壶，站起来，走到船头，给李白倒上酒，给自己也满上，两人举杯互敬，干了杯中的酒。

杜甫将写的一首《赠李白》递给李白，李白展开来读后看着杜甫，点点头缓缓地说："子美不光是诗写得好，字也是遒劲有力。"

杜甫微微一笑："过奖了，李兄！久闻盛名，一直无缘相见。当我漫游吴越时，李兄北过太原，东至齐鲁；我在北方漫游齐赵时，兄转下江南。夏日一见，今日同游真是幸事！"

李白："这就是缘分，有缘终究是要相见的。子美在吴越游历数年，我也在南方待了数年，却无缘见面。啊！想起在南方隐居剡溪的日子，真是快意！"

杜甫点点头："以兄之豪放，岂是受供奉天子羁绊之人？'安能摧眉折腰事权贵，使我不得开心颜'，妙哉！"

李白站起来，端着酒杯，看着远方，喝了一口，他点点头，心中似有很多话要说。

没有人能享受他这样的待遇，皇上隆重接待他，以七宝床赐食，并亲自为他调羹。待诏翰林院，他的才华用于为朝廷润色鸿业、点缀太平，有时也代草诏书，更多的时候是在宫中侍宴，为助酒兴、为后宫嫔妃们吟诗作赋。宦官高力士为他脱靴挠痒，国舅杨国忠为他磨墨摇扇，后宫嫔妃寒天各执冻笔为他呵墨……志在"济苍生、安黎元"的他不愿意做这种文学侍从，常和贺知章等文友一起喝酒聊天、吟诗作赋、谈古说今。宫中内侍常找到醉意醺醺的李白，请到宫中作诗。醉得厉害的时候，李白也不管是不是皇帝的旨意，不去宫中，这就是真实的李白，皇帝也由着他的性子，不加指责。

李白："子美，你还未进官场，我已经对那些纸醉金迷的生活感到厌倦，我喜欢游侠般的生活，不受任何羁绊。"

杜甫面露羡慕之色："兄诗名在外，又四方结友，挥金如土，确实让人羡慕钦佩。"

李白："子美过奖了，以我的出身，我无法如你一样进入仕途。不过……"

李白看了看杜甫，咽下了后面要说的话。

"无人提携，前途渺茫！"杜甫感叹。

日暮时分，他们的船到了目的地。给船家付了钱，杜甫和李白上了岸，他们前去王屋山的山脚下。

王屋山为中条山分支山脉，在山西阳城、垣曲县和河南济源中间。主峰天坛山，海拔1715米。高耸于太行山南端，有"太行之脊、擎天地柱"之称。是道教"天下第一洞天"，号"小有清虚之天"。以天坛峰为中心，前有华盖峰，后有五斗峰，左有日精峰、右有月华峰，天坛峰为主峰突起、群山簇拥，这拔地通天之势被誉为"道境极地"，是道家采药炼丹、修身求仙得道的理想场所。

在山脚下，李白和杜甫找了一家客栈，住宿一晚，准备第二天一早上山。

第二天天刚亮，杜甫和李白就起了床，洗漱完毕，吃完店家准备的早餐，带着店家准备的干粮出发了。

上山的路还比较平稳，路两旁林木繁茂，群鸟啁啾，两人的心情非常愉快。

李白："子美，这王屋山可是座宝山，当年轩辕黄帝于元年正月甲子，登天坛山设坛祭天，打败蚩尤，统一华夏，所以被我朝奉为十大洞天之首。"

"《列子》所载'愚公移山'的故事就是发生在此地。"杜甫停下来环顾四周，"真是难得的仙境！"

到了晚上掌灯时分，两人到了山上的小有清虚之天。他们进去向一小道童打听华盖君，得知华盖君已经升仙。

李白心中凉了半截，深深地叹了一口气。杜甫伸出手拍了拍李白的后背以示安慰。

李白让小道童带他们去看了华盖君的旧居，当看到墙角的蜘蛛网，落满灰尘的床桌，李白落泪了。

道长知道来了客人，忙出来接待李白和杜甫。当知道是大诗人李白时，一时激动得说不出话来。

吩咐人做好了饭菜，道长又陪着杜甫和李白边吃边谈到华盖君的过往，众人又是一阵感叹。

第二天一大早，杜甫和李白起床出门看了看道观四周，见到杂草丛生，树木凋敝，香炉香火冷清，不禁伤感万分。他们移步登上山顶祭天的石坛，只见周围群山匍匐在主峰周围，山上层林尽染，极目远眺，山与天相接，一股浩然之气灌顶而入，两人又是感叹一番。下了祭天坛回到道观，看到满目萧条，心情又悲凉到极点，他们决定吃完早饭就下山。

下山的路上两人说话不多，李白谈起与华盖君的交往，又伤感不已。

两人渡过了黄河，高适在黄河边一小酒馆里等待李白和杜甫。

杜甫和高适两人当年在汶上河畔相识，非常谈得来，今日老朋友见面，似乎有说不完的话，特别是见到李白后，高适非常开心。高适四十三岁，比杜甫大十岁，和李白年龄差不多。高适年少时家境贫寒，四五年前，他一直在梁宋一代流浪。二十岁时在长安，想求官职，却未能如愿。后来去了蓟门，想在边疆从军报国，立功沙场，也未能如愿。

"店家，拿一瓮酒来，今日我们要一醉方休！"李白拿出钱递给店家。

高适要请客，李白挡住了："别，我这钱也不是我的，是皇上的，你别客气！"

杜甫说："高兄，李兄一向是豪爽惯了，你就别客气了。"

"是的，是的，还是子美懂我。"李白爽朗一笑。

菜端上来了，酒也端上来了，三人边喝边聊。

"高兄，今后你打算怎么办？"杜甫问高适。

高适："我还能怎么办？今后还是在边疆军队里求仕途吧，无人提携，在京城太难了。"

杜甫也是一片茫然："三十而立，三十过了，还是前途渺茫，我也是不知道往哪里去！"

李白只喝酒，不说话，笑眯眯地看着两人。

高适："你想想，李兄才华出众，高官厚禄都不稀罕，我们……无名之辈，太难了，空有报国之志，没有报国之门。"

"唉，也是！"杜甫一声叹息。

李白看着他们唉声叹气，笑着说："你们还是有前途的，别灰心！喝完酒我们休息一晚，明天上路去孟诸。"

两人即刻赞同。

宋州以北，直到单父（今山东单县），有一大泽叫孟诸，这里是游猎的区域，三位诗人雇了马车来到这里游猎。

每天，他们开开心心，喝酒、写诗、游猎，忙得不亦乐乎。

这天黄昏，在单父台上，三位诗人拿出酒菜，席地而坐。

高适给李白和杜甫倒上酒，也给自己满上一杯。

"两位兄长，敬你们一杯！"高适先干为敬。

李白和杜甫也都一饮而尽，酒酣耳热，三位诗人便谈起了时事。

杜甫北望，看到了没有边际的荒芜，深深地叹了一口气。

"子美，这一声叹息却是为何，难道是悲秋？"李白问道。

杜甫："个人前途渺茫！"

李白将酒一口喝下了："唉，你又谈这个话题！个人前途渺茫？可我看到国家前途也渺茫。朝廷若是任凭这样下去……"

李白不说话了。

高适想听下去："李兄为何不讲了？"

"近年来，玄宗好大喜功。边将们呢？投其所好。"李白说。

"此话怎讲？"高适问，他一直对边疆局势很关心。

"你没看到边将们专门用立功边疆来夸耀功绩，以博得皇帝的欢心？"李白说。

"这个，倒没听说。"高适说。

杜甫接过话："我有耳闻。"

李白接着说："边疆驱使成千上万的士兵去攻打并不重要的城池，打胜了就向朝廷邀功，打败了就将消息封锁起来，可是每一寸土地都是将士们的尸骨换来的。国家的危机没有暴露出来，是因为现在仓廪是满的，一旦出现荒年或者内乱，国将不国……"

谈到这里，三个人忧心忡忡。

"不去想了，我还是喜欢在这里无拘无束地生活，有你们俩陪伴，多么开心的事情啊！天高云淡，大雁南飞，好酒相伴……"李白将一杯酒喝下去，又醉了。

杜甫和高适两人也将酒一饮而下。

这个秋天，他们时而在城里的酒楼畅谈痛饮，时而在吹台一醉方休，时而在单父的琴台眺望。他们南望芒砀山上的浮云，北眺没有边际的荒芜……他们在这里呼鹰逐鹿，快乐而又自在。

分别的日子终于来了，这天他们三人在一棵大树下摆好酒菜。

高适："两位，我先敬你们一杯，南游楚地是我的梦想，那里的山水吸引着我，干了这杯酒，就此告别！"

李白也将杯中的酒喝干了："高兄，我要去齐州紫极宫领受道箓。"

紫极宫原本是祀奉老君的玄元皇帝庙，这年三月三日诸郡玄元庙都改为紫极宫，李白去齐州是领受北海高天师的道箓。

杜甫："我要去齐州拜见李邕。李兄，你同我一道去，行吗？"

李白哈哈一笑："恐怕他不愿意见我。"

杜甫不解："何故？"突然，杜甫明白了，"是那首诗？"

李白高声吟起了一首诗：

> 大鹏一日同风起，扶摇直上九万里。
>
> 假令风歇时下来，犹能簸却沧溟水。
>
> 世人见我恒殊调，闻余大言皆冷笑。
>
> 宣父犹能畏后生，丈夫未可轻年少。

原来开元年间，李白当时年轻，出游渝州，慕名去礼拜时任渝州刺史李邕，李白和李邕的性格有些类似，李邕听了李白的高谈阔论后，不太喜欢这个狂妄的青年。李白便写了《上李邕》这首诗，让李邕不要小看后生。

杜甫见李白有点忌讳和李邕相见，也就不勉强了，三人喝完酒后就各自上路了。

4. 飞蓬各自远

李白见了北海天师高如贵。在齐州（治所在今济南），紫极宫高天师为李白举行了入道仪式，授了道箓，李白正式成为一名道教徒。在齐州待了数日后，高如贵要回北海（今山东益都），李白设宴为他饯行，作了《饯高尊师如贵道士传道箓毕归北海》一诗相赠。

杜甫到了齐州拜访已过花甲之年的李邕。

李邕（678—747），字泰和，鄂州江夏（今湖北武汉市江夏区）人。他是文选学士李善的儿子，少年时期便声名在外，他博学多才，精于翰墨，尤其是行书绝妙。在此之前，做过校书郎，迁左拾遗，转户部郎中，调殿中侍御史，迁括州刺史。六十四岁的李邕美名在外，他好结交名士是出了名的，他工文，尤长碑颂，他给人书墓志与寺庙碑碣，善行书，变王羲之法，笔法一新，所获馈赠丰厚，他鬻文获金多用于支付结交朋友的开销，他任意帮助一些穷困的朋友，在长安、洛阳，无论他走到哪里，哪里就是高朋满座，居住的巷子常常挤满了来访者，他写书法时更是引来众人的围观，李阳冰感叹他是"书中仙手"。

当年在洛阳,当杜甫还是一个少年时,李邕就很关注杜甫。以凉州词出名的王翰认识杜甫,李邕求王翰带他认识杜甫,愿意和杜甫做忘年交,所以杜甫对李邕一直心存感激,这次到齐州就去拜访李邕了。

李邕长须飘飘,听到随从报杜甫来了,忙出门迎接,见到杜甫他十分开心:"子美,长成一个美男子了,诗歌又大有长进了吧!"

杜甫:"承蒙前辈夸奖,子美惭愧。"

寒暄之后,李邕挽着杜甫的手进了他的书房。

一连几天,两人相处愉快,分别时,杜甫依依不舍。

转眼到了天宝四载(745)夏天,杜甫再游齐鲁,他先去拜访齐州太守李之芳,李之芳是李邕的从孙,杜甫邀请李邕从北海(青州)来齐州,李邕应邀而来。两人见面十分开心,决定第二天一起同游历下亭。历下亭是齐州名亭之一,因其南临历山(千佛山),故名历下亭,它在大明湖中的小岛上。

李邕在历下亭宴请杜甫,作陪的还有几位文友。历下亭背山临湖,云影山色,十分幽静,四周修竹环绕,亭边河水交汇,杯觥交错间,乐音袅袅,玉佩叮当作响。

李邕:"子美,如此美景,可否作诗一首?"

杜甫点点头,当即吟诵:

陪李北海宴历下亭

东藩驻皂盖,北渚凌清河。

海右此亭古,济南名士多。

云山已发兴,玉佩仍当歌。

修竹不受暑,交流空涌波。

蕴真惬所遇,落日将如何?

贵贱俱物役,从公难重过!

"好!"众人拍手叫好,李邕捻着胡须看着杜甫。

杜甫向众人拱手:"献丑了,各位!"

李邕端着酒壶，走向杜甫："子美，这首诗写得不错，顿挫起伏，来，满上！"

杜甫忙端起酒杯，接住李邕倒的酒，一饮而尽。

众人喝彩。

几天后，李邕带着杜甫宴于鹊山湖亭。鹊山湖亭在齐州城北二十里，这次陪宴的有李之芳等人。杜甫席上作了《同李太守登历下古城员外新亭》，李邕也写了一首。

酒喝多了，李邕的话也多了。李邕谈到和杜甫忘年交的情谊，谈到当前的文学，他又历数几十年来的诗人。

李邕："子美，你看看这几十年来的诗人，杨炯诗文雄壮；李峤的诗文华丽，我不喜欢；张说，他，哼，诗文不行！你看看他写的是什么东西！杜审言的《和李大夫嗣真诗》是难得的佳作！你呀，子美，将来肯定有惊世的作品，我看好你！"

杜甫上前扶住脚步有些踉跄的李邕，他耐心地听李邕絮絮叨叨。

在齐州，杜甫与李邕一起游览了一些时日，李邕回北海去了，杜甫也离开齐州去临邑看望弟弟杜颖。临邑属于齐州，杜颖任临邑主簿。杜甫中途经过鹊山湖亭时，想起李之芳的盛情招待，作了一首诗《暂如临邑，至鹊山亭，奉怀李员外，率尔成兴》。到杜颖家后，住了一段时间，于初秋来到兖州（天宝年改为鲁郡）。

李白早已回到兖州附近任城（济宁）家中，听说杜甫到了兖州，他也来到了兖州。

两人秋日相见更是亲密。

杜甫见李白回了一趟家，精神大好，仙气十足，心中激荡，当即写了一首诗赠李白：

> 秋来相顾尚飘蓬，未就丹砂愧葛洪。
>
> 痛饮狂歌空度日，飞扬跋扈为谁雄。

李白接过杜甫的墨宝，哈哈大笑，说："子美，好一句'痛饮狂歌空度日，飞扬跋扈为谁雄。'好！好！我收藏了！"

杜甫："李兄见笑了。"

"明天和我一起去东蒙山，如何？"李白看着杜甫说。

"访仙人、赏名山？"杜甫问。

李白："当然，这次我们要拜访几个人。"

杜甫："当然乐意！"

东蒙山，也叫"东蒙""东山"，跨平邑、蒙阴、费县和沂南等县，绵亘一百余公里，总面积一千一百二十五平方公里，主峰龟蒙顶海拔一千一百五十六米，周围有大小山峰三百余座，深谷陡涧三百多条，有"七十二险峰，三十六洞天"之说。

第二天一大早，李白和杜甫起床，打理好行囊，两人出发了。

一路上，两人边走边聊。

李白："子美，《诗经》内《鲁颂》中'閟宫'篇，关于蒙山的，你可记得？"

杜甫："当然，'泰山岩岩，鲁邦所瞻。奄有龟蒙，遂荒大东，至于海邦，淮夷来同。莫不率从，鲁侯之功。'没错吧？蒙山的山顶像乌龟盖在其上，所以也叫龟蒙山。"

李白："是这样，这次我们去山中寻访的人有道士董炼师和元逸人，探讨炼丹的秘方。"

两人在山道旁的一棵大树下歇息了一会，喝了些水，吃了干粮，继续上路。

在一个岔路口，他们不知道走哪条路，正好来了一位樵夫，杜甫忙上前去打听董炼师的住处，恰好樵夫和董炼师很熟，他便带着李白和杜甫去了一条山涧的旁边。

石头砌就的小房子，门前野花遍地，与周围的树木高低错落，颜色非常好看。离石房不远处有石灶，石灶上有一口大锅，灶内柴火正旺，锅内红色的水正在冒泡。

"董炼师，有客人来了！"樵夫喊道。

一位戴着道士帽子，约莫五十岁的男子走了出来，他一看见李白，便拱手道："哎呀，谪仙人来了，有失远迎！"

李白连忙还礼："董炼师居住在如此仙境，真是令人羡慕！"

"一介山野村夫，不值一提，不值一提！倒是仙人怎么有闲情来此？"董炼师满脸堆笑，"快进屋，快进屋！"

"这是洛阳城里的杜子美，才华横溢。"李白介绍道。

"幸会！幸会！"董炼师施礼。

杜甫还礼。

一连十来天，李白和杜甫在董炼师这里喝酒、论诗、谈养生之道，三人十分开心。

之后，他们俩告别了董炼师，继续去深山里拜访元逸人，在元逸人那里又住了几天，然后下山。这次，他们在东蒙山住了有二十天。

回到了兖州，他们又决定去城北，一起去寻找隐居的范十隐士。

一路的谈笑，一路的惺惺相惜，两个人谈得异常投机。

在一处幽静的山间，他们找到了范十，看见范十的隐士生活，杜甫有感而发，写了一首《与李十二白同寻范十隐居》：

> 李侯有佳句，往往似阴铿。
> 余亦东蒙客，怜君如弟兄。
> 醉眠秋共被，携手日同行。
> 更想幽期处，还寻北郭生。
> 入门高兴发，侍立小童清。
> 落景闻寒杵，屯云对古城。
> 向来吟橘颂，谁与讨莼羹？
> 不愿论簪笏，悠悠沧海情。

傍晚时分，他们带着醉意而归。

相聚的日子总是很短暂，分别的日子终于来了。

兖州城东，两山如石门对峙，故被称为石门山。李白紧紧握住杜甫的手："子美，这一别，我们不知道何时相聚，从去年到今年，是我从朝中出来后最快乐的日子，我们一起喝酒，一起论诗，一起访友……这情谊使我铭记……"说到动情处，李白从他的书囊中拿出写好的诗递给杜甫。

杜甫接过来，朗声读起来：

> 醉别复几日，登临遍池台。
> 何时石门路，重有金樽开。
> 秋波落泗水，海色明徂徕。
> 飞蓬各自远，且尽手中杯。

还没念完，杜甫的嗓音一度哽咽，他将诗稿叠好，放进自己的书囊："这两年蒙兄不弃，与兄朝夕相处，子美学到了很多，心中也是快乐无比，我将去西都，此去不知前途如何，兄已是诗名远扬，我却是刚刚起步，子美愿意以兄为楷模实现自己的理想。"

李白拍了拍杜甫的背："子美，你一定会实现自己的愿望的，以你的才情和志向，会名扬四方。我要东游，你我就此别过！"

李白和杜甫两人互相拱手施礼，各自上路了。

杜甫频频回头，他看见李白也回过身来看着他，霎时他热泪盈眶。

李白远远地看着杜甫，心中感叹："但愿他的仕途如他所愿！"他深深地叹了一口气。

第四章　鲁郡归来居长安

致君尧舜上，再使风俗淳。

此意竟萧条，行歌非隐沦。

骑驴十三载，旅食京华春。

朝扣富儿门，暮随肥马尘。

残杯与冷炙，到处潜悲辛。

——《奉赠韦左丞丈二十二韵》

从鲁郡归来后杜甫来到长安，他满怀激情准备施展自己的抱负，可是由于李林甫的阴谋，杜甫以及参加科举考试的人，被李林甫以"野无遗贤"予以否定了，他穷困潦倒地生活在长安。

1.　意气风发赴长安

天宝五载（746）春天，三十五岁的杜甫回到东京洛阳。

妻子杨淑娟见杜甫回来，十分高兴，她杀鸡宰鸭，又去买了一壶酒，请来族叔杜煜贤。杜甫不在的日子，族叔常常过来帮忙。

酒酣耳热，杜煜贤问杜甫："贤侄从齐鲁游学归来，不知有何打算？"

杜甫："叔叔，不才侄儿打算前往长安，博取功名。"

站在一旁的杨淑娟心中窃喜，丈夫终于考虑到去博取功名了，大她十多岁的杜甫将要担负起家庭的重担。她上前给族叔和杜甫的杯子斟满了酒。

杜煜贤："这杯酒敬贤侄仕途顺利！"他一饮而尽。

杜甫："谢谢叔叔的吉言，我定当努力。"

杜甫给妻子倒上一杯："贤妻在家辛苦了，我敬你一杯！"

杨淑娟："祝你西去长安功成名就！"

杜甫深情地看着年轻美丽的妻子，点点头："我不会让你失望！"

在家里过完年后，一开春，杜甫便启程去繁华的长安。

长安城，始建于隋文帝开皇二年（582），原称为大兴城。隋文帝君臣为统一天下，长治久安，都城的兴建规划饱含着天人合一的思想。其城池面积是汉朝的 2.54 倍，是罗马城的 6.39 倍，是当时世界上规模最大的都市。长安城由宫城、皇城和外郭城三部分组成。唐朝改名为长安城，因为一直在扩建，到天宝年间，长安城规模宏大。其东西十八里一百五十步，南北十五里一百七十五步，除了城北的皇宫和东西两市，共有一百一十个正方形或长方形的坊，坊与坊之间有笔直的街道，宫城、皇城、外郭平行排列，以宫城象征北极星，以为天中；以皇城百官衙署象征环绕北辰的紫微垣；以外郭城象征向北环拱的群星。整个城内散布着王公贵族的宫殿官邸、各种宗教的庙宇、店铺、旅舍和平民的住宅。长安城里有东市和西市，这是长安城的经济活动中心，也是当时全国工商业贸易中心，还是中外各国进行经济交流活动的重要场所。这里商贾云集，店铺林立，物品琳琅满目，贸易极为繁荣。

杜甫到达长安，租住在旅舍，旅舍因为长住包伙食，也不算太贵，杜甫因为之前给人作碑文帖，尚还有些积蓄，陆浑山庄请人帮着种地，基本能自给自足，杜甫来长安，妻子又将所有的积蓄都给了他。

要想走仕途，除了科举考试外，另外一种途径便是结识达官贵人，靠他们引荐走入仕途。

这个时候，杜甫非常思念李白，倘若李白在京城，那么肯定会帮助他，李白认识那么多达官贵人。在一个夜晚，客居旅舍的杜甫写了一首《春日忆李白》，表达了他的思念：

> 白也诗无敌，飘然思不群。
> 清新庾开府，俊逸鲍参军。
> 渭北春天树，江东日暮云。
> 何时一樽酒，重与细论文。

远离京城在江浙一带的李白帮不了杜甫，杜甫只好依靠他的好友郑虔的帮助。

郑虔（691—759），字趋庭（又作"若齐""弱齐""若斋"），郑州荥泽县人，郑述祖六世孙，在景云元年（710）进士及第，入仕即补率更寺主簿之缺，杜甫与他的交情不浅。

一早，杜甫打听到了郑虔的府邸，他带了一些晒干的草药作为见面礼。

这是一处不大的官邸，小巧而精致。

杜甫敲了敲门，门开了，露出一位年轻妇人的脸。

"请问，这是郑虔的家吗？"杜甫问。

"是的，请问您是？"那妇人问。

"我是他的好友杜甫，今特来拜访！"杜甫回答。

妇人热情地说："早听过您的大名，快请进！家父出去了，中午回来吃午饭。我是他的小儿媳妇。"妇人将杜甫引进郑虔的书房，倒上茶。

"你忙去吧，我就在书房看一会儿书。"杜甫说。

"那好吧，王妈，请过来伺候客人。"妇人喊道，随着一声"哎"，一位五十多岁的妇人前来又给杜甫续上茶。

"不用，你也忙去吧！"杜甫推辞，老妇人没有走开，立在书房外。

中午时分，郑虔回来了，他五十五岁，身高八尺左右，长衫美髯，仙气飘飘。一见到杜甫，十分高兴，他吩咐家人做了几道好菜，拿出窖藏的酒，在书房和杜甫对饮起来。

"子美这次来长安有何打算？"郑虔问。

"我来长安还仰仗郑博士提携，对仕途我一无所知。"杜甫说。

"嗯……"郑虔沉吟片刻，说道，"这样，你今晚不要走了，晚上我将侄儿叫过来和你见见，或许他对你有所帮助。"

杜甫非常开心，站起来敬郑虔："感谢郑兄！"

郑虔的侄儿郑潜曜，其父名为郑万钧，是驸马都尉，荥阳郡公。其母是代国长公主。开元年间，公主卧病，郑潜曜侍奉母亲左右，片刻不离，连续三个月没有洗脸。公主病情加重，他刺血写字乞求诸神用自己来替代公主。他用火烧血书，唯独"神许"二字没有烧化。第二天公主痊愈，他告诫左右不要说出他求神的事。后来郑潜曜娶临晋长公主为妻，临晋公主为皇甫淑妃所生。去年杜甫在齐州写有"唐故德议赠淑妃皇甫氏神道碑"，皇甫淑妃是玄宗为临淄王时所纳。

郑潜曜任太仆光禄卿，他与京城达官贵人来往密切。

晚上，郑潜曜来了，郑虔说在家做几个菜，但是郑潜曜却坚持在悦宾酒楼招待杜甫，他请客。郑虔拗不过侄儿的盛情，只得和杜甫随同郑潜曜一同前往悦宾酒楼。

席间，郑潜曜听说杜甫与李白两年间两次同游，十分羡慕。

晚宴结束后，郑潜曜邀请杜甫有时间去他那里喝酒论诗，杜甫答应了。

之后，杜甫常常去郑潜曜的庄上。

郑潜曜有一处园林莲花洞，这是一处静幽的处所，冬暖夏凉，里面布置很雅致，天然的溶洞，流水潺潺，灯光摇曳，烟雾缭绕，犹如仙境一般。

一日，郑潜曜宴请宾客，杜甫也在邀请之列，美酒佳肴，诗朋好友，大家一起畅谈。当酒喝到高潮处，一客人提议请杜甫写诗。

杜甫当即应允，他走到书案前，略一思索，提笔便写：

> 主家阴洞细烟雾，留客夏簟青琅玕。
> 春酒杯浓琥珀薄，冰浆碗碧玛瑙寒。
> 误疑茅屋过江麓，已入风磴霾云端。
> 自是秦楼压郑谷，时闻杂佩声珊珊。

杜甫一写完，便有宾客唱诗，一时间掌声响起，众人佩服杜甫的文采。又有人喊郑虔评诗。

郑虔站起来赞叹道："子美这诗《郑驸马宅宴洞中》写得好。首联切洞，时间以及洞中的景状都描摹出来了。次句切宴，将主家器物的精致高雅写出来。三四承留客，五六承阴洞，俱属夏时景事。七八驸马公主并收。'细烟雾'写出夏日洞中烟雾缭绕，'青琅玕'，比'夏簟'之苍翠。'浓''薄''碧''寒'四个字用得极妙，四字互映生姿。'江麓、云端'写出了莲花洞的清凉迥出尘境，又见高楼下临郑谷，空中杂佩声闻，恍若置入仙界。这诗不仅写出了今天莲花洞中的美景，还写出了主人好贤的品性，是一首绝妙的好诗！"

众人对郑虔的点评叫好。

在这次酒宴上杜甫认识了汝阳王李琎。汝阳王为宁王长子，宁王是玄宗长兄让皇帝李宪，李琎即是玄宗的侄儿。

李琎喜欢结交贤士，杜甫在他邀请之列，在他的府邸中，每次宴会，他都要邀请郑虔、郑潜曜、杜甫等人。席间，众人畅所欲言，针砭时弊。

每当宴会结束后，回到旅舍的杜甫总是想起李白，怀念他的豪放酒脱，以及两人的情谊和对他的帮助。这次酒宴后回到住宿的旅舍，杜甫拿出去年李白辗转寄来的诗《沙丘城下寄杜》，又拿出自己写的《冬日怀李白》，他将两首诗放在桌上，想起白日在宴会上与朋友们交谈，心中感慨万分。

穿梭在王公贵族之间，杜甫以他的诗名赢得了尊重，但是没有经济来源的他，生活常常处于困顿，他期待能有人引荐，谋得一官半职，好实现他的理想。

一天，在李琎宴请的酒宴上，杜甫拿出他写的《饮中八仙歌》吟诵起来，诗中提到了贺知章、汝阳王李琎、左丞相李适之、崔宗之、苏晋、李白、张旭和焦遂八位嗜酒之人，写了他们各自的身份、性格、喜好特征以及醉酒后的情态。

郑虔听后哈哈大笑："妙！妙！妙！这《饮中八仙歌》写得太形象了。贺知章是吴越人，他醉后骑马的样子就像他乘船。汝阳郡王上朝前还要饮酒，恨不得改封到酒泉。左丞相李适之喜欢宴请宾客，罢相后他自己作诗'避贤初罢相，乐圣且衔杯，为问门前客，今朝几个来'，子美的一句'饮如长鲸吸百川'，形象！崔宗之年少，风流倜傥，玉树临风。苏晋本是吃斋念佛，该当禁酒，却还是好饮。李白斗酒诗百篇，是清高的酒中仙。张旭酒后狂草变化无穷。焦遂虽是平民，却高谈阔论、语出惊人、卓尔不群。这八仙啊，真是描摹得淋漓尽致。倘若这八人在一起饮酒，醉后该是怎样的情景啊！"

李琎接过诗稿，让家伎唱诗。一群舞女挥舞长袖，配合着清脆的唱诗，让在座的诗人们陶醉。

一晃一年的除夕到了，因为大雪受阻，杜甫没有回去和妻子团聚，仍然待在长安。除夕聚餐是旅舍主人请客，聚餐后，有人提议玩六博游戏，投六箸，行六棋。六箸，十二个棋子，黑白各六枚。不大的旅舍里，灯火通明，大家兴趣很高，每当出彩之际都兴奋得大呼小叫，十分热闹。

几乎玩了一个通宵，大家散场之后，杜甫回到房间，提笔写了《今夕行》，记下除夕之夜大家在一起玩得痛快的情形：

今夕何夕岁云徂，更长烛明不可孤。

咸阳客舍一事无，相与博塞为欢娱。

冯陵大叫呼五白，袒跣不肯成枭卢。

英雄有时亦如此，邂逅岂即非良图。

君莫笑刘毅从来布衣愿，家无儋石输百万。

天亮了，新的一年又开始了，杜甫踌躇满志。

2. 无人及第的阴谋

天宝六载（747），春节刚过，长安依然料峭春寒。

莲花洞内，郑潜曜宴请了十多位好友，大家默默地端起酒杯。

郑潜曜："各位嘉宾，这是新年后我们第一次聚会。这第一杯酒，我们祭奠书中仙手李邕！"

大家一饮而尽。

"第二杯酒，为去年冬天和今年春天罹难的各位忠臣！"

大家默默无言，一饮而尽。

"第三杯酒，为我们的大唐江山社稷兴盛，为清除奸佞干杯！"

大家一饮而尽，默默地坐下。

杜甫伏在桌上痛哭起来。

郑潜曜走过来，拍了拍杜甫的背："子美，去的人都去了，节哀！"

杜甫站起来："李太守可是七十高龄啊，他们怎么下得了手！"

李琎走过来，眼里含着泪水，对杜甫说："今年皇上可能要招贤，好好温习，争取金榜题名。"他转向大家，"各位，据传皇上今年要招贤纳士，这是一次机会，我大唐的振兴需要大量的贤士，贤士多了才能团结起来铲除奸佞，出了莲花洞大家不要议论已经发生的事，以免天降横祸，如忠臣李邕。"

李邕突遭横祸罹难，一代大书法家、重臣殒命令众多官员叹息不已，大家对李林甫之流恨之入骨。李邕因书法、文章、碑刻无一不精，故有"北海三绝"之美誉。李邕擅行书，字形左高右低，笔力舒展遒劲，结构张扬不羁。

唐代对贪污受贿有明确的规定，《唐律疏议》于第三篇《职制律》第二百八十三条规定："诸监临主自盗以及盗所监临财物者，加凡盗二等，三十匹绞，本条已有加者，亦累加之。"即官员贪污满五匹处徒刑两年，三十匹即可处绞刑。

开元十三年（725），李邕在陈州赃污事发，下狱鞫讯，依律其罪当死。这时许州的县官孔璋上书皇上，愿意以身代死。在奏章中，他说李邕的贪污所得，是为了"拯孤恤穷，救乏赈惠，积而便散，家无私聚"，之所以李邕被人参了一本，是因为"往者张易之用权，人畏其口，而邕折其角；韦氏恃势，言出祸应，而邕挫其锋"，这本奏疏言辞恳切，极力陈述李邕的功绩。玄宗本来没有杀李邕之心，借此免去李邕死刑，将李邕贬为钦州遵化县尉，孔璋则被流配到岭西。

现在做了三十多年的皇帝玄宗看见国内太平，励精图治的思想麻痹放松了，年过六十的他迷信道教，总想求得长生不老的灵丹妙药，他将权力交给中书令李林甫。李林甫是一个"口有蜜、腹有剑"的阴谋家。对上，他迎合玄宗的心意，诌媚玄宗左右，以获得玄宗的信任；对下，他杜绝讽谏，嫉妒贤才，打击不同他政见、不与他同流合污的人。他制造了一起又一起大案。张九龄、严挺之被他排挤出京城，不久先后死去。贺知章也被排挤出朝廷，上疏请度为道士，归还乡里。李适之也被贬为宜春太守……凡是开元年间留下来的正直的、有才能的人都遭到他的陷害和排挤，甚至杖杀，如北海太守李邕、淄川太守裴敦等被杖毙，韦坚、皇甫惟明被赐死。监察御史罗希奭巡察地方，大肆杀戮贬谪官员，自青州一路杀到岭南。前宰相李适之已贬宜春太守，惊惧之下服毒自尽，其子则被李林甫命人杖杀于河南府。功臣王琚贬任江华司马，服毒未死，继而自缢身亡。朝廷留下的是像王鉷、杨国忠这样的贪官，陈希烈那样的庸儒。

李邕人缘极好。他很有钱，仗义疏财，他替富人写碑文，一生替别人作碑 800 余块，获利数万黄金。但他不敛财，他将这些钱拿去救济那些落魄的文人，如杜甫等，有信陵君之美。他敢说敢言，早在武则天时代，他还只是个八品谏官，御史中丞宋璟弹劾张宗昌兄弟谋反。二张是武则天的面首，武则天不理睬。其他官员均不作声，职位小站得远的李邕大声说道："老宋说的关系到社稷大业，陛下理应听取。"他文佳字好，李邕早年即有文名，主要在撰写碑刻（碑铭）文章方面。

虽然经历过一次死里逃生，但是李邕对李林甫的阴险没有警觉。他在太守任上满五年后，又有了贪赃的传言。恰逢左骁卫兵曹参军柳绩下狱，李林甫负责审讯，他查出李邕曾送给柳绩一匹马，便借题发挥，说李邕"厚相贿遗"，派爪牙刑部员外郎祁顺之、监察御史罗希奭赴青州，用木棍活活打死了时年七十岁的北海太守李邕。

感念李邕对自己的恩情，杜甫悲愤之下写下这首《八哀诗》。

比起前一年，杜甫明显感觉到，酒中八仙的时代似乎已经过去了。

终日沉浸在太平世界里，在深宫纵情声色的玄宗，对于自己所统治的天下没有明晰的判断，他从一个精明有为的皇帝变成一个糊涂的天子，他的周围有很多谄媚的小人，他被许多假象蒙骗住了。尽管他豁免了百姓的许多赋税，但是那些贪官污吏的横征暴敛比他豁免的不知要多出多少倍。这年春，皇帝决定要选拔有一技之长的人才，考试地点在长安。这次不是科举，而是制举，皇帝亲自选拔人才。

此时，杜甫去终南山采药了。杜甫在长安城一面求仕，一面采药卖药维持生计。

中午时分，杜甫一回到客舍，还没有放下行囊，店主人就马上过来敲门了。

"请进！"杜甫说。

店主人："先生回来了！恭喜恭喜！皇上下诏了，凡是有一技之长的都可以来京城应试。"

杜甫惊喜道："这个消息太好了！谢谢您告诉我！"

店主人："先生有什么吩咐尽管说，我一定满足你的要求。"

"谢谢！谢谢！"旅店主人走后，杜甫激动得在房间里走来走去。

杜甫急忙赶去另一家客舍"四方来客"，二十四岁的元结住在这里。

刚刚一进入客舍，杜甫就见一个年轻的男子在院子内晾衣服，他皮肤白皙，温文尔雅。

"元兄在忙啊？"杜甫看见元结连忙打招呼。

"杜兄来了，快进屋请坐！"元结匆忙晾晒好衣服，带着杜甫进了他的房间。

这是一间不大的房子，朝南，室内光线明亮。

元结给杜甫倒了一杯水，递过来："子美兄外出采药有半个月了吧？"

杜甫："是的，我中午到旅舍的，得到了消息，一吃完午饭就来你这里了。"

元结面露喜色："子美兄来与我分享那个好消息的吧？皇上开恩科，这是我们读书人报效国家的希望啊！"

"是的，是的！这次皇上广求天下的贤能之士，命令凡精通一项手艺的人都到京师考试，对我们来说这是一次机会。"杜甫连声应道。

两人在房间里讨论这次制举考试会考的内容。

不久，高适也来到了京城长安，杜甫得知高适将与他一同考试十分高兴。

一时间，全国上下传遍了这个消息，人们相互议论着这次考试，长安城内处处洋溢着喜悦。

所有的人没有想到，掌权的李林甫会设计一个阴谋。

李林甫自从开元二十二年（734）任宰相以来，生性阴柔奸狡的他蔽塞言路，排斥贤才。对于才能功业在他之上而受到玄宗宠信、威胁到他相位的官员，一定要想方设法除去，尤其忌恨以文才仕进的。这次他更是害怕皇帝选拔的人才威胁到他的地位，原本是凡有才能的人都可以来长安参加考试，李林甫却将这次选拔的人才设置为层层把关。

他向唐玄宗建议说："被推荐的人太多，我们应该严格筛选，避免那些卑贱愚蠢的人，避免有伤大雅的言语玷污圣上的视听。"唐玄宗答应了他这个请求。

　　李林甫于是就命令郡县长官严加考试，凡是喜欢议论朝纲的一律不准参加考试。特别出众的，才把姓名报到尚书省，再委托尚书省复试，并命令御史中丞监试，取消那些名不副实的上奏。接着对来应试的人进行诗、赋、论考试，最后竟没有一个合格的。

　　李林甫上表向皇帝祝贺，说所有的人才都在朝廷之中了。皇上竟然听信李林甫"野无遗贤"的说法。

　　杜甫和元结等人一同等待着发榜，杜甫踌躇满志，以为能榜上有名，实现自己的政治理想，但是等来的消息是无人登榜。

　　"砰"的一声，李琎将手中的酒杯摔在了地上。

　　"简直是奇耻大辱，我大唐天下竟然没有一个贤人，自从有了制试，这零录取的荒唐将载入史册！"李琎愤然说道。

　　郑虔明显地出现了老态，他叹了一口气，将杯中的酒一饮而尽："汝阳王，我们心中明白，出了这间屋子就不要说任何有关这次制举考试之事，以免有口舌之祸，如今他又加开府仪同三司，获赐实封三百户，他的耳目到处都是。"

　　李琎点点头便是赞同，他当然忘不了去年李林甫制造的一起又一起冤案，杀戮的人是一批又一批。

　　皇上玄宗十分喜爱这个侄儿李琎。李琎小名花奴，不仅姿容妍美，且聪悟敏慧，妙达音旨，玄宗曾亲自教他音律。花奴平时喜戴砑绢帽，在一次游玩时，玄宗自摘红槿花一朵，放在花奴的帽上筜处，此为非常光滑之处，只能勉强放住。花奴奏了一曲《舞山香》，曲毕而花不落，所谓"山峰取不动，雨点取碎急"。玄宗大喜夸曰："花奴姿质明莹，肌发光细，非人间人，必神仙谪堕也。"

　　即便如此，李琎还是十分小心翼翼，三位太子被贬为庶人然后被赐死，去年太子李亨的冤案，这些都历历在目，他长叹了一口气，似乎要将心中淤积之气全部吐出来。

　　郑潜曜举起酒杯，对杜甫、元结和高适等落榜之人说道："诸位，来日方长，我相信总有阳光灿烂的那一天。"

　　杜甫等人拿起酒杯，一饮而尽。

　　一场制举考试的闹剧随着一杯杯酒落入了这批才子的肚中。

回到客舍，杜甫感叹自己的命运不济。

开元二十九年（741）十一月，李琎的父亲宁王去世，李琎守孝。天宝三载（744），李琎为父亲守孝期满，二月皇上封李琎为子嗣宁王，并加"特进"，"特进"为文散阶正二品。杜甫想到李琎白天酒宴上的愤懑，心中积蓄的诗情瞬间爆发，他提起笔来写下了《赠特进汝阳王二十二韵》，这首排律写得大气磅礴、格调精严。

李琎得到杜甫的这首排律，十分喜爱。

对杜甫等文友的帮助，李琎除了请他们吃饭喝酒，资助一些生活费用，对仕途亦是别无办法。

杜甫一直在等待，等待能有改变他命运的机会。

3. 困顿长安求仕无门

制举考试击垮了杜甫的自尊。

当时的比部属于刑部，郎中、员外各一人，杜甫堂姑的儿子在刑部做郎中，他在家中排行第十。杜甫与他素有来往，制举落第的愤懑让杜甫拿起笔来给这位萧表兄诉说，一首《赠比部萧郎中十兄》诗写出了杜甫的悲辛。他此时有归隐之意，却又心有不甘。

"……漂荡云天阔，沈埋日月奔。致君时已晚，怀古意空存。中散山阳锻，愚公野谷村。宁纡长者辙，归老任乾坤。"

诗中杜甫对自己漂泊沉沦的命运表示哀伤，想学中散、愚公玩世隐身，归隐山间。

可是，他的表兄没有实权，对杜甫也只能是精神上的安慰。

此时，河南尹韦济成了杜甫走入仕途的希望。

韦济，郑州阳武（今原阳县）人。韦思谦孙，宰相韦嗣立第三子，少以能文知名。开元初为鄄城令，三迁库部员外郎。又历任户部侍郎，河南尹。韦济收到了杜甫的诗，却因李林甫当权，忌惮他玩弄权术，对杜甫的求仕诗也只能来一声叹息。

在长安，杜甫一边在周围山上采草药，一边在王公贵族的酒宴中出入，他期待总有一天能有人提携他。

一日，蔡侯举行酒宴送别孔巢父。

孔巢父，冀州（今河北冀县）人，字弱翁，孔如珪次子，孔岑父之弟，孔子三十七世孙。少时与李白、韩准、张叔明、陶沔、裴政隐居徂徕山，称"竹溪六逸"。他这次因病将归隐江东海边。

蔡侯的家宴十分丰盛，主客觥筹交错间，每一杯酒都充满了惜别之情。

杜甫端起酒杯给孔巢父敬酒："孔兄这一去浙江会稽，不知何日能再见，这一杯酒祝孔兄一路顺风！"

孔巢父："谢谢杜兄吉言！"

杜甫："孔兄隐居的决绝令人钦佩，龙蛇山泽可真是修身养性的好处所。"

蔡侯："听说李白兄也在孔兄不远处修身养性。"

孔巢父："是的，我去后会常常与他一起，如当年在徂徕山隐居一般。"

杜甫："真是令人羡慕，请代我问候李兄。"

有酒便有诗，在座的都是文采出众之士，大家纷纷写诗赠送。

杜甫也写了一首《送孔巢父谢病归游江东兼呈李白》。众多的诗歌中，杜甫的诗令人喝彩，蔡侯赞叹不绝。

蔡侯："子美兄的诗一反平日的沉郁顿挫之风，写得豪放飘逸，颇具道家风骨！"

众人纷纷赞同。

蔡侯喊道："彩云姑娘，请唱诗！"

一年轻美貌女子穿着素色衣服款款走出，随之走出了十来个衣着艳丽的女子。只见素色女子拿着杜甫的诗稿，轻启朱唇，如莺燕般唱了起来：

> 巢父掉头不肯住，东将入海随烟雾。
>
> 诗卷长留天地间，钓竿欲拂珊瑚树。
>
> 深山大泽龙蛇远，春寒野阴风景暮。
>
> 蓬莱织女回云车，指点虚无是归路。
>
> 自是君身有仙骨，世人那得知其故。

惜君只欲苦死留，富贵何如草头露？

蔡侯静者意有余，清夜置酒临前除。

罢琴惆怅月照席，几岁寄我空中书？

南寻禹穴见李白，道甫问信今何如！

与众人送别了孔巢父，杜甫回到客舍，酒喝多了的他倒在床上就睡着了。

一年又过去了，杜甫将落第的惆怅放入了心的深处。

天宝七载（748）四月，韦济迁上书左丞，三十七岁的杜甫似乎又看到了希望。

韦济喜欢杜甫的诗，每每得到杜甫的诗，常常吟诵，对此，杜甫非常感激他。

虽然杜甫在长安有很多亲戚朋友，但是接济他的人并不多，这使他想起了李邕、李白对他的资助，出于自尊，他几乎不开口求得亲朋好友的资助。他常常是吃了上顿求下顿，好在客舍主人对他十分友善，从不催促他的房钱。杜甫采撷草药有时卖给药铺，有时候自己在坊市叫卖，以此度日。

夏日的一次酒宴上，杜甫认识了书法家顾诫奢。顾诫奢，天宝十五载（756）任太子率更丞，太子率更丞为官名，从七品。上元年间为太子文学，太子文学是官名，高宗龙朔三年（663），置太子文学四人。工八分，"八分"是汉字的一种字体，跟"隶书"相近。这种字体，一般认为左右分背，势有波磔，故称"八分"，顾诫奢有"顾八分"之目。他的书法在当时颇有名气，杜甫与他一见如故，于是订交。

杜甫对顾诫奢的字推崇至极，他们相互往来密切，顾诫奢常常带些酒菜来杜甫的客舍，两人喝酒、聊诗、聊字、聊时局，他的到来给杜甫孤寂的生活带来了许多安慰。

北风呼呼地刮着，冬天又到了，杜甫躺在床上，心中十分悲凉，他现在寄希望于做丞相的韦济，渴望韦济能举荐他。

韦济喜欢他的诗歌，杜甫决定再给韦济上诗。

这天，顾诫奢又带着酒菜来到杜甫的客舍，杜甫见好友的到来十分开心。

酒过中巡，杜甫谈到他的苦恼，谈到左丞相喜欢他的诗。

顾诚奢说：“杜兄，你何不再上诗给左丞相，求他汲引？”

杜甫：“我写了一首二十二韵《奉赠韦左丞相二十二韵》，还没有呈给他。”

顾诚奢：“好，我给你誊写这首诗，你送给他，或许能起作用。”

誊写完毕，顾诚奢赞叹道：“杜兄这首诗写得真是好！”

杜甫：“顾兄过奖了！”

“我说的是大实话，这首诗的前两句开门见山，将纨绔子弟与儒生对比，总领全篇。三四两句点题，开始陈述。接下来你铺叙自己的才华和抱负，写到李邕与你的忘年交‘李邕求识面’；边塞诗人王翰愿意与你为邻，‘致君尧舜上，再使风俗淳’。接着的十二句，回到惨淡的现实，感谢韦丞相的帮助。这首干谒诗写得不卑不亢，好！！！”顾诚奢拍案叫好，“真好！‘读书破万卷，下笔如有神’，杜兄，这句将成为千古名句啊！”

杜甫松开紧锁的眉头，说：“感谢顾兄的赞美，就是不知道左丞相认为如何。”

“绝对是好诗！”顾诚奢说，他将这首诗念了出来。

纨绔不饿死，儒冠多误身。

丈人试静听，贱子请具陈。

甫昔少年日，早充观国宾。

读书破万卷，下笔如有神。

赋料扬雄敌，诗看子建亲。

李邕求识面，王翰愿卜邻。

自谓颇挺出，立登要路津。

致君尧舜上，再使风俗淳。

此意竟萧条，行歌非隐沦。

骑驴十三载，旅食京华春。

朝扣富儿门，暮随肥马尘。

残杯与冷炙，到处潜悲辛。

主上顷见征，欻然欲求伸。

青冥却垂翅，蹭蹬无纵鳞。

甚愧丈人厚，甚知丈人真。

每于百僚上，猥诵佳句新。

窃效贡公喜，难甘原宪贫。

焉能心怏怏，只是走踆踆。

今欲东入海，即将西去秦。

尚怜终南山，回首清渭滨。

常拟报一饭，况怀辞大臣。

白鸥没浩荡，万里谁能驯？

杜甫将诗呈给了韦济，但是没有任何音信，杜甫感到了绝望。

韦济收到了杜甫的诗，他赞叹诗与字相得益彰。他希望杜甫通过科举考试赢得功名，所以他对杜甫的干谒诗没有做出任何回应。

杜甫在京城的生活没有什么变化，采药、卖药，被邀请参加王公贵族的酒宴，献诗。

心有不甘的杜甫再一次上诗韦济《赠韦左丞丈济》，他想起当年韦济去河南首阳山下尸乡亭去访问他，可惜当时他来长安了。后来在长安的韦济经常在宾客满座时，赞颂他的诗句，这也是杜甫要给韦济上诗的缘故。可是，韦济那里依然没有回音。杜甫不再寄希望于韦济了。

冬日的一天，杜甫被顾诚奢邀请，在顾诚奢家中，火炉让整个屋子温暖无比，比起寒冷的旅舍，杜甫不仅感到身体的温暖，心中也温暖起来。

顾诚奢和一干诗人们在谈论哥舒翰攻打吐蕃石堡城之事。

石堡城是大唐和吐蕃边境的一个军事重镇，此城地势险峻，是吐蕃东进的第一门户。城依险而建，易守难攻。开元十七年（729）大唐发动战争，攻破城堡，从此河、陇诸军得以游弈自如，拓地千余里，玄宗大喜，将石堡城更名"振武军"。

因在任上的盖嘉运不事防务，沉湎酒色，开元二十九年（741）十二月二十八日，吐蕃轻易地攻下了石堡城。吐蕃获城后，加固石堡城，变成了"铁刃之城"。天宝四载（745），石堡城的争夺战打响了，玄宗派最优秀的将领王忠嗣前去，王忠嗣身兼四镇节度使，他立足于大纵深突进，以歼灭敌军有生力量来取胜，而玄宗却以一池一城的争夺为主，王忠嗣想改变这种笨拙的战术，却被指责为消极作战。战术的不同，王忠嗣被削职贬官。

哥舒翰接任陇右节度使。

顾诚奢："石堡城这一战，我认为王忠嗣的战术很不错，吐蕃老是骚扰我大唐，一个城池争来夺去，其实要将周边的吐蕃都赶走，才能有安宁。"

李琎赞同道："是的，一场战争劳民伤财，且不说死伤那么多人。"

"皇上念念不忘石堡城，他下旨哥舒翰，一定要拿下石堡城。"郑潜曜说。

"估计明年又开大战，今年哥舒翰将周边的军事都部署好了。"

杜甫听着他们的议论，了解了外患对大唐的威胁。

他暂时将个人的忧伤放下，关心起国家的大事，人民的疾苦，国家的战争。

4. 初为人父的快乐

天宝八载（749），安西四镇节度使高仙芝入朝。

高仙芝，高句丽人，幼时随父入唐，20岁时被授予将军。因率军智取小勃律，升安西节度使。顾诚奢得知高仙芝入朝，为高仙芝接风，杜甫也被邀请。席上，杜甫作诗《高都护骢马行》，美其功德。

宴席上，大家免不了要传递一些信息。

高仙芝给大家带来一个消息："唉！朝中当权者真是狠毒！"

杜甫不解地问道："高都护怎么突然有此感慨？"

"咸宁太守赵奉璋状告李林甫罪二十余条；状纸未达，李林甫知道了这件事，暗示御史逮捕赵奉璋，以为妖言，杖杀咸宁太守。"

"简直是疯狂！这两年他大开杀戒，排除异己，独断专行，一定没有好下场！"高仙芝愤然说道。

杜甫："是啊，据说朝廷百官敢怒不敢言。"

顾诚奢："不知道何时能结束这样的局面。"

众人一边喝酒一边唏嘘。

穿梭在各种酒宴之中，杜甫度过了春夏秋三个季节，他牵挂着妻子。

冬天，他间或回到东都洛阳。

杜甫对洛阳怀有深深的感情，这里有他度过童年时光温暖的回忆，还有众多的亲朋好友。回到东都的杜甫有时住在姑父家中，这天，杜甫去洛阳拜谒玄元皇帝庙，并写下一首诗。

高适已经去了河右，岑参入了安西四镇节度使高仙芝幕府做掌书记。

杜甫想到所认识的朋友都各自有了自己的官位，而他还在四处漂泊着，心中十分郁闷。

长安流传着一些好的和不好的消息，这些消息源源不断地汇聚到杜甫这里，他已经不再是当年那个意气风发裘马轻狂的诗人了。

"哥舒翰攻破了石头堡，获吐蕃四万人，但是大唐将士也战死数万人，皇上以石堡城为'神武军'了，边塞还在打仗，争夺城池。"

……

腊月到了，杜甫回到首阳山下，他将怀孕的妻子接到洛阳，租住在离姑父家不远处，方便照顾。

这处院落不大，正房和东西厢房都很明亮，因为房子主人和杜甫的岳父家沾亲带故，租金也不贵。

杜甫拿出卖草药的钱递给了妻子："淑娟，这是我攒下的钱，我们可以买些米面过年。"

杨淑娟接过来："我哥哥看我们日子艰难，给了我几丈绢，可买些鱼肉。"她温柔地朝杜甫笑了笑。

杜甫心中惭愧说道："这几年多亏你娘家时常救济，我……"

"不要说了，苦难的日子总会过去的。这个院落我很喜欢，可以种些菜，我呢，也可以接些缝补浆洗的活来做。年后，你安心去长安吧，不要担心我。"

说完，杜甫和杨淑娟一起去市场买了过年的米面青菜鱼肉等，两人在一起过了一个简单的年。

天宝九载（750），杜甫将妻子留在了洛阳，他又来到了长安。

春天，郑虔也回到了长安，这让杜甫异常开心。

杜甫与郑虔往来更密切了，郑虔精通天文、地理、国防要塞、音乐乐理等，他能诗、会画、善于书法。

七月，郑虔给皇上献画并题上诗，皇上喜爱，在诗画上题上"郑虔三绝"。

杜甫在羡慕郑虔之时，也感谢郑虔给他带来快乐。身居长安，没有经济来源的杜甫，常常在苦闷之时，去找郑虔聊天，他被郑虔的诙谐幽默逗笑，驱除了心中的许多不快。

郑虔知道杜甫生活艰难，他回到长安任了一个闲职——广文馆博士。郑虔常常买好酒菜，和杜甫一起喝酒聊天。

在郑虔家，杜甫遇见了张垍。张垍是前宰相张说的次子，他的妻子是宁亲公主，拜驸马都尉。玄宗特别宠爱他，允许在禁中置内宅，天宝年间皇上还去过张垍的内宅，让张垍侍左右佐酒赋诗，兼分管制诰。杜甫希望张垍能汲引自己，于是赠诗一首《赠翰林张四学士（垍）》，但是张垍也帮不了杜甫。

日子一天天过去，尽管杜甫穿行在达官贵人之中，出入豪门大宅里，但是没有人举荐他做个一官半职，他将日子过成了饥寒交迫的状态。

秋天，从洛阳来长安的亲戚给杜甫带来了口信，杨淑娟让杜甫回到洛阳，他们的孩子即将出生。

杜甫给长安的文朋诗友们辞行，听说杜甫要做父亲了，他们给了杜甫贺礼。杜甫一一感谢，郑虔更是给杜甫送了一份厚礼，他将他两个月的俸薪给了杜甫。

回到洛阳，杜甫一进院子，就看见大腹便便的妻子正在晾晒一些小儿的衣服，放下行囊，杜甫连忙扶着妻子坐下，他麻利地晾晒好衣服。

在家的日子，杜甫不要妻子做家务，他不在的日子里，妻子任劳任怨，从没有嫌弃过他没挣钱，也没有与他抱怨生活的艰辛，她总是默默无闻地承受着生活的担子。

真是一个贤妻！杜甫常常感叹，他发誓这一辈子一定要善待妻子。

三天后，杨淑娟临产了，杜甫请来了接生婆，他又去岳母家请来了岳母。

一切准备就绪了，就等着一个小生命的降临。

室内，传来了妻子疼痛的呻吟声。室外，杜甫焦急地走来走去。

一声清脆的啼哭，杜甫心中一阵激动，忙碌而急促的脚步声在房间响起，不一会儿，接生婆告诉杜甫："恭喜恭喜，府上添了一个男丁！"

杜甫急忙进屋，岳母正抱着婴儿，杜甫来到妻子身边，看到妻子因为疼痛而汗湿的头发，他轻轻地帮她将了将，说："辛苦了，淑娟！"

杨淑娟虚弱地朝他笑了笑。

杜甫走到岳母身边："谢谢您！"

岳母将婴儿递给杜甫："名字想好了吗？"

杜甫说："叫宗文如何？"

"好！这名字不错。"岳母赞同。

初为人父，杜甫手里抱着儿子，他的心被儿子稚嫩的小脸融化了。

一连两个月，杜甫在家中伺候着妻子，他悉心照顾，有时候他抱着儿子一看就是两炷香的工夫。岳母派了一个婢女来照顾杨淑娟，被杨淑娟又叫回去了，她说她不用人照顾。其实，杨淑娟怕多一个人多一份口粮，家中不宽裕，她要节约。淑娟的母亲见婢女回来了，问明缘由，知道女儿的心思，她亲自送来些钱，淑娟不收，她母亲生气了。

孩子请了满月酒，又请了百日酒，看着健健康康的孩子，众亲友纷纷送上祝福。

三十九岁，杜甫才有了第一个孩子，儿子的到来让他又悲又喜，悲的是没有给儿子创造优越的家庭环境，喜的是中年得子，给他悲凄的生活带来了亮色与希望。

杨淑娟催促杜甫到长安，寻找机会实现自己的理想。她说她在家带得了孩子，不想因为自己和孩子耽搁了他的前途。

杜甫的眼眶湿润了，如此贤惠通达的妻子跟着他却受了这么多苦，从没有怨言。他想到他的几个弟弟都在不同的地方做官，尽管官位不高，但是能保证一家人不至于挨饿，而自己呢？杜甫长叹一声，觉得自己空有满腹文才。

妻子听到杜甫的叹息，安慰他："你不要着急，机会还有，日子都是这样慢慢过下去的。"

杜甫："我真的无能，不能让你过上好的生活。"

"不必泄气，你满腹文采，朝廷总有一天会重用你！"杨淑娟说。

熟睡的儿子醒了，哇哇大哭起来。

杜甫连忙抱过儿子，亲了亲他的脸，儿子不哭了。

杜甫在山上挖了一些草药，带到长安卖到药店，他将卖的钱请了一桌文朋诗友，得知杜甫生了一个儿子，众人又是一番道贺。

席间，杜甫得到汝阳王李琎去世的消息，霎时他心中充满了悲伤。昔日里和李琎交往的点滴在他脑海一一浮现，这位被称为第一美男的人就此去了，从此，他的生活中少了一位朋友。

杜甫拿来一只酒杯，满上酒，举过头顶，流着泪说："汝阳王，这杯酒敬你了！"

他缓缓地将酒倒在地上，眼泪终于忍不住滚落下来。

第五章　京华悲辛

君不见，青海头，古来白骨无人收。

新鬼烦冤旧鬼哭，天阴雨湿声啾啾！

——《兵车行》

十年的时间，他穿梭在达官贵人之间，品尝了世态炎凉，看尽了人间百态，他的豪情、他的浪漫，被现实击溃；他的报国志向，在奸佞当道的朝代无法实现，他手中的笔如一柄剑，刺破了太平盛世虚伪的面纱。

1. 惊喜与悲凉

杜甫等待着机会，机会来了。

天宝十载（751），正月八日至十日三天内朝廷要举行三个大典：祭祀玄元皇帝、太庙和天地。杜甫觉得改变他命运的时候到了，他要用自己的文学才能写出三篇文章，于是，激情满怀的杜甫写了三篇《大礼赋》，把《进三大礼赋表》投入延恩匦。

延恩匦始创于武则天。垂拱二年（686）三月，武则天下令制造铜匦，置于洛阳宫城前，分为延恩匦（献赋颂、谋求仕途者投之）、招谏匦（言朝政得失者投之）、申冤匦（有冤抑者投之）、通玄匦（言天象灾变及军机秘计者投之）四个匦，随时接纳天下表疏。

杜甫将他的三大礼赋投进延恩匦后，静静地等待。他并非炫耀他的文辞之工，而是借赋以进谏，引起皇帝赏识他的文学才能、为官之道。在期待他人引荐做官的失望后，杜甫想通过延恩匦投赋来引起皇上的重视，他期待奇迹的出现。

奇迹出现了，皇帝读了杜甫的三大礼赋后，十分赞赏。

平时简陋的旅舍因为皇宫官员的到来挤满了人，杜甫跪在地上接旨。

杜甫成了人们谈论的人物，这个四十岁的男子凭着三大礼赋赢得了皇帝的青睐，他们感到好奇，这是怎样的三篇文章呢？旅舍里每个人见到杜甫都对他堆满笑脸，旅舍老板对杜甫更是客气，杜甫觉得自己遭遇到了从未有过的礼遇，他觉得自己的好日子就要来了。

皇上命杜甫待制集贤院，由宰相出题考试他的文才。

旅店老板请客，大凡是住在旅舍的文人都被请来了，众人向杜甫表示祝贺，要以他为楷模，杜甫一一道谢。

第二天，郑虔为杜甫请客。

酒桌上，众人纷纷对杜甫表示祝贺。

一位叫张士谦的文友酒喝多了，对杜甫说："子美，他们都说祝贺的话，我呢，很担忧你啊！"

郑虔拦住他不让说，可他还是大声说："待制集贤院，李林甫主考，那是凶多吉少，你不要抱希望了。他前面说'野无遗贤'，又将你作为贤人录取，岂不是自己打自己的耳光，以他的奸诈，怕是没希望。"

杜甫说："碰碰运气吧，再说我堂弟杜位是他的女婿。"

"哈哈，你不是他的党羽，就不要指望他了。他现在对文人排挤得非常厉害。朝野哪个不知道他是口蜜腹剑。"张士谦说。

众人拦住他，不许说不吉利的话。

张士谦说："好，我不说不吉利的话，前次制举考试不就是前车之鉴吗？全国找不出一个贤人，真是我大唐的奇耻大辱！"看着大家瞪着眼睛看着他，"怎么？我不怕他，多行不义必自毙。"

郑虔上前拍着张士谦的肩膀："好了，好了，牢骚话就说这么多，少喝酒，多吃菜！"

听了张士谦的话，杜甫心中忐忑。不管怎样他的才华得到了皇上的肯定，他还是非常高兴，而且说不定什么时候皇上给他一官半职呢。"待制"不就是待录用嘛。

很快，大家转换了话题，又议论起安禄山的事情来。

"听说了吗？安禄山不惜在长安亲仁坊花费大量的财力新造宅邸，房屋建成后，里面的器物皆是金银，奇珍异宝更是不计其数，不是贪污是哪里来的？"张士谦说。

贺兰杨长史说："这么多年，他贪污那么多，听说家中的器物都是描金画银。"

郑虔说："他如今可是皇上的大红人，最近让他兼河东节度使，他又拜贵妃为干娘，自由出入于后宫，无人能比。"

杜甫叹了口气说："倘若他权力越来越大了，那么得防着点，以免节外生枝。"

郑虔说："如今的当朝恐怕只是剩下空壳，贪官们拼命地捞，掌权者阻塞言路，皇上听到的是颂歌，看到的是假太平。有才能的排挤到一边，如此下去，江山社稷如何能保啊？"

杨长史说："喝酒，不论政事。诸位，正月晦日我请大家去宴游乐游园，如何？"

众人纷纷赞同。

晦日是农历每个月的最后一天，正月最后的一天为初晦。

乐游园也叫"乐游原"，在长安城东霸陵南五里，霸陵为汉武帝所葬。乐游园为汉宣帝所筑陵，叫"杜陵"。杜陵东南又有一小陵，是许后所葬，叫"少陵"。其东即杜曲，也叫"南杜"，南杜之北叫"北杜"，也叫"杜囿"。乐游园筑于汉神爵三年（前59），地处秦川，也叫樊川。它在京城最高处，放眼四顾，视野宽阔。乐游园西边有芙蓉苑，即大唐的南苑，内有芙蓉池。苑有夹层可通兴庆宫，经过复道可通大明宫，这两处是开元二十年（732）所筑。芙蓉苑的北面是曲江，也叫"曲江池"，因溪水曲折而得名，曲水流觞便是一大美景。曲江经过疏通，清澈见底。其周围七里左右，奇花异草，嘉木环列，每当雨后，烟雾迷蒙，宛若仙境。每到夏日，水中菰蒲青荷，碧绿诱人。岸边柳荫四合，清风拂来，柳絮纷飞。远眺，北有渭水，南有终南山，东有骊山，骊山下有温泉，为玄宗常去的华清池所在地。

这么美丽的处所常常吸引王公贵族、文人墨客前来赏景。

正月最后一天清晨，杜甫、杨长史、郑虔等一群文朋诗友相约来到乐游园。

在最高点，杨长史拿出酒菜，众人席地而坐，边饮酒边谈笑，兴趣甚高。只见四野碧草萋萋，皇上出游的仪仗队在夹城里前进，奏乐声响如白日雷霆。曲江上已经搭起了幕帐，挂上了银榜，艺伎们舞袖高歌。众人对酒之间，看见秦川大地平如手掌。

兴之所至，杜甫作了《乐游园歌》。诗与酒，酒与诗，这一群文人醉得步履踉跄，美酒、美景，让他们忘记了心中的所有烦恼。

杨长史端着杯子走过来："子美，你的诗都好，就是最后一句'此身饮罢无归处，独立苍茫自咏诗'让人悲伤，希望还是会有的。"

杜甫苦笑了一下，将杯中的酒一饮而尽。

果然如张士谦所言，杜甫自从春天应试后，直到秋天，却无任何消息。

秋雨绵绵，杜甫客居的房子，本已破旧，屋外积满了水，有鱼儿在水中游来游去；室内阴暗潮湿，青苔连榻。潮湿的霉气浸润了杜甫的肺部，他咳嗽得厉害，又染上了疟疾，病倒在床上。

文友魏君以进士调迁，独自来看望杜甫，看到杜甫病得厉害，便替他抓药并留下了一些买药的钱。杜甫作了一篇《秋述》送给他，感谢他来看他，照顾他。

原本结实高大的杜甫经过这一场病，消瘦不少。病后，他拖着虚弱的身子外出，路过邻居王倚家门口，王倚见杜甫如此情形大吃一惊："杜兄，你怎么瘦得这么厉害？"

"我病了一些时日，唉！这阴雨连绵的鬼天气！"杜甫说道。

"啊？！快进来坐坐！"王倚出门扶着杜甫进了屋，他倒上一杯热水给杜甫，看着杜甫说，"我出门买些鱼和肉，给你补补身子。"

"不用，不用！我这就走。"杜甫拒绝。

王倚："不行，你得留在这吃完午饭再走。"他迅速出门。

很快，王倚回来了，他对妻子喊道："云芝，把肉炖汤，给杜兄补补身子。"

王倚的妻子应声答道："好的。"

不一会儿，满桌子菜肴端上来了。

王倚："杜兄，贱内做的菜可能不合您的胃口，请！"

杜甫满心的感激："王兄，谢谢！"

王倚给杜甫倒上酒，多日不沾酒的杜甫闻到了酒香。

大病初愈的杜甫喝着肉汤，吃着鱼，品着酒，感觉这是世界上最好的菜肴。回到家中，感念王倚的盛情，写了一首《病后过王倚饮赠歌》，一句"但使残年饱吃饭，只愿无事常相见"道出了他对王倚的感激。

身体稍微好一些，杜甫去了城南从孙杜济家。杜济，杜甫兄弟的孙子，杜预第十四代孙子。大约是听了有关杜甫的一些闲言碎语，对杜甫不太热情，杜甫给他写了一首诗，表明是因为宗亲关系才来往，而不是因为这一餐饭。他在诗中以汲水、刈葵起兴，说明族之有宗，犹如水之有源，宗族不是很兴旺，所以更要团结起来，不要相互猜忌，要敦厚为人。

病后，对潦倒的生活杜甫从不隐瞒，他给咸阳、华原两县的朋友写了首诗《投简成华两县诸子》，说明了自己"君不见空墙日色晚，此老无声泪垂血"的心境。

其实，杜甫已经从在长安这几年的生活中，看出了大唐社稷的危机，看出自己想走仕途的艰难。

这两年在长安，杜甫看出了大唐的内忧外患。特别是今年边塞的一系列败仗：

四月，剑南节度使鲜于仲通封南诏，西洱河一战，被敌军打败，死者达六万人。杨国忠掩盖其败况，仍然在朝廷述其战功。鲜于仲通想征兵再战，可是没有人响应。杨国忠遣御史分道捕捉百姓押送军所，于是，行者愁怨，父母妻子哭啼相送，声震野外。

高仙芝围攻大食国，孤军深入七百余里，与之交战，大败，死亡的将士不计其数。

八月，安禄山讨伐契丹，被打败，他与手下二十余骑逃回来，却将责任推给左贤王哥解和河东兵马使鱼承仙，并将他们斩杀。

一连串的败仗，得让多少百姓的租税去填补，且不说朝廷奸佞当道。杜甫明白了，他的悲剧实际上是一个时代的悲剧。

接近年底，杜甫准备回洛阳与妻子团聚，杜位却邀请杜甫一家在他家过年。

杜甫经不住堂弟的一再邀请，于是去洛阳将妻子和孩子接了过来。

杜位，杜甫的堂弟，李林甫的女婿，住在西曲江。一大家人在除夕夜守岁，杜甫和杜位等男丁喝着花椒酒，醉意中杜甫写下了《杜位宅守岁》：

> 守岁阿戎家，椒盘已颂花。
>
> 盍簪喧枥马，列炬散林鸦。
>
> 四十明朝过，飞腾暮景斜。
>
> 谁能更拘束，烂醉是生涯。

"阿戎"是弟弟的俗称。

喝得醉眼蒙眬的杜甫高声朗诵着"四十明朝过，飞腾暮景斜"，他拍了拍杜位的肩膀："弟弟，光宗耀祖就靠你了；我，仕途上没有希望了。"

杜甫苦笑着将杯中的酒一饮而尽。

2. 他的笔如一柄剑

窗外，鸟儿叽叽喳喳地叫着，春天的花儿开满了院子，杜甫心情特别好，今天是他召试文章的日子，去年投入延恩匦的三大礼赋会为他打开仕途之门吗？

店主早为杜甫备好了马车。

神采飞扬的杜甫来到了集贤院，宰相李林甫来了，他虽然看起来精神不太好，但是满脸微笑，亲切地问杜甫："你就是杜甫？"

杜甫回答："是，大人，我就是杜甫。"

"好！好！"李林甫依然是和善的语气，他喘了一口气说，"你去那边考室，马上有人将试卷送给你。"

有人将杜甫带进了一间小房子，门是木栅栏做成的，里面笔墨纸砚都准备好了。

　　有两位学士在栅栏门外监考，杜甫聚精会神地答卷，很快他完成了试卷，自己认为十分满意。

　　监考的是崔学士和于学士。

　　崔学士是吴郡人崔国辅，初授许昌令，此时是集贤直学士；于学士是于休烈，开元初进士，曾任秘书省正字，此时为集贤殿学士。开元十三年（725），皇上召学士张说等，宴于集仙殿，改名集贤殿，修书所为集贤殿书院。五品以上为学士，六品以下为直学士。

　　两位学士见识了杜甫的才华，赞叹万分，候补期间，杜甫与他们来往密切，十分友好。

　　召试的结果是"送隶有司，参列选序"。

　　杜甫心中有不平之意，他想起了张士谦的话。心中悲愤却又无奈，他决定暂时离开长安。在离开长安之前，为感谢崔学士和于学士对他文采的赞美，杜甫给他们留赠了一首诗《奉留赠集贤院崔、于二学士（国辅、休烈）》：

> 昭代将垂白，途穷乃叫阍。
>
> 气冲星象表，词感帝王尊。
>
> 天老书题目，春宫验讨论。
>
> 倚风遗鶂路，随水到龙门。
>
> 竟与蛟螭杂，空闻燕雀喧。
>
> 青冥犹契阔，陵厉不飞翻。
>
> 儒术诚难起，家声庶已存。
>
> 故山多药物，胜概忆桃源。
>
> 欲整还乡旆，长怀禁掖垣。
>
> 谬称三赋在，难述二公恩。

　　这首诗从去年三大礼赋说起，只说召试文章，再述文章为皇帝所知，却为权奸李林甫所阻，以致只是止于"送隶有司，参列有序"，与青冥犹相隔绝，不能翻飞。最后说明欲还乡东都，并留诗相赠之意。

　　两位学士收到杜甫的赠诗，读后也只能是同情和叹息。

三月，杜甫回到洛阳，长安的诸多不快在和妻儿相聚的快乐中消失了，杜甫享受着天伦之乐。采药、种菜、逗儿子玩，生活虽然贫困，但是很快乐。其间，他写了《敬赠郑谏议十韵》，这是一首五排，诗歌极赞郑谏议的文学才能。

初秋，杜甫来到长安，路过咸阳桥，看见一列男子被官差看押着在官道上行走。一群衣衫褴褛的妇女儿童，拉扯着他们哭哭啼啼，哭声、劝慰声、时而夹杂官吏的呵斥声在上空飘荡。

有人告诉杜甫，这些人是被征入军队去的。

杜甫立在路边，默默地看他们从身边走过，忽然，一位四十多岁的征夫趔趄了一下，杜甫赶忙扶住他："小心！"

"谢谢！"征夫说。

杜甫："你们这是要去哪里？"

征夫："据说这次是去营田，准备与吐蕃作战。唉！"他叹了一口气，"我十五岁去当兵防守黄河要塞，刚回来，已是白发苍苍，如今又被征去上战场。家中田地都荒芜了，可是官府又来催租，这租税从何而来啊！"

官差看见征夫站着和杜甫说话，呵斥道："还不快走，磨磨蹭蹭是不是想逃？"

杜甫给他道一声"保重"，看着他远去的背影慢慢变小，最后消失在道路的尽头。

晚上，杜甫躺在床上久久不能入睡，白天在咸阳桥看到的情形不断地在脑海闪现，想到杨国忠遣人分道到处抓人当兵，心中感慨万分。他坐起来，一边磨墨，一边思考，很快墨磨好了，他笔走龙蛇，写下了《兵车行》：

> 车辚辚，马萧萧，行人弓箭各在腰。
> 耶娘妻子走相送，尘埃不见咸阳桥。
> 牵衣顿足拦道哭，哭声直上干云霄。
> 道旁过者问行人，行人但云点行频。
> 或从十五北防河，便至四十西营田。
> 去时里正与裹头，归来头白还戍边。

边庭流血成海水，武皇开边意未已。

君不闻汉家山东二百州，千村万落生荆杞。

纵有健妇把锄犁，禾生陇亩无东西。

况复秦兵耐苦战，被驱不异犬与鸡。

长者虽有问，役夫敢申恨？

且如今年冬，未休关西卒。

县官急索租，租税从何出？

信知生男恶，反是生女好。

生女犹得嫁比邻，生男埋没随百草。

君不见，青海头，古来白骨无人收。

新鬼烦冤旧鬼哭，天阴雨湿声啾啾！

长安北渭水上的咸阳桥，连接着通往西域的大道，朝廷用武力征来的兵士开往边疆都要从这里经过。车隆马鸣人泣，一幅凄惨的画面在杜甫的笔下描摹得淋漓尽致。这首乐府诗是杜甫自己开创的乐府新题，没有以往乐府诗的桎梏。战争、赋税，带给百姓的是困苦的生活，杜甫明白这是多年的战争和朝廷的腐败造成的。

杜甫收到了元逸人的来信，元逸人即元丹丘，隐道士。元逸人在信中告诉杜甫，他已经由鲁郡的东蒙山转到长安南山子午谷隐居，杜甫寄诗《玄都坛歌寄元逸人》给他。杜甫很羡慕元逸人，他已经完全抛开尘世的一切，开始自己的隐居生活

玄宗用兵吐蕃，士兵筑城出战，走马搴旗，最后胜利的功劳却是将领的。杜甫有感于此，作了《前出塞九首》。这九首诗是杜甫以一个征夫的口吻叙述在边塞征战的经历，组诗以反映征程艰难、思念亲人和渴望建立军功为多，写了征夫为国征战的志向。

写完这组诗，杜甫想起了好友高适，高适已经随哥舒翰入朝。他决定第二天去看他。岑参早在去年秋天随高仙芝入朝，未曾离开京城。

杜甫约了岑参去见高适，并带去了自己的新作《贫交行》《白丝行》和《兵车行》。高适住在官舍里，三人见面十分亲热。

岑参为高适和杜甫接风，三人在酒馆里开怀畅饮。

杜甫："二位都在为国效力，只有我还奔波在求仕的路上，想来惭愧啊。"

岑参："杜兄不必焦虑，以你的学士才能终究会有用武之地。"

高适也说："是啊，皇上不是对你的锦绣文章大加赞赏吗？如今四海之内都需要人才，杜兄不必着急。我刚才看了你的《贫交行》伤于才士求人汲引之艰难，杜兄感触颇深啊。"

杜甫听了高适的话，不免伤感："高兄有所不知，这些年来我行走于达官贵人之间，数次上诗以求引荐，可是……"

两人见杜甫不再往下说，知道杜甫心中感慨颇多。

岑参："是啊，我们知道杜兄的艰难，我们也是心有余而力不足。"

高适见他们两人感伤，便转话题谈到《兵车行》。

高适："《兵车行》犹如一柄利刃剖开了战争给人民带来的灾难，杜兄这首乐府诗将成为千古名篇。"

岑参："是啊，犹如一幅生动的画面，将朝廷不顾人民的死活，强行征兵，田地荒芜的场景写得入神。连年的战争，何时是个头啊，唉，前天见官道上的情形，似乎又要开战了。"

杜甫："又要开战？唉，劳民伤财！"

高适："如今朝廷顽疾太多，再不清除奸佞，国将不国了。藩镇割据，藩镇拥兵权重，这是极大的危险。皇上在位日久，习于荒淫宴乐，将政事委托给贪污弄权之奸佞，将边防托给穷兵黩武之边将，百姓深受赋税之沉重，国库财力之空乏，各藩镇权力之庞大，这些都是溃堤之穴啊！"

三人谈到如今之局势，不禁唉声叹气。

岑参见气氛沉闷，便转换了话题："杜兄你在《曲江三章章五句》中提到打算在曲江边卜居，何时办妥，我们去祝贺一下。"

杜甫苦笑了一下，叹了一口气。

杜曲在长安城南边，终南山北麓，杜氏世居于此，杜甫在这里有桑麻田。

高适对岑参说："杜曲有子美兄的祖宅，田产。我读了子美兄的《曲江三章章五句》，觉得兄的诗歌基调太过于忧伤，第一章如哀鸿鸣叫、第二章心如死灰、第三章想归隐终南山。唉，当初的豪情呢？"

杜甫大笑："当初的豪情呢？这么多年了，我在长安求职无门，穷困潦倒。制举考试，'野无遗贤'，制举应召没有下文，永远的等待，我的豪情在近十年的光阴中消磨得干干净净了。"杜甫给自己倒了一杯酒，一饮而尽："二位在边疆辅佐将军，在战场厮杀，报效国家，我，'自断此生休问天'！"

高适和岑参见杜甫如此伤感，便再次换了话题。谈到杜甫的儿子宗文，果然，杜甫的情绪好了很多，他向他们说起儿子的点滴，说起妻子的勤劳。

"抽个时间我们去杜曲，帮你将祖宅清扫一下，把嫂夫人和孩子早点接过来。"高适说。

杜甫："嗯，这个事缓一缓吧。"

杜甫说了缘由，两人同意。

酒宴结束后，三人约定第二天同登慈恩寺塔。

参加登慈恩寺塔的除了高适、岑参、杜甫外，还有储光羲和薛据。慈恩寺在长安东南区进昌坊。此寺是唐高宗在春宫时为文德皇后所建。西院之塔高三百尺，是沙门玄奘所立。

五位诗人依次登上塔顶，只见蓝天碧云，穹庐高远。俯瞰渭水，波光粼粼，远眺终南山，漫山树木郁郁葱葱，岑参当即吟诵：

> 秋色从西来，苍然满关中。
>
> 五陵北原上，万古青濛濛。

杜甫接着吟诵：

> 高标跨苍天，烈风无时休。
>
> 自非旷士怀，登兹翻百忧。
>
> 方知象教力，足可追冥搜。
>
> 仰穿龙蛇窟，始出枝撑幽。
>
> 七星在北户，河汉声西流。

羲和鞭白日，少昊行清秋。

秦山忽破碎，泾渭不可求。

俯视但一气，焉能辨皇州。

回首叫虞舜，苍梧云正愁。

惜哉瑶池饮，日晏昆仑丘。

黄鹄去不息，哀鸣何所投。

君看随阳雁，各有稻粱谋。

其他三位诗人陆续吟诵出自己的诗，吟诵完毕相互评论，最后认为杜甫写的诗行文自然而严谨。

这次游玩，他们十分开心，午饭是自己带去的酒菜，晚上在酒馆里又是喝酒赛诗，引得酒馆里其他食客纷纷围观。

转眼，到了冬天，高适返回河西节度使幕府，杜甫写了《送高三十五书记十五韵》。韦书记离开京城去安西都护府，杜甫又给朋友写诗相送《送韦书记赴安西》。

朋友们一个又一个离开京城，杜甫感到了孤独。

十一月，李林甫病逝，杨国忠为丞相。鲜于仲通被杨国忠推荐为京兆尹，杜甫上诗鲜于仲通《奉赠鲜于京兆二十韵》，诗中谈及李林甫忌才，自己"万事益酸辛"。

鲜于仲通收到杜甫的诗，亦是十分喜欢，但是他没有举荐杜甫。

3. 豪奢与贫穷

天宝十二载（753）春，郑虔带给杜甫一个好消息。

郑虔："子美，告诉你一个消息。"郑虔突然停下来，不说了。

杜甫："快说，什么好消息？"

郑虔："许我一餐酒，我就说。"

杜甫："你知道我兜里一文钱都没有了，怎么许你酒啊？"

"给我写首诗该可以吧？"郑虔故意逗杜甫。

"那没问题。"杜甫说。

"前天,奸相李林甫被追削官爵,他的子孙被流配到岭南和黔中。还有,剖其棺,以庶人礼葬。"

"好,好!真是大快人心,善有善报,恶有恶报,我终于出了这口恶气。"杜甫开心地说。

郑虔叹了口气:"现在掌权的杨国忠也不是善良之辈,怕是更坏。"

"唉!"杜甫若有所思。

"好了,子美,不说这些不愉快的事。商量下,我们三月三邀约朋友们去曲江春游宴饮吧!"

"好的。"杜甫回答,"六个人就差不多吧!"

每年十月,玄宗带着贵妃们去华清宫,次年春才返回。玄宗宠爱贵妃杨玉环,天宝七载(748),赐封杨贵妃的大姐为韩国夫人,三姐为虢国夫人,八姐为秦国夫人。

虢国夫人生得比杨贵妃还漂亮,原来嫁给裴氏为妻,裴氏早年阵亡,寡居的她被杨贵妃接入宫中后,虢国夫人工于心计,暗中和皇上来往,后被赐宅邸。她出了宫中,又和杨国忠勾搭上了。虢国夫人的宅邸在长安居宣阳坊左边,杨国忠的宅邸在它的南边,两家宅邸紧紧挨着。每次杨国忠回家,经过虢国夫人宅邸,都要先进虢国夫人宅邸。两人昼夜来往,出门骑在同一匹马上,或三朝庆贺,或五更待漏,打情骂俏从不避讳。虢国夫人骄奢淫逸,她所经过的地方,沿途遗失丢弃的首饰珠宝玉器很多,香风飘达数里。

杨国忠,杨贵妃的族兄,本名杨钊。早年落魄不堪,放荡无行,嗜酒好赌,为族人所鄙夷。天宝四载(745),杨玉环被册为贵妃,攀上杨贵妃之后,他步步高升。天宝九载(750)十月,杨钊请求改名,以示忠诚,玄宗赐名"国忠"。随着地位的不断升迁,杨国忠在生活上也变得奢侈腐化。每逢陪玄宗、贵妃游幸华清宫,杨氏四姐妹总是先在杨国忠家会集,竞相比赛装饰车马,他们用黄金、翡翠做装饰,用珍珠、美玉做点缀。出行时,杨氏四姐妹和杨国忠一共五家的队伍衣服各为一色,五家一起出行,灿若云锦,杨国忠还持剑南节度使的旌节(皇帝授予特使的权力象征)

在前面耀武扬威地行走。

去年十一月李林甫死后，玄宗命杨国忠担任右相，兼文部尚书，判使照旧。杨国忠以一市井之徒攀上杨贵妃后，从侍御史升到正宰相，身兼四十余职，权力巨大。

杨氏一族的奢华在京城有目共睹，今年的三月三上巳节，杨氏一族定会奢华无比。

相传农历三月初三是黄帝的诞辰，自古皆有"二月二，龙抬头；三月三，生轩辕"的说法。这天，女子常在水边祓禊。祓禊，即去水边沐浴，祛除病痛和灾祸，并祈求福祉降临。杨氏姐妹在这个节日更是要炫耀出风头，她们去曲江边祓禊，场面壮观。

杜甫和郑虔等六位文友端坐曲江边，他们正在进行一种文字游戏——曲水流觞。

曲水流觞是一种古代民间传统习俗，最早可以追溯到西周初年，后来发展成为文人墨客诗酒唱酬的一种雅事，其主要作用为欢庆和娱乐、祈福免灾。上巳节人们举行祓禊仪式之后，大家坐在河渠两旁，在上流放置酒杯，酒杯顺流而下，停在谁的面前，谁就取杯饮酒，意为除去灾祸不吉，后发展为饮酒吟诗。唐朝时，皇上赐宴曲江，倾都禊饮踏青。

酒杯停在了杜甫面前，他端起酒杯喝下酒，目光投向前方，远远地，他看见到了杨氏姐妹一行。华盖下，她们身材袅娜，衣着华丽，佩环叮当，丫鬟侍卫，衣着光鲜。略一思忖，杜甫开口吟诵起来：

> 三月三日天气新，长安水边多丽人。
>
> 态浓意远淑且真，肌理细腻骨肉匀。
>
> 绣罗衣裳照暮春，蹙金孔雀银麒麟。
>
> 头上何所有？翠为𦉝叶垂鬓唇。
>
> 背后何所见？珠压腰衱稳称身。
>
> 就中云幕椒房亲，赐名大国虢与秦。
>
> 紫驼之峰出翠釜，水精之盘行素鳞。

犀箸厌饫久未下，鸾刀缕切空纷纶。

黄门飞鞚不动尘，御厨络绎送八珍。

箫鼓哀吟感鬼神，宾从杂遝实要津。

后来鞍马何逡巡，当轩下马入锦茵。

杨花雪落覆白蘋，青鸟飞去衔红巾。

炙手可热势绝伦，慎莫近前丞相嗔！

　　众诗人惊讶杜甫的诗作。杜甫以眼前的景入诗，结构上采用步步推进，层层聚焦的手法。首两句交代大背景，接下来的八句写水边众多丽人的神态、体貌和服饰之美，问答之间，头上和背后的服饰别出心裁地写了出来。接着写三位夫人，虢国夫人、秦国夫人和韩国夫人，她们面前食物精美、品种繁多，却迟迟不肯下箸，周围是络绎不绝进贡送来的精美食品，排场之大，场面之豪华令人瞠目。接下来以"杨花"和"青鸟"的典故，暗讽杨国忠和虢国夫人淫乱私通。最后两句先不说是谁，写"炙手可热"的人弄权到极点，最后点出"慎莫近前丞相嗔"，写出杨国忠权倾朝野的丑态。全诗都是描摹，没有讥讽指责的句子，却暗含讥讽在字里行间，其巧妙的铺陈让人叫绝。

　　杜甫一吟诵完，郑虔拍手称好："诸位，我看今天夺魁者非杜甫的这首《丽人行》莫属。"

　　"是啊，写得太好了，这些贵妃的一盘菜就抵上一个中等人家十年的收入。"岑参说。

　　"皇上骄奢淫逸的日子有增无减，春天带着贵妃和杨氏姐妹从南内兴庆宫穿过夹城游曲江芙蓉园，冬天到骊山华清宫里去避寒，斗鸡、舞马、抛球……不理朝政，边疆战败，民生凋敝从不过问，奸臣当权……埋下一颗又一颗祸害的种子。"杜甫说。

　　说起朝廷，大家议论纷纷，一吐为快。

　　郑虔提议："子美，再来一首吧，以虢国夫人为题。"

　　"好！"杜甫站起来，看着远方丽人们游玩的地方，吟诵起来：

虢国夫人承主恩，平明骑马入金门。

却嫌脂粉污颜色，淡扫蛾眉朝至尊。

诗人王焕喝彩道："好一个'淡扫蛾眉朝至尊'，虢国夫人自恃美丽，从不化妆，这四句将虢国夫人写得入骨。"

众人也纷纷献诗，相互点评。

正午时分，杜甫和文友们坐在水边，就着带来的酒菜痛饮大醉。

一边是权贵后宫们骄奢淫逸的生活，一边是穷苦百姓挣扎在温饱线上，鲜明的对比让杜甫对朝廷的腐败有了更深层次的认识，他将目光投向最底层的劳动人民，同情并关注他们的生活，对自己生活的艰辛不再像以前那么哀怨了。

尽管杜甫在京城的生活穷困潦倒，但是他对晚辈的鼓励却是从不吝啬。

春闱，杜甫的堂侄杜勤举子试落第，将要回去，杜甫送他一首诗《醉歌行》安慰他，诗中夸奖杜勤的才华，说他很小就能作诗和书法，赞美他文章的浩瀚和草书的纵横，安慰他落榜是意外，鼓励他继续努力，乘风破浪。杜勤感谢叔叔的鼓励，并带去了杜甫写给李嗣业的诗。那是一个春天，李嗣业宴请杜甫，酒宴上杜甫遂作《陪李金吾花下饮》。李嗣业任右金吾大将军，金吾，是官职名，掌管宫中和京城昼夜的巡视和警戒。这次聚宴，杜甫十分开心，花下饮酒后，徐徐漫步，春天的花鸟树木在杜甫的笔下是那么柔美，"见轻吹鸟毳，随意数花须"，这也是杜勤喜欢这首诗的缘故，心中的不快在春天的美景中得到些许安慰。

夏日炎炎，郑虔邀请杜甫前去何将军山林避暑几日，杜甫欣然应允。

何将军的园林在樊川北岸的少陵原，高三百尺，在杜城之东，韦曲之西。两人骑马而去。

园林的主人何将军热情款待郑虔和杜甫，挽留他们俩多住几日。何将军陪同他们在园林游玩。这是一个面积很大的园林，园中野竹成片、溪上小桥与流水相映成趣，潭水清澈见底，树上果实累累。杜甫与郑虔常常醉卧林间，何将军并非一介武夫，他是一个爱好诗书、重视家教的儒雅之士，书床上的书堆到屋顶，孩子们喜爱读书，常常是到半夜也能听到书声琅琅。在诗中，杜甫由何将军联想到自己，想到自己献赋不遇，感叹读书无用，不如来此山林与将军为邻。

这几天的游玩，杜甫按照时间的顺序、游玩的踪迹写了十首诗《陪郑广文游何将军山林十首》，这十首诗送给何将军，将军喜爱不已。

入秋了，哥舒翰出击吐蕃大获胜利，悉收九曲之地后入朝，进封平西郡王。因高适在其处做掌书记，杜甫与哥舒翰早已熟识，听说他入朝后，杜甫想投身于哥舒翰的戎幕，因此作《投赠哥舒开府（翰）二十韵》送他。

哥舒翰没有邀请杜甫入他的戎幕。

这年秋天，秋雨绵绵，延续了六十多天，乡间该收割的庄稼倒伏在水中，到处都是水患。

皇上问杨国忠百姓是否受灾，杨国忠让人挑最好的稻谷送来，他再送给皇上观看，说："虽然有水灾，但是百姓种的稻谷还好。"皇上竟然被蒙混过去了，受灾地区，百姓颗粒无收。

长安霖雨成灾，久雨米贵，朝廷决定从太仓里拨出十万石米减价粜米给市民，每人每天领米五升，一直延续到第二年春天。杜甫属于可以从太仓领米之人，领到米，自己节约着吃，留下一些米，送回洛阳，妻子快要临盆生产了。

4. 百年秋已半

秋雨之中，杜甫披着蓑戴着笠，前往终南山采草药。

终南山又名"太乙山""地肺山""中南山""周南山"，简称"南山"，是秦岭山脉的一段，耸立在西安市之西南。它峻拔秀丽，如锦绣画屏。西起今宝鸡市眉县、东至今西安市蓝田县，主峰在西安长安区。终南山的南五台青翠峭拔，富产药材。

山上，连绵的秋雨将整个山上的树木洗得更加碧绿，鸟儿也早在巢中躲雨，四周一片寂静，想到妻子马上要临盆了，杜甫要攒一些钱。

泥泞的路，湿滑无比，杜甫砍下一些藤条系在两树之间，以备下山时用，他去了一些常人不到的地方，那里草药果然很多。

杜甫这次在山上挖到了各种草药，他背着一大竹篓准备下山。忽然，前方有窸窸窣窣之响声。杜甫停下来，仔细一听，判断是一只野鸡在草丛中走动。他拨开草丛，果然看见是一只野鸡。杜甫放下背篓，很快就抓住了，想到可以给妻子美美地做一顿野鸡汤，杜甫心情大好。

重阳节将近，郑虔邀请杜甫出去游玩，杜甫拒绝了，因为他要回洛阳。

听说杜甫要回洛阳照顾生产的妻子，任国子监司业的苏源明请郑虔等朋友为杜甫饯行。大家都送给杜甫一些钱作为贺礼，杜甫一一收下。

杜甫启程回洛阳，乘坐一文友的便车。

大腹便便的杨淑娟正在家中缝制小孩的衣服，宗文正在旁边玩耍。

熟悉的院子出现在眼前，杜甫心中感觉一阵温暖。

进了院子，院子里的狗便叫了起来，欢快地跑过来和杜甫亲昵。杨淑娟听到狗叫，抬头看见了杜甫。

杨淑娟惊喜地说："子美，你回来了？"

杜甫放下行囊，从地上抱起儿子，亲了亲："是啊，你快要生产了，我回来照顾你。"

杨淑娟："其实不用的，李莹珍妹妹对我照顾得很好的。"

"家中的事多，在长安我也没什么事情，前段时间卖了些草药，积攒了一些钱，加上朋友们一些贺礼，这几个月应该够用。"

"别光顾着说话，快进屋歇息。"杨淑娟说。

杨淑娟的母亲早在一个月前让家中的婢女李莹珍过来伺候杨淑娟，勤快的李莹珍给杜甫减轻了不少家务负担，杜甫在洛阳有时间读书，会友，写诗。

重阳节这天，杜甫的二儿子出生了，杜甫心中又悲又喜。悲的是自己近年过半百，却没能给儿子更好的生活条件；喜的是又一个儿子出生了。杜甫给儿子取名宗武，希望两个儿子一文一武，将来大有作为报效朝廷。

晚上，悲喜之间，杜甫作《九日曲江》，哀叹自己"百年秋已半，九日意兼悲"：

缀席茱萸好，浮舟菡萏衰。

百年秋已半，九日意兼悲。

江水清源曲，荆门此路疑。

晚来高兴尽，摇荡菊花期。

小儿子的到来，杜甫觉得自己肩上生活的担子更重了。

四十二岁了，人到中年的杜甫在长安漂泊多年，对朝廷的腐败、官吏的贪婪、社会的黑暗、百姓的苦难有了深深的认识。

晚上，看着身体虚弱的妻子，杜甫心中十分愧疚："淑娟，我真的没有出息。"杜甫抬头看看屋顶，眼泪快要漫出来了，"没有给你好的生活，让你跟着我这么多年受苦。"

杨淑娟伸出手，握着杜甫的手："我不怪你，自从我决定嫁给你，就说过与你同甘共苦。不是你没有才能，是时势弄人。"

"一晃，我已经四十二岁了，年近半百，还一事无成。当年高适、岑参、苏源明和我一同交游，如今他们一个个都身为朝廷之命官，无论大小，总算能养家糊口，而我，却挣扎在贫困线上，每天都为生计操心，何谈施展自己的抱负！"杜甫心中充满了沮丧。

杨淑娟安慰杜甫："不急，是金子总会发光的。你还是去长安吧，你的朋友都在那里，住在长安被引荐的机会也多一些。"

杜甫长叹一口气："好吧！这些年多亏郑虔、苏源明和岑参等朋友的接济。"

"是啊，特别是郑虔，对我们接济最多。"杨淑娟说。

"其实，他也很不容易。"杜甫沉默了一会说，"自天宝九载（750）他回到长安，皇上给了他一个闲散的、无所事事的职位——广文馆博士。郑虔不知道广文馆这个机构在哪，便去问宰相，宰相说：'皇上下令扩充国立大学，增设广文馆，来安排有贤德的人，让后代人说起广文博士是从你开始的，这不是很好吗？'这样郑虔才走马上任。"

"哦。是这样啊。"杨淑娟说。

杜甫叹了口气："去年秋，一场大雨毁坏了广文馆的房屋，有关部门也不加修复，郑虔便借住在国子馆内。郑虔的这个闲职让他心中亦是愤懑。虽然皇上喜欢他的字画诗等，但是他也是无法实现自己的抱负。他政治敏锐，卓绝不凡，军事、医药和博物都有建树。我的很多草药是他建议我采集的，并且写了很多治病之方让我推荐给病人，要不是他，我的草药也不会这么受欢迎。"

"我听父亲说他在写军事和医药方面的书。"杨淑娟说。

杜甫告诉她："是的，兵书是《天宝军防录》，医书是《胡本草》，杂录是《会粹》。"

杨淑娟问："哦，对了，《会粹》是一本什么样的书？"

"是一本记载各类珍稀动植物或社会异闻以及自然界奇异怪物的杂录怪书。"沉默了一会，杜甫接着说，"明年开春后，我在长安附近选个地方，你去长安居住吧，一家人苦也苦在一起。"

"我听你的。"杨淑娟说。

听说杜甫打算在长安定居，杨淑娟的母亲将积攒的私房钱给了女儿，两个外孙的出生加重了经济负担，女婿目前还没有求得官职，她一直接济自己的女儿。

对此，杜甫非常感激岳母一家的资助。

在家中住了两个月，杜甫又回到了长安自己的住处。

哥舒翰因为风疾还京，杜甫给他上诗，他除了宴请杜甫外，没有提及让杜甫加入他的戎幕。

杜甫心中十分想念高适，高适自脱去布衣，授汴州封丘尉后，对县尉这个职位感到不满。他不忍心看着百姓受苦，也不愿意用这个官位逼迫百姓上交赋税租税，便离职客游河右。河西节度使哥舒翰惊异其才能，让其担任左骁卫兵曹，后充任哥舒翰府中的掌书记。

想到高适当年在长安找不到自己的仕途之路，去到边疆，终于找到自己的职位，也算是曲径通幽。

倘若自己能入戎幕，也能施展自己的抱负，可是……

求仕无路，报国无门，杜甫感到对仕途没有信心了。

边疆战事不断，成年男子不断充戍边疆，田地荒芜，又逢旱涝灾害，民不聊生。

在与文友们的宴饮时，杜甫不再是那个曾经踌躇满志的诗人了，他更多的时候保持着沉默。

想找寻合适安家的地方，杜甫听从朋友们的建议，在长安周边考察了几个地方，最终还是没有定下来。

第六章　安家下杜城

远林暑气薄，公子过我游。

贫居类村坞，僻近城南楼。

旁舍颇淳朴，所须亦易求。

隔屋唤西家，借问有酒不？

墙头过浊醪，展席俯长流。

清风左右至，客意已惊秋。

巢多众鸟喧，叶密鸣蝉稠。

——《李家令见访》

一直以来，杜甫在寻找一处幽静之地居住，在何将军山林，在长安城西渼陂，最后定在城南十五里的下杜城。杜甫授官右卫率府兵冑曹参军，他从京城回家探亲，途经骊山，适逢玄宗带着杨贵妃等在华清宫避寒作乐，回家后见妻儿冻馁、小儿子饿死，杜甫发出了"朱门酒肉臭，路有冻死骨"的悲愤之言。

1. 春游

天宝十三载（754）正月，安禄山入朝，加左仆射。安禄山权力越来越大，杨国忠对此深感不安，他担心安禄山会反叛朝廷，更害怕安禄山影响自己的地位。

杨国忠对皇上说："陛下试召之，必不来。"

皇上召安禄山入朝，安禄山闻命即至，与皇帝相见于华清宫，对皇帝哭泣着说：

"臣本胡人，陛下宠擢至此，为国忠所疾，臣死无日矣。"

皇上见安禄山如此，愈加喜欢安禄山，更加信任安禄山，赏赐上万，对杨国忠之言置之不理。太子也认为安禄山会反朝廷，皇上还是听不进去，并且给予安禄山的权力也越来越大，藩镇割据实权在握，势力越来越大。

暗流在涌动，杜甫在与王公贵族们的交往中感觉到了。

整个春天，杜甫在长安，依然是每天赴太仓领米五升，勉强过着日子。有时候，卖草药的钱多了点，他便邀约郑虔喝酒，两人时常聚在一起。

这天一大早，杜甫从杜曲出门去东坊卖草药，很快草药被一家药店全部购买了，杜甫心中有些高兴，兜里揣着钱径直去找郑虔了。

郑虔住在国子馆内，见杜甫来访，十分高兴。

"今天什么喜事开心啊？"郑虔问。

杜甫："当然开心，悬壶药铺将我的草药全部买去了，价格也很公道，瞧，够买酒的吧？"

郑虔："当然够，走，正好新开了一家酒馆，我们去一醉方休。"

两人前往四方来客酒馆。

杜甫点了三盘菜，买了一坛子酒，两人推杯换盏地痛饮起来。

醉眼蒙眬中，郑虔看着杜甫，叹了口气："子美，别看我现在挂着广文馆博士，可是一点事情都没有我的份。我整天就这么混着日子，还不如出了京城做个县令，为百姓做点实事。我心中十分不痛快啊！"

杜甫："郑兄休要气馁，与你相比，我现在还是个待诏，连生存都有问题，你还拿着俸薪，不为生计发愁。"

郑虔："我们彼此彼此，子美，这种日子不知道何时才能到头，看不到希望。"

杜甫也喝得醉眼蒙眬，他站起来，吟诵道：

> 诸公衮衮登台省，广文先生官独冷。
>
> 甲第纷纷厌粱肉，广文先生饭不足。
>
> 先生有道出羲皇，先生有才过屈宋。
>
> 德尊一代常轗轲，名垂万古知何用。

杜陵野客人更嗤，被褐短窄鬓如丝。

日籴太仓五升米，时赴郑老同襟期。

得钱即相觅，沽酒不复疑。

忘形到尔汝，痛饮真吾师。

清夜沉沉动春酌，灯前细雨檐花落。

但觉高歌有鬼神，焉知饿死填沟壑。

相如逸才亲涤器，子云识字终投阁。

先生早赋归去来，石田茅屋荒苍苔。

儒术于我何有哉，孔丘盗跖俱尘埃。

不须闻此意惨怆，生前相遇且衔杯。

吟诵完毕，杜甫问郑虔："趋庭，这首《醉时歌》怎么样？"

趋庭是郑虔的字。

郑虔："好，这首诗是你我当前境遇的真实写照。前八句写我不得赏识，后四句写你自己，再四句将你我联系在一起，最后是劝慰我也是劝慰你自己。高明！"

杜甫："是啊，你我'不须闻此意惨怆，生前相遇且衔杯'。喝吧，不醉不归！"

一坛酒都喝完了，两人酩酊大醉，满腹抑郁之气在痛饮后的畅快中一扫而光。

自去年秋天苏源明来长安任国子监司业，他常常邀约杜甫游玩，杜甫想到自己的昔日朋友都在做官，而自己奔波在求仕的路上，多年来还是一无所获，心中总是充满着悲凉。妻儿还在洛阳苦苦度日，自己虽然一直在找理想中的卜居之地，但是还未定下来。自从去年和郑虔等游何将军山林后，杜甫对那里念念不忘，想在那里安家。晚春，他写信给何将军，询问东桥竹林的情况，何将军回信了，并邀请他和他的朋友们前往山林游览。

杜甫接到信后，非常高兴，他备好马车，邀约郑虔、苏源明等人。中午时分，他们到达山林，何将军盛宴款待。

山林里，黄莺追逐着蝴蝶，水獭追赶着游鱼，溪流淙淙更衬托出山林的寂静，有花瓣因为黄莺蝴蝶的嬉戏而掉落。杜甫躺在山林的草地上，看着笔直的树干指向蓝天，他从来没有这么轻松过。他们路过去年游览的旧地时，去年饮酒的杯子还在那里，虽然经过一年雨水的冲洗，却仍然保持着原样。他们睡过的床榻也还在，虽然因为河水高涨导致河沙下沉。守林的狗见是他们几个，也跑来欢快地摇头摆尾欢迎他们。鸟儿在山里穿梭，鸟妈妈给小鸟觅食。

一路游览下来，一切场景是如此熟悉和亲切，几位诗人心情大好，他们来到翠微寺，只见寺上的天空有淡淡的薄云在游移。他们随即登到皇子陂，陂上天高气清，一望无垠。他们信步穿过东边的篱笆，到远处游览。

日落时分，他们来到山林边的一处平台，在这里可以眺望落日。何将军吩咐家仆烧水沏茶，几位诗人坐在平台上品茗，苏源明拿着钓竿下了平台在河边钓鱼。翡翠鸟在晒衣竿上欢快地鸣叫，蜻蜓悠闲地停歇在钓鱼的丝线上。此幅画面，让杜甫心有感触，他捡拾起地上的梧桐树叶题诗，真希望能永远居住在此地，不问世事。

杜甫将他题的三首诗交给郑虔，他看了看正低头喝茶的何将军，又给何将军题了一首。郑虔将这四首诗吟诵了一遍，大家都赞不绝口。

在山中逗留了两日，他们一行人要回城了。大家依依不舍，何将军送了好远，又给每人备了一份山中的特产。

回来后，杜甫又写了一首，他将游览何将军山林的五首诗放在一起，又将《重过何氏五首》誊抄起来，寄给何将军。

想到自己还是一名"野客"，心中不免悲凉，"何日沾微禄，归山买薄田"这句在杜甫的笔下自然而出。

很快，杜甫的这五首诗在文友们之间传诵：

一

问讯东桥竹，将军有报书。

倒衣还命驾，高枕乃吾庐。

花妥莺捎蝶，溪喧獭趁鱼。

重来休沐地，真作野人居。

二

山雨樽仍在，沙沉榻未移。

犬迎曾宿客，鸦护落巢儿。

云薄翠微寺，天清皇子陂。

向来幽兴极，步屣过东篱。

三

落日平台上，春风啜茗时。

石栏斜点笔，桐叶坐题诗。

翡翠鸣衣桁，蜻蜓立钓丝。

自今幽兴熟，来往亦无期。

四

颇怪朝参懒，应耽野趣长。

雨抛金锁甲，苔卧绿沉枪。

手自移蒲柳，家才足稻粱。

看君用幽意，白日到羲皇。

五

到此应常宿，相留可判年。

蹉跎暮容色，怅望好林泉。

何日沾微禄，归山买薄田？

斯游恐不遂，把酒意茫然。

杜甫最终还是放弃了在东桥竹林处买地定居之意，他将目标投向了长安城西。一段时间内，杜甫常常去城西游览，以期找寻到好的卜居之地。

这天，杜甫又去找郑虔，酒酣耳热之际，两人决定去游城西的渼陂。

2．赏渼陂美景纳凉丈八沟

　　长安城西，风景优美，环境优雅，很多王公贵族在这里置地。文人骚客们更是前来此地游玩赏景、吟诗作画，杜甫也被这块地方深深吸引。

　　农历五月的一日，有位在杜甫这里买草药的病人痊愈了，为感谢杜甫，他送来了好酒好肉。杜甫在家中做好菜用瓦罐装上，去邀约郑虔和苏源明等人前往渼陂一同游玩宴饮。渼坡，是渼水汇成之陂，位于鄠县（今西安市）西五里，出自终南山之谷鄠邑区涝河西畔，是秦汉上林苑，周围一十四里。北流入荣水，上为紫阁峰，峰下陂水碧澄，周围为群山环绕，湖中芙蕖遍布、凫雁翻飞，是游览的胜景。

　　三人坐着马车很快就到了渼陂，只见青山绿水惹人喜爱。郑虔叫了一艘船，三人一同上船，将船划到湖中，便停下来喝酒吟诗谈时局。忽然，有一艘画舫从他们的船边经过，只见画舫高大宽敞，装饰华丽，舫中王公贵族衣着华贵，美姬歌舞婀娜，歌喉清亮，悠扬的笛声又飘入耳鼓。杜甫三人目光也被吸引过去了，他们看着歌伎舞蹈，听着笛声悠扬。船边有鱼儿跃出水中，燕子低飞。那边画舫上的王公贵族们举起杯向杜甫船上的三人施礼，杜甫三人也举杯回礼。不一会有小舟给杜甫他们送来一坛子酒，郑虔连忙起身接过酒，放在桌上后，朝画舫中拱手致谢。

　　杜甫尝了一口，连声说道："好酒！好酒！"

　　那边船上有人回应："好酒得有好诗啊，请先生赐诗，我们洗耳恭听！"

　　郑虔和苏源明将目光投向了杜甫，杜甫微微一笑，知道他们要他吟诗。

　　杜甫站起身来，目光掠过歌伎。只见她们在主人的示意下停歇下来。箫声在低低地吹，似乎在给即将要吟诵的诗伴奏。杜甫朝江面看去，风儿轻轻地吹，细碎的波纹闪着粼光，燕子和蜻蜓低飞，鱼儿竞相跳跃，有的张开嘴浮出水面，似乎要呼吸新鲜空气。

　　略思忖了一会，杜甫吟诵道：

青蛾皓齿在楼船，横笛短箫悲远天。

春风自信牙樯动，迟日徐看锦缆牵。

鱼吹细浪摇歌扇，燕蹴飞花落舞筵。

不有小舟能荡桨，百壶那送酒如泉？

"好一句'鱼吹细浪摇歌扇，燕蹴飞花落舞筵'。先生的这句真是绝了！来敬你一杯！"画舫中，一位年龄约五十岁的人站起来敬酒，其他的人纷纷站起来向杜甫敬酒。这边，杜甫走到桌边端起酒杯也一饮而尽。双方在各自的船上互相敬酒后，便各自划船离开。在船上，郑虔和苏源明还在谈论着刚才杜甫的这首诗，与杜甫各自和了一首。

这次游玩让三人十分开心。

好地方总是让人留恋，当鄠县源大少府邀约杜甫宴饮渼陂时，杜甫很爽快地答应了。在船上，杜甫陪着众人喝酒，酒到酣畅处，感念源大少府的热情好客，杜甫感动之中站起来给大家吟诗：

应为西陂好，金钱罄一餐。

饭抄云子白，瓜嚼水精寒。

无计回船下，空愁避酒难。

主人情烂熳，持答翠琅玕。

"好！'主人情烂熳，持答翠琅玕'。好！这句写出了源大少府热情好客，今天的宴饮有好酒好诗好景，真是美哉！"席间有人说道。

众人纷纷赞颂杜甫的诗好，杜甫谦逊地说："各位见笑了，不才有感于源大少府的盛情！"

源大少府站起来给大家敬酒，感谢杜甫带来了好诗。

渼陂带给杜甫的是欢快和诗意，他对这个地方充满了期待，所以一次又一次地前往。当岑参辞去安西高仙芝幕府之职而回到西安时，杜甫对岑参说了渼陂的优美景色，他又陪同岑参以及岑参的哥哥岑况游渼陂，写下了《渼陂行》。

　　长安周围不乏美景，杜甫的诗在京城的名气大了起来，王公贵族们开始经常邀约杜甫去家中宴饮或野外出游。席间，杜甫的诗常常是引得满堂喝彩。这一天，杜甫又同诸公子游丈八沟。那些公子带着一些家伎前往，一共有三辆马车，一路上叽叽喳喳，十分热闹。

　　丈八沟，在京城西南，下杜城西。后来，大历元年（766）九月，京兆尹韩朝宋上奏开漕渠入苑，宽八尺，深一丈。漕渠修好后，皇帝上安福门上观看，之后，这里便成了景点。

　　很快，杜甫一行人到了丈八沟，山中空气清新，温度也下降了好几摄氏度。马车停在了山下，杜甫与这些公子以及家伎一同乘舟入沟。只见漕渠两岸翠竹连连，荷叶散发着清香，船中已经摆好了酒菜，众人落座。王公们调制冰水，家伎们掐断莲藕丝。杜甫抬头看向天空，片片乌云涌来，他心有感触，站在船头吟诵道：

> 落日放船好，轻风生浪迟。
> 竹深留客处，荷净纳凉时。
> 公子调冰水，佳人雪藕丝。
> 片云头上黑，应是雨催诗。

　　正当大家为杜甫写的诗叫好时，突然，风雨大作，打湿了大家坐的席子，船家急忙停船上岸系上缆绳。

　　众人连忙上岸，进入亭子避雨。

　　雨水淋湿家伎们衣裙，蹙眉的样子惹人怜爱，杜甫微微一笑，吟诵起来：

> 雨来沾席上，风急打船头。
> 越女红裙湿，燕姬翠黛愁。
> 缆侵堤柳系，慢宛浪花浮。
> 归路翻萧飒，陂塘五月秋。

杜甫刚吟诵完就赢得了众人的喝彩。大家落座后，船家端来了热水供大家饮用。有一位公子请杜甫说点什么，打发这避雨的时光。

杜甫应允了："我就讲讲丈八沟的传说吧。"喝了一口水，杜甫说，"丈八沟的风景之美大家都看到了，这里是纳凉避暑极好的地方。丈八沟本是京兆尹所开的漕渠，却有神话在坊间流传。"

杜甫不说了。众家伎急了，急忙问："是什么？"

"要听吗？"杜甫问。

"当然要听！""快讲啊！""我都等不及了。"

杜甫哈哈一笑："大家别当真，只当是避雨休闲取乐。"

"知道了！"众家伎异口同声地说。

"好吧！"杜甫说，"太宗年间，泾河边有一樵夫和渔翁是好友。一天两人在集上相遇了，樵夫看见渔翁打那么多鱼，有些惊讶，便问他如何打得这么多鱼，渔翁便告诉他得到了街口算命先生的指点。这话恰好被巡海的夜叉听到了，他连忙告诉泾河龙王。龙王一听，这还了得，若这样下去，我的子孙不是全都被渔翁捕了去？龙王摇身一变，变成一白面书生。"

杜甫停下来，故意不讲，果然那些家伎急了："后来呢？"

"后来呀，白面书生就找到算命先生，正碰到一位农夫算雨水什么时候到来。因那一年正大旱，庄稼都快要枯萎了。先生掐指一算，叫他回去，说三天后必有轻风细雨。白面书生听到后，就和算命先生打赌。算命先生说，若不是轻风细雨，就来掀翻他的摊子。泾河龙王一听，乐了！他觉得自己肯定能赢。三天后，泾河龙王果然接到了玉皇大帝的圣旨，要他下轻风细雨。泾河龙王为了能赢，将轻风细雨改成狂风骤雨。他呼风唤雨，霎时，大地一片汪洋。雨停后，他去见街口的先生。哪知道他还没开口，算命先生便说道：'好大的胆子，偷改圣旨，回去准备后事吧！'龙王一听，知道遇到了高人，却还是不信，快快不乐地回去了。一回去，龙王就接到了圣旨，让他三天后去天宫受死。龙王这次害怕了，他跑到街口，求先生解救他。先生告诉他，监斩他的是当朝宰相魏徵。龙王一听，赶忙备了一份礼物向皇上求情。那一晚，皇上做了个梦。梦见一龙王跪在他面前求情，求魏徵宰相别杀他，只要在三天后的午时三刻拖住魏徵宰相就行。第二天，皇上看见床头的稀世珍宝，想起晚上做的梦，泾河龙王泪流满面、悔恨万分的样子让他动了恻隐之心，他知道刚正不阿的魏徵宰相是劝阻不了，那么只要在三天后的中午拖住他就行。"

杜甫见雨小了，便问："我们要回去吗？不然天黑了。"

"不要，不要，讲完了再走！"美姬们说。

王公们也说："子美，讲完再走吧！"

杜甫接着讲："三天后，皇上在朝堂上说了很多事情，散了早朝也不让大臣们离去。皇上与大臣们谈古论今，快到午时才让大臣们走。魏徵宰相正想离开，皇上又叫住他，要与他下棋。到了午时三刻，魏徵宰相趴在棋盘上打了个盹。醒来后汗水淋漓，皇上问他怎么啦，他说做了个梦，梦见自己宰了泾河龙王。皇上心中一惊，心中明了，自己依然没有办法救泾河龙王。龙王从南天门外斩神台上掉下来后，就落在这里。人们见龙王臭气熏天，便找来芦席盖住它，从龙尾盖起，哪知道越盖他就越长。后来魏徵宰相告诉人们，先从头盖起，盖住他的眼睛他就不长了。人们照魏徵宰相说的去做，果真没长了。龙王掉下的地方身子压的地比两边的地要低一丈八尺，所以这里叫丈八沟。"

"哦，是这样啊！""后来呢？""还有吗？"……

众家伎争先恐后地问。

"该回家了。你们看，雨停了。"杜甫说。

王公们也赞同回城，于是一行人乘船回到起点，坐上马车回城了。

车夫将杜甫送回他的住处，杜甫半天没有进门，徘徊在门外，他想到了妻子儿子，何时能给他们一个真正的家？他茫然。

3. 安家下杜城

六月，杜甫又去渼陂游玩，他被渼陂美丽的景色吸引，颇有在此定居之意。他找寻了很多地方，好的地方买不起，差的地方又看不中，他决定再换一处地方试试。多年来，求仕不成，杜甫心中渐渐生出退隐之意，但是心中又有所不甘，不甘心自己一天天就这样穿梭在王公贵族的宴席上，陪他们四处游玩，赏景写诗，自己的时光都白白地耗费在干谒之中。

一日，杜甫陪一朋友去下杜城游玩，下杜城的美景让他喜欢上了，特别是有一条河从下杜城流过，顷刻间，他动心了。

下杜城在京城南十五里，本秦杜县，西汉宣帝迁治东原，更名杜陵县，故以故址为下杜城。潏水自樊川西北流入下杜城下，若是将房子建在潏水边，在家中便可以看到流水，那该是多美的事情啊！杜甫将自己想在下杜城置房的消息告诉了郑虔等朋友们，得到了他们的赞同。

很快杜甫在下杜城选了一块地势较高的地方，前面场地宽敞，临近官道，后面是潏水。杜甫买下地后，又在不远处买了些田地，可种些粮食和蔬菜供一家人生活。朋友们资助了杜甫一笔钱，加上他自己有一点积蓄，买好建房子的材料后，杜甫就委托一位朋友负责建房子的事情。他又去山中挖了一些药材，想到妻子和儿子们来后需要添置一些生活用品，杜甫这次在山中待了七天的时间。等他在长安城卖完药材，他决定回到下杜城。

远远地杜甫看见院子也建好了，心中一阵激动。他进了院门，看见院子里还种了几棵一人多高的枣树。他想起了小时候常常爬上枣树摘枣子的往事。每当他摘下枣子时，姑姑总担心地喊："下来，下来，别摔着了！"他扭头朝姑姑笑着，转身摘下一捧枣子，洒在地上，弟弟妹妹们呼叫着去抢……杜甫摸了摸枣树，有一根刺扎着他的手了，他疼得缩回了手。他仰头看着枣树，仿佛看见树长大了，宗文爬上树，摘下枣子扔给宗武，杜甫的眼眶湿润了。

转到屋后，杜甫看见潏水清澈透明，缓缓地流着，仿佛他流走的岁月。已经过了不惑的年龄，他还没有一官半职，叹了一口气，杜甫在潏水岸边坐了下来，背靠着他的后门。

以后，他和妻子将带着儿女们在这里生活。

将新房子里的生活用具添置停当，杜甫前往东京，接来了妻子儿子。

从长安城边走了一段路后，杜甫告诉妻子离新居不远了。

远远地，杨淑娟看到了高坡上的房子。

"子美，那房子是我们的新居吗？"杨淑娟问。

杜甫："是的，喜欢吗？"

"喜欢,这地方好,向阳。"

杨淑娟进了院子,看到新居,满心欢喜,她抱着宗武,牵着宗文,在院子里、房子里来回转悠,掩饰不住心中的高兴。

"子美,你怎么不吭声就把房子建好了?我很喜欢这个地方。"

"给你一个惊喜!"杜甫说。

杜甫看到妻子满面笑容,心中有一丝欣慰,从此一家人可以在一起了。

宗文跟在妈妈后面到处转,高兴得蹦蹦跳跳。

搬进新居后不久,蔡王李房炎听说杜甫安家下都城,便来拜访。李房炎是太子家令,即太子家的总管。

李房炎的突然拜访让杜甫十分开心。

杜甫:"真没想到蔡王会来寒舍,子美有失远迎!"

李房炎:"子美这话就见外了,一是你新居落成,该来庆贺一下;二是这里是避暑的好地方,特来走走。"

下都城这里确实是避暑的好地方,郁郁葱葱如伞盖的大树下,每户家中都十分阴凉,加上清凉无比的滴水从村旁流过,此地少了长安城中的燥热。成群的鸟儿栖息在树丛中,蝉儿比赛似的嘶鸣。

隔壁邻居见杜甫家来了客人,从墙头递过来一坛子酒,杜甫感激不尽。杨淑娟从菜园摘些蔬菜,杜甫和李房炎在后门树荫下、滴水边展开席子,就着菜喝起酒来,两人推杯换盏谈得十分投机。

李房炎看到杜甫的新家虽然家具不多,但布置典雅,赞叹不已。走时,李房炎为庆贺杜甫的新居,送了一份厚礼。

杜甫知道,李房炎是借贺新居来接济他。

送走了李房炎,杜甫回到家中,看着妻儿们在院子里嬉闹,心中长舒了一口气。晚上,想起李房炎对他的关照,杜甫心存感激,很快便写了一首诗《李家令见访》:

远林暑气薄,公子过我游。

贫居类村坞,僻近城南楼。

旁舍颇淳朴,所须亦易求。

> 隔屋唤西家，借问有酒不？
> 墙头过浊醪，展席俯长流。
> 清风左右至，客意已惊秋。
> 巢多众鸟喧，叶密鸣蝉稠。
> 苦遭此物聒，孰谓吾庐幽？
> 水花晚色净，庶足充淹留。
> 预恐樽中尽，更起为君谋。

初秋，住在长安城东的驸马崔惠童邀请杜甫赴宴。崔惠童的妻子是玄宗的女儿晋国公主，杜甫欣然应允。

崔惠童在城东有山池，这是一处幽静之地，因此时公主已经去世，驸马崔惠童常常邀约一些诗友前来相聚。酒宴也常设在山上的亭子里，好友们吟诗作赋，十分惬意。在这热烈的氛围中，杜甫暂时忘记了自己的处境，在饮酒中他的诗句常常是脱口而出：

> 萧史幽栖地，林间蹋凤毛。
> 洑流何处入，乱石闭门高。
> 客醉挥金碗，诗成得绣袍。
> 清秋多宴会，终日困香醪。

杜甫带着踉跄的脚步走到崔惠童面前："驸马爷，你的好酒总是留给我们喝，子美敬你！"

崔惠童端着酒盅扶住杜甫："子美兄，我知道你心中的委屈，唉！我呢，也帮不上你的忙，只能敬你一杯酒！"说完，一饮而尽。

杜甫的眼睛湿润了，他确实碰到过很多王公贵族愿意帮助他，可是他们也实在是帮不了忙。叹了一口气，杜甫将酒盅里的酒全部喝完："菊花，我是秋雨后的菊花！"

看着亭子外下个不停的雨，杜甫几乎是喊出来的这句话。

从八月到九月，这个秋天一直阴雨绵绵，天像是被谁捅破了似的，大雨小雨轮番下。令杜甫颇感欣慰的是，新建的茅草屋在秋风秋雨中挺立着，能为妻子儿子们遮风挡雨。重阳节这天，杜甫非常想念岑参，在妻子面前唠叨了一会儿。看着杜甫坐立不安的样子，杨淑娟说："子美，你去见见他，或许他也在想着见你呢。"

岑参住在曲江，离这儿不远。杜甫穿上蓑衣，戴上斗笠，可是一出门便被风雨给逼回来了。

颓然坐在桌前，杜甫拿出笔墨，写道："出门复入门，雨脚但如旧。所向泥活活，思君令人瘦……"想到田地里的庄稼，他的笔凝滞了，满眼都是被秋雨淹没的庄稼，"吁嗟呼苍生，稼穑不可救"杜甫感叹道，后面百姓的日子怎么过呀。

杜甫想起上个月在京城流传的消息。

八月间，关中大饥，皇上担忧连绵的雨淹没了庄稼，杨国忠派人去取好的稻禾给皇上看，说："雨水虽然多，但是没有伤及庄稼。"皇上信以为真。扶风太守房琯奏报当地出现水灾，杨国忠便叫御史逮捕他并且审问他，从此再没有人敢汇报实情。

皇上周围已经被奸佞们围得水泄不通，他看不到世间的情形，见不到百姓的疾苦。

杜甫长叹一声，在给岑参的诗上写上题目《九日寄岑参》。

沈佺期之子沈东美除膳部员外郎，杜甫本应该去祝贺，却阻于雨而未遂祝贺之愿，便以诗相寄。

院子里的积水将所养的花草淹死了，阶下养的决明子却枝叶繁茂。看孩子们在院子的雨水中无忧无虑地玩耍，听着秋雨的滴答声，杜甫一连写了三首诗《秋雨叹三首》。

买的桑麻田都成了池塘，家中的粮食越来越少，杜甫心中焦急万分，却又不敢有半句牢骚，他怕妻子看出他的焦虑。长安城里米价越来越贵，有穷人家拿出被子去换米。

上次，太常梁卿敕赐马，李邓公爱而有之，命杜甫制诗，杜甫写了《骢马行》，李邓公给了一笔润墨费，杜甫买了些米回家，支撑了半个月。

杜甫想，他要不断地献诗，给所有能改变他命运的人，总会有一个人赏识他的才华，来引荐他，帮助他。他必须这样做，必须求得他们的援引，否则妻子儿子没有办法活命。

杜甫给文部侍郎韦见素上诗二十韵，给太常卿张垍上诗……四处求援无果。

米缸里的米只够吃两天了，杜甫在家中来回踱步，他再想不出什么办法去买米了。

杨淑娟看出了杜甫在着急，她说："子美，要不我们投奔奉先我的堂叔？叔叔在那里做县令，总会接济我们的。"

杜甫看着面黄肌瘦的孩子，还有妻子隆起的肚子，马上又要添口了，家中却无存粮，他愧疚地对妻子说："跟着我，你受苦了，这么多年你从无怨言！"

"不要这么说，我们是夫妻，本要同甘共苦。"杨淑娟说。

叹了一口气，杜甫说："我何曾给过你甘甜，真是对不起！"

"赶快收拾东西上路吧，趁这雨还不算大。"杨淑娟说。

杜甫和妻子要去的奉先本是同州的蒲城县，因睿宗葬于县西北三十里之桥陵，改称奉先。

到了奉先，杨淑娟的叔叔将他们一家安排在县廨，并接济他们的生活。杜甫感激万分，他写了《桥陵诗三十韵呈县内诸官》。"……轗轲辞下杜，飘飘凌浊泾。诸生旧短褐，旅泛一浮萍。荒岁儿女瘦，暮途涕泗零。主人念老马，廨署容秋萤……"又为县尉刘章新画山水障作歌。

将妻儿安顿好后，杜甫回到长安。冬日，他投匦《进封西岳赋表》，又给献纳使起居舍人田澄投诗，希望他能将赋上呈给皇上。

4. 朱门酒肉臭 路有冻死骨

自去年秋天将妻子送到奉先后，杜甫又回到了长安，依然穿梭在王公贵族们之间。采药、宴饮、作诗、游玩，这便是四十四岁的杜甫在长安的生活。

天宝十四载（755），杜甫在奉先过完年后，又来到长安。一天，杜甫接到了哥舒翰的邀请帖，在约定的日子，杜甫欣然前往。

哥舒翰在长安有一处住所，虽然不华丽，但是当街，热闹宽敞。

杜甫下了马车，都尉蔡希鲁连忙上来迎接："大诗人来了，有失远迎！"

"客气了，将军还好吧？"杜甫问。

"不太好。"蔡希鲁说。

两人肩并肩进了大门。

"唉，在回来的路上，将军受了风寒，得了风疾，腿脚不方便，这不我在京城按他的旨意在办事。"蔡希鲁说。

杜甫听说哥舒翰得了风疾，一声叹息："我们先去看看将军吧！蔡都尉，我那里有些草药，可治疗风疾，明天我送过来！"

"那有劳诗人了！"蔡希鲁说。

"高适在那里还好吗？"杜甫问。

"好，好！就是忙。"蔡希鲁说。

"他是一个闲不住的人。"杜甫说。

说话间两人来到了哥舒翰的床前，见杜甫来了，哥舒翰想起身，杜甫一步跨上前，连忙按住，说："将军别起来！"

哥舒翰躺下，说："是啊，这半边身子动不了，唉！边疆战事紧急，你看我这病得真不是时候，今天宴请大家，也是为都尉饯行，他要赶快回去，军中不能无人。"

"别急，您这是操劳没休息好，好好休息会很快康复的。"杜甫说。

蔡希鲁说："皇上听说将军得了风疾，已经派御医来过了，每天都在治疗。"

"那就好，那就好！"杜甫说。

参加酒宴的都是一些老熟人，老朋友，在一起谈得最多的还是国事。大家一致认为，皇上重用安禄山是养虎为患，如果以杨国忠牵制安禄山或许能起一定的作用，这叫以毒攻毒，可是偏偏皇上也不采纳杨国忠的意见。

酒酣之处，杜甫作诗一首盛赞蔡希鲁英姿勃发，并在诗中提及高适。自然，杜甫的诗赢得喝彩，其他的人也纷纷步韵和诗。

酒宴愈是热闹，杜甫愈是伤感。

国事衰微，个人前途渺茫，酒宴上杜甫不再多言了，只是不停地喝酒，情之所至便吟诗，他的诗常常赢得大家的喝彩。

蔡希鲁离开京城时，正值杨柳吐芽，杜甫前去送别并赠诗，他将对高适的思念融入了送别的情感诗中。

杜甫与诗友许损相逢，许损少时在五台山学佛，深得佛道。他嗓音浑厚，常常诵经或诗文。杜甫常常和他在一起探讨写诗的技巧。这天晚上，许损吟诵诗歌，杜甫默默听着，听完之后便写了一首诗相赠。许损沉默寡言，两人的心似乎是通的，一个眼神，两人便会意了，所以杜甫与他一起，焦虑烦躁的心渐渐安静下来。

杜甫与郑虔、苏源明相会频繁，苏源明自天宝十二载（753）任国子监司业留在京城，他常常请郑虔和杜甫喝酒。

国子监司业为国子监副长官。隋炀帝大业三年（607）于国子监始置，为次官，一员，从四品，佐祭酒掌监事。唐初省，后经过多次改名和复置，太极元年（712）加置为二员。

这天，三人约定在悦宾酒楼相见。

虽是五月，却也热起来了，苏源明早早地到了，杜甫和郑虔两人也一同来到酒楼。

看到苏源明放在桌上的酒，郑虔惊呼起来："弱夫，你哪里弄这么好的酒，不会是假公济私吧？"

弱夫是苏源明的字。

苏源明笑了起来，说："给你喝坊间打的酒吧，你说酒不好，拿来宫廷的好酒吧，你又怀疑我贪污，好！不给酒你喝，我只给子美喝！"

杜甫嘿嘿一笑，说："我有口福了，趋庭，今天的酒没你的份了！"

苏源明说："这是我女婿孝敬我的酒，子美，我们俩一人一半。"

"哎，那可不行，女婿孝敬的酒我可要喝，你的酒我可以不喝！"郑虔说道。

三人笑谈之中，店家已经将酒满上了。对于三人来说，菜如何他们不计较，就是对酒情有独钟，这么多年下来，大街小巷哪家酒好他们了如指掌。

酒兴最高时，郑虔说："子美，你是喝酒便吟诗，现在吟一首我们听听。"

杜甫将半杯酒喝下，说："好，趋庭，您听着！"

广文到官舍，系马堂阶下。

醉则骑马归，颇遭官长骂。

才名四十年，坐客寒无毡。

赖有苏司业，时时乞酒钱。

郑虔听了，笑骂道："好你个子美，这么戏谑我，下次我有酒不喊你，我和弱夫一起喝。"

苏源明："唉，我们的三绝才子没有得到皇上的重用，真是可惜！"

郑虔："奸佞当道，我们也奈何不了。安禄山自恃有边功，飞扬跋扈；杨国忠自恃国舅，排挤他人，这朝廷内外，内乱外患，真是令人担忧啊！"

苏源明："上个月，安禄山又上报朝廷，说他屡破了奚、契丹，积有边功，恃宠扩军，我感觉蓄意为乱。"

郑虔："可不是吗？他请征东京之兵赴蓟门以益军额，朝廷曲意从之，这将是祸乱的始端啊！"

……

杜甫听着两位好友的议论，心中忧虑万分，两位好友的消息来源以他们在朝廷的地位而言是真实的，杜甫怒惊于这些消息，回到家后，他写了《出塞五首》来讽刺安禄山，他以一出逃兵士口吻谈及应募赴蓟，始则矢志立功，然而见到主将目无朝廷，不甘附从，写到出征前爷娘相送，途中暗自回家见到家中凋敝，征人孤寡一人的惨景。"坐见幽州骑，长驱合洛昏"则预料幽州叛乱将作，河洛民众将陷入水火。

杜甫在长安吃饭没问题，但住在奉先的妻儿始终是杜甫的牵挂，他要为他们的生存奔波。

初夏，杜甫去白水省亲，白水与奉先接壤，他的舅舅崔顼在那里做县尉。杜甫到达白水时，已是傍晚时分，他在一衙役的带领下来到了舅舅家。

见到杜甫，舅舅十分高兴："甫儿，你怎么来了？事先也不捎个信来。"舅舅还是像以前那样喊他"甫儿"。

杜甫："舅舅，早就想来看你，一直没来，是我没出息……"

"哎，不能这么说，"崔顼打断了杜甫的话，"你的诗在京城名气大呢，你写的诗都传到我这里来了。孩子们还好吧？"

杜甫："还好！"

"你看，你看，光顾着说话。"崔顼说。

杜甫的舅妈出来了，见是杜甫，也是非常高兴，连忙进厨房，很快炒好了几个菜，又端来了酒，崔顼和杜甫两人边喝边叙旧。

杜甫得知舅舅现在暂代县令，管理事务。

在白水闲住了一些日子，杜甫写了《白水明府舅宅喜雨》，记下了久旱之后，一场雨给庄稼人带来的欢喜。想起去年秋雨的水涝，今年的旱灾，杜甫心系百姓。

九月，杜甫和崔顼一起前往奉先。

奉先县令杨衍在重阳日这天设宴招待崔顼，杜甫带着妻子孩子也一起去了。席间，杜甫作诗《九日杨奉先会白水崔明府》。"坐开桑落酒，来把菊花枝"这两句让两个县令赞叹不已。一边是杜甫的舅舅，一边是杨淑娟的堂哥，亲戚之间的酒宴更多的是温馨的家庭氛围，孩子们在席间穿梭嬉闹着，两个县令谈论时局，杜甫也不时说出自己的见解。

崔顼感谢杨衍对杜甫一家的接济和照顾，杜甫在一边也说一些感谢的话。杨衍则说照顾妹妹是应该的。崔顼在奉先待了几天就回白水去了，杜甫也来到长安。

去年杜甫献诗给韦见素，韦见素向朝廷推荐了杜甫，于是，杜甫被授予河西尉。想起高适为封丘尉时，曾以沉痛之诗写出了县尉的真相："只言小邑无所为，公门百事皆有期。拜迎长官心欲碎，鞭挞黎庶令人悲。"杜甫不愿做县尉，怕蹈高适之辙。所以，他不愿"凄凉为折腰"以拜迎长官，更不愿鞭打人民，

没有去做县尉，杜甫又被安排做右卫率府兵胄曹参军（正八品下），主要是管守兵甲器杖及门禁锁钥之事，虽然地位卑微，但总算有了一些俸禄。想起妻子儿子生活无着落，杜甫觉得暂且屈就，这和自己"致君尧舜"的政治抱负，相差太远，杜甫苦笑着摇了摇头，写了一首诗《官定后戏赠》，赠予自己：

> 不作河西尉，凄凉为折腰。
>
> 老夫怕趋走，率府且逍遥。
>
> 耽酒须微禄，狂歌托圣朝。
>
> 故山归兴尽，回首向风飙。

在率府上了一些时日的班，杜甫想辞去这个看守兵器的差事，"……焉能作堂上燕，衔泥附炎热……"但是想起妻儿，他又隐忍下来。

拿了俸禄，杜甫回奉先探亲。

他夜半出发，寒风凛冽中独自行走，拂晓到达骊山脚下。恰好这里有他的好友汤东郭给事，汤东即骊山温泉之东。杜甫决定在汤东耽搁一日，去拜访好友。郭给事见杜甫不期而至，非常高兴，连忙吩咐妻子做好早饭，两人吃完饭后同游灵湫。

灵湫相传是龙的居所，杜甫和郭给事谈到皇上在骊山给安禄山造宅赐浴，更为荒唐的是安禄山与杨贵妃以母子相称，并共浴。游览后杜甫写了一首诗赠予郭给事，郭给事读后说杜甫这是一首忧乱之作。杜甫在郭给事家歇息一晚上后，不顾郭给事的挽留，第二天一早继续赶路回奉先。

傍晚时分，杜甫赶到了县廨，他忽然听到了哭声，心中一惊，那是杨淑娟的哭声，凄厉而愁怨。杜甫加快了脚步，他不知道家中发生了什么。

推开门，杜甫看见宗文和宗武蜷缩成一团，坐在床边，床上直挺挺地躺着他不满周岁的儿子，妻子手抚着婴儿在号啕大哭。

杜甫默默地走上前，双手放在妻子的肩膀上。他看到了儿子紧闭双眼，瘦弱的身子，头显得特别大。

"你总算回来了，子美，三儿活活饿死了！"杨淑娟哭着捶打着杜甫。

杜甫已经是泪流满面。

他将已经死去的儿子抱在怀中，失声痛哭起来："三儿，我枉为人父啊！我回来迟了……"

深夜，油灯豆大的火苗摇曳着，杜甫看了看放在地上用白布包裹着的三儿子，他心中的悲愤如波涛汹涌，他默默地磨着墨，想起自己在长安十年求仕的艰辛，他拿起笔写道：“杜陵有布衣，老大意转拙。许身一何愚，窃比稷与契”；想到骊山上皇帝和贵妃们骄奢淫逸的生活“君臣留欢娱，乐动殷樛嶱。赐浴皆长缨，与宴非短褐”；他的眼前是那些穷人家的女子在纺线织布“彤庭所分帛，本自寒女出。鞭挞其夫家，聚敛贡城阙”；从贵妃以及诸杨衣食住行之华丽盛况与沿途所见的饿殍场景在他脑海互相迭换，他写道“朱门酒肉臭，路有冻死骨”。他看了一眼地上的三儿子，心中在滴血“入门闻号咷，幼子饥已卒。吾宁舍一哀，里巷亦呜咽。所愧为人父，无食致夭折”。他想到自己因享有特权，既不服兵役，也不用交租纳税，日子尚且过得如此艰难，那么天下那些平民百姓和那些戍边的征人“抚迹犹酸辛，平人固骚屑。默思失业徒，因念远戍卒”……

杜甫一气呵成，写出了五百字，他从自己这个小家的处境，推及天下穷苦百姓的生活，他看到了朝廷骄奢淫逸的生活；从自己十年仕途的失败，看到了朝廷上下的聚敛奢侈；从皇上对安禄山的恩宠，看到了即将到来的灾难，他心中的忧虑如火烧“穷年忧黎元，叹息肠内热”……

杜甫将这首诗《自京赴奉先县咏怀五百字》寄给郑虔和苏源明，他们俩又传给诗友们，很快这首诗就在京城流传开来，读了诗的百姓们也读到了自己的生活……

第七章　安史之乱

避地岁时晚，窜身筋骨劳。

诗书遂墙壁，奴仆且旌旄。

行在仅闻信，此生随所遭。

神尧旧天下，会见出腥臊。

——杜甫诗《避地》

一场绵延八年之久，导致生灵涂炭的战乱开始了，杜甫好不容易在长安谋了一个小职位，却在这场战乱中不得不带着妻儿往北逃离战火，从奉先到白水，从白水到三川，再到羌村。颠沛流离的生活让他的诗歌之笔触及人民的离乱生存状态，从此，一个伟大的诗人诞生了。

1. 安禄山起兵范阳

天宝十四载（755）十一月，杜甫在奉先探亲，与家人团聚在一起。

杨衍邀请他看一幅画，这是时任奉先县尉刘单新画的山水屏障，画作内容是奉先的山水。

杜甫一早吃完饭就去了县衙，在县衙破旧的房子里，立着一幅山水画屏风，杜甫匆匆走进屋子，只见一位书生模样的中年男子站在屏风前，他就是杨衍。

杨衍："子美，这是奉先县尉刘单新画的山水屏障，虽然比不上郑虔的画，但也画得相当不错。"

杜甫站在画前，这幅山水画确实很奇妙，厅堂之上竟然长出了枫树，云雾缭绕处画上了隐士的去处。山中亭子旁，繁茂的野草一直延伸到远方，曲斜的河岸以及旁边的小岛画得细致入微。年老的渔翁在暮色中眺望远方。

"确实不错，贤兄！你看这幅屏风画笔墨饱满，酣畅淋漓。"杜甫说，"沧海般宽阔的水面，透出青黑色。渔翁在沉思，让我想起了前日的凄风苦雨。"

杨衍拍了拍杜甫的肩膀："子美，都过去了，你现在也谋得一份差事，一切都会好起来。"

杜甫叹了一口气："个人的职位暂且有了，可是国运令人担忧啊，我回来的时候，皇上在华清宫大宴群臣，他终日与杨贵妃在那里享乐。"

"这么多年皇上皆在十月份去汤东骊山，这是惯例，已经司空见惯了。"杨衍说。

"可是眼下的情形不容乐观。朝中大家都在议论皇上放权安禄山，这是一大隐患。"杜甫说，"安禄山是平卢、范阳（今北京西南）、河东三镇节度使，手下尽是胡人，倘若他有反心，直指洛阳，长安就危急了。"

"是得防着他，这人很会伪装，今年以来他一直招兵买马，势力强大起来了。但长安有潼关可守，那是一道天然屏障。"杨衍说。

"可是，你看看现在天下百姓的苦日子，看看军中征人的怨气，再看看朝中那些奸佞……"杜甫不说了。

杨衍看到杜甫情绪低落，连忙转换话题："子美，你看这高崖上的老树，是刘单新大儿子画的，山僧和童子是他小儿子画的。"

杜甫看着画面，说："这两个小家伙确实有天赋。这幅画让我想起了当年漫游吴越见到清幽的若耶山，还有远离红尘、风景秀美的云门寺，倘若能在这画中的仙境去做一名隐士该有多好！"

"别想那么多了，子美，我在书斋已经备好笔墨，请你为这幅画写一首诗呢。"杨衍说。

"好！"杜甫说。

杜甫跟随杨衍去了书斋，杨衍给他磨墨，杜甫沉吟片刻，提笔一气呵成写了一首长诗，然后题上诗的标题《奉先刘少府新画山水障歌》。

杨衍大赞："子美，你这诗开创了题画诗体的先河！"

"过奖了，过奖了！"杜甫放下笔说。

在奉先住了些时日，十一月份，杜甫回到长安继续供职。

此时，安禄山在酝酿一场大的阴谋，并即将实施。

安禄山，本姓康，字轧荦山，营州柳城（今辽宁朝阳）人，粟特族。出身西域康国，父亲早逝。母亲阿史德氏带着他改嫁给右羽林大将军安波注之兄安延偃，从此改为安姓，安禄山精通九种语言。开元初年，他逃离突厥，成为幽州（范阳）都督张守珪的部将和义子。安禄山骁勇善战，屡建功勋，迁平卢军兵马使、营州都督。天宝年间，安禄山经义父张守珪举荐，受朝廷信任，他拜杨贵妃为干妈，从此平步青云，兼任平卢、范阳（幽州）和河东三镇节度使，受封东平郡王，镇抚东北地区。

权势一大，安禄山便有了反叛之心。

安禄山觉得时机到了，此时皇上还在华清宫。一名官员从长安回到范阳，安禄山招来心腹商议，他要借回来的官员做文章。他们统一口径，称官员带回了朝廷圣旨，让他们去长安清君侧，即捉拿杨国忠。

李林甫任宰相时，为巩固他的权位，杜绝边将入相之路。他对玄宗说，胡人忠勇无异心，淳朴单纯，骁勇善战，建议玄宗用胡人为镇守边界的节度使，放任他们拥兵自重。这就造成了安禄山等身为胡人得以取得权力。

到了杨国忠任宰相，为了巩固自己的地位，他通过权力不断倾轧其他大臣及将领，以得到更多的权势和荣华富贵。杨国忠将权力牢牢掌握在自己手中，排斥他人，贪污受贿，不断搜刮民脂民膏。玄宗信任安禄山让他感到了危机，他和安禄山之间的矛盾到了你死我活的地步。

君主享乐，政治腐败，朝廷内外矛盾，边疆拥兵自重等给了安禄山反叛可乘之机。

安禄山一人兼任平卢、范阳、河东三镇节度使。这三地之间地域相连，兵力在诸镇之中实力最强，达到十五万之多。相反地，中央兵力则不满八万，形成外重内轻的军事局面。东北城的鞠仁兵是安禄山部队中最骁勇劲捷的一支部队。而安禄山也因兼三大兵镇独掌十五万人的兵力而有叛唐的实力及野心。

天宝十四载十一月初九（755 年 12 月 16 日），安禄山选择了这一天反叛，阅兵场上，他在集结的军队前发动其属下唐兵以及同罗、奚、契丹、室韦共十五万人，号称二十万，以"忧国之危"、奉密诏讨伐杨国忠为借口在范阳（今北京西南）起兵。

安禄山乘铁舆，其属下步骑精锐烟尘千里，鼓噪之声震地。所到之处，烟尘滚滚。国内太平日子很久了，百姓们几代人没有经历过战争，也没有经历过这种场面，纷纷逃避。

河北是安禄山统辖范围内的，叛军所经过的州县，有的不明原因，听说是奉旨清君侧，县令们纷纷打开城门，迎接叛军；有的县州官员觉得是反叛，为了活命弃城逃跑；有的守城反抗，城破后被叛军擒杀。

叛军很快就控制了河北。

太原以及东部受降城的人奏报朝廷安禄山造反，玄宗仍然认为是厌恶安禄山的人编造的假话，不肯相信。安禄山身材矮胖，肚皮掉到膝盖处，就在不久前玄宗见安禄山的肚皮怪异，笑着问安禄山的肚子里有什么，安禄山说有一颗忠于皇上的心，他怎么能相信安禄山会反叛呢？

疑惑之中玄宗迅速从华清宫回到长安。

玄宗梳理着思绪。今年二月，安禄山请以番将代汉将，他当时应允了。七月，安禄山奏表请获马三千匹，每匹执鞭二人，遣番将二十二人部送。河南尹达奚珣疑其有变，奏请谕止之；遣中使冯神威谕止之如达奚珣。十月，他到华清宫，十一月，安禄山就假传圣旨反叛朝廷……

奏报一份又一份地传来，十一月十五日，唐玄宗才确信安禄山率兵造反，他招来宰相杨国忠商议应变之策。

玄宗下旨让安西节度使封常清入朝，玄宗问其计策，封常清请玄宗允许他镇守东京洛阳，开府库，募骁勇善战之士，渡河进讨。玄宗任命安西节度使封常清兼任范阳、平卢节度使，防守洛阳。又于十一月十五日派使毕思琛往东都洛阳募兵防守。

玄宗任其十六子永王李璘为山南（治襄阳，管湖北、江北、陕终南山以南以及川豫一部分之地）节度使；又任命其儿子颖王为剑南节度使。

边防的精锐边军虽然在调动中，但大多还没有赶回。高仙芝、封常清临时在长安、洛阳募兵，得到的却是六万市井子弟，缺乏战斗经验，而且还没有经过训练。封常清断洛阳桥，作守城之备。

玄宗又任命郭子仪为朔方节度使，张介然为河南（治汴梁，管河南、山东南郡、江苏安徽北部之地）节度使。

十二月，玄宗任命他的第六子荣王李琬为元帅、右金吾大将军高仙芝为副元帅统领诸军东征。

朝廷的军队平时没有训练，遇到安禄山骁勇善战的大军，很快败下阵来。安禄山虽然遇到了一些抵抗，但还是破了一个又一个城池。安禄山在灵昌（今河南滑县西南）渡过黄河，攻破陈留（今河南省开封市），夺取荥阳。在陈留，张介然战死。

十二月十二日，安禄山率领部队攻入洛阳，东京留守李憕和御史中丞卢奕不肯投降，被俘后为安禄山所杀，河南尹达奚珣投降安禄山。退守潼关的安西节度使封常清、高仙芝采以守势，坚守潼关不出。此时，安禄山有了撤退的打算。可是因为玄宗听了监军宦官的诬告，以"失律丧师"之罪处斩封常清、高仙芝。派上了年纪、还在病中的哥舒翰率二十万军队接替镇守潼关。高适拜左拾遗转监察御史。

杜甫听说封常清、高仙芝被杀，震惊不已。

这是他的两位好友，在朝廷官员中，口碑很好，忠于朝廷。皇上听信谗言、滥杀无辜，朝廷奸佞当道，让杜甫心痛不已。

一边是战败的消息，一边是胜利的战绩。

安禄山的部将高秀岩领兵进犯朔方的振武军（今内蒙古自治区和林格尔），郭子仪准确地预判了叛军的进军线路，亲率援军绕道高秀岩的背后，与振武军两面夹击，击败叛军。随后，乘胜追击，突破长城天险杀虎口。郭子仪军包围了杀虎口南二十余里的静边军（今山西玉右县右卫镇）。静边军是时任河东节度王忠嗣所筑，为朔方至云中（今山西大同）防御体系中重要的一个节点，夺取了静边军，东可以攻云中、南可以胁并州（太原）。郭子仪军正当为如何攻破静边军的坚城而发愁时，突然发现城中火光冲天，原来是潜伏在静边军内的大夏（今甘肃临夏）县丞苏日荣在做内应，并将静边军叛将周万顷、安守一刺杀。

此时，安禄山听说静边军已易军便惊慌失措，他忙令大同兵马使薛忠义率军来救，想夺回静边军。郭子仪命左兵马使李光弼、右兵马使高睿、左武锋使仆固怀恩、右武锋使浑释之，借助地形的优势从四面包围来犯的叛军，大败薛忠义的部队，并将投降的叛军胡骑七千余人，全部活埋。这一战摧毁了安禄山山西防御体系中的机动部队，叛军在几个有限的城镇中固守。郭子仪继续分兵而行，向北兵围云中，向南连克重镇马邑（山西朔州），一举攻克军事要地马邑（今山西朔州）、雁门郡（今山西代县），打开了翻越太行山出兵河北的通道。

郭子仪军大败叛军，平原太守颜真卿、常山（河北正定县）太守颜杲卿骑兵讨伐叛贼，河北诸郡皆相应。

洛阳失守，长安危在旦夕。

杜甫记挂着妻儿的安危，又匆忙赶回奉先。

2. 投奔白水的舅舅

叛军安禄山和朝廷官兵在开展拉锯战。

天宝十五载（756）正月初一，安禄山在东京洛阳称帝。

安禄山自称大燕皇帝，改元圣武，以达奚珣为侍中，张通儒为中书令，高尚、严庄为中书侍郎。

安禄山是一个狡黠之人，他是武后长安三年（703）正月初一日生。父亲为胡人，母亲为突厥人。母亲阿史德氏是突厥族的一个巫师，以占卜为业。安禄山原没有姓氏，因生下来就好斗，便以突厥人"斗战"一词的发音"轧荦山"为名。安禄山很小的时候父亲便去世了，他跟着母亲在突厥族里生活。后来他母亲改嫁安延偃，安延偃是将军安波注的兄弟。有一天，安禄山和他的几个小兄弟逃出了突厥。少年时期，安禄山到处流浪；长大后通晓九蕃语言，便做了互市牙郎，即市场买卖的中间人。有一次安禄山偷羊被幽州节度使张守珪抓获，张守珪准备用乱棍打死他，安禄山眼看没命了，便高声喊道："大夫难道不想消灭两个蕃族啊？为什么要打死我！"张守珪见他长得与常人有异，虽然长得白白胖胖，但语言豪壮，身手敏捷，就免了他死罪。命令他跟同乡史思明一起当捉生将，即抓活俘虏的。史思明是营州混血胡人，与安禄山是同乡，两人前后日出生。史思明瘦高个子，与矮胖的安禄山搭配在一起，看起来很滑稽，但是他们配合得相当默契，两人从小相识，后来一起做牙市买卖，又一起做捉生将，每次出去都可以抓到俘虏，深得张守珪的赏识，被提为偏将。安禄山生性狡黠，善于察言观色，很会迎合人，后来成为张守珪的义子。

安禄山数次的死罪都被他侥幸逃脱。开元二十四年（736），安禄山已经是平卢讨击使、左骁卫将军，张守珪命他讨击奚、契丹叛者。安禄山恃勇轻敌冒险进攻，结果一败涂地。按照军律该当问斩，张守珪不忍杀他，但不杀诸将又不服，张守珪将这个难题给了朝廷，将安禄山押送京城，心想或许能给安禄山一条生路。皇帝见了安禄山，认为他是一个不可多得的武将，惜才心切的皇帝不顾众大臣的反对，免了他死罪。

回到幽州的安禄山，夹起尾巴做人。每当朝廷来了命官，他热情招待，大量行贿，只为他们能为他说好话，果然，皇帝渐渐看重安禄山。好武的安禄山在天宝初年便被皇帝任命为平卢节度使、兼任柳城太守。第二年进骠骑大将军，后取代裴宽为范阳节度使、河北采访使，仍领平卢军。唐朝的节度使原本是由朝廷的文臣担任，文臣手下再设番、汉诸将，但是作为番将的安禄山直接掌握军权，这与他假冒边功邀赏有关。他采取卑劣的手段，以召开盟会为名，骗来奚、契丹头领的酋长前来，给他们喝下迷魂酒，趁酋长们不省人事割下他们的头去朝廷邀赏。

羽翼渐渐丰满的安禄山心思缜密，皇上这么恩宠他，让他得势一时，如今皇上年岁已高，一旦晏驾，他可能有杀身之祸，因为他对皇太子有"不拜"的过节。尽管安禄山讨得杨贵妃的欢心，做了贵妃的干儿子，可是皇太子一旦登基，贵妃或许什么都不是了。而且朝中杨国忠早就将他看成眼中钉了，一直在皇上面前说他要谋反，并想方设法除掉他。原本是等皇上驾崩反叛的安禄山，他等不及了，去年十一月他就拉出部队，大开杀路，走向皇帝的宝座。

现在，安禄山如愿了。

在奉先与妻儿们团聚的杜甫，听到洛阳沦陷这个消息痛哭一场。洛阳是他幼时和青年时期生活的地方，洛阳成了他的第二故乡。他站在屋前的高坡上，眺望洛阳，泪水顺着他的脸颊落下。

安禄山忙于称号即位，没有积极进攻。杜甫认为有哥舒翰率二十万大军驻守潼关，长安是安全的，他记挂着军中的高适，却又无法传递信息。

正月晦日，杜甫前往不久前订交的李封和崔戢家里，他想邀约二人泛舟散心。远远地，他看到了李封家里的竹园，敲开门，得知李封不在家。杜甫又前去约崔戢，崔戢也不在家。杜甫怏怏不乐地独自一人沿着河岸行走。

虽然阳光明媚，但是寒气还在弥漫。杜甫紧了紧身上的棉衣，在一棵树下停了下来。他看见一只鸟在枯枝上跳来跳去，多么像我自己！杜甫心想，他忽然感到异常的孤独。前方战事激烈，这场叛乱正在平定，可是，一个城池接着一个城池失守。郭子仪等人在拼命收复，汉人打汉人，在叛军部队里真正的胡人并不多。

腐败，奸佞当道才至于此！杜甫自言自语。

晌午时分，杜甫回到家中，和孩子们一起吃午饭。

"子美，要不我去给你打点酒？今天是晦日。"杨淑娟问。

杜甫："不用，将钱留给孩子们，给他们买些肉吃吧！我在长安参加宴席多，荤菜也吃得多，就是苦了你和两个孩子。"

杨淑娟："也还好，家中鸡鸭养得多。对了，宗文马上要启蒙了，要给他找个先生读书了。"

"是要找个先生，明天我去找一下崔戢。"杜甫说。

晚上，杜甫拿出笔墨写下了《晦日寻崔戢李封》，他为结交到两位这样的朋友感到欣慰"晚定崔李交，会心真罕俦。每过得酒倾，二宅可淹留。喜结仁里欢，况因令节求"。一想到当今局势，他心中又十分悲凉，"威凤高其翔，长鲸吞九洲。地轴为之翻，百川皆乱流"。本是想与两位朋友出去泛舟散心，排遣对时局担忧的苦闷，却未能如愿。"地轴为之翻，百川皆乱流"杜甫反复吟诵道，然后长长地叹了一口气。

一盏豆油灯下，杜甫呆呆地坐着，他的影子映在墙上，杨淑娟看着影子叹了口气："子美，你，你还要回长安吗？如今这样的局势。"

"回，我要回去，皇上身边需要人。"

二月初三，杜甫回到了长安。

好消息、坏消息一并传入长安。

　　叛军史思明、蔡希德各带一万人马，分两路围攻常山城，太守颜杲卿派人向太原守将王承业告急求援，王承业拥兵不救。颜杲卿率领军民奋勇抵抗，拼死决战了几个日日夜夜，终因粮尽援绝，常山城陷落在叛军手中。史思明纵容部众杀害了一万多常山军民，又逮捕了颜杲卿、袁履谦等守城将领。

　　颜杲卿被带到洛阳，安禄山问他："你是范阳的户曹，我提拔你为判官，不到几年，提拔至太守，你为何负我并且反叛我呢？"

　　颜杲卿骂他说："你本是营州牧羊羯奴，皇上提拔你为三道节度使，对你恩幸无比，有什么事情对不起你而你要反叛？我世代为唐臣，禄位皆唐有，虽然是你所奏，岂能跟从你而反叛朝廷！我为国讨贼，恨不得杀你，怎叫反叛！不要脸的羯狗，为什么不快点杀我！"

　　安禄山恼羞成怒，施酷刑折磨颜杲卿，后乱刀砍死颜杲卿，颜杲卿的家族三十多人一并被杀。

　　颜杲卿兵败被杀后，史思明又攻陷了广平等九郡。二月，河东节度使李光弼率一万多人马出兵井陉关，击退叛军，收复了常山。接着，朔方节度使郭子仪也领精兵到常山与李光弼会师。郭子仪和李光弼屡败叛军，河北十余郡地方官又杀叛将归唐。河北大捷，截断了叛军退保范阳的后路。

　　安禄山为了达到自己的目的，调集兵马加大了对潼关的攻势，长安岌岌可危。

　　长安城内各种消息在传播，有钱人家开始收拾细软逃离长安。杜甫的一些好友也开始离开京城。

　　率府程录事参军与杜甫关系甚笃，虽然认识比较晚，但是两人同在率府为官，程录事的家眷在长安，他带着家人即将回乡，请杜甫去他家中一聚。此外还有其他的一些朋友。大家聚在一起，谈论最多的还是战事。程录事给杜甫敬酒，说这是最后的欢聚。杜甫有感写了一首《送率府程录事还乡》诗赠给他。

　　杜甫的一些朋友陆陆续续离开长安了。

　　五月，杜甫记挂着奉先的妻儿，决定离开长安与亲人团聚在一起，他是家中的男人，战乱中要保护好妻儿。一想到两个儿子和还不会走路的女儿，杜甫心中有一种温暖，那是他生活的希望。

收拾好行囊，杜甫决定去告假，出了门，走在街上，到处都是行色匆匆的人群，携带着大包小包，骑着马，坐着马车的，一群又一群人往城外的方向走去。

杜甫去了率府，可是一个人都没有。看着空空荡荡的值守室，杜甫叹了一口气，离开了。

杜甫留了一封信请假。

为了早点回家，杜甫叫了一辆马车，载着他不多的行李。

一路上，杜甫和车夫有一搭没一搭地聊天。

车夫："客官，潼关的情形如何，你有最近的消息吗？"

杜甫："消息不多，我估计有哥舒翰老将守着，叛军恐怕难以攻破。"

车夫："这可是长安的一道天堑，守住潼关就能保长安。这几天城里有钱人都走得差不多了。客官，你去的奉先挨着长安这么近，恐怕也不安全啊。"

"是啊，能去哪里呢？皇帝还在皇城，长安应该是安全地。"杜甫说。

"或许是吧！"车夫答了一句。

傍晚时分，杜甫到家了，妻儿们正在吃饭，见杜甫回来，两个儿子跑上前来喊着"爹爹"。杜甫拿出一些糖果分发给儿子们，两个孩子欢天喜地地回到桌前接着吃饭。

杜甫接过妻子手中的小女儿，坐了下来。

杨淑娟给杜甫盛了一碗饭，问道："你这个时候回来，长安城是不是有不好的消息？"

杜甫："城内很混乱，有钱人家都在往西边和北边逃离，我担心你们，一旦潼关守不住，长安就会沦陷，那时候想回来也回不来了。"

杨淑娟："是啊，奉先挨着皇城，叛军下一步目标是皇城，这里也不安全。"

杜甫："我想，我们还是去白水舅舅那里吧，大家在一起相互有个照应。"

"只能这样了，我明天收拾一下东西，后天一早就出发，晚上能赶到舅舅家。"杨淑娟说。

吃完饭，杜甫帮着将碗筷收拾好。

第二天一大早，夫妻两人起来收拾行李，这一去不知道要住多久，他们把春夏秋冬的衣服都收拾了带上。

白水县是奉先的邻县，路程不算太远，杜甫叫了一辆马车，带着妻儿坐着马车前往白水。

宗文和宗武在马车上兴高采烈地叫喊，小妹也在咿咿呀呀地学着两个哥哥说话，看着妻子舒展了眉头，满脸慈爱地看着孩子们，杜甫心中感慨万千：可惜身逢乱世，否则一家人在一起生活是多么幸福啊。

杜甫心中沉甸甸的，他觉得肩上的担子更重了。

午饭一家人是在驿站里吃的，吃完饭接着赶路，不到天黑一家人就到了白水县城。

舅舅崔顼看到杜甫携带妻儿前来，十分热情。

"还没吃饭吧，孩子们都饿坏了！快，赶快炒几个菜！"崔顼朝妻子喊道。

家里瞬间热闹起来了。

3. 潼关失守

茂密的树林里，鸟儿兴高采烈地在枝头跳来跳去，杜甫和舅舅就着几碟小菜在喝酒，夕阳透过树叶的缝隙洒下斑驳的金黄。

杜甫看着舅舅花白的头发，心中感叹岁月的无情，他给崔顼倒了一盅酒，叹了一口气。

崔顼："子美，来我这里有几日了，不知是否有招待不周之处。你的那首《白水县崔少府十九翁高斋三十韵》读来让人泪水潜然。"

杜甫："舅舅，我这一大家人口在你这里给你添麻烦了，在高斋承蒙舅舅各方面照顾，在这里生活得很好。我是在担心战事，不知道河北收复得如何。哥舒翰率二十万大军固守潼关，应该没问题。我休完假后就去长安，率府少不得人。"

唐朝官员休假是除了节假日外，每十天休一天旬假，杜甫将假日攒在一起休了。

崔顼："子美，这场叛乱不能太乐观。正月间安禄山的儿子安庆绪初次攻打潼关，被哥舒翰击退，但是现在潼关的守军情形不是我们想象的那样。"

杜甫有些不解："怎么？"

崔顼叹了一口气："哥舒翰患病多年，年纪大了，军事智慧恐怕跟不上战时的形式了。监军李大宜和将士们一起饮酒赌博，还与娼妇们一起弹奏箜篌、琵琶取乐，心思没有放在防守上。他们对士兵们不管不顾，士兵们连饭都吃不饱，何谈如何打仗？"

杜甫听到舅舅说起这些，一脸的惊讶："舅舅，有这样的事？"

"是的，这些都是士兵们传出来的。安禄山善于打游击战，目前势头正旺。朝廷杨国忠哪是护国之人，他一介流氓出身，考虑的是自己的得失，没有高瞻远瞩的气魄，更没有宽阔的胸襟，皇上听信宦官边令诚的诬陷，冤杀封常清和高仙芝两员作战经验丰富的大将，正是用人之际，却滥杀忠良，如何叫人不寒心。"崔顼说。

杜甫显得忧心忡忡，说："舅舅，倘若潼关守不住，长安会……"

崔顼："长安会沦陷，依照安禄山现在的情形来看，他对长安虎视眈眈。"

杜甫心中惊怕起来，倘若潼关失守，长安会保不住，他的妻儿该往何处去？

"舅舅，倘若潼关失守，长安保不住，孩子们该往哪里去？"

杜甫问。

崔顼："只能走一步看一步。"

杨国忠与哥舒翰之间的较量在这时更加激烈。

叛军安禄山对长安的步步紧逼，杨国忠拿不出有利于国家和民族的见识和主张，他考虑的是自己的权位和利益。有人对杨国忠说："如今朝廷的兵权尽在哥舒翰的手中，他若援旗西指，以清君侧，对您岂不是危险？"

杨国忠大惊，急忙奏请皇上："潼关大军虽盛，而无后继，万一失利，京师可忧，请选监牧小儿三千于苑中训练。"皇上准奏，任命剑南军将李福德等率领。杨国忠又募军万人于灞上，令自己的亲信杜乾运率领，表面上是防御安禄山，实际上是提防哥舒翰。

　　哥舒翰得知杨国忠的所为，害怕杨国忠对他不利，于是上表奏请灞上军隶属于自己的管辖。六月初，哥舒翰将灞上军的指挥杜乾运召至潼关，说有军事相商，将其斩杀。这样，杨国忠和哥舒翰之间的关系就更为紧张了。

　　因去年中风下肢行走不便，哥舒翰将军中的事务多交给其副将田良丘处理。田良丘优柔寡断，处事不决，他让王思礼主管骑兵，李承光主管步兵，偏偏王思礼和李承光互相不服，常常争执不下，不肯好好配合，致使军中号令不一。加上哥舒翰统军又"严而不恤"，唐军士气低落，整个军队缺乏斗志，如一盘散沙。

　　看到这样的情形，哥舒翰只能坚守潼关，他给皇上上奏："禄山久习用兵，今始为逆，岂肯无备！是必赢师以诱我。若往，正堕其计中。且贼远来，利在速战；官军据险以扼之，利在坚守。况贼残虐失众，兵势日蹙，将有内变；因而乘之，可不战擒也。要在成功，何必务速！今诸道征兵尚多未集，请且待之。"

　　郭子仪、李光弼也上言："请引兵北取范阳，覆其巢穴，质贼党妻子以招之，贼必内溃。潼关大军，惟应固守以弊之，不可轻出。"

　　此时，李光弼与郭子仪率军接连大败叛军史思明部，切断了叛军前线与范阳老巢之间的交通线，叛军东进被张巡阻于雍丘（今河南杞县），南下又被鲁炅阻于南阳（今河南邓州），安禄山腹背受敌，一度打算放弃洛阳，回老巢范阳固守。潼关在哥舒翰的经营下，固若金汤，叛军主力对潼关发起一次又一次的进攻，延续半年之久，都劳而无功，西进长安的目标变得十分渺茫。安禄山也打算回老巢范阳据守，形势对朝廷还是有利的。

　　哥舒翰对局势看得很清楚明白，他认为安禄山虽然占据了河北广大地区，但手下尽是蕃将胡人，所到之地烧杀抢掠，百姓绝不会归心。如果唐军坚守潼关，叛军久攻不下，一定会军心涣散，众叛亲离，到时乘势出击，大局可定。

　　安禄山反叛，其族弟安思顺因为事先向唐玄宗告发安禄山谋反的图谋，因此没有被唐玄宗问罪。但哥舒翰一向讨厌安思顺，这时，大权在握的哥舒翰，就让人伪造了一封安禄山写给安思顺的信，假装在潼关城门口抓住送信人，让安思顺背上了无法辩解的黑锅，安思顺和弟弟安元贞都被朝廷处死，家人都被流放到了岭南荒芜之地。

原本与哥舒翰走得近的杨国忠担心他下一个要清除的敌人就是自己。杨国忠打着自己的算盘，他对皇上说安禄山的兵力不足，而且都是残兵败将，哥舒翰按兵不动，将会失去打击叛军最好的机会，怂恿皇上下旨让哥舒翰出击。

朝廷不断派遣使臣前去潼关督战，哥舒翰见难以坚守自己的军事主张，抚胸痛哭，他知道抗命坚守潼关不出，就会步封常清和高仙芝的后尘，他不得已引兵出关，这一战他知道凶多吉少。

天宝十五载（756）阴历六月四日，哥舒翰"恸哭出关"，其军队驻扎在灵宝西原。灵宝南面靠山，北临黄河，中间是一条七十里长的狭窄山道，叛军依山傍水早就精心布阵，只等哥舒翰的人马闯入伏击区。初八，决战打响了，王思礼率五万精锐一马当先，庞忠等人率十万大军紧随其后，还有三万人在黄河北岸高处击鼓助攻。叛军故意示弱，队伍不整，哥舒翰军果然中计，一路前行，被诱进隘路。山上无数滚木礌石如冰雹般砸下，在隘道上哥舒翰的军队却没有周转余地，死伤枕藉，遭到重创。哥舒翰眼见大势不好，急令毡车在前面开路，叛军早有后手，把数十辆点燃的草车推下山谷，很快烈焰熏天，看不清目标的哥舒翰军只知道胡乱放箭，直到日落时分，弩箭用尽，才发现没伤到敌人分毫。此时，叛军统帅崔乾祐命令精锐骑兵从背后杀出，前后夹击，哥舒翰军没有施展的空间，乱作一团，纷纷溃散逃命，光掉进黄河淹死的就有几万人，绝望的号叫声惊天动地。黄河边的逃军争相挤上运粮船，由于超载，几百艘运粮船最后都沉入了黄河河底。剩余的军士把军械捆绑在一起，以枪当桨，划向黄河对岸，最终上岸的士兵仅有十分之一二。到了潼关城外，又被壕沟阻挡。潼关城外挖有三条堑壕，均宽二丈，深一丈，逃回的军士坠落其中，很快就填满深沟，后面的人踏着他们的身体，跑回潼关，哥舒翰清点人数，二十万大军，仅仅剩下八千人。

哥舒翰想收集残余部将准备死守潼关，岂料被哥舒翰提拔起来的蕃将火拔归仁等人眼见大势已去，打定主意，劫持了哥舒翰。他们将哥舒翰的双脚绑在马腹上，连同其他不肯投降的将领，一起押往东去。这时，叛军将领田乾真赶到，火拔归仁就投降了他，几十名唐军将领被送往洛阳，六月九日，潼关失守。

哥舒翰投降了安禄山，附近蒲州、华州、同州、商州等地负责防守的官员皆弃郡而走，守军也是四处逃散。安禄山为了讨好哥舒翰，将火拔归仁以对哥舒翰"不忠不义"的罪名杀了。哥舒翰写信替安禄山招降在土门的李光弼，河南的来瑱，南阳的鲁炅，都遭到部下的责骂，安禄山失望之中将哥舒翰囚禁在禁苑之中。

白水县在同州的西部，安禄山叛军一路烧杀抢掠让百姓早就有耳闻，百姓纷纷逃离家园。

杜甫的表侄王砅（杜甫曾祖姑的玄孙）此时和杜甫两家都在白水县避难，他们决定两家一起结伴向北逃离。

那一天，天气出奇的热，杜甫一家和表侄一家备了两驾马车和两匹马。女眷和孩子坐在马车上，杜甫和表侄各自骑着马准备上路了。崔顼送他们两家上路："子美、砅儿，一路上你们要相互关照。我暂时还不能走，我的家眷随后安排，进山或者是北逃看情形而定。兵荒马乱的，路上一定要小心！"

杜甫和王砅向崔顼道别向北而去。

一路上，都是逃难的人群，步行的，骑马的，坐马车的……烈日下，大家神色慌张，扛着、背着大小的包裹，抱着、背着婴幼儿的，均是无言地匆匆行走。

刚开始，杜甫骑着马还跟在马车后面，后来加入的一群难民拥挤进来，将他与家人隔开了。马在人群之间艰难地行走，忽然一彪形大汉见杜甫一个人骑着马，便将杜甫从马上拉了下来，另外一人迅速将马牵走了，杜甫上前要与他们理论，却不料被两人拉住，其与同伙迅速将行李放在马上，骑着马朝小道跑去。杜甫跑上前去想追回自己的马，却被不断涌入的人群隔开了，看着不见踪影的马，杜甫叹了一口气，只得步行往前赶。

不知道走了多久，杜甫发现没有赶上自己的家人，他跟着几个逃难的人走到了一片蓬蒿荒野之中。杜甫心中不禁慌乱起来，他不知道这是哪里，也不知道该往何处走。

杜甫大声问在他前面的人："请问，你们这是要去哪里？知道这是哪里吗？"

有一人回答："我们是去前面村子的亲戚家，你呢？"

杜甫回答："我和家人走散了。"

"哦，你走的路不对，估计你家人是走那边的官道。"一热心人回答。

杜甫只得往回走，可是他刚来的时候还有路，现在走的路却是荒郊野岭，他不知道该往哪个方向走。眼见太阳快要落山了，孩子们还不知道在哪里，杜甫只能根据自己的判断胡乱地走着。

"表叔……表叔……子美……表叔……杜子美……"旷野里忽然传来遥远的呼喊声。

杜甫急忙站住，凝神细听，声音又没有了。他摇摇头，是幻觉吗？他蹙紧眉头。

"表叔……杜子美……杜甫……"这次声音要清晰一些。

杜甫心中惊喜，是侄儿在喊他。

"唉……王砅……我在这里。"杜甫大声回应。

杜甫登上一块高坡，再次喊道："王砅，我在这里。"

"表叔，表叔！"王砅又在喊。

杜甫朝着喊声前走，前面又是一处一人多高的蓬蒿，他扒开蓬蒿，朝前走去，忽然看见前面有条小路，他沿着小路走，穿过一片林子，看见不远处有一个人骑着马朝他这里走来。

"王砅，你来了！"杜甫声音里透着惊喜。

"表叔，总算找到你了，你的马呢？"王砅问。

"唉，被人抢走了。"杜甫说。

"人没事就好。我们走出十多里地，发现你没跟上来，我就让他们在前面慢点走等你。"王砅说。

"怎么？他们在步行，马车呢？"杜甫问。

"车夫说已经送到安全的地方了，他说要回去接其他的人，两个车夫都走了。表叔，你骑上马吧，我提着刀护着你，再没人敢抢马了。"王砅说。

杜甫一再推辞，却拗不过表侄，就上马了。

走了二十多里，杜甫和王砅与在前面村子里等着他们的家眷们会合了。

两家人在一起吃晚饭，在客栈里休息了一个晚上。第二天又结伴往北走。唯一的一匹马驮着两家较重的包裹，大人抱着孩子一路往前赶路。三天后，王砅投奔他的一位远方的亲戚，杜甫带着妻子儿女继续往北走，准备到鄜县找一处安家。

杜甫和王砅两家人依依不舍互相道别。

"父亲，我们要去哪里？"宗文问道。

"我走不动了，父亲！"宗武说。

杜甫深深地叹了口气，他也不知道要往哪里去，只知道往北走，带妻儿到没有战火燃烧的地方："跟我走吧，孩子们！"

4．从皇亲国戚到百姓都在逃离

骑的马没有了，妻子儿女坐的马车也没有了，甚至连骡子也租不到，更别说买了，杜甫只得带着妻儿们步行。

六月的雨说来就来，一连几天的雨让道路变得泥泞不堪，杜甫一家人行进在雨水中，衣服都湿透了，一天走不了几里路。战争的残酷与安禄山的杀戮让太平多年的天空充满血腥气味，国家兵库里生锈的兵器，久未操练的兵士，在安禄山的精兵攻击下显得不堪一击，过惯了太平日子的百姓们更是惊慌失措。

逃离战火，是第一要紧的事情。

潼关失守这天，杜甫跟着逃难的人一起带着妻儿们逃离，往北方去，他们日夜兼程，哪怕是下雨的晚上也在赶路。杜甫抱着不满周岁的女儿凤儿在雨中一步一滑，饿得哇哇直哭的小女儿在他身上乱咬，怕她的哭声遭来野兽，杜甫将她抱得紧紧的，捂住她的嘴巴不让她哭，她反而哭得更厉害了。

"给我吧！"妻子接过杜甫怀中的女儿，将指头放在她口中吮吸起来，才止住她的哭声。

白天，小儿子宗武看见路边有一棵苦李子树，喊着要摘李子吃，杜甫喝住不让去摘。

孩子们太饿了，一想到这几天一家人摘野果子充饥，杜甫心中悲凉万分。现在走了大半夜路，都走不动了，可是在荒郊旷野，没有一处可以避风雨的地方。

"走吧，前面肯定有可以避风雨睡觉的地方！"杜甫对孩子们说，再往前走一段，还是没有遮雨的地方。

虽然是夏天，但是衣服被雨水淋湿了，冰凉冰凉地贴在身上，杜甫不禁打了个寒战。

"父亲，我走不动了！"六岁的宗文喊道，"我好困！"

杜甫原本是抱着三岁的宗武，现在他把包袱斜背在前面，让宗武坐在上面，他背起宗文，妻子抱着才一岁多的女儿，也背着包裹，两人摸着黑深一脚浅一脚往前赶。

"看样子前面没有村落。"杨淑娟说。

"是吧，前面总该有树林吧，找棵树把床单拉上，你和孩子们睡，我守着！"杜甫说。

果然，前面有一片树林。杜甫找到一棵大树，将宗文和宗武放下坐靠在树干，兄弟俩都睡着了。这棵树高大茂密，虽然天下着小雨，但树下却没有雨水。

杜甫和杨淑娟心中暗自高兴。

杨淑娟："总算找到没有雨水的地方了，还是把床单支起来，挡一下风。"

杜甫在树林里折了几根小树枝丫，将床单支起来，又将两个儿子放在地上，他翻开一件干衣服搭在两个孩子身上。

"你先睡一会吧！"杨淑娟说，"我抱着女儿，她就睡我怀里。"

"你换件干衣服吧！"杜甫说，"把女儿的衣服也换一下。"

夫妻俩换着睡了个囫囵觉，天亮了，雨下得更小了，星星点点。

杜甫在林子里找了些野果，一家人当作早餐，吃完后，接着赶路。

"父亲，昨天我看到路边有李子，你怎么不让我摘着吃呢？"宗文问。

"傻儿子，在路边的李子，若是能吃，路边这么多人来来往往的，别人早就摘着吃了，会留下来吗？那是苦李子，不能吃的。"

"哦，知道了！"

到了下午，雨下得大起来了，孩子们都不愿意走了。

"要不，我们歇一下再走？"杨淑娟说。

"走吧，我们已经走了十来天了，彭衙故城（今彭衙堡）就在前面不远的地方。其实彭衙故城就在白水县东北六十里地，原本路程不远，只是因为下雨难走，才走了这么久的时间。"杜甫说，"到了那里，找个客栈，好好休息一下。"

"十天有五天在下雨，这天气真是令人烦！"杨淑娟说。

白水至三川一百九十里（唐代一里相当于现在六百米），一家人走了十来天。

天黑时分来到了同家洼。

"我有个朋友孙宰住在同家洼，去他家歇歇吧！"杜甫和妻子商量，"这一路走得太累了。"

"熊儿、骥子，孙叔叔在前面同家洼，抓紧时间走，去他家赶晚饭。"杨淑娟对儿子们说。

宗文小腿迈得快了起来，宗武在杜甫背上也要下来走，杜甫不让。

掌灯时分，杜甫带着妻儿来到了同家洼，杜甫从村头一户人家打听到了孙宰的家。

杜甫上前敲了敲门，一位妇女手上掌着灯打开了门，她是孙宰的妻子。

"你是……"孙宰的妻子问道。

"请问这是孙宰的家吗？"杜甫问，"我是他的朋友。"

"当家的，有客人来了！"女子热情地请杜甫一家进来。

孙宰一看是杜甫带着一家人来了，非常高兴："子美，真没想到你会来我这里。快，孩子妈，烧热水给孩子们洗澡，找几件干净衣服来，给孩子们换上。"他看着宗文和宗武，"这是熊儿和骥儿吧？兄弟俩长得真像。"又喊他的女儿，"妮子，快，把菜洗好，和你母亲一起做饭给杜叔叔一家吃。"

孙宰的妻女应声后忙了起来。

宗文和宗武以及凤儿洗完澡，穿上干净的衣服倒在床上就睡着了。

孙宰看着睡得正香的孩子们，叹了口气："真是难为孩子们了，这么远的路程，若不是该死的叛贼，怎么会受这样的苦。"

饭菜做好了，孙宰叫醒宗文、宗武和凤儿，让孩子们起来吃饭："娃儿们，起来吃饱了再睡。"

　　揉着睡眼惺忪的眼睛，宗文和宗武起来吃饭，凤儿也在杨淑娟的逗弄下醒来，杨淑娟喂凤儿吃了些面糊。

　　孙宰倒上酒和杜甫边喝边聊，谈到这次安禄山的反叛，以及潼关失守，两人的声音都哽咽了。

　　杜甫给孙宰讲了百姓逃亡路上悲惨的遭遇。

　　孙宰的妻子剪了一些平安符，贴在屋外的窗户上、树干上给三个孩子招魂。

　　第二天，孙宰让妻子杀鸡宰鸭炖汤给杜甫一家补补身体，他说这一路的劳累奔波，大人、小孩子都需要进补。

　　三天后，杜甫谢过孙宰一家，继续往鄜州方向前行。

　　孙宰送了几里路，怕孩子们在路上饿着，他让杜甫带了一些妻子做的面粑在路上吃，杜甫依依不舍和孙宰告别。

　　天似乎被捅破了，雨还是下个不停，杜甫携妻子在山谷行走，走了几天，一家人来到了三川县。

　　三川县（今陕西洛川县西）属于鄜州，以华池水、黑水及洛水三川汇合，因此得名。

　　往北走，尽是绵延的土山，杜甫一家人在山谷中走了几天，不见平原。雨一刻不停地下着，谷底水沟里流水与浊浪互相拍击。

　　杜甫看着不断上涨的河水发出一声叹息。

　　"怎么啦，子美？"杨淑娟关切地问。

　　"你看，洪水夹杂着木头，还有其他的杂物，汹涌奔腾，汇入洛河，要不了两天就到了潼关。唉，潼关！"杜甫摇了摇头，"这么大的水到了潼关会淹了几个州啊！"

　　一山民看见杜甫携带妻儿在谷底走，连忙喊道："喂！过路的客官，不要走谷底，前面山洪马上要泄下来，你走的路就会成为小河，到时候你想逃都没办法逃了。你这是要去哪里？"

　　杜甫回答："谢谢您的提醒！我要去鄜县，请问这里不能走，我们该走哪条路啊？"

　　"你要走山路，看！前面有个岔路，你沿着小路往上走，有一条山路在山腰上，和这山谷平行，你看着走就是了。你走的山谷每年都成为山洪的河道。"山民回答。

"谢谢！谢谢您给我们指路。"杜甫连声道谢，然后带着妻儿走小路上到山腰，这条路狭窄不好走，杜甫时常看看山谷。

两天后，山洪果然来了，浑黄的水挟带着黄土汹涌而至，顷刻间一片汪洋，杜甫站在山腰看得胆战心惊。

傍晚，杜甫看见前面高坡上有一座寺庙，便决定一家人在这里休息一个晚上。

杜甫进寺庙向住持恳请在此留宿，寺庙里的住持听说是文人带着一家人逃难，连声答应了。他下厨给杜甫一家做点面粑，又拿出两个鸡蛋打了碗蛋汤。

三个孩子狼吞虎咽地吃着，杜甫看在眼里，眼眶湿润了，他连忙掉过头去。

晚上，杜甫躺在地铺上，脑海里都是白天看到洪水肆虐的情形，他睡不着，干脆起床，点上灯，磨好墨写下《三川观水涨二十韵》。"……应沉数州没，如听万室哭。秽浊殊未清，风涛怒犹蓄。何时通舟车，阴气不黪黩。"他轻声念道，四野八荒没有桥梁，想渡过这茫茫大水就只好盼望洪水退落，此刻，他想到了山林中的难民，杜甫饱蘸浓墨接着写下去："因悲中林士，未脱众鱼腹。举头向苍天，安得骑鸿鹄。"他多么希望能有鸿鹄帮助人们渡过这茫茫水域。

写完，两行清泪从杜甫脸上滑落。

第二天，一家人继续前行，走了五天，他们来到了鄜县，杜甫将妻儿安排在驿站住着，他四处考察，最后觉得鄜县洛交南六十里三川安家比较好。

刚刚安顿下来，六月二十日，长安城沦陷，消息传来，杜甫震惊不已。考虑到常有胡人军队在此抢掠骚扰，杜甫将家安在鄜县西北三十里的羌村（今陕西富县茶坊镇大申号村）。羌村处在关中平原和陕北高原的接壤地带，这里青山绿水，自然幽静，叛军胡人暂时还没有来这里侵扰。

杜甫来到羌村，他选了一块山坡，请了几个村民帮忙挖窑洞，几天后，窑洞挖好了，杜甫一家逃难的生活总算在羌村暂时安定下来。

一场猝不及防的叛乱使得百姓逃离战火纷飞的地方，长安皇城，皇帝玄宗带着心腹和随从也在逃离。

潼关失守（六月九日）那天晚上，每日必传的平安火在皇城再也没有点燃起来。

玄宗有些惊恐，经过与宰臣商议，决定奔蜀。

六月十二日一大早，玄宗亲御勤政楼，可是，上朝的官员只有十分之一二。玄宗心中十分不悦，却没有表现出来，他下制称自己准备亲征，荡平贼寇。实际上，他听从了杨国忠等人的意见，准备逃离长安奔蜀。其时，杨国忠兼任剑南节度使。

玄宗任命了一批留守的官员，当日黄昏，他让龙武大将军陈玄礼集合六军人马，赏赐厚重，精心挑选九百多匹战马，为逃离做最后的准备。

六月十三日天微亮，玄宗带着杨贵妃姐妹、皇子、皇子妃、公主、皇孙等，还有杨国忠、韦见素以及心腹宦官、宫人，在陈玄礼的卫队护卫下，悄悄驶出禁苑的西门延秋门。

路过左藏库时，杨国忠向玄宗请求放火烧毁："陛下，烧毁左藏库吧，不要把这些钱财留给叛贼！"玄宗听后，心情沉痛地说："叛军来了没有钱财，一定会向百姓征收，还不如留给他们，以减轻百姓们的苦难。"

这天一早，还有官员去上朝，结果看见宫内一片混乱，谁都不知道皇帝去了哪里。一时间，王公贵族、平民百姓争相出城逃命。有一些歹人入室抢劫，更有人入皇宫明抢金银珠宝，还有人胆大包天焚烧左藏库，整个皇城秩序大乱。见左藏库被焚烧，崔光远与边令诚带人赶来救火，又招募人代理府、县长官分别守护，杀了十多个人，才让混乱的局势稳定下来。崔光远派他的儿子去见安禄山，边令诚也把宫殿各门的钥匙献给安禄山。

玄宗一行过便桥时，杨国忠派人放火烧桥，玄宗阻止说："官吏百姓都在避难求生，为何要断绝他们的生路呢！"于是就把内侍监高力士留下，让他把大火扑灭后再赶上来。

到达咸阳县时，先行的宦官王洛卿，召集县令却不见人，原来这些官员都已经逃跑。玄宗抵达咸阳望贤宫，宦官们征召的官员和百姓都没有人来。

杨国忠去买了几个胡饼给玄宗作为午饭充饥，于是，百姓们争相将粗饭献给玄宗等一行人，玄宗看着皇孙们争相用手抓着吃，忍不住泪流满面。

三天后，到达马嵬驿。护卫、将士们又饥又累，怨声载道。陈玄礼趁机煽动不满，说这些与杨国忠有关。陈玄礼认为天下大乱都是杨国忠一手造成的，想杀掉他，于是就让东宫宦官李辅国转告太子李亨，李亨犹豫不决。恰好这时有二十位吐蕃使者拦住杨国忠，诉说没有吃的，没等杨国忠回答，军队中有人大喊："杨国忠与胡人谋反啦！"

话音刚落，便有人放箭，其中一箭射中了杨国忠坐骑的马鞍。杨国忠见势不好，打马转身便走，军士们追到马嵬驿的西门，将杨国忠杀了，并肢解了他的尸体，把割下的头颅挂在矛上插于西门外示众。然后杀了杨国忠的儿子户部侍郎杨暄、韩国夫人与秦国夫人。御史大夫魏方进见此情景说："你们胆大妄为，竟敢谋害宰相！"士兵们又把他杀了。

韦见素听见外面大乱，跑出驿门察看，被乱兵用鞭子抽打得头破血流。众人喊道："不要伤了韦相公。"韦见素才免于一死。士兵们又包围了驿站，玄宗听见外面的喧哗声，忙问是怎么一回事，左右侍从回答说是杨国忠谋反。

玄宗心中一惊，走出驿门，慰劳军士，命令他们撤走，但军士们依然未走。玄宗又让高力士去问话，陈玄礼回答说："杨国忠谋反被诛，杨贵妃不应该再侍奉陛下，愿陛下能够割爱，把杨贵妃处死。"玄宗说："这件事由我自行处置。"然后进入驿站，拄着拐杖侧首而立。过了一会儿，京兆司录参军韦谔上前说道："现在众怒难犯，形势十分危急，安危在片刻之间，希望陛下赶快做出决断！"说着不断地跪下叩头，以致血流满面。玄宗说："杨贵妃居住在戒备森严的宫中，不与外人结交，怎么能知道杨国忠谋反呢？"高力士说："杨贵妃确实是没有罪，但将士们已经杀了杨国忠，而杨贵妃还在陛下的左右侍奉，他们怎么能够安心呢！希望陛下好好地考虑一下，将士安宁陛下就会安全。"

迫于形势，玄宗命令高力士把杨贵妃引到佛堂内，用绳子勒死了她。然后把尸体抬到驿站的庭中，召陈玄礼等人入驿站察看。陈玄礼等人脱去甲胄，叩头谢罪，玄宗安慰他们，并下令告谕其他的军士。陈玄礼等都高喊万岁，拜了两拜而出，然后整顿军队准备继续行进。

杨国忠的妻子裴柔与她的小儿子、虢国夫人与她的儿子都乘乱逃走，到了陈仓县，被县令薛景仙率领官吏抓获杀掉。

第二天，玄宗一行准备启程入蜀，众多百姓拦路乞求太子李亨留下，抗击叛军。太子李亨顺应民意，与玄宗分道扬镳。李亨经永寿、平凉北上灵武，玄宗一行经扶风、陈仓、散关，一路南下奔成都。

天宝十五载（756）七月十三日，太子李亨在大臣们的拥戴下于灵武即位，取号肃宗，尊李隆基为太上皇。

住在羌村的杜甫听到李亨在灵武即位的消息，心中欣喜，他仿佛看到了收复失地的希望，当即写了《避地》诗：

> 避地岁时晚，窜身筋骨劳。
> 诗书遂墙壁，奴仆且旌旄。
> 行在仅闻信，此生随所遭。
> 神尧旧天下，会见出腥臊。

前四句杜甫写避乱伤时之感，后四句写出他要效忠皇上，即将奔赴行在之情，汲汲匡时之志。皇帝所至之地为行在，在诗中代指肃宗。腥臊，在这里代指安禄山，有了新一代君王，叛乱一定会被平息，杜甫坚信。

收到在山东平阴县弟弟杜颖的来信，杜甫得知弟弟一家平安，心中颇为安慰，写了两首诗记下"两京三十口，虽在命如丝"在动乱中的生存状态。

肃宗在灵武即位，杜甫雄心勃勃，等待洪水退却后，他决定前往灵武，投奔肃宗，报效国家。

第八章　感时花溅泪

国破山河在，城春草木深。
感时花溅泪，恨别鸟惊心。
烽火连三月，家书抵万金。
白头搔更短，浑欲不胜簪。

——《春望》

他怀着理想奔赴新皇帝即位的灵武，却被叛军俘虏，在长安囚困八个月。在长安他看到了破碎的山河，他寻找机会逃到新皇帝肃宗的行在凤翔，做了左拾遗，无奈耿直的个性让他遭到皇帝的冷落。

1. 奔赴新希望之地——灵武

天宝十五载（756），安禄山叛乱给朝廷带来莫大的恐慌，从皇亲贵戚到平民百姓都处在逃亡的恐慌中。

在马嵬驿，杨国忠和杨贵妃等被杀后，玄宗在随从将士们的护卫下打算继续西行。百姓们希望李亨留下来抗击叛贼，收复两京。于是李亨留下来抚慰百姓，收复叛乱的将士开始聚集到几千人，李亨的两个儿子广平王李俶、建宁王李倓，以及太监李辅国等皆敦促太子顺从民意。他们在一起分析局势，认为可以召回河北郭子仪和李光弼，集结西北边境部队，收复两京，这种胜算的可能性是很大的。玄宗听说这个计划后，分出后军两千人以及飞龙厩给李亨，又将东宫内人送过来，同时还准备将皇位传给李亨，李亨坚辞不受。

玄宗安排了这一切，向西南进发，过扶风，七月二十一日来到散关，通过主要驿道于七月二十八日到达蜀郡。

太子李亨亲自带人马向北进发，连夜奔驰抵达新平，一路上士卒、器械亡失过半，他们沿着泾水南岸行走，抵达安定，在这里遇到两位逃跑的太守——新平太守薛羽和安定太守徐毂，李亨当即将他们处斩。后李亨一行抵达平凉，在此停驻数日，补充了几百人，得监牧马数万匹。驻扎在灵武的朔方留后杜鸿渐派人奉笺与太子，劝他去灵武。恰好御史中丞裴冕也到了平凉，他劝说太子以灵武为根据地，兴复唐室。

太子李亨于七月九日抵达灵武（今宁夏灵武），在这里，他被群臣进谏。七月十二日，太子李亨于灵武城南楼即位，是为肃宗，尊玄宗为太上皇，大赦天下，改天宝十五载为至德元年（756）。在南楼群臣舞蹈，皇上流涕唏嘘。

肃宗即位的消息于八月十二日才传到成都，从灵武经凤翔至成都，距离为二千七百四十里，消息传递历时一月。肃宗即位的消息传到鄜县，只用了十一天的时间。当肃宗李亨即位的消息传到羌村时，杜甫欣喜万分，他决定前往灵武投奔肃宗，实现他的抱负。

但他要与妻子商量。

那天是一个难得的晴天，白天杜甫下地将蔬菜地和庄稼地锄了一遍，这几块土地是他和妻子开荒开出来的。

晚上吃完饭后，杜甫帮忙将三个孩子洗漱完毕，哄他们睡觉。待孩子们睡着后，杜甫边将油灯的灯芯挑亮，边斟酌该用怎样的话说服妻子同意自己离开羌村。

杨淑娟看杜甫坐立不安的样子，便问："子美，你有什么心事？"

杜甫沉默了一会说："太子在灵武即位，那里如今需要用人，我想去灵武。"

"这兵荒马乱的，路上不安全，何况你一走，我和孩子们怎么生活？后面的局势还不知道怎么样，一家人在一起，是生是死有个相互照应。"杨淑娟着急地说。

"是啊，我也想一家人在一起，可是大丈夫该当以国为先，没有国哪有家？现在正是要消灭叛贼收复两京之际，皇上一定会励精图治，治理好国家。"杜甫说。

"那……"杨淑娟不知道说什么好，犹豫片刻接着说，"从潼关失守到孙孝哲攻入长安，叛军西胁汧、陇，南侵江、汉，北割河东之半，附近州郡长官闻风而逃，自京畿（国都附近的地区）、鄜州、坊州到岐州、陇州都投降安禄山，为了安全，我们才从三川洛交县南六十里叛军占据地来到洛交县北三十里的羌村，这里确实安全多了。虽说叛军的主力在长安，但是有少数胡人叛军常在洛交南一带活动，万一碰上他们怎么办？"

"这也是实际情况，路上我会小心的。我在长安这么多年，一直没有找到报效国家的机会，现在这个机会来了，我不想失去。家里就辛苦你了，待收复两京，铲除叛乱后，一家人再在一起过太平日子。"

杨淑娟知道她留不住丈夫，她也希望早日收复两京，不过这种担惊受怕的日子，便同意了："那好吧，一路上要小心，千万别碰到胡人，他们杀人不眨眼。你去的线路想好了吗？"

杜甫见妻子同意了，欣然地说："我想好了，过鄜州、延州、芦子关、夏州、盐州，到灵武，路程为一千一百五十里，也不算太远，你想皇上即位的消息这么快就到达了，我大不了花十五天的时间便可到达，所以，你就不要担心我。"

"你什么时候出发？"杨淑娟又问。

"如果你同意了，我就明天一早出发。"杜甫说。

杨淑娟一听说杜甫第二天就出发，连忙起身和面，她要做一些面粑给杜甫带上，做完了面粑，又将杜甫的衣服清理出来，忙完这一切，鸡叫了头遍。

杜甫一早起来，杨淑娟也跟着起来了。

吃完杨淑娟做的面食，杜甫进了房间，看着睡得正香的三个孩子，一一亲了亲额头，他心中一酸，眼泪差点滴落下来，出了房门，扭头再看了一眼孩子们，泪水终于还是滚落下来。

杨淑娟陪着杜甫走了几里路，嘱咐他在路上要小心，杜甫叮咛妻子教熊儿和骥儿识文断字，兵荒马乱的日子，只能自己教孩子们了，杨淑娟一一应允下来。

"你回去吧！孩子们还在熟睡，一会醒来找不着你，凤儿又要哭了。这么多年，我亏欠你太多，你一个人拉扯着孩子，我这一走，你又要种地又要带孩子，我……"杜甫说不下去了，他紧紧抱着妻子，"谢谢你！"

"去吧，路上小心！从鄜州到灵武近千里地，路途遥远，所经之地处于荒漠，人烟稀少，切切谨慎，也不要遇到叛军，到了后捎个信回来，别让我着急。"杨淑娟对杜甫说。

杜甫和妻子告别，踏上了前往灵武的路途，杨淑娟站在原地，看着杜甫的背影消失在远处，这才转过身来回家。

一路上，杜甫小心翼翼，边走边在心中分析局势，到此时，叛军兵力所及之地，南不出武关，北不过云阳，西不过武功，随着皇上即位，失地军民的反击，京城周边的态势由最初的混乱渐渐稳定下来。杜甫选择从鄜州到延州的路线是沿着洛水支流前行。

若是过了野猪岭就好了，杜甫心想。

野猪岭是鄜州到延州的一个要道，由甘泉溯洛水支流劳山沟东北行四十五里之地便是野猪岭。这里山峡险窄，为戍守重地，鄜州归附叛军后，野猪岭是朔方军驻守重地，若这里失守，必将影响到延州。

走了两天，杜甫路过一个村子，见一位年老的樵夫背着一捆柴，衣服破旧，黝黑的脸庞，满脸皱纹。

杜甫问道："老人家，我想向你打听一件事。"

樵夫停了下来："客官，问吧！"

杜甫："我想打听一下，您这里有没有胡人来骚扰。"

"唉，别提了！"樵夫说，"有几次我砍的柴被他们抢走了，还不能言语，否则说要杀了我。客官这是要到哪里去？路上可要小心啊！"

杜甫："谢谢您，老人家！我去前方探亲。"

告别了樵夫，杜甫变得小心翼翼了，有一天下午，他看到有十多个胡兵在大路上转悠。他更加谨慎了，白天潜伏在矮小的灌木丛或树林里，观察周围的情形，晚上摸黑赶路。

经过打听，到野猪岭还需要两天的时间，杜甫依然是白天潜伏在树林中。说是树林，其实是很矮小的荆棘丛，看着不远处的山谷，杜甫想晚上再赶一宿就好了，后天便可以越过野猪岭，到了那边就可以白天赶路。

只要出芦子关就好了。

忽然，杜甫听到有说话声传来，连忙屏住呼吸，说话声越来越清晰了，一只受伤的大雁掉落在离杜甫藏身之处。

糟糕，有人来了！杜甫心中暗叹不好，心中祈望千万别是胡兵。

"在这里，在这里！"随着吵嚷声越来越近，杜甫挪动身子，尽可能离大雁远一些。

"有人，谁？"有人说，"再不出来我们就射箭了。"

杜甫没有动，他蹲着身子躲在灌木丛后。其实那些胡兵并没有发现杜甫，他们只是虚张声势。

十来个胡兵走近了，其中一人弯腰捡被射下的猎物时，突然看到了杜甫，他们嚷嚷着迅速走拢准备去抓杜甫。

杜甫知道若是自己跑的话，肯定会被箭射死，他只好站起来。

一个胡兵问道："你是谁，在这里干什么，要到哪里去？"

杜甫："我到我妹妹家里去。刚才肚子疼，就蹲下来。"

其他的胡兵吵吵嚷嚷："别和他说了，送到长安去。"

"看样子不是个大官。"其中一个说。

"打开包袱看看有没有什么值钱的东西。"另一个说。

他们抢过杜甫的包袱抖开，除了十来个面粑粑、几件衣服、几根墨条、两管毛笔和几张纸、一个葫芦水壶、一个碗、一双筷子之外，没什么值钱的东西。

"原来是个穷鬼！"一胡兵骂骂咧咧地说。

原来胡兵把守着这条路，为的是拦截去投靠肃宗的朝廷官员。

肃宗即位时身边只有三十多个官员，沦陷区的官员听说李亨在灵武即位后，都在想方设法奔赴灵武，胡兵守在这条道上，抓到了一些前往灵武的官员。

杜甫被胡兵押着前往他们的营地，被他们绑着双手关进一间临时搭建的草屋里。过了一天，一位长官模样的人来审讯杜甫，杜甫坚持说是走亲戚，长官见杜甫长得虽然高大，但是消瘦，穿着也不体面，断定不是个大官，但是还是决定送往长安。

杜甫被三名胡兵押着前往长安，路上，押送杜甫的兵士对杜甫还算客气，没怎么为难他。

进了长安城，杜甫看到的是一片荒凉的景象，昔日繁华的店铺皆关门闭户，在街上行走的市民也是惊慌中行色匆匆。杜甫和被抓的人一道穿过延秋门，被送到了曾经关押犯人的地方。叛军攻陷长安时，趁着混乱，以前的那些犯人都逃跑了，如今关押着的是叛军新近抓来的人。

杜甫看着这些陌生的面孔，心中叹息。杜甫穿着破烂，虽然才是四十五岁，却是满头白发，一脸皱纹，黝黑高瘦，在叛军眼中不是大官。

此时，驻守长安城的是叛将孙孝哲。

安禄山部攻陷长安后，命令部下搜捕百官、宦臣、宫女等，每获数百人就派士兵押送至洛阳，供其伪朝廷使用。叛将孙孝哲生性残暴、贪婪，既无管理才能，也无远大谋略，只顾眼前利益。他和他的属将在长安城大肆抢劫、日夜纵酒寻欢，对皇室则是大开杀戒。

叛贼将审讯杜甫，觉得他是一个不起眼的人物，不是什么大官，不仅没有将他送至长安，也没有限制他的自由，但是杜甫被关在了长安城。

他心急如焚。

2. 囚困长安城

杜甫被叛军从扣押地放了出来，因为他是一个无关紧要的小芝麻官，太不起眼了。

相反地，王维被送至洛阳，和王维一起被押送到洛阳的还有许多朝廷官员以及皇宫的梨园乐工。安禄山很看重王维，授予他伪职给事中。为拒绝伪职，王维装病，大量地吃药，把自己吃得上吐下泻。安禄山没有怪罪王维，只把他软禁在普施寺中，强迫他接受伪职。

这天，安禄山宴饮，请长安来的乐工雷海青前来奏乐助兴。雷海青擅长弹琵琶，是长安著名的乐师。他看见安禄山那副得意的样子，迟迟不肯演奏，安禄山派人来催促，雷海青历数安禄山的罪行，大骂他的反叛行为。安禄山气得暴跳如雷，令人将雷海青肢解处死。王维曾经担任过太乐丞，管理这些乐工、乐师，他对雷海青十分熟悉。被软禁在普施寺的王维听说这件事后，悲愤万分，提笔写了一首诗《凝碧池》：

> 万户伤心生野烟，
> 百僚何日再朝天？
> 秋槐叶落空宫里，
> 凝碧池头奏管弦。

　　杜甫得知王维被押送到洛阳，以及拒绝为安禄山为官的消息后，颇感欣慰。被放出来的杜甫行走在长安城，看着昔日熟悉的街道、冷清的店铺、稀少的行人，心中十分悲凉。长安的空中日夜飘浮着血腥味，城内死了太多的皇亲国戚，跟随玄宗西去官员来不及撤走的家眷，都被杀死。此刻，杜甫是多么希望肃宗能尽快收复长安啊。现在陷于贼手的他当务之急是先找个地方安顿下来，再寻找机会逃出长安城，前往肃宗的行在。

　　杜甫找到北街一处偏僻的客栈住了下来，客栈的主人早就不知道去向，或许是逃亡了，或许是在战争中死亡了。偌大的客栈只有杜甫一人居住，好在生活用具还比较齐全，杜甫带的换洗的衣服也还在。住下来之后，杜甫将所住的房间收拾干净，也将厨房打扫了，锅碗洗干净后就上街去转转。

　　杜甫穿过大街，忽然听到路边有哭泣的声音。杜甫循声看去，只见一位衣着褴褛的人蹲在路边，腰上佩戴着名贵的青珊瑚玉。

　　杜甫走过去问道："公子，你怎么啦？"

　　那人停住哭泣，站起来慌张地朝四周看了看，想跑开。

　　杜甫看着他很面熟："你，你是……我以前在哪里见过你。"

　　那人见杜甫这么说，便停住脚步，他一看是杜甫，忙说："我们以前在侯门见过，我还读过你的很多诗。"他放下了警戒。

　　杜甫走上前拉了拉他的袖子："你是王室子弟……走，这里不是说话的地方。"边说边拉着他走到大街的背巷，"你怎么敢在大街上待啊，这是很危险的。现在孙孝哲到处寻找你们这样的宗室子弟横加杀害。"

　　"有什么办法呢？家是不能回的。这么多天来，我在外东藏西躲，很多天没吃过饱饭了。全靠给别人做活混口饭吃，晚上露宿街头。"王室子弟说。

杜甫叹了一口气："该死的贼子！你看你，还把这么名贵的玉佩戴在腰间，一看你就是王室子弟，赶快藏起来。你知道吗？霍国长公主刚刚被杀，就在崇仁坊，还有王妃、驸马，都被剖心。那些跟随皇上出宫的王侯将相，他们的家眷没来得及走的都一一被杀，就连婴儿也不放过，真是太残忍了。"

王室子弟听杜甫这么一说，身子哆嗦起来，他赶紧将玉佩摘下来藏进衣服里，带着哭腔说："我都不知道我家里的人怎么样了，我一直没有他们的消息。"

杜甫："你不要回去，保护好你自己。大凡是杨国忠、高力士的人，还有安禄山讨厌的人，反贼都一一加以杀害。更为残忍的是反贼用铁棒敲开他们的天灵盖，血流成河，据说大大小小的死了八十多人。前天，他们又抓住王室子弟杀了二十多口人。"

王室子弟低着头，又哭了起来，声音拼命地压抑着。

杜甫安慰他道："从现在开始，你要百倍地小心。太子在灵武即位，他们组织大军马上就会收复长安了，叛贼的日子不长久了。你这身衣服也要换一下，去找一套平民百姓的衣服换上，虽然你这衣服破旧，但是一看就是王室子弟才能穿得起的布料。快走吧，以后不要去人多热闹的地方，切记！切记！"

王室子弟连忙点头："谢谢您的指点！"说完，就往偏僻的巷子跑去。

看着他消失的背影，杜甫叹了口气。晚上回到客栈，杜甫想起白天遇到的王室子弟，心中有所触动，写下了《哀王孙》，看着墨迹未干的诗，杜甫心中也是愁绪难解，何时能逃脱这牢笼，前往皇上的所在地？

杜甫放下笔，站在窗前沉思。

各种消息在长安城内飞传，真实的或不真实的。杨国忠和杨贵妃等在马嵬驿被杀的消息已经在长安城百姓中传遍，又传说朔方军即将打进长安城，但是过了些日子却没有具体的行动。城内叛军依然在不断地杀人，人人自危，谁都不知道自己的明天会怎么样。

一晃就已经到了八月十五日，身陷长安城的杜甫思念着鄜州的妻子儿女。

晚上，杜甫一人站在窗前，看见天幕上月亮悬挂，四周静悄悄的，银色月光洒在地面，显得清冷。不知道站了多久，杜甫走到桌前，磨好墨，脑海里全是妻子儿女昔日的欢笑，他提笔写道：

今夜鄜州月，闺中只独看。

遥怜小儿女，未解忆长安。

香雾云鬟湿，清辉玉臂寒。

何时倚虚幌，双照泪痕干。

写完，杜甫呆呆地坐在桌前，他想妻子肯定想不到他已经被抓到了长安，困在长安城中，怎样才能带信给妻子呢？也不知道她在羌村生活得怎么样了。

这一夜，杜甫久久无法入眠。

长安城内，杜甫过着被囚禁的生活，城外，平乱的形势也在发展之中，城内的百姓日夜期盼官军的到来。

河南南部地区，抵抗叛军的进攻在艰难地进行。张巡、雷万春固守雍丘。在河北，颜真卿率军与当地诸郡联合抵抗史思明，让史思明的进攻无法展开。

长安城内常有消息说，刚登基的皇上已经集结了北方的军队，不日即将收复京城。城内的叛军日夜惶恐不安，只要北方一有风吹草动，就做逃窜的准备。京畿豪杰纷纷乘势而起，杀贼官吏，之后，无官军来，叛军杀害一批豪杰，另一批豪杰复现。叛军无法制止豪杰们的反击。刚开始，自京畿、鄜州、坊州至于岐、陇等地都依附叛军，到了此时，长安西门之外，很多抵抗叛军的堡垒已经形成，叛军的势力范围也仅仅限于南不出武关、北不过云阳、西不过武功，所控制的范围只有京城周边三四百里的地区。

郭子仪率领军士五万自河北奔赴灵武，一下子就壮大了灵武的军威。皇上以郭子仪为武部尚书、灵武长史，以李光弼为户部尚书、北都留守，并同平章士。同时，皇上又遣使向回纥请兵援助，发拔汗那兵，且使者转谕呈各诸国，许诺将给予厚赏，使从安西进兵入援，接着，根据李泌的建议，发兵灵武，屯军彭原，向凤翔进军。

叛军将领令狐潮与王福德又率领步、骑兵一万余人进攻雍丘。张巡领兵出击，大败叛军，杀死数千人，叛军败逃而去。

房琯是一个喜欢结交朋友、高谈阔论的人，引荐了许多知名士人，而鄙视无名庸俗之辈，因此很多人怨恨他。十月，宰相房琯上疏请求率领军士收复两京。肃宗同意，于是就加封房琯为持节，招讨西京兼防御蒲、潼两关兵马使及节度使等。房琯请求由自己挑选部下参佐，于是以御史中丞邓景山为副将，户部侍郎李揖为行军司马，给事中刘秩为参谋。临行前，肃宗又命令兵部尚书王思礼去协助房琯。房琯把军务大事都委托给李揖与刘秩，此二人都是文弱书生，不懂得军事。房琯对人说："叛军的精锐壮士曳落河虽然多，但怎么能够敌得过我的谋士刘秩呢！"房琯经过谋划后，把部队分成三军：派副将杨希文率领南军，从宜寿县进攻；派刘贵哲率领中军，从武功县进攻；派其弟李光进率领北军，从奉天县进攻。

房琯命令中军与北军为前锋，十月二十日，进军到便桥。十月二十一日，二军与叛军将领安守忠相遇于咸阳的陈陶斜（长安西北）。房琯效法古人，用战车进攻，组成牛车两千辆，并让步兵、骑兵护卫。叛军顺风擂鼓呼喊，牛都受到惊吓。这时叛军放火焚烧战车，顿时战阵大乱，人畜相杂，房琯军士死伤达四万余人，逃命存活的仅数千名。十月二十三日，肃宗派中人邢延恩催战，房琯亲自率余部与叛军在陈陶斜西边的青坂作战，又被打得大败，杨希文与刘贵哲都投降了叛军。肃宗得知房琯大败，十分愤怒，欲以军法处置。李泌从中营救，肃宗才赦免了房琯。

消息传到长安，杜甫心情悲痛，写下了《悲陈陶》：

> 孟冬十郡良家子，血作陈陶泽中水。
> 野旷天清无战声，四万义军同日死。
> 群胡归来血洗箭，仍唱胡歌饮都市。
> 都人回面向北啼，日夜更望官军至。

杜甫仿佛看见了四万良家子弟一战之后，血水染红了陈陶水，旷野之下寂静无声，胜利而归的胡兵在长安街上唱着听不懂的胡歌，他真想告诫战事中的将领们，谨慎应战，待机而动，切不可纸上谈兵，让良家子弟的鲜血白流。一想到白天街上胡兵的趾高气扬，杜甫就悲愤万分。接着，他又写了《悲青坂》：

> 我军青坂在东门，天寒饮马太白窟。
> 黄头奚儿日向西，数骑弯弓敢驰突。
> 山雪河冰野萧瑟，青是烽烟白人骨。
> 焉得附书与我军，忍待明年莫仓卒。

杜甫与房琯交情深厚，房琯用兵失败，杜甫犀利地指出其用兵的错误。一直以来，身在长安城的杜甫，心却记挂着战事的进展，他是多么想逃出长安。国仇家恨让独居在城中的杜甫愁肠寸断，一场纷纷扬扬的大雪让他思绪万千，他写了《对雪》：

> 战哭多新鬼，愁吟独老翁。
> 乱云低薄暮，急雪舞回风。
> 瓢弃尊无绿，炉存火似红。
> 数州消息断，愁坐正书空。

房琯既败，收复长安暂时没有希望，给杜甫平添一层愁苦，又不能随便向人倾诉。家中没有任何音信，他只能独坐斗室，反复愁吟，这愁绪与室外的风雪交织在一起，让杜甫的心绪更加愁闷。

他等待着春天的到来。

3. 城春草木深

至德二载（757）大年初一，苏端和薛复见杜甫独自一人在京城，便决定组织一场文人聚会，他们邀请杜甫参加饮宴，一些滞留在叛军控制的长安城中的诗人相聚一起过年。席间，大家就处于陷贼之京城发表感慨，酒至酣处，杜甫站起来作诗《苏端薛复筵简薛华醉歌》，想起前方战事，他不禁忧心如焚，"垂老恶闻战鼓悲，急觞为缓忧心捣"，善于作醉歌的薛华也在席中。诗人们以诗的形式表达对叛乱的愤慨，期望官军早日收复两京。

回到旅店中的杜甫，酒意还未消退。他怀念其嫁到钟离（今安徽临淮关镇）的妹妹。妹夫姓韦，是朝廷的三品官员，今日长安已陷贼手，昔时元日朝贺之礼也不复存在，哪里还能见到上殿的朝贺之官呢？想到这里，杜甫泪流满面，磨好墨，他写下了《元日寄韦氏妹》，表达他对亲人的怀念。

正月十五之后，天气渐渐暖和起来，阳光暖暖地照着，严寒已经被驱散。长安城内杨柳萌出新芽，鸟儿在树枝上跳来跳去，叽叽喳喳地叫着、闹着。街上行人稀少，杜甫独自一人在城中转悠，可是长安的春天俨然没有以往欣欣向荣的景象，看着破败的城池，被叛军毁坏的残垣断壁，杜甫更加感伤，他边走边吟：

> 国破山河在，城春草木深。
> 感时花溅泪，恨别鸟惊心。
> 烽火连三月，家书抵万金。
> 白头搔更短，浑欲不胜簪。

吟诵完《春望》，杜甫背靠着一棵树，看着眼前破败的城池，想着社稷的安危，又想到了客居羌村的妻子儿女，他心中如针扎一般。

晚上回到家中，对妻儿的思念挥散不去，他思念聪明伶俐的骥儿，于是，便写了《忆幼子》一诗：

> 骥子春犹隔，莺歌暖正繁。
> 别离惊节换，聪慧与谁论。
> 涧水空山道，柴门老树村。
> 忆渠愁只睡，炙背俯晴轩。

宗武的聪慧让杜甫十分喜爱，小小的年纪便会背很多诗。杜甫对这个儿子寄予很大的希望，希望他将来能有所作为，出人头地。

此时，叛军内部情形发生了变化。

安禄山叛乱后，其长子安庆宗被朝廷处斩。安庆宗在叛乱前五个月刚迎娶宗室之女荣义郡主，定居长安，作为叛贼之子，安庆宗夫妻坐罪赐死。大儿子之死让安禄山对朝廷更加仇恨，所以在叛军占领长安后，安禄山命令下属大肆杀戮来不及逃走的皇室宗亲。安禄山做皇帝之后患了眼疾，眼睛渐渐瞎了，身上又患毒疮，他性情暴躁，经常打人，亲信严庄和宦官李猪儿挨打最多。他身边的左右侍从，轻则挨打，重则被杀，这让周围的人对他既惧怕又恼恨。做了皇帝的安禄山身居宫中，原来常在身边的将军们难得见到他，有什么事情都是严庄传话。

安庆宗死后，安禄山的次子安庆绪很自然地成了继承人，可安禄山有个宠妾段氏生了一个儿子叫安庆恩，段氏一直想让自己的儿子代替安庆绪做继承人。安庆绪害怕段氏谋害自己，生活在恐惧中。严庄也怕宫中有变，对自己不利，鼓动安庆绪除掉安禄山，撺掇李猪儿杀安禄山。几个人各怀心事达成共识。正月初五严庄和安庆绪等密谋就在晚上动手。夜间，严庄与安庆绪手持武器立在帐幕外面，李猪儿手执大刀直入帐中，向安禄山的腹部砍去。安禄山左右的人因为惧怕安庆绪等都不敢动。安禄山用手摸枕旁的刀，发现刀被拿走了，于是就用手摇动帐幕的竿子说："这一定是家贼干的！"李猪儿一阵乱刀后，安禄山的肠子已流出一大堆，随即死去。严庄等在安禄山的床下挖了数尺深的坑，用毡包裹了安禄山的尸体，埋了进去，并告诫宫中人不得向外泄露真相。初六早晨，严庄向外宣布说安禄山病重，立晋王安庆绪为太子。不久安庆绪即皇帝位，尊称安禄山为太上皇，然后才发丧。

安庆绪的能力远远赶不上安禄山，他性情昏庸懦弱，说话语无伦次，不能很好地表达，严庄恐怕众人不服，所以不让安庆绪出来见人。安庆绪每天以饮酒为乐，称严庄为兄，任命他为御史大夫，大小事情都由严庄决定，并加封诸将的官爵，借以笼络人心。

这些消息源源不断地传到长安，杜甫分析洛阳宫中的变化，他认为安禄山之死对唐军而言应该是有利的，而且他有了逃出长安的计划。

二月，肃宗从彭原南迁到凤翔，凤翔在长安的正西边，两地相距约两百公里。肃宗迁到凤翔给沦陷区的人们带来新的希望：收复长安指日可待！

一些被囚困在洛阳的官员想方设法潜回长安，一些在长安的官员又设法前往凤翔。

王维此时从洛阳回到了长安，尽管安禄山逼着王维去做官，王维一直称病不去就职。安禄山死后，他找了个机会逃回长安了。王维与杜甫交情不错，两人见面谈及时局，分析的意见一致，杜甫邀约王维去凤翔，但是王维不敢去皇帝身边，因为他不知道肃宗将会怎样处置自己。

杜甫就不一样，"一定要逃出长安城，到皇上身边去！"这个信念一直鼓舞着他。所以，他一直思考着如何从长安城里出去，他要投奔肃宗，施展他的抱负。

可是，城门紧闭的长安城如何能逃出去呢？杜甫在想办法。愁闷中他去曲江散心。曲江已经没有昔日的景象了，曾经的宫殿紧闭大门，曲江头嫩绿的细柳和新蒲孤单地在那里为谁生色呢？宠信的杨贵妃命丧马嵬坡，曾经沉溺于游宴之乐的君王如今又在何方？杜甫边走边吟《哀江头》：

> 少陵野老吞声哭，春日潜行曲江曲。
> 江头宫殿锁千门，细柳新蒲为谁绿？
> 忆昔霓旌下南苑，苑中万物生颜色。
> 昭阳殿里第一人，同辇随君侍君侧。
> 辇前才人带弓箭，白马嚼啮黄金勒。
> 翻身向天仰射云，一笑正坠双飞翼。
> 明眸皓齿今何在？血污游魂归不得。
> 清渭东流剑阁深，去住彼此无消息。
> 人生有情泪沾臆，江水江花岂终极！
> 黄昏胡骑尘满城，欲往城南望城北。

吟诵完，杜甫已经是泪流满面，他蹲在江边，用双手抚摩着水，旋即捧起水将脸深深地埋在手中，水顺着指缝流了下来。杜甫用一只手抹了抹脸上的水，深深地叹了一口气。

一晃寒食日到了，这是杜甫和妻子分别的第一百零五天。晚上杜甫独自一人对着月亮，一任清凉的夜和着月亮的清辉洒在自己身上，他轻声吟诵：

> 无家对寒食，有泪如金波。
> 斫却月中桂，清光应更多。
> 仳离放红蕊，想像嚬青蛾。
> 牛女漫愁思，秋期犹渡河。

杜甫借用牛郎织女七夕相聚的神话故事来反衬自己与妻子不能相聚的悲苦。

困在长安的日子，杜甫靠着回忆妻儿过去的一切来缓解他的思念。他忆起小儿骥子背诵他诗句稚嫩的声音，那声音甜到了他的心里，杜甫感慨中写了一首《遣兴》：

> 骥子好男儿，前年学语时。
> 问知人客姓，诵得老夫诗。
> 世乱怜渠小，家贫仰母慈。
> 鹿门携不遂，雁足系难期。
> 天地军麾满，山河战角悲。
> 傥归免相失，见日敢辞迟。

诗写完了，杜甫还沉浸在回忆小儿子牙牙学语时娇趣的憨态中，他的脸上露出了难得的笑容。杜甫站起来走近窗户，透过窗户他看到了漆黑的夜。打开窗户，他听到了树叶在飒飒作响。叹了一口气，杜甫回到床上躺下，"何日才能离开长安啊！"他自言自语。

分析了战争局势，杜甫认为芦子关是一个很关键的地方。重兵把守芦子关，则叛贼无法北上，灵武是兴复的根本，朔方军控制着西北地区，为此，杜甫写了一首《塞芦子》，指出叛军史思明和高秀岩合力围攻太原，破太原后想长驱直入朔方、河陇的意图。长安城里几位文友读了杜甫的诗，认为他分析得十分到位。

囚居在长安城，杜甫交往的文友也是星散，其中他与苏端来往最多。立春后，多少天来一直没下雨，恰好杜甫应邀去访苏端时下雨了，一场雨让杜甫欢喜不已，他写下了《雨过苏端》。雨后，天又晴了，杜甫又写了《喜晴》，"出郭眺四郊，萧萧春增华"。借喜写悲，四景之萧条清晰可见。其中"丈夫则带甲，妇女终在家。力虽及黍稷，得种菜与麻"。写出了因为战争，劳动力的缺乏，生产力下降的场景。

读书、写诗、访友，这是杜甫被囚困在长安的生活。

这天，杜甫应邀前往郑潜曜的池台宴饮。

杜甫刚到门口，就看见郑潜曜在门口等着迎接客人。

"大诗人来了！"郑潜曜行礼说道。

"久未见面。"杜甫回礼。

"是啊，你看看谁来了。"郑潜曜带着杜甫走向客厅。

杜甫眼睛一亮，他看到了一个熟悉的背影。

"广文兄！"杜甫激动得嗓子有些沙哑了。

郑虔回过身来，满眼惊喜："是你，子美！"

两个男人趋步上前，伸开双臂紧紧拥抱。

"我们都还活着！"两人异口同声地说。

"坐吧，你们聊一会，我去门口迎接客人。"郑潜曜说道。

杜甫："说说你的近况吧！"

郑虔："唉，我被掳到洛阳后，叛贼任命我为水部郎中，我称病未去就职。叛贼安禄山被杀后，洛阳叛贼看管我们比较松懈，所以找个机会我就回到长安。你呢，说说你的近况。"

杜甫："我把妻儿安顿在羌村后，前往灵武，还没到芦子关，在野猪岭就被胡人抓到了，押到长安几个月了。"

郑虔："子美兄，那你有何打算呢？"

杜甫："我想去凤翔。你呢，去不去？要不我们一起去？"

郑虔："我很想去，但是因为被掳到洛阳被任为伪职，虽然我称病不就任，且写了密章送达灵武，但不知道皇上该怎样处理我们，所以不能贸然前往。

与我情形相同的还有王维。"

"是呀，这是个棘手的事，万一皇上身边的人使坏，那就有性命之忧了，你还是在长安，静观一段时间。"杜甫说。

"王维去药铺抓泻药吃，称病不就职，被拘于寺中。一日，安禄山在凝碧池设宴，召梨园诸公合乐，众人哭泣，王维作《凝碧池》，听说诗作已传到了行在。"郑虔说。

杜甫点点头，吟诵道："万户伤心生野烟，百僚何日更朝天？秋槐叶落空宫里，凝碧池头奏管弦。"

郑虔："是的，正是这首诗。"

两个好友在一起总有说不完的话，从战争局势谈到妻子儿女。酒宴上，更是痛饮。回家后，杜甫写了一首《郑驸马池台喜遇郑广文同饮》：

> 不谓生戎马，何知共酒杯？
> 然脐郿坞败，握节汉臣回。
> 白发千茎雪，丹心一寸灰。
> 别离经死地，披写忽登台。
> 重对秦箫发，俱过阮宅来。
> 留连春夜舞，泪落强裴回。

诗中，"不谓生戎马，何知共酒杯？然脐郿坞败，握节汉臣回"借吕布杀董卓以喻安禄山之死。又以苏武挺节陷于匈奴以喻郑虔陷于胡人而得生还，"别离经死地，披写忽登台"。与郑虔的相逢让杜甫悲喜交加，晚上两人又在一起喝酒、舞蹈，可是再也没有以前的那种情趣了。

怎样才能逃出长安呢？杜甫一直在思考这个问题。

他想到了一个人可以帮助他，怀远坊大云经寺住持赞公。

大云经寺，在长安朱雀街南，怀远坊之东南隅，本名光明寺，始建于隋文帝开皇四年（584），隋文帝杨坚好佛，为他所器重的释法经立此寺，其后，"有延兴寺僧昙延，因隋文赐以蜡烛，自然发焰，隋文帝奇之，将改所住寺为光明寺"。该寺规模宏大，是佛教"临济宗"的活动道场。大云经寺背靠高原，坐东向西，背靠白鹿原，前俯浐河，远望少陵原，极目秦岭。人们传说：白鹿原在此处犹如一条卧龙，而云经寺犹如卧龙前一颗龙珠。关于此寺名字的来由，据说是由武则天幸临此寺，沙门宣政向武则天进《大云经》，经中有"女主之符"，因改为大云经寺。还有一种说法是唐太宗李世民依"烘可为云，骑可为经，策可为寺"遂定名为"云经寺"，玄奘法师从印度取经归来，先后在此寺内翻译经文，并加以分类，人们又称此寺为"分经寺"。

杜甫应赞公之约，前往大云经寺，他与赞公相识不久，几次相处很聊得来，因此常常来此寺。进了山门，杜甫回首望去，只见浐水咫尺于脚下，少陵原、白鹿原隔水相望，秦岭翠峰若屏。休息片刻，杜甫继续向上行进，小道幽静，翠柏苍松，清香扑鼻，进入寺中，深渊洞天，别有天地。青砖绿苔，木鱼钟磬，清音满耳，缕缕芳香，令人肃然而静。

因为都是房琯的朋友，赞公热情地迎接杜甫。

赞公是个喜爱清静之人，寺门虽设而常关，"不欲与俗人过从也"。这次，杜甫在大云经寺住了数日，两人把臂而谈。春雨霏霏中春花盛开，黄鹂在檐柳间穿梭，紫鸽在殿宇前飞舞；风吹青井芹，清新可爱，雨打翠竹，姗姗可赏。夜晚，躺在僧房，清凉的世界里，杜甫暂时忘却心中的痛苦，幽居的魅力让他"心清闻妙香"。

白天，杜甫欣赏大云寺的古迹。那些古画皆为名家所绘，寺北方有浮屠"七宝塔"。塔的东壁、北壁有郑法轮画作，西壁是田僧亮的画作，外边四面皆是杨契丹所画《本行经》。三人之画为时所重，有一扇千金之说，三人中，杨契丹画得最好。杜甫认为杨契丹的画在好友郑虔之上。

赞公不仅提供杜甫食宿，更是将青丝履以及氍巾赠予他。

杜甫对赞公倾心交谈，赞公以佛理向其解说，讲禅之中，杜甫暂却忘记时事家事的烦恼。赞公是一个有政治主见之人，他见杜甫想通过叛军与官兵对峙的交火地带去凤翔，建议他找合适的机会，一定要提防胡人以及叛军国狗。在大云经寺住了数日，杜甫将其感受和见闻用诗《大云寺赞公房四首》记录下来，赞公留下了他的诗作。

之后，杜甫又去了几次大云经寺打探消息，赞公告诉他机会来了。

4. 从八品上的左拾遗

杜甫逃离长安的机会终于来了。

四月的一天，杜甫走出城西的金光门，逃往凤翔。他牢记赞公的建议，不走大道，只走山间小道。此时，一股胡人在安守忠与李归仁的率领下从河东打到长安的西边，屯兵清渠，与滻桥的郭子仪相持。杜甫要穿过两军对峙的区域，必须选择走小道。

杜甫白天时而潜伏在山林的草丛中，时而急匆匆赶路，他警觉地观察着四周，有时怕遇见胡人，专挑没人走的地方走。傍晚要选择好夜宿安全的地方，以免被野兽和毒蛇伤害。

衣服被荆棘撕破了，带的干粮也不多了。杜甫饿了就摘一些野果子充饥，渴了掬一捧山沟的水喝。他的精神高度紧张，怕被胡人捉住，也怕攀岩时摔下去。这样，他一路走一路藏，走了差不多半个月了。

这天，他筋疲力尽地爬过一座山顶，忽然眼前一亮：前面一片宽阔的地带，远处有一座山顶白晃晃一片，那是山顶的积雪。杜甫心中一阵狂喜，那一定是太白山山顶。杜甫匍匐在地上，朝太白山方向叩了三个头，他感谢苍天让他脱离了险境。远远望去，武功山层峦叠嶂，山下郁郁葱葱。杜甫脚步不禁轻快了起来，行进了半日，他能看见武功山下宫舍鳞次，营帐井然，旌旗飘展；他能听见战马的嘶鸣，兵士练兵的呐喊声，官员们穿梭的身影。

凤翔到了！

杜甫心中激动，眼泪竟然漫了出来。

下山了，杜甫闭上眼睛，不想让眼泪再流出来。他深深地感叹，终于到了！

杜甫朝肃宗的行在走去，忽然一位匆忙走过去的官员又回过头看了杜甫一眼，惊叫道："你，你不是子美吗？"

"是我，你是……你是云熙呀！"杜甫回答，这是他早年认识的一位朋友张云熙。

"你怎么成这个样子？你……"云熙问道。

杜甫微微一笑："我是从长安过来的。"

"长安过来的，你！你穿过了两军对峙的交火区？"云熙说，"去我那里歇息一下。"

杜甫跟着云熙去了他的住所，云熙的居所很干净也很简陋。张云熙打了一盆水来，杜甫洗了脸，吃了云熙做的面食。

晚上，有感于冒死穿过战区，杜甫写了《自京窜至凤翔喜达行在所》三首：

其一

西忆岐阳信，无人遂却回。

眼穿当落日，心死著寒灰。

雾树行相引，莲峰望忽开。

所亲惊老瘦，辛苦贼中来。

其二

愁思胡笳夕，凄凉汉苑春。

生还今日事，间道暂时人。

司隶章初睹，南阳气已新。

喜心翻倒极，呜咽泪沾巾。

其三

死去凭谁报？归来始自怜！

犹瞻太白雪，喜遇武功天。

影静千官里，心苏七校前。

今朝汉社稷，新数中兴年。

杜甫从长安来的消息传遍了凤翔，他的诗也在这里传开了。肃宗听说杜甫穿过战区来到凤翔，感念杜甫的忠心，传旨要亲自接见杜甫。

肃宗见到了衣着破烂的杜甫，被他这种忠心而感动。其时，肃宗身边的官员不多，一是跟随他出京城的，一是周围地方的官员，像杜甫这样职位低下从沦陷区来的人不多。

五月十六日，住在官舍的杜甫忽然听到外面喧闹起来，原来是中书侍郎张镐到了，杜甫连忙出门迎接，张镐宣读告谕：

"襄阳杜甫，耳之才德，朕深知之。今特命为宣义郎行在左拾遗。授职之后，宜勤是职，勿怠！"

杜甫跪地称谢。

在唐朝的机构中，中书省、门下省、尚书省是国家最高政务机构。中书省负责制定政策，草拟诏敕；门下省负责审核复奏；尚书省负责颁发执行。中书省所拟诏敕有失当之处，门下省有权予以封驳，要求重拟。对于各部门呈上的重要奏章，必须经尚书省交门下省审议，门下省认可后方准送中书省呈交皇帝批阅；如认为有不妥之处，可驳回修改。

中书省与门下省各有补阙拾遗，分左右，也即右补阙、右拾遗属中书省，左补阙、左拾遗属门下省，并且各自的级别是相同的，左右补阙从七品上，左右拾遗从八品上。

门下省的职能是属于建言讽谏，包括直接向皇帝提意见和监督其他事务，各级官员职责都是围绕这个进行的，只是级别高低不同，相应权限也不同，杜甫的左拾遗官职是从八品上，比"七品芝麻官"县官级别的职位还要低。不过作为谏官有直接向皇帝提意见的机会，倘若把握好这个机会，取悦了皇上，提升的可能性很大。

杜甫知道此职虽低，责任却很重大，时时在皇帝身边，提出各种意见和建议。多年来，杜甫一直想实现自己的抱负，觉得这次机会来了，他可以在中兴大业中实现至君尧舜的远大抱负了。

生活安定了下来，杜甫每天早早起来，整理衣着，前往行在，在朝廷上，他提出自己的建议和看法。回到住所，孤单一人夜深人静时，想起妻子儿女无法入眠。身逢乱世，自从去年八月于鄜州与妻儿告别，至现在快一年了，却音信全无，他曾寄过一封家信，可是没有回音。

杜甫想回去看看，可是朝中责任重大，长安还没有收复。杜甫心中情绪难平，他挥毫写了《述怀》：

　　去年潼关破，妻子隔绝久。
　　今夏草木长，脱身得西走。

麻鞋见天子，衣袖露两肘。

朝廷愍生还，亲故伤老丑。

涕泪授拾遗，流离主恩厚。

柴门虽得去，未忍即开口。

寄书问三川，不知家在否。

比闻同雁祸，杀戮到鸡狗。

山中漏茅屋，谁复依户牖。

摧颓苍松根，地冷骨未朽。

几人全性命，尽室岂相偶。

嵚岑猛虎场，郁结回我首。

自寄一封书，今已十月后。

反畏消息来，寸心亦何有。

汉运初中兴，生平老耽酒。

沉思欢会处，恐作穷独叟。

杜甫心中的牵挂似乎融进了这首诗之中。

不久，杜甫陷入了一场政治的纷争中，他的命运再一次发生改变。

安史之乱爆发，玄宗离京的第二天逃往咸阳，曾悲凄地向左右说自己仓促离开京城，朝官不知道都去哪里了，如今谁会追随自己呢？高力士认为张垍是皇戚，世受皇恩，一定会最先到达。皇上问房琯会怎样，高力士说房琯一向有做宰相的才能，但是皇上没有重用，而安禄山非常器重房琯，房琯肯定会投奔安禄山。

事实恰恰相反，张垍兄弟等一些高居相位的人投降了安禄山，玄宗仓皇西逃后，房琯追至普安谒见。玄宗即日拜房琯为文部侍郎、同平章事，赐紫金鱼袋。玄宗问平乱方略，房琯建议遣诸王为都统节度，玄宗接纳建议，将诸王分领诸道，情急之下，这是保存李唐政权稳妥的延续方法。安禄山得知诸王分镇后，抚胸叹息道："吾不得天下矣！"

后房琯奉使灵武，册立肃宗。

房琯，河南人，武后朝时宰相房融之子，年少好学，知识渊博，以荫补弘文生。为地方官时，勤政爱民、兴利除害，深受百姓爱戴。房琯谒见肃宗时，言谈时事，词情慷慨，肃宗礼遇相加，房琯以天下为己任，竭尽全力辅佐肃宗，当时很多决策，皆取自于房琯。

作为一位名士，房琯喜欢宴请宾客，在朝中提拔官员时，也多是提拔与自己性情相近的名士。房琯性格耿直豪爽、心直口快，得罪了一些人，与朝中一些官员相处不愉快，有时还直言忤旨。肃宗开始还因为房琯的名声容忍他，时间长了也不高兴，渐渐疏远了房琯。见此情形，房琯上疏请兵为元帅，想收复两京，不料兵败陈陶，房琯负荆请罪，肃宗虽然打了败仗，但是赢得了民心，百姓认为唐室江山有希望了。用人之际，肃宗以胜败乃兵家常事原谅了他。

天宝十五载（756）马嵬驿事变之后，玄宗入蜀，太子亨北上承担起平定叛乱的重任。七月十二日，太子亨在玄宗不知道的情况下，在灵武即位。这件事既可以看成肃宗在北方担任起平定叛乱的重任，也可以看成肃宗擅自夺取皇位。七月十五日，玄宗颁布的诸王分镇各道，这时他还不知道肃宗在灵武即位。八月中旬，玄宗传位，派大臣房琯、张镐前往灵武册立辅佐肃宗。

北海太守贺兰进一向与房琯处不来，他见房琯如此处境，便向皇上进谗言，说房琯是玄宗的大臣，他为玄宗定谋，使诸王领诸道节度使，故意让肃宗李亨在北漠边远之地，削弱他当初皇子的地位。肃宗虽然不全信，但是心中还是有怀疑，想想贺兰进说的也有道理，就更加疏远了房琯。

当玄宗的宰相崔圆来投奔肃宗后，房琯的处境就更不好了。

崔圆很有手腕，他厚结中官，深得肃宗的信任。肃宗身边有了这些人，房琯知道自己已经不受重用了，加之陈陶之败四个月后，永王李璘兵变，肃宗更加怪罪房琯，倘若不是诸王分镇，拥兵自重的永王或许不会兵变，兄弟之间也不会自相残杀，更加疏远房琯。于是，房琯也更加心灰意懒，称病不去朝谒，对政事不再关心。在自己家中他召集琴客弹琴，其中有位叫董庭兰，是著名的琴师，善吹西域龟兹（今新疆库车县）古乐器筚篥和弹奏七弦琴，董庭兰向凤州参军陈怀古学得了沈家声和祝家声这两家的声调，并把其擅长的《胡笳》曲整理为琴谱。他的琴艺在当时首屈一指，房琯喜欢听他的弹琴，常常召集并宴请一些琴师。朝官们想见房琯，要通过董庭兰才行，借此机会董庭兰大肆索贿，遭到百官们的异议，为此房琯受到牵连。肃宗借此琴师之事，小题大做。

五月，房琯罢相，被贬为太子少师。

杜甫与房琯是布衣之交，又相与为善，房琯被贬官，作为左拾遗，杜甫上疏，措辞激烈。在杜甫眼中，房琯与张九龄相似，是那种"文学正事，咸有所称"的大臣，房琯是他实现自己抱负的希望。房琯的文学才能无论是政敌还是友人都认可他的才华，政治上房琯和张九龄一样都是以直行其道饮誉士林。如果房琯罢相，杜甫才子治国的理想也破灭了。

肃宗恼怒杜甫的直言，诏韦陟、崔光远、颜真卿三司推问杜甫。

三司推问，是指皇帝下制，命刑部、御史台、大理寺等三司衙门，同按（会同审判）大狱（大案）囚徒。三司推问，即三司会审，是唐代最高司法审判，被会审的人，实际已经成了囚徒被下狱。

御史大夫韦陟审问后得出结论：杜甫虽然词涉激烈，然而并未失去谏臣体。肃宗生气，不满韦陟的结论。崔光远也认为杜甫没错误，肃宗又派颜真卿来推问。颜真卿准备按照皇上的意思来行事，张镐为杜甫劝说颜真卿。

张镐作为人才被颜真卿发现，向朝廷举荐，做了左拾遗，三年后就已经升任中书侍郎同中书门下平章事，实际上是宰相。

宰相张镐为杜甫说情，这才营救了杜甫。

六月一日，杜甫仍然被允许列朝。其后，杜甫写了谢敕放三司推问状，但是，他依然不明白自己错在哪里，除了措辞激烈外。借奉谢免予推问的机会再次为房琯犯颜直谏。

肃宗对杜甫更加排斥了。房琯忠于玄宗不忠于自己，杜甫为房琯开脱便是房琯的朋党，也是忠于玄宗不忠于自己，肃宗这样认为。

杜甫任左拾遗之职，除忠于拾遗之职，在直言极谏之外，还有推举贤良之职。六月，杜甫与孟昌浩、魏齐等四位拾遗共同举荐岑参为遗补之职。

房琯之事，肃宗没有给杜甫治罪，却因此疏远了杜甫。

一封家书带给杜甫极大的喜悦，接到书信的刹那，杜甫又一阵眩晕，他看了看，真的是妻子写来的，欣喜之中写了《得家书》：

去凭游客寄，来为附家书。

今日知消息，他乡且旧居。

熊儿幸无恙，骥子最怜渠。

临老羁孤极，伤时会合疏。

二毛趋帐殿，一命侍鸾舆。

北阙妖氛满，西郊白露初。

凉风新过雁，秋雨欲生鱼。

农事空山里，眷言终荷锄。

　　杜甫想家了，太想见到妻子儿女了。他整理好来凤翔后写给朋友们的赠诗，有《送樊二十三侍御赴汉中判官》《送韦十六评事充同谷郡防御判官》《送长孙九侍御赴武威判官》《送从弟亚赴河西判官》《送灵州李判官》《奉送郭中丞兼太仆卿充陇右节度使三十韵》《送杨六判官使西蕃》《哭长孙侍御》等，这些是底稿，赠诗早送出去了。晚上，杜甫写好请求回家的奏折，打算呈给皇上。

　　八月底，肃宗下墨制（皇帝用黑笔亲书的诏令），恩准杜甫回鄜州探家。

　　闰八月初一，杜甫启程离开凤翔前往鄜州探亲。

　　临行前，杜甫去看给事中严武，并将赠诗《奉赠严八阁老》送他，另外一首诗《留别贾严二阁老两院补阙》是给严武和中书舍人贾至两人的。

　　严武，字季鹰，华州华阴人，是名相中书侍郎严挺之的儿子，安史之乱后一直跟随肃宗，深得肃宗信任。虽然是武夫，但诗文也好，他比杜甫小十五岁，与杜甫相处甚好。

　　杜甫的官舍离严武的不远，很快两个好朋友坐在了一起。

　　得知杜甫要回家探亲，严武问道："子美兄，从凤翔到鄜州七百多里路，路途遥远，这次回家可有马匹？"

　　杜甫："没有。这次准备收复两京，公家和私人之马匹全部征用，无马可乘。"

　　严武："步行？"

　　杜甫："只能这样。虽然路途遥远，但是走起来也还行吧。"

严武："唉，可惜我帮不了你。"

杜甫："严兄的心意我领了，走一步看一步吧。"

严武："只能这样了。"

两人又谈论时局，对收复两京信心满满。

严武请了一些朋友一起为杜甫饯行。

告别严武等朋友，杜甫开始了他的探亲之行。

第九章　长安最后的居留

此道昔归顺，西郊胡正繁。

至今残破胆，应有未招魂。

近侍归京邑，移官岂至尊。

无才日衰老，驻马望千门。

——《至德二载甫自京金光门出间道归凤翔乾元初从左拾遗移华州掾与亲故别因出此门有悲往事》

他千里迢迢回到羌村探亲，长安收复后，他带着妻儿回到了京城，只是，性格耿直的他再次走出金光门，这一次的走出，他再也没有回到京城。

1. 归客千里回羌村

入秋一直是苦雨，却在皇上恩准杜甫探亲时放晴了。

杜甫心中悲喜交加，与同僚们告别。带着行囊身着青袍从凤翔出发，一路步行。途中，所遇之人不是伤兵就是难民，他们满面尘土衣衫褴褛匆匆行走，杜甫遇见他们，常常站在路边给他们让路。

行至麟游县（今宝鸡市麟游县）西五里的九成宫，杜甫在路边歇息了一会儿，仰望头顶上的九成宫叹息良久。

麟游县位于长安西北三百二十里，镇头在"万迭青山但一川"的杜水之阳。东障童山、西临凤凰、南有石臼、北依碧城，天台山突兀川中，石骨棱棱、松柏满布。即使是在三伏天，这里的平均气温均在 21.8 摄氏度，每当微风轻拂，山间芬芳馥郁，沁人心脾，是消夏之佳境。

开皇十三年（593）隋文帝杨坚至岐州（今宝鸡凤翔），下诏在麟游镇头营造避暑离宫。宫城营造从开皇十三年（593）二月施工至开皇十五年（595）四月竣工，历时两年零三个月，文帝杨坚取"尧舜行德，而民长寿"之美意，命名为仁寿宫。仁寿宫建造之地东至庙沟口，西至北马坊河东岸，北至碧城山腰，南临杜水北岸，共筑了周长一千八百步的城垣，还有外城（又叫"僚城"）。内城以天台山为中心，冠山抗殿，绝壑为池，分岩竦阙，跨水架楹。杜水南岸高筑土阶，阶上建阁，阁北筑廊至杜水，水上架桥直通宫内。因为宫内缺水，便从北马坊河谷，"以轮汲水上山（碧城山），列水磨（碧城山又叫'水磨山'）以供宫内"。宫城内由西向东筑有地下水道，其石料衬砌十分整齐，直通城外。天台山山顶建有阔五间深三间的大殿，殿前南北走向的长廊，人字拱顶，迤逦宛转。大殿前端建有两阙，整个布局匠心独具，比例和谐。天台山东南角有东西走向的大殿，四周建有殿宇群。据史书记载，九成宫有：大宝殿、丹霄殿、咸亨殿、御容殿、排云殿、梳妆楼等。屏山下聚杜水成湖（时称西海），十分壮观。

仁寿宫是用千千万万丁夫生命筑建成的。据载，开皇十九年（599）除夕之夜，杨坚在宫中远望，见宫阙磷火弥漫，隐有哭声，派人察看后回报："是鬼火。"杨坚颇感惊悸，说："此系修宫时服役而死的鬼魂。"

隋亡唐兴，三十六年后的贞观五年（631），唐太宗李世民在选择避暑离宫时，为爱惜民力，下诏修葺仁寿宫，改仁寿宫为九成宫，置九成宫总监管理宫室。贞观八年（634）在宫南二十五里（今下永安村）修建永安宫，乾封二年（667）增建太子宫。永徽二年（651），唐高宗李治下令维修九成宫，并更名为"万年宫"，意指颐和万寿，唐乾封二年又恢复"九成宫"原名。

看着避暑宫建筑群规模宏大，想起昔日百姓建此宫的悲惨，又联想到今日肃宗居于凤翔，杜甫感慨之余，不禁吟诵：

苍山入百里，崖断如杵臼。

曾宫凭风迥，岌嶪土囊口。

立神扶栋梁，凿翠开户牖。

其阳产灵芝，其阴宿牛斗。

纷披长松倒，揭蘖怪石走。

哀猿啼一声，客泪迸林薮。

荒哉隋家帝，制此今颓朽。

向使国不亡，焉为巨唐有。

虽无新增修，尚置官居守。

巡非瑶水远，迹是雕墙后。

我行属时危，仰望嗟叹久。

天王守太白，驻马更搔首。

　　"好诗！好诗！"杜甫忽然听到有人喝彩，回头看去，是一位年轻书生模样打扮的人。

　　"先生的诗真是妙绝！"书生说。

　　杜甫谦逊地说："过奖！过奖！"

　　年轻的书生抬头眺望九成宫说："这九成宫真是建筑上的奇迹，它倚山野而兴建宫殿，截堵山谷以形成池沼和护城河。跨水立柱以架桥，辟险峻之地建起耸立的双阙，周围建起高阁，四边环绕长廊，房舍纵横错杂，台榭参差交错，真是一处不可多得的美景！"

　　杜甫说："是啊！这凝聚着多少百姓的生命啊，隋朝骄奢淫逸不顾百姓的死活，所以很快就亡国了。它确实是一处避暑消夏的好地方。站在宫城，仰望高远可达百寻，俯瞰峻峭亦达千仞，当微风徐来，带来清凉的舒适，就是汉代的甘泉宫也不能超过它啊！"

　　年轻的书生自我介绍了一番，他说他叫李朝君，去邠州探望生病的姐姐。正好杜甫要路过邠州，两人于是同行，边走边聊当前的局势。入邠州境，道路更崎岖了，李朝君年轻，走起山路来还不怎么费劲，杜甫就有些吃力了，尽管一路得到李朝君的照顾，但是杜甫还是觉得很疲惫。

　　到了邠州城，杜甫和李朝君便分开了。

　　晚上，杜甫在邠州城住在客栈，打听到镇守邠州的是以养马闻名的李嗣业，杜甫便去拜见他。

　　李嗣业，京兆高陵人，身高七尺，力大超群。开元年间，跟随安西都护来曜征伐十姓酋长苏禄，因功被封为昭武校尉。后来被招募到安西，他善于使用陌刀（长柄刀），每次战斗必定担任先锋，所向无敌。马灵鮞任节度，每次出兵都带他一起去。高仙芝征伐勃律国，任命李嗣业和中郎将田珍为左右陌刀将，他屡建奇功。平少勃律后，加特进。

安禄山反叛后，肃宗调他回来，诏书一到他就率军上路，并和众将割破手臂起誓说："路过的地方，一草一木都不能动。"到达凤翔后，李嗣业拜见了皇帝，皇帝高兴地说："现在你来了，胜过几万军队，讨贼能否成功，全靠你们。"于是下诏命他和郭子仪、仆固怀恩配合。他常常担任先锋，勇猛无敌，屡次取胜。又升任四镇、伊西、北庭行军兵马使。

李嗣业很好客，杜甫拜见他，李嗣业以礼待之。何况杜甫和高仙芝的交情不浅。李嗣业设宴招待杜甫，席上，杜甫作诗《徒步归行》赠李嗣业：

> 明公壮年值时危，经济实藉英雄姿。
> 国之社稷今若是，武定祸乱非公谁。
> 凤翔千官且饱饭，衣马不复能轻肥。
> 青袍朝士最困者，白头拾遗徒步归。
> 人生交契无老少，论交何必先同调。
> 妻子山中哭向天，须公枥上追风骠。

一句"青袍朝士最困者，白头拾遗徒步归"打动了李嗣业，想到杜甫要走几百里步行回家的艰辛，他借了一匹马给杜甫。有了马，杜甫几百里的行程便轻松多了。

告别李嗣业，杜甫骑上马又出发了。

到了坊州宜君县（今陕西铜川市）北七里外的玉华宫，已经是傍晚，杜甫决定在这里找一家农户借宿，然后弄些马料，让马吃饱，第二天再赶路。

宜君县位于陕北南缘，有着"长安北门管钥"之称。它东濒洛河，与洛川县为界，南靠白水和铜川郊区，西面北面和延安市黄陵县毗连。其西北角的玉华宫三面依山，一面临水，山上树木郁葱，清泉细流，天然岩窟天造地设，人文景观与自然景色浑然一体，若仙境一般。

武德七年（624），李渊根据凤凰谷的走向，因地筑建一座军事要塞与避暑合一的山宫，取名仁智宫。山宫建成之际，李渊就率次子秦王李世民和四子齐王李元吉来此避暑。时值留守京城长安的太子李建成与秦王李世民争夺皇位正酣。李建成认为此时天赐良机，乘势起兵，发动了宫廷政变。李渊得知消息后采取果断措施平定了叛乱，逼迫李建成不得不来到仁智宫向父亲负荆请罪请求饶恕，李渊便将其关押。武德九年（626），李世民发动了玄武门事变，并亲手射死了太子李建成，事后李渊立李世民为太子，两个月后禅让皇位，是为太宗，年号贞观。贞观二十一年（647），李世民命令曾营建高祖献陵、太宗昭陵、时任工部尚书的建筑大师阎立德扩建仁智宫，改称"玉华宫"，并写了玉华宫手诏。扩建后的玉华宫占地九顷，建有五门十殿，气势恢宏。后玄奘法师在此译经四载，完成了二十万颂的《大般若经》，于麟德元年（664）圆寂于此。

安禄山发动叛乱之后，这里遭到了劫掠，玉华宫遭到了极大的破坏。曾经皇室四大避暑胜地占首席之位的玉华宫，经过这一场战火，已经是瓦砾遍地，宫殿坍塌，当年太宗处理朝政兼避暑的行宫已经被完全毁坏。

杜甫在一家农户里和主家一起吃晚饭，谈及玉华宫皆是感叹不已。杜甫想到白日看到"溪回松风长，苍鼠窜古瓦"的情形，不禁"忧来借草坐，浩歌泪盈把"，一首《玉华宫》诗旋即而成。

第二天天未亮，杜甫告别主家骑上马出发了。

一路行来，攀崖登山，经过饮马窟时，马儿喝水，杜甫也稍事休息，山上秋菊丛丛盛开，山下涧水碧波荡漾；远处青山茫茫，白云悠悠，杜甫长长地舒了一口气。

快到三川时，经行晚山中，杜甫见雁落寒水，鸦集戍楼，想起丧乱不知何时能休止，感慨之下写下《晚行口号》一诗。

傍晚时分，离羌村越来越近了，杜甫心中不禁激动起来，一抖缰绳，马儿一路小跑起来。

妻子和孩子们还好吧，一年没见了，不知道他们现在怎样了，想到这里，杜甫的心跳加快了。

远远地，杜甫看见家中的房子，他跳下马来，将马绳拴在一棵树上，朝家中走去。

"熊儿！骥儿！凤儿！宗文！宗武！"还没到家门口，远远地杜甫喊道。

杨淑娟出了门，一看是杜甫，一愣，又惊又喜中奔上前来，接过杜甫手中的包袱，捶打着杜甫的肩头："你才回来，一年了，你才回来！"她哭中带笑，笑了又哭，"孩子们，你们的父亲回来了！"

杜甫看着妻子衣衫褴褛，心中一阵酸楚。

正在室内玩耍的宗文和宗武连忙跑出门来，见是杜甫，分别抱着杜甫的腿喊着哭着笑着喊着父亲。杜甫的大女儿凤儿怯生生地出来，看着杜甫，想走近又停了下来，小女儿已学会走路，磕磕绊绊地朝他走来。

杜甫牵着两个儿子的手走上前去抱起小女儿，牵着大女儿凤儿，宗文宗武拉着杜甫的衣服一同走进屋子。

孩子们脸色苍白，骥儿光着脚丫，脏兮兮的，两个女儿穿着缝补过的衣裙，补上去的是曾经昂贵的丝织绣品。

杨淑娟搬了一把椅子让杜甫坐下，杜甫恍若梦中，摇了摇头，这一切是真切的，不是做梦，妻子已经去灶台前做饭去了，两个儿子伏在他的膝盖上，两个女儿一左一右坐在他的腿上，安静地靠在他的胸前。

放下女儿，杜甫站起身来从包裹中取出锦帛交给妻子，这是他积攒起来的，可以暂时解决妻儿们的饥寒。杜甫拿出粉黛，喊妻子过来。妻子拿着杜甫买回来的胭脂水粉，在镜前化妆起来。大女儿学着母亲的样子，梳起头，笨手笨脚地往脸上涂粉，用眉笔描眉，把眉毛画得又大又宽，杜甫看了，乐得哈哈大笑起来，笑得凤儿不好意思起来。

晚上，一家人吃着粗茶淡饭，儿女们和杜甫也不陌生了，小女儿揪着杜甫的胡子和他闹着，要杜甫喂她吃饭，这一家人温馨团聚的场面让杜甫的眼睛湿润了。

次日一大早，邻居听说杜甫回来了，隔着墙头和杜甫说话，又特地送来了一壶酒。

一连几天，杜甫沉浸在与家人团聚的幸福中。"娇儿不离膝，畏我复却去"，四个孩子怕父亲离开他们，每天都围绕膝下。

村中的乡亲听说杜甫回来了，都来看望他，"邻人满墙头，感叹亦歔欷"，此外，各自携酒带菜前来问候，"父老四五人，问我久远行。手中各有携，倾榼浊复清"。感念乡亲的情谊，杜甫写下《羌村三首》诗作。

闲暇之时，每当杜甫想起从凤翔回羌村沿途的所见所闻，心中便有一种激情冲撞着，他想写一首诗，用陈情表的方式。因为鄜州在凤翔的东北，杜甫便将诗的题目取为《北征》。按照时间的顺序，杜甫将它分为五个部分陈述。第一部分从具体的时间地点起笔，写了他蒙恩放归探亲的忧虑情怀。第二部分由归途所见的景象所引发的感慨，第三部分写到家后与妻子儿女相见悲喜交加的情形。第四部分写他逗留家中关切国家形势和提出如何借用回纥兵的建议。第五部分回顾安禄山叛乱后国家可喜的变化，以及对朝廷的期望与信心。这首长篇叙事诗共一百四十句，结构自然而精当，笔调朴实而深沉，颇似上表的奏章。

诗作写成后，杜甫读给妻子听，得到了妻子的赞美，杨淑娟说这首《北征》肯定会得到诗人们的推崇。

在家中住了十多天，想着肃宗还在凤翔，而他自己却赋闲家中，心中不免焦虑起来。

2. 荒村闻喜讯

白天，杜甫和妻子一起下地劳作，晚上他教孩子们读书识字。孩子们怕父亲突然离开，寸步不离地跟在他的后面。

这天，杜甫将《北征》的诗写成大字挂在墙上，将正在习字的宗文和宗武喊过来。

杜甫："熊儿、骥儿，你们过来，我来带你们读一首诗并讲给你们听。"

宗文和宗武放下笔跑过来，端起小凳子坐下来。

"这是为父从凤翔探亲回来一路的经历，我来教你们背诵。"

北征

北归至凤翔，墨制放往鄜州作。

皇帝二载秋，闰八月初吉。

杜子将北征，苍茫问家室。
维时遭艰虞，朝野少暇日。
顾惭恩私被，诏许归蓬荜。
拜辞诣阙下，怵惕久未出。
虽乏谏诤姿，恐君有遗失。
君诚中兴主，经纬固密勿。
东胡反未已，臣甫愤所切。
挥涕恋行在，道途犹恍惚。
乾坤含疮痍，忧虞何时毕。
靡靡逾阡陌，人烟眇萧瑟。
所遇多被伤，呻吟更流血。
回首凤翔县，旌旗晚明灭。
前登寒山重，屡得饮马窟。
邠郊入地底，泾水中荡潏。
猛虎立我前，苍崖吼时裂。
菊垂今秋花，石戴古车辙。
青云动高兴，幽事亦可悦。
山果多琐细，罗生杂橡栗。
或红如丹砂，或黑如点漆。
雨露之所濡，甘苦齐结实。
缅思桃源内，益叹身世拙。
坡陀望鄜畤，岩谷互出没。
我行已水滨，我仆犹木末。
鸱鸟鸣黄桑，野鼠拱乱穴。
夜深经战场，寒月照白骨。
潼关百万师，往者散何卒。
遂令半秦民，残害为异物。
况我堕胡尘，及归尽华发。
经年至茅屋，妻子衣百结。

恸哭松声回，悲泉共幽咽。

平生所娇儿，颜色白胜雪。

见耶背面啼，垢腻脚不袜。

床前两小女，补绽才过膝。

海图坼波涛，旧绣移曲折。

天吴及紫凤，颠倒在裋褐。

老夫情怀恶，呕泄卧数日。

那无囊中帛，救汝寒凛栗。

粉黛亦解苞，衾裯稍罗列。

瘦妻面复光，痴女头自栉。

学母无不为，晓妆随手抹。

移时施朱铅，狼藉画眉阔。

生还对童稚，似欲忘饥渴。

问事竞挽须，谁能即嗔喝。

翻思在贼愁，甘受杂乱聒。

新归且慰意，生理焉能说。

至尊尚蒙尘，几日休练卒。

仰观天色改，坐觉妖氛豁。

阴风西北来，惨澹随回鹘。

其王愿助顺，其俗善驰突。

送兵五千人，驱马一万匹。

此辈少为贵，四方服勇决。

所用皆鹰腾，破敌过箭疾。

圣心颇虚伫，时议气欲夺。

伊洛指掌收，西京不足拔。

官军请深入，蓄锐何俱发。

此举开青徐，旋瞻略恒碣。

昊天积霜露，正气有肃杀。

祸转亡胡岁，势成擒胡月。

胡命其能久，皇纲未宜绝。

忆昨狼狈初，事与古先别。

奸臣竟菹醢，同恶随荡析。

不闻夏殷衰，中自诛褒妲。

周汉获再兴，宣光果明哲。

桓桓陈将军，仗钺奋忠烈。

微尔人尽非，于今国犹活。

凄凉大同殿，寂寞白兽闼。

都人望翠华，佳气向金阙。

园陵固有神，扫洒数不缺。

煌煌太宗业，树立甚宏达。

　　杜甫逐字逐句讲给两个儿子听，一句一句教给他们背，尽管有些字他们还不认识。这样教了三天，宗武反而比宗文先背下来。口齿伶俐，反应敏捷的宗武深得杜甫的喜爱。

　　由于回家途中的劳累奔波，身体本来虚弱的杜甫不久病倒了，身体极其虚弱，他咳嗽，又没去看医生。他强撑着病体去荒野寻找草药，每走一段路都要停下来休息一阵，他怕自己就此倒下。他还要回到皇帝身边去，要和其他官员一起将大唐振兴起来。这个信念支持着杜甫，他瞬间有了力量：我一定要尽快好起来！

　　这一病就是一个多月，在家中休养的杜甫将自己的思绪清理了一下，作《行次昭陵》和《彭衙行》两首。在《行次昭陵》诗中，过太宗昭陵，他想起了贞观治绩，想起昔日昌盛的江山如今变得破碎不堪，不禁发出一声长叹。写《彭衙行》时，想起去年秋天从白水前往鄜州时，留宿同家洼，得到故人孙宰的热情招待，这些情谊他一一记在心中。

　　九月初二，叛军大将蔡希德率领轻装骑兵来到上党城下挑战，肃宗听从郭子仪的建议，征回纥兵帮助平息叛乱。回纥怀仁可汗派他的儿子叶护和将军帝德等率领精兵四千余人来到凤翔，肃宗接见叶护，设宴招待，赏赐财物，随其所愿，无不满足。广平王李俶见到回纥叶护，二人互拜为兄弟，叶护十分高兴，称广平王为兄。十二日，元帅广平王率领朔方等各镇兵及回纥、西域各国士兵共十五万，号称二十万，从凤翔出发。广平王李俶率军挺进到长安城西，与贼将安守忠、张通儒等接近决战之期，消息传到羌村，杜甫欢喜不已，作《喜闻官军已临贼境二十韵》一诗以示庆贺。

"我去打点酒给你庆贺庆贺吧！"杨淑娟说。

"不用，不用！我是真开心啊，照这样的趋势，要不了多久就会收复两京。"杜甫面露喜色说。

"是啊，收复两京我们就可以回去了。"杨淑娟说。

两个儿子听说要回京城，也拍着小手欢呼起来。

果然如杜甫判断的情况一样。

九月二十五日，朝廷各路大军同时出发，二十七日，大军到达长安城西，在香积寺北面沣水东岸结成阵列。李嗣业为前军，郭子仪为中军，王思礼为后军，加上回纥和西域等军队，叛军十万在北面列阵。经过激烈激战，官兵共杀敌六万余人，被填于沟堑中的死者无数，叛军大败而溃退。其余的残兵逃入长安城中，夜晚喧叫声不止。

仆固怀恩对广平王说："叛军要放弃长安城逃走，请让我率领二百名骑兵追击，捉住安守忠、李归仁等人。"

广平王说："将军作战已经很疲劳了，暂且休息，等到明天再作计议。"

仆固怀恩："李归仁与安守忠都是叛军中骁勇善战的大将，现在骤然被我们打败，实在是天赐良机，为何要放虎归山呢！如果让他们收拾残兵，再来与我们作战，那时后悔就来不及了！再说兵贵神速，为何要等到明天呢！"

广平王坚持不同意，让仆固怀恩返回营中。仆固怀恩坚请不已，来来回回，一夜达四五次。等到天亮，侦察人员回来，报告说叛军守将安守忠、李归仁与张通儒、田乾真等都已弃城逃跑。

九月二十八日，唐朝大军整军进入京城长安。

长安城中，百姓不分男女老幼，都夹道欢呼悲泣。广平王留在长安，镇守安抚了三天后，率领大军向东去收复洛阳。任命太子少傅虢王李巨为西京留守。

起初，肃宗急于收复京师，与回纥相约定："收复了京城之日，土地与男子归唐朝所有，金帛与女人全部归于回纥。"

这时，回纥叶护要按约定办事。广平王拜于回纥叶护马前说："现在刚克复了西京，如果大肆进行抢掠，那么在东京的人就会为叛军死守，难以再攻取，希望到东京后再履行约定。"

回纥叶护吃惊地跳下马回拜，并跪下来捧着广平王的脚，说："我当率军为殿下立刻前往东京。"于是与仆固怀恩率领回纥、西域的军队从长安城南经过，扎营于水东岸。

二十九日，报捷的文书到达凤翔，百官都入宫祝贺。肃宗泪流满面，当天派宦官啖庭瑶入蜀中上奏玄宗，又命令左仆射裴冕先入京师，告慰祖宗陵庙并安抚百姓。

十月十八日，大军又收复了东京洛阳。

十月二十二日，肃宗到达咸阳望贤宫，收到了东京克复的捷报。

二十三日，肃宗进入西京。城中百姓出城门外二十里来迎接，一路络绎不绝，拜舞跳跃，高呼万岁，人们哭着又笑着。

肃宗入居大明宫。御史中丞崔器命令接受过安禄山叛军官爵的人都解下头巾赤脚立于含元殿前，让他们自己捶打自己的胸口，叩头谢罪，周围站立着持武器的士卒，并让百官在含元殿台上观看。因为太庙被叛军烧毁，肃宗身着白色的服装，向着太庙大哭三天。

广平王进入东京后，百官中接受过安禄山与安庆绪父子官爵的陈希烈等三百余人，都穿着白色的衣服悲泣请罪，广平王按照肃宗的意旨，都释放了他们，不久又把他们押送往西京。

十月二十五日，崔器命令他们到朝堂向肃宗请罪，如同在西京对待接受伪职的百官那样，然后把他们关进大理寺和京兆的狱中。府县中那些为叛军干过事的小官吏，被抓住后，也关进狱中。

当天，玄宗从蜀郡出发。

在荒僻的羌村，杜甫听到收复两京的消息，高兴异常，他让妻子去买酒，他邀约了乡邻一起吃饭喝酒，庆贺大军收复两京。

几杯酒落肚，颇有醉意的杜甫高声吟诵了《收京三首》诗，村民们虽然不大懂，但是都竖起大拇指连声赞叹。

杜甫一家准备回长安，他将开垦出来的地送给村民，一些生活用品也留了下来，送给邻居们。十一月，杜甫带着妻子儿女从鄜州返回长安。四个孩子坐在马上，杜甫牵着马，妻子跟在他身边。一路上，杜甫看到的是太平气象，碰到的人个个都是面露喜色。再次路过昭陵，满眼都是苍松翠柏，他不禁吟诵起来。

杨淑娟听罢说："我喜欢结尾，'陵寝盘空曲，熊罴守翠微。再窥松柏路，还见五云飞'写出了你平静、安详的心境。"

一路上夫妻二人边走边聊，他们看到了生活的希望。并且说要好好培养两个孩子，让他们将来建功立业。

回到长安，租好了房子，让妻子儿女们安顿下来了。杜甫又上朝了，见到了很多昔日的朋友。

十二月，玄宗从蜀返京后，居于兴庆宫。大肆封赏蜀郡、灵武扈从的功臣，同时对那些为安禄山做官的人定了六等罪状。

一等罪重者在市中公开处死，二等赐他们自杀，三等用棍杖重打一百下，以下三等是流放、贬官。

杜甫还是做他的左拾遗。

二十九日这天，杜甫上朝归来，心中十分沉重。

杨淑娟："子美，你今天怎么啦？"

杜甫："今天宣布了做伪官被贬人的名单，郑虔、王维、储光羲等人都在列。一等罪的达奚等十八人被斩于长安城西南独柳树下，赐陈希烈等七人自杀于大理寺，又于京兆府门棍打那些应受此刑的人。"

杨淑娟十分着急："郑虔呢，他怎么样？"

杜甫语气沉重而缓慢："郑虔和王维都被囚禁在宣扬坊，当初郑虔被叛军掳去在洛阳做伪官水部郎中时，他有密章到达灵武，况且装病没有接受伪职，这次免了死罪。但是被判罪次三等，被贬到偏远的台州（今浙江）任司户参军，唉！垂暮之年却遭贬谪，路途遥远，他如何能吃得消。我本要去送他，却听说他已仓促上路了。这一别怕是此生难见了！"

杜甫长长地叹了口气，想起昔日的相处，今收复两京，正要大展宏图的时候，却遭贬谪。不禁悲从心来，轻声吟道：

> 郑公樗散鬓成丝，酒后常称老画师。
> 万里伤心严谴日，百年垂死中兴时。
> 苍惶已就长途往，邂逅无端出饯迟。
> 便与先生应永诀，九重泉路尽交期。

杨淑娟抹了抹眼泪："这些都不是他的错啊！其他的朋友怎么处置呢？"

杜甫："王维以一首《凝碧诗》闻名于行在，他有个弟弟，官为刑部侍郎兼北都副留守，愿意削官为他赎罪，皇帝对王维宽大处理，责授太子中允。王维还有三年就是花甲之人，也经不起这次的折腾。国子司业苏源明假装有病，没有接受安禄山所委任的官爵，皇帝就提拔他为考功郎中、知制诰。"

杨淑娟："嗯，还有这么多昔日的朋友在京城，也很好的。"

杜甫："是啊，我们可以一起为复兴大唐出力！"

杜甫为未来充满了憧憬。

3. 左拾遗的平淡生活

肃宗乾元元年（758）二月初五，肃宗登临明凤门，大赦天下，改年号。并免除百姓今年的全部租、庸，又将"载"改回为"年"。

一时间，整个西京显得祥和热闹。尽管北方的叛乱还未完全平息，百姓们脸上的愁云也一扫而光。

杜甫虽然生活困顿，但是有一帮好朋友在京城，相互来往密切，诗文唱和，日子苦中也有乐。

此时，与杜甫交往的有中书舍人贾至、太子中允王维、右补阙岑参、年仅三十二岁的京兆少尹兼御史中丞严武等人。杜甫与他们并肩出入于朝廷，闲暇时谈诗论文，议论时局，皆为复兴国家在努力。

杜甫上朝，学会了伺察皇帝的颜色，"天颜有喜近臣知"。在凤翔，杜甫的直言惹怒了肃宗，现在他侍奉皇帝不免有些小心翼翼。

在"禁掖"（宫廷）里值夜时，杜甫常常写诗打发漫长的时光。这些唱和诗和朝谒诗都是一些应制诗、奉和诗。

《奉和贾至舍人早朝大明宫》是写给贾至的和诗，《宣政殿退朝晚出左掖》是写退朝时宫中的景致。这些诗华丽却没有实质性的内容。"明朝有封事，数问夜如何"，"五夜漏声催晓箭，九重春色醉仙桃"，诗的笔墨多写宫廷生活。

大明宫有外朝、中朝以及内朝三殿。外朝是含元殿，重要的国家庆典都在这里举行。中朝是宣政殿，是皇帝平时朝见群臣、听政的地方，其位于含元殿的北方。内朝为紫宸殿，是内朝议事之处，也是皇帝生活起居之地，其位于宣政殿的北面。宣政殿前为宣政门，在宣政殿两边，有两个掖门，殿东有东上阁门，是门下省的处所，杜甫上班的所在地。殿西为西上阁门，中书省的处所。

杜甫每天按部就班地上班下班，他恪尽职守，常常下班很晚。上次回鄜州借的马早已归还，杜甫只能步行上朝，有时借邻居的驴子骑，却又怕下雨天连人带驴子滑倒。

此时，杜甫结识了和他一样属于下级官员的毕四曜。两人住在同一条巷子里，杜甫住在巷子南，毕四曜住在巷子北，两人很聊得来。杜甫俸薪不高，只能维持妻儿们的日常生活。

这天，杜甫拿出积攒的几百文钱去买了酒，便去请毕四曜来家喝酒。

毕四曜进屋看到宗文、宗武在习字，不禁夸奖道："兄之子如此勤奋，他日必成栋梁之材。"

宗文、宗武见来了客人，放下笔，过来恭恭敬敬地行礼："叔叔好！"

毕四曜摸着两个孩子的头说："两位贤侄好，如此用功啊！"

杜甫请毕四曜落座，杨淑娟将菜端了上来。

酒很香醇，两人边喝边聊。

杜甫看着五岁的宗武，满脸都是慈爱："不瞒毕兄，我这两个儿子，小儿子将来或许能继承诗道，他牙牙学语的时就会背我写的诗歌。"

"难得！难得！"毕四曜说，"这么小就如此聪慧，你看他习字的模样，他今年多大啊？"

杜甫："五岁，能识不少的字。"

毕四曜："不错，不错，可造之才。宗文也不错啊，懂事，能干。"

杜甫："还行，在诗道上稍微差了一点，但是他做事稳当，若是将来入仕途，当是一块好材料。毕兄，你的几个儿子也不错啊！"

毕四曜："惭愧，犬子赶不上杜兄的两个儿子，不过也还勤奋。像我们这样的官职卑微，孩子们只能通过勤奋考取功名，才能为国效力。"

"是啊！"杜甫说，"北方的叛乱还未平息下来，一些异族在蠢蠢欲动，切不可掉以轻心。"

"子美兄的心里总是装着国家社稷，对了，楚王李俶被封为成王，是不是要将他立为太子？"毕四曜问。

杜甫："有可能。"

毕四曜："据说皇上和皇父之间有间隙了。"

杜甫点点头："是的，一言难尽！"

忽然，宗武跑过来问："父亲，你有没有诗送给毕叔叔，我念给他听。"

杜甫呵呵一笑："有！你去把墨磨好，我马上来写。"

"好！好！"宗武一边答应一边跑开了。

酒壶见底，两人结束饮酒。杜甫和毕四曜来到书房，宗武已经将墨磨好了。

杜甫静默片刻，提笔写诗。

宗武念道："才大今诗伯，家贫苦宦卑。饥寒奴仆贱，颜状老翁为。同调嗟谁惜，论文笑自知。流传江鲍体，相顾免无儿。"

毕四曜："没想到骥儿认识这么多字！谢谢子美兄的诗！"

杜甫在诗稿上写上题目《赠毕四（曜）》，墨干后送给了毕四曜。

临别时，两人相约休息日去曲江边踏青。

长安城内，一片祥和，而在北方，叛乱还在继续。

唐军收复两京后，安庆绪率领残军退守邺城（今河南安阳）。至德二载（757）十二月时，史思明率表投降。虽然相州（治邺城）还在叛军手中，但是河北已经属于唐军。

北庭兵马使王惟良阴谋叛乱，被屯驻于河内镇西、北庭行营节度使李嗣业与裨将荔非元礼讨杀。

安庆绪北逃时，平原王太守与清河太守宇文宽皆杀死叛军使者归降了朝廷。安庆绪遂派其部将蔡希德与安太清攻克平原与清河，俘获了王太守与宇文宽太守，将他们在邺城街市中处以剐刑。安庆绪对于谋求归顺朝廷的部将，一律处死，并株连部落与宗族，以致部曲、州县民众、属官等被连坐而处死的甚多。安庆绪又与他的群臣在邺城南歃血结盟，但人心更加不稳，众叛亲离。得知李嗣业驻守在河内，夏季四月，安庆绪与蔡希德、崔乾率领步、骑兵二万，渡过沁水来攻打河内，没有攻克而率兵返回。

癸卯月初（惊蛰到清明的时间段），朝廷将新神主送入太庙。十三日，肃宗祭祀太庙，然后祭祀昊天上帝。杜甫陪同肃宗进庙祭祀。

十四日，肃宗登临明凤门，大赦天下。接着，肃宗祭祀太庙，然后祭祀昊天上帝。

一天下朝后，杜甫和朝廷史官郑八丈相遇。两人相约去游曲江。

一个公休日的晴天，郑八丈叫了一辆马车来接杜甫。

曲江边，杨柳吐出嫩芽，鸟儿毫无顾忌地在草地上觅食，水鸟曝沙，江两岸都汇聚着一群又一群的人。

郑八丈拿出带来的酒菜，两人在江边坐了下来。

郑八丈："子美兄，酒菜虽不好，但是这景致还不错。"

杜甫长长地舒了一口气："比起去年的凋敝，此时曲江显得热闹。"

"是啊，朝廷表面上看起来是和和气气，实际上是两种势力在较量。"郑八丈说。

杜甫："郑兄，你看出来了？自上皇从蜀中回西京后，皇上的权力受到了遏制。父子俩的矛盾在各自大臣圈子里更是明显，皇上在登基前做了十八年的太子，这是在上皇废除太子瑛后才上位的。这些年来他养成了谨小慎微的性格，何况他登基是在那样的情形下自行登基的，现在一些高居要位的老臣，都是忠于上皇的，所以皇上对他父亲也十分惧怕。"

郑八丈："皇上对你还不错，上次你陪着去祭祀，这是对你的信任。"

杜甫苦笑了："信任，一言难尽啊。你不知，在凤翔我因为据理力争为房琯说话，惹怒了皇上，还差点给我治罪，幸亏大家帮着为我开脱罪责。"

"贾至已经被排挤出京城到汝州。'西掖梧桐树，空留一院阴。艰难归故里，去住损春心。宫殿青门隔，云山紫逻深。人生五马贵，莫受二毛侵。'你送给贾阁老的这诗在朝中广为流传，贾阁老是洛阳人，这次到汝州也算是回故里。"

杜甫深深叹了一口气："唉，一些胸怀大志能做大事的同僚逐渐被排挤出京师，我朝前景堪忧啊！"

郑八丈："是啊，所以，我想寻一处所归隐。"

"万万不可，郑兄才力犹健，岂可学邵平青门种瓜。"杜甫劝勉道。

邵平，秦时封东陵侯，汉初居青门甘当平民，种瓜为生，终身免祸。

郑八丈："杜兄是不是如我一般，进退两难？"

杜甫："是的。"

杜甫沉默了一会，吟诵道：

> 雀啄江头黄柳花，鸂鶒鸂鶒满晴沙。
> 自知白发非春事，且尽芳尊恋物华。
> 近侍即今难浪迹，此身那得更无家。
> 丈人文力犹强健，岂傍青门学种瓜。

这首《曲江陪郑八丈南史饮》诗中，杜甫鼓励郑八丈积极出仕，有所作为。

两人在曲江边，从朝廷之间的纷争聊到对北方叛乱局势的预测，直到夕阳西下，两人才回家。

杜甫刚一到家，宗文拿着一封信朝杜甫喊道："父亲，有信，有你的一封信！"

杜甫连忙接过信，一看是河南弟弟的来信，他连忙拆开，得知弟弟一家平安，才安下心来，给弟弟写了封回信，将自己的近况也告诉弟弟，随后写了一首诗《得舍弟消息》。

不久，杜甫又和几个文友去了曲江，回来后写了《曲江二首》《曲江对酒》

《曲江对雨》等诗作。这期间，因为与人推荐岑参为补阙，补阙属于中书省，居右署。岑参有诗《寄左省杜拾遗》赠杜甫，杜甫回赠《奉答岑参补阙见赠》一诗。而对于太子中允王维在东京装病不就伪职，杜甫也写了一首《奉赠王中允维》，"一病缘明主，三年独此心"说明王维忠于朝廷之心。

杜甫在当年游学时，认识的许八如今也官为拾遗，他们聚在一起回忆起当年一同游玩瓦官寺并且赠予杜甫的维摩图样。这次许八归江宁奉旨省亲，杜甫与他送别，并相赠《送许八拾遗归江宁觐省甫昔时尝客游此县于许生处乞瓦官寺维摩图样志诸篇末》一诗。两人谈到旻上人，杜甫说自从那次一别，已经很多年了没有见到旻上人了。感慨之中，杜甫写了一首诗《因许八奉寄江宁旻上人》，托许八带给旻上人。诗中"闻君话我为官在，头白昏昏只醉眠"道出自己的志向得不到施展，而满腹牢骚无可奈何之境地。

因为杜甫诗名在外，与他交往的，除了供奉朝廷的官员外，一些道士也慕名交往。有一个玄都观的道士姓李，长安人，常常来拜访杜甫。

玄都观于北周大象三年（581）建置于长安故城（今陕西西安）内，初名通达观。隋开皇二年（582）移至安善坊，称玄都观。房琯与杜甫等知名之士常往游集。

这天一早，杜甫正在梳头，玄都道人来了，杜甫手里还握着头发，他连忙喊宗文将客人引进书房。梳好头后，杜甫进了书房。

杜甫："玄都道人来我寒舍，蓬荜生辉，有失远迎，见谅！"

玄都道人："杜拾遗客气了，一早来打扰您，我新画了一幅画，请杜拾遗不吝赐句！"

杜甫铺开画，见到玄都道人画的是松崖图。

杜甫："玄都道人所画松树如真的一般，崖在松下，松势逆盘，松下老人大约是盖世乱而思高隐。这幅画妙绝！"

玄都道人："过奖！过奖！"

杜甫磨好墨，在画上题了一首诗《题李尊师松树障子歌》。

题毕，杜甫和玄都道士聊了一会，玄都道士便告辞了。

整个春天，杜甫被两种情绪左右着，一种是振兴大唐的宏愿，一种是不得志的惆怅。想到玄宗和肃宗父子俩在暗地里较量，杜甫觉得自己要实现理想很渺茫了。

一天，杜甫踏青经过韦曲郑庄，郑虔故居，看到门庭冷落，野草丛生，人去园空。忆起昔日两人时时同游之景，不禁伤感万分。那一年，三十五岁的杜甫从洛阳来到长安，向很多达官贵人投递诗篇，以求引进，皆遭到冷遇。他又三次向皇帝陈情，皇帝很赏识杜甫，却没有下文。幸亏得到名满京城郑虔的关照，郑虔比杜甫大二十一岁，是河南荥阳人，杜甫是河南巩县人，两人同为河南邻县人，共同的志趣爱好使得他们成为忘年交。他们两人一同游山玩水，一同饮酒作诗。郑虔陪同杜甫度过了在长安十年的蹇滞生活。"安史之乱"中两人历经磨难，去年五月杜甫授左拾遗一职，郑虔则被掳到洛阳被安禄山授伪职，收复长安后，郑虔被囚宣阳里，杜甫无缘再与他谋面，十二月郑虔被贬为台州司户参军，杜甫想见他，却得知郑虔已经匆匆离去。

杜甫伫立在郑庄大门前，泪眼蒙眬，他与郑虔最后的一次见面是在郑虔侄儿那里。心中有着无限的感伤，杜甫题诗一首：

> 台州地阔海冥冥，云水长和岛屿青。
> 乱后故人双别泪，春深逐客一浮萍。
> 酒酣懒舞谁相拽，诗罢能吟不复听。
> 第五桥东流恨水，皇陂岸北结愁亭。
> 贾生对鹏伤王傅，苏武看羊陷贼庭。
> 可念此翁怀直道，也沾新国用轻刑。
> 祢衡实恐遭江夏，方朔虚传是岁星。
> 穷巷悄然车马绝，案头干死读书萤。

十几年来，杜甫与郑虔坦诚交往，无数美好的往事，如今都随着郑虔远谪台州而烟消云散，化作了回忆。诗书画"三绝"的郑虔曾是玄宗眼中的国宝，如今，肃宗就将年迈的"三绝"贬谪到偏僻的台州。题完这首悲愤诗篇时，杜甫已泪流满面。

只是，杜甫没有想到，他的命运也如同郑虔一样，遭到贬谪。

4. 再出金华门

长安城四围八川分流，其中潏河是最主要的水源之一，它给长安城提供了生息所用的水资源。八水当中距离长安最近的有浐、潏、交、渭四脉。渭河流经长安北，浐水位于长安之东，潏、交两条河从城南流过。长安的南面是秦岭山脉，绵延的大山抬高了关中平原南边的地势，其南郊的河流、水系是自东南流向西北。

据《水经注》记载，秦汉时潏水的河道是经过秦岭大峪，经杜陵流进城北的渭河。杜甫喜欢在潏水河滨踏青。这天天气晴朗，杜甫独自一人前往潏水河畔踏青。看着远处的山脉，他想起了在山中采药的日子，虽然艰难，但是还是有很大的希望。此时，一位年老的樵夫扛着一捆树枝干柴走过。路过杜甫身边时，放下担子，歇息下来。

杜甫看到樵夫疲惫的样子，说："老人家，我帮你扛一段路吧？"

"谢谢客官！"樵夫非常感激杜甫，"不用，我歇一会儿就会好的。"

樵夫走到潏水边，蹲下来，用手捧起水喝了起来。回到他的树枝干柴边，朝杜甫笑笑。

杜甫："歇会再走吧！我曾在山里采过草药。"

"哦？但是看起来客官是个读书人呀。"樵夫说，"我们坐那聊会？"

杜甫同意了。他们俩走到前面一棵树下坐了下来。

杜甫："老人家，我在山中采了十年的草药，这山中也算是很熟悉。"

樵夫看了看杜甫的穿着打扮，说："客官现在没采草药了吧？"

杜甫："是的，我姓杜，现在在朝廷做左拾遗。"

"果然被我猜中了，先生如今是朝廷官员，前途无量啊！"樵夫说。

两人谈其起山中的情况，也谈到这次安禄山的反叛，杜甫和樵夫很聊得来。

"对了，杜拾遗，我今天砍柴时看见一件奇事。"樵夫说。

杜甫："什么奇事，说来听听！"

樵夫："我一早砍柴，忽然看见一条白蛇爬上了一棵柏树。那棵柏树树颠有一窝小鹰。雄鹰飞远了去觅食，不在这里，只有雌鹰在。雌鹰看到白蛇爬到鸟巢那里，不断鸣叫，试图用嘴巴啄白蛇救自己的孩子，无奈白蛇吐着蛇芯让它无法接近，它只能眼睁睁地看着白蛇残暴地将自己孩子全部吃完，雌鹰不断地凄惨鸣叫。"

杜甫："哦，白蛇是太残忍了。后来呢？"

樵夫："后来雄鹰飞回来了，两只鹰在上空盘旋了一会，雄鹰飞去了。很快跟着它回来的有一只健鹘，看见白蛇还在树上，健鹘腾上云霄，勇猛地往下俯冲，奋爪一击白蛇的头部，顷刻白蛇毙命，从树上摔下来，肠破肚开。看到白蛇已死，健鹘很快就飞走了。"

杜甫："义鹘疾恶如仇，功成身退，虽是禽类，却如同人类。"

樵夫："是啊，很多豪杰都是这样。这次安禄山叛乱，在官兵没收复两京前，很多仁人志士都奋起反抗，叛军杀了一批，又一批出现了。"

杜甫不觉和樵夫聊了好久，最后樵夫说他要赶快将柴给主家送去，与杜甫告别。

几天后，樵夫讲的故事总是在杜甫脑海里萦回，他提笔写下了一首《义鹘行》，诗中勉励前方的将士要像义鹘一样奋勇杀敌，建立功勋。

一晃端午节到了，皇上赐衣给杜甫，为此，杜甫一家人高兴了一阵子，杜甫写下《端午日赐衣》，感谢皇恩。

一次，杜甫出东郊踏青，遇见一匹瘦马被士兵弃于路旁，看着瘦弱的马，想到它昔日驰骋于战场，如今瘦弱不堪，心中感伤无限，看着瘦马不禁吟诵了一首《瘦马行》："……去岁奔波逐余寇，骅骝不惯不得将。士卒多骑内厩马，惆怅恐是病乘黄……"由瘦马想到自己目前的遭遇，想到这次叛乱给人们带来的伤害，杜甫心中倍感悲伤。

让杜甫没想到的是，皇上对他的贬谪会来得这么快。

太上皇玄宗从蜀回来后，与皇帝儿子肃宗的矛盾日益加深了。

当太上皇玄宗一行到达凤翔时，跟随护卫的禁军尚有六百余人，被全部缴械，改由肃宗派来的三千精锐骑兵保护。太上皇到达咸阳时，肃宗亲自到咸阳迎接，并脱去穿的黄袍，换上了紫袍，捧住太上皇足，痛哭不已。太上皇亲自取来黄袍为肃宗穿上，肃宗推辞。

太上皇说："天数、人心皆归于汝，使朕得保养余齿，汝之孝也！"

当从咸阳向长安进发时，肃宗亲自为太上皇牵马，太上皇上马后，肃宗又亲自牵马行走数步，太上皇制止，这才乘马作前导。

太上皇对左右说："我当皇帝五十年，没有感到地位尊贵，今天做了皇帝的父亲，才真正感到尊贵了！"左右皆呼万岁。

太上皇入长安后，在人群热烈的欢迎声中，先来到大明宫含元殿慰抚百官，然后到长乐殿向其祖先神位谢罪。结束了这一切仪式后，才回到了久违的兴庆宫，住了下来。

太上皇给肃宗加尊号为"光天文武大圣孝感皇帝"，肃宗也给其父加了一个尊号，称为"太上至道圣皇天帝"。在外看来父子之间和和气气，其实并不是这样，父子俩在互相防范，特别是李璘之死让父子二人产生了更大的隔阂。

安禄山发动叛乱后，玄宗下诏封永王李璘为山南、江西、岭南、黔中四道节度使，江陵郡大都督，镇守江陵。李璘是玄宗的第十六个儿子，幼年时失去母亲，由其异母兄李亨亲自抚养，李亨常常把李璘抱在怀中同睡。玄宗给予李璘很大的权力，也害了李璘。肃宗心中明白父亲以他最亲的弟弟来牵制他，即使李璘做了什么，肃宗也不会将这个亲自抚养长大的弟弟怎样。

天宝十五载（756）六月，李璘跟随玄宗逃往蜀地。七月，李璘之兄李亨在灵武登基称帝，肃宗遥尊唐玄宗为太上皇。七月十五日，玄宗行至汉中郡后，诏令任命诸子分别兼领天下节度使，谏议大夫高适进谏说不可行，但玄宗没有听从，便任命李璘为山南东路、岭南、黔中、江南西路四道节度使，江陵郡大都督，坐镇江陵，并以少府监窦昭作为副使，即日前往镇所。

权力大了，李璘有些膨胀。至德元年（756）十二月，李璘擅自率领水军东巡，沿着长江而下，派带甲士兵五千人直奔广陵，以浑惟明、季广琛、高仙琦为将领，军势浩大，但并没有显露出割据一方的图谋。适逢吴郡太守、江南东路采访使李希言写信给李璘，责问他擅自发兵东下的意图。李璘大怒，于是就分兵派遣部将浑惟明在吴郡袭击李希言，季广琛在广陵袭击广陵长史、淮南采访使李成式。仗就这样不明不白地打起来了，最后至德二载（757）二月，李璘在庾岭一战中，中箭被擒，皇甫侁将他杀死。

肃宗因李璘是自己抚养的，没有宣布他的罪行，并对左右说："皇甫侁拘捕我弟，不送往蜀地而擅自杀掉，是何道理？"从此不再用他。

玄宗从蜀中回来后，就住在兴庆宫。兴庆宫在皇城以东，与肃宗居住地有夹城相通。肃宗常常由夹城到这里看望太上皇，给太上皇请安。肃宗对父亲还是有所防范，他一直认为房琯是忠于太上皇的。尽管房琯也属于凤翔时代的官吏，回西京后被命名为光禄大夫，进封清河郡公，但在乾元元年（758）五月房琯被贬为邠州刺史。

六月，杜甫的很多同僚被认为是房琯的同党，都受到牵连，遭到贬谪。国子祭酒刘侁被贬为阆州刺史，京兆少尹严武被贬为巴州刺史，曾经给予杜甫帮助的大云经寺僧人赞公被放逐到秦州，杜甫也被贬至华州做司空参军，管理华州地方的祭祀、礼乐、学校、选举、医筮和考课等文教事务管理工作。

华州因州境内有华山而得名，其前据华山，后临泾渭，左控潼关，右阻蓝田关，历为关中军事重地，华州华阴道，属于关内道，在京师东一百八十里，因临近京城是西安的京邑。杜甫回家将派往华州的消息给妻子说了，杨淑娟叹了一口气，默默无语地收拾起行李来。

杜甫这几天给被贬的同僚去送行，并赠以诗稿。

这天，杜甫去给孟云卿送行，告别宴上，杜甫十分伤感。孟云卿是河南人，与杜甫、元次山要好。孟云卿这次也是被贬出京城，同病相怜，杜甫写了一首《酬孟云卿》相赠。

乐极伤头白，更长爱烛红。

相逢难衮衮，告别莫匆匆。

但恐天河落，宁辞酒盏空。

明朝牵世务，挥泪各西东。

昔日在一起共事的同僚因坐党之故，纷纷被贬出京城。

从西京长安到华州约有一百八十里，杜甫租了一辆马车，不然这么遥远的路程妻子儿女如何能去？

这一次，杜甫出京师再走金光门，心中感慨万千。

长安外郭城，西面有三个门，北边是开远门，中间是金光门，南边是延平门。去年四月杜甫从金光门走出，他抱着治国的希望投奔肃宗。而现在再次走出京城，自己四十七岁了，哪里还有希望能实现自己的抱负？

当马车驶出金光门，杜甫让马夫停下来，他下车后对着金光门深深鞠了一躬。这一刻，杜甫心中十分酸楚，看着金光门，眼泪都要流出来，他哽咽着吟诵：

> 此道昔归顺，西郊胡正繁。
>
> 至今残破胆，应有未招魂。
>
> 近侍归京邑，移官岂至尊。
>
> 无才日衰老，驻马望千门。

吟诵完毕，杜甫满眶热泪，从此他不再在皇帝身边建言献策，实现自己的理想抱负。这首诗就是《至德二载甫自京金光门出间道归凤翔乾元初从左拾遗移华州掾与亲故别因出此门有悲往事》。

杨淑娟见杜甫呆呆地看着金光门，知道他心中难过。她也走下马车，来到杜甫身边，轻声说道："子美，走吧！我们还有很远的路要赶呢。"

杜甫跟着杨淑娟上了车，对车夫说："走吧！"

宗文看着杜甫悲戚的脸问："父亲，我们还会回来吗？"

杜甫没有回答。

车夫说："会的，一定会的！"

杨淑娟深深地叹口气说："小孩子别问那么多！"

宗文看看父亲的脸，没有再说话。

京城在身后渐渐远去，杜甫不知道到华州后会有着怎样的命运等待着他，安庆绪还没有被剿灭，叛贼依然很嚣张，自己的理想和抱负也许随着离开京城就这样破灭了。想到这里，杜甫深深地叹了一口气。

马夫一甩鞭子，马车加快了速度。

第十章 "三吏"和"三别"

> 暮投石壕村，有吏夜捉人。
>
> 老翁逾墙走，老妇出门看。
>
> 吏呼一何怒！妇啼一何苦！
>
> 听妇前致词：三男邺城戍。
>
> 一男附书至，二男新战死。
>
> ——《石壕吏》

从京城长安到华州，地位的变化让杜甫心中感到遗憾，不能在皇帝身边，要实现自己的抱负就困难多了。杜甫回陆浑庄探亲归来，一路上的见闻触及他的灵魂，一路上写下了流传千古的"三吏"和"三别"。

1. 华州展身手

肃宗乾元元年（758）六月底，杜甫到达华州并上任华州司功参军。此官职是掌管地方的祭祀、礼乐、学校、选举、医筮、考课等事。当初，杜甫在朝廷任左拾遗是从八品上，由中书门下奉皇帝敕诏而授的。虽然官职较低，但是为清望的京官，侍奉在皇帝左右，若是顺皇上的意，升迁的希望大。离开京城，离开了皇帝，升迁就很难了。司功参军的品秩根据州的大小不同，品级也不同。州司的品秩，上州从七品下，中州正八品下，下州从八品上，华州为上辅（州），司空参军相当于大都督府功曹参军，从七品下，在左拾遗之上，杜甫这次算是移官。华州属于京畿之地，也不算偏远。但是，朝廷是重京官而轻外任，而且左拾遗为敕授官，由中书门下除授；华州司空参军是旨授官，属于吏部铨选，由敕授官调为旨授官，自此，杜甫便由吏部铨试，在某种意义上来说便是贬官。

朝廷是百官朝见皇帝和庭议政事的地方，在隋之前，只有上品和少量的中品才在朝廷中设有班位，而下品官是没有资格站在朝廷之上的。从八品的拾遗官开始设立于唐朝，以前讽谏拾遗之职多由大臣以及侍中等兼任。在唐朝，从一品到八品皆可以在朝上，此举体现了唐统治者能容纳大小百官，能听进各类人士的意见。拾遗官职虽然小，但是位置重要，责任重大，故有才能者才可以担任。陈子昂、张九龄、王维、李白皆担任过此职。

杜甫从左拾遗移官到司功参军，心中不免有许多失落。

离开朝廷的杜甫仍旧不忘国事，到了基层，他更加关心人民的生活。司功参军，掌管一个州的事务比较繁杂，杜甫先是走访各地，了解民间情况。

七月的华州，天气酷热，杜甫一家人被安排住在官舍，房子还算宽敞。但是天气酷热，白天苍蝇乱飞，蚊蝇多得让人吃不下饭；夜晚，毒蝎出没。遭受早秋酷热的杜甫，以诗《早秋苦热堆案相仍》记下这样的日子：

> 七月六日苦炎蒸，对食暂餐还不能。
> 常愁夜来皆是蝎，况乃秋后转多蝇。
> 束带发狂欲大叫，簿书何急来相仍。
> 南望青松架短壑，安得赤脚踏层冰。

杜甫以近天子侍臣，因直言左迁州掾，当地长官对杜甫以礼相待，无论是在生活上还是工作中都给予照顾。而杜甫初出为外掾，做事极其认真，他看到案头堆积的公文，日夜整理并一一解决。

经过连日走访，杜甫决定写一篇文章呈给郭使君。

杜甫白天处理完案头事务，晚上回到家中，开始写作。

杨淑娟将采集来的驱蚊草点燃，杜甫在灯下奋笔疾书，看着杜甫热得一脸汗珠，杨淑娟便在旁边给他扇风。

"不用你辛苦，你和孩子们一起睡吧！"杜甫说。

"孩子们都睡着了，我给你扇扇风吧，太热了。"杨淑娟说。

"真的不用，这文章我构思了几天，一会儿就写出来了。"杜甫说。

杨淑娟朝前倾了倾身子，看到杜甫写的标题是《为华州郭使君进灭残寇形势图状》，便问道："你这是写给郭使君的啊？"

使君是汉代以后对州郡长官的尊称，即刺史、太守（知府）等官职。

杜甫："是的，多日来我下去走访，察看华州地形图，便有了想法。"

杜甫边说边写完最后一行字，转过头来说："你早点睡吧，我将这篇文章誊抄一遍就去睡。"

杨淑娟给杜甫倒了一杯凉水，就去睡了。

第二天到州府上班，杜甫将这篇五百六十字的议论性散文递给郭使君。

郭使君接过文章，赞叹道："杜拾遗的字真是写得洒脱，佩服佩服！"

杜甫："过奖！过奖！"

郭使君一目十行看完："观点鲜明，好！杜拾遗主张派兵深入敌后，四面交攻，'穷掎角之进'，'避实击虚'，而'逐便扑灭'，这个建议好！"随后，他又叹了一口气，"可惜杜拾遗不在军中，否则是一位胸怀全局的大将啊！"

杜甫见郭使君赞扬自己，忙说："使君过奖了，杜某不才，这只是近些日子来华州后经过调查，写的个人建议而已。"

"很好！很好！拾遗才来这么长时间，整日伏案处理事务，又深入基层，写出这么有价值的文章，我定当向上呈送。"

杜甫听郭使君这么说，满心感激，告辞而去。

因为杜甫的勤奋，堆积在案头的公文越来越少了，清理完案头的公文，杜甫对变乱中有关赋税、交通、征役、币制等具体问题作了具体的分析，联系华州的具体情况，杜甫觉得有必要提出自己的建议。

两京收复不久，物价腾贵，米价到了一千七百钱，长安市上水酒每斗要三百铜钱。大路上不是乞丐，便是饿殍，满目凄凉。朝廷的财政支绌到了极点，为缓解这个问题，朝廷想尽办法，甚至出卖官爵，但还是解决不了这个问题。七月，肃宗采用御史中丞第五琦的建议，铸造一当十钱的"乾元重宝"，启动了通货膨胀的按钮。

肃宗当初请求回纥兵帮助收复两京时，曾约定，若是两京收复，土地人民归唐朝所有，金帛妇女皆任凭回纥抢夺；为了酬谢回纥的帮助，肃宗将女儿嫁给回纥可汗，每年送绢两万匹。这些都增加了百姓的负担，杜甫早就看出其中的弊端。根据华州的实际情况，结合时下的局势，杜甫认为在变乱中，有关赋税、交通、征役、币制等具体问题，需要根据具体的情形来解决。

适逢杜甫给州县考生出试题，杜甫就自己所了解的情况，写了《乾元元年华州试进士策问五首》，共计1400多字。文中涉及赋税、交通、征役、币值等问题，指出："欲使军旅足食，则赋税未能充备矣。欲将诛求不时，则黎元转罹于疾苦矣。"

杜甫的很多建议，在州府领导层眼中，或许不过是文人的文章而已，并没有得到重视，朝廷忙于平定叛乱，对人民的生活也不管不顾，杜甫的建议没有得到重视，他有些心灰意懒了。

身在华州的杜甫，心中总是记挂着昔日的朋友。

很久没有得到高适的消息了，杜甫知道高适被李辅国在皇上面前进了谗言，由淮南节度使贬为太子少詹士。心有所念，便写了一首《寄高三十五詹事》。杜甫是一个重感情的人，这么多年来，与高适的相知相处，他将高适看作亲兄弟一般，这次高适被贬，他以诗代信，希望高适接到诗后能尽快回复。

但是高适或许忙于事务，或许是心情不佳，没有回音。

远离皇城，杜甫的那一份雄心壮志随着日子的消逝，也渐渐消磨殆尽。他内心苦闷，昔日隐匿的想法又充斥在心头。

一有闲暇，他便寄情于山水，排除这种愁闷。

华州郑县有一条溪流名西溪，唐昭宗时避兵，曾来过此地。西溪在官道旁七八十步，旁边有一亭，叫西溪亭。初秋，杜甫坐在亭子里，看着澄清的溪水缓缓流动，一群野雀追着燕子翻飞，山坡上的野花恣意开放，满山的青竹迎风摇曳，此情此景，让他忘却了人间的许多纷争，自己凄苦的生活。当夜幕降临，孤身一人游览的他，想起君子孤危，小人献谄，心中不免伤感万分，便将此种感受写进《题郑县亭子》一诗中。

八月，安西李嗣业出兵会同郭子仪等共同讨伐安庆绪。李嗣业军经过华州赴关中待命，杜甫和州府官员前去观兵过境，想到即将取得的胜利，杜甫心中万分欢喜。回家后杜甫和妻子谈起大兵过境之事，心中依然兴奋，写下《观安西兵过赴关中待命二首》两首诗。

一

四镇富精锐，摧锋皆绝伦。
还闻献士卒，足以静风尘。
老马夜知道，苍鹰饥着人。
临危经久战，用急始如神。

二

奇兵不在众，万马救中原。
谈笑无河北，心肝奉至尊。
孤云随杀气，飞鸟避辕门。
竟日留欢乐，城池未觉喧。

此时安西节度已经更名为镇西，杜甫仍习惯用旧称安西。六月时李嗣业为怀州刺史，充镇西北庭行营节度使。这次与郭子仪等九员大将领导步骑二十万大军讨伐安庆绪。杜甫对这一仗的胜利充满了期待。"四镇富精锐，摧锋皆绝伦。还闻献士卒，足以静风尘。"杜甫情绪激昂，心中充满了必胜的信念。

一晃，重阳节到了，杜甫应前濮阳太守崔季重的邀请，前去蓝田东山草堂共度重阳。

蓝田县离华州八十里，自古为秦楚大道，是关中通往东南诸省的要道之一，为山水幽绝之地。蓝田县因境内盛产美玉而得名。县内有蓝天山，也叫玉山，东山，亦即蓝田山，因山产美玉，又名玉山。蓝水，一名蓝谷水，乃白马谷水、勾牛谷水、围谷水、辋谷水、倾谷水等汇合而形成。

杜甫到了蓝田县后，在崔太守家度过重阳节，他们一起登高望远，十分惬意。

崔氏东山草堂与西边王维的蓝田辋川别业邻近。此时王维在朝中任给事中之职，而其辋川别业"柴门空闭"。杜甫和崔季重一同游山玩水。良辰美景，贤主嘉宾，杜甫的心情为之一振，作《九日蓝田崔氏庄》一诗：

> 老去悲秋强自宽，兴来今日尽君欢。
>
> 羞将短发还吹帽，笑倩旁人为正冠。
>
> 蓝水远从千涧落，玉山高并两峰寒。
>
> 明年此会知谁健？醉把茱萸仔细看。

"蓝水远从千涧落，玉山高并两峰寒"这两句让崔太守十分赞赏。

崔季重："杜拾遗啊，历代很多文人雅士描写了蓝田风景，但都是分散的近处细察。你仅用这一联，便对蓝田山水作全景远眺。难得大气！"

"哪里，哪里，崔太守过奖了。"杜甫谦虚道。

崔季重："真是名不虚传的大诗人！此联境界阔大，气象雄浑，雄健笔力是我等莫及。蓝水汇合众水，一路远来，一个'落'字，活画出其奔流倾泻之景象。玉山双峰并峙，直插云霄，一个'寒'字，用得极妙。不但点明时令，而且烘托出其孤高无邻、高处不胜寒之情状。"

崔太守环顾四周，继续说："此联刻画秋景之萧条，形容秋气之肃杀，就这两个字，真是传神，这可是重九时节特有的蓝田景象。"

评论完杜甫的诗，崔季重邀请杜甫去王维的别业看看。

于是两人一同去了王维的山庄辋川庄，它在东山草堂的西边。看到大门紧闭的山庄，杜甫叹息"何为西庄王给事，柴门空闭锁松筠"，一种孤寂伤感的心情也渗透在字里行间。

在蓝田县逗留了三日，杜甫回到了华州。

按部就班的生活，能有一份俸薪可以让妻子儿女不至于挨饿，一般的人可能满足于这样的生活，可是杜甫觉得忧伤，他的"致君尧舜上，再使风俗淳"的抱负看来是无法实现了，由此变得多愁善感起来。

一天黄昏，杜甫偶见一只鸷鸟在河间与两只白鸥嬉闹，不禁生出忧谗畏讥之感，在《独立》一诗中，发出"草露亦多湿，蛛丝仍未收"之叹。"草露亦多湿"化用了宋之问的诗句"草露湿人衣"诗句。

乾元二年（759）春，杜甫决定去看住在蒲州的好友卫八处士。蒲州离华州一百四十里，杜甫骑着马一路赏景来到蒲州。好友相见分外高兴，卫八处士热情招待杜甫，离乱之中好友相见，十分难得。昔日的青年已经是儿女成群，卫处士谈起族祖辈隐逸卫大经，自豪中又夹杂着叹息。两人聊起安史之乱更是感慨万千。

离别时，杜甫写了《赠卫八处士》：

人生不相见，动如参与商。

今夕复何夕，共此灯烛光！

少壮能几时？鬓发各已苍！

访旧半为鬼，惊呼热中肠。

焉知二十载，重上君子堂。

昔别君未婚，儿女忽成行。

怡然敬父执，问我来何方？

问答乃未已，驱儿罗酒浆。

夜雨剪春韭，新炊间黄粱。

主称会面难，一举累十觞。

十觞亦不醉，感子故意长。

明日隔山岳，世事两茫茫。

杜甫感叹人生聚散无常，别易会难。

孤寂之时，杜甫更加思念兄弟旧友，多年来兄弟各在一方，也不知道生与死，久未回到洛阳，也不知道那些故友如何了，自己的陆浑山庄多年来门扉未开，这些让杜甫日夜心忧，十分牵挂。情之所至，写下《遣兴三首》。

这种对故乡的思念日益折磨着杜甫，宦居他乡的杜甫决定要回故乡看一看，他决定要向州长官请探亲假。

2. 一路行程遇旧友

近来，杜甫晚上总是睡不安稳，似乎有一种声音在呼唤着他，催促他回故乡去看看，陆浑庄，洛阳故友，家乡的亲人，以及去寻找儿时的梦和青年时不羁的时光。

到华州已经半年，这种思乡的情感一直撞击着杜甫，乾元元年（758）冬至日，杜甫在五更天就醒了。躺在床上，他不禁想起去年冬至日时，他已经列在朝官行列，仰承御床。那是他小步趋走的伤心之地，回想起朝炉的香气弥漫满朝，想起匆忙上朝，路上遇见熟人也来不及说笑，有时候匆忙间衣服都穿反了……种种往事，让他不禁苦笑了。那时，北省下的门下省、中书省所属的官员们上朝时相聚在一起，门下省任职的给事中、中书舍人等同僚，这些旧阁老和杜甫一样站在朝堂，等候皇上。想起这些，杜甫深深地叹了一口气。

"你怎么这么早就醒了？"杨淑娟问杜甫。

杜甫："今天是冬至，睡不着。"

杨淑娟："你是不是还在想侍奉皇帝的日子？都过去了。伴君如伴虎。今天是丞相，明天也可能贬为刺史，甚至杀头。把你诬陷为'房党'，受牵连是肯定的。你现在的这个职位，是很多经过科举考试进士的人才能得到的。不想那些了，到处兵荒马乱，我只求过着太平的日子，将孩子们拉扯大。"

听着妻子的话，杜甫苦笑着摇了摇头，似在自言自语："那是我做拾遗掌供奉的日子，熏炉壁上的麒麟纹丝不动，熏炉上的烟雾袅袅升起。皇帝初升御座时，御扇徐徐打开后，扇子上的孔雀画影又会合成形。玉饰的桌几来自北极紫微宫，我看着穿着大红色四品、五品官服的官员们站在一起。而今年的大朝会虽然熏香依旧，仪仗依旧，可是自己却是局外人了，独自待在孤城，看漫天寒云和满山积雪，不由得让人愁闷万分。"

听到杜甫的话，杨淑娟不知道怎么安慰才好，她伸出手，摸索着找到杜甫的手，紧紧握着："人的一生有很多不如意，不要想那么多，睡吧！"

杜甫抽出手，拥抱着妻子："从大的方面来说，我想为国家出力，从小的方面来说，我想让你过上衣食不愁的日子，可是……我愧对祖上，也愧对你。"

　　杨淑娟："子美，和你在一起，过什么日子我都愿意。"

　　杜甫轻轻拍了拍妻子："你睡吧，我起床了。"

　　见杜甫毫无睡意，杨淑娟翻过身子，继续睡。

　　杜甫蹑手蹑脚地起床，怕惊扰了妻子和熟睡的孩子们。

　　窗外，一片漆黑，杜甫坐在桌前，磨好墨，将自己的满腔忧愁写进了《至日遣兴奉寄北省旧阁两老院故人二首》诗中。

　　杜甫决定回洛阳和陆浑庄见一见故友亲人，他递上了请假单。

　　杜甫告假获批，心中十分激动，恨不得马上回到洛阳故里探亲访友了。

　　回到家中，杜甫对妻子说明已经请假，将去洛阳和陆浑山庄。

　　"你去多久？年前能赶回吗？"杨淑娟问。

　　杜甫："我不能肯定回来的日子，我尽量在年前赶回。你知道，明年秋我的官职任期四年已满，接下来的日子我们要找个地方生活。下一个任期什么时候开始还不知道，我要回去找找族兄，也将陆浑山庄整理一下，说不定明年我们要回去，在那里生活。"

　　杨淑娟："也是，经过这场叛乱山庄还不知道毁掉没有。你去吧，尽早赶回来过年。"

　　冬末，夫妻两人商定好行程和归程后，杜甫便启程回洛阳。

　　带着整理好的衣物，杜甫依依不舍告别妻子和孩子们，沿着官道出发。

　　不久，杜甫到了湖城（今河南三门峡灵宝市）。湖城县有鼎湖，相传为黄帝铸鼎之处。杜甫行走在东城，在前面不远处的一处店铺前，他看到了一个熟悉的背影，他试着喊了一声："云卿！"

　　那人一回头，果真是孟云卿。

　　孟云卿快步跑上来，紧紧握住杜甫的双手："果真是你！子美兄，你怎么在这里？"

　　"我回陆浑山庄去探亲，路过这里。"杜甫说。

　　今年夏天，杜甫出任华州司空参军，行前与孟云卿夜饮话别，并写诗《酬孟云卿》，不想冬天两人又见面了。

　　孟云卿、元结和杜甫最为相善，孟云卿比元结小六七岁。

湖城侯刘颢得知杜甫来了，宴请杜甫、孟云卿等文友，席上杜甫写诗《冬末以事之东都，湖城东遇孟云卿，复归刘颢宅宿宴饮散因为醉歌》：

> 疾风吹尘暗河县，行子隔手不相见。
> 湖城城南一开眼，驻马偶识云卿面。
> 况非刘颢为地主，懒回鞭辔成高宴。
> 刘侯叹我携客来，置酒张灯促华馔。
> 且将款曲终今夕，休语艰难尚酣战。
> 照室红炉促曙光，萦窗素月垂文练。
> 天开地裂长安陌，寒尽春生洛阳殿。
> 岂知驱车复同轨，可惜刻漏随更箭。
> 人生会合不可常，庭树鸡鸣泪如线。

席上众人纷纷赞扬杜甫的诗。杜甫在刘颢家留宿，正要启程，不巧遇到大风，又逗留几天。

杜甫继续前行，出了潼关，到了阌乡县。在这里他遇到了姜七。

姜七时任少府，唐制在主簿之下，设尉一人，专门主管水火盗贼之事，称为少府，杜甫写有诗《阌乡姜七少府设脍戏赠长歌》记下宴饮时的情景。

文友们的热情款待，让杜甫暂时忘却旅途的孤独与疲劳。

恰逢杜甫当年在凤翔时的同舍旧友秦少府也在阌乡县，于是秦少府设宴招待杜甫，杜甫写有《戏赠阌乡秦少府短歌》，回忆昔日的情谊，为旧友只做少府而屈才慨叹。

> 去年行宫当太白，朝回君是同舍客。
> 同心不减骨肉亲，每语见许文章伯。
> 今日时清两京道，相逢苦觉人情好。
> 昨夜邀欢乐更无，多才依旧能潦倒。

秦少府与杜甫在凤翔时曾经同舍，多少年过去了，两人见面还如同当年在凤翔一样亲密无间，少不了对时事进行分析，两人颇有怀才不遇之感，互相怜惜。

告别了秦少府，杜甫继续前行，不久到了鄠县。

鄠县属于长安，路途中，杜甫遇到了故人李丈人，李丈人曾经跟随玄宗入蜀，后被派到灵武肃宗身边。杜甫借李丈人的胡马况相士之难，作《赠李鄠县丈人胡马行》一诗。

与李丈人分手后，杜甫继续前行，不多日便到了东都洛阳。

一日，住在旅馆的杜甫突然听到有人喊："兵马过城了，快去观兵马啊！"

杜甫急忙出来，询问得知大兵过官道，于是他回屋换了件衣服随着众人出城。

原来在九月，朝廷命朔方节度使郭子仪、淮西鲁炅、镇西北庭李嗣业等七节度使，将步骑二十万讨伐安庆绪。李光弼、王思礼助之，号称九节度。十一月时，郭子仪等九位节度集兵攻打邺城。今所过兵马为李嗣业统率的北庭兵。

杜甫停下来，观看兵马前行，他认为应该直捣史思明老巢魏州。这点与李光弼的观点相同，李光弼与众将讨论，认为史思明得魏州而按兵不动，是想以其精锐部队趁我不备偷袭，请求与朔方兵一起逼史思明于魏州，让他不敢轻易出动，时间一长，邺城一定会攻破。此意见遭到了鱼朝恩的否定，为后面兵败埋下了祸患。

杜甫写了《观兵》一诗：

北庭送壮士，貔虎数尤多。
精锐旧无敌，边隅今若何。
妖氛拥白马，元帅待雕戈。
莫守邺城下，斩鲸辽海波。

这首诗中，杜甫直言直捣范阳，扫荡史思明的巢穴，那么敌军必定自顾不暇，邺城才可收复。

杜甫在回来的路上遇见了入京的襄阳杨少府。

"子美兄!"杨少府看见杜甫喊了起来。

"是杨少府啊,久违了!"杜甫回过身,连忙行礼。

杨少府:"难得一见,子美兄,知道你在华州,怎么回洛阳了?"

杜甫:"哪里,我请了假,回偃师老宅去看看。"

杨少府:"哦,子美兄的陆浑庄早听说过,一定是精美别致的豪宅。"

杜甫:"惭愧!惭愧!兵荒马乱的,还不知毁没毁于战火。"

杨少府:"是啊,叛贼攻陷东都时,一路烧杀抢掠。可恨!子美兄,若不嫌弃,中午我请你一起小酌。"

杜甫:"我请你吧!"

杨少府:"子美兄不要客气,若要客气就是见外了。"

杜甫见杨少府这样说,也就不争着请客了。

两人回到城里,在一家酒馆边吃边聊。

酒酣之时,杜甫听说杨少府要去长安,便托他带封信给杨绾。

当初杜甫去华州时,曾许诺文友杨绾送华州的茯苓给他。华州茯苓,生长在高大的松树下,二月、八月可采,阴干。杜甫离开华州时,已是冬天,过了采摘的季节。

杨绾字公权,华州华阴(今陕西华阴)人,此时任司勋(吏部二十四司之一)。他是户部侍郎杨温玉之孙、醴泉令杨侃之子。玄宗时登进士第,授太子正字。天宝十三载(754),参与玄宗亲自主持的考试,名列第一,升为右拾遗。安史之乱爆发之后,杨绾前往肃宗所在的灵武,随后历任起居舍人、职方郎中、中书舍人、礼部侍郎等职。

杜甫:"少府,我当初离开长安时,曾答应送给杨绾一些华州的茯苓,这次回来,没有带茯苓,还请你带封信给他,来日再带些茯苓给他。"

杨少府:"子美兄就写首诗,我带过去。"

杜甫:"也行!"

于是,杜甫写了一首诗《路逢襄阳杨少府入城戏呈杨员外绾》,以诗代简,托杨少府面呈杨绾:

寄语杨员外，山寒少茯苓。

归来稍暄暖，当为劚青冥。

翻动神仙窟，封题鸟兽形。

兼将老藤杖，扶汝醉初醒。

吃完午饭后，杜甫与杨少府在一起，又聊了一些熟知的人和事，也聊了时局，对朝廷围攻邺城谈了各自的看法，然后分手。

杜甫回到旅社，收拾好衣物，接受姑姑的儿子即大表弟的邀请，住到他家中去。接下来的日子，杜甫在东都拜访旧友，结识新友，一晃就到了旧历年，大表弟热情地挽留杜甫在洛阳过完年后再回陆浑庄。

大表弟与杜甫从小一起长大，从小就亲密无间。

在当年那棵枣树下，表兄弟俩不顾寒气的侵袭，坐在椅子上聊天。

"表兄，难得这么个机会回来，过完年再走吧！陆浑庄久无人住，何况上次贼兵过境，还不知道房屋被毁坏没有。"大表弟挽留杜甫。

杜甫笑着答应了："既然弟弟这么热心挽留，我也不客气，正好还有几位朋友要拜访。"

"就是，就是！哥哥这次回来，和文友多走动，若是有合适的机会在东都就职是再好不过的了。"大表弟的话也说出了杜甫的心声。

杜甫："我也是这样想的，若是能拿下邺城，东都安稳下来就好了。"

兄弟俩互相聊着天，回忆小时候的趣事，不觉得夜已深了，这才回屋休息。

3. 相州兵败

唐军收复两京后，安庆绪率残部退守邺城，史思明奉表归降，平息叛乱似乎指日可待，这也是杜甫看到大军过境时的期望，满怀信心写下《观兵》。谁知，乾元二年（759）大年初一，史思明再次背叛朝廷，于魏州（今河北大名）城北建筑祭坛，祭天称王，自称大圣燕王，任命周挚为行军司马。

早在史思明称王之前，李光弼曾说："史思明攻占魏州后，按兵不动，是想松懈我们的意志，然后用精兵突然袭击我们的不备。请让我与朔方军联兵进逼魏州城，向史思明挑战，史思明鉴于嘉山之败的经验，必定不敢轻易出战。这样旷日持久，我们就能够收复邺城。如果安庆绪败死，史思明就会失去号召力，难以指挥叛军。"而观军容使宦官鱼朝恩却认为此计不可行，李光弼的建议只能搁浅。

史思明这次称王，李光弼预测史思明和安庆绪两人会联手对付朝廷。朝廷的兵马从去年冬到今春。围邺城已几个月了，却久攻不下，官兵的粮草供应也出现问题。再次攻城时，李嗣业身中流箭受伤，躺在营帐里养伤。正月二十八日，李嗣业在军中已经休养数日，伤势即将痊愈，恰逢突然听见发令的钟鼓声，李嗣业知道是在和叛军作战，因而大喊杀敌，致使伤口破裂，流血几升而死。

杜甫在洛阳表弟家过完年三天便回了陆浑庄。

骑着马的杜甫回到了陆浑庄，他推开院子的门，偌大的庄园冷冷清清，到处都是野草，但是看得出不久前有人扫除过。屋顶坍塌有几处可以见到蓝天。大厅的桌子上布满了灰，但是座椅摆放整齐。族兄听说杜甫回了，连忙过来请杜甫去他家吃饭。杜甫也不客气，在族兄家吃了两顿饭，他也不好麻烦族兄，说自己开伙。族兄拗不过杜甫，于是，第二天送来了一些米和菜，他和杜甫一起将陆浑庄简单收拾了一下，荒凉多年的老宅，又升起了炊烟。

晚上，寂静与孤独中，杜甫想起在济州的弟弟，便写了《忆弟二首》：

一

丧乱闻吾弟，饥寒傍济州。

人稀吾不到，兵在见何由。

忆昨狂催走，无时病去忧。

即今千种恨，惟共水东流。

二

且喜河南定，不问邺城围。

百战今谁在，三年望汝归。

故园花自发，春日鸟还飞。

断绝人烟久，东西消息稀。

想起弟弟们因为逃难，客居他乡，杜甫心痛不已。

这天，杜甫吃完早饭后，正要出门，忽然一族兄送来了来自济州的信，原来是济州的弟弟来信了，杜甫拿着这封书信，心中又激动又难过。激动的是有了弟弟的消息，难过的是兄弟俩久未见面，战乱中的亲情尤其显得珍贵。杜甫心生感慨，写了《得舍弟消息》一诗。

与族兄聊起堂弟战死在天宝十五载（756）春安禄山反叛之时，尸骨掩埋在河间郡，两人半晌沉默不语。良久，杜甫叹了一口气，缓缓吟诵：

河间尚征伐，汝骨在空城。

从弟人皆有，终身恨不平。

数金怜俊迈，总角爱聪明。

面上三年土，春风草又生。

族兄也叹了口气："不归之人啊，尸骨掩埋他乡已三年了……"

杜甫："我将此《不归》诗写下来，留给族兄一份保存，这一次离开陆浑庄还不知道何时能回。"

族兄："此话怎讲？你不是回来将房子修缮，回来住吗？"

杜甫："看此情形，平定反贼不是一时半会儿的事。安庆绪虽然退出洛阳，党羽离叛，但是他还占有六十个郡州，兵甲粮资也相当丰富。朝廷以郭子仪、李光弼为元勋，军中不置元帅，无法统一行动。我大军粮草又没跟上，围城几个月了，疲劳战让将士们已经疲惫不堪了，倘若史思明与安庆绪联手，收复失地就更难了。"

族兄问："弟弟可有什么消息？"

杜甫："没有消息，这是我的预判。我要尽快回华州，明天先去洛阳。"

族兄："时局混乱，弟弟可要多保重，经常寄信回！"

杜甫："一场暴乱，洛阳陷入叛军之手，陆浑庄在兵燹匪乱之中，被破坏得这么严重，我的弟弟们避乱出走，这么多年来，多亏族兄照看，以后，房屋田地还得拜托您多照看！"

族兄："兵荒马乱的，作为兄长，这是我应该做的。"

晚上，杜甫与族人一起聚餐，酩酊之中回到陆浑庄，倒头便睡。

第二天，杜甫——辞别族中父老兄弟，回到了洛阳。

洛阳坊间各种消息不断，真假难辨，人心惶惶。

去年冬，郭子仪等九节度使包围了邺城，筑垒两道，挖壕三重，堵塞漳河水灌城。邺城中井泉都水满溢出，城中的人们只好构栈而住，从冬天一直到春天，安庆绪死死坚守，等待史思明率兵解围，城中粮食吃尽，以致一只老鼠值钱四千，士卒挖出墙中的麦秸及马粪来喂养战马。

人们都认为邺城必能被官兵攻克，但是官军的各路军队因为没有统帅，进退没有统一指挥，城中的人想要投降，但因为水深不能出城。邺城久攻不下，官军疲困解体，没有士气。各路军队因为屯兵于邺城之下日久，财竭粮尽，而只有段秀实运送粮草，招兵买马，用以供应镇西行营兵，道路上络绎不绝。

史思明率兵从魏州进军邺城，令诸将在距离邺城五十里处扎营，每个营中击鼓三百面，遥为安庆绪声援，威胁官军。史思明又从每个营中挑选精锐骑兵五百，每天到城下抢掠，官军如果出来交战，他们就散归自己的军营中。这样官军各路的人马牛车每天都有丧失，甚至连采集薪柴都很艰难。官军白天防备，叛军骑兵就在夜里来骚扰，如果夜里防备，叛军就白天来，官兵遭到史思明军的日夜骚扰，苦不堪言。时值天下饥荒，军中所用粮饷都是南从江、淮地区，西自并州、汾州运来，船车相继不断。

三月初三，唐官军步、骑兵六十万在安阳河北岸摆开阵势，史思明亲自率领精兵五万来交战。官军望见，以为是流动部队，不加介意。史思明身先士卒，率军冲锋，李光弼、王思礼、许叔冀与鲁炅先领兵迎战，杀伤各半，鲁炅还被乱箭射中。郭子仪率兵紧跟在后面，还未来得及布阵，大风急起，吹沙拔木，天地一片昏暗，咫尺之间，人马不辨，两军都大吃一惊，接着官军向南溃退，叛军向北溃退，官兵所丢弃的武器盔甲等军用物资满路都是。郭子仪命令朔方军切断了河阳桥，以确保东京的安全。此时，官兵的一万匹战马仅剩下三千，十万盔甲兵器差不多全部丧失。

东京城中的官吏民众十分惊恐，都纷纷逃向山中，留守崔圆与河南尹苏震等官吏向南逃奔襄州、邓州，各路节度使也率领自己的兵马逃回本镇。这些败兵沿路大肆抢掠，胡作非为，当地官吏和军中将帅无法制止，过了十多天才安定下来。

相州兵败后，郭子仪清点部队，只剩下几万兵马。他与部将商量，决定放弃东京，坚守河阳，退保蒲州、陕州。随即郭子仪又派都游弈使灵武人韩游率领五百骑兵先行进军河阳，早于叛军进城。又筑南北两城准备坚守。段秀实率领镇西将士的家眷以及公私物质从野戍渡过黄河，在河清县南面待命，荔非元礼到后遂驻军于此。

各路将帅都上表谢罪，肃宗都不责问，只是削夺了崔圆的封爵与官阶，并贬苏震为济王府长史，削夺银青光禄大夫官阶。

这一仗官兵溃败，城中的安庆绪出城收集了郭子仪军队败退时留在营中的粮食，有六七万石。此时，史思明从沙河整顿兵马，还军邺城南面。安庆绪和史思明两人都在打着自己的算盘，谁都不愿意服谁，安庆绪与部下孙孝哲、崔乾等计划闭城门抗拒史思明。这时安庆绪手下的诸多将领说："我们现在怎么能够背叛史王呢！"

史思明有着自己的盘算，此时他既不与安庆绪通报情况，也不南下追击官军，只是每天在军中宴请士卒。

张通儒、高尚等人对安庆绪说："史王远道率兵来救援我们，我们都应该去迎接感谢。"

安庆绪说："随你们去吧。"

于是张通儒和高尚去见史思明。

史思明见到张通儒、高尚等，痛哭流涕，重加礼赏，然后让他们回去。过了三天，安庆绪还不来。于是史思明就暗中把安太清召来，让他诱骗安庆绪，安庆绪无计可施，不知道怎么办才好，只好派安太清向史思明上表称臣，并说等待史思明安顿好部队入城后，就奉上皇帝印玺。

史思明看了表书后对张通儒和高尚说不必这样，但是他把表书拿出来让将士们看，将士们都呼喊万岁。史思明亲手写信安慰安庆绪，不让他称臣，只是说："愿与你作为兄弟邻国，互相援助。我们之间地位平等，如果向我称臣，万不敢接受。"并把表书封缄后还给安庆绪。

安庆绪十分高兴，因此请求与史思明歃血结盟，史思明同意。安庆绪带领三百名骑兵来到史思明军营中，史思明命令士卒全副武装以防备安庆绪，然后引安庆绪与他的几个弟弟进入庭中。

安庆绪见到史思明，感激涕零，叩头拜谢说："作为臣下我治军无方，丧失东西二京，并陷于重兵包围之中，没有想到大王看在我父亲太上皇的情分上，远来救危，使我得以复生，恩深如海，终生难以报答。"

史思明忽然大怒说："丢失两京，何足挂齿。你身为人子，杀父篡位，为天地之所不容。我是为太上皇讨伐你这个逆贼，怎么肯受你讨好的假话欺骗呢！"当即命令左右的人把安庆绪连同他的四个弟弟以及高尚、孙孝哲、崔乾等全部杀掉。

就这样，安庆绪的州郡和兵马全都被史思明收入囊中。四月，史思明自称大燕皇帝，改年号为顺天，立妻子辛氏为皇后，儿子史朝义为怀王，任命周挚为宰相，李归仁为大将，改范阳为燕京，各州改称为郡。

郭子仪带着将士们退守洛阳，补充兵力。

杜甫早已随着人群离开了洛阳。

4. "三吏"和"三别"

杜甫选择回华州的线路为先到新安（今河南新安）县，再到陕县（今河南陕县），然后过潼关回到华州。

一路上，逃难的人络绎不绝，人们扶老携幼往深谷里走。

这天，杜甫来到了离洛阳不远的新安县。

县道上，一群脸上呈菜青色的妇女在啼哭。几个小吏在旁边呵斥，一些才十几岁的男孩也在啼哭。

杜甫上前问道："请问，这是怎么一回事？"

一小吏盯着杜甫看了一会，大约猜出杜甫是个官员，回答道："夜帖早行，守城急，我们奉命征兵。"

一群妇女边哭边说："可是他们还是孩子，太小了。"

杜甫对官吏们说："朝廷对征兵的年龄不是有规定吗？新安县小，再也没有丁男了吧？"

一官吏回答："州府昨夜下的军帖，要挨次往下抽中男出征。"

唐制规定，人有丁、中、黄、小之分，朝廷对征兵规定征丁男。天宝三载（744），令民十八岁以上为中男，二十三岁以上成丁。

杜甫紧逼，说："中男又矮又小，怎么能守卫东都洛阳呢？"

官吏说："客官，你行你的路，我们奉命行事，管那么多做什么？"

听到杜甫和官吏的对话，妇女们和男孩子们哭得更伤心了。

"过来，过来，你们站这边！"官吏对着那些孩子喊，顺手粗暴地拉过一男孩，那男孩趔趄一下，差点摔倒，他的母亲急忙上前将孩子抱住。

杜甫看着他们，叹了一口气，继续前行。

晚上借宿在农家，在新安县官道上的一幕又闪现在杜甫的脑海里，他挥笔写下了《新安吏》：

客行新安道，喧呼闻点兵。

借问新安吏："县小更无丁？"

"府帖昨夜下，次选中男行。"

"中男绝短小，何以守王城？"

肥男有母送，瘦男独伶俜。

白水暮东流，青山犹哭声。

"莫自使眼枯，收汝泪纵横。

眼枯即见骨，天地终无情！

我军取相州，日夕望其平。

岂意贼难料，归军星散营。

就粮近故垒，练卒依旧京。

掘壕不到水，牧马役亦轻。

况乃王师顺，抚养甚分明。

送行勿泣血，仆射如父兄。"

战争很残酷，杜甫虽然同情这些还未成年的孩子，却认为抵御胡人是国民应该尽到的职责，他认为郭子仪待手下的将士如自己的亲人。在这紧要的关头，该以报效国家为重。

杜甫骑着马一路行走，白天在官道行走，晚上有时在客栈夜宿，有时借宿在农户家。这天一早他从客栈出来，走了一上午，中午时分，到了一座村庄，只见路边一户人家，房屋似乎特地修葺一新。杜甫决定在这户人家搭伙。

下了官道，杜甫将马拴在路旁的一棵树下。

"有人吗？"杜甫站在门外喊。

一位五十多岁的女子迎声出来："客官，有什么事？"

"您好，我是过路的，中午想在您家搭个伙。"杜甫说。

老年妇女看了看杜甫，问道："客官这是要去哪里？"

杜甫："我从华州回洛阳探亲，今又回华州。"

"哦，家中没什么好菜，粗茶淡饭，还望客官不嫌弃。"老年妇女说。

其实中午还算丰盛，老年妇女杀了鸡鸭，所以桌上有鸡、鸭、青菜等，因为主家的儿子昨天新婚，今天就被征兵即将离家。

餐桌上，杜甫看到新婚夫妇的缠绵不舍，新婚妻子泪眼婆娑，不停地给丈夫夹菜，丈夫又把菜放回妻子碗中，老妇人在一旁抹着眼泪，一边让儿子多吃些鸡鸭。这餐饭吃得沉闷。

晚上，他借宿在山间的一个猎户家，想到中午那对新婚夫妇，心中颇有感慨，写了《新婚别》：

> 兔丝附蓬麻，引蔓故不长。
>
> 嫁女与征夫，不如弃路旁。
>
> 结发为君妻，席不暖君床。
>
> 暮婚晨告别，无乃太匆忙。
>
> 君行虽不远，守边赴河阳。
>
> 妾身未分明，何以拜姑嫜？
>
> 父母养我时，日夜令我藏。

生女有所归，鸡狗亦得将。

君今往死地，沉痛迫中肠。

誓欲随君去，形势反苍黄。

勿为新婚念，努力事戎行。

妇人在军中，兵气恐不扬。

自嗟贫家女，久致罗襦裳。

罗襦不复施，对君洗红妆。

仰视百鸟飞，大小必双翔。

人事多错迕，与君永相望。

写完诗，杜甫心情沉重，新婚夫妇这一别，或许就是生死离别。这一路一个月走下来，所见所闻让他的心情越发沉重。

一连多天，不见一滴雨，"这又是一个灾年"，走在路上的杜甫自言自语，战争与饥饿，两大灾难，今年国家该怎么渡过这些灾难？杜甫边走边想。

夜幕降临，沿着崤函古道走的杜甫到了石壕村。崤函古道是穿行崤山山脉的重要通道，以崤水与黄河相连的涧河河谷崤函古道石壕段，是公元前二世纪前已形成的古道，是沟通长安、洛阳两大都城交通要道的组成部分。石壕村是崤函古道边的一个小山村，再往西走，就是潼关了，出了潼关就是华州。杜甫看见在村东头有一间茅草房，便上前敲门，出来的是一老汉，杜甫请求在他家借宿，老人同意了。

杜甫在主人家吃晚饭，老汉妻子做的饭菜很可口，吃完后，杜甫给了一些钱，他们推辞不要，杜甫要他们一定收下，他们收下了，对杜甫感激不尽。

晚上杜甫熄灯刚刚入睡，忽然听到猛烈的拍门声。

"开门！开门！"喊叫的声音凶狠杂乱。

杜甫起床，来到院子中，忽然他看到老汉正在翻墙，老汉的妻子老妇朝老汉挥手，示意他赶快逃走。

拍门声越来越重，越来越响："快开门！快开门！"

屋子里的婴儿受到了惊吓，哭了起来，接着有妇人哄孩子的声音。

估摸着老汉已经翻过院墙，老汉的妻子点亮了灯，打开院子的门。

三个彪形大汉的官吏举着火把，推开老妇人，问："你家男人呢？"

老妇人面带怒气："我们家哪里还有男人？"

一官吏问："你家儿子呢？"

"家里哪还有儿子？我的三个儿子都在邺城打仗，三个儿子去年都被你们征兵征走了，我的儿子啊……"老妇人放声痛哭起来，"我那可怜的三个儿子啊……一个儿子前不久来信说，另外两个兄弟战死在邺城，可怜我这一个儿子还在军中，老天爷保佑啊，千万让他活着回来啊！"

老妇人撩起破旧的衣服擦着眼泪，接着说："我这一家怎么活啊，三个儿子两个都没了，还有一个在军中，家里没有人耕田地，只有我这老婆子和儿媳。"

官吏狠狠地问："你们家再没有男人了？"

老妇人说："没有了，家中只有我，儿媳，一个孙子。因为家中有未断乳的孙子，所以儿媳才未走。家里穷，她连一件完整的裙子都没有，所以不便见人。官老爷若是实在是要人，我可以跟随你们夜晚赶去军中做早饭。"

"也行！"一官吏说。

杜甫听到开门的声音，以及远去纷沓的脚步声。

夜，安静了下来。

一早，杜甫起床，看见老汉呆呆地坐在院子里，面对老汉，杜甫一句安慰的话都说不出来，他只好哽咽着与他一人告别。

晚上，杜甫投宿在客栈，昨夜的惨景在他眼前浮现，他的心中涌起了这样的诗句：

> 暮投石壕村，有吏夜捉人。
>
> 老翁逾墙走，老妇出门看。
>
> 吏呼一何怒！妇啼一何苦！
>
> 听妇前致词：三男邺城戍。
>
> 一男附书至，二男新战死。
>
> 存者且偷生，死者长已矣！
>
> 室中更无人，惟有乳下孙。

有孙母未去，出入无完裙。

老妪力虽衰，请从吏夜归。

急应河阳役，犹得备晨炊。

夜久语声绝，如闻泣幽咽。

天明登前途，独与老翁别。

写完后，杜甫长长地叹了一口气，这一场战争给多少家庭带来了痛苦，现在，征兵不但是中男要征，连老妇人也不放过。他在诗的上面题上《石壕吏》。

杜甫继续行走，又过了几天，他目睹了一场人间悲剧。

在一队征夫中，有一位老人拄着拐杖以垂暮之年应征入伍，他站在队列中是那样惹眼。他的妻子得知他入征后，赶来哭倒在路边，老人扶起妻子，看见寒风中她单薄的衣服心疼不已："在家中穿暖和一些，别冻着了。"

妻子哽咽着说："在军中多吃一些，别饿着自己。"

老人扔掉拐杖说："我暂时不会有什么危险，现在烽火遍地，我岂能置身事外。我的儿子和孙子都为国家战死，我这身老骨头也要去搏一把！"

妻子听见丈夫提到儿子，更是泪流满面，她朝丈夫喊着："你一定要好好地回来！"

老人宽慰妻子："这次守卫河阳，土门的防线还是很坚固的，敌军要越过黄河上杏园这个渡口，也不是那么容易。情况和上次邺城的溃败已有所不同，此去纵然一死，也还早得很哩！人生在世，总不免有个聚散离合，哪管你是年轻还是年老！"

老人向送行的长官辞别，也向自己的妻子辞别，那种壮烈的情怀让杜甫心中震撼。

在场的人都知道，这是生离死别。

有征夫在偷偷地擦泪。

队伍走远了，老妇人还站在原地不断地挥手。

杜甫劝慰老妇人："回去吧，他们已经走远了。"

老妇人像是对杜甫说，也像是对自己说："我的儿孙全部都阵亡了，现在他又上了战场……"

杜甫叹了一口气："回去吧，老人家！"

"谢谢你，客官！"老妇人蹒跚着脚步走向村子里。

骑着马，走在官道上，一些诗句在杜甫心中已经形成，这就是《垂老别》：

> 四郊未宁静，垂老不得安。
>
> 子孙阵亡尽，焉用身独完。
>
> 投杖出门去，同行为辛酸。
>
> 幸有牙齿存，所悲骨髓干。
>
> 男儿既介胄，长揖别上官。
>
> 老妻卧路啼，岁暮衣裳单。
>
> 孰知是死别，且复伤其寒。
>
> 此去必不归，还闻劝加餐。
>
> 土门壁甚坚，杏园度亦难。
>
> 势异邺城下，纵死时犹宽。
>
> 人生有离合，岂择衰老端。
>
> 忆昔少壮日，迟回竟长叹。
>
> 万国尽征戍，烽火被冈峦。
>
> 积尸草木腥，流血川原丹。
>
> 何乡为乐土，安敢尚盘桓。
>
> 弃绝蓬室居，塌然摧肺肝。

投杖从军的老人家为了国家的安危不顾儿孙阵亡，在垂暮之年毅然到战场上一搏，这些大义的行为让杜甫感到既心酸又敬重。

越是往潼关方向走，越是显得荒凉了。

杜甫骑着马赶路，有时在驿站给马加一些草料。所幸的是这条官道上从来没有断过人，特别是在一些村落，他总会碰到一些官吏在村子里拿着帖子点名征兵。而大多数村子里，却没有多少男丁，几乎是老弱妇孺。

在一座村口的大树下，杜甫在树下歇息，他遇见了一位在邺城战败中回来的士兵，便与他聊了起来。从他口中，杜甫知道五年前他被征兵入伍，邺城战败后回到村子。可是他曾经熟悉的村子，却已是面目全非，村子里很多人因为战乱逃走了。他的母亲也在他服役期间病死了。士兵在悲伤的叙说中说他没有为母亲尽孝，没有好好地安葬母亲，让母亲的尸骨抛在山沟。如今，村子里到处都是空巷，只有隔壁的一两个寡妇与他为邻，出入房子的都是狐狸。他说他春天回来后在家里劳作，想过着平静的田园生活，可县里的官吏见他回村里，又来征兵让他去服役，这次是在本地州中服役，因为家中没有人告别，所以去远去近对他来说都无所谓。

杜甫听了他的话，宽慰他。面对杜甫的宽慰，士兵苦笑着摇头："家都没有，何谈其他？"

"家都没有，何谈其他？"杜甫重复着这句话，他的心忽然变得很沉重了。

杜甫再也找不出话来安慰，只好拍拍他的肩，与他告别。

一路回华州，杜甫心中感慨万千。

杜甫写《新婚别》《垂老别》时心中还有许多豪情，与退役老兵交谈后，他的心情就很难过了。士兵常年生病的母亲生不能养，死不得葬，彼此抱恨终身，造成这样的局面是谁？"家都没有，何谈其他？"这句诘问始终撞击着杜甫的心灵。

晚上杜甫借宿在一位农家，饭后，他拿出笔墨写这首《无家别》的诗，他写下题目后，心中的悲凉凝聚在笔端，提笔一气呵成：

> 寂寞天宝后，园庐但蒿藜。
>
> 我里百余家，世乱各东西。
>
> 存者无消息，死者为尘泥。
>
> 贱子因阵败，归来寻旧蹊。
>
> 久行见空巷，日瘦气惨凄。
>
> 但对狐与狸，竖毛怒我啼。
>
> 四邻何所有，一二老寡妻。
>
> 宿鸟恋本枝，安辞且穷栖。

方春独荷锄，日暮还灌畦。

县吏知我至，召令习鼓鞞。

虽从本州役，内顾无所携。

近行止一身，远去终转迷。

家乡既荡尽，远近理亦齐。

永痛长病母，五年委沟溪。

生我不得力，终身两酸嘶。

人生无家别，何以为烝黎。

写完后，杜甫将墨迹未干的纸铺在床上，他踱出房间。此时，院子里月亮又大又圆，想到一路上的所见所闻，不禁长长地叹了一口气。邺城大败后，郭子仪带军退保洛阳，朝廷大肆抽丁拉伕，给百姓带来极大的痛苦。

三年前，安禄山攻破潼关，才带来这一场灾难，如果潼关不破，历史便要改写，所以潼关是长安的屏障。这次，朝廷接受上次的教训，将潼关城修筑得十分牢固。杜甫到达潼关时，看到很多官兵正在修筑。骑着马的杜甫被一官吏拦住了。

边关官吏："客官，请下马行走！"

杜甫从马上跳下来，问道："好！潼关有这么多的官兵修筑，该是很牢固吧？"

边关官吏骄傲地回答："当然啦！重修之后，旧城固若金汤，新修的小城筑于山上，更是城高万丈，还有用于防御的战格，就连飞鸟也难得飞过。关隘险峻之处，仅能容一辆小车过去。可真是'一夫当关，万夫莫开'啊！"

杜甫看到边关官吏如此自信，说道："一定要谨慎啊，千万不要让三年前的悲剧重演，像哥舒翰那样失守。"

边关官吏边说边用手指着山上："怎么会呢？你看那边！"

杜甫顺着他的手指看去："潼关还真是险峻，这次修筑得这么牢固，将士们都辛苦了！"

边关官吏听到杜甫夸赞，高兴地笑了。

与边关官吏告别，杜甫骑上马继续行走。

骑在马上的杜甫吟诵着《潼关吏》：

士卒何草草，筑城潼关道。

大城铁不如，小城万丈余。

借问潼关吏：修关还备胡？

要我下马行，为我指山隅：

连云列战格，飞鸟不能逾。

胡来但自守，岂复忧西都。

丈人视要处，窄狭容单车。

艰难奋长戟，万古用一夫。

哀哉桃林战，百万化为鱼。

请嘱防关将，慎勿学哥舒！

很快，杜甫出了潼关，华州就在不远处了。

杜甫回到华州后，将在路上所写的六首诗重新整理了，很快，这"三吏"和"三别"六首诗在文友们中传开了。

第十一章　漂泊在秦州

愁眼看霜露，寒城菊自花。

天风随断柳，客泪堕清笳。

水净楼阴直，山昏塞日斜。

夜来归鸟尽，啼杀后栖鸦。

——《遣怀》

辞官后翻山越岭来到秦州，以为这一方天地能给一家人的生活带来温饱，可残酷的现实击碎了杜甫曾经的梦想，这里也不太平。

1. 翻越陇山去秦州

初夏，杜甫回到了华州。

妻子和孩子们都围上来争着问回洛阳路上的见闻，杜甫一一回答了。看到妻子儿女见到自己的欣喜，杜甫感到自己为夫为父的责任更重大了：战火纷飞的日子，一定要让他们有个避开战乱的地方好好生活。

今年相州官兵大败，接着是关中干旱得厉害，粮食奇贵，民不聊生，据说还有的地方出现了人吃人的现象。

华州也是天干大旱，不见下一滴雨，杜甫心中焦虑，又是一个灾年！杜甫写下了《夏日叹》和《夏夜叹》两首诗。"飞鸟苦热死，池鱼涸其泥"，白天整个世界犹如一个大蒸笼，晚上酷热的天气让杜甫无法入眠，"仲夏苦夜短，开轩纳微凉"，睡不着的他坐起来摇着蒲扇给孩子们扇风。

想起史思明的叛乱还未平息，杜甫心中感到忧虑。

官兵与叛军史思明的仗一直在打，宦官观军容使鱼朝恩忌恨郭子仪，因此借相州之败，在肃宗面前进谗言。七月，肃宗召郭子仪回京师，任命李光弼为朔方节度使、兵马元帅。

杜甫得到这些消息，心中更加悲愤，朝廷李辅国当权，不以国家为重，而是为个人私利玩弄权术，导致朝纲混乱，才使得国家烽烟四起。

想到自己马上就要离职了，杜甫决定寻找一个地方能安顿妻子儿女们，逃离战火纷飞的中原。

杜甫自天宝十四载（755）十月被授予河西县尉不拜，旋改为右卫率府胄曹参军，从此算起到乾元二年（759）季秋为华州司功参军，他为官正好四年。按朝廷考限，也正好期满，就得罢秩守选。朝廷规定，京师百僚九月三十日校定；外官离京一千五百里内，八月三十日校定；三千里内，七月三十日校定；五千里内，五月三十日校定；七千里内，三月三十日校定；一万里内，正月三十日校定。路程越远，校定的时间越早，但是，统统在十月二十五日之前送到京城尚书省。华州距长安一百八十里，当在八月三十日前校定完，考绩校定完后，就可离职。依照规定，杜甫九月便可离职，离职后去哪里呢？这也是杜甫年前回陆浑庄和洛阳探寻一家人何处居住的缘故。

回了一趟洛阳，杜甫看到了中原大地满目疮痍，战火纷飞。情况十分紧急，他等不到离职的那一天，必须弃官带着家人避开这场战乱。

七月中旬的一天晚上，杜甫与妻子商量未来的去处。

杜甫："淑娟，和你商量件事。《老子》说'大兵之后，必有凶年'，关中大旱，饿殍遍地，烽烟四起。我任职四年马上在九月也要期满了。如今，我对朝廷感到失望，况且李辅国将我归于房党，想来以后仕途艰难，所以绝意仕途。这次我从洛阳回华州，一路上所见所闻让我触目惊心，我想带着你和孩子们远离战火的地方，找一处有着青山绿水的地方过着安静的田园生活。"

一直以来，杨淑娟非常尊重丈夫的意见，她听了杜甫的话，脑海里也在想该去哪里合适："是啊，华州不是理想的住所，按照你说的情况，洛阳和陆浑庄肯定是不能去的，洛阳是官兵和叛贼争夺的地方，那里是战区。长安呢？"

杜甫："长安也不合适，一是生活昂贵，地属饥馑，其次是政治中心，尤不可居。"

杨淑娟："我们去哪里合适呢？"

杜甫："要不我们去秦州（今甘肃天水）？"

杨淑娟："去秦州？"

杜甫："从侄杜佐避战乱客居在秦州的东柯谷（今天水北道区街子乡），在秦州我也有熟识的赞上人在那。那年我能够离开洛阳前往凤翔，多亏他的帮助。秦州翻过陇山就到了，只需要七天。相对于战火纷飞的关辅地区，这里是离长安最近的一处平静之地。何况我们去秦州，生活上如有不便，可以得到侄儿和赞上人的照顾。"

杨淑娟："好吧！带上杜安吧，叫上小弟杜占？"

杜甫："是的，自我在华州任职，杜安就和我们生活在一起，家中很多事情都是他担当处理。杜安一辈子未婚娶，将整个的身心放在我们家。在我家已经这么多年了，如果他不和我们一起，能往哪里去呢？小弟才十九岁，我这个做长兄的有责任照顾好他。"

杜安和杜甫是本族，十岁时因父母双亡，杜甫的母亲将他收留在身边，杜甫的母亲去世后，他又跟随在杜闲身边。杜甫成家后，他就帮衬杜甫，管理杜甫的陆浑山庄。杜甫在华州任职后，请他来帮忙管理家中事务。小弟杜占是杜甫在华州任职后，投奔杜甫到华州，在府衙当一小差役。

去秦州的事情议定好后，杜甫将杜安和杜占叫在一起商量出行的事项，大家纷纷准备上路的衣食。

杜甫写了一封信，托马帮带给远房侄子杜佐。

杜佐是襄阳房殿中侍御史杜玮之子，因安史之乱，逃避战火从巩县来到东柯谷居住。

秦州位于长安西边，与长安相距约八百里，是陇右道的一个大州。秦州为陇右道治所，治所在成纪县（今天水市区），领成纪、上邽（今秦安县西北）、陇城（今秦安县）、清水、伏羌（今甘谷县东）、长道（今礼县东北）六县，这里是西通吐蕃要道。

从华州到秦州要翻越六盘山的支脉陇山。陇山（关山），又叫"陇坂"，古称"陇山"，又称"陇坂""陇坻""陇首"，是六盘山支脉，为关中平原与陇西高原之分界，素有"秦陇锁钥"之称。陇山南北走向，东边是渭河平原，西边是陇西高原，其上古道绵延，为中原西出陇右之要途，屏藩古丝绸之路之险隘。陇山层峦叠嶂，关接塞连；坂路盘旋，石径古朴；崖松青翠，涧水潺潺，一般翻越陇山需要七天时间。

立秋后的第二天杜甫写了一首《立秋后题》诗：

日月不相饶，节序昨夜隔。

玄蝉无停号，秋燕已如客。

平生独往愿，惆怅年半百。

罢官亦由人，何事拘形役。

杜甫用这首诗，表明了自己的志向，不再着意于仕途了。一晃他已经是四十八岁的半百之人，不再是当年困居长安以求仕途的书生。这些年来的所见所闻，令他对朝廷已经感到绝望。朝廷宦官李辅国仗着当年扶持肃宗坐上皇位，一手遮天，把持着朝廷大权，为所欲为，朝臣们敢怒不敢言，杜甫也厌倦了官场的你争我斗。

杜甫决定弃官离职，他给华州上级递交了辞呈，同僚挽留他，但是他去意已决。"可是，你这一罢官，按其常规得守选五年，才准参加吏部的冬集铨选。"一同僚劝说杜甫。

杜甫笑了笑："我知道，可是我去意已决，谢谢您的善意提醒！"

"唉，可惜！"同僚说。

七月下旬，杜甫和妻子带着一家八口人从华州向秦州出发了。马车上载着的是大半个月的口粮，还有被褥衣物等。

杜安给马喂足草料，这匹马是杜甫那年在路边捡回来的白马，经过他的调养后，瘦马恢复了健壮。

拍了拍马背，杜甫说："我的白马啊，如今走山路，就全靠你拉车了。"

白马似乎听懂了杜甫的话，嘶鸣了一声。

翻越陇山的线路，杜甫在出发前，请教了很多人，也问了马帮的伙计。

他决定走关中到陇县的古道，即走大震关（故关）、关山（老爷岭）、固关、马鹿、长宁驿、牌楼，沿古道（故城），进恭门，然后走清水，沿牛头河到社堂，过渭河到东柯谷。

从华州去陇山，刚开始走的官道还比较平坦，碰到比较难走的地方，杜占和杜甫在后面推着马车。到达陇山脚下时，朝上看去，陇山高近千丈，山势陡峭，此时，杜甫想到了老不入州府的庞德公、达生避俗之陶渊明、上疏乞骸骨之贺知章、与布衣终老之孟浩然，他也想效仿他们过自己想要的生活。

到达老爷岭（关山）时，看着山上的景色，杜甫吟诵翻越关山的第一首诗：

满目悲生事，因人作远游。

迟回度陇怯，浩荡及关愁。

水落鱼龙夜，山空鸟鼠秋。

西征问烽火，心折此淹留。

吟诵完后，杜甫给两个儿子解释诗中"鱼龙"是鱼龙河，发源于陇县西北；"鸟鼠"是鸟鼠山，在渭源县西，"鱼龙"和"鸟鼠"在这首诗里代指秦州的山水。经过杜甫一解释，宗文和宗武连忙说懂了。

下午，看着在车子颠簸中熟睡的孩子们，杜甫欣慰地笑了。沿途庄稼长势茂盛，不同于关辅大地禾苗枯死，杜甫猜想秦州今年是个丰年，侄儿种的庄稼也应该有好的收成。

到达渭河边时，天色已晚，杜甫看见河边有一关帝庙，便决定一家人在这里歇息一晚上，第二天过河。

一早，船家就在渡口了。杜甫和船家打过招呼，船家说人和马分两批过河。在船上，杜甫和船家攀谈起来，得知杜甫要去东柯谷，船家将他所知的有关信息全部告诉了杜甫。

"东柯谷是一处河谷盆地，这里山清水秀，物产丰富，民风淳朴，可真是一处适宜居住的好地方。"船家说。

杜甫："是吗？我去东柯谷是因为想躲避战火，孩子们还小，叛军涂炭生灵，毫无人性，唉！"

船家一边熟练地划着船，一边叹息："是啊，谁愿意背井离乡呢？"

不多久，船靠岸了。过了河的杜甫在等待杜安和马匹过河。站在河边，杜甫吟诵道：

> 传道东柯谷，深藏数十家。
> 对门藤盖瓦，映竹水穿沙。
> 瘦地翻宜粟，阳坡可种瓜。
> 船人近相报，但恐失桃花。

落水的河道，空旷的山谷都笼罩在萧瑟，凋敝的气氛中，杜甫带着一家人一边向前行进，一边打听前方有无战事，杜甫害怕秦州也不是安宁之所。

在路途中，杜甫听说有一位隐士"松风竹影"阮昉，便去拜见了他。阮昉是一名隐士，祖籍陈留（汴州），家世显赫，他隐居陇上，安贫自得，好学多情。杜甫以一诗《贻阮隐居》写他"足明箕颖客，荣贵人粪土"。

连日的跋涉，终于到了秦州东柯谷（今天水市北道区街子乡子美村）。一片高坡地上，散落着几户人家。杜甫向一位村民打听，那人指着不远处的一排房子说那就是杜佐的家。

一排茅草房前，一群鸡在欢快地跑来跑去，旁边几畦青菜地。杜甫忽然眼眶一热，他也想有这么一处地方安顿好妻儿。

杜甫带着一家人来到侄儿门前，杜佐看到杜甫来了，连忙出屋，热情地迎接叔叔一家进屋，又喊出妻子和儿子，帮着将马车上的东西搬进屋里来。

杜佐的妻子麻利地进了厨房，不一会儿，一桌子饭菜就端上来了。

看宗文和宗武吃得津津有味，杜佐的妻子对杨淑娟说："婶子，两个小弟弟都长得这么高了，眉清目秀，他日必成栋梁之材！"

杨淑娟说："兵荒马乱的日子，孩子们都没有进好的学堂读书，全靠我和子美在家里教他们。"

杜佐接过话题："战火纷飞，大家能活着就很不容易。"他转过头对杜甫说，"这里比关辅地区要安全一些，不过也有吐蕃常来骚扰。"

杜佐建的茅屋也不是很多，但是他腾出三间来给杜甫一家住。在侄儿的慷慨帮助中，杜甫一家总算安顿下来了。

杜甫看到杜佐家大口阔，房子也不是很多，粮食也不是很宽裕，所耕种的田地也只能供他一家人生活，如今加上自己家里几口人，肯定是不够吃的了。尽管侄儿说他的家也是叔叔的家，但是暂时借住还行，长期住下去也不是办法。于是，杜甫便想着自己能寻一处地方，筑建自己的房子，开一片荒地，或者买下一片田地。

这天，杜甫将写的一首诗递给杜佐：

> 东柯好崖谷，不与众峰群。
>
> 落日邀双鸟，晴天卷片云。
>
> 野人矜险绝，水竹会平分。
>
> 采药吾将老，儿童未遣闻。

杜佐读后，知道叔叔的心事。

"叔叔是不是想在东柯买块地长居？"杜佐问。

杜甫笑了笑："还是侄儿懂我。是的，我觉得这里的风景很好，就是不知道能不能找到合适的田地。"

杜佐："我明天陪叔叔四处看看，可好？"

杜甫："太好了！"

第二天，杜佐陪着杜甫四处看看，田地倒是有，就是价格贵，或者有田地，没有做房子的宅基。

接连几天，叔侄俩又四处打听，依然是没有找到合适的地方。

2. 陇月向人圆

杜甫一家暂时借居下来，妻儿们有了安身的地方，但是杜甫知道这不是长久之计。

从侄儿杜佐那里得知赞上人住在西枝村，杜甫决定去拜访赞上人，顺便看看那边是否有合适居住的宅地。

当年杜甫在安史之乱被困于长安时，有幸得到京师大云寺赞上人的帮助。赞上人因为是房琯居宰相时的门客，被作为"房党"贬谪到秦州安置，他居住在有岩窦之胜，杉漆之利的西枝村（今天水市北道区甘甜乡西枝村）。西枝村是秦州近郭，距离秦州城有五六十里远，紧邻甘泉镇，太平寺坐落在甘泉镇背后的山坡上。

赞上人被贬谪出京城后，就来到了秦州，他在离太平寺不远的西枝村台地上凿了一孔窑洞，并在窑洞前筑了一间土屋，在此修行。

杜甫骑着马前往西枝村。在路人的指点下，他走过崎岖的山道，来到了一处山坡前，只见一处土窑前，建有一座土屋。有一棵松在窗前，盘虬卧龙的枝干将孤独的土屋衬托出些许亮色，屋前菊荒雨后，莲倒池中，一幅晚秋凄凉之景。

"请问有人在吗？"杜甫站在门外喊道。

出来一位身材高大，慈眉善眼的老人，他一看见杜甫，眼睛一亮："子美，是你，你怎么来了？"

杜甫呵呵一笑："是啊，来看你来了。"

赞上人："快进来！"

杜甫随着赞上人进了屋子，并简单说了一下来秦州的情况。

赞上人和杜甫两人到禅房话旧。回忆起当年安史之乱长安城中的人和事，皆是叹息不已。当年房琯罢相，杜甫在皇上面前上疏力争，几乎获罪。赞上人又是房琯的门客，两人皆被当作房党受到牵连。

吃完午饭后，他们去游览太平寺。

太平寺的僧人见是赞上人来了，连忙请赞上人和杜甫进禅房就座，赞上人说先去看泉眼。

赞上人："太平寺建于何时，没有文字记载。这里最著名的是这一甘醇的泉眼。"

赞上人将杜甫带进寺外的一处高冈上，只见一眼泉水汩汩从枯柳根处流出，下面有一石潭，泉水清澈见底，人站在泉边，深潭的泉水如同一面镜子，微风吹来，漾起了涟漪，水中山林的倒影也随着摇晃起来，青青的石头和流出的泉水犹如青白两条小蛇在潭水中隐隐可见。

"这眼泉甘水极盛，旱不竭，冬不冻，寺中僧人全靠这眼泉生活。"赞上人说。

"哦。"杜甫用手接着泉水喝了，"嗯，还真的是很甘甜。这里真是适宜居住的好地方！"

赞上人："是啊，有山、有泉、有灵性的地方。"

杜甫心情愉悦："嗯，倘若在这里筑一良居，这泉水就会润泽我的药圃，有了这泉水三春滋润我的黄精，人们吃了黄精可以成仙呢。"

随即杜甫吟诵起来：

> 招提凭高冈，疏散连草莽。
>
> 出泉枯柳根，汲引岁月古。
>
> 石间见海眼，天畔萦水府。
>
> 广深丈尺间，宴息敢轻侮。
>
> 青白二小蛇，幽姿可时睹。
>
> 如丝气或上，烂熳为云雨。
>
> 山头到山下，凿井不尽土。
>
> 取供十方僧，香美胜牛乳。
>
> 北风起寒文，弱藻舒翠缕。
>
> 明涵客衣净，细荡林影趣。
>
> 何当宅下流，余润通药圃。
>
> 三春湿黄精，一食生毛羽。

随后，他们去了太平寺，问及下面可有空地，方丈说没有。

在禅室，杜甫和寺中的方丈以及赞上人谈及战事，对叛军的情况做了一番分析。

午饭是在寺中吃的，虽然是一些青菜，但是味道极佳，杜甫说或者是这地下泉水的缘故。

晚上，杜甫住在赞上人的土室里，两人就中原的战争形势又做了一场交谈。随后，杜甫作诗《宿赞公房》一首：

> 杖锡何来此，秋风已飒然。
> 雨荒深院菊，霜倒半池莲。
> 放逐宁违性，虚空不离禅。
> 相逢成夜宿，陇月向人圆。

赞上人读了杜甫的诗后，说读杜甫的诗真是心旷神怡。

"子美，我喜欢'相逢成夜宿，陇月向人圆'这句，真没想到我们在这里重逢，是天意也是缘分。"

杜甫："是啊，命运让我们相聚，陇月让我们团圆。"

赞上人："明天，我们到周边看看，这里的风景很别致。"

杜甫："好！"

第二天，赞上人与杜甫去了周边看了看，杜甫觉得这里的景色很好，他对赞上人说想在西枝村定居。

赞赏人："子美，你想在西枝村寻草堂地，这里的环境还真的不错。一是在秦州的近郭，有岩窦之胜，杉漆之利。倘若是能找到适合的地方居住，我们俩还能在一起互相走动。"

杜甫："是啊，我也希望能在这里定居下来。"

接下来，一连两天，杜甫和赞赏人"怡然共携手，恣意同远步"，走遍了周围的山林。得知杜甫喜欢幽静的地方，赞上人带着杜甫去了一处僻静的地方。他们携手涉过小溪，一路上畅谈山中趣事。杜甫想选一处朝南向阳的处所，又有水源的地方，但是找了一圈，没有找到合适居住的地方。日落时分，他们回到土室。

时值晚秋，一到夜晚，天气便呈现寒意。鸟儿归林，月出东山，夜更静了。土室里透出的光亮，将松树的影子投在墙上。杜甫和赞上人在室内交谈正欢。他们从京城的国事，谈到江湖趣闻；从两人被贬谪谈到当前的战争，他们也没想到同为贬谪之人，在秦州的西枝村再度相遇。

睡前，杜甫作诗《西枝村寻置草堂地夜宿赞公土室二首》。

迎着晨曦，杜甫告别了赞上人，回到东柯谷。

见杜甫从西枝村回来，杜佐便问杜甫在西枝村寻地的情况，杜甫说没有找到合适的地方。杜佐说住他这里也是一样，都是一家人。杜甫笑了笑说总是麻烦侄儿不好。

在侄儿家借住的日子里，杜甫也采一些草药去城里卖，在城里和东柯谷来来回回地跑。

后来杜甫听说西枝村西边有一山谷颇为向阳，气候也比较温和，石田土质良好，作物能够丰收。于是他寄诗给赞上人，托他买茅屋兼土地。杜甫感谢赞上人前些时日陪他前往南山卜居，说到他年老腿脚不便在阴崖下居住，他想寻一处背靠高冈，向阳的地方居住。所以杜甫想等到雨停路干，牙疼的老病好了以后，再邀赞上人同去西谷。想象自己定居下来后，徘徊于虎穴之上，观览于龙潭之侧。他会在茅舍里备下清茶相待赞上人；也将踏着小路，拜访赞上人的林丘。

> 一昨陪锡杖，卜邻南山幽。
> 年侵腰脚衰，未便阴崖秋。
> 重冈北面起，竟日阳光留。
> 茅屋买兼土，斯焉心所求。
> 近闻西枝西，有谷杉黍稠。
> 亭午颇和暖，石田又足收。
> 当期塞雨干，宿昔齿疾瘳。
> 裴回虎穴上，面势龙泓头。
> 柴荆具茶茗，径路通林丘。
> 与子成二老，来往亦风流。

接到信的赞上人，得知杜甫的身体状况，以及心中所想。他立即赶往西枝村西谷，那地方确实是好，但是对方要价太高。杜甫没有那么多资金，赞上人也帮不了忙，杜佐也没有积蓄，在西枝村置房的计划只好作罢。

在东柯谷和西枝村都没有找到合适的地方建筑房子，也没找到可供家人生存的土地，杜甫考虑到总是麻烦侄儿一家也不好。居住一月余，杜甫决定带着一家人迁居秦州城中。杜佐陪着杜甫在城中租下了一处比较偏僻的房子，这是杜甫喜欢的居住环境。虽然偏僻，但是房子宽敞，向阳，也有可供晾晒草药的院子。

两人忙活了一天，终于将房子整理好了，杜佐说庄稼收了后，就送一些米粟过来，处在困境中的杜甫也不客气地答应了。随后，杜甫去东枝村将妻子儿女还有杜安、杜占一起接到秦州城里。

在城里，虽然生活诸多方面方便了一些，可是一家人靠什么生存呢？杜甫决定做起老行当，去山间采药来维持一家人的生计。山间药材很多，每次杜甫都会带回一大捆，晾晒总是妻子的事情。

"晒药能无妇，应门幸有儿"，日子就这样不紧不慢地过去了。

3. 客泪堕清笳

杜甫站在院子里，听到北边城楼传来了胡笳的声音，他走出院子，来到了大街上。一早，街上还是冷冷清清的，忽然，他看见军队列阵在北门的城楼下。

"唉，是不是又要打仗了！"杜甫叹了一口气，自言自语道。

一位官差模样的人从杜甫身边走过，听到杜甫的话，停下脚步说："是啊，这战事什么时候结束啊！八月十二日，襄州将领康楚元、张嘉延起兵作乱，占据了州城，襄州刺史王政逃向荆州。康楚元自称南楚霸王。现在，洛阳、齐、汝、郑、滑四州都被史思明占领，局势变得更加紧张起来。吐蕃，吐蕃也在趁机骚乱，这不军队又要出城了。"

杜甫："内忧外患啊！不会是和吐蕃有战争吧？"

官差："不是，是去平定史思明的叛乱。唉，为保长安，陇右空虚，吐蕃乘虚而入，由青海的日月山、黄河首曲向西宁、乐都、河州（今临夏）、洮州（临潭）一线开始向前推进。肃宗元年（756），吐蕃占领了雟州（今西昌）、威戎城、石堡城（今临潭西南）。肃宗二年（757）占领廓州（青海化隆西）、岷州（今岷县）及河源（兴海附近），莫门（在临潭旧城）。再这样下去，恐怕这秦州城也难保了。"

杜甫："是啊，边塞防线万万不能松懈啊。否则，秦州城内万余户，十万之众又得流离失所了。这里可是通往京城最大的口岸、文化商贸中心啊。"

官差："是的，你看城内驿馆旅店中住满了西域来的使节、贸易商人，还有京都来的王城公子、名臣大将、文人墨客、商贾大亨。关中的战争暂时还没波及这里。客官，听口音，您好像不是本地人啊？"

杜甫："是的，我从华州来。"

官差："哦，这里也不是安宁之地啊，多保重！"说完，他匆匆地离去。

杜甫到了北门城边，听见一老一小两士兵坐在一块石头上聊天。

老兵："那些回纥兵真是勇猛，他们身强力壮，哪像我们，连饭都吃不饱，一个个面黄肌瘦。"

小兵："他们的兵器也比我们厉害吗？"

老兵："当然，他们在马上战斗犹如在平地战斗。"

小兵："厉害！厉害！"

他们所说的回纥兵，是帮肃宗收复两京的叶护所带的兵。叶护辞归时，奏曰："回纥战兵留在沙苑，今归灵夏取马，更为陛下收范阳余孽。"杜甫对叶护留兵沙苑，皇上依赖回纥兵收复范阳深感忧虑。

杜甫本想参与他们的聊天，想了想还是走吧，他想去城北寺看看。

城北寺实际在城东北的山上，这寺院是当年隗嚣的宫殿。隗嚣是东汉初天水成纪（今甘肃秦安）人，出身陇右大族，知书通经。新莽末，当地豪强据有天水、武都、金城等郡。隗嚣自称西州上将军。后与汉军交战屡败，忧愤而死。

杜甫先出东门，只见东楼横跨府城上，这个门是吐蕃入京，朝廷使者西去的必经之门。有多少将士经过这道门西征，有去无回啊！杜甫心中感叹，他边走边吟诵了一首诗《东楼》。

身后，又传来了胡笳声，听到胡笳声声，想到漂泊的生活，杜甫心中思绪万千：

愁眼看霜露，寒城菊自花。

天风随断柳，客泪堕清笳。

水净楼阴直，山昏塞日斜。

夜来归鸟尽，啼杀后栖鸦。

"客泪堕清笳"，秦州城里也是危机四伏啊，杜甫心想。

很快，杜甫来到了山门，只见古老的山门长满苔藓，空寂的野殿中还残存着当年的壁画。在一片荒草前，杜甫看着还带着露珠的叶尖，想起昨晚的月光照着这些荒草，心生悲凉。他继续往上走，登上山顶，看见远处渭水无情地向前流去，更加剧了他心中的忧伤，他急忙下山回家。

回到家中，妻子正在晾晒草药，两个儿子也有模有样地学母亲将草药翻过来晾晒。

"杜占呢？"杜甫问。

"去街上卖草药去了。"杨淑娟回答，"有什么事？"

杜甫："也没什么大事，今天在古寺里发现一味草药，想教他辨认一下。"

杜甫进屋喝了一碗水，出来接着说："我今天在城边碰到一位捣衣女，和她聊起来得知她丈夫远去戍边，明知道他不会回了，但是她还是给他做冬天的棉衣，在捣衣石上捶得响声震天，她说希望远在边塞的丈夫能听到。唉，听了她的话，我心里真是难过。"

杨淑娟："是啊，所以我们一家人能在一起，虽然日子很苦，但是总有希望，不像捣衣女，生活在无尽的期待中。"

过了不久，杜甫带着两个儿子与杜占一起去了归降于唐的氐族、羌族等少数民族的聚居区。只见这里帐篷林立，膻气浮荡，异于汉族装扮的人们或在杀牛宰羊，或在燃薪煮饭，或在坐饮笑谈。

此时，一阵掌声响起，一名健硕的胡人少年出场了，只见他跳起了舞蹈，引起一阵阵喝彩。接着，两个回纥少年上场了，他们比赛摔跤，霎时，围上来七八个青年，各自为自己的一边出谋划策，他们使劲地喊着，两个少年势均力敌，一时间分不出胜负。不远处，有青年在骑马比箭法，年老的胡人看着比赛捻着胡须点头微笑。

杜甫带着孩子们转到另外偏僻一点的地方，人未到，就闻到一股膻腥味。这里正在杀牛，只见几个大汉使劲缚住一头牛的四条腿，挣扎着的牛轰然倒下，拿着刀的汉子对准牛的喉咙，霎时间一股鲜血喷出，不一会，杀牛者就将一头牛切割成一堆堆牛肉，一堆堆骨头。

牛肉不贵，杜甫买了一些牛肉给孩子们改善伙食。

当杜甫离开胡人、羌族人的居住地，胡笳声在身后又响起。

异族的风情，刚开始杜甫觉得还行，但是过了些日子，发现这里华夷难以相处，而且杜甫觉察到西塞已经面临着吐蕃侵略的危机。自景龙四年（710）金城公主嫁吐蕃后，吐蕃来书自称外甥，但是现在外甥国却觊觎中原大地，经常越境来抢夺牲畜、粮食。朝廷开边黩武和吐蕃势力强大后的膨胀也加剧了两国的矛盾，吐蕃过境来抢掠的次数越来越多，两国时战时和。

一天，杜甫经过一处古战场，想起与边塞的相处，忧虑中吟诵：

下马古战场，四顾但茫然。

风悲浮云去，黄叶坠我前。

朽骨穴蝼蚁，又为蔓草缠。

故老行叹息，今人尚开边。

汉虏互胜负，封疆不常全。

安得廉耻将，三军同晏眠。

这是《遣兴三首》第一首，杜甫记录下经过古战场的情形，他想起廉颇安抚边境而不生事，现在呢，边塞将领为了能在朝廷邀功，而生战事，让百姓不能安于生产和生活，这种弊端何时能止住，谁都不知道。

在秦州城里生活，打开门便要钱，一家人常常生活在困顿之中。土地是生存的根本，要是能有几块田地，生活就大不相同了，杜甫想。

哪里能买到合适的地呢？

4. 秦州城里的"药生活"

杜甫想在秦州置地定居的想法一直没变，这天他到采药到了崦嵫山。崦嵫山在秦州西五十里，在赤谷之西，所以也叫西崦。采了药材下山，天已经黑了，杜甫借住在一山中人家。"溪回日气暖，径转山田熟。鸟雀依茅茨，藩篱带松菊。"这里犹如桃花源，杜甫喜欢上了这里。

回到家中后，杜甫说了崦嵫山，茅茨山菊人家，借宿之地，但是大家都说离秦州城远了，何况也没有那么多钱去置地。妻子告诉杜甫袋子里只剩下一文钱了。

"父亲说了，那一文钱不能动的，必须留在钱囊里。"宗武说。

杜甫苦笑了一下，说："唉，崦嵫山置地也只能是梦想，家中都断粮了。杜佐说庄稼收割后给我们送一些粮食来接济一下，回去这么久怎么还没送来？"

"收割后还要舂成米啊。"杨淑娟说。

"要不，哥，你写封信我送去顺便看看情况？"杜占说。

杜甫："也行。"

宗文听完叔叔的话，早就拿来了纸和墨，并且很快帮父亲磨好墨。

杜甫思忖了一下，一连写了三首《佐还山后寄三首》：

一

山晚浮云合，归时恐路迷。

涧寒人欲到，村黑鸟应栖。

野客茅茨小，田家树木低。

旧谙疏懒叔，须汝故相携。

二

白露黄粱熟，分张素有期。

已应舂得细，颇觉寄来迟。

味岂同金菊，香宜配绿葵。

老人他日爱，正想滑流匙。

三

几道泉浇圃，交横落慢坡。

葳蕤秋叶少，隐映野云多。

隔沼连香芰，通林带女萝。

甚闻霜薤白，重惠意如何。

杨淑娟读了诗，赞叹："这三首还真是写得好！特别是'白露黄粱熟，分张素有期。已应春得细，颇觉寄来迟'。你呀，巧妙地求助，但是怎么责怪他'寄来迟'呢？"

杜甫："自己的侄儿，不会见怪。"

杜占拿着哥哥写的诗，骑着马走了。

晚上杜甫回想到早晨在北门听到两兵士的话，写了一首《留花门》，花门是回纥的别名，回纥西南有花门山堡，杜甫喜欢用花门代指回纥。接着他将游隗嚣宫的情形写了一首诗。

第二天杜占回来时，杜佐赶着马车也跟着来了，这回他送来了三大袋子米，又送来很多新鲜的蔬菜。杜甫说了些感谢的话，杜佐说因为有别的事情，高粱米未及时舂出来，所以送来迟了。

杜佐吃完午饭便要告辞，杜甫留侄儿歇息一晚上再走，杜佐不肯，说回家还有点事。杜甫也不强留。

晚上，杜甫看着天上的圆月，想到四个弟弟除杜占外，三个弟弟一个在许州，一个在齐州，另外一个弟弟还不知道在哪，心中挂念不已。又因为史思明攻陷东都以及四州，与弟弟们音信不通，便写下《月夜忆舍弟》：

戍鼓断人行，边秋一雁声。

露从今夜白，月是故乡明。

有弟皆分散，无家问死生。

寄书长不达，况乃未休兵。

"露从今夜白，月是故乡明。"杜甫口中喃喃念道。

他又想起寡居的妹妹，心中更是痛惜不已。妹夫早逝，妹妹拉扯几个孩子度日如年，异常艰难。十多年来没有见到妹妹，也不知道她如今怎样了，杜甫心中甚是挂念。

日子一天天过去，杜甫带着弟弟杜占在山间野外挖草药，也将周围的名胜游遍了。这天，杜甫独自一人带着药锄出去采药，不料遇到一场大风大雨，他穿着湿透的衣服连忙往城里赶。回来后一场风寒袭击着他瘦弱的身躯，杜甫病倒了。

得知杜甫病了，侄儿杜佐带来自己养的几只鸡来看望他。

杜佐："叔叔要爱惜身体，碰到天气不好就不要去采药。"

杜甫苦笑了一下："这一大家人用度怎么办？唉！叔叔无能啊，期待这场战争早日结束。侄儿也不必担心，我喝些草药汤就会好的，这些苦难只是暂时的。"

杜佐："是的，叔叔，这些苦难只是暂时的。"

杜甫："哦，对了，我觉得你还是要参与时事，为国效力，你还年轻，不像我，已经老朽了。"

杜佐："谨记您的教诲，我在山中一直在读书，也是期望他日能为国效力。"

"好！好！"杜甫称赞，杜佐走时，杜甫送给侄儿一首诗：

> 多病秋风落，君来慰眼前。
> 自闻茅屋趣，只想竹林眠。
> 满谷山云起，侵篱涧水悬。
> 嗣宗诸子侄，早觉仲容贤。

杜佐离开时，杜甫说了他的想法，还是希望能在乡村寻一处地方生活，所以托侄儿寻一处栖身之地。

隐士阮昉也来探望杜甫，他带来了三十束薤菜，杜甫感谢他的馈赠，并写了一首诗相赠。

病情稍微好一点，杜甫就在城中到处转转，看到一块废畦，也心生感慨。

晚上，杜甫做了一个梦，梦见了李白，接着连续两天夜晚，他又梦见了李白。回想起梦中的情景，心中为李白担忧不已。

晚上，杜甫对妻子说："淑娟，我一连三天在夜晚梦见李白，很久没有他的消息，他是不是遇到了不测……"

杨淑娟："是你最近身体不好，想得太多了。"

杜甫："不，这梦太真切，他来的时候所经之处，原野枫林变成一片暗青；他从险要的秦陇关塞回去的时候，大地变得一片凄凉阴暗。我与他在梦中的情形太真切，这是不好的兆头。自从天宝四载（745）在兖州与他一别后，一直未见面。唉，一场所谓的叛乱，让皇上与兄弟反目为仇，也连累了李白。"

杨淑娟："是啊，永王李璘幼年丧母，是在当今皇上膝上长大的，连晚上睡觉也是抱着睡觉的，没想到最后是这样的结局。"

杜甫："他们虽然是异母兄弟，但是比亲兄弟还亲。"

原来永王李璘丧母后因当时太小，玄宗让还是忠王的李亨照顾李璘。叛军安禄山占领潼关后，玄宗带着诸位皇子逃亡蜀中，而太子李亨则前往灵武。在没有取得唐玄宗的同意，在一些大臣的怂恿下，选择直接称帝。由于路途遥远，玄宗对此毫不知情，他为了平息叛乱，也下发了一系列旨意，"诏以璘为山南东路及岭南黔中江南西路四道节度采访使、江陵郡大都督，余如故"。于是，李璘奉命离开了成都，于三个月后抵达江陵，开始招兵买马。肃宗李璘知道这件事后非常紧张，江淮的收入是朝廷的一大支柱。肃宗命令永王回到父王身边，但是永王李璘觉得应该听命于父皇，拒绝了哥哥肃宗的命令，所以肃宗就派兵攻打。

"永王李璘听命于父皇，在江淮招兵买马，准备平息叛乱。天宝十一载（752），李白应永王之邀，就其幕府中担任江淮都督兵马从事官。至德二载（757）二月永王李璘兵败被杀，'其党薛镠等皆伏诛'。李白逃到彭泽，不久被抓到投入了浔阳监狱中，中途被释，接着去年被流放到夜郎。"杜甫接着说。

"他不会有事的，你放心。"杨淑娟安慰道。

其实，李白泛洞庭、穿三峡、抵巫山的时候，正是杜甫从洛阳回到华州的时间。后来因为大旱，皇上大赦天下，李白遇到赦免，欣喜若狂的他写了一首七绝诗：

> 朝辞白帝彩云间，千里江陵一日还。
> 两岸猿声啼不住，轻舟已过万重山。

这些情况，因为音信不通，杜甫并不知情，只是听说李白客死于流放夜郎的途中。后来得到李白被赦免的消息后，才放下心来。不久，杜甫又梦见了李白，他写了一首诗《天末怀李白》寄给李白：

> 凉风起天末，君子意如何？
> 鸿雁几时到？江湖秋水多。
> 文章憎命达，魑魅喜人过。
> 应共冤魂语，投诗赠汨罗。

一天，杜甫见到朝廷除宫目录，得知好友薛璩已授司仪郎，毕曜除监察御史，欣喜写诗寄给两人，兼述自己索居，凡三十韵。又听说高适转为彭州刺史，岑参为虢州长史，以诗寄给两人，说明自己的病况。又写诗寄给岳州司马贾至和巴州刺史严武。这两人都被归于房党被贬。诗中说自己亲故日少，贫病相继，只期望两个儿子能努力，以待能展济时之志。

杜甫的病情好些后，他又怀念被贬台州司户的好友郑虔，"天台隔三江，风浪无晨暮。郑公纵得归，老病不识路……"担心老友不得归籍。不久，又有诗三十韵寄给带着母亲在嵩阳避战乱的张彪。

多日的药物调养，杜甫终于恢复了健康。他又进山采药，不进山的时候就在城里卖草药，由此，他游遍了城里城外的一些景点：赤谷西崦人家、城内的东楼、麦积山的寺阁等。为此，他作咏景的诗很多，如《天河》《初月》《归燕》《促织》《萤火》《蒹葭》《苦竹》《除架》《废畦》《夕峰》《秋笛》《日暮》《野望》《蕃剑》《铜瓶》等诗作。

当听说宁国公主回来时，杜甫感慨不已。宁国公主当年出嫁回纥，旨在希望回纥帮忙讨伐胡羯，哪里知道滏水溃军，花门同破，这是其一。回纥怀仁可汗死后，他们要公主殉葬，公主力辩汉人的规矩，最后只得刺破面颊，流满鲜血痛哭才没有殉葬。因为没有儿子，所以被送回长安，忍辱而归，这是其二。这次史思明在济河索战，而与回纥秦晋之好已绝，这是其三。这些与和亲的本意已违背，感慨中杜甫写诗《即事》：

> 闻道花门破，和亲事却非。
>
> 人怜汉公主，生得渡河归。
>
> 秋思抛云髻，腰支胜宝衣。
>
> 群凶犹索战，回首意多违。

如果与回纥的关系破裂，那么秦州就会成为战争的前沿，杜甫心中又担忧起来。他想起了那天在山谷里采药时，碰到一位佳人满脸忧伤倚靠着竹竿。杜甫与她攀谈后得知她本是高门府第的女子，关中遭遇战乱后，兄弟皆被杀戮。她说，高官厚禄有什么用，尸骨都得不到收殓。嫁的丈夫偏轻浮放荡，又娶了新人而抛弃了她。她说隐居在这里，与野草山谷为伴，与清泉修竹为邻，也很好的。

劝慰了这一隐居的佳人，杜甫与她告别，走了很远，杜甫回首，看见佳人穿着单薄的衣裳，在竹林的映衬下更加凄美。

杜甫的病好了，哪知家里的马又病了，不吃不喝，这匹马是当年杜甫在路边捡的一匹弃马，经过杜甫精心的调养，身体强壮起来，为一家人从华州到秦州立下了大功。看着马一天天消瘦下去，杜甫又去进山采草药，回来后将草药用文火熬，待到温热后与杜占一起将药水喂进马嘴里，一连喂三天，马儿终于开口吃草料。杜甫想起前不久他看到的汗血马，再想想自己的瘦马，感慨之中，杜甫写了《病马》一诗，"乘尔亦已久，天寒关塞深"，由病马联想到自己，自己何尝又不是朝廷的"病马"呢？

一天，杜甫在山中采药，看见有人家养有小如拳头的小猴子，想到孩子们喜欢小猴子，便向人索要了一只。杜甫无以回赠，便以诗相赠《从人觅小胡孙许寄》，猴子一名叫王孙，一名叫胡孙。想到孩子们捧着这小如拳头的猴子，玩得癫狂的样子，他也变得开心起来。

十月初，有马帮给杜甫带来了一封信，原来是同谷县一"佳主人"来信说同谷（今甘肃成县）适宜居住。劝杜甫携家前往，辞意恳切，仿佛与杜甫是多年的朋友一般。"佳主人"说同谷下有栗亭，那里有良田，产薯蓣，崖上产蜂蜜，竹林中产冬笋……

"佳主人"的一番描述让杜甫心动了，想到在秦州城里靠侄儿接济生活，卖草药又挣不了太多的钱，杜甫和家人商量后，决定前往同谷。

杜佐前来为杜甫送行，他送来了米、油、青菜等。

赞上人和阮昉也来送行，杜甫以诗《别赞上人》，"相看俱衰年，出处各努力"。

杜甫清理好在秦州所写的诗87首，其中秦州纪行诗20首，记下他从华州到秦州的行程，他将这些诗歌放进书箧。五更时分，一家人坐着马车从秦州城区出发。

第十二章　乱世苦旅

有客有客字子美，白头乱发垂过耳。

岁拾橡栗随狙公，天寒日暮山谷里。

中原无书归不得，手脚冻皴皮肉死。

呜呼一歌兮歌已哀，悲风为我从天来！

——《同谷七歌》

在杜甫的一生中，这是最困苦的时期，他带着希望奔赴同谷，却在那里无法生存，在凤凰村饥寒交迫的生活让他不得不走上蜀道，前往益州投靠亲友。

1. 吾道长悠悠

十月初，深沉的夜带着寒气，两辆马车正在官道上行驶。第一辆马车上，杜安包裹严实赶着马，四个孩子在被子里熟睡，一阵寒风吹来，坐在车上的杨淑娟紧了紧身上的棉袄，她伸出手将盖在孩子们身上的被子用手压一压。另外一辆马车上坐着的是昨天进城，今天特为给叔叔送行的杜佐。杜佐赶着马，和坐在马车上的杜甫有一句没一句地搭话。杜占裹着被子在马车上睡着了，发出轻微的鼾声。

"叔叔，天亮时我们就可以赶到赤谷亭。"杜佐说。

杜甫望了望天："好！赞上人和阮隐士在那里等着我们，为我们钱行。"

"驾！驾！"杜佐将鞭子一甩，马儿欢快地跑起来。

杜安也加快了速度，两驾马车在官道上吱吱呀呀地行进。

自杜甫接到马帮带来同谷"佳主人"的来信，杜甫对定居同谷充满了幻想，他回味着那封热情洋溢的来信，以及到达后对他的热情接待，并帮助他卜居。

杜甫这次去同谷走的是赤谷官道。赤谷是一条长约四十里的南北向的河谷，其北口就在秦州城西南约十里处，因谷内崖石为赤色，因以得名。

早在出发前，杜甫打听到到同谷要走的线路和经过的地点：沿着赤谷行走，然后经铁堂峡、盐井、寒峡、法镜寺、青阳峡、龙门镇、石龛、积草岭、泥功山、凤凰台到达同谷，然后到栗亭。

坐在马车上的杜甫，心里对未来充满了期待。

天微亮，只见前面有一草亭，草亭下有石桌、石凳。杜甫远远地看见有两个人影站在亭子里。两驾马车一先一后到了赤谷亭前，赞上人老远就打招呼说："子美，你们来了。"

杜甫："来了，让两位久等了！"

阮昉："我们也是刚到。"

阮昉拿出带来的酒菜："菜还是热的，来，子美、杜佐、杜安、杜占，都来喝一口，路上走的时候会暖和一些。"

赞上人拿出做的面粑，还有熬好的稀饭："弟妹，孩子们，趁热吃！"

众人在石头桌子前围成了一圈。男人们喝酒，赞上人、杨淑娟和孩子们喝着温热的稀饭，吃着面粑，一时间，亭子里热闹非凡。

杜甫举起酒杯："送君千里，终有一别，子美在此敬各位，感谢你们在这三个月对子美一家的帮助，子美牢记在心！在此一别，后会有期！"杜甫仰起头，一饮而尽。

阮隐士、杜安、杜占、杜佐也皆一饮而尽。

杜甫将昨夜写的《别赞上人》一诗送给赞上人，上车挥手别过。

赞上人、阮隐士和杜佐站在亭子里，看到杜甫的马车沿着峡谷远去。

赞上人打开杜甫写的诗，吟诵了起来：

百川日东流，客去亦不息。

我生苦漂荡，何时有终极。

赞公释门老，放逐来上国。

还为世尘婴，颇带憔悴色。

杨枝晨在手，豆子雨已熟。

是身如浮云，安可限南北。

异县逢旧友，初忻写胸臆。

天长关塞寒，岁暮饥冻逼。

野风吹征衣，欲别向曛黑。

马嘶思故枥，归鸟尽敛翼。

古来聚散地，宿昔长荆棘。

相看俱衰年，出处各努力。

"'相看俱衰年，出处各努力'，这一别不知何时能相聚！"赞上人叹息道。

"是啊，叔叔这一去不知何日再相聚。"杜佐说。

太阳升起来了，杜甫一家沿着赤峪河谷朝着西南方向前进。官道旁，两岸的山呈赤色，一条小溪汩汩流淌，因为溪流底部是赤色的石头，也将水映成了赤色。

走了一天，到达一家驿站，杜甫一家在这里歇息。

晚上，看着家人都入睡了，杜甫睡不着，牵着马去小溪边让马饮水，看着星月高挂，他心中感慨颇多，回家后，他拿出笔墨写道：

我衰更懒拙，生事不自谋。

无食问乐土，无衣思南州。

汉源十月交，天气凉如秋。

草木未黄落，况闻山水幽。

栗亭名更佳，下有良田畴。

充肠多薯蓣，崖蜜亦易求。

密竹复冬笋，清池可方舟。

虽伤旅寓远，庶遂平生游。

此邦俯要冲，实恐人事稠。

> 应接非本性，登临未销忧。
>
> 溪谷无异石，塞田始微收。
>
> 岂复慰老夫，惘然难久留。
>
> 日色隐孤戍，乌啼满城头。
>
> 中宵驱车去，饮马寒塘流。
>
> 磊落星月高，苍茫云雾浮。
>
> 大哉乾坤内，吾道长悠悠。

"吾道长悠悠"，杜甫念道，眼睛湿润了。

这首《发秦州》是杜甫从秦州出发后的第一首诗。接着他又写下《赤谷》，记录行走赤谷的沿途景色。

在秦州，杜甫找不到好的卜居之地，又无良田，一家人的生计难以维持，天气又寒冷，况且秦州处于交通要道，杜甫不想与人迎来送往，往南或许有更好的生存机会，杜甫深信，树挪死，人挪活。

走出山谷，杜甫一家人行走在山道，过店镇，穿官屯岭，从铁堂峡东北入口进入铁堂峡，铁堂峡是铁堂山的峡谷，两山夹峙。

比起前面行走的河谷道路，这里陡峭的山崖让人胆战心惊。只见山道两边的山崖绝壁矗立，高不可攀，层层叠叠的石头犹如黑铁一般，山径盘曲，巨大的山崖像是从厚重的地上错裂开来。近处可看到竹子遍布山间，远处半空的山顶还残留着古时的积雪。杜甫一家人孤孤单单地行走在山道上，碰到坡陡的地方，杜甫和杜占兄弟俩一起在后面推车，上了一个坡又一个坡，本是寒冷的天气，他们累得满身大汗。晚上，借宿在一山民家，杜甫写下《铁堂峡》一诗，记录他的行踪。

第二天，一家人继续在铁堂峡走了三十余里，太阳快要落山时，杜甫一家到了一处镇子，只见官道上车辆来来往往，热闹非凡。

"哥，这里是不是盐官镇？"杜占问杜甫。

"应该是的，你看人来车往，十分繁忙。"杜甫说。

这里确实是盐官镇，有盐井的地方。唐朝盐井有六百四十个，成州和隽州各有一处盐井。成州盐井在成州长道县（今甘肃礼县）东三十里，自秦朝时起，这里就制盐，所制之盐纯度极高，优于海盐。

杜甫让杜安停下马车，找了一家客栈，要了两间房休息。杜甫带着杜占去了盐坊。只见门店里柜台上堆着包装好的盐，店小二看见杜甫连忙说："客官要买盐吗？"

"是的，给我来十包盐。"杜甫付了钱，问道，"我可以进盐坊看看吗？"

"客官是……"店小二问。

杜甫："我是过路的。"

店小二："可以，可以，客官请吧！"

杜甫和杜占进了后面的院子，只见院子里有一口很大的水井，工人们忙着从井中打水，几个人负责挑水，不远处有长条状的木槽架在板凳上，木槽上放着装有盐土的框子，木槽下放着接水的木桶，有人挑来从井里打起来的卤水倒在土上过滤，过滤后的水有专门的人挑往后面的一排房子，那排房子里架着几口大锅，大锅里卤水翻滚，蒸气腾腾，旁边的人不时倒进一些玉米面，烧火的人满面烟熏色，柴火燃尽后的灰烬在空中飘浮。

杜甫看了一会儿制盐后，便和杜占回到客栈。

天渐渐黑了，在客栈吃完晚饭后，杜甫牵着马去寻找水和草，杜占也跟着去了。在镇子旁边，有一处草地可以牧马。杜甫和杜占坐在一旁，任马自由自在地吃草，兄弟俩聊了起来。

"小弟，你知道秦国为什么逐渐变得强大起来吗？其中之一就是骡马膘肥体壮。"杜甫说。

杜占不明白："为什么秦人的马膘肥体壮？"

杜甫说："这里是秦人的祖居地，他们的骡马吃了土地下的卤水所滋养的水草，喝了卤水后膘肥体壮。"

"哦！"杜占看着正在吃草的马，说，"让我们的马多吃点这里的草。"

马吃饱了草，喝够了水，长嘶一声。

杜甫和杜占带着马回到驿站，洗漱完后准备睡觉。

宗文和宗武吵着要杜甫讲故事。

杜甫上床后给孩子们讲了起来："从前啊，有位盐婆婆住在盐官镇，盐爹爹住在另外一个地方，他们俩经常像走亲戚一样来往。后来盐婆婆在盐爹爹那里不肯回到这里来，盐井的卤水渐渐枯萎了。这里的百姓祭祀祈祷，希望盐婆婆能回来。盐婆婆的妈妈知道这件事后，就派天神将盐婆婆绑回了盐官镇，盐婆婆回来后，卤水又从地下咕噜咕噜冒了出来。"

宗文问："那盐婆婆和盐爹爹后来呢？"

杜甫："盐婆婆的妈妈让他们一年只见一次。睡吧，孩子们，你们今天累了，我也累了。"

听到孩子们熟睡后均匀的呼吸声，杜甫轻轻下床。

"你不睡？"杨淑娟问。

"我写点文字。"杜甫说。

想到官价值斗三百的盐，转手卖给百姓的却是斛六千，官家获利数倍，百姓苦不堪言。激愤中杜甫写下《盐井》一诗。

第二天，杜甫一家人向西南方向行走。不久，到了寒峡（今甘肃西和县城北四十里长道乡境内的祁家峡）。寒峡很短，只有四五公里长。杜甫行走在峡谷中，但见谷壑幽深，重峦叠嶂，山路险峻。不一会阴云密布，寒意逼人，光线昏暗，似乎无路可寻，这种阴森让人惊悚。杜甫沿途看见百姓流离失所，到处寻找可居住的地方。一些流浪的行人只能在河边餐饮，看到此情景，联想到自己现在的流浪，杜甫心中暗自叹息。

"大哥，刚在那个山峡阴气好重。"杜占说。

"小弟，这里是当年诸葛亮'六出祁山'的地方。诸葛亮出兵北伐曹魏的五次军事行动，其中第一次和第四次蜀军的进攻路线就是走的这里。"杜甫说。

"嗯，这个地方很险要吗？"宗文问道。

杜甫摸了摸宗文的头："是的，你看我们刚才走过去的峡谷是不是很狭窄？这里是军事要塞。"

"嗯！"宗文似懂非懂。

过了寒峡后，很快就到了石堡镇。

石堡镇古名石营，扼守祁山古道狭窄处，是陇蜀往来的要冲，历来是屯兵之处，也称石堡城。北魏时在石堡镇南边飞来山南北两侧的山崖上开凿法镜寺石窟，又名"石堡石窟"。法镜寺是窟前建筑，是一处名胜。杜甫在石堡镇住宿了一晚上，第二天一早，他和杜占就去西崖的法镜寺游览了一上午。

站在古寺前，仰视崖上的山松，听着潺潺清泉，看着满地的枯叶，杜甫吟诵道：

> 身危适他州，勉强终劳苦。
> 神伤山行深，愁破崖寺古。
> 婵娟碧鲜净，萧摵寒箨聚。
> 回回山根水，冉冉松上雨。
> 泄云蒙清晨，初日翳复吐。
> 朱甍半光炯，户牖粲可数。
> 拄策忘前期，出萝已亭午。
> 冥冥子规叫，微径不复取。

"拄策忘前期，出萝已亭午。走吧，小弟，我们下山。"杜甫说。

下山后，杜甫与家人吃完午饭，继续向南行进。

颠簸中转过一个山道，青阳峡出现了。

2. 一路行吟

一阵寒风从峡谷吹来，杜甫打了一个寒战。他抬头看了看前面的峡谷，不禁吸了一口冷气：好一个青阳峡。

两边的高山峻岭，地势极其险恶。近观，只见两岸石壁对峙耸立，如刀削一般，谷狭溪深，石崖上林木不生。远眺，只见山峦绵延，纵横交织。崎岖的山路，云雾缭绕，水汽弥漫，穿行峡谷，冷风阵阵。

这将是这段旅程中最艰难的一段，杜甫心想。

"从现在开始，便是离开了道路起伏相对平缓的陇右高地，而进入深山峡谷的陇南地区了"，杜甫说，"小弟，爬坡的时候你我将马车推一把。"

"好的！"杜占说。

不久，到了一个上坡的山道，杜甫和杜占帮着将马车推上一段坡路后，杜甫站着擦了擦额头上的汗。杜甫抬头看去，前面几里外的一块石头斜倚山体，仿佛要向他们砸下来，一阵大风吹过，带来大山中的阴森之气更是让他心中一惊，他害怕前面有崩石的危险。

"小弟，你去前面探探路，看有没有崩石的危险。"杜甫吩咐弟弟。

杜占应声而去："好的！"

"路狭、山险、道危、日暗、天寒都赶上了！"杜甫说。

"别着急，过了这一段就好了。"杜安宽慰道。

杜占说前面的路畅通，得知没有危险，杜甫带着一家人继续前行。

一路上，杜甫想着当初到秦州过九曲回肠的陇坂时所见的吴岳、莲花、崆峒等山与这里的山比起来真是小得多了。当初七日可翻越的陇坂，是杜甫以为陇坂阔大，绵延广远，当属宇宙寥廓之极的地方，可到了这青阳峡后，杜甫觉得陇山根本不能与青阳峡相比。

中途，兄弟俩在上坡的山道上帮着推车。休息的时候，杜甫给大家讲为什么这里的青阳峡也叫"青羊峡"。

杜甫："民间有句话'你从青羊峡里过，不知青羊在哪卧。进了青羊峡，不知青羊在哪搭'，传说诸葛亮一次征伐魏国途中，亲自率领将士经过青阳峡，但是那时正是涨水的季节，狭窄水急，两壁陡峭，一时间找不到过去的路。这时，诸葛亮抬头看去，只见半山腰有一只青羊在那里奔跑，如履平地。诸葛亮派人前去察看，发现是一条被杂草掩盖的栈道。他们跟着青羊后面平安地走出了峡谷，所以人们将这个峡谷也叫作'青羊峡'。嗯，后面还有青羊和白兔的故事。今天就讲到这里，出发！"

一家人又启程前行。

青羊峡总算走完了，杜甫边走边吟诵：

塞外苦厌山，南行道弥恶。

冈峦相经亘，云水气参错。

林迥硖角来，天窄壁面削。

溪西五里石，奋怒向我落。

仰看日车侧，俯恐坤轴弱。

魑魅啸有风，霜霰浩漠漠。

昨忆逾陇坂，高秋视吴岳。

东笑莲华卑，北知崆峒薄。

超然侔壮观，已谓殷寥廓。

突兀犹趁人，及兹叹冥莫。

"大哥，这里的山真是又高又险啊，比陇坂难走多了，所以你说'东笑莲华卑，北知崆峒薄'，是吗？"

杜甫："是的，快了，到了同谷我们就好了。"

不久，他们进入了龙门镇（今成县纸坊镇府城村），这是四面环山中难得的一小块盆地。

"镇是边防军事建制中的一级，通常设置在边防要害及交通要冲，常年驻守的兵士至少有几百人。"杜甫在马车经过一平缓的地方，边走边讲给宗文和宗武听，"记住没有，熊儿和骥儿？"

"记住了！"宗文和宗武齐声说。

在龙门镇，杜甫看到戍边将士的衣着单薄，而且他们在开垦荒地自己种植粮食，自己供给，目睹了当地戍守士兵的辛苦，又想到此时中原地区正被安史叛军盘踞，杜甫感慨万千，夜不能寐，写下了《龙门镇》一诗。

在龙门镇歇息了一晚后，一家人又沿着山谷继续往前走。前面就是鱼窍峡，又名"天井峡"，是一段长度约五公里的狭长溪谷，这是从小川镇通往同谷的最短通道（位于今小川镇西狭村和抛沙镇丰泉村之间）。

杜安很奇怪杜甫为什么走这条路，便问道："子美，怎么走这条路呢？"

杜甫呵呵一笑，说："在龙门镇，我听别人说这里有一处石龛，就是摩崖石刻，所以就过来看看。而且据说这里的栈道是通向同谷的快捷通道。"

杜占一听石龛，顿时来了兴趣："大哥，石龛赞颂谁？"

杜甫："东汉建宁四年（171），武都太守李翕率领民众在峡谷中凿石修栈，开通了西峡道路。当地百姓为了纪念和颂扬李翕为民修路造福的功德，在峡中一处凹陷的石壁上刻下了颂文，这处摩崖石刻就是《西狭颂》，俗称《黄龙碑》。"

听说前面有景点可以观赏，大家兴趣盎然，都愿意前往。

峡谷很窄，马车在山道上颠簸，不一会儿就上了西峡栈道的西入口。杜甫听到东边山间有熊罴在咆哮，西边有老虎和豹子在吼叫，身后相随的像是鬼魂，阴惨惨的，前面的猴子在拼命啼叫，心中不免有些害怕，他害怕突然出现野兽伤害家人。

走了一段路后，杜甫看到山道上有一老一少在山谷边砍伐竹子，便大声问道："老人家，砍竹子啊，石龛离这里远吗？"

"客官，砍竹子充徭役啊。你说的石龛不远，往前走一点就到了。"看着杜甫拖家带口，砍伐竹子的老人问，"你们这是要去哪里？"

杜甫："我们去同谷。"

老人说："哦，你看了石龛后，再走回头路，前面走不了。栈道年久失修，早已垮掉了，你这马车过不去的，回转去从到镇上过，然后向东翻越草坝。"

"谢谢老人家！"

马车走不多远，到了一个深潭前，杜安停下马车。

杜甫、杜安、杜占、宗文和宗武下了马车。

杜甫指着深潭说："这就是黄龙潭吧！"

杜占："应该是的。"

一行人绕过黄龙潭，只见后面凹陷处有正文阴刻三百八十五字，每字约四厘米见方，字迹工整精巧，蚕头燕尾，一波三折，轻重顿挫富有变化。

杜甫："这可是汉代隶书书法的代表作啊！"

看完摩崖石刻，杜甫一行人沿栈道往前探路，不料溪谷太过狭窄，又有响水河冲流其间，栈道年久失修，很多地方都垮掉了。伐竹老人说的没错，马车是无法通过。

杜甫带着一家人坐着马车又往回走，这时杜甫看到刚才伐竹的一老一小已经上到了高处的石壁上，像是挂在山崖上的两个小小黑点，他们的脚下是飘浮的云雾。

"山民的生活也真是不容易啊！"杜甫感叹。

马车驶回小川镇，向东翻越草坝。这里离同谷只有一百里的路程，积草岭是同谷的分界线，往东去便是同谷县，往西南便是明水县（今陕西汉中市略阳县），明水县也称"鸣水县"。

想到不久便可到达同谷，有了"佳主人"的热情相约，便有了栖身的茅草屋，也不用天天吃野菜，杜甫对"佳主人"心中充满了感激之情。

站在积草岭，杜甫不禁吟诵起来：

连峰积长阴，白日递隐见。

飗飗林响交，惨惨石状变。

山分积草岭，路异明水县。

旅泊吾道穷，衰年岁时倦。

卜居尚百里，休驾投诸彦。

邑有佳主人，情如已会面。

来书语绝妙，远客惊深眷。

食蕨不愿余，茅茨眼中见。

孩子们看到杜甫吟诵诗篇，虽然有很多不懂，但是看到父亲展开的笑容，他们也开心起来。

杜甫一家从草坝下到丰泉村，然后沿着响水河畔一路向东，渡过抛沙河，来到抛沙镇，这里距离同谷县城只有十多里地了。

响水河和抛沙河是青泥河的支流，青泥河流经同谷县城。在同谷县城西北部有泥功山，抛沙镇处在泥功山山区河流的下游，而且是青泥河、响水河、抛沙河三条河流的汇聚地。这里处在南、西、北三面流水汇聚的低洼地，土质疏松，夏季多雨时经常洪水泛滥，多发泥石流灾害。冬季虽然雨水不多，但三条河流在这里交汇，地面湿滑，加上白天冰雪融化，道路异常泥泞。从早到晚，杜甫一家人行走在泥泞中，白马变成了黑马，在泥水中行走的儿子们像蹒跚的老头，又不时滑倒。杜占和杜安推车时也拼尽了力气，马也在埋着头拼命地拉。唉！北方来的客人啊，以后千万别走这条路，杜甫心中想。

历尽千辛万苦，走了一天总算在掌灯时分走出这段泥沼之路。

看着身后的泥泞之路，杜甫吟诵道：

朝行青泥上，暮在青泥中。

泥泞非一时，版筑劳人功。

不畏道途永，乃将汩没同。

白马为铁骊，小儿成老翁。

哀猿透却坠，死鹿力所穷。

寄语北来人，后来莫匆匆。

杜占说："我再也不要走这样的路了！'寄语北来人，后来莫匆匆'，大哥的劝告是真的，这样的路真要人的命。"

"是啊，可怜我的老马！"杜安摸了摸马背说。

到达同谷县城，杜甫找了一家客栈，一家人痛痛快快地洗了热水澡。晚饭后，杜甫写了一封信，托店家送给"佳主人"。杜甫满怀希望等待"佳主人"的出现，一连等了三天，他始终没有露面。

"要不，你直接去找他？"杨淑娟说。

杜甫心中十分沮丧："不用了，他怕我们给他带来麻烦，何况我们素不相识，未曾谋面，是我轻率了。"

"那我们怎么办？钱快没有了，带的米也快吃完了。"杨淑娟十分着急。

"不用急，我明天去四周看看。"杜甫说。

第二天一大早，杜甫往同谷县城东南方向走，来到离县城三公里处的飞龙峡峡口处，这里有一座村庄名叫凤凰村，只见村庄背靠大山，青龙河从谷中流过，对面的青山风景秀丽。杜甫觉得这里背山面水，有山有水，是宜居之地，而且山上肯定有很多资源，在山上总能找到一家人赖以生存的东西。想到这里，杜甫决定就在这里暂时安家。杜甫进了村庄，他逐一拜访，说明自己的来历，以及想在这里安家。山民们欢迎新邻居杜甫，他们告诉杜甫，对面的这座山就是凤凰山，他们指着凤凰山前面的一个石台说，那是凤凰台。

回到旅馆的杜甫将卜居之地给大家说了，当天下午，杜甫、杜安、杜占三人就去了飞龙峡峡口。他们找山民借来砍刀和斧头，砍伐树木、竹子、茅草等，又捡来一些石头垒砌屋基，接下来几天他们在邻居们的帮助下，三间茅草房盖起来了。

看着简陋的茅草屋，杜甫长舒了一口气：全家人总算有了一个栖身之所了。

3. 同谷悲歌

三间茅草房，坐西向东，背枕青山巨岩，面对峡谷山水，立在避风向阳的西南侧山坡地上。茅屋东、西、南，或山，或崖；西侧是仙人崖，崖顶巉岩形状如虎；向南是飞龙峡，河水流经此处，相传有龙飞出，取名为飞龙峡；北侧为东南两河交汇之处，两水合流出峡，水势又若飞龙穿空。屋后，密密的树林挡住西北风，屋前，注入嘉陵江的青泥河缓缓流淌，对面是凤凰山。凤凰山东南方向山岩跌宕起伏，其下凤凰台隐约可见。

十一月初，茅屋外非常寒冷，杜占正在劈柴，杜安牵着马到后面树林去放牧。杜甫站在门前，指着对面的山给两个儿子讲凤凰山："熊儿和骥儿，你们看那座山便是凤凰山，北魏郦道元《水经注·漾水》中记载：'凤溪水上承浊水于广业郡，南径凤溪中，有二石双高，其形若阙，汉世有凤凰至，故谓之凤凰台'，若在凤凰山上可视我们家茅屋，旁边它傍依'石秀才'。危峰突起，孤视星汉。上有方平之地如台，行云缥缈，常绕台边。下有万丈潭，水大之时声若雷霆，有时间我带你们上山去看看。"

宗文和宗武："好的，父亲。"

杨淑娟从屋里走了："子美，家中的米只够吃两天了，已经没有米了！"

杜甫停下了讲解："熊儿和骥儿，你们进屋去。"

等到两个儿子进屋了，杜甫开口说道："我已经和狙公约好，明天去山里捡橡栗。"

狙是猕猴，狙公是指养猴子的人。

杨淑娟问："橡栗能吃吗？那可是猴子吃的啊！"

杜甫："猴子吃的食物人也可以吃，昔日饥荒之年，人们都在捡橡栗吃。在古代，橡栗常常是高士僧道的服食野果，传统医学认为橡栗'肥健人，不饥'。我捡回橡栗后教你怎么做。"

杨淑娟："好吧，明天进山穿暖和点。"

杜甫："棉衣留给小弟穿吧，他明天要进山打柴。"

杨淑娟的眼里流露出些许忧虑："你穿那么单薄，别冻着了。"

杜甫："冻不着，我往年经常在山中采药，知道照顾自己，别着急！"

第二天一大早，杜甫就在路边等狙公。狙公拿着一个布袋子来了，杜甫随着狙公沿着门前的河往南走。在狭窄处，他们走过石桥，继续往山里走去。

橡栗成熟于秋季，近处的橡栗都被人捡光了，因为橡栗也可以作为猪饲料，何况也有一些穷人秋天捡橡栗，以备冬天断粮的不测。

山中的橡树多，但是橡栗不多，零星地橡栗散在各处，杜甫和狙公约好中午时分在一块大岩石前一起吃饭。

寒风一阵阵吹来，吹乱了杜甫的白发。他的双手冻得裂出大口子，一用力就疼。碰到好的药草他也采摘，一上午杜甫捡了一口袋橡栗，他提起来试了试，还很沉。

杜甫和狙公在大岩石前见面了，狙公拿出一壶酒，三个面饼，对杜甫喊道："子美邻居，过来喝酒，暖和暖和身子，你穿得那么少，可别冻坏了。"

杜甫："还好，我不太冷。"

杜甫走到岩石前，狙公递给杜甫一个面饼："来，尝尝我的手艺，这可是我自己做的。"

杜甫推辞，狙公不高兴了："你不接就是看不起我。"

"谢谢！你今天带我来这里捡橡栗，我就感激不尽！怎么好再吃你的午饭呢。"杜甫说。

狙公："你别说客气话，都是邻居。看样子你是个读书人，做过官吧？"

杜甫见狙公真诚，就将自己的过往都讲给狙公听了。

狙公："唉，也是落难之人。明天我再带你去另外一个地方捡吧！"说完，狙公过来提了提杜甫的袋子，说："嗯，加上下午捡的橡栗，估计能撑个三五天，明天再去捡，又可以撑个三五天。"

"我采的这捆草药也可以卖点钱。"杜甫说。

吃完午饭后，两人继续捡橡栗。下午杜甫没有上午捡得多，山中的橡栗几乎没有了。

晚上回来，杜甫和杨淑娟一起取出橡子换水浸煮十多次，淘去涩味，蒸极熟，孩子们吃得很欢快。

晚上，杜甫写下今天捡拾橡栗的感受，他仿佛看见一个风吹白发的老人弯腰捡拾橡栗的情形：

> 有客有客字子美，白头乱发垂过耳。
> 岁拾橡栗随狙公，天寒日暮山谷里。
> 中原无书归不得，手脚冻皱皮肉死。
> 呜呼一歌兮歌已哀，悲风为我从天来！

第二天，杜甫随着狙公又换了一个更远的地方捡拾橡栗，可惜的是橡树很多，但是橡栗却不多，好歹也捡拾了一些，够一家人吃个三两天。

一天，杜甫去山中采草药时，遇到了一位昔日熟识的书生，书生对杜甫十分热情，他邀请杜甫去他家。当杜甫来到他家时，看到家中的境况，知道家中也不富裕。两人谈时局、谈同谷的物产、谈寒冷的天气、谈论诗文，十分聊得来。但当杜甫谈到初到同谷，家中没米，揭不开锅的困境之时，书生沉默不语，杜甫知道他也帮不了忙。

回到家中的杜甫，隔着一道峡谷，遥望着凤凰台，心中感慨万千。雾霭迷茫飘浮的石林因台名凤凰台，让杜甫的思绪越过千载，由眼前的凤凰台联想到西伯（周文王）岐山凤鸣处，叹凤声之不闻。一场安史之乱，打破了国泰民安的平静，盛世之思，乱世之叹，让杜甫渴盼瑞鸟凤凰的到来，什么时候国运中兴啊。看到凤凰台，杜甫便联想到国运中兴上来，"安得万丈梯，为君上上头。恐有无母雏，饥寒日啾啾。我能剖心出，饮啄慰孤愁"。

杜甫写下了《凤凰台》诗题。

天寒地冻，大雪覆盖着山川，家中的橡栗也快吃完了。一大早，杜甫扛着白柄锄头出去挖掘黄独，黄独是一种野生的土芋。可是因为天冷，地面上的苗都冻死了，哪里还能找得到土里的黄独呢？杜甫进了山里，扒开大雪，可是找不到黄独的苗，他只好一锄头一锄头地在雪地里挖。狂风袭来，他弯腰身，将裤腿往下扯了扯，可是还是遮不住小腿。

什么都没有挖到，杜甫只好扛着锄头回来，弟弟正在外劈柴，杜安正在给马喂草料。杜甫进了屋子，小女儿跑上来，抱着他的腿喊饿，大女儿和两个儿子也在哼哼，妻子在抹眼泪。杜甫转过身，又出了屋子，走进风雪中，他要再次进山。

山中的风雪还在不停地下，杜甫这次走得更远，以期能挖到黄独。可是依然是没有收获，只捡拾回了一些橡栗。杜甫回来时天已经黑了，路过邻居家门口，好心的邻居打开门，面露同情之色，对杜甫说他去过杜甫家里，担心孩子们挨饿，给了一把青菜，谢过邻居后，杜甫回到家中。晚上，一把青菜和着橡栗，一家人对付着吃了一餐。

长长地叹了一口气，杜甫吟诵道：

> 长镵长镵白木柄，我生托子以为命！
> 黄独无苗山雪盛，短衣数挽不掩胫。
> 此时与子空归来，男呻女吟四壁静。
> 呜呼二歌兮歌始放，邻里为我色惆怅！

杜甫想起昔日饿死的幺儿，他鼻子酸酸的，如今在这飞龙峡中，一家人缺衣少食，接下来的日子怎么过呢？

靠山吃山，可是大雪封山了，能在山里找到可以果腹的吗？杜甫继续进山寻找。扒开积雪，有时找到可食用的野菜或土芋，杜甫如获至宝，轻轻地挖起来，放进竹篓。

山中异常寂静，杜甫又冷又饿，一阵眩晕，他心中充满了悲凉。三个弟弟身处战乱的山东、河南一带，在战乱中，没有谁的境遇能比谁好一点。如今，生离死别辗转不相见，胡天尘土道路又遥远。杜甫朝着故乡的方向看去，仿佛东飞的鸳鹅（大雁）后面跟着鹙鸧（秃鹙），他恨不得乘着它们来到兄弟们身旁。可是，天空灰蒙蒙，地上白茫茫。现在饥寒交迫中，不知兄弟们日后在何处能收取我的尸骨。迎着寒风，杜甫悲怆地吟诵：

有弟有弟在远方，三人各瘦何人强？

生别展转不相见，胡尘暗天道路长。

东飞驾鹅后鹙鸧，安得送我置汝旁！

呜呼三歌兮歌三发，汝归何处收兄骨？

想起远嫁钟离（今安徽凤阳县）的妹妹，妹夫早逝，妹妹一人带着几个孩子苦苦度日，兄妹已经有十年未见面了，想起妹妹的处境，杜甫更是心痛不已：

有妹有妹在钟离，良人早殁诸孤痴。

长淮浪高蛟龙怒，十年不见来何时？

扁舟欲往箭满眼，杳杳南国多旌旗。

呜呼四歌兮歌四奏，林猿为我啼清昼！

回到家，雪停了，山中的风夹杂着雨又下了起来，淋湿了枯树。溪流湍急，水花四溅。古城同谷上空云雾弥漫，山中白狐、黄狐出来欢腾跳跃。杜甫常常在半夜惊醒，披衣坐起诘问自己：我为什么会来到这穷乡僻壤？我的魂魄什么时候能回到故乡啊！

四山多风溪水急，寒雨飒飒枯树湿。

黄蒿古城云不开，白狐跳梁黄狐立。

我生何为在穷谷？中夜起坐万感集！

呜呼五歌兮歌正长，魂招不来归故乡！

下了几天的雪后，天终于放晴了，杜甫压抑的心有了些许缓解，他准备到万丈潭去看看。万丈潭在飞龙峡内，这里岩壁陡峭，东河流到这里，形成瀑布跌入石潭内，发出雷鸣般的巨响。俗传有龙从潭水中飞出，也叫龙潭。杜甫在当地山民的指点下，独自探访万丈潭。杜甫走进一片密林，只见林木茂盛，渐渐林中小径也没有了。杜甫拨开草丛，攀上一个又一个岩。四周皆是荆棘丛林，哪儿去找万丈潭呢？倘若是夏天，可听到流水溅石的声音，可这是冬天，周围万籁俱寂。四周高高的藤萝好像围成幕帐，寒天的林木似重叠的旌旆，崖下的石洞暗流湍急。杜甫找了好一会，却找不到深潭，他扶着一棵树干喘气。不经意间，用木棍拨开身边的荆棘，顿时，一股阴风袭来，他后退一步，又往前探身看了看，啊，是万丈潭！

只见一处澄泓万丈黝黑的深潭出现了，杜甫心中一阵惊喜，终于找到了！只见万丈之下，一泓潭水似乎深不可测，无法探底。水面上时而波光闪烁，那种飞瀑跌入潭内雷鸣般的响声被藏匿起来了，已是深冬，飞龙大约已经蛰伏藏身在潭底了吧！石壁如削，临近潭面的石根为雾霭所遮，藤萝树木层层密密，像帷幕和旗帜，这里幽深得连云朵和飞鸟都被锁入其中，出入都有巨石的阻碍，无法飞出，飞龙此时也一样蛰伏其中吧。杜甫心想：等到天暖，神龙一定会有酣畅淋漓的风云际会。

杜甫面对着深潭，高声吟诵起来：

青溪合冥莫，神物有显晦。
龙依积水蟠，窟压万丈内。
跼步凌垠堮，侧身下烟霭。
前临洪涛宽，却立苍石大。
山色一径尽，崖绝两壁对。
削成根虚无，倒影垂澹瀩。
黑如湾澴底，清见光炯碎。
孤云倒来深，飞鸟不在外。
高萝成帷幄，寒木累旌旆。
远川曲通流，嵌窦潜泄濑。
造幽无人境，发兴自我辈。
告归遗恨多，将老斯游最。
闭藏修鳞蛰，出入巨石碍。
何当炎天过，快意风雨会。

杜甫悲怆的声音在万丈潭上空回响。

从万丈潭观景归来，杜甫远远地看见了自己家里的茅屋，一丝愁云又涌上了心头。到这里安家已经半个月了，每天吃了上顿愁下顿，又没有亲友相助，现在天寒地冻，就是挖野菜充饥，野菜也找不到啊，这个年如何能挨过去？杜甫心急如焚。

午餐很简单，邻居家给的一些青菜，还有一些山芋，外加一碗米，煮成一大锅粥，杜甫吃了一碗。晚上，杜甫联想起皇上目前的处境，想起如毒蛇般的安史之流，他拿出笔墨写下同谷七歌中的六歌：

> 南有龙兮在山湫，古木巃嵸枝相樛。
> 木叶黄落龙正蛰，蝮蛇东来水上游。
> 我行怪此安敢出，拔剑欲斩且复休。
> 呜呼六歌兮歌思迟，溪壑为我回春姿！

写完，杜甫呆坐着，心乱如麻。年仅四十八岁，却历经岁月和命运的不断摧残，至德二载（757）至乾元二载（759）这三年，因上疏营救房琯触怒肃宗遭贬，一家人便开始了颠沛流离、食不果腹的艰辛生活。回想起十二年前，求仕长安，然而进取无门，度过了惨淡的十年。而一些不学无术的富贵子弟，凭借家族权势余荫，少年之身随手得到卿相之职，自己是空有抱负。

悲愤之中，杜甫又写下同谷七歌中的第七首：

> 男儿生不成名身已老，三年饥走荒山道。
> 长安卿相多少年，富贵应须致身早。
> 山中儒生旧相识，但话宿昔伤怀抱。
> 呜呼七歌兮悄终曲，仰视皇天白日速！

富庶的同谷，难道就没有我一家生存的地方吗？杜甫理了理头绪，是的，再这样下去一家人会饿死在这里。必须走，往南边走，走蜀道，到益州（今成都），对，到益州！

杜甫做出了决定后，给全家人说了自己的想法和理由，得到了赞同，接下来的是要做准备工作。

从秦州到同谷一路走下来，走的是山路，杜甫写了十二首纪实诗，记下沿途的情况；从同谷到蜀地，山道和水路将相互交错而行。

整理好同谷七歌，以及在同谷写的诗，杜甫将这些诗放进书篋。

一路上吃的、住的、穿的等准备工作做好后，十二月初一，杜甫从同谷飞龙峡启程了。

4．艰难的蜀道

杜甫的两位好友高适和严武分别在巴蜀地区任职，这些消息给杜甫带来了希望。如果全家迁居到益州，有了好友的帮助，生活或许会好一些。于是，杜甫决定迁居益州，此决定得到了家人的赞同。

十二月初一，杜甫一家从成州同谷县凤凰村启程走蜀道到益州。得知杜甫一家要离开凤凰村，邻居们纷纷送菜送米，虽然不多，但是代表一份心意。

相处仅仅月余，杜甫与邻居们处出了感情，他们将杜甫一家送出了飞龙峡峡口。

杜甫拱手说道："感谢乡亲们这些日子的帮助和照顾，此恩此情子美牢记在心。若不是投奔亲友，我很愿意在这里居住下来，与你们为邻。各位请回吧！"

邻居们纷纷说道："人们常说蜀道难，请一路多保重！"

"是啊，此去一路穷山恶水，一定要小心！"大家七嘴八舌地嘱咐。

杜甫与乡亲们别过，一家人从同谷县向东南行进。

在一处山岩下休息时，杜甫与杜占谈起凤凰村的邻居们，感叹他们重情重义。

"大哥，从同谷出发，你不写纪实诗啊？"杜占问。

"当然要写，我要一路写到益州。"杜甫说。

一听说要写诗，骥儿连忙拿出砚台和墨条，磨起墨来。熊儿连忙去拿笔和纸。

杜甫想起孔子周游列国不暇暖、墨子不待锅灶的烟囱染黑就又匆忙离开的故事，自己又何曾不是如此。于是，略一思忖，便写了一首《发同谷县》：

> 贤有不黔突，圣有不煖席。
> 况我饥愚人，焉能尚安宅。
> 始来兹山中，休驾喜地僻。
> 奈何迫物累，一岁四行役。
> 忡忡去绝境，杳杳更远适。
> 停骖龙潭云，回首白崖石。
> 临岐别数子，握手泪再滴。
> 交情无旧深，穷老多惨戚。
> 平生懒拙意，偶值栖遁迹。
> 去住与愿违，仰惭林间翮。

"去住与愿违，仰惭林间翮。说真的，若不是在这里无法生存，我还舍不得离开凤凰村啊！唉！继续走吧！"杜甫站起身来，一家人继续往前走。

"是的，'一岁四行役'，大哥，从陆浑庄到华州，从华州到秦州，从秦州到成州，从成州到益州，这一年都奔波在路上。"杜占边走边说。

杜安插嘴："到了益州，一切都会好起来的！"

杨淑娟："但愿如此！"

在这首纪行诗下，杜甫特意标注：乾元二年（759）十二月一日自陇右赴剑南纪行。

一家人开始了走蜀道入益州的艰辛旅程。

经过宝井堡，杜甫一家人不久就到了栗亭（今徽县栗川乡山根村）。栗亭，北魏置栗亭县，不久废为镇，属成州同谷县，地处徽成盆地，境内洛河由西入境，与纵贯全乡的伏镇河交汇于双河。这里气候温暖湿润，土地平旷，田肥水美。从秦州出发的时候，杜甫就对这块土地十分向往。在这里，一家人在客栈里住了几天。

"杜占，明天我们俩去元观峡钓鱼，刚才一渔翁告诉我，那里鱼多。"杜甫说。

"好的，大哥！"杜占回答。

元观峡指的是洛河之红川河段自西向东流经栗川南山与栗川河交汇处的一段河谷。第二天一大早，兄弟俩吃完早饭后就出发了。

沿着岩壁间幽绝的小道缓步前行，峡谷中山风呼呼扑面而来、清冷异常。一条深溪，蜿蜒曲折，两岸悬崖对峙，峭壁迎面。兄弟俩沿峡西行了大约两公里，看到数块巨石间形成一泓深潭，深不见底。潭边有一块大青石依山傍潭，石面平坦如席。

"就坐在这块石头上钓鱼吧！"杜甫说道。

兄弟俩静静地垂钓，不一会，就钓起五六条大鱼。

晚上，杨淑娟熬了一锅鱼汤，香气扑鼻，当鱼汤端上桌子时，孩子们欢呼雀跃起来，看着孩子们高兴的模样，杜甫鼻子有点发酸。

第二天，杜甫和杜占带着作为午餐的面粑前去溪谷里钓鱼，这次他们越过深潭，继续前行，不久就看到河边碎石成堆，山崖林木茂密，有不知名的野禽在天空盘旋。兄弟俩坐在岸边，钓了一天，竟然钓了很多鱼。杜占高兴异常，坐不住了，跑来跑去忙个不停。

"这么多鱼吃不完，我们将这些鱼腌好，路上可以备用。"杜甫说。

杜占满心欢喜："是的，留几条这几天熬汤。"

晚上，杜甫欣喜中写下了《栗亭十韵》。

在栗亭逗留期间，杜甫去了昔日的同僚吴郁御史的故乡两当县，两当县在凤州城西。当杜甫骑着马来到吴郁家门口时，看见空空的宅子无一人居住，问起邻居得知吴御史在长沙任职。想起昔日在凤翔用兵时间谍事起，良民受诬，由于为良民辩论，吴御史忤逆了朝贵，遭受贬谪。身为谏官的杜甫，因为房琯之事受牵连，无法为吴御史辩论。为此事，杜甫心中一直愧疚。今想来拜见，却见空屋一座。杜甫遗憾之中写了《两当县吴十侍御史江上宅》。

在栗亭停留了几日，趁着晴天，杜甫决定启程。一路走来距同谷县约莫二十里，就到了木皮岭。木皮岭在同谷县东，河池县西（今徽县西南之兑山东脉）。木皮岭北属河池县（凤州河池郡）；岭南属于明水县（隶顺政郡）。

南入郡界，历当房村，过木皮岭，可以由白水峡入蜀。

杜甫站在岭上，给家人们介绍："此岭俗名叫'木莲花掌'，你们看山上木兰树沿山蔚然成林，遮天蔽日，每到春暖花开，漫山遍野，五彩斑斓。木兰树皮是厚朴，剥下可卖钱。"

杜占："大哥，过了木皮岭，是不是水路多于山路？"

杜甫："过了木皮岭，山道会比以前我们经历过的要陡峭险峻，自古以来，人说蜀道难。我们一路走下去，会过很多渡口。"

"父亲，你看，那是什么？"宗文指着不远处山间的一栈道问。

"哦，那是废弃的阁道。建武二年（495）仇池国主杨集始举国攻打南齐汉中，想夺取富庶的蜀国。南齐梁州刺史萧懿联合氐王杨后起，收合义兵十余万，攻打杨集始，一举拿下历城、兰皋、骆谷、仇池、平洛、苏勒六镇，并在兰皋戍（进徽县小河厂）开辟木兰道以通仇池。因为木皮岭山势陡峭，就在悬崖建栈道，并三里置一阁，故称为'阁道'。因年久失修，栈道已经崩塌，不能行走了。"

"哦，知道了，父亲。"宗文说道。

"首路栗亭西，尚想凤凰村。季冬携童稚，辛苦赴蜀门。南登木皮岭，艰险不易论……"杜甫吟诵起来，这就是他的《木皮岭》诗。

一家人继续前行，来到了白沙渡，此处是洛河与浊水交界处。

"为什么这里叫白沙渡呢？"宗武听到杜甫和杜占谈起白沙渡，仰起小脸问。

杜甫摸了摸宗武的头："上洛河水系流经的地方均为盆地地貌，水清而多白砂石；其下浊水流经的区域是铁矿区，水红沙黑。洛水是此地径流的最大河流，流经江洛、泥阳、红川、栗亭、木皮岭北，向南折而下小河关，在这木皮岭道上形成一个渡口。因为水底为白砂石，河水清澈见底，所以叫白沙渡。"

宗武听完连连点头表示明白了。

一家人到达白水渡口，本以为马上就可以渡江，却不见船家，只好在此等候。日头偏西了，船家才来。一家人上了船，马开始不肯上船，上船后朝北嘶鸣，山中的猿猴正在饮水，听见马的嘶鸣，也在相互呼唤。船行在江中，杜甫看着清亮见底的水，心中的愁绪被这美好的景色冲刷干净。

渡过白沙渡上岸后，一家人继续往山顶上攀登，到达山顶，杜甫临风回首，深深叹了一口气，揽辔下山。趁着晚饭的空闲时间，杜甫写下纪行诗《白沙渡》。

一家人沿着青泥河古道东行，赶往下一个渡口水会渡，到嘉陵江对岸去，这是青泥河入嘉陵江的一处渡口。因为在白沙渡耽搁了时间，沿途又没有驿站，一家人半夜还在赶路。古代设置驿站基本是六十里为一站，错过驿站基本没有可宿之地。

月牙早已落山，悬崖边的路实在难走。忽然，嘉陵江横在眼前，江水在奔流涌动，像渤海一样宽广。他们达到了渡口，所幸的是船家已在渡口边，见杜甫一家夜半赶来，招呼他们赶紧上船。夜色中，草木山石异常湿滑，寒风阵阵，大人小孩皆是手脚冰凉。一家人胆战心惊地上了船，却见船夫在黑暗中整理船楫，说说笑笑，还唱着歌，根本不将波涛放在眼里。见船夫熟练地撑着船，大家悬着的心也放了下来。

到了嘉陵江对岸（今封家坝），他们又上山了，盘旋而上的山路更加艰险了，在山上，回头朝江面看去，只见璀璨的星星挂在江面的空中。

到达驿站，已经是深夜，一家人洗漱完便睡了。杜甫拿出笔墨写下纪行诗《水会渡》。

第二天一早，他们要到达的是飞仙阁。飞仙阁也叫"飞泉岭"，在兴州（今略阳）东三十里（今武曲关）。诸葛亮相蜀时，在褒斜谷中凿石架空为飞梁阁道。北栈阁五十三间，总名连云栈，是汉中之咽喉，入蜀之要道。相传这里为徐佐卿化鹤跧泊之地，故名"飞仙"。

走在飞仙阁狭窄的土路上，为缓解旅途中的疲惫，杜甫给孩子们讲有关飞仙阁的故事。

杜甫："孩子们，你们朝前看，这栈道是不是很险要？《水经注》记载：大剑戍，至小剑三十里，连山绝险，飞阁相通，谓之阁道。"

"这是诸葛亮做蜀国宰相时修筑的，三国时叫'马鸣阁'。相传有一个故事是关于徐佐卿的。"

宗文问道："父亲，徐佐卿是什么人？"

杜甫："徐佐卿是青城道士，相传能化鹤在天空飞翔。若平日无事，便化为仙鹤直上九霄，西飞昆仑，东及蓬莱。万里之遥，振翅可达。益州城西十五里道观东廊第一院正堂总是留给他，因为他会来住个三五天，然后回青城。有一天，他来到道观，满脸不高兴。"

宗武问："他为什么不高兴呢？"

杜甫："道观中的道士见他不高兴，便问原因。他说他在山里走路，偶然被飞箭射中，不过没事。但是这支箭不是普通的箭，他告诉观中的道士，他把箭留在墙壁上，后年箭的主人会来这里，请将箭交给他，不要将箭弄丢了。并且徐佐卿在墙壁上留下日期'天宝十三年（754）九月九日'。"

杜占对这个故事也感兴趣："哦，是重阳节那天留的。"

杜甫："是的。安史之乱时，太上皇避难来益州，一日偶尔来这里闲游，忽然看见了这支箭。太上皇一看是自己用的箭，并且看见了徐佐卿留的字，他十分吃惊，问道士，道士如实回答。太上皇这才记起天宝十三年重阳节那天到沙苑打猎，当时云间有一只孤鹤在来回飞翔，便亲自拉弓放箭把鹤射中了，那鹤就带着箭慢慢地往下降落，离地还有一丈来高的时候，它突然一振翅膀，向西南飞去了。太上皇这才明白徐佐卿大概是中箭的那只孤鹤，他收藏了这支箭。后来，大家再也没有见到徐佐卿了，传说他是从这里飞天的。"

从不怎么添腔的凤儿说："父亲，这故事太好听了。"

杜占说："是啊，很精彩！"杜甫在栈道上跺跺脚，"这个栈道很结实呢！"

随即他吟诵道：

> 土门山行窄，微径缘秋毫。
>
> 栈云阑干峻，梯石结构牢。
>
> 万壑欹疏林，积阴带奔涛。
>
> 寒日外澹泊，长风中怒号。
>
> 歇鞍在地底，始觉所历高。
>
> 往来杂坐卧，人马同疲劳。

浮生有定分，饥饱岂可逃。

叹息谓妻子，我何随汝曹。

一首《飞仙阁》，道出了高栈连云，外设阑干，垒石成梯，结构坚牢的阁道。山谷中，林树萧疏，长风怒号；阁下峭削环转，浊浪滔天。巨大的水浪拍击石壁所溅起的水汽，在狭窄的河谷中形成蒙蒙雨雾。恶劣的环境，加上旅途的疲惫，一家人决定不再赶路了，找个客栈休息。

行走了几日，杜甫一家人来到了利州（治所在四川广元附近）地界，这里地处偏远，风俗淳朴，鱼安于水，鸟不避人，风景宜人。

杜甫告诉大家："我们要翻越七盘岭了，七盘岭又叫'五盘岭'。"

七盘岭在保宁府广元县北一百七十里，因栈道盘曲有五重而得名五盘岭，栈道在上，江水在下。

杜占忽然喊了起来："大哥，你看，好多鱼！"

杜甫朝栈道下看去，果然好多鱼："可惜没有网。"走在栈道上的杜甫本来见周围的风景神清气爽，忽然又伤感起来："唉，史思明叛乱未平，不知何时归乡，弟弟们在济州，妹妹在钟离，我们流落在他乡。"他深深地叹了一口气。

晚上住在驿站，杜甫写下纪实诗《五盘》。

一家人继续在金牛道的利州境内行走，不久，来到了龙门山，也叫"葱岭山"。龙门山在利州绵谷县东北八十二里，葱岭上有石穴，高数十丈，它的形状像两扇门，民间称为"龙门"。其他的阁虽然险峻，然而山腰有路，可以增置阁道，而这里是石壁陡立，下临清江，所修栈道皆是在石壁上凿石穴巧妙地将栈道架在石穴上，其下是波涛汹涌的江水，水上栈道高悬，其险峻让人胆战心惊。

杜甫用一首纪实诗《龙门阁》写出了龙门阁的险峻。

接下来要走的是绵谷县的石柜阁。在离绵谷县北一里的地方，有石栏桥，自城北至大安军界管桥，栏阁共一万五千三百一十六间，著名的是石柜阁和龙门阁。石柜阁在嘉陵江东岸，崖南头。

当杜甫一家人来到石柜阁时，夕阳将人影子拉长，西边天幕布满晚霞，江中奇石参差互出。石柜阁悬在层层波浪之上，高壁的倒影在波光中，成群的鸥鸟在霞光中回翔。杜甫迎着夕阳吟诵《石柜阁》："……优游谢康乐，放浪陶彭泽……"他多么想像谢灵运和陶潜一样寄情于山水。

走过了石柜阁，不久就到了蜀道线上有名的"桔柏渡"。此渡在昭化古城东门外，嘉陵江和白龙江的汇合处，因渡口两边长满红橘、柏树而得此名。此处又有巨柏荫覆渡口，人们认为柏树管领风水，屏截江风，可谓吉祥，也称"吉柏渡"。这里是战国以来古驿道连接南北的重要渡口，古金牛道入蜀要津，白天万人拱手，夜晚是千盏明灯，十分热闹。

桔柏渡水流湍急，无法架设桥墩和桥梁，只能用巴蜀特有的笮桥，即用竹索编织而成的架空吊桥——竹绳桥。此桥如同驾驭竹绳前行，两岸还须用鼋鼍状的大石牵引，供行人过往。马车驶过湿漉漉的桥，江风吹动着杜甫的衣裳，马车向西走，江水向东流。

过了桥，杜甫告诉大家，这里有个"摆宴坝"，当年玄宗幸蜀，到利州益昌县，渡吉柏江，有双鱼夹舟而跃，大家议论认为是龙。皇帝很高兴，过了渡口后，在渡口对岸摆宴三天。

历经山水之险，终于抵达蜀北门户，剑门山。

杜甫："过了剑门就好了，后面是一马平川，路就好走多了。"

宗文："父亲，剑门是指像剑一样的门吗？"

杜甫："是的。剑州剑门县界有大剑山，也叫'梁山'，在保宁府剑州北二十五里。蜀中将其视为外户，作固作镇。你们看，峭壁中断，两崖相嵌，如门之辟，如剑之植，故又叫'剑门山'。其北三十里有小剑山。大剑山有阁道三十里，壁立千仞。"

杜占："剑门有一夫当关、万夫莫开之险要，是蜀道上的重要关隘。"

杜甫："是啊，这三十里栈道一路走过你们就知道了。"

自古以来，剑门集"山雄、关险、谷幽、林秀、洞奇"为一体，此处的山北高南低，北坡是非常陡峭的悬崖峭壁，南坡地势则比较缓和，逐渐降低，这就意味着从北向攻击难度大得多。

站在剑门关隘口，杜甫放眼望去，只见两边的石壁仿佛是铜墙铁壁的城郭，护卫者蜀中平原，只有狭窄的关隘口才可以通过。

杜甫长长地舒了一口气，说："相传战国时期，秦惠王欲吞蜀，苦于无路进蜀，谎称赠五金牛和五美女给蜀王。蜀王信以为真，派身边五丁力士，劈山开道，入秦迎美女，运金牛，才开通了这条蜀道，称为'金牛'，又称'剑门蜀'。三国时期，蜀国丞相诸葛亮率军伐魏，路经大剑山，见群峰雄伟，山势险峻，便令军士凿山岩、架飞梁、搭栈道，诸葛亮六出祁山，北伐曹魏，曾在此屯粮、驻军、练兵，又在大剑山断崖之间的峡谷隘口，砌石为门，修筑关门，派兵把守。当年魏军镇西将军钟会率领十万精兵进取汉中，直逼剑门关，欲夺取蜀国。蜀军大将姜维领三万兵马退守剑门关，抵挡钟会十万大军于剑门关外，真可谓一夫当关，万夫莫开。"

在剑门关隘口稍事休息时，杜甫写下《剑门》一诗，然后一家人下关隘口，继续往前走。

离开剑门又行走了几日，随着离成都府越来越近，杜甫的心情也越来越好了。他们终于来到了汉州德阳县的鹿头山（今四川德阳市罗江县白马关镇）。鹿头山在德阳县治三十余里，离成都府百五十里，处在成都平原东北边缘，为浅山丘陵地貌，其东侧为流经罗江县城的凯江，南流汇入涪江；其西侧为流经德阳市的绵远河，南流汇入沱江。因此，鹿头山被古代朝廷定为东、西两川的分界，三国时曾在此设绵竹关，南北朝至隋唐置鹿头关。

杜甫站在山上，东望成都府，眼前是沃野千里，他不禁感叹："自秦至此，山川之奇险已尽，只剩下平原坦途了。今天老夫要在此高歌一曲。"

于是，杜甫高声吟诵一首纪实诗《鹿头山》。在诗中，他称赞了镇守西川最高长官成都尹、剑南西川节度使"裴冕冀公柱石姿，论道经邦人心服"。尽管对裴冕不是很了解，但是在诗中，杜甫还是对他进行了赞美。

至德二载（757），肃宗以上皇（玄宗）幸蜀，升蜀郡为成都府，并建号南京，改成都守为尹，杜甫将这些讲给弟弟杜占听。

一家人再也不急着匆匆赶路，马车行走在成都平原，他们看到了蜀中的另一番民俗风情。自十二月一日从成县同谷出发，历经二十多天的艰难跋涉，终于在腊月的一个黄昏到达西川首府成都。看到成都的富庶繁华，杜甫感到惊喜，他打算在此长居，想起难回故乡心中又颇为难过。

这一夜，住宿在城中，杜甫写下了这一年从秦州到华州，从华州到益州乱世苦旅中的最后一首诗《成都府》：

> 翳翳桑榆日，照我征衣裳。
> 我行山川异，忽在天一方。
> 但逢新人民，未卜见故乡。
> 大江东流去，游子日月长。
> 曾城填华屋，季冬树木苍。
> 喧然名都会，吹箫间笙簧。
> 信美无与适，侧身望川梁。
> 鸟雀夜各归，中原杳茫茫。
> 初月出不高，众星尚争光。
> 自古有羁旅，我何苦哀伤。

看到满城郁郁苍苍的树木，满城箫管笙簧，富庶繁华的大都市，杜甫觉得自己要开始另一种生活了，他想远离繁华的都市，找一处幽静的地方居住。

第十三章　客居成都

当代论才子，如公复几人。

骅骝开道路，鹰隼出风尘。

行色秋将晚，交情老更亲。

天涯喜相见，披豁对吾真。

——《奉简高三十五使君》

走过艰难的蜀道，终于到了成都。在亲友的资助下，杜甫在浣花溪边一棵两百年的大树下安家了，漂泊的脚步有了暂时的停顿。"交情老更亲"，他的亲友，王表弟、高适、裴迪等给予他经济上的资助，让他十分感激。

1. 浣花溪边筑草堂

乾元二年（759）年底，杜甫一家历尽艰辛抵达成都。

虽是腊月，成都城内丝毫感觉不到冬天的寒冷，到处洋溢着迎春的气氛，街道上买卖的吆喝声，穿红着绿闲游的女眷，在人缝间穿梭大呼小叫的孩子们。杜甫勒住马，站在街道中间，他的眼眶湿润了。

繁华富庶的成都，在当时闻名国内外。"扬一益二"说的就是扬州。当时的富庶繁华除长安洛阳外，扬州排第一，益州（成都）排第二。成都丰富的农副产品、矿产、手工业等远近驰名。安史之乱时，玄宗曾率王公贵族来此避乱。中原战火纷飞，灾荒连年，民不聊生，甚至发生了人吃人的现象，但远离战火的西蜀，没有饥荒、战乱以及外族的惊扰，这里是人们向往的"乐土"。

暂时住在客栈里，杜甫要为一家人的生计做打算。

临近春节，成都城内依然绿意盎然，人来人往，热闹非凡，人们都在忙着准备年货。

杜甫一早起来，他要穿过城去拜访在成都幕府中任职的从孙杜济。

裴冕时任成都尹兼剑南西川节度使，杜济在裴冕幕府得到重用。但裴冕与杜甫政治上不同路，也算是政敌。裴冕在玄宗时，结交王珙。马嵬事变后，裴冕六次上笺拥戴肃宗即皇帝位。他与房琯属于政敌，而杜甫与房琯交好，是被划入房党之人，因此，杜甫除了在来蜀途中写的一首诗中提到裴冕外，再不想与不择手段、善于攀附的裴冕有来往。

在离成都府不远处，杜甫找到了杜济的家。

杜济见到杜甫十分热情，在得知杜甫的困境后，他邀请杜甫住在他家。

杜济："叔爷，要不您住我家吧，虽然我家不宽敞，挤一挤也还行。"但是杜甫看到杜济的房间也不多，决定不麻烦他。

杜甫："谢谢！我这一大家就不麻烦你！不知附近有可能居住的寺庙？"

杜济："有，不过在城西郊外浣花溪旁。那里的寺庙有一些空房子。"

听说有空房子，杜甫心中一喜："行，能住就行。"

杜济："那也只能是权宜之计，后面我们再想想办法。"

杜甫："行！"

杜济留杜甫在家中吃午饭，然后给了一些粮食，又资助一些费用供杜甫买些年货，杜甫感谢杜济的接济，回到了客栈。

接着，杜甫又去拜访了城中的表弟王十五司马，表弟也给了一些钱接济他的生活。

有了两位亲戚的资助，杜甫觉得这个年能扛得过去。

杜甫带着一家人穿过万里桥，走南门出城前往草堂寺。

草堂寺始建于南朝宋孝武帝时期，距城区七里，坐落于浣花溪畔。这座大寺庙里有很多空房子，杜甫带着家人来到草堂寺，拜见了住持。杜甫给住持说了自己的困难，于是住持给了几间空房子供他们居住。住持说因为寺中粮食不多，不能提供饭菜。杜甫忙回答不用考虑他们一家的吃饭问题，能提供住处就已经感激不尽了。

初到成都，杜甫得到亲戚朋友的资助，邻居们送来了蔬菜。杜甫看着众人的帮忙，感慨中对妻子说："最困苦的一年过去了！在成都，我们一家人将开始新的生活。"

杨淑娟看着杜甫，眼眶有些湿润："是的，最艰难的日子我们挺过来了。"

正在彭州任刺史的高适听说杜甫来到成都，寄来了一首问候的诗《赠杜二拾遗》：

> 传道招提客，诗书自讨论。
> 佛香时入院，僧饭屡过门。
> 听法还应难，寻经剩欲翻。
> 草玄今已毕，此外复何言？

高适以为寺庙里供给杜甫一家的饭食，诗中问及杜甫的诗作情况，并将杜甫比喻成扬雄仿《易经》作《太玄》那样在寺院写论著。杜甫接到高适的诗，不禁苦笑，一家人的生活都没有着落，哪有时间和心情去做学问。高适的问候让杜甫心中激动，他回赠了一首诗《酬高使君相赠》：

> 古寺僧牢落，空房客寓居。
> 故人供禄米，邻舍与园蔬。
> 双树容听法，三车肯载书。
> 草玄吾岂敢，赋或似相如。

杜甫在诗中告诉高适，一家人只是借居寺中的空房客居，哪有诗书可讨。自己一家人并非取资僧饭，是亲朋好友以及邻居们相助，一家人才能生活。

在草堂寺居住已三个月，杜甫认为这并非长久之计。

乾元三年（760）开春，杜甫决定卜地建房。

"我们就在浣花溪边选地吧！这里远离城郭，溪水清澈，两岸风景优美，民风淳朴。"杨淑娟说。

杜占等赞同。

"行，我上午沿着浣花溪走走看看。"杜甫说。

在少城西郊碧鸡坊石笋街外，万里桥南，百花潭北，浣花水西，林塘以东，有一个三面环水，一面临塘，花木葱茏，人烟稀疏的水乡村落，地理形势得天独厚，这里青竹翠柏郁郁葱葱，水光树色，清幽而绚丽，让人神清气爽。

杜甫行走到离草堂寺三里远的一处荒地，他停了下来。一棵高大的楠树立于岸边，枝繁叶茂，远观西北，西岭终年积雪的山巅白雪皑皑，杜甫的心中一阵欢喜：就这块地方！

听说杜甫要建房子，杜甫的表弟王十五司马出城来访。

王司马带来了建房子的资金，杜甫握着表弟的手感激不尽，当即吟诵一首诗《王十五司马弟出郭相访，兼遗营茅屋赀》：

客里何迁次，江边正寂寥。

肯来寻一老，愁破是今朝。

忧我营茅栋，携钱过野桥。

他乡唯表弟，还往莫辞遥。

孩子们见表叔带来了建房子的钱，亦是欢喜不已，他们高兴地跑来蹦去。杜甫、王司马、杜占三人前往浣花溪边再次查看所选的宅基。

王司马："表哥，我听人说这棵大楠树已有两百年，你真的会选地方。"

杜甫："谢谢表弟谬赞。我打算开辟一亩荒地，先建一栋房子栖身，然后在这两边再建两排房子。周围种上果树，后面挖一条水渠，既可以做护卫，还可以给树苗灌溉。"

"好主意！"王司马说。

杜甫："我要感谢你，没有你的资助，我建房子从何谈起？"

"是啊，这种恩情我们牢记在心。"杜占说。

王司马："这是应该的，谁没个难处呢？何况我们是亲戚，打断骨头还连着筋呢。"

杜甫拱手表谢。

三人在大树下商量好动工的日子，以及准备的材料等，然后离开这个地方。

这块荒地，蓬蒿满地，杂木成林，野竹遍布，浣花溪三面环绕，一面临壑。杜甫决定精心设计，利用烟水明媚，林壑优美的自然形态打造出他理想中的田园景观。

杜甫打算在屋前屋后种植一些树木，他写诗向文朋诗友觅求树秧。他请求萧实春前将一百棵桃树秧送来，向韦续索取锦竹县的锦竹，向时任利州绵谷县尉的何邕要蜀中三年能成荫的桤树秧，他走过石笋街到果园坊找徐卿要果木秧，绿李黄梅都行，他还向涪江县尉韦班要松树秧和大邑县的瓷碗。

暮春，草堂正屋，以及计划中的一部分侧厢房历经三个月终于建成了。周围的树也都栽好了，渠沟也挖好了，杜甫看着新的房子，心中十分欣慰：一家人终于有了遮风避雨的房子。

在草堂前，看着燕子来到他茅草房子里筑巢，杜甫踱着步吟诵道：

> 背郭堂成荫白茅，缘江路熟俯青郊。
>
> 桤林碍日吟风叶，笼竹和烟滴露梢。
>
> 暂止飞乌将数子，频来语燕定新巢。
>
> 旁人错比扬雄宅，懒惰无心作《解嘲》。

晚上，杜甫将这首《堂成》恭恭敬敬地抄在纸上。

第二天一大早，杜甫起来，站在屋前，看着眼前的溪水清澈透明，满眼葱茏的树木响着此起彼伏的鸟鸣；西边远望，高高的山顶上白雪皑皑。

杜甫将目光收回，房屋后面种满了亲朋诗友们送来的树苗，想到几年后果实飘香，杜甫不由得笑出了声。

"看你开心的！"妻子杨淑娟脸上挂着笑意，不知道什么时候站在杜甫身后。

杜甫长长地舒了一口气："我们总算有了一处遮风避雨的地方，再也不用到处奔波了。"

杜占："是啊，哥哥，我很喜欢这个地方。"杜占也起床了，站在门口接腔道。

杜甫："嗯，好是好，恐怕也不是我们的终老之乡。"

杜占看着哥哥，有些不解，杜甫也不解释，他只是拍了拍弟弟的肩膀。

草堂建起来后，一些朋友前来拜访杜甫。

这天杜甫一大早起来，看见晨雾中有人骑马朝家的方向走来。他迎上前去。

杜甫："啊！原来是韦兄，失迎，失迎！"

韦偃豪爽地一笑："哈哈！没想到吧，我一早就来讨酒喝。"

杜甫："快进屋！快进屋！"

韦偃也毫不客气："我还没吃早饭，叫弟妹烙几张饼给我吃。"

杜甫连忙吩咐杜占去买酒，然后在溪里打点鱼上来。随即，带着韦偃在屋前屋后转了转，介绍果木药圃。

韦偃称赞："好地方！你布置得如此雅致，好！我在壁上给你画幅马吧，我这次是来向你告别的。"

杜甫："韦兄要离开蜀中？"

韦偃："是啊，去别处讨生活，一个朋友邀约我去他那里。"

原来是韦偃要离开成都，前来向杜甫告别。韦偃，京兆人，寓居于蜀。常以越笔点簇鞍马，其马千变万态，或腾或倚，或龁或饮，或惊或止，或走或起，或翘或跂。其小的或头一点，或尾一抹，巧妙惊奇。

韦偃："子美兄，我给你的壁上画马，你可要赠诗给我。"

杜甫："那是当然，大兄这一别，我们不知何时才能相会。"

韦偃："不说伤感的话，给我拿笔来。"

杜甫连忙去拿笔，磨好墨，只见韦偃蘸上浓墨，快速地在壁上唰唰几下，就好像在闹着玩似的，不费吹灰之力，竟一挥而就地画出了两匹千里马，一匹马正在低头吃草，另一匹马却昂首长嘶，它们健壮的外形，进取的渴望，形象生动可爱，宛若珍兽麒麟一样，蓦然间就出现在草堂的东壁之上，惟妙惟肖。

现在轮到韦偃看杜甫作诗了，只见杜甫略一思忖，便提起笔，在纸上写《题壁上韦偃画马歌》：

> 韦侯别我有所适，知我怜君画无敌。
>
> 戏拈秃笔扫骅骝，欻见麒麟出东壁。
>
> 一匹龁草一匹嘶，坐看千里当霜蹄。
>
> 时危安得真致此？与人同生亦同死。

韦偃："好诗！子美兄'时危安得真致此，与人同生亦同死！'这是以马比喻你自己，要为国同生共死吧？"

杜甫微微一笑："可以这么理解吧！"

中午两人在一起饮酒聊天。酒酣耳热之际，聊起前不久韦偃画的一幅双松图。

杜甫："诗人只知道你画马，却不知道你画松也出神入化了。'天下几人画古松，毕宏已老韦偃少'，你可正当年啊！"

韦偃："承蒙子美兄谬赞，我还需要努力。你那首《戏为韦偃双松图歌》的诗我可是熟记在心。"

杜甫："呵呵，难得你这么看重我的拙作。"

韦偃在这里一待就是一天，两餐酒，一席话，与杜甫交谈甚欢，直到夜幕降临，俩人依依不舍分别。

不久，杜甫又结识了画家王宰。

王宰，蜀中山水画家，他画画从不仓促行事，他可能十天画一水，五天画一石，从容不迫。一天，王宰邀请杜甫前来为他的一幅画题诗。

杜甫看过王宰的山水图后，惊叹不已。王宰的这幅山水画在构图布局以及透视比例上的技法高人一筹。一尺见方的画面上，绘出万里江山的景象。山，是绝美的。昆仑方壶图，挂在高堂白壁上，山岭峰峦，巍峨高耸，由西至东，蜿蜒起伏，连绵不断，蔚为壮观。水，是壮观的。江水以洞庭湖西部为源头，一直流到日本东部的海面，犹如一条银丝带，与云天相接，十分壮观。岸边的水势浩渺广阔，似与银河相通，云雾缭绕中似有银龙飞舞。狂风激流中，渔舟正急驶向岸边躲避，山上的树木被掀起洪涛巨浪的暴风吹得低垂，好像是画家拿了一把并州的剪刀，剪起了吴淞半江水。杜甫欣赏完，挥笔在图上题诗《戏题王宰画山水图歌》：

> 十日画一水，五日画一石。
> 能事不受相促迫，王宰始肯留真迹。
> 壮哉昆仑方壶图，挂君高堂之素壁。
> 巴陵洞庭日本东，赤岸水与银河通，中有云气随飞龙。
> 舟人渔子入浦溆，山木尽亚洪涛风。
> 尤工远势古莫比，咫尺应须论万里。
> 焉得并州快剪刀，剪取吴淞半江水。

这首挥洒自如的歌行体，杜甫写得生动活泼，诗与画融为一体，很快在成都传开了。

2. 探亲访友游名胜

三月，李若幽代裴冕为成都尹，虽然杜甫在来成都途中给裴冕写了一首诗，来成都后实质上与裴冕没有什么交集。李若幽与杜甫也没有交情，自然在生活上也不会关照杜甫。

这一年闰四月，肃宗大赦天下，改乾元三年为上元元年（760）。

朝廷人事变动频繁，房琯又被贬为晋州刺史。宦官李辅国专权用事，节度使的任命都要经过他的许可。比如韦伦即使是朝廷所任命，因没有去谒见李辅国，不久就被改任为秦州防御使。宦官专权令一些正直大臣十分寒心。

也有好消息传来。李光弼大败安太清和史思明于河阳西渚，斩敌首级数千。杜甫得知消息，作诗《恨别》。

居住在成都的杜甫远离了战火和朝廷是非，虽然他与家人一起过着平淡的生活，但他心中依然挂念着国家的安危。

杜甫居住的村庄不大，只有八九户人家，邻里之间相处得十分和谐。

杜甫带着家人开荒，种地，闲暇时访亲朋好友，探古迹名胜。

成都名胜很多，草堂落成后杜甫要去的第一个地方是诸葛武侯祠。

这天吃完早饭后，杜甫带着宗文、宗武前去武侯祠。

武侯祠是纪念诸葛亮所建的寺庙。公元建兴十二年（234）八月，诸葛亮因积劳成疾，病卒于北伐前线的五丈原（今陕西宝鸡市岐山县城南约二十公里处），时年五十四岁。诸葛亮为蜀汉丞相，生前曾被封为"武乡侯"，死后又被蜀汉后主刘禅追谥为"忠武侯"。《方舆胜览》记载：庙在府西北二里，武侯初亡，百姓遇节朔，各私祭于道中。李雄称王，始为庙于少城内。桓温平蜀，夷少城，独存孔明庙。可见桓温对诸葛亮的敬重。

杜甫带着两个儿子到达武侯祠，映入眼帘的是高大的柏树，祠内青草映阶，众鸟和鸣，荒凉寂寥。

"父亲，可以给我们讲讲诸葛孔明吗？"宗文问。

杜甫对宗文、宗武说："诸葛亮为伐魏，曾六次北伐中原，建兴十二年（234）他率领大军占据了五丈原，与司马懿隔着渭水相持了一百多天。八月，因积劳成疾，病死在军中，葬于定军山。唉，统一中原的大志无法实现了，可惜啊！现在我朝中原叛军未平，我已老朽……"杜甫哽咽了。

"父亲，别伤心了，有像诸葛孔明那样英勇善战的大臣们，叛乱不日就能平定。"宗文说。

杜甫叹了一口长气，说："我已老了，把希望寄托在你们身上，好好读书，将来报效朝廷，让百姓过上没有战乱的生活。"

"我们会的。"宗文、宗武齐声说。

"开创基业，挽救时局的诸葛亮是我的楷模，可惜皇上信任宦官，我等被猜忌，报国无门！"

丞相祠堂何处寻？锦官城外柏森森。

映阶碧草自春色，隔叶黄鹂空好音。

三顾频烦天下计，两朝开济老臣心。

出师未捷身先死，长使英雄泪满襟。

杜甫感慨地吟诵《蜀相》。

"爹爹，'出师未捷身先死，长使英雄泪满襟'，我喜欢这句。"宗武说。

"三顾茅庐的故事你们都知道吧？"杜甫问。

"我们当然知道啊，母亲给我们讲过，你也给我们讲过。"宗文抢着回答。

杜甫看着两个孩子点点头，他仿佛看到了希望。

一晃到了季春，杜甫居住的江村别有一番情趣。自安史之乱以来，杜甫与家人一直在战乱之中辗转，如今在锦官城外觅得一处安身之所，远离战火，观圆圆的小荷叶浮在水中，看小麦花轻轻飘落，卜宅为农，倘若在此终老，也是不错的。杜甫很想像葛洪一样去炼丹砂，但是又感到十分惭愧，也不可能如葛洪那样，弃世求仙，他放不下战乱中的国家，无法忘怀国事，想到这里，他挥毫泼墨，写下《为农》一诗：

> 锦里烟尘外，江村八九家。
>
> 圆荷浮小叶，细麦落轻花。
>
> 卜宅从兹老，为农去国赊。
>
> 远惭勾漏令，不得问丹砂。

郊外的田园生活让杜甫疲惫的心灵得到了休憩，他对于自然界景物皆生兴会，写了不少歌咏田园的诗作。在《田舍》中，有"草深迷市井，地僻懒衣裳"的描述。蜀中四月梅雨季节，《梅雨》中有"茅茨疏易湿，云雾密难开"的描写。《狂夫》中有描述所居草堂的诗句："万里桥西一草堂，百花潭水即沧浪。风含翠篠娟娟静，雨裛红蕖冉冉香"……

杜甫的草堂建起来后，一些诗朋好友前来拜访他。"有客过茅宇，呼儿正葛巾"，招待客人的是自己种植刚生长的菜。有时来宾和他们一起吃着粗茶淡饭，"竟日淹留佳客坐，百年粗粝腐儒餐"，来客饶有兴趣地看杜甫的药栏。这是杜甫为了生存，开辟了一块药圃种药材，现在倒成为草堂一处别致的风景。

春天很快就过去了。

　　夏天的江村格外恬静优美，浣花溪绕着江村曲折地流过，村中幽静。在草堂筑巢的燕子在梁上飞来飞去，水中白鸥相亲相伴在水面。

　　这天吃完早饭后，杨淑娟看着杜甫微笑着。

　　杜甫："淑娟，有什么开心的事？"

　　杨淑娟："你今天忙不忙？"

　　杜甫："不忙！"

　　"吃完早餐我们在江边转转，顺便下棋。"杨淑娟说。

　　杜甫看着妻子笑了，多少年来，妻子忙于生活，哪有这样的闲情。他连忙说："好啊！可是哪里有棋盘呢？"

　　杨淑娟："你别急，我有办法。"

　　杨淑娟找出一张纸，在纸上画起了棋盘。画好后，两人在浣花溪边的木桌、木凳上下起棋来。

　　"母亲，我们要借用你的缝衣针做渔钩。"宗文说。

　　宗武也附和着："我们要钓鱼。"

　　"行，你们自己做吧！"杨淑娟说。

　　杜甫的两个女儿跟在宗文、宗武后面转悠。

　　看到这温馨的画面，想到拿着俸禄的亲戚们适时地送来禄米，杜甫感慨地吟诵：

清江一曲抱村流，长夏江村事事幽。

自去自来梁上燕，相亲相近水中鸥。

老妻画纸为棋局，稚子敲针作钓钩。

但有故人供禄米，微躯此外更何求？

　　"你呀，任何事在任何时候皆可入诗。"杨淑娟说。

　　杜甫哈哈一笑，说："若干年后，你在纸上画棋盘的场景都给留下了，后人都知道你我曾在浣花溪边下棋。"

　　"倘若真的如此，这么些年来，跟着你遭受的困苦也值得了。"

　　杜甫与妻子边下棋边说笑着，忽然，凤儿和小妹呼叫起来："好大的鱼啊，大哥钓起了好大一条鱼！"

"爹爹，快来看啊！"小妹大声呼唤起来。

杜甫和妻子停止下棋走向孩子们，宗文拖着渔竿，宗武忙去抓鱼，两个女儿拍着手在那里惊呼。夫妻俩相对一望，欣喜地笑了。

秋天不知不觉来了，一个下午太阳偏时，杜甫忽然想乘船沿着浣花溪溯溪西行。在浣花溪边住了大半年，西边那一片树林，杜甫一直没去过。

杜甫借来一艘船，决定自己划船西行。

浣花溪水清澈，杜甫划着船，看到远郊偏僻又荒凉，满目秋色让人心生凄凉。抬头看去，远方西岭白皑皑的常年积雪和天空的纤纤彩虹相互辉映，给人心中一些亮色。浣花溪两岸的孩童们不少，他们有的拿着网捕鱼，有的拿着箭射鸟。有的在挖藕采菱角，把荷叶和菱叶翻得凌乱不堪。在他们的引导下杜甫开始行船，哪知道反而迷路了。也不知道到了哪里，杜甫看到有孩童们抓到了鱼将鱼鳞刮掉，挖出来的藕泥巴也不洗。在杜甫看来这些都是好食材，在他们眼中却是再平凡不过的食物了。

杜甫往前行船，不知不觉到了一处陌生的水域，七拐八弯他终于走出了迷境。

夜幕降临，前方村子里的轮廓呈现出一片朦胧，杜甫仔细一看，是自己住的村子，这时农户家的鸡早已进笼了，再没有别处可游玩了，杜甫决定返回村庄。回到家，已经是月上霜飞的时候了，妻子已经煮好了米酒，杜甫喝着热乎乎的米酒，耳边传来了城里的鼓声。酒酣耳热之际，他写下了《泛溪》一诗，记下自己游览浣花溪的情景。

成都城里城外的景点很多。在成都西门外有两根石笋，长及一丈，南边一个，北边一个，两两对立。相传是用来镇海眼的，倘若触动，就会引来海水倒灌，泛滥成灾。石笋高峙街头，受到众人的膜拜。杜甫不信这些传说，认为是无稽之谈，两根竹笋不过是自然界的景物罢了。由民众被传言蒙蔽，联想到朝中李辅国之流教唆肃宗排挤旧臣的行径，杜甫写下了"惜哉俗态好蒙蔽，亦如小臣媚至尊"的诗句。

七月，秋雨连绵，接着又是连日的暴风骤雨。

听着呼啸的秋风，看着倾泻的雨水，想到昨天刚听到的消息，杜甫深深地叹了一口气。

"大哥，有什么心事？"杜占问。

杜甫："你看这秋雨倾注而下，昨天我听说灌口的许多百姓房屋被冲毁了，还不知道人有没有事。唉！"

杜占："不是说有五头石犀保护百姓不遭受洪水的侵害吗？据说多少年都没有发生洪水冲毁家园的事。"

杜甫："你也信这个传说？防微杜渐知道吧？洪水要治理，要防范，要筑修堤坝。李冰当年若不治理水患，哪有现在的安宁。"

杜占："也是的。"

蜀中人迷信五头石犀会保护他们不受洪水的袭击。石犀在城南三十五里，是战国时期秦蜀郡太守李冰做的，说是用来镇压水妖的厌水精。一直以来，蜀人总是夸海口说有这五头石犀的保护，就不会有洪水暴涨，千年来，江水不曾到过张仪楼。但这年七月，秋雨成灾，江水猛涨，洪水冲走了灌口的不少人家，造成了房毁人亡的悲剧。杜甫认为这是迷信石犀的传说，而不去治理并严加防范造成的恶果，他用诗《石犀行》呼吁民众，对洪水要依靠自己的力量修筑堤防，高筑木石。

君不见秦时蜀太守，刻石立作三犀牛。
自古虽有厌胜法，天生江水向东流。
蜀人矜夸一千载，泛溢不近张仪楼。
今年灌口损户口，此事或恐为神羞。
修筑堤防出众力，高拥木石当清秋。
先王作法皆正道，鬼怪何得参人谋。
嗟尔三犀不经济，缺讹只与长川逝。
但见元气常调和，自免洪涛恣凋瘵。
安得壮士提天纲，再平水土犀奔茫。

这场秋雨也让杜甫一家的生活陷入了困境。

3. 交情老更亲

初秋一场场雨，让原本没有田产的杜甫头发又愁白了几根。

此时，高适在离成都九十二里的彭州做刺史，与成都相隔不远。家中断炊，杜甫只好求助于老友。恰逢崔五侍御去彭州，杜甫写了一首绝句《因崔五侍御寄高彭州一绝》，托彭刺史带给高适：

> 百年已过半，秋转至饥寒。
>
> 为问彭州牧，何时救急难？

杜甫希望高适相恤，接到杜甫的诗，高适得知老友的生活困窘，及时给予了资助。正是有了高适的资助，杜甫一家才免于饥饿。

"远亲不如近邻。"杜甫对孩子们说，"你们要与邻居处好关系，尊重别人。"

杨淑娟说："是啊，我们漂泊他乡，你看，邻居们早就向我们示好，我们房子落成后，蔬菜还没长起来，他们送那么多菜过来，这种淳朴的情谊让人感动。"

的确如此，浣花溪边左邻右舍，对新定居的邻居杜甫极为友好。

杜甫草堂南边有一邻居锦里先生，是一位热爱田园的隐士。他安贫乐道，热情好客。一天，杜甫去锦里先生家串门，两人交谈起来，颇为投机。锦里先生热情好客，心地善良，常常给阶前的鸟雀喂食。杜甫因为他的热情挽留，竟日淹留，这期间与锦里先生一起乘着小船在浣花溪中游赏。

两人划着船，欣赏着野景，看两岸儿童嬉戏，不知不觉一天又过去了，暮色中，两人惜别，锦里先生又热情相送。

晚上，杜甫想到锦里先生的热情款待，感激之中写了一首《南邻》诗：

> 锦里先生乌角巾，园收芋栗未全贫。
>
> 惯看宾客儿童喜，得食阶除鸟雀驯。

秋水才深四五尺，野航恰受两三人。

白沙翠竹江村暮，相送柴门月色新。

杜甫的南邻对杜甫热情有加，北邻亦是如此。

北面的邻居原是一位县令，任期未满就辞职了，在浣花溪边隐居。他的住宅周围种满了野竹，常常戴着像贫民一样的白头巾，露出额头，在浣花溪边游赏。他风流倜傥，既像晋代山简那样好饮，也像梁朝何逊那样赋诗。杜甫草堂建起来后，特别是杜甫生病的时候，他常常穿过蓬蒿来看望杜甫，两人志趣相投，十分友好。

杜甫写了一首《北邻》记录下他们的友情：

明府岂辞满，藏身方告劳。

青钱买野竹，白帻岸江皋。

爱酒晋山简，能诗何水曹。

时来访老疾，步屧到蓬蒿。

常年的劳累，杜甫的身体状况不是很好，特别是肺疾，邻居对他的探望，让他感到了温暖。所幸的是他药圃种的药成熟了，杜甫采摘一些草药，自己熬制调理身体。

日子一天天这样过去，这天杜甫揭开米缸，看见几乎没有米，快露缸底了，他决定去访一访朋友，以求资助。

"淑娟，我打算去蜀州的新津县拜访裴迪。"杜甫吃完晚饭后，对妻子说。

"你身体刚好转一些，又要出去啊？"杨淑娟关切地说。

杜甫沉默了一会，说："家中快断粮了，我去拜访他，看能不能找点事做，说不定他在经济上可以接济我们一下。"

杨淑娟想到一大家人的生活，叹了一口气说："什么时候走？"

"明天吧。"杜甫说。

杨淑娟默默地替杜甫收拾好行囊，又做了一些面饼给杜甫路上带着，然后吩咐杜占："小弟，你把马牵出去喂饱，你大哥明天要出门。"

杜占答应一声，去牵马，宗文也闹着跟着杜占一起出去了。

第二天一大早，杜甫看了看熟睡的孩子们，辞别妻子启程了。

新津县属于蜀州，成都为益州，两地距离才百里。

裴迪，河东（今山西）人，比杜甫小五岁，此时在蜀州新津做刺史。也是山水田园诗人之一，他与王维常常诗词唱和。

杜甫走的是官道，一路上见过不少商队，也有很多异域打扮的人骑着马匆匆走过。傍晚时分，杜甫到了新津县县衙门，打听到了裴迪。

杜甫的到来让裴迪十分高兴，晚上两人在书房把盏共饮，聊得十分投机。

"真没想到你会来，我太高兴了！这次来多住些日子。"裴迪说。

杜甫笑了笑点头："早就说来看你，一直没来。"

裴迪："嗯，我听说你在浣花溪边安家了，也想早些去拜访你，只是穷忙，衙门也不好告假。"裴迪起身去拿了一些钱，"子美兄，你大厦落成，我没有去恭贺，这点贺礼，请你收下！"

"谢谢裴兄，我收下你的心意，说真的，一大家人在浣花溪边安下家，多亏了亲友们的资助。表弟资助我盖草堂的费用，否则我一家连落脚的地方都没有，还有其他亲友资助的我们生活费用，这才撑到现在。"

听到杜甫的话，裴迪又去拿了些钱："子美兄，这些钱你拿去给孩子们买身衣服，也买些粮食，我虽俸禄不多，但是生活还是过得来。"

杜甫："裴兄，你刚给了贺礼，我收下了，这个我不能接。"

裴迪："兄要是不接，我就不高兴了，哪个人没有困难的时候呢，要是哪天我需要你的帮助，你还不是会帮我，倘若你不接，就是见外了。"

杜甫道了道谢，就接受下来。

两人接着喝酒，也聊起中原战争的时局，谈到吐蕃的虎视眈眈，皆是叹息不已。

第二天，裴迪陪着杜甫去游新津寺。谈及王维的弟弟王缙，裴迪说："我在新津县做刺史，多亏王侍郎的关照，可惜他就要调任了。"

提起王缙，杜甫说："王侍郎重情重义，真是难得！当年为救哥哥王维，宁愿削官。现今他又对你多加关照，真是一个不错的人。"

裴迪感慨中吟了一首诗《登新津寺寄王侍郎》。

杜甫随即也和诗一首：

何限倚山木，吟诗秋叶黄。

蝉声集古寺，鸟影度寒塘。

风物悲游子，登临忆侍郎。

老夫贪佛日，随意宿僧房。

裴迪赞道："好诗！"

杜甫说："惭愧，哪及裴兄的诗呢？"

两人去了禅房，和住持一起聊天。住持留他们吃斋饭，又在寺中逗留半天，至太阳西下这才离开新津寺回到裴迪家中。

"感谢裴兄多日款待，明天一早我去青城拜见蜀僧闾丘。"杜甫对裴迪说。

裴迪："子美兄不多住几日？"

杜甫："我出来已经多日了，闾丘师兄的祖父和我祖父同事武后，两人交情很好，我早就想去拜访他，这次趁此机会去看看他。"

"那我就不留子美兄了。"裴迪吩咐妻子备些礼物让杜甫带去。

告别朋友，杜甫去了青城。在青城，他拜见了蜀僧闾丘。

蜀僧闾丘的爷爷和杜甫的爷爷杜审言为同朝人，蜀僧闾丘的爷爷闾丘均是成都人，以文章著称。景龙（708 年前后）中，为安乐公主所荐，起家拜太常博士。公主被杀后，闾丘均坐贬循州司仓。

在青城一座石屋里，杜甫和闾丘见面后，两人交谈十分投机，谈及祖辈以及现在的时事，又是唏嘘不已。

杜甫待了两天后，便回到草堂。想到和闾丘的见面，杜甫写了一首诗《赠蜀僧闾丘师兄》。

"吾祖诗冠古，同年蒙主恩……穷愁一挥泪，相遇即诸昆。我住锦官城，兄居祇树园……"

历经人间磨难的杜甫心中有着太多的感慨。

此时高适已经由彭州调任为蜀州的刺史，蜀州和益州相邻。

杜甫已经写了一首诗《奉简高三十五使君》托人带给高适，诗中写道：

当代论才子，如公复几人？

骅骝开道路，鹰隼出风尘。

行色秋将晚，交情老更亲。

天涯喜相见，披豁对吾真。

"交情老更亲"，杜甫感念高适对他的许多帮助，决定于晚秋去拜访高适。

"莫愁前路无知己，天下谁人不识君。"当年高适对董大（董庭兰，著名乐师，宰相房琯的门客）豪情万丈地写出这句，但是他前半生一直很落魄。在家乡宋州宋城（今河南商丘市睢阳区）待了将近十年的时间，这期间，高适、李白、杜甫三人结伴在中州各地游玩，度过了惬意的时光，结下了深厚的情谊。后来，高适被推荐做了一段时间的小官，天宝十一载（752），到河西凉州（今甘肃省武威市）进入哥舒翰的幕府做掌书记，不久，年过五旬的高适跟随哥舒翰来到潼关防备，被叛军安史大军打败，高适追随玄宗逃到成都，之后投奔肃宗，他仕途便顺畅起来。

杜甫于晚秋骑着马来到蜀州。

沿途的山景让杜甫感慨，他再也没有年轻时的不羁与高傲，心中装着国家的安危，家庭的艰难。黄昏时分，杜甫在衙门见到了高适。

高适正在埋头写公文，见到杜甫来了，又惊又喜。

两人拱手行礼后，高适拉着杜甫的手进了他的内室，高适吩咐手下去酒馆送一些酒菜来，并安排人将杜甫的马牵去添上草料。

一杯酒落肚，杜甫感叹："兄虽长我八岁，该是看透一切世事，但是这次见面我感觉你似有满腹心事。"

高适："子美兄，我痴长你八岁，却被一桩心事扰得我心境无法安宁。"

杜甫："什么事不妨说说。"

高适："永王璘之事。"

杜甫："你也是奉旨行事。"

高适深深地叹了一口气："你无法体会我的心情。"

4. 好友相逢千杯少

高适一口将一杯酒喝干，酒杯重重地搁置在桌上："子美兄，别看蜀内现在太平，可是暗流潜涌，危机四伏啊！"

杜甫："我也看出一些端倪，兄之眼光与胆识是过人的，特别是当年永王璘之事，太上皇若能听进你的建议，也不至于出现兄弟残杀的情况。"

高适给自己满上一杯："时光回不去了，世上没有后悔药可卖，心上的创伤只能让时间去医治。"说完，他长叹了一口气。

高适祖籍在渤海蓚县（今河北景县），是一个世代靠军功跻身上层集团的显赫家族。其先祖高洪迁入蓚县后，绵延五六百年的时间里，出了不少的高官。高洪的十六世孙高洋甚至建立了北齐王朝，高氏一族成为北方的皇族。高适的祖父高偘，勇猛善战，以军功官至陇右道持节大总管、安东都护。其父高从文在高适幼年时英年早逝于广东韶州（今曲江）长史任上。至此，家道中落，高适年幼饱受世态炎凉和生活的艰辛，发愤刻苦攻读诗书，以期他日报效国家，振兴家族。

开元十一年（723）夏天，二十岁的高适踌躇满志，带着书稿来到京城拜谒与父亲有交情的父辈京官，却没有得到任何举荐和帮助，落魄的高适一路东行，来到宋州（今河南商丘），在亲友的资助下于城东郊定居下来，过着半耕半读的隐居生活。这一住就是十年，其间很多诗人与他有来往，如王昌龄、贺兰进明、储光羲、王维等，他们都做了官，特别是王维只比他大一岁，更是少年得志，而他只是一个落魄的书生，靠着亲友的救济资助度日。当年著名琴师董庭兰慕诗名拜访高适，高适穷得连招待的酒钱都没有，他在《别董大》诗中写道：

其一

千里黄云白日曛，北风吹雁雪纷纷。
莫愁前路无知己，天下谁人不识君？

其二

六翮飘飖私自怜，一离京洛十余年。
丈夫贫贱应未足，今日相逢无酒钱。

贫困的生活磨灭不了高适的鸿鹄之志，他三次出塞。第一次出塞去拜见大他十四岁的王之涣未果，惆怅而归。二十年之后，玄宗天宝九载（750）秋天，高适第二次出塞，此时他作为任职一年多的封丘县的县尉，送从县里招募来的青夷（今河北怀来）军去蓟北的边防驻地。在边塞小镇，年过半百的高适心中感慨万千，王之涣早在八年前就已离世，好友王昌龄被贬南方做县令。他想起天宝三载（744）初秋，与李白、杜甫共游梁宋的美好时光，不禁感叹物是人非。第三次出塞是玄宗天宝十一载（752）秋天，在长安城南的大慈恩寺，高适、杜甫、岑参、储光羲和薛据五位诗人相聚，他们登塔远眺，吟诗作赋，成为诗坛一时的佳话。此时，岑参辞去高仙芝幕府八品小官兵曹参军之职，在终南山过着半官半隐的生活，等待时机实现自己的抱负。高适向岑参诉说了他的志向，岑参向高适介绍了西北两位守疆重臣高仙芝和哥舒翰幕府的一些情况，并答应帮助高适实现他的理想。不久，高适身揣哥舒翰幕府判官田良秋给哥舒翰的推荐信，踏上了西出阳关的旅程。高适被哥舒翰视为心腹，任掌书记，得到重用。

安史之乱后，哥舒翰带兵守潼关，高适也随之前往。玄宗求胜心切，听信杨国忠谗言，几次催哥舒翰出关与叛军作战，而不是固守潼关，致使哥舒翰中埋伏兵败灵宝，退出潼关后又被叛变的部将擒拿送到安禄山处，潼关失守。

潼关失守后，高适历经千难万险，从小道日夜兼程，赶到河池郡（今陕西凤县凤州镇）谒见玄宗，陈述潼关失守，以及哥舒翰兵败原因，玄宗对高适陈述潼关败亡之势的陈词很赞赏，升他做侍御史。高适建议玄宗幸蜀，依靠巴蜀之险，避开叛军的锋芒，再图平叛大业。"家贫有孝子，国难出忠臣"，玄宗称赞高适，任命高适为谏议大夫，赐绯鱼袋。

高适由此进入朝廷高层。

夜色渐浓，高适和杜甫还在一杯又一杯地喝，两人都有些醉意了。

高适将手放在杜甫的背上，拍了拍："子美，你说永王怎么会反叛呢？都是手下人胡说。这件事也让你和太白兄受到牵连，本不该如此啊。"

杜甫："房大人也是鉴于藩镇造反的教训，建议太上皇采用李氏诸王镇守各路重镇的建议，本意无错。何况当时太上皇在蜀中，信息不灵通。"

高适："我当时持反对意见，但是无效，最后造成那样的局面。"

杜甫："我也很痛心。"

高适："永王被封为江陵府都督，统江南西路等四路节度使，虽然权力很大，他怎么也不会反叛朝廷，他是针对那些藩镇，不愿意他们指手画脚来指使他，他认为有太上皇的任命，他可以自己独立行事，却被人冠以谋反的罪名。"

杜甫："皇上圣明，知你有过人的政治见解，单独召见你，得到重用。"

高适："是的，我得到重用，我说永王必败。于是，皇上与我晤谈后，赐我御史大夫、扬州大都督府长史、淮南节度使，并且命令我和淮南西道节度使来镇、江东节度使韦陟共同讨伐永王。偏偏太白兄在永王府中，本可以保他，说他不知情，他只是一个文人，偏偏他那组豪情万丈的诗被人抓住把柄。"

杜甫："是不是《永王东巡歌十一首》？"

高适："正是这组诗。我亲拟《未过淮先与将校书》，分化瓦解永王部将。可是，永王为部下所杀，平定'叛乱'后，被永王延为幕府的太白兄受到牵连，这组诗就被人坐实与永王是一起的。"

杜甫："是啊，一个是所谓的叛军，一个是来平定叛军的，曾经的兄弟因为政治成为敌对关系。"

高适："倘若我出面营救太白兄，情况就更复杂了，不但救不了他，还会导致他被杀头。这件事只能找与他没有多少交情的人去营救，帮他说话，子美，你明白我的心吗？"说到激动的时候，高适抓住杜甫的手。

杜甫感受到高适手上的力量："明白，我明白。至德二载（757）太白兄被流放夜郎，免了杀头之罪，这是第一步胜利，保全生命。"

高适："是的，先要保全性命，才可做其他打算。这不两年后太白兄在去夜郎途中，船行进到夜郎的夔州（治今重庆奉节）长江中，突然接到当地官吏传来的皇帝的大赦令：'天下现禁囚徒，死罪从流，流罪以下一切放免'，欣喜若狂的太白兄吟了一首《早发白帝城》。"

杜甫："这首七绝到处传颂，我能感受到太白兄心中的欢喜。'朝辞白帝彩云间，千里江陵一日还。两岸猿声啼不住，轻舟已过万重山。'他依然是文采飞扬啊！"

高适："太白兄确实是当朝的唯一啊！平叛永王，我就在我家乡睢阳附近，面对家乡的围城血战，我却无法救援。平定叛乱后，我的家乡遭受了一场劫难，更让我痛心的是好友王昌龄之死。"

至德二载（757），本被贬龙标的王昌龄离开被贬之地，路经亳州，被亳州刺史闾丘晓杖杀。

杜甫："确实让人痛心，'但使龙城飞将在，不教胡马度阴山''黄沙百战穿金甲，不破楼兰终不还'，多么豪迈的诗句！"

高适："所幸的是宰相兼河南节度使张镐替少伯兄报了仇。"

杜甫："一个小小的州县刺史，以为乱世没人管，竟敢胆大妄为，妒杀少伯兄。"

高适："那年秋天，为解宋州之危，张镐令亳州刺史闾丘晓率兵救援，可为人傲慢、刚愎自用的闾丘晓看不起张镐，故意拖延时间，按兵不动，贻误战机，致使宋州陷落。张镐以贻误战机罪名，处死闾丘晓。临刑前，闾丘晓乞求饶过他一命：'有亲，乞贷余命。'张镐问他：'王昌龄之亲，欲与谁养？'将闾丘晓问得哑口无言。"

两人一边聊一边喝酒，高适不一会儿就酩酊大醉，杜甫只好将高适背到内室的床上，杜甫也熬不住，和衣倒在床上，不一会儿，两人鼾声四起。

第二天一大早，高适先醒来，他看着熟睡中清瘦的杜甫，心中感叹：老了，都老了，曾经高大风流倜傥的子美也老了！

杜甫醒来后，两人相视一笑，彼此明白头天晚上都喝多了。

　　一连几天，杜甫待在高适这里，忙完公事的高适陪着杜甫喝酒聊天，观胜景。高适很多心里的话只对杜甫讲，他明白杜甫是一个将时事政治看得透的人。两人在一起聊到边疆的防务，杜甫给高适很多建议。

　　对于朝廷新辟都会，两人意见一致。

　　杜甫："我以为当下要分清轻重缓急，分置宫殿，吕諲建议新辟都会，虽然想慰东人之望，与西京俨然并存，本不该废一个兴一个。此时，不谈雪耻，而轻论建都之事，我觉得不适宜，唉！"

　　高适："我与子美兄观点一致。"

　　至德二载（757），以蜀郡为南京，凤翔为西京，西京为中京。上元元年（760）九月，改置南都于荆州，以荆州为江陵府，吕諲为荆州刺史。吕諲请求以荆州为南都，皇帝准了，于是荆州号江陵府，吕諲为尹。为此，杜甫写有《建都十二韵》。

　　"子美兄最近写有不少的诗吧？"高适又问。

　　杜甫："也不多，来之前有《出郭》《散愁》和《恨别》。"

　　高适："子美兄总是这么勤奋。"

　　杜甫离开彭州时，高适又赠送了一些银两，杜甫感激不尽，频频感谢。

　　高适目睹骑在马上的杜甫清瘦的背影，挥挥手。

　　冬月，裴迪寄来一首诗《登蜀州东亭送客逢早梅》，杜甫接到诗后和了一首《和裴迪登蜀州东亭送客逢早梅相忆见寄》：

> 东阁官梅动诗兴，还如何逊在扬州。
> 此时对雪遥相忆，送客逢春可自由？
> 幸不折来伤岁暮，若为看去乱乡愁。
> 江边一树垂垂发，朝夕催人自白头。

　　这首咏梅名作很快在诗友间传开来。

　　冬腊月间，段参军前往桂林就任，杜甫以诗《寄杨五桂州谭》托他带给挚友。

　　转眼，春节来临，有了朋友们的资助，杜甫与家人可以安心过年了。

第十四章 茅屋为秋风所破歌

安得广厦千万间，大庇天下寒士俱欢颜！风雨不动安如山。

呜呼！何时眼前突兀见此屋，吾庐独破受冻死亦足！

——《茅屋为秋风所破歌》

无论在哪里，无论自己过着怎样的生活，杜甫心中始终挂念着他人。诗人用火热的仁爱情怀，关注苍生。

1. 花重锦官城

上元二年（761）正月初七，高适托人给杜甫带来了一首诗和一些年礼。

人日，又称"人胜节""人辰""灵辰"等。相传天地初开时，女娲捏泥造人，前六日造出鸡、鸭、猪、狗等动物外，第七日造出人类，所以正月初七成为"人日"。"人日"这天，要戴人胜，以寓吉祥；赠花胜，以表祝贺；食七宝羹，以求人好事圆。

午饭后，杜甫坐在几桌前，反复读着高适在人日那天寄给他的诗《人日寄杜二拾遗》：

人日题诗寄草堂，遥怜故人思故乡。

柳条弄色不忍见，梅花满枝空断肠。

身在远藩无所预，心怀百忧复千虑。

今年人日空相忆，明年人日知何处。

一卧东山三十春，岂知书剑老风尘。

龙钟还忝二千石，愧尔东西南北人。

"一卧东山三十春，岂知书剑老风尘。"已近花甲之年的高适的这种情感，杜甫能理解。作为漂泊他乡的游子思念故园，其情杜甫感同身受，可是叛乱未平，有着远大抱负的高适，现在却是做一个小刺史。

"今年人日空相忆，明年人日知何处。"杜甫站起来念道，想到每个人都不能掌握自己的命运，他长长地叹了一口气。

杜甫将高适的诗收藏进书篋，本想回首诗，他犹豫了一下，想着过些时日要去蜀州，不如直接去拜访他。

这时，宗文来告诉杜甫："父亲，叔叔请你去帮忙！"

杜甫走出门外，看见杜占正站在楠树下打着木桩。按照杜甫的规划，楠树下建一茅亭，茅亭旁再建一向外眺望的水槛。茅亭的桩已经打好了，现在是搭建亭子顶上的架子。

"大哥，搭把手。"杜占看见杜甫走过来，说道。

杜甫："好的！"

杜安要过来帮忙，杜甫让他在一旁休息："您年纪大了，就在一旁休息吧！"

杜安："唉，老了！我去放马吧。"

看着杜安佝偻着背蹒跚着离开了，杜甫心中一阵感伤。

老了，我们都老了！杜甫心中感叹。

兄弟俩齐心协力，终于将亭子顶上的框架搭好了，第二天铺上茅草就行了。

接下来十多天的时间，兄弟俩将茅亭、水槛建好了。看着新添置的高低错落的茅亭水槛，两人相视一笑。

杜占："大哥，你现在可以天天坐在茅亭里写诗或休息，还可以站在水槛上远观雪峰，近观千帆。"

杜甫哈哈一笑："哪有这样的闲情啊，去年冬到现在一直干旱，菜都快没有的吃了。长安那边的情况也不太好，看近来的形势，史思明恐怕要加紧对陕州的攻势，唉！高适的诗句'身在远藩无所预，心怀百忧复千虑'就是我心情的写照。"

杜占："大哥忧国忧民，可惜……"

杜甫："不说了，不说了，过几天我去新津县，县令来信邀我去走动一下。"

杜占："大哥又要去新津啊！"

杜甫点点头。

北方的形势其实并不乐观，就在昨天，正月十七，史思明已改年号为应天了。

二月，边疆一直不太平。奴刺、党项进犯宝鸡，焚烧大散关，向南入侵凤州，杀掉凤州刺史，大肆掠夺，然后西归。凤翔节度使李鼎前去追击，将他们击败。

成都节度府，崔光远代李若幽为成都尹。崔光远门荫入仕，性情勇敢果断，但比较意气用事。李若幽离开成都前，饯别宴上请了一些人，包括杜甫。

李若幽上元元年（760）三月接替裴冕为成都尹、剑南节度使。他是李世民从祖兄李孝同的曾孙，杜甫外祖父是李世民的弟弟舒王李元名的外孙，算起来还扯上远亲。李若幽比杜甫高一辈分，杜甫称李若幽为表伯叔（表丈）。席间，大家喝酒作诗，李若幽写了一首《早春》，杜甫也酬和了一首《奉酬李都督表丈早春作》：

> 力疾坐清晓，来时悲早春。
>
> 转添愁伴客，更觉老随人。
>
> 红入桃花嫩，青归柳叶新。
>
> 望乡应未已，四海尚风尘。

成都曾为大都督府。至德二载（757）十二月至去年九月间定为南京，撤都后，杜甫认为应称成都尹李若幽为都督。杜甫的这首伤春、伤老之诗作引起大家一阵唏嘘。

过了几天，杜甫启程去蜀州的新津县。

新津县令在北桥楼设宴招待杜甫。席间，众人喝酒吟诗，杜甫得"郊"字。大家现场作诗，轮到杜甫了，他朝楼外看去，只见檐外白花朵朵，鸟巢挂在树梢，槛前柳梢依依，远处池塘波光粼粼，城中炊烟袅袅。他吟诵道：

望极春城上，开筵近鸟巢。

白花檐外朵，青柳槛前梢。

池水观为政，厨烟觉远庖。

西川供客眼，唯有此江郊。

杜甫以池塘之水称赞县令为政有德，以城中炊烟称赞县令为政仁义，他将新津江郊的这处美景排在西川第一。

酒宴一直到太阳快下山时才结束。

薄暮时分，杜甫在县令的陪同下，去游了在新津县南二里的四安寺，这是神秀禅师所建之寺。

登上了四安寺，远眺雪峰白雪皑皑，环绕四周早春的绿意已经铺开。

新津县令："子美兄，新津的钟声可是一大景观。每日薄暮，寺钟响起，声音清越可传数里，县城里的家家户户都能清晰地听到钟声。我们去钟楼看看吧！"

杜甫："是啊，四安寺的钟声早听说过，今天才得一见。"

新津县令："今晚我们就在这里吃素斋如何，子美兄？"

杜甫："好！"

两人来到钟楼，只见一口大钟从楼阁的梁上悬挂下来，撞钟的圆木也静静地悬挂在一旁。不一会，寺僧来到撞钟处，他默默地朝县令和杜甫点点头，不说一句话，开始撞钟。西方，映在天边的红霞渐渐变暗，青翠的树木上烟雾缭绕，钟声响了，一声声钟声像水面的涟漪一样，在空中荡漾开来，清越清澈明亮。杜甫听着钟声，看着此情此景，不禁吟诵：

暮倚高楼对雪峰，僧来不语自鸣钟。

孤城返照红将敛，近市浮烟翠且重。

多病独愁常阒寂，故人相见未从容。

知君苦思缘诗瘦，大向交游万事慵。

"好诗，好诗！"县令称赞道。

晚餐是住持、县令和杜甫三人一起吃的，吃完后又聊了一会天，然后回到县衙。

临睡前，杜甫将白日里吟诵的诗誊写在纸上，题上诗名《暮登四安寺钟楼寄裴十迪》，准备明日一早托人带给裴迪。

第二天，杜甫独自一人又去游了修觉山。修觉山上的胜景有修觉寺和绝胜亭。修觉寺在新津县岷江东岸，玄宗避居成都来此游览时，所书的"修觉山"三字，刻于寺前左边山岩上。杜甫游修觉寺后，又游览了绝胜亭，写《游修觉寺》记下自己所感。

杜甫在新津县游玩了几天后，回到草堂。

三月，从北方传来了消息，史思明被他的大儿子史朝义杀了，战争的时局又有了新的变化。

原来史思明偏爱小儿子，想杀掉大儿子，立小儿子为太子。

史思明击败李光弼的军队后，想乘胜西进入关，便派遣史朝义率兵作为前锋，自北道袭击陕城，史思明亲率大军自南道进攻。

三月初九，史朝义军至礓子岭，遭到神策军节度使卫伯玉率领的官兵的反击而失败。史朝义数次进攻，均被卫伯玉打败。史思明退兵驻守永宁，以为史朝义临阵胆怯，史思明想要按军法斩杀史朝义及诸位将领。十三日，史思明命令史朝义修筑三隅城，打算储存军粮，限期一天修完。史朝义修筑完毕，尚未抹泥，史思明来到后，大肆怒骂史朝义，命令随从骑在马上监督抹泥，片刻之间完成。史思明又对属下说："等攻克陕州，终究要杀掉史朝义。"

有人将这话传给了史朝义。史朝义的部下骆悦等人见此情况，决定先下手为强，勒杀史思明，毡毯裹尸，用骆驼运回洛阳。

史朝义即帝位，改年号为显圣。

北方，叛军和史朝义相互残杀完后，又和朝廷打仗了。

南方，平卢军平定刘展叛乱后大肆掳掠十多天。安史之乱的时候，叛军尚未到达江淮地区，此时，江淮地区的百姓却遭受官兵战乱的蹂躏。

居住在成都的杜甫忧虑不已，他不知道天下何时能太平，他已经五十岁了，也不知何时能回到自己的故乡。

这种愁闷的情绪，他只能在游览春景之中缓解。

久旱未下雨，这天晚上不能入眠的杜甫听到外面下起了淅淅沥沥的雨，他起床走到屋外，看到丝丝小雨，惊喜不已。只见田野小径一片漆黑，前面江中船火独自闪烁。第二天一早，杜甫看到被雨水滋润过的花丛，灿烂鲜艳，想到整个城里的花朵都被雨水浸润，农民的收成有了盼头。他喜不自禁吟诵道：

> 好雨知时节，当春乃发生。
> 随风潜入夜，润物细无声。
> 野径云俱黑，江船火独明。
> 晓看红湿处，花重锦官城。

杜甫愁闷多日的心因为一场雨变得好起来。他去山中寻了四棵小松树，移栽到门前，又在堂屋里置了一张乌皮几。经过两年的经营，浣花溪边，他的草堂已经建起茅亭、水槛、药圃和果林，园林式的住宅初具规模。天地疏朗，"手种桃李非无主，野老墙低还是家"。流浪多年的一家人，终于有了栖身之所。"熟知茅斋绝低小，江上燕子故来频。"莺去燕来，春已半矣，感触中，杜甫写下《绝句漫兴九首》。

树枝上栖息的鸟，江水中飞翔的白鸥，泊在门前的渔船，都入了杜甫的诗，在《遣意二首》中他还记下了小儿子晚上去邻居家赊酒的情节。

这天杜甫正在给两个儿子讲解《论语》，一位客人不期而至。原来是杜甫的舅舅崔县令来探访他。杜甫高兴极了，叫妻子去菜园掐菜，让弟弟去溪中捞鱼。

杜甫："舅舅，这里离集市远，来不及买菜肴，只能是粗茶淡饭招待。"

崔县令："客气了！早知你在浣花溪边安家了，直到今日才来看看，你这房子、庭院布置得错落有致，果树已成林，药圃菜地成垄，草堂背向成都和少城，面对江水和雪山，旁有大楠树，你眼光不错，宅基选得好，此地风水绝佳！"

杜甫："过奖了，舅舅。若你不介意，我请隔壁邻居过来陪酒。"

崔县令："好！好！"

邻居过来了，三人一起喝酒。杜甫多年未见舅舅，和他有说不完的话，从祖辈谈到现在，从朝廷谈到地方，也谈及当前的战争形式，邻居静静听着，偶尔插一句嘴。

夜深，三人带着醺意，这才放杯。

崔县令在这里歇息了一晚上，第二天中午吃完午饭后才离开。

杜甫写了一首《客至》（《喜崔明府相过》）送给舅舅，并期待舅舅再来家中。

送走了崔县令，杜甫回答了宗文的问题，告诉他"明府"的意思是县令，"相过"是拜访、探访和看望的意思。

杜甫站在水槛前，看门前春水流过，小鸟在林间啁啾，看妻子给菜园浇水，儿子在江中垂钓，此情此景让他感慨万千，他写下了《春水》一诗。

这一段时间，杜甫早晨看日出，黄昏看日落，徐步江边林荫道或林中独酌，他都以诗记下他看到的景，心中的情。

与杜甫相邻的江村只有八九户人家，杜甫与他们已经相当熟悉了。寒食节这天，他站在茅亭里，看村中的小路上，飞絮随着风四处飘散，炊烟轻轻袅娜，阳光洒在静静的竹林，一群群鸡在觅食，黄狗黑狗追逐嬉戏，一幅恬静的江村图。

杜甫边走边吟诵：

> 寒食江村路，风花高下飞。
> 汀烟轻冉冉，竹日静晖晖。
> 田父要皆去，邻家闹不违。
> 地偏相识尽，鸡犬亦忘归。

这种"地偏相识尽，鸡犬亦忘归"的田园生活杜甫很满足，看着孩子们快乐地生活，他的眼睛有些潮湿了。

清明之后，浣花溪中的水渐渐看涨，杜甫写下了《春水生二绝》《江上置水如海势聊短述》《水槛遣心》《江涨》《朝雨》《晚晴》等诗。

闲住在草堂，杜甫心里牵挂的是两都的安危、百姓的生活。

他自己在成都的生活渐渐安定下来。

回望果林，林中已经长出了一些杂树。

该清理这些杂树了，杜甫想。

2. 涨水与反叛

天刚刚亮，杜甫就起床，他拿着小斧头走出门。

果林里，已经布满了杂树。特别是皂角树，长得又高又快，一段时间不砍就长起来遮蔽着枸杞树，杜甫厌恶皂角树。砍了一会儿，他觉得累，今年以来，他觉得自己的身体衰弱了不少，做一点事情就气喘吁吁，他直起腰休息一下。看着满地枝丫，由此他想起朝廷恶人当道、贤良被压制的情形，心中一种恨意油然而生。他拿着斧头，狠命地向皂角树砍去，似乎在砍向那些恶势力。他们真像这可恶的枝条，杜甫心想。李林甫死了，杨国忠来了，杨国忠死了，李辅国又出现了……唉，不断有奸臣出现，何时是个尽头啊！

砍完树，看到林中的果树和枸杞树又显露出来，杜甫心情也好了起来。

吃完早饭后，他独自一人沿着浣花溪往少城的方向走。到了南郊，本想邀请酒友斛斯融一起饮酒，结果家中没人，斛斯融外出饮酒有十多天了。杜甫继续往前走，江边竹林寂静处有三两户人家，他驻足看了看，只见屋旁红花与白花相互映衬，想起在许多次酒宴中送走了自己的年华，杜甫不禁感慨万千。东边少城肯定是鲜花烂漫，谁又会携酒来邀请他这赏花之人一起饮酒呢？杜甫感叹。黄师塔前江水东岸，一株无主的桃花开得正盛。春暖人倦，杜甫在此休息了一会，继续往前走。他一路走来赏花吟诗，已经吟了五首。前面不远就是黄四娘家的房子，只见茂盛的花将小路遮蔽，沉甸甸的花朵将枝条压弯了，一些彩蝶在上面飞来飞去，杜甫正在赏花之际，忽然听到黄鹂一串悦耳的叫声，他惊喜不已，抬头看去，只见一只黄鹂栖在花枝上，伸长脖子又吐出一串清丽的叫声，杜甫吟诵道：

> 黄四娘家花满蹊，千朵万朵压枝低。
>
> 留连戏蝶时时舞，自在娇莺恰恰啼。

或许是杜甫吟诵的声音惊吓了黄鹂，它倏忽飞走了。

杜甫继续向前走，他已经吟诵了七首七绝了。

春光美好，明日应该带上妻子在浣花溪上游玩，杜甫心想。

晚上，杜甫对杨淑娟说："淑娟，这么些年你跟着我太辛苦了，从没有过舒心的日子，明天我们租一艘船在江上赏春景吧，春光即逝，马上就到夏天了。"

杨淑娟："好呀，正想着这事呢。"

第二天一早，杜甫租了一艘船，带着妻子在浣花溪上游春。

清澈的江水，两岸的树木、竹林和野花，赏心悦目。抬头四顾，一片明媚。

杜甫此刻心中感慨万千。

玄宗至德二载（757）玄宗避难成都，将成都与长安洛阳一样，定为国都，称南京。杜甫想到自己客居南京（成都），以耕种为生，艰难度日，北望满目疮痍的长安，不禁黯然神伤。一阵春风袭来，杜甫将目光投向江中，只见清澈的溪水荡漾着波光，不远处孩子们在水中无忧无虑地洗澡嬉戏。岸边，蝴蝶双双缠绵追逐，水中荷花并蒂开放。杜甫看向妻子，她已经是两鬓斑白，细碎的皱纹爬上了曾经姣好的面庞，想到她陪伴自己走过艰难的岁月，杜甫起身给妻子倒了一碗甘蔗浆，也给自己倒了一碗茗饮（茶），他敬妻子："淑娟，感谢你这么多年来陪我走过艰难的日子，抚养孩子成长！"

两人相视一望，多少言语就在眼中。

饮完茶，杜甫吟诗《进艇》：

> 南京久客耕南亩，北望伤神坐北窗。
>
> 昼引老妻乘小艇，晴看稚子浴清江。
>
> 俱飞蛱蝶元相逐，并蒂芙蓉本自双。
>
> 茗饮蔗浆携所有，瓷罂无谢玉为缸。

三国时期，荆巴一带（今湖北、四川交界一带）把茶汤称为茗饮。这里自古以来，就饮茶成风。"茗饮蔗浆携所有"包含了杜甫心酸的人生经历，"茗饮"的苦和"蔗浆"的甜充斥着他的日子，苦远远多于甜，如今和妻子手牵手、肩并肩坐在小船中，欣赏着春日的美景，这样的时光真是难得。

午饭时分，两人离舟上岸，一起回家。

在高大的楠树旁，杜甫看见自己的药圃里的药材长势很好，非常开心，又吟了一首《高楠》：

> 楠树色冥冥，江边一盖青。
> 近根开药圃，接叶制茅亭。
> 落景阴犹合，微风韵可听。
> 寻常绝醉困，卧此片时醒。

这棵高大的楠树，枝叶浓密，有时候杜甫喝醉了，会在树下小憩。风吹树叶的沙沙声，树木的芳香，让酒醒后的杜甫十分享受，他十分喜欢这棵楠树。

选了一个风和日丽的日子，杜甫去了成都北角武担山。

相传武担山有古蜀国末代国王杜芦（开明十二世）王妃的墓冢，上有石镜。《华阳国志》卷三记载：武都有一丈夫，化为女子，美而艳，盖山精也。蜀王纳为妃。不习水土，欲去。王必留之，乃为《东平之歌》以乐之。无几，物故。蜀王哀念之，乃遣五丁之武都担土为妃作冢，盖地数亩，高七丈，上有石镜表其门，今成都北角武担是也。后王悲悼，作《臾邪》之歌、《龙归》之曲。

杜甫上了武担山。

说是山，实际是一座高约二十米、宽四十米、长一百余米的小土丘。这是多情的蜀王为让死后的美人王妃回归"故土"，特命五个大力士到美人的故乡武都城担土回成都，垒成数亩之宽、七丈之高的陵墓，并在墓上镶嵌一面巨大的石镜。后人把这陵墓称为武担山，所谓"武担"就是指"用武都担来的土堆砌成的山"。

看着石镜，杜甫想象着当年送葬的情形，那些送葬的妃子和千骑如今在哪里？蜀王呢？一切都不复存在，只有这石镜立于人间。联想到现在的奸臣和忠臣，都将湮没于历史的长河，只有这石镜，让奸臣和忠臣、昏君和明君现出原形。

感慨之余，杜甫吟诵《石镜》：

> 蜀王将此镜，送死置空山。
> 冥寞怜香骨，提携近玉颜。
> 众妃无复叹，千骑亦虚还。
> 独有伤心石，埋轮月宇间。

游览山川，让杜甫心中那种忧愁的情绪有了一些释放。如今，他能为国家做些什么呢？一年年自己老去，曾经的理想抱负只能寄情于山水之间。

过了些时日，杜甫去了浣花溪边的海安寺，司马相如的琴台就在这里，站在琴台上，想到世间的爱情，他作诗一首《琴台》吟咏司马相如的爱情。

时间悄悄过去，春末夏初，天气变暖，山上积雪融化，看着日渐上涨的江水，杜甫心中有些惶恐，江涨势必有兵乱。杜甫吟诵：

> 江发蛮夷涨，山添雨雪流。
> 大声吹地转，高浪蹴天浮。
> 鱼鳖为人得，蛟龙不自谋。
> 轻帆好去便，吾道付沧洲。

杜甫担忧兵乱不是没有道理，此时，很多武将拥兵自重。

四月，梓州刺史段子璋谋反了。

段子璋作战勇猛，安史之乱时，曾保护当时的太上皇玄宗到蜀地，立下赫赫战功，他居功自傲。此时，皇亲李奂袭封济北郡王，担任东川节度使，他的手下剑南节度副使（兵马使）、梓州（今四川绵阳三台县）刺史段子璋桀骜不驯，不听号令，于是，李奂上表奏请撤换他。段子璋不满，举兵谋反，在绵州袭击李奂，李奂战败，逃往成都。

段子璋路过遂州时，刺史虢王李巨急忙按照属郡的礼节迎接，却被段子璋杀死。李巨的曾祖是虢王李凤，李渊的第十四个儿子。李凤的孙子李邕，继承了虢王的爵位，李巨就是李邕的第二个儿子。李巨为人刚锐果决，对经史也颇有涉猎，喜欢写文章。不想在这次叛乱中却死在段子璋的手上。

段子璋自称梁王，改年号为黄龙，以绵州为龙安府，设置百官，又攻陷剑州。西川节度使崔光远与东川节度使李奂共同进攻绵州，高适也参与了平叛叛乱。

攻克绵州后，崔光远的牙将花敬定杀死段子璋。

花敬定，行伍出身，攻克绵州后，骄恣不法，怂恿部下大肆掠夺，甚至为了夺取妇人手上的金钏，砍断她人的手腕，滥杀无辜几千人。崔光远也无法制止花敬定及其部下的这种暴行。

"兵骄难制，与朝廷没有供给足够的军饷有关，更与花敬定治军居功自傲，目中无人有关。东蜀的百姓苦不堪言啊！"杜甫坐在他的茅亭里对酒友斛斯融说。

一大早，得知十五日绵州被崔光远部攻克，斛斯融带着一壶酒到杜甫这里来了，但是听说花敬定等将士的暴行，杜甫心中非常不满。

斛斯融："战争胜利后，劫掠百姓有朝廷开先例。"

杜甫："是啊！安史之乱爆发后，回纥怀仁可汗派其子叶护，带精兵四千余人来到凤翔助战，皇上（肃宗）宴劳赐赍惟其所欲，并与回纥约定，克城之日，土地、土庶归朝廷，金帛、子女皆归回纥。战争胜利后，劫掠百姓竟然是朝廷采取的策略。"

斛斯融："老百姓遭殃啊，你看这次花敬定带领士兵在东蜀劫掠百姓，崔光远也制止不了，唉！"

两人边喝酒边聊天，谈论这次平叛之事。

花敬定班师回朝后，在府中大摆宴席庆功，杜甫也在邀请之列。

杜甫进了城，快到花府时，远远听到了美妙的乐曲，这是被百姓禁用的宫中的天子之乐。

"唉！花敬定胆子真大，敢演奏宫廷皇帝的乐曲，难道不怕定罪？"
杜甫心想。

乐制是当朝的成规定法，朝廷礼仪制度极为严格，这些音乐演奏的规
定，是有等级的，稍有违背，就是紊乱纲常，大逆不道，不但要杀头，还
会株连九族。如皇帝临轩，奏《太和》；王公出入，奏《舒和》；皇太子
轩悬出入，奏《承和》……

花敬定目无朝廷法度，僭用天子音乐，是目无君上的狂妄之辈。若是
被人参一本，花敬定难逃罪责，说不定还会连累崔节度，杜甫心想。

到了花敬定门前，杜甫被门童迎进府中。

"杜拾遗来了！"有人喊道。

杜甫给他们行礼，花敬定过来了，对杜甫拱手道："杜拾遗，有失远迎，
请您上座！"

有人说："杜拾遗骑马一路走来，可有好诗？"

杜甫看了看花敬定，吟诵一首《赠花卿》：

> 锦城丝管日纷纷，半入江风半入云。
> 此曲只应天上有，人间能得几回闻。

"好诗！好诗！"众人喝彩。

酒宴很丰盛，花敬定踌躇满志，频频给众人敬酒。

酒酣耳热之际，众人请求杜甫再作一首诗。

已经喝得有些醉意的杜甫，斜着眼睛看着花敬定："戏作一首如何，
花将军？"

也已是醉意十足的花敬定："杜……杜子……子美，杜子美的什么诗
我都喜欢。"

杜甫喝了一口酒，站起来吟诵道：

> 成都猛将有花卿，学语小儿知姓名。
> 用如快鹘风火生，见贼唯多身始轻。

绵州副使着柘黄，我卿扫除即日平。

子璋髑髅血模糊，手提掷还崔大夫。

李侯重有此节度，人道我卿绝世无。

既称绝世无，天子何不唤取守京都。

花敬定过来给杜甫敬酒："好诗！好诗！杜兄，不日我去追击段子璋的残部，打完胜仗，我们再来，我们再来喝一壶。"

花敬定搂着杜甫的肩膀："杜兄，再干！"

杜甫看着花敬定，一口饮下："祝花将军他日凯旋！"

其时，段子璋的残部逃至丹棱境内竹林寺铁桶山（今四川丹陵县境内），不久，花敬定率领部下一路追剿，因兵力疲惫，未能成功，反被叛军斩杀。

当杜甫听到花敬定被叛军杀死的消息时，心中有些惋惜，他想花将军的功与过，自有后人评说。

3. 茅屋为秋风所破歌

初秋，杜甫又去了青城，青城是蜀州的属邑。

因为成都被封为南京，所以像京兆、河南等府一样，置有少尹二人。只是后来又被废，改封荆州为南京。

杜甫出城之后，就给成都两位少尹写了一首诗《赴青城县出成都寄陶王二少尹》。

到青城后，杜甫去拜访县尉常征君。

远眺野外，青城、灌口皆入眼中。杜甫进入村庄，受到常征君的热情款待，于是作诗《野望因过常少仙》赠送常县尉。随后杜甫又去游赏丈人山，此山在青城县西北三十二里。

从青城回来，杜甫接到了族弟杜位的来信。杜位是奸相李林甫的女婿，李林甫天宝十一载（752）十一月卒，杜位于天宝十二载（753）被贬谪，差不多十年的时间。现在杜位离开贬所新州移江陵，任行军司马之职，但还未到家，正在上任的途中。族弟离开贬所，回到江陵，杜甫替族弟感到高兴，也感谢朝廷宽法。

故友裴五赴东川，想到史朝义未平，杜甫寄诗发出"何日通燕塞"的感慨。想到自己一家也是骨肉分离，心中亦是悲凉。

仲秋，阴雨绵绵。这一天，从江面刮起一阵大风，杜甫让孩子们赶快回到茅屋里去。不一会，大风挟带着雨水铺天盖地扑来。江边的大楠树随着狂风摇晃着粗壮的身子，杜甫在家中看着楠树在风雨中遭受着摧残，心中十分难过。

忽然楠树在大风中倾斜下来，杜甫的心提到嗓子眼了，他害怕楠树倒下来压着自己的茅屋。楠树在风雨中左右摇晃，风越刮越大，苍天像被戳破了，雨水直往下倒。

"完了！完了！"杜占在惊呼。

宗文和宗武听到叔叔的喊声连忙跑到窗户前观看："呀！楠树……楠树快倒了！"

又一阵狂风刮来，楠树连根拔起，幸运的是没有朝茅屋这边倒伏。

风雨继续猛烈地朝树干和树枝上抽打。

杜甫心中一阵绞痛，这是他心爱的大楠树，正是因为这棵楠树，他才选择在这里安家，可是无情的风雨将这棵树连根拔起。

风雨渐渐地小了，杜甫展开笔墨写下《楠树为风雨所拔叹》：

> 倚江楠树草堂前，故老相传二百年。
>
> 诛茅卜居总为此，五月仿佛闻寒蝉。
>
> 东南飘风动地至，江翻石走流云气。
>
> 干排雷雨犹力争，根断泉源岂天意。
>
> 沧波老树性所爱，浦上童童一青盖。
>
> 野客频留惧雪霜，行人不过听竽籁。
>
> 虎倒龙颠委榛棘，泪痕血点垂胸臆。
>
> 我有新诗何处吟，草堂自此无颜色。

被连根拔起的楠树与江岸平行，任凭雨水的侵袭。

几天后雨终于停了，可是狂风还是一阵阵地刮。

这天杜甫坐在屋子里，听见狂风一阵紧赶一阵。忽然一阵狂风掀起了一层层茅草，茅草随风乱飞，渡过了浣花溪散落在对岸的江边。随风飞得高的挂在树梢，飞得低的飘飘洒洒沉入低洼的水塘里。杜甫拄着拐杖出门，他看见南村的儿童将落在江边的茅草捡拾起来，准备拿回家当柴火。杜甫走向江边，大声喊着让那些儿童别抱走茅草，那是盖房屋用的，哪知道孩子们抱着茅草瞬间进入竹林，任凭杜甫喊得口干舌燥也喝止不住。

杜甫只好转来，拄着拐杖叹息。

不一会儿，风停了，像墨一样黑的云布满上空，阴沉迷蒙渐渐黑了下来。杜甫刚回到屋子里，便下起了大雨。他看了看身后床上的棉布被子，又冷又硬像铁板似的，孩子们睡相不好，把被子蹬破了。雨点像下垂的麻线一样往下漏，整个屋子没有一点干燥的地方。自从安史之乱后，杜甫的睡眠时间就很少了，长夜漫漫，屋子潮湿不干，如何才能挨到天亮？

天底下有多少贫寒的读书人流离失所，无处安身，杜甫想倘若能得到千万间宽敞的，庇护这些寒士，让他们遇到风雨也不为所动，像山一样的房子，即是自己的茅草屋被秋风吹破，自己受冻而死也心甘情愿。

杜甫摊开纸张，一气呵成写下了《茅屋为秋风所破歌》：

八月秋高风怒号，卷我屋上三重茅。

茅飞渡江洒江郊，高者挂罥长林梢。下者飘转沉塘坳。

南村群童欺我老无力，忍能对面为盗贼。

公然抱茅入竹去，唇焦口燥呼不得。归来倚杖自叹息。

俄顷风定云墨色，秋天漠漠向昏黑。

布衾多年冷似铁，娇儿恶卧踏里裂。

床头屋漏无干处，雨脚如麻未断绝。

自经丧乱少睡眠，长夜沾湿何由彻！

安得广厦千万间，大庇天下寒士俱欢颜！风雨不动安如山。

呜呼！何时眼前突兀见此屋，吾庐独破受冻死亦足！

写完这首诗，杜甫的眼睛湿润了，他抬头看了看窗外，雨还在下。秋天的这一场凄风苦雨让杜甫想了很多，他想离开成都去吴会（无门、会稽）的念头更强烈了。

中途，雨停的一天，杜甫与杜占请邻居们帮忙，将茅房屋顶重新盖上茅草。

前不久，杜甫见到了唐兴（今四川蓬溪）刘主簿，写了一首诗《逢唐兴刘主簿弟》，"轻舟下吴会，主簿意何如"。杜甫在诗中流露出去无门、会稽的想法。因为刘主簿从成都回唐兴，杜甫以诗代简托刘主簿带给唐兴县令王潜一首诗。

在此之前，杜甫写了一首诗《敬简王明府》，没有得到他的周济，便再寄一首诗《重简王明府》，"君听鸿雁响，恐致稻粮难"，他希望王县令能给予经济上的援助。

这种靠别人救济的生活给杜甫带来心灵无限的哀伤，自己体弱多病，没有能力给家人带来温饱的生活，只能靠亲戚朋友们资助，而自己则是以诗在酒桌上应酬，强装欢颜。

想起当年自己十四五岁时，健壮得如同黄牛犊。庭院里梨子枣子成熟季节，一天上树好多回，摘梨子、枣子。一晃自己已经五十岁了，身体虚弱，疾病缠身，为了生存，出席各种酒宴为他人作诗。回到家中依然是家徒四壁，妻子与自己一样面露忧愁，孩子们顾不得父子之礼，饿得哭哭啼啼，叫喊着要吃饭。

唉！杜甫深深地叹了一口气。

草堂外，柏树、橘树、枯棕、枯楠四种枯树更是让杜甫感慨万千。

这些枯萎的"病树"又何尝不是当今社会的写照呢？病柏是正直健壮之才而横被摧残；病橘是征取四方贡物之劳，杜甫联想起当年杨贵妃要吃鲜荔枝，上贡的速度之快；那些被刀斧斫伐的枯枝，多像被官家压迫的人民。由枯棕，杜甫想到人民物空财尽、难以为生；看着倒伏在江边的枯楠，杜甫想到当今朝廷大材不见用，以致虫蚁争集，雷霆摧毁，反倒不如水榆被人栽植，容易成长。杜甫一口气写了三首诗《病柏》《病橘》《枯棕》，想到自己喜爱的大楠树，杜甫又提笔写了第四首《枯楠》：

> 梗楠枯峥嵘，乡党皆莫记。
>
> 不知几百岁，惨惨无生意。
>
> 上枝摩皇天，下根蟠厚地。
>
> 巨围雷霆坼，万孔虫蚁萃。
>
> 冻雨落流胶，冲风夺佳气。
>
> 白鹄遂不来，天鸡为愁思。
>
> 犹含栋梁具，无复霄汉志。
>
> 良工古昔少，识者出涕泪。
>
> 种榆水中央，成长何容易。
>
> 截承金露盘，袅袅不自畏。

踏雨前来拜访杜甫的斛斯融，带来一瓶好酒，两人在雨水淅沥声中喝起酒来。杜甫将他刚写成的四首诗给斛斯融看。

"子美兄，你这四首看得出是一气呵成。《病柏》是对当朝衰落命运无可挽回的绝望，《病橘》讽刺当朝搜刮民脂民膏，《枯棕》则是托棕榈之被割剥过甚以致枯死，来寓蜀中百姓的惨遭暴敛而生存无路，《枯楠》中'犹含栋梁具，无复霄汉志'是对你个人以及我们这群百姓前途的绝望。唉，我其实也是早绝望了，所以辞官在此隐居。"斛斯融说。

杜甫："我从安史乱起那年入仕，乱中被羁长安，奔赴凤翔行在，长安收复后被授左拾遗，旋即被贬谪华州，辞官入陇，后在乾元二年居住同谷，十二月赴成都，数年间我在战乱流离中和秦蜀颠沛之旅中，经过了人世间最糟心的磨难。看透了这世道！"

斛斯融喝了一大口酒说："看透又如何？日子还得过。"

杜甫："是啊，个人前途和生命的意义不能依托王朝政治，国计民生不能指望时世清明，君主的品德不能依赖王朝制度……强盛的李氏江山如今开始走下坡路。不说这些了，对了，崔节度被罢职，因为花敬定滥杀无辜之事。据说朝廷让高适暂代理节度一职。"

斛斯融："是的，不知道下一任节度是谁。听说崔节度郁闷得很，身体欠佳，在家养病。"

杜甫："我最近得到郑虔的消息，自从他被贬后我们一直没见面。唉！也不知道李白怎么样了。还有我们兄弟姐妹因为安史之乱多年也未见面，甚是挂念。"

斛斯融："郑虔和李白的境况估计不会比你我好到哪里去，兵荒马乱的日子，多少家庭骨肉分离，音信不通。"

杜甫："我多亏徐少尹的资助，日子才勉强撑到现在。"

斛斯融："徐少尹，是徐知道吗？"

杜甫："是的，与他新结交。他常常来看我，带着酒菜。"

斛斯融点点头："你给他写过《徐卿二子歌》，我读过。只是我感觉这人有野心，他是不是在拉拢你？"

杜甫："我一老朽，已经没有什么价值了，也许他是爱诗而已。"

杜甫与斛斯融两人边聊天边饮酒，不觉天已经黑了。

不久，范员外范邈和吴侍御吴郁来草堂拜访杜甫，恰逢杜甫外出，因此杜甫以诗谢之。想起在同谷去拜访吴侍御，恰逢吴侍御在所贬谪之楚地，未曾晤面。今吴郁放还游蜀，不承想又失见面之机，杜甫写诗《范二员外邈吴十侍御郁特枉驾阙展待聊寄此作》，期待"论文或不愧，重肯款柴扉"。

只是，这一天并没有再现。

4. 冬天的温暖

> 荒村建子月，独树老夫家。
> 雪里江船渡，风前径竹斜。
> 寒鱼依密藻，宿鹭起圆沙。
> 蜀酒禁愁得，无钱何处赊。

农历冬月初二，杜甫正在家中吟诵刚写成的《草堂即事》。

冬日的草堂景色很美。门前浣花溪上，渔船与渡船给冬日的天空布下一幅水墨图。门前竹林，斜着身子与风共舞。江边沙滩上，鹭鸟成群栖息。

水中的鱼儿，似乎也怕寒冷，密集地偎依着水藻。

杜甫的生活依然很拮据，好在有一些朋友经常来探望他，并带来生活上的一些资助。

薄暮时分，一队人马走在通往草堂的路上。宗武眼尖，看到后连忙喊道："爹爹，快看，有客人来了！"

杜甫出门，看见骑着马走在前面的是成都府徐少尹徐知道。

根据官制，朝廷在西都、东都、北都、凤翔、成都、河中、江陵、兴元、兴德，各设府尹一人，少尹两人。

徐知道是成都府的少尹之一，杜甫新结交的官员朋友。

杜甫连忙迎上去："徐少尹光临草堂，蓬荜生辉！"

徐知道："杜拾遗此处好景致！您的园林和药圃打理得真好，难怪很多人夸奖呢！"

杜甫："哪里，哪里！托你们的福，种点药材一是为自己治病所需，二是卖点药材养家糊口。"

在门口，徐知道下了马，杜占忙过来将马牵去放牧。

徐知道吩咐手下："来，你们将粮食等搬到杜拾遗的家中。"

徐知道的随从将带来的鱼肉蔬菜和粮食等从马背上搬下来，送进屋子，一时间草堂热闹起来了。

杜甫："太感谢少尹了，您送来的这些粮食等真是雪中送炭！"

徐知道："杜拾遗别客气，冬天来了，知道您粮食储存不多，一大家人要生活，所以我带些粮食来给您的家人过冬。"

说完，徐知道又拿出一些银两递给杜甫。

杜甫："您已经带来这么多粮食，这个我就不收了。"

徐知道："您若不收就见外了，虽然我们结识时间不长，可是您诗名在外，我早就慕名，朋友之间这些都是小事。"

杜甫万分感激地收下了徐知道的馈赠。

徐知道和杜甫在水槛上观赏冬日江上的景致。远眺雪山，白皑皑一片；近观江面，三两渔船闲散地漂浮着。

"杜拾遗这处的风水好，这样的景致城内还真是没有。"徐知道说。

杜甫："过奖了！"

两人正聊得欢时，宗文喊他们去吃晚饭。

酒菜都是徐知道带来的，杨淑娟的厨艺很好，做的菜色香味俱全。大家喝酒吟诗，十分热闹。感动于徐知道的接济，杜甫作了一首诗：

> 晚景孤村僻，行军数骑来。
>
> 交新徒有喜，礼厚愧无才。
>
> 赏静怜云竹，忘归步月台。
>
> 何当看花蕊，欲发照江梅。

"好诗！'何当看花蕊，欲发照江梅'杜拾遗此处的景太美了，以后我还要常来！"徐知道说。

杜甫："若是少尹不嫌弃此地荒僻，欢迎常来！"

后来徐知道真的常常来此处赏景，每次都要带些物品来资助杜甫。

靠着别人的周济，杜甫一家艰难度日。

彭州新任刺史王抡曾许诺要来草堂看杜甫，但是一直没有来。

杜甫寄诗《王十七侍御抡许携酒至草堂奉寄此诗便请邀高三十五使君同到》给王抡，促其践约，诗中请王抡邀蜀州刺史高适同到：

> 老夫卧稳朝慵起，白屋寒多暖始开。
>
> 江鹳巧当幽径浴，邻鸡还过短墙来。
>
> 绣衣屡许携家酝，皂盖能忘折野梅。
>
> 戏假霜威促山简，须成一醉习池回。

接到杜甫的诗笺，王抡携酒来草堂，并且高适也应邀到了。

草堂热闹起来了。

诗人们在一起，喝酒必有诗，三人共用一"寒"字作诗。

高适饮酒时，对杜甫说："你年岁小，且不必小于我。"

于是，杜甫用"寒"字戏谑高适：

卧病荒郊远，通行小径难。

故人能领客，携酒重相看。

自愧无鲑菜，空烦卸马鞍。

移樽劝山简，头白恐风寒。

"移樽劝山简，头白恐风寒"杜甫劝高适醉饮御寒，两个好友在一起喝酒打趣，几十年的交情，他们已经不分彼此。王抡看出两人情谊的深厚，点头赞许。

这次聚会，大家十分开心。

腊月，蜀州新津县令邀请杜甫去庆祝竹桥完工。

新津县五河如织，夏季涨水后洪浪滔天，民间有谚语"走遍天下路，难过新津渡"。冬季江水刺骨，因此，每年冬十月官府在皂江（今金马河、三渡水）上搭建竹木桥以济来往商贾行人。第二年夏季水涨则撤桥以舟船渡人。

杜甫到了新津，连续观桥数日。

这天竹桥即将落成，一大早，杜甫跟随负责修桥的李司马去观看竹桥最后的竣工。高适也从成都赶到新津的路上，崔光远病逝后，朝廷让他代为代理成都节度使。高适因是蜀州刺史，大部分时间在蜀州，也有时去成都府处理公务。

李司马带着一行人来到了皂江渡口边。

只见新建的竹桥横亘在皂江之上，薄薄的雾气在江面飘动，在靠南岸边还有一部分没有完成，一些人扛着粗壮的竹子并将其竖立起来，埋进已经打好的石孔中，一些人忙着捆扎桥面。

傍晚时分，竹桥全部完工，高适也到了。高适、李司马和杜甫等一行人从竹桥上面走向对岸。

高适："感谢新津县衙为百姓造福，使往来商贾行人免受冬日寒水之浸湿！"

李司马："托高使君洪福，竹桥顺利完工，为百姓方便是我们的职责。"

杜甫："高使君刚从成都回，一路上劳顿辛苦了。"

高适："谢谢，还不算太累！"

杜甫："秦始皇驱石入海亦为造桥，造的是'过海观日出'之神桥。李司马天造皂江竹桥，将来也能建大海神桥。"

高适看向杜甫："杜拾遗此时可有诗作？"

杜甫朝李司马微微一笑，略一思忖，便吟诵了一首《陪李七司马皂江上观造竹桥即日成往来之人免冬寒入水聊题短作简李公》：

伐竹为桥结构同，褰裳不涉往来通。

天寒白鹤归华表，日落青龙见水中。

顾我老非题柱客，知君才是济川功。

合欢却笑千年事，驱石何时到海东。

高适摸着胡须，看着杜甫笑而不语。

李司马连声称赞："好诗！鹤归华表，柱可栖鹤。龙见水中，桥影若龙，妙语！只是杜拾遗说我为'济川功'，愧不敢当！"

杜甫："拙作让大家见笑了。"

入夜，一行人月夜泛舟，舟中设有酒席。

此时，桥上点燃的烛火像一条龙横贯江面，江两边青山隐隐，月亮从天边升起来了，银色月辉铺洒山川，漫天繁星闪闪烁烁，一叶小舟在天地浩渺间显得和谐而渺小。

杜甫、高适、李司马和其他的官员们在一起喝酒吟诗，畅谈皂江的过往。舟中每人写诗一首。

杜甫作诗《观作桥成月夜舟中有述还呈李司马》：

把烛桥成夜，回舟客坐时。

天高云去尽，江迥月来迟。

衰谢多扶病，招邀屡有期。

异方乘此兴，乐罢不无悲。

高适："唉！杜拾遗，在我花甲之人面前你岂能提'衰谢多扶病'！我可读懂了你的三意：衰年多病，身在他乡，悲不自胜。说起来我也是如此啊，我已年迈，想回北方，可是不是想回就能回去的。"

高适深深地叹了一口气。

杜甫："高使君，你可是正在为国效力的时候，现在国家的形势不容乐观，叛乱还未平，边疆骚乱不断。"

高适："是啊！别看两川现在很平静，其实是暗流潜涌，吐蕃、党项对我们虎视眈眈，一直在寻找机会抢占我朝土地。藩镇拥兵自重，武官骄奢淫逸，该好好治理！"

李司马："东蜀经过上次叛乱，百姓的生活遭到很大的重创，该让百姓休养生息。"

大家边喝酒边聊天，杜甫醉眼蒙眬之际，为高适吟了一首诗《李司马桥成承高使君从成都回》：

> 向来江上手纷纷，三日成功事出群。
>
> 已传童子骑青竹，总拟桥东待使君。

高适："'童子骑青竹'这个典用得好！"

杜甫："谢谢夸奖！"

对高适的夸奖，杜甫笑而纳之。

《后汉书》记载：郭伋为并州牧，始至，行部到河西美稷，有童儿数百，骑竹马迎之曰："闻使君到，喜，故来迎。"

高适："杜拾遗这是第四次来新津吧？"

杜甫："是啊！承蒙你的恩惠，县令盛情邀约，新津真是个风景秀丽的地方。"

高适点头表示赞同。

杜甫喜爱新津。第一次游新津是上元元年（760）秋，王维之弟王缙出任蜀州刺史，他邀约杜甫来府中赴宴。席中杜甫打听蜀州周围游赏的好出处，王缙提到新津县的修觉山的修觉寺。杜甫慕名而来，约好友裴迪一同游玩。第二次是761年初春，高适由彭州刺史改任蜀州刺史，邀约杜甫前往蜀州。杜甫第二次来到新津，此时，南河桃花水发，空阔的江面上水波荡漾。修觉山孤峰耸立，山上树木碧翠，林间鸟声嗷啾，杜甫沉浸在山水之美中。第三次是新津县令设宴在北桥楼，热情接待杜甫。时隔一个月，杜甫再次来新津，重游修觉寺。这次是被邀约看竹桥竣工。

四次游览新津，杜甫留下八首诗。

这个冬天，带给杜甫心中是无限的温暖，因为他有一些关爱他的朋友。

第十五章　漂泊在绵州和梓州

拾遗曾奏数行书，懒性从来水竹居。

奉引滥骑沙苑马，幽栖真钓锦江鱼。

谢安不倦登临费，阮籍焉知礼法疏。

枉沐旌麾出城府，草茅无径欲教锄。

——《奉酬严公寄题野亭之作》

严武来了，带给杜甫欣喜，半年后又走了。杜甫送严武至绵州，却因成都叛乱，只能滞留绵州，随后举家又漂泊在梓州。

1. 严武镇蜀

上元二年（761）十二月一早，寒风凛冽，一位衙役打扮的人来到草堂，他恭恭敬敬地站在草堂门外，高声问道："请问杜拾遗在家吗？"

"在的！您哪位？"杜甫听到问话的声音，整整衣服，出门一看，见是一衙役，忙问，"请问您有什么事？"

衙役毕恭毕敬递上一封信，说："这是新任节度使的信。"

杜甫接过信，打开一看，里面是严武写来的一首诗《寄题杜拾遗锦江野亭》：

漫向江头把钓竿，懒眠沙草爱风湍。

莫倚善题鹦鹉赋，何须不着鵔鸃冠。

腹中书籍幽时晒，肘后医方静处看。

兴发会能驰骏马，终当直到使君滩。

读完诗杜甫心中大喜，原来是新任西川节度使严武到任了，劝他出仕。严武称杜甫为杜二，是因为杜甫在家中排行老二，杜甫有一哥哥夭折。

杜甫连忙磨墨，写了一首诗回复《奉酬严公寄题野亭之作》：

> 拾遗曾奏数行书，懒性从来水竹居。
> 奉引滥骑沙苑马，幽栖真钓锦江鱼。
> 谢安不倦登临费，阮籍焉知礼法疏。
> 枉沐旌麾出城府，草茅无径欲教锄。

在此之前，高适在崔光远病逝后代理了两个月的节度使，他在蜀州和成都府之间来回穿梭。上次杜甫听高适说朝廷要派新的节度使来，没想到竟是严武。

严武，中书侍郎严挺之的儿子，严挺之是朝廷名相。严武二十岁时调补为太原府参军事，后被陇右节度使哥舒翰奏充为判官，升侍御史。至德初年（756），肃宗兴兵平定国难，严武持节赶往，宰相房琯素来器重他，第一个推荐他，逐渐升为给事中。收复长安后，严武被任京兆尹，兼任御史中丞，此时他才三十二岁，可谓是年轻得志。至德二载（757），任给事中，第二年任绵州刺史，迁东川节度使。不久，调回京中，任侍御史、京兆尹。

现在严武任成都府尹兼御史大夫、充剑南节度使。为了对付吐蕃，合剑南、东川、西川为一道，权力很大。

严武的到来，给杜甫带来了新的希望。他们两人是世交，严武的父亲与杜甫的祖父同朝为官，亦是好友。杜甫比严武大十四岁，算起来比严武低一辈。两人是旧时相识、同事，严武被房琯举荐为官，杜甫替房琯打抱不平，所以又一同被划归房琯的同党，遭受贬谪。

得知严武要亲自来拜访，杜甫带领全家老小一同将门前的路重新修整。此时，天气寒冷，但是杜甫干得浑身冒汗，他卖力地用锄头除草，过了一会儿，他感觉有点累，拄着锄头休息。这时，他看见杜占甩开膀子挥舞着镰刀割着枯草，速度很快。杜甫不禁感叹年轻真好，想到自己的身体，感觉自己确实老了。

宗文宗武两个孩子将野草装进箩筐，杨淑娟拖到屋后晒起来，日后当柴烧。劳动半日，门前一条路修整好了。

严武来了，带了一小队人马。

看见杜甫在路口等着，骑着马的严武跳下马，将缰绳递给属下。严武顾不得礼节，搂住杜甫的肩膀，亲热地说："子美兄，久等了！"

杜甫："严节度大驾光临……"

严武："哎！子美兄，别这么称呼我，还是像以前那样喊我。"

杜甫鼻子一酸，眼泪差点掉下来：严武还是以前的严武，对他丝毫没有一点官架子。

严武挽着杜甫的胳膊，朝草屋走去。

杜甫："季鹰，寒舍太简陋，别在意啊！"

严武："说哪里话，你我什么关系，我在这任官你就别担心生活。"

杜甫："谢谢季鹰！"

严武边走边看周围的景色，赞叹道："子美兄这里风景真美，虽然没有王公贵族的奢华，但这乡野景色自然真实！"

杜甫："过奖了！"

来到了草堂客房，杨素娟毕恭毕敬地倒上茶。

严武："嫂子，这么多年辛苦你了，兵荒马乱的日子，一家人一起生活在乡下也好。两个儿子呢？我看看。"

杨淑娟："谢谢严节度！"

宗文宗武此时正在门外，听见严武要看他们，两人跑进屋说："叔叔，我们在这呢！"

杜甫说："你们两个这么不懂规矩！怎么可以……"

严武见杜甫要责怪两个小孩，哈哈一笑说："子美，你我兄弟一般，他们喊我叔叔没错啊！"

"乱辈分了，乱辈分了！"杜甫连声说。

杜甫和严武两人接着聊起了时局，也谈到了朝廷的一些事情，如二月初一大赦天下；再次以京兆为上都，河南为东都，凤翔为西都，江陵为南都，太原为北都，据说这样的布局有利于护卫长安。

跟随着严武来的一队人马，他们或散坐在水榭旁的亭子里，或沿着浣花溪散步，或聚在一起下棋。跟随严武来的厨师早在厨房忙起来了，他们带来的鸡鸭鱼肉等菜肴正在厨房加工，杨淑娟想帮忙也帮不上。

不一会儿，香气弥漫在草屋周围。

杜甫和严武两人在书房摆上几盘菜，两人边喝酒边聊天。

其他的人在外面围了一大桌，喝酒吃菜，开心得很。

傍晚时分，严武离开了，他留下一大笔钱供杜甫一家开支。

杜甫万分感谢，将严武送了一程。

第二天，严武又派人送来粮食布匹鱼肉，说是过年要用。

有了这些过年物资，杜甫一家人这个年会过得非常丰盛。

这次严武来拜访，杜甫以诗《严中丞枉驾见过》相赠：

> 元戎小队出郊坰，问柳寻花到野亭。
> 川合东西瞻使节，地分南北任流萍。
> 扁舟不独如张翰，皂帽还应似管宁。
> 寂寞江天云雾里，何人道有少微星。

面对严武劝自己做官，杜甫在诗中明确表示自己要像张翰弃官，管宁避世一样，坚持自己的退隐之志。

严武离开后，杜甫想到去年到今春的干旱，他写了《说旱》一文给严武，劝其亲自清理囚犯，除要处理的死刑者外，其余的一律释放。

不久，严武派人送来他写的《西城晚眺》十首诗，杜甫和了一组《奉和严中丞西城晚眺十韵》。

西山运粮使窦侍御经过成都，来拜访杜甫。窦侍御以御史出检校诸州军储器械，正在赶赴长安奏事。杜甫与窦侍御除了交流诗歌外，更多的是对当前的时事做了分析。

杜甫："窦侍御此次前来检查边地，运粮斩木，军储足运道通，才可以战守。"

窦侍御："是啊，目前形势很严峻，战乱给粮食储备带来很大的影响，倘若粮食不足，士兵们没吃的，何谈守城。"

杜甫："吐蕃窥我西山三城，西川八州刺史合兵抵御，粮食和运道是至关重要的。"

两人对时局谈了很多，颇为投机。

窦侍御临行前杜甫写了一首诗为窦侍御送行，他在《入奏行赠西山检察使窦侍御》诗中写道："……兵革未息人未苏，天子亦念西南隅。吐蕃凭陵气颇粗，窦氏检察应时须。运粮绳桥壮士喜，斩木火井穷猿呼。八州刺史思一战，三城守边却可图。此行入奏计未小，密奉圣旨恩宜殊……"杜甫这首诗是变体，长短纵横，对西南边陲的形势做了分析，他希望窦侍御入奏朝廷，让朝廷对边陲的战争局势引起重视。

不久，从广州来的段功曹来草堂拜访杜甫，他带来杨谭的书信。

京尹以及诸都督府，兼有功曹参军职务。通过段功曹带来的信，杜甫得知好友杨谭已由桂州调为广州都督府长史。杜甫以诗代信，托段功曹带去。杜甫又收到广州张判官叔卿的书信，于是写了一首诗《得广州张判官叔卿书使还以诗代意》，托段功曹带去。

段功曹向杜甫谈了江淮地形的情形："租庸使元载认为江淮地区虽然遭受战乱与饥荒，但是相对来说还是比较富庶，于是他按户籍查出八年来拒交、欠交租调和逃户欠额，然后估计一个大概数字进行征收。元载选择凶恶官吏担任县令，让他们督办此事，无论是否拖欠，资产多少，只要查到百姓有粮食和布帛，就派人将他们围起来，登记粮食、布帛的数量，然后对半分，甚至取走十之八九，称为'白著'。"

杜甫："那老百姓怎么活命啊？"

段功曹："他哪里还管老百姓的死活啊！如果有不服的，就抓去严刑拷打。有的百姓家中有十斛，就恐惧异常，等待官府的命令。有的百姓无法生活，就相聚在山川河泽，成为强盗，州府也无法制止。"

杜甫："唉，这是官逼民反啊。国家内忧外患，何时才能改变这个局面啊。民间闹饥荒，没有粮食可征，军队没有供给，打胜仗从何而谈啊！河东节度使邓景山就是因为粮食被部将杀死的，还有朔方诸道行营都统李国贞也是被部下杀死。"

谈到粮食的供给，两人唏嘘不已。几天后，段功曹要回广州，与杜甫辞别，杜甫也给段功曹写了一首诗。

魏十四侍御到草堂拜访杜甫，临行前以资相赠，告诉杜甫他即将远行，杜甫十分感动，作诗《魏十四侍御酒敝庐告别》。

杜甫当初建草堂时，曾向何邕索取桤木秧栽种，现在何邕调任锦谷尉，将赴长安，杜甫以诗相赠，"五陵花满眼，传语故乡春"，杜甫心中不忘的还是故乡。

诗友郑錬罢官归隐襄阳，杜甫以诗相赠，又赠一绝句。

这个春天，杜甫的心情大好，作诗江头五咏：《丁香》《丽春》《栀子》《鸂鶒》。又作《屏迹》三首，《畏人》一首，《少年行》前后三首，《绝句》《即事》各一首。

居住在成都的杜甫过着还算太平的日子，可是朝廷却发生了一连串的变故。

四月初五，太上皇玄宗在神龙殿驾崩，享年七十八岁。初六，将太上皇的神座迁到太极殿。肃宗因为卧病不起，在内殿举哀，大臣们在太极殿举哀。有四百多名蕃官划破面孔、割耳表示哀悼。

肃宗命令苗晋卿总摄朝政。自从仲春以来，肃宗卧病不起，听说太上皇驾崩，心中十分哀痛，病情由此加重，便命令太子监理国政。十五日，肃宗下诏改年号为宝应，又以建寅为正月，其他月份都恢复旧称，且大赦天下。

从前张皇后与李辅国互相勾结，掌握大权。晚年后，两人之间因为权力纷争有了隔阂，李辅国与程元振结为一党。张后见肃宗病情恶化，召见太子，说李辅国威逼太上皇迁到太极宫，罪行极大，如今趁皇上病危，勾结程元振欲图不轨，劝太子杀掉李辅国等。太子认为李辅国是皇上的重臣，怕皇上伤心。张后召见越王李系，密谋行动。程元振知道了张后的行动后，告诉李辅国，他们抢先行动，在肃宗的长生殿带走张后以及其左右十多人。

十八日，受此变故又惊又怕的肃宗驾崩。李辅国将张后和李系以及兖王李偘杀掉，然后带着身着素服的太子，在九仙门与宰相相见，讲述太上皇驾崩以后宫中的一系列变故。并且伏地哭拜，太子开始行使监国的权力。

十九日，太子在两仪殿给大行皇帝发丧，宣读遗诏。

二十八日，太子登基即代宗即位。

多日之后，杜甫才得到朝廷的有关消息。想到宫廷争斗的血腥，心中叹息不已。

社日这天，邻居农夫邀请杜甫前去喝酒，酒酣耳热中，农夫对严武赞叹不已，言说自己的大儿子服役很久，是军队的弓箭手，这次儿子被放回家了。儿子接替自己做农活，让一家人的生计有了着落。杜甫几次想回家，却被农夫拉着不让走，这一顿酒喝了一整天。

为此，杜甫以一首诗《遭田父泥饮美严中丞》记下农夫的热情。

仲夏之日，一早严武又亲自携带酒馔来到草堂。

严武来前没有通知杜甫，他带着部下，在浣花溪边，花前立马，远观雪山，不禁感叹："子美，真是会选风水宝地！"

杜甫正在屋后劳作，听见弟弟喊他，说严府尹来了。

放下锄头，杜甫连忙去迎接。

"子美，今天我们架锅竹林间，你我在水槛边的野亭中，好好喝一壶！"严武说完哈哈大笑。

杜甫："老朽奉陪！"

两人在亭子里谈天，从边境防守谈到朝廷纷争，喝着酒，吃着菜，两人在一起不觉又聊了一天。

喝酒吟诗，杜甫得一"寒"字，他吟诵《严公仲夏枉驾草堂兼携酒馔》：

> 竹里行厨洗玉盘，花边立马簇金鞍。
>
> 非关使者征求急，自识将军礼数宽。
>
> 百年地辟柴门迥，五月江深草阁寒。
>
> 看弄渔舟移白日，老农何有掣交欢。

严武赞叹杜甫好诗："子美兄这诗很好，前四句叙事，下四句写草堂景事。过两天去我处，我们看看蜀地形势图，有事相商。"

杜甫："好，一定赴约！"

过了两日，杜甫去了严武府中。

严武拿出蜀道图画，两人看图谈论防守情形，以及要采取抵御吐蕃的措施。

杜甫："去年党项与奴刺连兵入寇凤州，今年建辰月又进寇梁州，观察使李勉弃城逃走。如今，吐蕃觊觎松州等地，我在担忧蜀地边防。"

严武："是啊，吐蕃野心勃勃，要加强防守，抵御吐蕃。我们是要好好商量，商讨一些措施以保蜀地的安全。"

两人拿着蜀道地图商讨了很久。

宴饮时，杜甫得"空"字，作诗一首《严公厅宴同咏蜀道图画》：

> 日临公馆静，画满地图雄。
>
> 剑阁星桥北，松州雪岭东。
>
> 华夷山不断，吴蜀永相通，
>
> 兴与烟霞会，清樽幸不空。

这首诗点明剑阁在星桥之北，松州则雪岭居东，山自西南而来，水从东方而去。蜀地形势图，就这几句诗交代得清楚明白。

忧及边寇抢粮食，杜甫作诗《大麦行》"岂无蜀兵三千人，薄领辛苦江山长"。他的诗引起严武的共鸣，严武希望杜甫能入他的幕僚协助他治理蜀地，杜甫以身体不好拒绝了。

杜甫与严武经常诗词唱和，久旱未雨，一场雨水让严武写诗给杜甫，杜甫回诗《中丞严公雨中垂寄见忆一绝奉答二绝》。据来诗而答，在第二首绝句中，期待严武再来草堂。

这场雨让杜甫也欣喜，写下《大雨》诗，浣花溪涨水了，他写下《溪涨》。

不久，严武派人送给杜甫青城山道士乳酒一瓶，杜甫收到后，开瓶和使者畅饮。并写下感谢诗《谢严中丞送青城山道士乳酒一瓶》。

本以为这样的日子还可以持续，不料六月朝廷召严武回京。

2. 送别严武 滞留绵州

　　六月，代宗召严武进京，任命他为京兆尹兼山陵桥道使，负责监修玄宗和肃宗父子俩的陵墓。

　　严武办完交接手续，于七月动身出发入朝任职。

　　在这大半年的时间里，严武给了杜甫经济上很大的资助。两人诗酒唱和，杜甫在感激与不舍之中，写下《奉送严公入朝十韵》。

　　这十韵中，杜甫描述在君王更迭，内忧外患的时刻，朝廷需要像严武这样文韬武略、满腹经纶的大臣。杜甫嘱咐严武要为朝廷恪尽职守，不可临危惜身，要有所作为。他勉励严武在朝廷的重要位置，坚持正道。

　　　　　　鼎湖瞻望远，象阙宪章新。

　　　　　　四海犹多难，中原忆旧臣。

　　　　　　与时安反侧，自昔有经纶。

　　　　　　感激张天步，从容静塞尘。

　　　　　　南图回羽翮，北极捧星辰。

　　　　　　漏鼓还思昼，宫莺罢啭春。

　　　　　　空留玉帐术，愁杀锦城人。

　　　　　　阁道通丹地，江潭隐白蘋。

　　　　　　此生那老蜀？不死会归秦。

　　　　　　公若登台辅，临危莫爱身。

　　"公若登台辅，临危莫爱身"严武吟诵着杜甫给他的诗，心中感慨万千，史朝义叛军未平，邻国对中原虎视眈眈，朝廷奸臣当道，宦官专权，藩镇割据……像杜甫这样爱国关心国家的人却被排斥在外。

　　唉！严武长长地叹了一口气，他坐下来，写了一首《酬别杜二》诗酬答杜甫：

　　　　　　独逢尧典日，再睹汉官时。

未效风霜劲，空惭雨露私。

夜钟清万户，曙漏拂千旗。

并向殊庭谒，俱承别馆追。

斗城怜旧路，涡水惜归期。

峰树还相伴，江云更对垂。

试回沧海棹，莫妒敬亭诗。

只是书应寄，无忘酒共持。

但令心事在，未肯鬓毛衰。

最怅巴山里，清猿醒梦思。

严武启程的前一日，杜甫进了城，第二天与严武一起出发，杜甫要送严武至绵州（今四川绵阳）。

匆忙安排了蜀中政事，由杜甫相送，严武随着使者沿着蜀道上路。一路上，严武和杜甫并辔而行，两人无意观赏沿途风景，从当年在朝廷任职谈到现在的分别。

到达绵州，已是薄暮时分，绵州刺史杜济早在城外等候。待他们走近，杜济出列迎候，邀请他们登江楼宴饮。

此时，烟集楼外，风动楼中，船依楼下，鸟度楼上，宴席早就摆好了。初夜降临，谷遮槛外，林壅窗前，日暝灯起，更深月出。酒酣耳热之际，主客皆活跃起来。

有酒就有诗，席间，大家轮流作诗。

席间杜甫得"心"字，于是作诗《送严侍郎到绵州同登杜使君江楼》：

野兴每难尽，江楼延赏心。

归朝送使节，落景惜登临。

稍稍烟集渚，微微风动襟。

重船依浅濑，轻鸟度层阴。

槛峻背幽谷，窗虚交茂林。

灯光散远近，月彩静高深。

> 城拥朝来客，天横醉后参。
>
> 穷途衰谢意，苦调短长吟。
>
> 此会共能几，诸孙贤至今。
>
> 不劳朱户闭，自待白河沉。

　　杜甫吟诵着诗，在酒醺的豪情中，他仿佛又回到青年时代，意气风发。

　　这场宴饮持续到深夜，众人谈及严武前去长安少陵原监修二圣陵墓，认为是朝廷以求冥中福报，杜甫却不以为然，他认为战乱未止，百姓流离失所，朝廷大兴土木，修筑陵墓，不顾人道，却求鬼神。

　　第二天，杜甫坚持要送严武到奉济驿。

　　奉济驿，在成都东北绵州沉香铺，处在蜀道的金牛道中，距绵州三十里。

　　"送君千里，终有一别！子美兄，我们就此别过。"在奉济驿，严武向杜甫拱手道别，他压低声音对杜甫说："若有困难，可找我的部下，他们应该会照顾你的。"

　　杜甫点点头，随后依依不舍吟诵道：

> 远送从此别，青山空复情。
>
> 几时杯重把，昨夜月同行。
>
> 列郡讴歌惜，三朝出入荣。
>
> 江村独归处，寂寞养残生。

　　杜济听后，感叹道："杜拾遗这首《奉济驿重送严公四韵》将惜别之情表达得淋漓尽致，不忍分别却不得不别，离愁加上凄愁'青山空复情''寂寞养残生'，语言质朴含情。难得好诗！"

　　杜甫谦虚道："杜使君过奖了！"

　　严武紧紧握住杜甫的手："后会有期，子美兄！各位留步！"

　　杜甫站在驿道边，看着严武的马车远去。

　　"我们回去吧！"杜济提醒杜甫。

　　杜甫上了杜济的马车。

成都，徐知道见严武离开，起兵反叛。徐知道本来是成都少尹兼侍御使，严武刚离开成都，他就把严武的官衔全加在自己身上，自称成都尹兼御史中丞剑南节度使。

此时，严武还没有到剑阁，杜甫也没有从绵州回到浣花溪的江村。

徐知道派兵往北阻断剑门道路，堵塞援军。往西，他攻取邛州（今四川邛崃）。并且联合当时入寇的羌胡，成都一片混乱。

杜甫不能回成都，只得滞留在绵州，依靠绵州刺史杜济。在江村的妻子儿女，音信全无，杜甫心中着急。

时新任梓州（今四川潼川州）刺史李使君经过绵州，杜甫以诗送其上任《送梓州李使君之任》：

> 籍甚黄丞相，能名自颍川。
> 近看除刺史，还喜得吾贤。
> 五马何时到，双鱼会早传。
> 老思筇竹杖，冬要锦衾眠。
> 不作临岐恨，惟听举最先。
> 火云挥汗日，山驿醒心泉。
> 遇害陈公殒，于今蜀道怜。
> 君行射洪县，为我一潸然。

梓州在绵州之南，梓州梓潼郡，属于剑南道。乾元后，蜀分为东川、西川，梓州为东川节度使治所。杜甫由梓州想到生于梓州射洪县的诗人陈子昂，因孝回归故里，年仅四十二岁的陈子昂为小小的县令所害致死，杜甫心中深深悲伤。所以，在诗的最后"君行射洪县，为我一潸然"，表达对诗人的敬意与哀叹。

滞留在绵州的日子里，杜济在客栈为杜甫订了一间客房，虽是衣食无忧，可是想到江村的妻子儿女，以及成都的状况，杜甫忧心不已。

一日，杜济邀约杜甫一同登绵州城西北越王楼。越王楼位于绵州城西北方，涪江东岸，龟山山巅。是太宗第八子越王李贞任绵州刺史时亲自监造。此楼也是他的府衙，建于高宗显庆年间。

杜济和杜甫两人骑着马前往，远远地，他们看到了碧绿色的琉璃瓦，朱红的屋脊。登上越王楼，只见城内雄奇壮美，错落有致。

杜济："越王也是个英雄啊，反武皇失败服毒自杀，悲剧性的结局让这座皇家建筑声名大噪。"

杜甫："是啊，到樊刺史这里已经不再是府衙了，成为供人参观、景仰的处所了。"

杜济："杜拾遗此时可有诗作？"

杜甫微微一笑，吟诵道：

> 绵州州府何磊落，显庆年中越王作。
> 孤城西北起高楼，碧瓦朱甍照城廓。
> 楼下长江百丈清，山头落日半轮明。
> 君王旧迹今人赏，转见千秋万古情。

杜济："拾遗这首《越王楼歌》开篇便将此楼交代清楚了。好诗！"

"过奖了！"杜甫谦虚道。

杜济："我依你的韵也作一首吧！"随即吟咏一首。

他们下楼后，往江边走，江边有一株高大的海棕，杜甫借物喻人，作《海棕行》一诗。

"过几天，你要是没事，去涪江看我打鱼吧！"杜济建议。

杜甫答应了。

过了几天，杜济带着杜甫来到涪水边，已经有小舟在岸边等候，他们上了船，渔民一网网撒下去，收网时，一网鱼活蹦乱跳，银光闪闪。

打上来的鱼很多，杜济说他更青睐鲂鱼，鲂鱼味道鲜美。回到客栈后，杜甫作《观打鱼歌》，过几天再次去看杜济打鱼，写下《又观打鱼》。

绵州录事参军有一幅姜皎所画的角鹰，请杜甫观看并为之作歌。

姜皎，秦州上邽（今甘肃天水）人，擅长花鸟，尤其是画鹰。他和玄宗认识与交往的故事颇为神奇。

姜皎出身高贵，祖辈高官，未遇到玄宗前过着走马斗狗玩鹰打猎的生活。一天，姜皎打猎回家时遇到一位僧人讨吃的，姜皎给他一盘肉。僧人吃了，离去后，肉却还在。姜皎知道遇到了高人，派人去追问，僧人说姜皎在今天会遇到真人，必将大富大贵。

姜皎和僧人一起出城，姜皎的手臂上有一鹞子，价值二十千，偶然碰到临淄王（后来的太上皇玄宗）打猎。临淄王问姜皎手臂上的鹞子是不是某种鹞子，姜皎说是，并相随打猎。姜皎回头一看，僧人不见了。后来有一女巫到姜皎家，姜皎问今日有何人来，女巫说当日有天子来。姜皎说天子在宫中，怎么来看他。忽然有叩门声，说三郎来。姜皎开门一看，是临淄王来了。从此对临淄王更加恭谨了，钱财马匹，只要需要，从不吝啬。

后来临淄王要离开潞州，文武百官、亲朋好友都来相送，唯独不见姜皎，临淄王心中有些不快。谁知当临淄王行到渭水北边，姜皎在岸边设立帐篷摆上酒席等候临淄王，为临淄王送行。临淄王很高兴，从此定下了缘分。临淄王登基做皇帝（玄宗）后，对姜皎如同兄弟，姜皎果然大富大贵。

姜皎画的鹰在当时是无人能比的。杜甫看了录事参军收藏的画后，随即吟诵：

> 楚公画鹰鹰戴角，杀气森森到幽朔。
> 观者贪愁掣臂飞，画师不是无心学。
> 此鹰写真在左绵，却嗟真骨遂虚传。
> 梁间燕雀休惊怕，亦未抟空上九天。

姜皎画的鹰就像真的一样，令梁上的燕雀以为是真的，非常害怕。

杜甫的诗，令录事参军感到很满意。

绵州有名的景点很多，其中巴西驿亭观看江涨是很多人喜欢看的景点。一次杜甫看江涨后，写诗《巴西驿亭观江涨呈窦使君》。

> 宿雨南江涨，波涛乱远峰。
> 孤亭凌喷薄，万井逼春容。
> 霄汉愁高鸟，泥沙困老龙。
> 天边同客舍，携我豁心胸。

次日，窦使君在驿亭置酒宴请杜甫，杜甫再作诗呈窦使君。

在绵州，杜甫的诗得到众人的称赞。各种场合各种唱和，官员离职任职他也常常以诗相赠。韦讽到阆州任录事参军，录事参军为督邮之职。杜甫到绵州江水之东的渡口送韦讽，并写诗《东津送韦讽摄阆州录事》相赠。

每天迎来送往，以诗相赠，是杜甫生活的日常，他时时刻刻挂念着成都的亲人。

成都，高适带军和徐知道打仗，江村依然没有消息传来。

绵州也非久留之地，恰逢汉中王李瑀在梓州（今四川三台）任职，汉中王与杜甫原本认识，于是，杜甫决定离开绵州到梓州避乱，因为梓州离成都也近一些。

杜甫与杜济等绵州官员告辞，他出发去梓州了。

3. 漂泊在梓州

高山峭壁下，一条山路蜿蜒向前。孤独的杜甫行进在潼川的山路上，渴了，喝一口山泉；饿了，吃一口干粮。行至梓州铜山县光禄坂，只见一轮落日挂在绝壁上，山上石头一片赤红，树上晚归的鸟儿此起彼伏地鸣叫。杜甫勒住马，观赏着周围的景色，忽然他的马警觉地昂起头，杜甫也警惕地环顾四周。

一路上，杜甫见到很多起义的农民，他不怕马儿坠下深谷，而是怕草丛中突然有弓箭射来。所以一有风吹草动，马儿便警觉起来，杜甫也跟着忧心。

> 山行落日下绝壁，西望千山万山赤。
> 树枝有鸟乱鸣时，暝色无人独归客。
> 马惊不忧深谷坠，草动只怕长弓射。
> 安得更似开元中，道路即今多拥隔。

　　什么时候能像开元年间那样就好了，晚上借宿时，杜甫写下《光禄坂行》一诗，记下自己的行程与感受。

　　遂州、绵州在涪江之南，去年段子璋反叛，攻陷两州，许多将士战死。行走在路上的杜甫想起绵州马将军，去年临江握别，天上孤云一片，如今途经的孤云还在，将军却不在了。

　　马将军领命救遂州，为国捐躯，许多将士战死遂州城外，造成多少家庭破碎。哀伤中，杜甫写下《苦战行》表达了自己对马将军的赞颂和怀念之情：

> 苦战身死马将军，自云伏波之子孙。
> 干戈未定失壮士，使我叹恨伤精魂。
> 去年江南讨狂贼，临江把臂难再得。
> 别时孤云今不飞，时独看云泪横臆。

　　一路走来，一路写诗。骑在马上的杜甫回忆起段子璋叛乱，先袭击李奂于绵州。路过遂州时，遂州刺史虢王李巨以属下郡礼迎接，却仍然被杀死。那些战死在城外的将士更是不计其数，杜甫痛恨战争，痛恨造成这种局面的一些制度，为哀悼无辜逝去的将士，杜甫写诗《去秋行》：

> 去秋涪江木落时，臂枪走马谁家儿。
> 到今不知白骨处，部曲有去皆无归。
> 遂州城中汉节在，遂州城外巴人稀。
> 战场冤魂每夜哭，空令野营猛士悲。

　　《光禄坂行》《苦战行》《去秋行》三首诗，杜甫将自己的哀悼之情融入诗中。

杜甫风尘仆仆地来到梓州。

到了梓州，在汉中王李瑀刺史的帮助下，杜甫安顿下来了。汉中王给了他一套空置的房子。

汉中王李瑀，让皇帝第六子，早有才望，长相英俊，封陇西郡公。跟随明皇幸蜀，至汉中，封汉中王。仍加银青光禄大夫，汉中郡太守。后肃宗诏收群臣之马助战，李瑀与魏少游持反对建议，惹怒肃宗，贬他为刺史。

梓州，东川节度使治所。徐知道成都叛乱后，其地位尤其重要，无论是进京还是入蜀，这里是官员们必走的要道。地方官员们常常设筵席迎送，以诗相迎相送，杜甫参加了很多筵席，为官员们献诗。

身在梓州，心在成都，杜甫时刻关注着成都方面的消息。

严武被召回朝后，高适代西川节度。八月二十三日，叛军被高适击败，徐知道被部将李忠厚杀死，徐知道反叛平息。但李忠厚放纵士兵，在成都肆意杀戮百姓。李忠厚军一边严刑拷打百姓，一边喝酒纵乐。成都依然陷入一片混乱，百姓们人人自危。

杜甫得到这些消息，给高适寄了一封信，高适回了信，说他暂时不在成都府衙办公。由此消息，杜甫知道即使是高适在做西川节度，回成都也是很不安全的。

杜甫给家中写信，询问家人的情况，告诉他们自己一时间无法返回。每当夜深人静，他思念妻子儿女。秋日的一天是小儿子宗武的生日，杜甫十分喜爱小儿子，想把自己的诗艺传授与他，让他将诗歌发扬光大，晚上躺在床上，想到眼下兵荒马乱，自己与亲人天各一方，杜甫难以入眠，写下《宗武生日》：

> 小子何时见，高秋此日生。
> 自从都邑语，已伴老夫名。
> 诗是吾家事，人传世上情。
> 熟精文选理，休觅彩衣轻。

> 凋瘵筵初秩，欹斜坐不成。
>
> 流霞分片片，涓滴就徐倾。

儿子宗武是杜甫的希望，都邑中知道杜甫的人就知道他的儿子宗武。

孤身一人居住在梓州，杜甫忧心如焚，对江村的家人挂念异常。欣喜的是，这一天他终于收到妻子的回信，白天他读了几遍，抑制不住内心的欣喜。他告诉汉中王，成都叛乱未殃及江村自己的家人。汉中王也为他感到高兴，两人一起饮酒聊天。

深夜，杜甫回到自己的住所，将妻子的来信又展读了一遍，在信中妻子催他尽快回成都。

杜甫睡不着，隔着窗帘看着窗外庭院里的月光，听着远处江水的涛声，他提笔写下《客夜》：

> 客睡何曾着，秋天不肯明。
>
> 卷帘残月影，高枕远江声。
>
> 计拙无衣食，途穷仗友生。
>
> 老妻书数纸，应悉未归情。

得知妻子儿女安全，杜甫安心多了。

在梓州，仰仗诗朋酒友的帮助，杜甫艰难度日。

北方，史朝义与吐蕃未平，成都叛乱已平，骚乱未息，想离开蜀中又没有资金。杜甫每日又焦虑起来，秋天的萧瑟让他心中更加悲凉。在《客亭》中，感叹自己"圣朝无弃物，衰病已成翁"。在《悲秋》中，感叹"始欲投三峡，何由见两京"，下三峡未果，更别说回到两京了。

满腔愁绪难除，杜甫只好在山水之中平息自己的愁绪。

玄武县有玄武山，在县城东二里。其山六曲三起，大雄山在中江，玄武庙在大雄山。寺庙里有一壁画，杜甫见了禅师，观完壁画后，在壁上题了一首诗《题玄武禅师屋壁》。诗中赞禅师，赞壁画，句法浑融，令人惊奇。

广州的段功曹带来了杨谭的书信，杜甫回了一首诗《广州段功曹到得杨五长史谭书功曹却归聊寄此诗》。段功曹回广州，杜甫呈诗一首《送段功曹归广州》。

一晃到了重阳节，杜甫随着众官员登上梓州城。登高望远，家不忍言，国不忍见，杜甫写下《九日登梓州城》。

据传来的消息，严武还没出剑阁，滞留在巴山。梓州在东，巴州在西，思念之中，杜甫写了《九日奉寄严大夫》寄给严武：

> 九日应愁思，经时冒险艰。
>
> 不眠持汉节，何路出巴山。
>
> 小驿香醪嫩，重岩细菊斑。
>
> 遥知簇鞍马，回首白云间。

巴山即大巴山，在保宁府南江，下通汉中。大巴山之险，胜过于连云栈。连云栈在陕西汉中地区，川陕之通道。自凤县东北草凉驿南至开山驿，全长约四百七十里。

严武收到杜甫的诗，回了一首诗《巴岭答杜二见忆》：

> 卧向巴山落月时，两乡千里梦相思。
>
> 可但步兵偏爱酒，也知光禄最能诗。
>
> 江头赤叶枫愁客，篱外黄花菊对谁。
>
> 跋马望君非一度，冷猿秋雁不胜悲。

接到严武的诗，杜甫一时间热泪盈眶，两人相隔千里，唱和之间深知彼此。严武走了，杜甫在经济上少了支柱，灵魂深处少了知音。

这一别，不知道何时才能见，杜甫想。

杜甫给高适寄了一首诗《寄高适》：

> 楚隔乾坤远，难招病客魂。
>
> 诗名惟我共，世事与谁论。

北阙更新主，南星落故园。

定知相见日，烂漫倒芳尊。

杜甫与好友高适，此时一个在梓州，一个在成都，杜甫祈盼他日能重逢共饮，杜甫希望一切能尽快安定下来。

汉中王李瑀与杜甫的交情很深，杜甫刚到梓州时，知汉中王因故断酒，便以诗戏谑汉中王《戏题寄上汉中王三首》。

不久，汉中王就要离开梓州到蓬州去上任了。这是一个月夜，在送别筵席上，杜甫看着天上的月亮，想到人间的离别，呈诗《玩月呈汉中王》给汉中王：

夜深露气清，江月满江城。

浮客转危坐，归舟应独行。

关山同一照，乌鹊自多惊。

欲得淮王术，风吹晕已生。

汉中王李瑀走后，新任梓州刺史兼侍御使留后东川的章彝对杜甫很友善，给予杜甫很多照顾。章彝是严武的部将，他知道杜甫和严武交好。

一次，在章彝府第的宴会上，杜甫吟诵他写的《秋尽》诗。章彝听后，知道杜甫思念成都的亲人。

章彝："杜拾遗，何不将家眷接来梓州？免得两边相互牵挂。家眷来后我安排房子和生活。"

杜甫感激万分："谢谢刺史，我也有这个想法。"

"那就早日回去吧！"章彝说。

严二别驾见章彝赞同杜甫去接家眷，便说："杜拾遗，您回成都来去的资费我出了。"

别驾是官职名，即别驾从事，简称"别驾"。汉时置，为州刺史的佐官。

杜甫感激地说："谢谢刺史和别驾的厚爱！"

为感谢严二别驾的资助，杜甫写了一首诗呈给他《相逢歌赠严二别驾》。

晚秋，突然回到草堂的杜甫，让妻子儿女大为惊喜。杜甫将迁往梓州的情况简单地说了一下。成都的动荡和吐蕃的骚扰，大家都觉得离开江村为好。在梓州，有章刺史的关照，日子肯定比江村好些。

一家人对草堂恋恋不舍，特别是杜甫和妻子，三步一回头，看着自己经营的家心中多是不舍。

孩子们还好，他们对未来的生活有着新的期待。

孟冬，杜甫带着一家人来到了梓州。

章彝没有食言，对杜甫一家的生活照顾有加。

在一处空置的官舍，杜甫一家在这里安顿下来，接下来一家人的生活成了杜甫要解决的难题。没有田地，没有俸禄，他只能求助于文朋诗友，靠自己诗文和药材来换取一家人生活费用。

生活暂时安顿下来了，杜甫打算去寻访三位他崇敬之人的遗迹：陈子昂、郭元振和薛稷，这三人的遗迹在梓州邻境的射洪与通泉两县。

4. 射洪春酒寒仍绿

拜谒名人遗迹，是杜甫最开心的事。

杜甫首先去的是射洪县陈子昂的故居。

射洪县在梓州城东六十里，因潼水与涪江合流，流急如箭，奔射涪江口，蜀人谓水口为洪，因名射洪。潼川州在射洪县北二里，涪江水自郪县界流入，在射洪县东一百步，梓潼水与涪水合流，屈曲二十里，北通遂州。

射洪县有金华山，被誉为"天下无双景，人间第一山"。前山有金华山道观，后山有陈子昂读书台。

杜甫登上金华山山顶，只见其山，上拂云霄，下瞰涪江。远望，涪江如练，两岸群山绵延，雪山发出耀眼的银光。近观，山上道观琼楼玉宇，在日光中熠熠生辉。杜甫环顾四周，山北水西，仲冬风日，一片萧瑟。杜甫心中因此景而悲凉，他吟诵道：

金华山北涪水西，仲冬风日始凄凄。

山连越巂蟠三蜀，水散巴渝下五溪。

独鹤不知何事舞，饥乌似欲向人啼。

射洪春酒寒仍绿，目极伤神谁为携。

伫立风中，杜甫看着远处的景色，想到国家的前途，自己的小家，叹了一口气。这首《野望》中提到射洪春酒，是当地有名的酒，杜甫上山时携带了一壶。

春酒，是十月获稻，冬酿而春成之酒。杜甫拿出酒，喝了几口，霎时，身体热了起来。

杜甫从山顶下来，进了前山的金华山观。此观于梁天监年间（502—519）始建，后改称九华观，玄宗（712—756）时重修。据传东晋陈勋学道山中，白日仙去。

在观中杜甫和道长从道观聊到陈子昂。

道长："唉，一代正直的大臣竟然死于小小的县令之手，据说是朝廷奸臣借县令之手杀人。"

杜甫："是的，奸佞当道，诗人遭殃。陈拾遗与我祖父交好，当年祖父被贬为吉州司户参军，陈拾遗曾作《送吉州杜司户审言序》，对祖父有极高的评价。我一直仰慕陈拾遗的诗名。"

道长："他家世富裕，酷爱读书，擅长诗文。"

杜甫："是啊，陈拾遗二十四岁东游洛阳，举进士对策高堂。武后奇其才，授麟台正字，后任右拾遗。曾从建安王武攸宜讨伐契丹，因谏不纳，降为军曹。他登蓟北楼，登幽州台而歌'前不见古人，后不见来者'。圣历元年（698），因父亲老迈而带官回乡，不久父死。居丧期间，权臣武三思指使射洪县令段简罗织罪名，加以迫害，英年早逝。"

道长："他和你祖父一样，在初唐文学改革中展现出自己独树一帜的才思和见解以及革新主张。"

杜甫没想到自己和道长是如此谈得来，他们一起去了后山陈子昂学堂遗址。道长请杜甫在他这里歇息，并热情款待杜甫。

晚上，杜甫写诗《冬到金华山观因得故拾遗陈公学堂遗迹》：

> 涪右众山内，金华紫崔嵬。
> 上有蔚蓝天，垂光抱琼台。
> 系舟接绝壑，杖策穷萦回。
> 四顾俯层巅，澹然川谷开。
> 雪岭日色死，霜鸿有余哀。
> 焚香玉女跪，雾里仙人来。
> 陈公读书堂，石柱仄青苔。
> 悲风为我起，激烈伤雄才。

第二天，杜甫独自一人去了陈子昂故宅。

陈子昂故宅，在射洪县东武山下，离县北大约一里。其先祖隐居于武东山，留下很多佳话。时间隔了六十多年，杜甫走进陈子昂故宅，看着墙上赵彦昭、郭元振题字，想象着他们聚集在一起的热闹场景。

赵彦昭、郭元振和薛稷，三人同业太学，常常同游。郭元振和薛稷又同舍。

赵彦昭，甘肃张掖人。进士及第，调南部尉。历左台监察御史。中宗时，累迁中书侍郎，同中书门下平章事。睿宗立，出为宋州刺史。后入为吏部侍郎，迁刑部尚书，封耿国公。不久贬江州别驾，约卒于玄宗开元二年（714）后不久。

郭元振（656—713），本名郭震，字元振，并州阳曲（今山西阳曲）人，生于魏州贵乡（今河北大名）。宰相兼名将，济州刺史郭善爱之子。十八岁进士及第，两次拜相。先天二年（713）十月，玄宗骊山军演，并亲自擂鼓，郭元振突然出班奏事，犯军容不整之罪，被定死罪，经众大臣求情，免死罪遭流放新州（今广东新兴）。同年十一月，玄宗念及郭元振的功劳，起用为饶州（今江西鄱阳）司马，郭元振经此变故，心情郁闷，赴任途中病逝，终年五十八岁。后被朝廷追赠为太子少保。

在陈子昂故宅的壁上，杜甫见到了赵彦昭和郭元振的题壁。

想到堂宇终湮，而诗留忠义，杜甫作诗《陈拾遗故宅》：

拾遗平昔居，大屋尚修椽。

悠扬荒山日，惨澹故园烟。

位下曷足伤，所贵者圣贤。

有才继骚雅，哲匠不比肩。

公生扬马后，名与日月悬。

同游英俊人，多秉辅佐权。

彦昭超玉价，郭振起通泉。

到今素壁滑，洒翰银钩连。

盛事会一时，此堂岂千年。

终古立忠义，感遇有遗编。

　　流连在陈子昂故宅，杜甫心中感慨万千，这些忠义之臣，结局是被贬谪遭流放，最后抑郁而终。联想到自己，有抱负难以实现，奸臣当道，宦官作恶。想到这里，杜甫摇了摇头。

　　在射洪，杜甫还作了《谒文公上方》和《奉赠射洪李四丈》诗，这些应酬之作，尽管不愿意，却又不得不为之。

　　接下来，杜甫要去通泉。

　　一大早，杜甫离开陈子昂故宅，几天的相处，杜甫与几位村民熟悉了，他们举着火把送杜甫过一座石桥。

　　杜甫："各位，请留步！我就此别过各位，感谢这几天你们对我的照顾，后会有期！"

　　村民们争先恐后地说："再见，后会有期！"

　　骑着马，杜甫又上了路，他去探访通泉县六十里郭元振的遗迹。

　　通泉县在梓州东南一百三四里，县内有通泉山，在县城西北二十里，东临涪江，绝壁二十余丈，水从山顶涌出，下往涪江。

　　冬日，早雾出来得迟，射江水沿着蜿蜒的山转着急弯。不久，雾散路平，杜甫独自一人行进在山路上，想着自己已年迈和贫病交加的身体，不禁感叹

"衰颜偶一破，胜事难屡挹"。他吟诵着途中之诗《早发射洪县南途中作》，将自己衰败的身体和眼前的情景融合，贴切地写出了年老困穷之意。

再往前走，在通泉驿南去通泉县十五里，有一处山水极佳的景点。

杜甫沿着涪江行走，晓行中潮湿的雾气将衣服打湿了，到中午雾气才散开。地面上有暖气上升，水中的凫鸟听见马蹄声，惊恐间胡乱游动。驿站旁，掉光叶子的冬柳兀立，从驿站眺望县城，县城的轮廓清晰可见，轻烟笼罩着县城，一川水从山上注入江中，颇为壮观。寂静的山中，夕阳铺呈在水面，晚照给这瑰丽的景色增辉。

眼前美丽的山水还是无法解除杜甫压在心间的忧愁，国与家，两块沉重的石头压得他喘不过气。

很快，杜甫到了郭元振的故宅。

郭元振，魏州贵乡人，京师宣阳里有住宅，这里是他做县尉时所居住的地方。郭元振少年时倜傥潇洒，有大志。十六岁，入太学；十八岁进士及第。杜甫敬其才品不凡，直言上谏，功在社稷。

徘徊在池馆间，杜甫以诗《过郭代公故宅》记下其对郭元振的敬仰之情。

豪俊初未遇，其迹或脱略。
代公尉通泉，放意何自若。
及夫登衮冕，直气森喷薄。
磊落见异人，岂伊常情度。
定策神龙后，宫中翕清廓。
俄顷辨尊亲，指挥存顾托。
群公有惭色，王室无削弱。
迥出名臣上，丹青照台阁。
我行得遗迹，池馆皆疏凿。
壮公临事断，顾步涕横落。
精魄凛如在，所历终萧索。
高咏宝剑篇，神交付冥漠。

接下来，杜甫要去观摩薛稷的画壁。

薛稷（649—713），字嗣通，蒲州汾阴（山西万荣）人，外祖父魏徵。薛稷官至礼部尚书，太子少保。他在外祖父魏徵家见到虞世南和褚遂良的书法，锐意临仿，不久就以书法名扬天下。他的书法从师虞世南和褚遂良，是褚遂良的高足。他的文章绘画也非常精丽，长于人物、佛像、树石、花鸟，尤其精于画鹤，能准确地表现出鹤的形貌神情。后人把他与欧阳询、虞世南、褚遂良并称"初唐四大家"。

太平公主伏诛，薛稷受到连累，赐死万年狱。

杜甫站在通泉县庆善寺聚古堂前，抬头看去，堂上悬挂着直径大约三尺的三个大字"慧普寺"，这是薛稷所书。杜甫以诗《观薛稷少保书画壁》评价薛稷这三个大字"蛟龙岌相缠"。

> 少保有古风，得之《陕郊篇》。
>
> 惜哉功名忤，但见书画传。
>
> 我游梓州东，遗迹涪水边。
>
> 画藏青莲界，书入金榜悬。
>
> 仰看垂露姿，不崩亦不骞。
>
> 郁郁三大字，蛟龙岌相缠。
>
> 又挥西方变，发地扶屋椽。
>
> 惨淡壁飞动，到今色未填。
>
> 此行叠壮观，郭薛俱才贤。
>
> 不知百载后，谁复来通泉。

在县署后壁，有一幅壁画，是薛稷画的鹤。杜甫站在壁画前，看着壁画里十一只鹤，有的低飞，有的高昂着头，其英奇之状，让人惊叹。

薛稷有诗《秋日还京陕西十里作之诗》，杜甫早已熟记在心。

通泉县王侍御接待了杜甫，他在县治东北的野亭宴请杜甫。

野亭临水，承江流；村烟对浦沙，接日斜。杯觥交错，夕阳美景，旧友相伴，杜甫醉了，醉在山水画卷里。

通泉县还有一处景点，登东山山顶。东山在潼川州东四里。隔着涪江，层岩修阜，势若长城。王侍御请姚通泉登东山，杜甫作陪。白天，他们一同登上山顶，晚上携酒泛江。

杜甫呈诗《陪王侍御同登东山最高顶宴姚通泉晚携酒泛江》。

这次射洪之行，杜甫收获颇丰，心情十分愉快。"此行叠壮观，郭薛俱才贤。不知百载后，谁复来通泉。"

从射洪回到梓州，杜甫得到消息，得知雍王李适受钺为兵马元帅，统各节度使各道行营以及回纥等众进讨史朝义，欣喜之中作诗《渔阳》：

> 渔阳突骑犹精锐，赫赫雍王都节制。
>
> 猛将飘然恐后时，本朝不入非高计。
>
> 禄山北筑雄武城，旧防败走归其营。
>
> 系书请问燕耆旧，今日何须十万兵。

杜甫在诗中劝河北诸将归顺，不要蹈安禄山之覆辙。

这年，杜甫对文学界的一些批评和诋毁现象不再沉默。

回到梓州，杜甫和文朋诗友们谈起近年来诗坛的情况。

去年，元结将孟云卿等七人的诗采入其编辑的《箧中集》，倡导朴质本色之诗，没有收集杜甫诗作。当时流传的《中兴间气集》与《河岳英灵集》也没有收入杜甫的诗作。对杜甫和李白的诗歌，不但没有收入，还多加诋毁。

众人为杜甫打抱不平，杜甫淡然一笑。

春节将近，杜甫又要为一家人春节的生活奔波。

第十六章　漫卷诗书喜欲狂

剑外忽传收蓟北，初闻涕泪满衣裳。

却看妻子愁何在？漫卷诗书喜欲狂。

白日放歌须纵酒，青春作伴好还乡。

即从巴峡穿巫峡，便下襄阳向洛阳。

——《闻官军收河南河北》

史朝义自缢而亡，官兵收复河南河北，历时八年的安史之乱结束。这个喜讯让杜甫欣喜若狂，然而，吐蕃攻陷唐朝众多城池，长安再次沦陷，代宗出逃陕州，又一场战乱让黎民百姓生活在困苦之中。

1. 漫卷诗书喜欲狂

为平叛史朝义，朝廷付出了沉重而昂贵的代价。

去年冬十月，皇帝任命长子雍王李适为天下兵马元帅。十六日，李适向代宗辞行，到陕州会合诸道节度使和回纥军队，共同进军讨伐史朝义。

代宗为雍王李适配的得力将领为：御史中丞药子昂、魏琚为左右厢兵马使，中书舍人韦少华为判官，给事中李进为行军司马。本想让郭子仪担任李适的副手，但是遭到程元振、鱼朝恩的反对，只好另外任命朔方节度使仆固怀恩为同平章事兼绛州刺史，统领各军节度行营，担任李适的副手。

回纥可汗驻扎在陕州河北县，李适到达陕州后，与属僚随从数十人骑马前去拜会回纥可汗，回纥可汗呵斥李适不行拜舞大礼。

药子昂说："按照礼仪不应该是这样。"

回纥将军车鼻说："唐天子与可汗结为兄弟，对雍王来说，可汗是叔父，怎么能不拜舞呢？"

药子昂据理力争："雍王是天子的长子，如今又为元帅。哪里有中国的储君向外国可汗拜舞的道理呢？何况太上皇和先帝还未出殡，也不应该舞蹈。"

双方坚持自己的观点，最后，车鼻将药子昂、魏琚、韦少华、李进各打一百鞭，以李适年少不懂事，遣送回营。魏琚、韦少华过了一夜就死了。

二十三日，各路大军从陕州出发，讨伐史朝义。仆固怀恩与回纥左杀为前锋，陕西节度使郭英义、神策观军容使鱼朝恩殿后，从渑池入攻洛阳；潞泽节度使李抱玉从河阳入攻洛阳，河南等道副元帅李光弼从陈留入攻洛阳。雍王李适留守陕州。二十六日，仆固怀恩等在同轨驻扎。

二十七日在洛阳北郊，官兵夺取怀州。三天后在横水布阵，大败叛军。又在昭觉寺布阵，大败敌军。双方转战到石榴园、老君庙一带，叛军又遭惨败，人马互相践踏，填满了尚书谷。官军杀死叛军六万人，捕获二万人，史朝义仅率领数百名轻骑向东逃窜。

仆固怀恩进而攻克东京以及河阳城，抓获史朝义的中书令许叔冀等人，遵照代宗的制令又将他们释放了。仆固怀恩留在河阳回纥可汗的营帐中，派他的儿子右厢兵马使仆固场以及朔方兵马使高辅成率领步、骑兵一万多人乘胜追击史朝义，到达郑州时，又与叛军交战，都取得了胜利。

回纥军队进入东京，肆意杀戮，死者数以万计，大火几十天都没有熄灭。朔方、神策军也因为东京、郑州、汴州、汝州都是叛军控制的区域，所过之处大肆掳掠，三个月之后才停止。一排排的房屋被毁坏殆尽，百姓没有衣服穿，很多人只好穿上纸衣。

史朝义逃到汴州，他的陈留节度使张献诚紧闭城门，拒绝让他进城，史朝义只好逃奔濮州。官兵来后，张献诚打开城门出城向官军投降。

史朝义从濮州北渡黄河，一路溃败，接受伪职的官员纷纷向朝廷献出城池投降。根据代宗制令，"东京以及河南、河北接受伪职的人概不追究"。此令极大稳定了叛乱区人士的心。

如丧家之犬，史朝义逃到贝州，与他的大将薛忠义等二位节度使会合。仆固场一直追击到临清县，史朝义从衡水率军三万回师反攻，仆固场设下伏兵将他们击退。此时回纥军队又抵达临清县，官军势力更加壮大，于是合力追击史朝义。

在下博县东南两军大战，叛军大败，成堆的尸体随着河流冲走了，史朝义见势不利，率兵逃往莫州。

仆固怀恩部下都知兵马使薛兼训、兵马使郝庭玉在下博县与田神功、辛云京会合后，一起进军莫州，围攻史朝义，青淄节度使侯希逸也随后赶到。

一晃到了代宗广德元年（763）正月，官兵与叛军的战争依然在继续。

史朝义屡次出战，都遭失败。其将领田承嗣劝说史朝义亲自前往幽州征调军队，回救莫州。并且请求让自己留下守卫莫州。史朝义采纳了他的建议，挑选五千精锐骑兵从北门冲出包围。

史朝义离去之后，田承嗣马上举城投降，将史朝义的母亲、妻子、儿子一起送到官军那儿。于是仆固场、侯希逸、薛兼训等人率领三万士兵追击史朝义，在归义县追上了史朝义，双方交战。

史朝义又败走。其部下范阳节度使李怀仙已经通过中使骆奉仙向朝廷请求投降，并派遣兵马使李抱忠率领三千士兵镇守范阳县。

史朝义来到范阳，李抱忠不让他入城。

官军即将追到，史朝义派人将大部队留在莫州，并将轻装骑兵前来征调军队救援的意图告诉了李抱忠，对李抱忠的态度，史朝义用君臣道理责备他。

李抱忠说："老天不让燕人做皇帝，唐室又复兴了，今天既然已经归顺唐朝，难道可以再反复，就不愧对三军将士吗？大丈夫以诡计相图为可耻，但愿你能早点选择后路，考虑保全自己。况且田承嗣一定是已经叛变了，不然的话，官军怎么能够追到这里呢！"

听完李抱忠的话，史朝义心中恐惧，说："从早晨以来，我们滴水未进，难道不能让我们吃一顿饭吗？"

李抱忠便让人在城东供应膳食。

史朝义手下的范阳人一齐向史朝义拜别离开。

吃完饭，暗自神伤的史朝义独自与数百名胡人骑兵离去。

他们向东奔赴广阳，广阳也不接收他们。史朝义想向北进入奚、契丹境内，来到温泉栅（今河北滦县南）时，李怀仙派兵追上了他们。

在一片树林中，史朝义走投无路，长叹一声，在一棵树上上吊自杀。

李怀仙割取了史朝义的头颅，叛军纷纷投降，原来被叛军占领的地区都被收复。

仆固怀恩与各路军队皆回各自军中。

正月三十日，史朝义的头颅被送到了京师，至此，安史之乱全部平息。

史朝义自杀，安史之乱被平息的消息传到梓州，杜甫欣喜若狂，老泪纵横，他高声吟诵《闻官军收河南河北》：

剑外忽传收蓟北，初闻涕泪满衣裳。

却看妻子愁何在？漫卷诗书喜欲狂。

白日放歌须纵酒，青春作伴好还乡。

即从巴峡穿巫峡，便下襄阳向洛阳。

杜甫又开始想实现他的回乡愿望。想到从巴峡穿巫峡，顺江而下到襄阳，再回洛阳，回到他的故乡。杜甫的心欢喜得阵阵战栗，儿时生活的场景，年轻时在洛阳的点滴，一一在脑海浮现。

叛乱平息，颠沛流离的生活也该结束了。

杨淑娟看到杜甫的欣喜，她的喜悦也写在脸上。

"熊儿，去打酒，请邻居过来，陪你父亲喝几盅。"杨淑娟吩咐。

宗文答应一声拿了钱跑出去了。

杜占来到菜园，采摘了一些新鲜蔬菜。

很快，一桌子菜端上来了，杜甫与邻居对饮起来。

两人谈着京城收复的快事，聊着未来的打算，一杯又一杯，杜甫陶醉在收复京城的快乐中。

几个孩子感受到杜甫的快乐，他们也在家里跑进跑出，脸上满是笑容，要回洛阳了！

然而，从京城传来的消息让"漫卷诗书喜欲狂"的杜甫，很快又深深地忧虑起来。回纥因为帮助平息了叛乱，在洛阳长安任意横行，有时闯入皇城如入无人之境，劫掠百姓财物无人敢阻止。

以前杜甫写《北征》《沙苑》和《留花门》等诗，曾屡屡陈述乞援回纥引起的恶果，如今一一实现。

吐蕃对中原的觊觎，变成开始实施行动，他们攻占了河西、陇右地区。还乡之愿，恐怕落空，杜甫想到自己的处境，打算出峡东下，于是写下《远游》一诗：

> 贱子何人记，迷芳着处家。
> 竹风连野色，江沫拥春沙。
> 种药扶衰病，吟诗解叹嗟。
> 似闻胡骑走，失喜问京华。

看着眼前的春景，带着病弱的身体种药，自己调理病体，杜甫听到从京城传来的种种消息，百姓依然生活在苦难之中。他甚至怀疑叛军是否肃清，当初欣喜的心情在种种疑虑中变得抑郁起来。

登楼望远，或许能消除这种情绪，然而，登楼后看到眼前的景，心中依然是一片迷茫"行路难如此，登楼望欲迷"，京城估计是难得回去了，那么去东吴呢？他想起青年时漫游东吴的快乐。"厌蜀交游冷，思吴胜事繁。应须理舟楫，长啸下荆门。"出峡去东吴，杜甫被这个念头缠绕，他写下《春日梓州登楼》二首，明确表达了他离蜀去东吴的愿望。

闲暇下来的时候，杜甫总是回忆旧事，感慨之中，写下《有感五首》，痛其前，勉其后，李之芳等使臣出使吐蕃，被扣留不得返回。自安禄山叛乱，数年间，西北数十州相继沦没。人君急于息战，国威不振。南诏叛唐归吐蕃，屡屡在边疆犯事……

过去的种种弊端，在杜甫脑海中闪现，他长长地叹了一口气。

一天，杜甫接到一封信，原来是在蜀中任都水监杜甫的舅舅将回到洛阳，特来看望杜甫。

都水监是正五品上，总管河渠诸津监署。

在舅舅回洛阳的送别宴上，杜甫写了一首诗《奉送崔都水翁下峡》：

无数涪江筏，鸣桡总发时。

别离终不久，宗族忍相遗。

白狗黄牛峡，朝云暮雨祠。

所过频问讯，到日自题诗。

洛阳，于杜甫来说，有着太多的回忆，那是他深深怀念的故乡。

三月十八日，代宗将至道大圣大明孝皇帝葬在泰陵，庙号为玄宗。二十七日，将文明武德大圣大宣孝皇帝葬在建陵，庙号为肃宗。

杜甫得知父子俩已经安葬，回想起昔日在朝堂的点滴，不由得感慨万千。

为了生活，杜甫不得不出入于各种酒宴，应付达官贵人。

整整一个春天，迎来送往中杜甫写了很多诗，如《郪城西原送李判官兄武判官弟赴成都府》，郪城也称为"郪县"，是梓州治所。李判官和武判官皆往蜀州，杜甫以诗相赠。在梓州涪城县，杜甫与诗友们泛舟，得"山"字，写诗《涪江泛舟送韦班归京》送韦班。魏仓曹还京，杜甫托他带封信给岑参和范季明，岑参自虢州长史改为太子中允，兼殿中侍御史，充关西节度判官。杜甫写诗《泛江送魏十八仓曹还京因寄岑中允范郎中季明》，寄托对朋友的思念。

边城不安定，百姓生活在困苦中，可是很多官员们带着家伎陪酒，寻欢作乐，杜甫陪着他们泛江，观歌舞，李梓州常常宴饮，请文朋诗友聚会，杜甫也在邀请之列。席中写诗《数陪李梓州泛江有女乐在诸舫戏为艳曲二首赠李》，想到战争下百姓的生活，他在心中叹息，诗中讥讽官员们的冷漠。

杜甫知道，除了写写文章与诗，他无法改变这种局势。

2. 迎来送往的生活

梓州西北五十五里，有涪城县（今绵阳市涪城区），县东南三里，有香积山，北枕涪江，香积寺就在香积山顶上。杜甫早就慕名香积山，春三月，为一朋友治病，杜甫上香积山寻一味中药，顺便到香积寺游览。来到山脚，杜甫不禁赞叹：真是一处仙境！山下有江，山腰有阁，山上有寺。只见山腰官阁高迥，寺下有涪水，江深不见流。登上官阁，翠绿的山壁前，和风吹着细碎的孤云。成片的枫树林，因为背着日光显得稠密。看着眼前的美景，杜甫心中却添了忧愁，想到灾难中的人民，被吐蕃侵占的城池，他长叹一声，抒出心中的一口闷气。漫步在阁内小院回廊，只见浴鸟飞鹭在江中，抬头看山上，据估算，他天黑前可以到达寺中。

杜甫边走边吟诵《涪城县香积寺官阁》：

> 寺下春江深不流，山腰官阁迥添愁。
> 含风翠壁孤云细，背日丹枫万木稠。
> 小院回廊春寂寂，浴凫飞鹭晚悠悠。
> 诸天合在藤萝外，昏黑应须到上头。

天黑前到达香积寺，杜甫拜谒住持，在禅房闲聊一会，住持招待杜甫斋饭，晚上杜甫借宿在寺中。

第二天，杜甫在寺中游览半日，在住持的导引下，杜甫进密林深处采得中药，中午在寺庙中吃完斋饭后，辞别住持，下山了。

梓州治所在郪县，回到梓州不久，杜甫前去牛头山。牛头山在郪县西南二里，因形似牛头而得名。牛头山四面孤绝，俯临州郭，下有长乐寺。杜甫上山一路行吟，写有《上牛头寺》《望牛头寺》《上牛头山亭子》三首诗。

过了几天，杜甫去了兜率寺。

兜率寺也叫"长寿寺"，在郪县南二里，即南山上，兜率寺前瞰郡城，拱揖如画，是郪县一大胜景。梓州有名的四寺，将郪县城围在其中，慧义寺在北面，都率寺在南面，牛头寺在西面，观音寺在东面。兜率寺建于隋朝开皇中，是文人墨客喜欢游览的寺庙。杜甫很喜欢一个人行走在山中，他习惯了孤独，这种孤独让他能更好地思考国家的时局，对当朝的忧虑，对百姓的同情，对自己命运的思量，皆让他夜不能寐，可是他现在远离朝廷，满腹报国志愿却无法实现，何况自己老了，身体多病。"江山有巴蜀，栋宇自齐梁"，杜甫吟诵的这句，一"有"，一"自"，吞吐山川之气，俯仰古今之怀。

登临郪县北面长平山上的慧义寺，杜甫是陪几位州使君上山的：李梓州、王阆州、苏遂州和李果州四使君。遂州（今四川遂宁县）是后周所置，属潼川州遂宁县，与梓州为邻。果州（今四川南充县北）南充郡，属于山南西道。

一行数人边聊天边登山，长平山的幽静空旷，景色优美。春风徐徐拂来，四周野花开放，香气扑鼻，一行人的笑语喧哗惊飞了林中的小鸟，野兔在草地奔跑。

李梓州说："子美，此情此景该有你吟的诗啊！"

王阆州也说："是啊，子美的诗又快又好，我们都喜欢。"

李梓州和王阆州与杜甫如兄弟般，相处很熟悉了，苏遂州和李果州是初次见面。

苏遂州："早闻杜拾遗诗名，今日愿洗耳恭听。"

李果州："能亲耳聆听杜拾遗诗作，乃我等幸事。"

杜甫微笑道："诸位使君，我献丑了。"

想到刚才诗人谈到案牍之劳累，杜甫吟诵道：

> 春日无人境，虚空不住天。
> 莺花随世界，楼阁依山巅。
> 迟暮身何得，登临意惘然。
> 谁能解金印，潇洒共安禅。

李梓州说："好诗！子美兄是不是向佛了？我倒是想'安禅'，可是人在江湖，身不由己啊！"

王阆州也附和道："是啊，谁不想脱下这身官服，像子美兄一样闲云野鹤般地生活。"

杜甫苦笑一下："两位使君，我哪是闲云野鹤，我是穷困潦倒，年老体衰啊！"说完，他长长叹了一口气。

苏遂州说："有李梓州关照，杜拾遗的生活肯定不会差。"

杜甫说："是啊，我一家老小客居梓州，多蒙李梓州照顾，才得以生存。"

李果州说："杜拾遗才学满腹，定有出头之日。"

杜甫说："感谢诸位，我老了，已到知天命的年龄，拯救我朝的重任在你们肩上。你们能让辖区黎民百姓免遭战乱与饥饿，安居乐业，那就是我朝的幸事。"

李梓州说："是啊，如今时局动荡，吐蕃对边疆骚扰，民不聊生，真是令人揪心。"

几个人的话题又聊到对时局的担忧。

在兜率寺，杜甫和一行人吃斋饭，聊时局，分字写诗，十分开心。

不久，在惠义寺，因王少尹赴成都，杜甫得"峰"字写诗送他。

辛员外到绵州，杜甫写两首诗送别。

与王阆州熟识后，王阆州请杜甫着笔写《为阆州王使君进论巴蜀安危表》，杜甫洋洋洒洒的文笔，精辟颇有见地的分析，让王阆州对杜甫的文笔赞不绝口。"……近者贼臣恶子，频有乱常，巴蜀之人，横被烦费，犹自劝勉，充被百役，不敢怨嗟。吐蕃今下松维等州。成都已不安矣……"

杜甫已经看到了成都的安危，在表中他将百姓生活的困苦，整个巴蜀的形势作了详尽的分析。

春末，杜甫前往盐亭县（今四川绵阳市东南）一游。

盐亭县是黄帝元妃（正妻）嫘祖故里，是古郪国的一部分，也是古郪国的盐场所在地。古称"潺亭""秦亭"，因境内多盐井，盐卤出产丰富得名盐亭。盐亭县在梓州东九十里，遂州与梓州为邻，蓬州与阆州为邻，阆州与梓州为邻，文人墨客间相互往来，常常一同出游。

在盐亭县，杜甫与众官员游览飞龙泉。飞龙泉在盐亭县负戴山（现名高山公园），位于五指山脉南尾端盐城县西边一里。自剑门南来，过剑州入当县，龙盘虎踞，起伏四百余里，到此山势却顿了下来。山上林木葱茏，遮天蔽日。有飞龙泉喷下南流入梓潼江，水色清泠，其味甘美，人们认为是上天赐予的琼浆。

杜甫随同盐亭县县令一起见到了严氏两兄弟，遂州使君严震和其弟蓬州使君严砺。兄弟二人豪爽好客，与杜甫相谈之后，互相欣赏。一行人游山玩水，杜甫写诗《行次盐亭县聊题四韵奉简严遂州蓬州两使君咨议诸昆季》，盛赞兄弟俩"全蜀多名士，严家聚德星"。

看花盐亭城郭内，依杖山溪碧水前，观小船在桥下停泊，鸥鸟与归雁在空中飞翔，杜甫回忆起去年的一切，写了《倚杖》一诗。

从盐亭回到梓州，杜甫在梓州送别一些朋友，他给这些朋友一一写诗送别，与李梓州泛舟筵席上作诗《送何侍御归朝》，王少尹到成都，他写诗《惠义寺送王少尹赴成都》；樱桃结果实的四月，送别辛员外，写诗《慧义寺送辛员外》。

去年夏天，杜甫送严武至绵州，今年春暮，杜甫再来绵州。绵州巴西郡，治巴西县。巴字水在绵州治西四里，涪水自北经城西，折而为二；安水自东逶迤绕城东南，汇于芙溪，向南汇入涪水。因为江水兜着锦州城如"巴"字形绕个圈，故称"巴字水"。每年江水上涨，登山观水，是巴西郡的一大胜景。芙溪即是芙蓉溪，杜东津观打鱼处。

在巴西驿亭，杜甫与窦使君等人观涪水水涨。一夜雨后，江水暴涨，波涛汹涌，水映远峰，一片开阔。

摆上酒菜，众人面对江水，举杯感慨。

席上，窦使君说："汉州刺史房琯得到奏折，调任他赴京，拜为特进刑部尚书，看来朝廷又要重用他了。"

杜甫听到这个消息，心中惊喜："是吗？房汉州这一生也是坎坷，当年他平叛兵败，我为他发声，被视为同党，遭到贬谪。"

房琯，字次律，河南缑氏（今河南偃师市）人。其父为宰相，正谏大夫房融。房琯出身弘文生，平叛兵败后，为奸臣所害，由宰相贬为太子少师，担任散官。他罢相后，招纳宾客，常常宾客盈门，招致妒忌。乾元元年（758）六月，肃宗历数房琯罪责，将他贬为邠州刺史。到任后，他颁布法令，晓谕州县，又整治馆舍，让僚吏恢复办公。整整一年后，因为他的政绩，肃宗下诏褒奖他，征拜为太子宾客。上元元年（760），改任礼部尚书，不久，出任晋州刺史。八月，又改任汉州刺史。

窦使君："是啊，六十七岁的老人了，奔波在这茫茫山道上，唉！"

杜甫："朝中需要他这样的人，在初到邠州时，因邠州驻有军队，常由武将兼任刺史，法纪废弛，州县官舍都被当作军营，官吏只得侵占民宅居住，以致人口稀少。他上任后，全面治理，百姓安居乐业，官兵衣食住行有了很大的改善。"

窦使君："他确实是一个能做大事的人，这次回到朝中，可以大显身手。"

杜甫说："我打算启程去拜访房汉州，若是他去了京城，日后再见就更难了。"

窦使君赞同杜甫去拜访房琯，催促他早日动身，不然房琯启程就见不到了。

观涨水后，杜甫写诗《观江涨呈窦十五使君二首》，随后又写一首《又呈窦使君》。

成都北至绵州，不满二百里，汉州在成都和绵州之间。绵州刺史杜济陪着杜甫骑着马匆匆赶到汉州，在汉州衙府，接待他们的不是房琯，而是新任职不久的王汉州。

王汉州："欢迎两位来汉州做客，不巧的是房尚书交代我汉州的事务后，已启程，现在在赴京的路上。"

杜济看着杜甫失望的眼神说："叔爷还有机会见到他的，您不是一直想回故乡吗？一旦天下太平，便可启程回乡。"

杜甫苦笑了一下，没有回答。

王刺史安慰杜甫："杜拾遗可在汉州逗留些时日，到房尚书开凿的西湖看看。"

杜甫："只能如此了。"

隔一日，王汉州邀约杨梓州前来一同出游。

梓州换刺史的频率很高，前有李梓州，现有杨梓州。

住宿在衙门的杜甫和杜济，第二天一早在王汉州的陪同下，在西湖上泛舟。西湖又叫"房公湖"，在汉州西北角，上元年初，房琯开始挖凿此湖，湖成后，湖中遍种荷花，湖堤栽种杨柳，因风景秀丽，文人墨客常常泛舟湖上。

三人泛舟湖上，追忆往事，畅谈时事。

忽然他们看见一群鹅在湖上悠闲地游着，不久，这群鹅游向岸边，曲颈高歌，随即静卧在湖边的沙滩上。

杜甫出神地看着那群鹅。

王汉州见此情形，说："杜拾遗，在房相西湖里，你尽可以学王羲之笼鹅。"

东晋王羲之爱鹅，听说山阴有道士养有十余只好鹅，王羲之前往要求交易。道士说若能亲自书写《道德经》两章，便将一群鹅送给他。王羲之半日之内写完《道德经》两章，笼鹅而归。

杜济说："叔爷七岁习大字，写得一笔好字，当然可以如王羲之一样笼鹅而归。"

王汉州说："我不要你抄《道德经》，留几首诗给汉州便可笼鹅而去。"

杜甫微微一笑，吟诵一首《得房公池鹅》：

> 房相西池鹅一群，眠沙泛浦白于云。
>
> 凤凰池上应回首，为报笼随王右军。

王汉州说："杜拾遗思维敏捷，诗意果然不一般。你将京师比作凤凰池，戏言房相休得回顾此鹅，妙！"

杜甫："王汉州过奖了，随口拙作，不能登大雅之堂。"

说话间，又有一群小鹅游到船前，杜甫举着酒杯怔怔地看着这群小鹅，深深的爱怜写在脸上：

> 鹅儿黄似酒，对酒爱新鹅。
>
> 引颈嗔船逼，无行乱眼多。
>
> 翅开遭宿雨，力小困沧波。
>
> 客散层城暮，狐狸奈若何。

这首《舟前小鹅儿》赢得了王汉州的盛赞。

王汉州："杜拾遗这诗写得巧妙，把小鹅与汉州名酒鹅黄酒相互穿插，究竟是鹅黄酒像小鹅，还是小鹅像鹅黄酒？总之把酒的醇香，小鹅的可爱，两者的嫩黄勾勒出来。小鹅儿看见船逼近,引颈嗔怪,这情态真是惹人怜爱。"

杜济:"为了这首好诗,敬叔爷一杯!"

晚上,杜甫写诗《陪王汉州留杜锦州泛房公西湖》记下几人游览时的情形。

几天后,杨梓州也应邀而至,其子侄阿戎随游。因遇到杨梓州未尽游池之兴,杜甫写《答杨梓州》以答之。

在城西池杜甫写了《官池春雁二首》,又作诗《投简梓州幕府兼简韦十郎官》和《汉州王大录事宅作》。

夏初,杜甫回到梓州。

3. 阆州祭房琯

春末夏初,杜甫从汉州回到梓州。

杜甫生病了,得知韦司直归成都,不禁惦念起自己曾经的家——草堂。他写了一首诗《送韦郎司直归成都》托他去看看草堂,"为问南溪竹,抽梢合过墙",竹子在杜甫的想象中,肯定长高了。人在病中,尤其爱回想过去的一切。杜甫想起从前在浣花溪卜居的往事,他伏案写下《寄题江外草堂》。"我生性放诞,雅欲逃自然。嗜酒爱风竹,卜居必林泉。"

生性放诞的杜甫,喜欢自然,嗜酒爱竹,卜居必须有树林和泉水。他回忆起当初建造房子的一切,也挂念着门前的四棵小松树,怕它们被杂草缠绕……

写完诗后,他吟诵道:

> 我生性放诞,雅欲逃自然。
>
> 嗜酒爱风竹,卜居必林泉。
>
> 遭乱到蜀江,卧病遣所便。
>
> 诛茅初一亩,广地方连延。
>
> 经营上元始,断手宝应年。
>
> 敢谋土木丽,自觉面势坚。

台亭随高下，敞豁当清川。

虽有会心侣，数能同钓船。

干戈未偃息，安得酣歌眠。

蛟龙无定窟，黄鹄摩苍天。

古来达士志，宁受外物牵。

顾惟鲁钝姿，岂识悔吝先。

偶携老妻去，惨澹凌风烟。

事迹无固必，幽贞愧双全。

尚念四小松，蔓草易拘缠。

霜骨不甚长，永为邻里怜。

杜甫的这首诗将自己卜居的个性爱好，建房始末，逃难离开草堂的缘由经过，以及对浣花溪草堂的怀念情感写得情真意切。

梓州又换了州郡长官，如今是章彝任梓州使君。

病体稍微好后，杜甫应梓州章彝留后侍御的邀约赴宴。在南楼，杜甫在筵席中得"风"字，写了一首诗《陪章留后侍御宴南楼》。随后，移至台上，杜甫又得"凉"字，作诗《台上》。

杜甫认识的一位王判官，黔阳人，在蜀中做官，现奉母归养，杜甫以诗《送王十五判官扶侍还黔中》送他。

迎来送往，杜甫皆以诗相赠。没有俸薪，没有土地，他只有手中的笔、脑海中的诗换取家人的生活费用，贫病交加中艰难度日。

去年冬八月，台州人袁晁反叛朝廷，十月，攻陷浙东州郡温州、明州。那是郑虔所贬之地，杜甫为好友暗自担忧。今年四月初七，李光弼奏称已经抓获袁晁，浙东地区的叛乱全部平息。听到消息，杜甫开心不已，正碰上天旱忽然下雨，他写下《喜雨》，既有庄稼对雨水的渴望，也有对战乱平息后的欣喜。

接着，他写下《述古三首》，三首诗从不同的角度分析战争局势，为君主着想，为国担忧。

自去年严武还朝后，高适代西川节度使，东川节度使的位置一直虚悬。

今年夏天，判官章彝任命为梓州刺史兼东川留后。章彝本是严武的僚属，能训练士兵，指挥部曲。因为和严武的关系，所以对杜甫多有照顾。杜甫对章彝的照顾非常感激，常常陪着章彝参加各种宴会，写一些迎来送往的诗，如《陪章留后惠义寺饯嘉州崔都督赴州》《送窦九归成都》等。

汉中王李瑀由蓬州刺史任还朝，路过梓州。章彝在水亭为汉中王饯行，陪同的还有席谦。席谦，梓州肃明道观士，善于下棋。

几位诗人同写诗歌，用"荷"字韵。杜甫很快写出《章梓州水亭》，得到大家的称赞。

一直以来，出峡谷东下的念头一直在杜甫的脑海里，得知杜甫的心愿，章彝答应给杜甫出川的旅资，感激之中，杜甫对章彝小心翼翼地以诗侍奉。

成都窦少尹之子归成都，杜甫以诗《送窦九归成都》相送，章彝在橘亭为窦少尹送行，杜甫在席间得"凉"字，写诗《章梓州橘亭饯成都窦少尹》。

东川绝域，刺史每多豪举，李梓州有玉绣金壶之艳，章梓州有玉杯锦席之华，足见天隅斗绝，作宦者得悠游腼仕。

章彝在新亭送诸位朋友至襄阳、太泥等地，杜甫陪同出席酒宴，写诗《随章留后新亭会送诸君》。

九九重阳，杜甫在郪县北登高，感慨自己的飘零身世，写下《九日》：

> 去年登高郪县北，今日重在涪江滨。
> 苦遭白发不相放，羞见黄花无数新。
> 世乱郁郁久为客，路难悠悠常傍人。
> 酒阑却忆十年事，肠断骊山清路尘。

天宝十四载（755）冬，杜甫从京师归奉先，路过骊山，玄宗方幸华清池，安禄山反叛，杜甫然后回京，至此已经十年。十年间，一家人颠沛流离，远离故乡，酒后杜甫不免回忆起十年之间的事，伤感万分。

自从四月房琯被任为特进刑部尚书，他交代汉州刺史事务后，立即启程还朝，行至阆州，房琯生病了无法前行，到八月四日，病死于阆州僧舍。消息传到梓州，杜甫伤心不已，他决定去阆州吊唁房琯，这位生命中的知己。

九月，杜甫启程去阆州。

途中杜甫遇雨，由一场雨想到今年七月吐蕃尽取河陇，巴路崎岖，秋雨湿衣，他觉得并无大碍，他担心的是征战中的将士们的衣服是否打湿，是否有御寒的军衣。吐蕃不顾甥舅之礼，发动战争，夺我城池。想到羊灌田、朋笮、绳桥三城防备紧急，他不禁吟诵《对雨》：

> 莽莽天涯雨，江边独立时。
>
> 不愁巴道路，恐湿汉旌旗。
>
> 雪岭防秋急，绳桥战胜迟。
>
> 西戎甥舅礼，未敢背恩私。

杜甫一路行走，眼前秋景让他倍感神伤，想起与房琯相处的点滴，不禁哀痛万分。

到达阆州后，杜甫去了府衙，拜见了王阆州。

为祭房琯，杜甫写了一篇祭文《祭故相国清河房公文》。

九月二十二日，王阆州带着杜甫来到房琯的墓前，只见新土堆成一个圆丘，一根竹竿上飘着纸幡，坟前还有未燃烧完的香。

杜甫叩拜后，点燃三炷香，摆好祭品，泪水顺着他的脸颊滚落下来。

杜甫哽咽中读着祭文：

维唐广德元年岁次癸卯，九月辛丑朔，二十二日壬戌，京兆杜甫，敬以醴酒茶藕莼鲫之奠，奉祭故相国清河房公之灵曰：呜呼！纯朴既散，圣人又没。苟非大贤，孰奉先秩。唐始受命，群公间出。君臣和同，德教充溢……

读完祭文，杜甫已是泣不成声。

王阆州扶着杜甫安慰道："杜拾遗节哀，房尚书在僧舍病重，我们给他请了大夫，可是回天无力，他还是舍下人间一切驾鹤西去……"

杜甫擦干眼泪，哽咽着说："房尚书一生为人豪爽，才气非凡，胸有治国大志，却在国家危难之际撒手人寰，让我等如此心痛。"

"人死不能复生，杜拾遗节哀。要不我们去房尚书生前住的僧舍看看？"王阆州说。

杜甫点点头，他们来到僧寺。看着僧寺内空空的屋子，杜甫的心也空了。

薄暮时分，杜甫与王阆州回到城内，杜甫作诗《薄暮》：

> 江水长流地，山云薄暮时。
>
> 寒花隐乱草，宿鸟择深枝。
>
> 旧国见何日，高秋心苦悲。
>
> 人生不再好，鬓发白成丝。

在王阆州热情的邀约下，杜甫决定在阆中居住一些日子。

杜甫的母亲崔氏兄弟姐妹众多，其中杜甫的二十四舅自京使蜀，改令赴青城，路过阆州，跟随二十四舅同去的还有十一舅。

王阆州设宴迎接杜甫的两个舅舅，杜甫写有《阆州奉送二十四舅使自京赴任青城》。杜甫的十一舅赠惜别诗给杜甫，王阆州赠寒袍给杜甫。面对两人的馈赠，杜甫酬诗《王阆州筵奉酬十一舅惜别之作》。

想到吐蕃、党项与仆固怀恩之乱，杜甫在诗中写有"穷愁但有骨，群盗尚如毛"。"吾舅惜分手，使君寒赠袍"一句写出了杜甫舅舅对分手的不舍，以及杜甫对王阆州赠送衣袍的感激，心中凄凉和温暖的情感相互交织。杜甫来阆州时，天气刚入秋，带的衣服不多，王阆州考虑周全，送杜甫衣袍，真是雪中送炭。

两个舅舅要离开阆州了，王阆州在东楼举办饯别筵。东楼在治南江陵江上，杜甫即将和舅舅离别，百感交集，"今我送舅氏，万感集清樽"，他举杯敬两个舅舅，慨叹"临风欲恸哭，声出已复吞"。

杜甫与舅舅分别几日后，王阆中邀约杜甫一起去严氏溪游玩。漂泊无定之时，面对溪边景色，杜甫深深爱上这里的风景，真的想在这里安居。晚上回到官舍，杜甫写诗《严氏溪放歌》。

在阆中杜甫游山玩水，出入各种筵席。他依然关注北方的时事，分析后他得知边疆战事吃紧。

早在七月，吐蕃侵入大震关，攻陷兰州、廓州、河州、鄯州、洮州、岷州、秦州、成州、渭州等地，河西、陇右地区均为吐蕃占领。自从武德年间以来，唐朝向外开拓疆域，地域与西域相连。在这些地区都设置了都督、府、州、县等。开元年间，朝廷设置朔方、陇右、河西、安西、北庭各节度使管理西北地区，每年征发崤山以东的壮丁为戍守士卒，丝织品为军费，开荒屯田，为军队提供粮食，设置监牧，蓄养牛马，军城和巡逻哨所，万里相望。

及至安禄山反叛，边镇的精锐部队都被抽调回来援救朝廷，称为行营。剩下留守边镇的部队势单力薄，吐蕃军队便逐渐地将它们蚕食。数年时间，西北地区数十州相继沦陷，自凤翔以西，鄯州以北，均为吐蕃军队所占领。边疆告急，宦官程元振扼阻不上报。吐蕃越过陇山，九月攻陷泾州，逼近京师。

十月，吐蕃大举进犯奉先、武功，长安城再次受到了严重威胁。

君臣商议之后，代宗下诏以雍王李适为关内元帅，郭子仪为副元帅，出镇咸阳，加强防御。可是郭子仪闲居京城已久，部下早已离散。临时招募骑兵，只招募二十骑兵启程。

一行队伍到了咸阳，不禁大吃一惊。吐蕃率领吐谷浑、党项、氐、羌等二十余万军队，延绵数十里，已经从司竹园渡过渭河，顺着山脉向东拥来。

郭子仪派遣判官中书舍人王延昌入朝奏报军情，请求增兵支援。程元振阻拦，王延昌竟然没有被代宗召见。初四，渭北行营兵马使吕月将率领精锐部队二千人，在盩厔（今陕西周至县）以西打败了吐蕃军队。初六，吐蕃军队进犯，吕月将再次与敌军拼死作战，士兵全部战死，吕月将也被吐蕃军队擒获。

代宗正在操练军队，这时，吐蕃军队已经跨过便桥，代宗临事仓促，不知所措。初七，代宗逃往陕州，官吏躲藏逃窜，禁军部队则一哄而散，吐蕃占据长安。

吐蕃占据长安后，烧杀抢掠，皇宫中洗劫一空。这些坏消息源源不断传到阆州，杜甫忧心如焚。

战乱中各种小道消息到处传，杜甫听说以卫伯玉为江陵尹，充荆南节度使，传代宗要到江陵避难。杜甫作诗《江陵望幸》。

为牵制吐蕃在北方的势力，十月，高适在蜀练兵，临吐蕃南境，杜甫对蜀中的情况与蜀中官员们做了分析，写诗《警急》：

> 才名旧楚将，妙略拥兵机。
>
> 玉垒虽传檄，松州会解围。
>
> 和亲知拙计，公主漫无归。
>
> 青海今谁得，西戎实饱飞。

杜甫寄希望于高适，又忧吐蕃入寇。

见吐蕃围松州（今四川松潘县），高适不能解救，杜甫想起了严武，他多么希望朝廷能派严武来解围，于是，他写下《王命》：

> 汉北豺狼满，巴西道路难。
>
> 血埋诸将甲，骨断使臣鞍。
>
> 牢落新烧栈，苍茫旧筑坛。
>
> 深怀喻蜀意，恸哭望王官。

杜甫的诗中，"血埋诸将甲"指的是渭北兵马使吕月将，将精卒两千，与吐蕃战于螯屋，兵尽，为吐蕃所擒。"骨断使臣鞍"指的是使臣李之芳、崔伦往聘吐蕃，被扣留不让返回。

战争的惨烈，战死人数之多，让人泪目，征兵后继无人，杜甫又写下《征夫》，盼望着严武归来，"官军未通蜀，吾道竟如何"。

松州围困不能解救，杜甫心急如焚，又写《愁坐》《西山三首》，有感于朝事边防，可是他虽有忧国之怀，筹时之略，却没有机会实现自己的大志。

4. 对章彝的规劝与忠告

腊月初，身在阆州的杜甫接到家信，小女儿病了。

杜甫心急如焚，辞别阆州的文朋诗友，迅速启程回梓州。自九月从梓州入阆州，已有三个月了。

杜甫走的是水路，王阆州给他包了一艘船。船行溪中，至天黑却没有看到有村庄。江风呼呼地刮着，山上的树光秃秃的，天上乌云密布，一堆乌云压在空中，即将要下雨，船家拼命地摇着船。想到女儿病重，杜甫心中焦急起来。

坐在船中，他拿出笔墨，写下《发阆中》：

> 前有毒蛇后猛虎，溪行尽日无村坞。
>
> 江风萧萧云拂地，山木惨惨天欲雨。
>
> 女病妻忧归意速，秋花锦石谁复数？
>
> 别家三月一得书，避地何时免愁苦？

船家的橹摇得嘎吱响，他看杜甫写完诗，请求念给他听听。

杜甫念给他听了，船家知道杜甫急切归家的缘由，他安慰杜甫："小孩子生病是正常的，你也别太着急。"

杜甫："若是小病，孩子妈不会带信来。"

船家："男人是家里主心骨，孩子病了，盼着你回家啊。"

杜甫点点头。

船家："晚上我们就在船中歇息，不上岸了。"

杜甫："听你安排。"

看着周围的山川，想到自己流落巴山，天子逃难陕州，吐蕃逼近成都，杜甫心中像有一块石头压着，洛阳是回不去的，或许较好的出路是出峡。

水路之后，又是走山路，很快，杜甫回到梓州的家中。看着躺在床上的女儿，闭着双眼，他给病重的女儿拿脉，然后去山中采草药切碎熬好，等温热的时候喂给女儿。一连吃了五天的药，在杜甫的调理下，女儿的病渐渐好转。

看着女儿蜡黄的脸，瘦小的身子，杜甫心疼起来。

女儿活泼地和哥哥姐姐玩耍，杜甫和妻子的心这才放了下来。

长安的各种消息，真真假假不断地传来。吐蕃军队进入长安，剽掠府库，抢劫市民，焚烧宫廷民宅，百姓纷纷逃入山中，躲避战乱，杜甫在《遣忧》一诗中写道：

> 乱离知又甚，消息苦难真。
>
> 受谏无今日，临危忆古人。
>
> 纷纷乘白马，攘攘着黄巾。
>
> 隋氏留宫室，焚烧何太频。

安禄山反叛，长安城被占据，今又被吐蕃攻占，皇室焚烧一空。朝廷若早能受谏，也不至于有今日之耻辱。

长安失守于章彝来说，似乎没有影响他的生活。

听说杜甫回来了，章彝邀约杜甫一起去冬狩。杜甫本不想去，国事家事扰乱了他的心。有消息说代宗十二月回到京城，吐蕃撤兵全靠武将们的诈兵之计，高适连失三城，家中孩子生病……一连串的事情让杜甫心事重重。可是，章彝答应出资支助杜甫出峡的盘缠，杜甫需要这笔钱，纵使心里一百个不愿意，他还是要把章彝陪好。

狩猎的阵容很强大，三千人兵强马壮，半夜出发，在山上围猎。

章彝管辖的范围很大，剑南东川节度使，治所在梓州，管辖梓州、绵州、普州、陵州、遂州、合州、泸州、渝州等州。东川和西川经常合合分分，上元二年（761）二月，又分为两川。

看着几千人呐喊着一步步缩小包围圈，被围住的禽兽惊恐地逃散，杜甫想起了正在与吐蕃作战的士兵们，代宗还在陕州，若是能将这些围猎的人派去保家卫国该有多好，想到这里，杜甫觉得应该规劝章彝，当以国家为重，带领这些人擒拿西戎。

晚上，杜甫写了一首《冬狩行》呈给章彝。

> 君不见东川节度兵马雄，校猎亦似观成功。
>
> 夜发猛士三千人，清晨合围步骤同。
>
> 禽兽已毙十七八，杀声落日回苍穹。
>
> 幕前生致九青兕，骆驼譻崑垂玄熊。
>
> 东西南北百里间，仿佛蹴踏寒山空。
>
> 有鸟名鸲鹆，力不能高飞逐走蓬，
>
> 肉味不足登鼎俎，何为见羁虞罗中。
>
> 春蒐冬狩侯得同，使君五马一马骢。
>
> 况今摄行大将权，号令颇有前贤风。
>
> 飘然时危一老翁，十年厌见旌旗红。
>
> 喜君士卒甚整肃，为我回缰擒西戎。
>
> 草中狐兔尽何益，天子不在咸阳宫。
>
> 朝廷虽无幽王祸，得不哀痛尘再蒙。
>
> 呜呼，得不哀痛尘再蒙。

杜甫规劝章彝，这样整齐威严的队伍，应该为国尽忠，北上抗击吐蕃，而不是在这里捕杀飞禽走兽。皇帝逃难陕州，流落风尘。虽然还没有发生周幽王被杀死那样的惨剧，但是不能让皇帝蒙尘逃难。

章彝接到杜甫的诗，除了盛赞文笔好，不再说什么。

与章彝同游山寺，杜甫得"开"字，写诗《山寺》，"山僧衣蓝缕，告诉栋梁摧"，对山寺的荒凉引出对章彝的忠告，与其布施山寺，不如派兵前去与吐蕃作战。杜甫大约看出章彝想拥兵自重，独据一方的心事，想尽心事婉转规劝章彝。

但是，章彝对杜甫的忠告和规劝不以为然。

梓州盛产桃竹，桃竹即棕竹，叶如棕，身如竹，密节而实中，犀理瘦骨，是天然拐杖。在给杜甫出峡东行的送别筵上，章彝赠给杜甫两根桃竹杖。杜甫写诗《桃竹杖引赠章留后》，在诗中盛赞桃竹杖生于蟠石，质坚无比；浸苍波，体润光滑；尺度足，长短适宜；如紫玉，光滑可玩。

　　杜甫在做出峡的准备，章彝出足了杜甫出峡的资费。杜甫心中非常感激，在章彝准备的告别筵席上，杜甫得"柳"字，作诗《将适吴楚留别章使君留后兼幕府诸公》：

> 我来入蜀门，岁月亦已久。
> 岂惟长儿童，自觉成老丑。
> 常恐性坦率，失身为杯酒。
> 近辞痛饮徒，折节万夫后。
> 昔如纵壑鱼，今如丧家狗。
> 既无游方恋，行止复何有。
> 相逢半新故，取别随薄厚。
> 不意青草湖，扁舟落吾手。
> 眷眷章梓州，开筵俯高柳。
> 楼前出骑马，帐下罗宾友。
> 健儿簸红旗，此乐或难朽。
> 日车隐昆仑，鸟雀噪户牖。
> 波涛未足畏，三峡徒雷吼。
> 所忧盗贼多，重见衣冠走。
> 中原消息断，黄屋今安否？
> 终作适荆蛮，安排用庄叟。
> 随云拜东皇，挂席上南斗。
> 有使即寄书，无使长回首。

　　此诗中，杜甫叙说自己来蜀中的艰难生活，也写出对章彝厚待他的感激和眷念，更写出对皇帝的牵挂"中原消息断，黄屋今安否？"一席人对杜甫的诗赞叹不已。

　　要离开蜀地，杜甫挂念成都草堂，他栽的竹子和树，养的鸭子和鹅，门前的小松树，长大的果树等，还有水槛，草亭……杜甫让杜占回草堂去看看。自从他们走后，草堂的一切托邻居照看，不知道那群鹅与鸭还是否在浣花溪中游玩，竹林也需要补栽一些，杜甫作诗《舍弟占归草堂检校聊寄此诗》：

> 久客应吾道，相随独尔来。
> 孰知江路近，频为草堂回。
> 鹅鸭宜长数，柴荆莫浪开。
> 东林竹影薄，腊月更须栽。

杜占临行前，杜甫事无巨细，再三嘱托，杜占频频点头。

十二月，代宗回长安了，但是消息还没有传到梓州。

原来长安被吐蕃攻陷不久，副元帅郭子仪在商州（今陕西商县）聚集了四千多名兵士，如何以少胜多，和吐蕃打赢这场战争，收复长安？郭子仪认为只能智取。于是，他组织一支先遣部队，挑选精兵强将，在长安扰乱吐蕃军队。又在韩公堆一带，白天敲鼓，插上很多红旗，夜里点燃一堆堆篝火，制造大部队驻扎的假象，迷惑吐蕃。吐蕃也不清楚官兵到底有多少人，他们孤军深入，害怕被围歼，于是连夜退出长安。随即，郭子仪的军队进入长安，十二月，代宗从陕州回长安。

长安收复了，松州等三州二城却失陷了。

十二月，吐蕃军队攻陷松州、维州（今四川理县北）、保州（今四川理县西南）和云山县新修筑的两个城池，西川节度使高适不能前去救援，至此，剑南西山各州都被吐蕃攻陷。

这件事让杜甫痛心，倘若是严武出兵，或许三州不会失陷，杜甫想。

杜甫准备购置了一艘木船，过完年后，先往阆州，辞别与他有知遇之恩的王阆州以及众僚属，然后，沿嘉陵江顺水而下，到渝州（今重庆市），便可进入长江前往东吴。

岁末，杜甫写诗《岁暮》：

> 岁暮远为客，边隅还用兵。

> 烟尘犯雪岭，鼓角动江城。
>
> 天地日流血，朝廷谁请缨？
>
> 济时敢爱死？寂寞壮心惊！

或许是严武在朝廷推荐的缘故，十二月，杜甫被召补为京兆功曹参军。

京兆功曹参军正七品下，按照官员选拔制度，六品以下官员任命要通过吏部旨授，参加吏部铨选，每年十月底之前要到长安参加冬集，要本人到达后，名字才会出现在吏部待选名单上。

授予杜甫这个官职，是严武推荐的。朝廷规定，如果有五品以上官员奏荐，旨授就改为敕授，本人可以不到场，仍然可以授官。六品以下的朝参官，如果有举荐职能，也可以举荐。当年杜甫举荐岑参时，杜甫是左拾遗，从八品上，按照品级没有举荐的资格，按照职守则有权举荐，举荐人才是左拾遗的职责。

严武回京后担任京兆尹，京兆功曹参军是他的属官，他有权举荐。唐代的奏荐制度，除了宰相和有举荐职能的官员（主要是门下省官员）以外，其他官员的举荐范围一般仅限于本部门。

严武和杜甫的交情很深，杜甫送严武到绵州时，杜甫作诗《奉送严公入朝十韵》"此生那老蜀，不死会归秦"，对严武有明显的请托之情，而严武的答诗《酬别杜二》"但令心事在，未肯鬓毛衰"，也有肯定的应承之意，说他记得这件事，不会让杜甫等太久。

京兆尹兼吏部侍郎的严武后来提升为黄门侍郎，朗州刺史第五琦接替严武任京兆尹，兼御史大夫。第五琦和房琯合不来，杜甫属于房琯党，尽管京兆功曹参军薪资丰厚，杜甫自然不会去任这个职，更何况他作了南下的准备，于是，杜甫没有赴职。

第十七章　殊方又喜故人来

殊方又喜故人来，重镇还须济世才。

常怪偏裨终日待，不知旌节隔年回。

欲辞巴徼啼莺合，远下荆门去鹢催。

身老时危思会面，一生襟抱向谁开。

——《奉待严大夫》

流浪在梓州、阆州的杜甫，靠朋友们的接济艰难度日。因蜀中大乱，他有归东都洛阳的想法，也有出川的计划。当好友严武镇蜀的消息传来，杜甫回到成都草堂，在严武的引荐下，入职节度府幕僚。半年后辞职，不久严武暴病而亡，杜甫失去了挚友的关照，带着一家老小出了三峡。

1. 再别阆州

广德二年（764）春，杜甫带着一家老小抵达阆州。

代宗其实已于广德元年（763）十二月还京，但因为路途遥远消息阻隔，巴西很多人并不知情，杜甫也以为皇上没有回到京城。

得知李晔从岭南返京，杜甫欣喜作诗《送李卿晔》：

王子思归日，长安已乱兵。

沾衣问行在，走马向承明。

暮景巴蜀僻，春风江汉清。

晋山虽自弃，魏阙尚含情。

李晔是唐宗室之后，肃宗乾元二年（759）秋，刑部侍郎李晔贬官岭南，行经岳州（今湖南岳阳），与诗人李白相遇，时贾至亦谪居岳州，三人相约同游洞庭湖，留下佳话。

王阆州的接风宴上，李卿述说了岭南的一些见闻，众人聊起京城之事，对程元振之流深恶痛绝。

"好酒配好诗，杜拾遗，可否就时事吟诵几首？"王阆州说。

杜甫将杯中的酒一口饮尽，站起来，边踱步边吟诵，他一口气吟诵五首。

这五首便是《伤春五首》，咏长安事变。第一首述吐蕃陷京，代宗出走。第二首，怀念兄弟别离。第三首，言致乱之由，在于不能早除嬖幸，如程元振之流。第四首，伤乘舆远出。第五首，伤军士散亡。

众人听后，喝彩叫好。

杜甫："感谢各位！自天宝十四载（755）安史乱起，至广德初年，十年了，安史之乱方平，吐蕃又临京师，我们要思量致乱之源，改革积弊。今安史之乱虽已平，然诸镇多跋扈不臣，甚为可忧。"

李卿："是啊，奸佞当道，忠臣被害，让人心寒，确实是要改革！"

王阆州："开元全盛时，人口繁殖，仓廪丰实，米价便宜，社会安定，可如今，今非昔比……"

杜甫："一绢须万钱之值，百姓如何生活？"

席中，大家谈起朝廷利弊，各抒己见。

在阆州逗留的日子里，杜甫写了很多诗。

阆州很多名胜，杜甫陪着王阆州游玩观赏，对美丽的山川赞叹不已，写下《阆山歌》《阆水歌》《泛江》等诗。

筵席上的诗有《江亭王阆州筵饯萧遂州》《陪王使君晦日泛江就黄家亭子二首》。

得到代宗已经还京的消息虽然已经迟了，但是杜甫心中十分欣慰，他写下《收京》一诗抒发自己的感情：

复道收京邑，兼闻杀犬戎。

衣冠却扈从，车驾已还宫。

克复成如此，安危在数公。

莫令回首地，恸哭起悲风。

两次收京，在杜甫看来，功劳全在于那些忠臣。

阆州属于巴西郡，山高路远，本是十二月代宗回京的消息，到春天才传到阆州。

班司马独自骑马入京，杜甫想到路途的艰辛，在送别时倍感伤心，他写诗《巴西闻收京阙送班司马入京二首》，"闻道收宗庙，鸣銮自陕归。倾都看黄屋，正殿引朱衣……"

班司马将要出峡，杜甫写诗《游子》，"巴蜀愁谁语，吴门兴杳然……"，写下自己的漂泊处境。

滕王李元婴是李渊最小的儿子，李世明的亲弟弟，他建了三个滕王阁，除了江西滕州、江西南昌外，还有一个在四川阆州。滕王李元婴自寿州刺史移隆州刺史，后来隆州避玄宗讳，改为阆州。李元婴在嘉陵江边，玉台山上建了一个亭子，叫滕王亭，后来改为滕王阁。

杜甫与王阆州一起游赏滕王亭。

王阆州："滕王是个高智慧的人，这个亭子选的位置非常好，观景是一流的处所。"

杜甫："是啊，滕王确实有智慧，在他二十二个兄弟中，他成功地保全了自己。在人们眼中，他是一个纨绔子弟，对皇位不感兴趣，只顾吃喝玩乐，这样也避免了杀戮。"

王阆州："他也是滕派蝶画的鼻祖。"

游兴正浓时，杜甫吟诗《滕王亭子二首》。

接着他们又游览玉台观，玉台观在阆州城北七里，观在高处，其中有台名玉台，也是李元婴所建，杜甫作诗《云台观二首》。

一场战乱后，朝廷需要人才，各类官员不断入京。

章彝罢梓州刺史东川留后之职，即将赴京师，得知消息，杜甫赋《奉寄章十侍御七律一首》，给其送行：

淮海维扬一俊人，金章紫绶照青春。

指麾能事回天地，训练强兵动鬼神。

湘西不得归关羽，河内犹宜借寇恂。

朝觐从容问幽仄，勿云江汉有垂纶。

章彝是淮海维扬（今扬州）人，杜甫称赞他是俊杰之士，刺史官员中年青的一辈。擅长指挥作战，训练强兵，是州府难得的好长官。以往在与章彝相处中，章彝常说若入朝，要推荐杜甫，在诗的结尾，杜甫表示感谢，说章彝觐见皇上，若谈起隐居之人，别提江湖上还有像他这样的垂纶之人，诗的末句也是对昔日章彝承诺的回应。

阆州北面是剑州，治普安，汉之梓潼县，属于剑南道。杜甫要离开蜀地，写诗《将赴荆南寄别李剑州》。又写诗《奉寄别马巴州》，在诗中说明他不赴京任功曹参军之职，将乘舟南下。

正月，为了抗击吐蕃，朝廷将东西川合并，任严武为成都尹、剑南节度使。听到严武将任剑南节度使，杜甫高兴极了。

此时，杜甫又接到了严武的邀约信，邀请他回成都。一直以来，杜甫希望朝廷能派经验丰富，作战能力强，沉着果断的大臣来巴蜀，守好京师的南大门，维护百姓的安定生活，如今，朝廷再派严武镇蜀。于是，杜甫改变主意，决定回成都，他写诗《奉待严大夫》表达他的喜悦心情：

殊方又喜故人来，重镇还须济世才。

常怪偏裨终日待，不知旌节隔年回。

欲辞巴徼啼莺合，远下荆门去鹢催。

身老时危思会面，一生襟抱向谁开。

杜甫称严武为大夫，原因其一，正月严武已得剑南节度使之任命，唐朝凡是节度使皆可称为大夫；其二，严武已经被封为郑国公。

杜甫喜待严武再回成都，他也作回成都的打算。

离开阆州前，杜甫再去房琯墓地拜别。王阆州陪同杜甫一起去了房琯的墓地。

一片树林前，房琯的坟墓孤零零地立在枯草中，王阆州告诉杜甫，房琯的儿子们说暂时葬在这里，之后他们会移葬故里。杜甫想起别的宰相逝去后坟墓的排场与豪华，房琯的简陋与之对比，杜甫心中酸愁无比。

两人焚香烧纸跪拜完毕，杜甫问王阆州坊间传闻有关房琯和邢和璞的故事。

杜甫："王阆州，坊间传闻邢和璞预测房尚书的生死，在阆州得到印证，是真的吗？"

王阆州说："部分真实，部分无从考证。房尚书在阆州病了些日子，要不是病，何至于四月出发，八月还在阆州，不是早该到京城了吗？"

杜甫："是啊，坊间的传说只能说人们对房尚书的离去有些不舍，用宿命来寄托对尚书的哀思。"

王阆州："你说得有道理，房尚书为百姓做了很多好事。在病中房尚书对我确实有所托，说他六十多岁的人了，倘若病好不了，去不了京城，让我用龟兹木给他做一副棺木。临终前一日，他也确实参加了筵席。"

原来坊间传说早年房琯请术士邢和璞算终身之事还是有一定的根据的。邢和璞擅长方术，身边常常带有计数的竹签。竹签长六寸。如果有人请他算命，他用竹签摆成卦形，纵横都有，一共要动用四十九根，几乎摆满一床。摆完后，根据卦象告诉人家吉凶祸福，说出起卦人的官禄地位和寿命长短。

房琯起卦之后，邢和璞说："有一天，您从东南来，止于西北，那一天是您禄命终止之日。降魄之处，非馆非寺，非途非署。病起于筵席的鱼飧，休于龟兹板。"

房琯当时记在心里，这次自袁州出汉州，到任职朝廷，行至阆州，住在道观紫极宫，碰巧雇工在做木工活，房琯见木板纹理清晰，便问此板。道士说："数月前，有一商人布施数块龟兹板，今用来修整道观。"

龟兹板是西域出产的一种木板，可供建筑和棺木之用。

房琯听了这话半晌不语，他想起术士当初的卦言，碰巧晚上官员请他赴宴，席中，房琯对王阆州有所嘱托，倘若病好不了，百年之后用龟兹板做一棺木。

杜甫听了王阆州的话后，沉默了一会，想到有关人的宿命，当事情巧合时，不由得人们不信。房宰相潇洒而又凄苦的一生，让杜甫百感交集，遂吟诵《别房太尉墓》：

> 他乡复行役，驻马别孤坟。
>
> 近泪无干土，低空有断云。
>
> 对棋陪谢傅，把剑觅徐君。
>
> 唯见林花落，莺啼送客闻。

杜甫想起至德二年（757）房琯因用人不当，导致讨伐失败，为肃宗所贬，他上疏力谏，得罪肃宗，几遭刑戮。如今，堂堂宰相身葬他乡，茕茕孤坟立在荒郊野岭，想起房琯晚年的坎坷和身后的凄凉，杜甫不禁老泪纵横。

见杜甫太过于伤心，王阆州劝慰杜甫节哀。

二月，杜甫一家启程回成都。

途中渡江，二月的江风吹起波涛阵阵，江风迅疾，将桅杆吹得欹斜，岸上锦华青草惹人喜爱，垂钓者悠然自乐。杜甫写诗《渡江》，记下江中和岸上的景色。

从阆州到成都，山高水险，颠沛流离中，杜甫尝尽人间艰辛。本来想出蜀到楚，却仍在蜀，心中颇多感慨，他写诗《自阆州领妻子却赴蜀山行三首》。

宝应元年（762），严武从成都召还京师，拜京兆尹，第二年为二圣山陵桥道使，督修玄宗、肃宗墓，封郑国公，迁黄门侍郎。今年再次镇蜀，西川东川合并统归他管。杜甫估计，朝廷肯定是为了京城的安危，让严武前来镇蜀，对付吐蕃，也一定有新的打算。

高适镇蜀失败，连失三州两城，在杜甫眼中，严武带兵打仗的能力胜于高适。途中，杜甫写《将赴成都草堂途中又作先寄严郑公五首》。这组诗中，首章说严公书札，次章言荆州赏新，三章言荒庭饮醉，四章以生理衰颜诉之，第五章以生事息机告之。文治武功，都期望严武，欢喜之情溢于诗中。

经过长途跋涉，赶了五百里路，春二月底，杜甫带着一家老小回到了草堂。

2. 殊方又喜故人来

黄昏时分，一辆马车出现在成都郊外的路上。

近了，草堂隐隐约约出现在前面，坐在马车上的孩子们欢呼雀跃起来。

杜甫看到孩子们高兴的情形，心中亦是欣慰。随着严武的到来，杜甫回到成都，草堂一年零九个月的沉寂终于结束了。

门前的小径长满了杂草，果树也长高了。暮春，花草还在自顾自地惊艳地开，当年草堂边的四棵小松树移来时，只有三尺长，如今有一人多高。林竹漫无边际地生长，桃树上开满了桃花。水槛有些破损，家中的那只小船还在浣花溪边漂浮。几只鸥鸟在水中闲游，燕子斜穿竹林飞向远处。留在家中的鸭和鹅，见主人一家回来，忙从溪中起来，摇摇摆摆地回到家中。

杜甫打开大门，室内老鼠四处逃窜，家具上布满了灰尘，屋角墙壁布满了蜘蛛网，几坛酒还在，打开书籍，书页上布满了蛀虫眼，解开药囊，灰尘四扬。

杜甫带着酒坛来到浣花溪边，看着远山近水，水鸥闲凫，草堂依旧，孩子们欢快地跳进蹦出，他感觉惬意极了，打开酒坛，一股酒的醇香扑面而来。杜甫将酒倒在碗里，呷了一口，看到眼前的景色，不禁吟诵：

> 苔径临江竹，茅檐覆地花。
>
> 别来频甲子，倏忽又春华。
>
> 倚杖看孤石，倾壶就浅沙。
>
> 远鸥浮水静，轻燕受风斜。
>
> 世路虽多梗，吾生亦有涯。
>
> 此身醒复醉，乘兴即为家。

一连数日，杜甫沉浸在归家的喜悦之中，邻居们知道他回来了，纷纷过来问候。杜甫留下邻居，共饮美酒，草堂一时间热闹非凡。

看着屋前屋后的景色，杜甫作诗《归来》《草堂》《四松》《题桃树》

《水槛》《破船》六首诗。三年的时间，家中没人打理，草堂、水槛有些破败，该修整了；松树、桃树该松土施肥除草了。

杜甫带着弟弟杜占忙碌了数日，荒芜的小径被清理出来了，屋前屋后的果树和小松从杂草中露出了脸。他们又在竹林旁开了一条渠，将积水排入浣花溪中。

一大早，杜甫站在溪边，看着忙碌了十来天，整治一新的房子和屋前屋后的果树竹林，心中倍感欣慰。在这晚春时节，杜甫或倚杖看山石，或在沙岸把酒细酌。

让杜甫高兴的是，严武不仅派人送来了生活的必需品，还带来了问候，邀请杜甫去府衙中叙旧。

城中一些旧友，也纷纷前来问讯，一时间，来客阻塞了村里的道路。这天一大早，严武府衙的小吏送来了邀请杜甫去参加酒宴的帖子。杜甫换上衣服，和妻子嘱咐了几句，说晚上可能不回家，在节度府歇息。

一路上，杜甫骑着马，小吏拿着缰绳，行走在进城的路上。杜甫和小吏边走边聊，谈及严武，小吏说严节度整天在忙。

到了府衙，有人通报杜甫到了。

严武急匆匆地出门迎接，他挽着杜甫的手进了书房。

"子美兄，本来早该去看您，府衙中事务繁忙。"严武说。

杜甫："应该是我来看望您，您给我送那么多的生活物资，真是太感谢您了。"

严武："应该的，您刚从阆州回来，生活上有很多不便。您还需要什么尽管和我讲，此外，在国家危急关头，您不能置之度外，您当初的抱负呢？我打算上奏朝廷，让你入幕僚做参谋。收复松州，我需要你。"

听到严武推心置腹的话，杜甫很感动。想起严武第一次镇蜀，邀请他加入幕僚，他拒绝了，第二次在京城推荐他为京兆功曹，他又推辞了，这次，杜甫不好意思再推辞。

杜甫："我一老朽，身体衰弱，本想着终老荒野，既然您对我如此厚爱，还是让我再考虑考虑！"

见杜甫答应考虑了，严武开心地笑了。

"对了，朝廷召高常侍回京，不日启程。"严武说。

杜甫："高适回京？"

严武："是的。朝廷任他为刑部侍郎，转散骑常侍。"

杜甫叹息道："六十多岁的人了，总算回京了。"

两人对高适与吐蕃的那场战争又讨论了一番。晚上，严武邀请一些官员在一起宴饮，杜甫在严武的频频相劝下，多饮了几杯酒。

晚上，杜甫宿睡在府衙，半夜因口渴起来喝水，随后躺在床上想了很多，他想起白天和严武谈论高适的话，好友高适回京了，而自己却漂泊在他乡，心中颇有些悲凉，好在严武镇蜀，他觉得自己有了依靠。

杜甫睡不着，干脆起床磨墨，写了《奉寄高常侍》：

> 汶上相逢年颇多，飞腾无那故人何。
>
> 总戎楚蜀应全未，方驾曹刘不啻过。
>
> 今日朝廷须汲黯，中原将帅忆廉颇。
>
> 天涯春色催迟暮，别泪遥添锦水波。

第二天，杜甫将诗给严武看了后，托人给高适带去。

严武读了杜甫的这首诗，说："子美兄，您对高常侍练兵临吐蕃以牵制，师出无功，陷落三州两城写得太直接了。"

杜甫："多年的好友，不需要阿谀之词，不讳其短，这才是净友。"

严武："子美兄的个性如此，值得钦佩。刚刚得到消息，仆固怀恩谋反了。唉！"

杜甫："有郭子仪镇守，应该问题不大。仆固怀恩原是郭子仪的部下，他的部下也是郭子仪的部下，仆固怀恩对部下不仁义，远远不及郭子仪。"

严武："我今年的目标是要收复松州等三州，若能收复三州，也是给京城释放压力，这三州是京城的南大门。"

杜甫："是的，作战计划真要好好议一议。"

在府衙，杜甫住了三天，回来的时候，严武又派人用马车送了粮食鱼肉等，杜甫对严武的悉心照顾十分感激。

心情舒畅的杜甫，游兴大增。这天他去游导江（今都江堰市），不期与同朝旧友王契相遇。

王契，京兆人，字佐卿。肃宗时任侍御史，与杜甫交情很好。王契奉使来蜀，元结在《别王佐卿序》中记载："癸卯岁，京兆王契佐卿年四十六，河南元结次山年四十五。时次山顷日浪游吴中，佐卿顷日去西蜀，对酒欲别，此情易邪？……"

广德元年（763），王契奉使至蜀，来成都后，曾与杜甫一叙别离之情。三年后，王契解官至蜀，爱上导江山水之胜，便在导江卜居。

"子美？！"王契在小船上问。

杜甫十分惊喜："是王侍御啊！久违了，可好？"

王契："真是您呀？子美，我很好！我彻底罢官退隐导江了！"

杜甫："好，免了案牍之劳。今在此遇见你，真是我们的缘分啊！"

杜甫邀请王契到他的船上同聚，一同回草堂叙旧。

很快，到了草堂。杜甫让船家将船停靠在溪边，并邀请道："船家也一起到我家坐坐。"

船家："不了，我就在水槛这里休息，你们忙去吧，不用管我。"

杜甫和王契一同进了草堂，小坐片刻，便来到亭子里，饮酒叙旧。

午饭时，杜甫和王契在竹林中聊天，也许是久别重逢，相聊甚欢。

次日，他们又重游先主庙。傍晚登楼，登高望远之际，只见锦江两岸，繁花似锦，忽然杜甫伤感起来。

"唉，这是我客居川中的第五个年头。原来以为成都是避乱的好地方，却不知道也是……"杜甫说不下去了。

王契见杜甫伤感，心中也颇有同感："去年正月，官军收复河南河北，安史之乱终于平定了。可是太平吗？还是不太平。"

杜甫："是啊，当年十月便发生了吐蕃攻陷长安，立傀儡、改年号之事。唉，皇上（代宗）奔逃陕州，虽然不久郭子仪收复京师，但是年底吐蕃又攻陷松、维、保（今四川北部）等州，继而再攻陷剑南、西山诸州。"

王契："朝中奸佞当道，皇上被蒙蔽了双眼。"

杜甫倚靠着栏杆，吟诵道：

花近高楼伤客心，万方多难此登临。

锦江春色来天地，玉垒浮云变古今。

北极朝廷终不改，西山寇盗莫相侵。

可怜后主还祠庙，日暮聊为梁甫吟。

王契听完杜甫吟诵的诗，也叹息道："吐蕃这些西山寇盗，可恶得很哪！"

杜甫："万方多难啊！宦官专权、藩镇割据、朝廷内外交困、灾患重重，我朝……"杜甫说不下去了，"还是说说严武的到来吧！"

王契："严武是位有魄力的官，他来了，事情或许有改变。"

杜甫："是啊，我也寄希望于他。收复三州，我想他会努力的。前不久我去节度府，他请求我加入幕僚。可是，您知道我，散漫惯了，做一个不受约束的闲云野鹤是多好啊。"

王契："子美兄说得对，我也是厌倦了官场的尔虞我诈，才决定辞官隐居。"

"是啊，我还没有最后答应他的请求。"杜甫说。

王契："我觉得子美兄，您可试试看，别拂了郑国公的一番好意，他此刻也需要人才，子美兄为什么不答应呢？"

杜甫："也许进入幕府，我可以为郑国公的收复计划尽点绵薄之力。"

王契："郑国公年轻有为，办事果断，很有魄力。去年四月，玄宗、肃宗父子相继驾崩，七月，他奉诏回京，入为太子宾客，迁京兆尹兼御史大夫，实际上是陵桥道使，监修玄宗父子陵墓，事情也做得很圆满，深得皇上的信任。"

杜甫："是的，他做事的确有魄力。郑国公一走，蜀中大乱，这里还真只有他能镇得住。"

两人一边聊着，一边观赏着风景，不觉天色已经黑下来了，他们回到草堂内。

3. 幕府生活

一

堂西长笋别开门，堑北行椒却背村。

梅熟许同朱老吃，松高拟对阮生论。

二

欲作鱼梁云复湍，因惊四月雨声寒。

青溪先有蛟龙窟，竹石如山不敢安。

三

两个黄鹂鸣翠柳，一行白鹭上青天。

窗含西岭千秋雪，门泊东吴万里船。

四

药条药甲润青青，色过棕亭入草亭。

苗满空山惭取誉，根居隙地怯成形。

杜甫看着屋外的景色，他一连写了四首绝句。妻子和孩子们都喜欢第三首，他们齐声诵读"两个黄鹂鸣翠柳，一行白鹭上青天。窗含西岭千秋雪，门泊东吴万里船。"

杜甫看着妻子领着孩子们读他的诗，欣喜地笑了。他以为此后会在这里和家人过着耕读生活。但不久后严武的到来，给杜甫带来了另外一种生活。

远远地，一队人马朝草堂走来。

在屋外给果树松土的杜占，首先看见了这队人马。他认出了严武，连忙喊道："大哥，郑国公来了！"

杜甫耳朵有些背，小儿子宗武传话："父亲，叔叔说郑国公来了。"

听到小儿子的话，杜甫连忙出门。

"子美！"严武骑着马看见刚出门的杜甫，连忙喊道。

杜甫激动地快步上前，要扶严武下马。严武摆摆手，敏捷地从马上跳下来。

杜占接过马绳，将马牵去喂草料，又转回来牵其他的马。

杜甫："郑国公，您今天怎么有时间过来？"

严武："我早就想过来看看您，一直忙于琐事。您看您把屋子前后修整得这么好！"

杨淑娟带着孩子们出来给客人行了礼，然后拿出自家的水果招待严武等人。

严武摸着宗武的头说："诗文习得怎样了？"

宗武歪着头说："父亲知道。"

杜甫哈哈一笑说："有进步，但是不大。"

看到严武的随从从马上搬下一袋袋粮食，杜甫感激不尽，想开口说些感激的话。

严武看到杜甫的谦恭，忙说道："你我如兄弟一般，不要来这些客套。我今天来呢，是想和您说件事。"

杜甫："您说！只要我能办到的，我一定尽力。"

严武："您肯定能，您先答应我，我再说。"

杜甫不知道严武会让他做什么："行！"

严武哈哈一笑："您答应了啊，到我节度府做幕僚！"

杜甫没料到严武提出这个问题，这次他真的不能拒绝了。

"好吧，我答应您！"杜甫回答。

严武叹了一口气："三座城池一日不收回，我心中就一日不安。"

杜甫理解严武的心情，他何尝又不是如此呢！

"我可不能让您在浣花溪过散淡的生活。上次我来成都，请您做我的幕僚，您拒绝了。在京城，我推荐您做京兆功曹，您又不赴任。这次，您就不要拒绝了。对，您刚才答应了。我马上要对吐蕃采取行动，我需要您的帮助。"

杜甫点点头，随后两人来到在水槛边畅谈。

六月，严武表荐杜甫为节度使署中的参谋、校检工部员外郎、赐绯鱼袋（从六品上），朝廷准了。于是，杜甫开始了他刻板的幕府生活。

幕府制度是很严格的，杜甫的家不在城里，他要早早地起床，每天天不亮就要入节度使府署，夜晚回到草堂时，常常已经夜深了。

此时，严武整顿军容，试用新旗帜，训练士兵。

试新旗之日，严武置酒公堂，亲观演武。

只见练兵场上，红旗猎猎，将士们情绪高昂，作战阵势随着大旗的挥动做出各种变化，士兵们穿着崭新的军服，伴随着整齐洪亮的呐喊声，变换着队形。

试旗、演武完毕后，严武站在检阅台上吟诗《军城早秋》：

昨夜秋风入汉关，朔云边月满西山。

更催飞将追骄虏，莫遣沙场匹马还。

严武一吟诵完，将士们齐声吟诵："更催飞将追骄虏，莫遣沙场匹马还。"隆隆的鼓声响起，震撼着将士们的勃勃雄心。

杜甫随即和了一首《奉和严大夫军城早秋》：

秋风袅袅动高旌，玉帐分弓射虏营。

已收滴博云间戍，欲夺蓬婆雪外城。

诗中，杜甫借用一个故事，希望将士们能夺回松、维、保三州。

仪凤（高宗李治的年号）年间（676—679），吐蕃攻陷了安戎城，并派军队据守此城。安戎城地势险要，唐军多次攻而不克。开元二十六年（738），剑南节度使王昱在安戎城的旁边筑了两座城，并驻军于蒲婆岭下，运送粮食和军用物资充实城中，以进逼吐蕃。吐蕃发大兵救安戎城，王昱的军队大败，数千人战死。王昱脱身逃命，把粮食和军用物资全都丢弃给吐蕃。朝廷贬王昱为栝州刺史，再贬为高要县尉，王昱故去。

滴博为博岭，蓬婆为吐蕃城名。

七月，严武率兵西征，杜甫向严武进《东西两川说》，论及收复三城军略问题。

严武带兵纪律严明，有敏锐的观察力和决断能力。杜甫觉得与高适比起来，严武的确是个有智慧的军事家。果然，九月，严武击败吐蕃兵七万，收复了当狗城（四川理番县东南）、盐川城（甘肃漳县西北）。严武命令汉州刺史崔旰（崔宁）在西山追击吐蕃，扩地数百里。

消息传来，杜甫对严武赞叹不已，能诗善战的严武打败吐蕃，收复失地，这都是杜甫所期盼的，如今，严武一一实现了。

晚秋，吐蕃已破，严武心中那块沉重的石头搬开了。

在幕府中的杜甫，与严武北池临眺，在摩诃池泛舟，观岷山沱江图画，彼此分韵赋诗，给杜甫刻板的幕府生活带来些许快意。

冬天来临了，一早出门和晚归的寒气伤害着杜甫的身体。尽管他种的草药能调养他的身体，但是早年就有的肺病、疟疾又复发了，现在又添了一种病——风痹。在公署里坐久了，杜甫的四肢会感到麻痹，他觉得自己无法适应在幕府办公。

他和严武亲密的关系，以及严武对他的小心呵护，让其他同僚嫉妒并仇恨。杜甫明显感觉到一些同僚的敌意，并且他们有意识地孤立杜甫。杜甫不会阿谀逢迎，迎合同僚，何况同僚都是年轻人。渐渐地，杜甫萌生了退出幕府的念头。

这天，因为公干天色已晚，杜甫决定不回草堂，就在公署歇息。晚饭后，他一个人走出大厅，看着茫茫的夜色想了很多。府中人事复杂，文武官佐，附会阿谀，以求稳固自己在幕府中的地位。杜甫与他们周旋，觉得很累，内心充满了难言之隐。

杜甫边走边吟：

> 幕府秋风日夜清，澹云疏雨过高城。
> 叶心朱实看时落，阶面青苔先自生。
> 复有楼台衔暮景，不劳钟鼓报新晴。
> 浣花溪里花饶笑，肯信吾兼吏隐名。

吟诵完《院中晚晴怀西郭茅舍》，杜甫不禁苦笑了。虽然拿的俸薪解决了家中的生活开支，可是身体的疾病，尤其是心中的不快，让杜甫觉得有着从未有过的累。

杜甫直言乞休，又一日夜晚，夜宿公署，他徘徊在月下，在《宿府》中写道：

> 清秋幕府井梧寒，独宿江城蜡炬残。
> 永夜角声悲自语，中天月色好谁看。
> 风尘荏苒音书绝，关塞萧条行路难。
> 已忍伶俜十年事，强移栖息一枝安。

自从安史之乱以来，杜甫漂泊不定的生活让他饱含心酸，如今又要来忍受幕府中的"井梧寒"，想到自己忍受疾病带来的痛苦，同事的白眼和嫉妒，杜甫感到心寒，他不想勉强栖息在幕府这棵树上。这在后来写的诗歌《到村》《村雨》《独坐》《倦夜》中亦有隐含辞官之意。

面对杜甫写的一首首辞官的诗，严武只是觉得杜甫心情不好，带着情绪而已，他不想让杜甫辞官，生活无着落。

这天一大早，严武在公署门口遇到杜甫。

"子美兄，你近来的诗写得很好，但是心情过于压抑，要不一会儿处理完公务后，我们去北池赏下荷花景色如何？"严武说道。

对严武的要求，杜甫没有拒绝："好啊！我这麻木的半个身子活动一下也好。"

到了北池，杜甫看到一池残荷，想到长安，吟诵了一首《陪郑公秋晚北池临眺》。严武对这首诗大为赞赏，他吟诵杜甫的"采菱寒刺上，踏藕野泥中"，大笑道："子美兄才思敏捷，景与情结合，沉郁之风让我钦佩，好诗！好诗！"

杜甫："郑国公见笑了！我的诗哪比得上您的豪放大气！"

两人赏景论诗，不觉半日已经过去了。

中午，严武和杜甫两人在一起喝酒，面对杜甫提出辞呈，严武好言相劝，说他幕府需要杜甫的帮助。杜甫沉默不语，只是喝着闷酒。

下午，回到公署，杜甫拿出笔墨上诗严武，陈述自己身体不好，难以胜任幕府工作，允许他回到草堂，重新过野老农夫的生活。一口气，杜甫写了二十韵《遣闷奉呈严公二十韵》：

白水鱼竿客，清秋鹤发翁。

胡为来幕下，只合在舟中。

黄卷真如律，青袍也自公。

老妻忧坐痹，幼女问头风。

平地专欹倒，分曹失异同。

礼甘衰力就，义忝上官通。

畴昔论诗早，光辉仗钺雄。

宽容存性拙，剪拂念途穷。

露裛思藤架，烟霏想桂丛。

信然龟触网，直作鸟窥笼。

西岭纡村北，南江绕舍东。

竹皮寒旧翠，椒实雨新红。

浪簸船应坼，杯干瓮即空。

藩篱生野径，斤斧任樵童。

束缚酬知己，蹉跎效小忠。

周防期稍稍，太简遂匆匆。

晓入朱扉启，昏归画角终。

不成寻别业，未敢息微躬。

乌鹊愁银汉，鸳鸯怕锦幪。

会希全物色，时放倚梧桐。

　　严武接到杜甫的这首诗，读后沉默了。他了解杜甫的个性，杜甫已经习惯了他的田园生活，不愿意晨昏奔波于草堂与幕府中。想到杜甫也已经是半百之人，身体的衰弱也是很难经得起这样的奔波。严武决定再过一段时间，说不定杜甫会改变主意，所以他暂时不准杜甫辞官。

　　杜甫见严武没准他辞官，他还是每天去幕府。同僚们见严武对杜甫的关照，两人亲密得兄弟一般，对杜甫是客气而冷漠。

　　天气渐渐变得寒冷了，妻子杨淑娟给杜甫做了一件厚厚的棉袄，抵御寒冷。可是，杜甫每天出门早，回家晚，看着丈夫奔波在城郊之间，日渐消瘦，妻子格外心疼，劝说杜甫若是不开心就不去做这个官了。

弟弟杜颖的到来驱散了杜甫连日的郁闷。

杜甫四个弟弟中，弟弟杜占随他入蜀，一直生活在他身边，有两个弟弟在山东，久未通信息。弟弟杜颖去齐州，杜甫给弟弟杜颖写有三首诗《送舍弟颖赴齐州三首》，叙别后之思，以及对其他两个弟弟的怀念。

战乱让人口锐减，据户部统计，唐自天宝十四载（755）以来，十年丧乱结束后，到764年，全国的人口只有1690多万，比天宝年间减少了十分之七。与弟弟谈起这件事，杜甫心中不胜悲愤。

后来杜甫在《别唐十五诫因寄礼部贾侍郎》诗中写道："……萧条四海内，人少豺虎多。少人慎莫投，多虎信所过。饥有易子食，兽犹畏虞罗……"

秋天是诗人喜欢的季节，严武邀请杜甫等僚属到他家做客，吟咏他家庭院的新松和竹子，杜甫分得"粘"字咏松，"香"字咏竹。一时间，严武庭院里热闹非凡。

不久，杜甫又陪严武去摩诃池泛舟。

摩诃池在州城西边，始于隋代，在张仪子城内。公元585年，隋文帝杨坚派第四子杨秀镇蜀，称蜀王。七年后，蜀王杨秀在成都重新修筑秦朝时张仪留下的"子城"，将成都市市域面积扩大了差不多一倍。杨秀从城中就近取土筑城墙，取土留下的大坑，慢慢地被雨水和地下水填满变成湖，湖边便是杨秀的王宫。杨秀将此湖作为自己的私人湖泊，严禁百姓涉足。有一胡僧见到这秀丽的水池后说："摩诃宫毗罗！"原来胡僧所说的"摩诃"为大，"宫毗罗"为龙，他所说的意思为"此池广大而有龙"，摩诃池因此得名。杨秀又把摩诃池附近的东城楼改成散花楼，这两处成为文人雅士、市井走卒争相游玩的胜景。

隋之后，摩诃池和散花楼成为百姓游玩的好去处。

一大早，严武带着一帮僚属到达摩诃池，只见湖边古木参天，水面白鹭成群，湖畔店铺林立，湖中小舟密集。

"今天天气好，外出游玩的人真多！"严武说。

"那是托您的福，您将西川治理得好，百姓安居乐业。"一位僚属说。

严武觉得这话顺耳，哈哈一笑："全靠大家齐心协力！"

杜甫："这都是您的功绩！"

"子美，您就别凑热闹了！"严武说。

此时，游船过来了，严武带着大家登船。这是一艘较大的画舫，随从拿出带来的酒菜，放在桌上。严武招呼大家围过来坐，请大家边喝酒边赏景，一会儿要分韵作诗。

船行池中，杜甫得"溪"字，他站起来吟诵道：

> 湍驶风醒酒，船回雾起堤。
>
> 高城秋自落，杂树晚相迷。
>
> 坐触鸳鸯起，巢倾翡翠低。
>
> 莫须惊白鹭，为伴宿清溪。

杜甫的这首《晚秋陪严郑公摩诃池泛舟（得溪字。池在张仪城内）》，将摩诃池上的景色写到了极致，众人一致喝彩。

大家根据各自得的字写诗，并且相互评判。

画舫在池中任意漂流，严武抬头看去，只见秋阳高照，摩诃池边散花楼门上的彩绘光彩夺目，严武想起了李白的诗《登锦城散花楼》，他吟诵起当年李白登散花楼写的诗：

> 日照锦城头，朝光散花楼。
>
> 金窗夹绣户，珠箔悬银钩。
>
> 飞梯绿云中，极目散我忧。
>
> 暮雨向三峡，春江绕双流。
>
> 今来一登望，如上九天游。

严武的吟诵，将这次诗会推到高潮，大家齐声叫好。

对李白的诗，严武也是非常喜欢，他和杜甫常常就李白的诗进行探讨。

杜甫对严武做学问的态度非常欣赏，在他眼里，严武不仅是一个军事家，也是一个纯粹的诗人。

这次游玩众人十分开心。

一天，杜甫在家中，有一位姓张的太子舍人来拜访杜甫，他赠予杜甫一床毛毡。毡上的图案织成汹涌的波涛，中有掉尾鲸鱼，此外还有不知名的水族鱼类等。杜甫接过毛毡抚摩良久，轻软柔和的手感让杜甫惊叹绝美的工艺，他展阅很久，忽然觉得自己不能用这么好的东西。杜甫小心翼翼地卷起来，还给太子舍人，心中这才平和起来，并赠诗一首，说自己"奈何田舍翁，受此厚贶情"。

在一次宴会上，杜甫听说昔日好友画家曹霸也流落到了成都，他决定寻访曹霸。

曹霸是文武全才，能文善画。特别是善于画马，成名于玄宗开元年间。玄宗在地薰殿接见他，并要求曹霸重画凌烟阁二十四功臣像。安史之乱爆发，曹霸因一幅画被人诬告有影射朝廷之嫌，被削职免官，从此过着流离失所的生活。他身无分文，流落到成都，靠在街头给人画像为生。杜甫得知情况后，四处查访，终于找到曹霸。见到画家的生活状况，杜甫写诗《丹青引赠曹将军霸》，对画家的处境表示深深同情。

随着时间的流逝，杜甫身边的朋友陆续亡故。

王维、李白、房琯都离开人世，郑虔也离世于台州。杜甫刚刚得到消息，挚友苏源明竟然饿死在长安！杜甫的心中无比悲伤，写了《怀旧》，回忆起自己和苏源明交往，接着又写了《哭台州郑司户苏少监》，"故旧谁怜我，平生郑与苏"，杜甫连失两好友，心中悲伤之情无以言表，他将自己感伤的心情写进了诗中。

4. 别草堂

永泰元年（765）严武加检校吏部尚书。

正月初三，严武见杜甫执意辞去幕府中的职务，他也不勉强杜甫留在幕府了，签署公文，准了杜甫辞去幕府职务的请求。

杜甫回到草堂，感到从未有过的轻松，他写了一首《正月三日归溪上有作简院内诸公》：

> 野外堂依竹，篱边水向城。
> 蚁浮仍腊味，鸥泛已春声。
> 药许邻人剉，书从稚子擎。
> 白头趋幕府，深觉负平生。

与幕僚间的一切不快，随着杜甫辞职而结束了。杜甫也不用理会他人的白眼与嫉妒，也不再早晚奔波在城郊的路上。如今，从节度府解职，杜甫心中觉得有一种说不出来的解脱与轻松，他觉得自己习惯于浣花溪边的田园生活，决定再搭建几间房屋，在此终老。他给严武写了一首诗《弊庐遣兴奉寄严公》，诗的开篇写草堂景色，然后论及两人的交情，以及对严武的感激，他邀请严武前来小饮。

营造房屋是杜甫最近的目标，他开始做准备工作，用诗《营屋》作了记录。"我有阴江竹，能令朱夏寒"，对自己栽种六载的竹子十分喜爱，"爱惜已六载，兹晨去千竿"，伐竹去翳，将以营屋。

春天草木疯长，杜甫带着家人除草，给果树松土，草屋前后种蔬菜。

杜甫常常在水槛旁，看着浣花溪静静流淌，饮着酒，检校自己几年来的生活。

在诗《春日江村五首》中，对自己近年来的生活作了回顾。第一首中言说自己平时着眼用心都不在小处，所以不事生产。可是自己遭时不偶，生逢乱世，以致自己毫无作为，漂泊到今日。第二首写自己归蜀依靠严武，但是"恣意向江天"，愿意过着悠闲的田园生活。第三首写村前远近之景，连章叙述入川六年中逢严武再镇时入幕之经过，以及因病决意解职之缘由。第四首写解职归来，愿意在草堂终老，闲散中与邻里交往，自得其乐。第五首写给王粲和贾谊二人，以两人之事言自己之志，怀念他们并自况。杜甫反思自己的幕府生活的结果，认为解职不啻如释重负。再回想起在幕府，自己年迈，与同僚不合，严武对自己的优待，又引起同僚的妒忌。反思幕府生活，杜甫写了《莫相疑行》《赤霄行》《三韵三篇》，觉得自己问心无愧，也不屑与小字辈计较。

人都是从年轻中过来的，杜甫在《莫相疑行》理解年少的同事：

> 男儿生无所成头皓白，牙齿欲落真可惜。
> 忆献三赋蓬莱宫，自怪一日声烜赫。
> 集贤学士如堵墙，观我落笔中书堂。
> 往时文采动人主，此日饥寒趋路旁。
> 晚将末契托年少，当面输心背面笑。
> 寄谢悠悠世上儿，不争好恶莫相疑。

杜甫追忆往事，想起昔日敬献三赋，为皇帝所赏识，一日之间声名显赫。集贤殿的学士们站立围观者，排列得像一堵墙，争相观看他的文章。昔日以文采惊动君王，而现在却为生活劳累奔波，自己真心对待年轻的同僚，却遭到他们的轻视和嗤笑。好在自己不与他们计较，一切过往也会烟消云散。

怡然自得的田园生活，让杜甫的诗兴大发，他写了很多描写时令季节的诗，如《绝句五首》《绝句三首》《春远》《喜雨》《绝句四首》等。

在有些诗中，仍然表露出自己出峡之意。

离开幕府更深层次的原因，杜甫不愿意透露任何心迹，那就是章彝的死。

朋友陆续逝去让杜甫心中充满了悲伤，761年王维逝去，762年李白逝去，763年房琯逝去，接着郑虔病死台州，苏源明饿死长安，而章彝的死对杜甫的触动最大。章彝原是严武的判官，梓州刺史，骄奢跋扈，在严武看来，不除掉他不足以统一剑南。将入朝的章彝，因一件小事被严武传唤到成都，杖死在节度府。章彝有恩于杜甫，杜甫在章彝的关照下，在梓州住了一年，和章彝交好。作为两人的好友，杜甫只能保持沉默，这也让他看到了官场的险恶，尽管严武对他有恩，照顾有加，他还是决定辞去官职。

四月的一天，严武突然去世。

听到这个消息，杜甫惊得半天说不出话。严武才四十岁，正当年富力强做事业的时候。杜甫赶到节度府，见到严武的遗容，悲伤的泪水涌了出来，他泣不成声。严武扈从玄宗，辅佐肃宗，收复两京，镇守西蜀，立有赫赫战功，在杜甫眼中，是朝廷难得的高官。

严武的突然去世，让杜甫失去了依靠，他不得不计划出川了。

这天晚饭后，杜甫将弟弟、妻子，还有杜安叫在一起商量出川的事。

杜甫："叔、小弟、淑娟，郑国公突然去世，我们没有了依靠。原来早就准备出川，只因为郑国公镇蜀才留了下来。自乾元二年（759）冬季来蜀，至今已经几年了。五年客蜀，两年居梓。蜀中的形势也不是很太平，我决定出川，你们意下如何？"

杜占："我听大哥的安排。"

杜安："行，我同意，需要我做什么尽管吩咐。"

杜甫看向妻子："你呢？"

杨淑娟："我当然听你的，我会将过冬的衣物准备好。"

杜甫："那好，我的意思是小弟在少城做事，又相中了本地一位姑娘，你是去是留，你自己做决定。"

杜占："大哥，我就留在这里吧，守着草堂的房子。"

杜甫："好！叔叔，你呢？"

杜安："我年岁大了，出峡路途遥远，我经不起了，就在这里吧，帮衬下杜占。"

杜甫："好吧！三峡凶险，叔叔就留下来和杜占一起吧。"

都安排妥当后，杜甫决定选个日子出发。

晚上，杜甫写了一首诗《去蜀》：

> 五载客蜀郡，一年居梓州。
>
> 如何关塞阻，转作潇湘游。
>
> 世事已黄发，残生随白鸥。
>
> 安危大臣在，不必泪长流。

"世事已黄发，残生随白鸥。"想到自己即将漂泊潇湘，杜甫感叹不已。好在朝廷有一帮安邦治国的大臣，年迈的自己也不用去操心了。

五月，杜甫一家南下的准备工作做好了。

杜甫坐在水槛，看着几年来自己亲手筑建的房子、果树、药圃、水渠、松树和竹林，有很多不舍。他想起了自己为官的经历，不禁苦涩地摇了摇头。

天宝十四载（755），四十四岁的他，奔走于长安十年，终于被任命为右卫率府兵曹参军。安史之乱爆发，次年潼关失守，他的第一份官职结束。

至德二载（757），他历尽千辛万苦，到达凤翔，五月授官左拾遗，这份官职很适合他。杜甫有着敏锐的政治视角和深厚的文字功底，做谏官直言不讳，针砭时弊。为疏救房琯，死谏而得罪皇上，被收监。宰相张镐营救杜甫时说：若罪杜甫，恐绝言路。谏官做了一年，杜甫被贬职了。

乾元元年（758）六月，杜甫被贬华州司空参军，做了不到一年，因对上司的不作为和回洛阳探亲途中所见所闻的伤感，他辞官而去。

广德二年（764）六月，杜甫做了严武的幕府参谋，晚年的幕府生涯，因为身体和其他原因，他做得不开心，仅仅做了七个月。如今随着昔日众多好友的逝去以及严武的离世，自己的官宦生涯也已经结束了。

自760年春在浣花溪畔筑草堂，到这时只有五年半的时间，减去梓州、阆州的一年零九个月，他在草堂的居留还不满四年，而今要舍弃这里的一切，带着家人开始新的生活。

这次出三峡漂泊他乡，会是怎样的生活？杜甫很迷惘。

船家已经联系好了，杜甫和船家商量沿途的行程：嘉州（四川乐山）、戎州（四川宜宾）、渝州（重庆）、忠州（四川忠县）、夔州（奉节）等地，出三峡。

杜甫与杜安和杜占告别，又与邻居们告别，乡邻们送了一程又一程，杜甫劝他们回去，他们这才驻足目送。

杜安和杜占将杜甫一家送上船，杜甫带着一家登船出发，新的漂泊又开始了。

第十八章　夔州孤城一沙鸥

细草微风岸，危樯独夜舟。

星垂平野阔，月涌大江流。

名岂文章著，官应老病休。

飘飘何所似，天地一沙鸥。

——《旅夜书怀》

离开了成都，船行进在岷江中，杜甫观赏到了两岸的美景，行船沿途停靠，杜甫见识了人情冷暖。漂泊在他乡的杜甫，俨然天地一沙鸥。

1. 天地一沙鸥

永泰元年（765）五月，杜甫携家离开成都东下。

行船沿着岷江南行，五月的岷江，河面时宽时窄。两岸重重叠叠耸立的山峦，被绿色的植被裹着，高大青翠的楠竹直耸入云，断断续续的猿啼在山谷间回荡。河流狭窄处水流湍急，宽阔处裸露的石头零散地堆在岸边，水缓缓地流着。

船家是个老水手，他架着船摇着橹熟练地避开暗礁险滩。

船至嘉州犍为县，杜甫带着一家人住在青溪驿。晚上，他给荆楚张员外写了一首诗《宿青溪驿奉怀张员外十五兄之绪》：

漾舟千山内，日入泊枉渚。

我生本飘飘，今复在何许。

石根青枫林，猿鸟聚俦侣。

月明游子静，畏虎不得语。

中夜怀友朋，乾坤此深阻。

浩荡前后间，佳期付荆楚。

杜甫与在荆楚的张员外有约，先寄一首诗说明自己的行程和即将见面的约定。"月明游子静，畏虎不得语。"杜甫将行程中的孤独与凶险巧妙地呈现出来。

船继续前行，抵达嘉州。杜甫写了一封信，托使者送与族兄，得知杜甫到来，族兄到码头迎接杜甫。

在码头，族兄寻到杜甫坐的小船，两人相见分外亲切。族兄将杜甫一家接至家中。女眷们向杨淑娟行礼，男人们也出来给杜甫行礼。族兄一家人的热情让杜甫十分感动，他写诗《狂歌行赠四兄》：

与兄行年校一岁，贤者是兄愚者弟。

兄将富贵等浮云，弟切功名好权势。

长安秋雨十日泥，我曹鞴马听晨鸡。

公卿朱门未开锁，我曹已到肩相齐。

吾兄睡稳方舒膝，不袜不巾蹋晓日。

男啼女哭莫我知，身上须缯腹中实。

今年思我来嘉州，嘉州酒重花绕楼。

楼头吃酒楼下卧，长歌短咏还相酬。

四时八节还拘礼，女拜弟妻男拜弟。

幅巾鞶带不挂身，头脂足垢何曾洗。

吾兄吾兄巢许伦，一生喜怒长任真。

日斜枕肘寝已熟，啾啾唧唧为何人。

在诗中，杜甫回忆当年与族兄的情谊，记下族兄款待的热情。杜甫以谦逊的笔调写出的这首诗，让族兄奉为至宝珍藏。

在族兄家住了两日，杜甫一家告别，族兄送至码头。

六月，船继续前行到达戎州，戎州与嘉州都位于犍为郡。杜甫喊孩子们出来看山上红透的荔枝，四个孩子看着满树的荔枝惊呼起来，说要吃荔枝。

杜甫笑道："一会儿上岸就去买给你们吃！"

小凤说："父亲，我要吃三串。"

杜甫摸着小凤的头说："有的，有的，别急啊！"

上岸之后，杜甫去一商摊前买了荔枝，说是买，商家几乎是送。杜甫感谢商家，他却说，不送谢，山上漫山遍野都是荔枝，您有空可以去摘。

杜甫回到船上，看着孩子们贪吃的样子，欣喜地笑了："你们吃了荔枝，一会每人给我背一首有关荔枝的诗。"

因嘴里含着果肉，宗武率先含糊答应。

戎州（也叫"叙州"，今四川宜宾）杨刺史听说杜甫路过这里，立即前来拜访杜甫，并邀请他在东楼宴饮。东楼在叙州府治东北，宴饮中杨刺史安排歌伎侍酒，并摘来新鲜荔枝招待。席间，杜甫作诗《宴戎州杨使君东楼》并吟诵：

> 胜绝惊身老，情忘发兴奇。
> 座从歌妓密，乐任主人为。
> 重碧拈春酒，轻红擘荔枝。
> 楼高欲愁思，横笛未休吹。

杨刺史听完，带头喝彩："早闻杜工部诗名，今日得此诗，一生足矣！'乐任主人为'，'为'字下得跌宕，好诗！好诗！"

其他官员也附和着称赞杜甫的诗，一场宴会热热闹闹。

杜甫离开戎州时，杨刺史在码头相送，并送来一大框新鲜荔枝。

相互告别后，杜甫继续前行。

行船达渝州（今重庆），在这里杜甫和严侍御相约出峡，杜甫在这里等候了很久，可是严侍御却没有赴约。面对严侍御失约，杜甫作诗《渝州侯严六侍御不到先下峡》，只好约定在荆州一柱观"留眼共登临"，并留诗给他。

不久，船到达忠州。忠州，古巴地，贞观八年（634）改临州为忠州，地志以巴蔓子及严颜皆忠烈，故名。

忠州刺史是杜甫的侄儿，欣然迎接杜甫一家，并在家中宴请。杜甫写诗《宴忠州使君侄宅》赠予侄儿：

> 出守吾家侄，殊方此日欢。
> 自须游阮舍，不是怕湖滩。
> 乐助长歌逸，杯饶旅思宽。
> 昔曾如意舞，牵率强为看。

诗中，前四句写使君宅，后四句写欢宴之情。之后，侄子安排杜甫一家在龙兴寺居留数日。

在忠州杜甫始闻高适已于正月间卒于京师，听到这个消息，心痛不已。写诗《闻高常侍亡》哭之：

> 归朝不相见，蜀使忽传亡。
> 虚历金华省，何殊地下郎。
> 致君丹槛折，哭友白云长。
> 独步诗名在，只令故旧伤。

自己孤苦漂泊在他乡，好友已逝世于京城，一时间悲凉的情绪缠绕着杜甫。高适一生为官很顺利，广德元年（763），高适被召回京城任刑部侍郎，转左散骑常侍，卒后赠礼部尚书。"哭友白云长"，昔日的好友——离开人世，杜甫悲伤得难以下咽，妻子劝他，生老病死是人之常情，杜甫虽然明白这些道理，可是他悲伤的心情难以平复。

每到一处，杜甫喜欢游览名胜。杜甫游禹庙，作诗《禹庙》。"早知乘四载，疏凿控三巴"，"四载"为水乘舟、陆乘车、泥乘辅、山乘樏。三巴，巴郡，秦置。建安六年（201），刘璋分巴，以永宁为巴东郡，垫江为巴郡，阆中为巴西郡，是为三巴。杜甫《禹庙》诗以小见大，风景形胜，庙貌功德，无所不包，句法谨严，气象恢宏。

住在龙兴寺的杜甫，见识了侄儿的薄情，也看见了忠州经济萧条，荒凉已极。那天，杜甫去市场籴米，看见米店前排成长长的队伍，后面不断有人往前面插队，引起排队人的不满，于是争吵的、打架的闹得一团糟，不一会没有米卖了。听到没有买到米的百姓在那里咒骂，杜甫拿着空空的袋子发呆。

回来后，杜甫在隆兴寺壁上题了一首诗《题忠州隆兴寺所居院壁》：

> 忠州三峡内，井邑聚云根。
> 小市常争米，孤城早闭门。
> 空看过客泪，莫觅主人恩。
> 淹泊仍愁虎，深居赖独园。

忠州有五县，而户只有六千七百，井邑萧条，"小市常争米，孤城早闭门"，杜甫看到了侄儿的不作为，心中感叹不已。

一天，杜甫在江岸边看到有一艘运送棺椁的船只，待到素幔轻裹的船近了，才得知是严武的棺椁运回老家。严武是京师附近华阴人，杜甫看到船只泪流满面，吟诗《严仆射归榇》：

> 素幔随流水，归舟返旧京。
> 老亲如宿昔，部曲异平生。
> 风送蛟龙雨，天长骠骑营。
> 一哀三峡暮，遗后见君情。

风送舟行，军营常寂，杜甫想到昔日两人的交情，伤心至极。"老亲如宿昔，部曲异平生"，两人的情谊岂能是一首诗能表达的？杜甫目送船只成为天边的黑点，这才擦干眼泪离开。

中秋后，杜甫租了一条船东下，不过这次的目标不是荆楚，而是到云安（云阳，属夔州）暂时居住。启航前行离开忠州时，杜甫写了《放船》，一家人前往云安。

一路上，虽然两岸的风景很美，但是坐船久了，不禁烦闷。在云安县，杜甫戏谑水浪而自宽，写诗《拔闷》：

> 闻道云安麹米春，才倾一盏即醺人。
> 乘舟取醉非难事，下峡消愁定几巡。
> 长年三老遥怜汝，棙柁开头捷有神。
> 已办青钱防雇直，当令美味入吾唇。

峡中以篙师为长年，舵工为三老。

杜甫一家人夜晚行船江上，不久船家系缆岸边。微风吹过，岸上星垂，舟前月涌，平野宽阔无比，江水滚滚流逝。杜甫联想到自己的漂泊，自己何尝不是天地间的沙鸥呢，当年的豪情壮志随着时间的流逝已荡然无存。

站在船头，面对皓月，杜甫苦笑了一下，吟诵道：

> 细草微风岸，危樯独夜舟。
> 星垂平野阔，月涌大江流。
> 名岂文章著，官应老病休。
> 飘飘何所似，天地一沙鸥。

"飘飘何所似，天地一沙鸥"，这首《旅夜书怀》诗中，杜甫慨叹自己的漂泊生涯，像鸥鸟一样不知道哪儿是自己的家。

一日，杜甫登岸后得知一条消息：八月，仆固怀仁以及回纥、吐蕃相继入侵，国家进入备战准备。天下又不太平了，杜甫感叹。

不几日，杜甫一家安全抵达云安。云安，在夔州西一百三十里。云安与万州为邻。此时，杜甫身体因为一路遭受风和湿气，多年的肺病加重了，加之风痹发作，腿脚麻痹，不能前行，亟待休养。

于是杜甫登岸拜访云安县县令，严明府热情招待杜甫一家，并将自己面江而建的水阁提供给杜甫一家居住。杜甫带着一家人寓居于云安县严明府的水阁。水阁背倚高山，面朝大江，杜甫一看就喜欢上了这处住所，一家人在这里安顿下来。

在云安，杜甫遇见了流寓云安的文士郑贲（郑十八），两人很聊得来。重阳日，郑贲携酒宴请杜甫等文友，杜甫写诗《云安九日郑十八携酒陪诸公宴》：

> 寒花开已尽，菊蕊独盈枝。
> 旧摘人频异，轻香酒暂随。
> 地偏初衣夹，山拥更登危。
> 万国皆戎马，酣歌泪欲垂。

郑贲读懂了杜甫："杜工部这诗让人感慨顿生，前四句自伤飘荡，后四句慨世离乱。见地气之煖，见山城之高，您看到的是国家的安危。杜工部爱国之心昭然若现，佩服！佩服！"

众人也随着喝彩。郑贲的哥哥郑十七写了一首绝句赠给杜甫，杜甫答了一首《答郑十七郎一绝》。

从秋天到冬天，杜甫一直在病中度过，偶有朋友来探病，也是强撑着起床迎来送往。这天，常征君来与杜甫告别，杜甫在儿子宗武的搀扶下，梳洗一番，他发现衣已宽松，不禁心伤。与友相别，泪珠成行。杜甫写诗《别常征君》相赠，两人相对无语，彼此感怀。

病中的杜甫，听到蜀中大乱，虽然自己已经离开了战乱，不禁忧心如焚，杜占和杜安还在成都。严武去世后，行军司马杜济等共请郭英乂为节度使。郭英乂在成都暴戾骄奢，士兵怨恨。闰九月，严武旧部汉州刺史崔旰请大将王崇俊为节度使，与朝廷一起发兵攻打郭英乂，郭英乂杀王崇俊。郭英乂召崔旰到成都，崔旰不至，郭英乂攻打崔旰，大败而归。崔旰攻打郭英乂，郭英乂逃到简州（四川简阳县东），普州（四川安岳）刺史韩澄杀死郭英乂，将郭英乂的首级送给崔旰。邛州（四川邛崃）牙将柏茂琳、泸州（四川泸县）牙将杨子琳、剑州（四川剑阁）牙将李昌夔又联合起来讨伐崔旰。一时间，蜀中大乱，商旅不通，吴盐运不进来，蜀麻运不出去，百姓生活在战乱的恐惧中。

陇右和关内，从二月到九月，党项、羌、吐谷浑、吐蕃、回纥不断入侵，一批又一批百姓逃难入蜀，岂知蜀中也是不太平。屯居在汉水上的官兵和入侵的外族对百姓的残暴，让百姓无法生活。病居在云安的杜甫听到这些消息，心痛不已，他仿佛看到艰难凶险的蜀道上，百姓们扶老携幼行进在崎岖的山路中，看到了战场上尸横遍野，村子里传来撕心裂肺的哭声……

悲愤之中，杜甫写成《绝句三首》。第一首，写蜀中混乱，第二首记载百姓流亡的情形，第三首写官兵的残暴：

一

前年渝州杀刺史，今年开州杀刺史。
群盗相随剧虎狼，食人更肯留妻子。

二

二十一家同入蜀，惟残一人出骆谷。
自说二女啮臂时，回头却向秦云哭。

三

殿前兵马虽骁雄，纵暴略与羌浑同。
闻道杀人汉水上，妇女多在官军中。

写完三首绝句，杜甫感觉自己的心在滴血。

不久，杜甫得到消息，故相房琯灵榇从阆州归葬东京陆浑庄，杜甫写诗《承闻故房相公灵榇自阆州启殡归葬东都有作二首》哭而悼之："……丹旐飞飞日，初传法阆州。风尘终不解，江汉忽同流……"对房宰相志在兴复，却无法施展抱负，今旅榇所经之处，江汉同流，但是宰相夙愿未解，恐不瞑目。

整个冬天，杜甫用诗记下自己的生活。杜甫的应酬往来，有严明府派军吏相随照顾的诗作《将晓二首》，有面对长江抒怀的《长江二首》，有怀念成都生活的《怀锦水居止二首》，有讽刺仆固怀恩的《青丝》，有愤恨回纥骄横的《遣愤》，有记录自己对云安印象的《十二月一日三首》，有下雪时的《又雪》……

杜甫用诗歌记录他漂泊的脚步与生活。

2. 夔州，另一种生活

大历元年（永泰二年，766），年初八的冬日甲子雨让杜甫颇有感触，他以诗《雨》记之。有谚语云"冬雨甲子，飞雪千里"，在杜甫看来，冬雨度春，风引如丝，白天晦暝，如巫山已暮，疑神女之行雨，这种凄凉很适合自己的心情。"烟添才有色，风引更如丝。直觉巫山暮，兼催宋玉悲"，看着窗外密雨如细丝，想着自己虚弱的身体，杜甫不知道自己的未来在何处。

面对友人邀约赏春，杜甫写诗《南楚》。云安在楚之西南，故称为南楚，诗中，杜甫将春嚣之景与客楚之情结合，说明自己在春嚣佳胜却不与人游赏，乃是怕自己扶藜缓行，耽搁他人跃马赏景的情趣，并非自己离群索居。

严明府（县令）将自己的水阁借给杜甫居住，对此杜甫十分感激。这天一早，杜甫站在水阁前看到朝霁，惊奇中吟诗《水阁朝霁奉简云安严明府》：

> 东城抱春岑，江阁邻石面。
> 崔嵬晨云白，朝旭射芳甸。
> 雨槛卧花丛，风床展书卷。
> 钩帘宿鹭起，丸药流莺啭。
> 呼婢取酒壶，续儿诵《文选》。
> 晚交严明府，矧此数相见。

严明府筑建的水阁选址确实奇特，城抱山前突兀的石，石上建水阁。当阳光从东方喷射而出，给阁前的花草镀上一层金色，雨水的木槛在花丛中格外醒目。石矶下江水激荡，阁内阁外，景色优美。阁外晨云朝旭，阁中卧花展书；阁外鹭起莺啭，阁内呼酒课儿……

这一幅暖暖的家居图乃是杜甫喜欢的生活。

居住在云安的杜甫，特别容易伤感动情。云安的杜鹃，让他颇为伤感。在农民眼中，杜鹃的叫声是安排农事的时候；在诗人眼中，杜鹃的叫声是离别之苦。杜甫以他亲身经历过的地区，发现西川有杜鹃，东川没有杜鹃；涪南没有杜鹃，云安有杜鹃。杜甫对杜鹃是崇拜的，他相信杜鹃是古代帝王的魂魄，所以，每每听到杜鹃啼叫，他都会膜拜。只是现在听到杜鹃的叫声，他因病不能起床，于是写诗《杜鹃》。

传说古时候蜀国有个皇帝名叫杜宇，他死后仍然舍不得他的子民，其灵魂化作了一种鸟，名叫"杜鹃鸟"，常常叫着："不如归！不如归！"哪怕是叫得嘴巴出了血，他也不停下来。直到他叫得口吐鲜血，血滴在一棵树上，此树开出红色的花，人们为了纪念杜宇，将这种花叫作"杜鹃花"。

躺在病床上的杜甫听到子规鸟的叫声，又写了《子规》诗。

随着气温的上升，以及合理的调养，杜甫的身体渐渐好转起来。他能下地活动了，能在周围转转看看，他写诗《石砚》记下石砚之美，又给云安县令郑贲写诗《赠郑十八贲》。

在夔江，杜甫遇见了蔡著作郎。蔡著作郎到成都时，时值郭英乂已死，蔡著作郎曾是郭英乂的部下，于是蔡著作郎为郭英乂扶榇以归。杜甫当年与蔡著作郎初遇于凤翔，及至蔡著作郎使蜀，再晤于成都，今又与他遇之于夔江，杜甫为他忠义赞叹并赠诗。

杜甫要离开云安了，他写诗《寄常征君》给常征君寄去，去年秋常征君来云安拜访杜甫，然后去了开州（今四川开县）就职。杜甫又写诗《寄岑嘉州》，叙述自己的十年未见到他的想念。

听说岑参新任嘉州刺史，时岑参自库部正郎出为嘉州，到嘉州后，杜鸿渐为其表职为方郎中兼侍御使，列入幕府，杜甫寄诗给岑参《寄岑嘉州》。

养了半年的病，杜甫的身体好了起来。

初夏，杜甫向云安给予他帮助的人一一告别，严明府和一些官员朋友等来到水阁为杜甫送行。

夔州（奉节县），属于山南东道，设有都督府，州治在鱼复浦与西陵峡中间，瞿塘峡附近，与后汉初公孙述所筑的白帝城相连接。从云安县上水去夔州奉节县，路程二百四十里。

杜甫离开云安时，作诗《移居夔州郭》：

> 伏枕云安县，迁居白帝城。
> 春知催柳别，江与放船清。
> 农事闻人说，山光见鸟情。
> 禹功饶断石，且就土微平。

登舟之日，杜甫与家人在云安城外留宿一夜，才开始放船。这一夜，先晴后雨，杜甫想上岸辞别王判官因下雨湿滑却不能上岸，于是写诗《船下夔州郭宿雨湿不能上岸别王十二判官》，留诗告别。

第二天，发船了。晚上宿在舟中，杜甫看着江月悬挂在天空，船上的灯在风中飘忽摇曳，远处沙滩上鸥鹭静卧，船尾有鱼跃起，发出扑哧的声响，杜甫漫成一首：

> 江月去人只数尺，风灯照夜欲三更。
> 沙头宿鹭联拳静，船尾跳鱼拔刺鸣。

白天船行进在峡谷中，杜甫欣赏两岸的景色，看见巫峡他就想象到华岳，见到蜀江就像见到了黄河，山上的洞口已经长满了薜萝。杜甫写诗《峡中览物》：

> 曾为掾吏趋三辅，忆在潼关诗兴多。
> 巫峡忽如瞻华岳，蜀江犹似见黄河。
> 舟中得病移衾枕，洞口经春长薜萝。
> 形胜有余风土恶，几时回首一高歌。

顺风顺水，杜甫一家很快到了夔州。夔州在三峡之间，夔州城雄踞瞿塘峡口，山势雄峻奇险，历来是川东军事重镇，兵家必争之地。有关"鱼复县"的名称，当地流传着一个凄美的故事。战国时期，爱国诗人屈原，主张联齐抗秦，以保楚国，可是他的主张得不到启用，还遭到奸佞的陷害，被贬官放逐。后来楚国被秦国吞并，悲愤的屈原投入湖南汨罗江自尽。汨罗江有一种神鱼，被屈原的爱国精神感动，它决定将屈原送回家乡，于是它张开大嘴吞入屈原尸体，带着屈原的尸体游过汨罗江，进入洞庭湖，游入长江，逆流而上，送往屈原的故乡秭归。当神鱼游到秭归时，百姓知道神鱼将屈原的尸体运回，皆伏在岸边痛哭。神鱼受到感动，也流出泪水，浑浊的泪水模糊了神鱼的视线，它游过了秭归，还在继续往上游行进，直到撞到了瞿塘峡的滟滪堆。滟滪堆俗称燕窝石，又名犹豫石，位于白帝城下瞿塘峡口。冬天出水二十丈，夏天没入水中，秋天又出来。当地谚语云：滟滪大于象，瞿塘不可上；滟滪大于马，瞿塘不可下，行舟人皆以此为水候。神鱼撞着了滟滪石，猛然惊醒过来，发现自己游过了秭归县，于是急忙掉头，游向秭归。这样人们将神鱼往回游的地方叫作"鱼复县"。蜀汉章武二年（222），刘备兵伐东吴，遭到惨败，退守鱼复，将鱼复县改为永安县。唐贞观二十三年（649）改称奉节（今重庆奉节县），隶属夔州府，是夔州府治地。

到达夔州后，杜甫带着家人上岸，付足了船家的费用，与船家告别。在友人的帮助下，选择住在山腰，然后建起"客堂"，即在山坡上架木盖起的简陋房屋，这类房屋散布在山腰上，好像是鸟巢一般。友人帮杜甫请两位当地人做奴仆，听候使唤，即獠奴。这里很多人以獠种为家童。獠者，南蛮的别种，无名字，以长幼次第呼名。丈夫称阿漠、阿段，妇人称阿夷、阿什么等，皆语之次第而称。

"客堂"居地前是长江，东边是白帝城。友人告诉杜甫，当务之急是要解决用水的问题。杜甫这才知道，山区无法掘井，只能像当地人那样用竹筒接水，引流到家中。为此，杜甫遣仆人阿段走入深山，寻找泉水水源。水源找到了，大家高兴异常，几个人花了两天的时间将水引进家中，一时间，孩子们欢呼雀跃，杜甫也异常高兴。

家，暂时安顿下来了。杜甫写诗《客堂》《饮水》。现在杜甫有时间去探访周边一些名胜古迹。

白帝城是他首先要去的地方。白帝城，在府治夔州东五里，西临大江，下即西陵峡口，俯瞰大江，波涛汹涌。白帝城东南高两百丈，西北高一千丈，周回两百八十步，北缘马岭，接赤岬山，扼楚蜀咽喉。

杜甫登白帝城写了《上白帝城》《上白帝城二首》《陪诸公上白帝城宴越公堂之作》《白帝城最高楼》等诗作。白帝城东南斗上二百七十步有白帝庙，庙南有越公堂，是隋朝杨素所建，故称越公堂，里面的画像保存完好。

西郊的武侯祠、夔州西南七里的八卦图、州城东六里的先主庙，杜甫先后游览过，并且以诗记之。对诸葛庙，杜甫是多次游览，对庙前古柏更是以隐喻的形式阐明朝廷大材小用。滟滪堆、白帝城盐山等他都用诗歌记下胜景的奇险。

夏天的一日，杜甫游览先主庙归来，见山道上一女子背着一大捆柴，木柴在背上高而多，女子的身子几乎和地面平行。杜甫走在她身后，打量着这捆柴的重量。不一会，女子将背上的木柴放在一块凸起的石头上，擦了擦头上的汗。杜甫发现这女子大约四十岁年纪，便与她攀谈起来。

"阿妹砍这么多柴啊，怎么不让家里男人来背？"杜甫问。

女子羞怯地说："我还没出嫁。"

杜甫听完此话，一愣。

女子看见了杜甫的表情，说："我们这里像我这样的女子还有很多。因为抓丁，男子很少了。我们每日上山砍柴，背到城里去卖，卖的钱供家中使用。"

杜甫叹了一口气说："阿妹，我说话唐突了。不知阿妹的情况，见谅！"

"没什么，您是外地人吧？"女子问。

杜甫："是的，才搬来这里不久。"

杜甫和女子又聊了几句，女子说该走了，与杜甫告别。

回来后，杜甫对女子的处境深表同情，他写诗《负薪行》：

> 夔州处女发半华，四十五十无夫家。
> 更遭丧乱嫁不售，一生抱恨长咨嗟。
> 土风坐男使女立，男当门户女出入。
> 十犹八九负薪归，卖薪得钱应供给。
> 至老双鬟只垂颈，野花山叶银钗并。

筋力登危集市门，死生射利兼盐井。

面妆首饰杂啼痕，地褊衣寒困石根。

若道巫山女粗丑，何得此有昭君村。

一连多日，女子黝黑的面庞，愁苦的眉宇，背柴弯曲的腰身一直在杜甫眼前晃动。妇女悲惨的命运也是时代造成的，杜甫心想。

与城中一些人交往时，他们总是说峡中人气量狭小。杜甫认为峡中少数人驾驶大船经商，四处闯荡，见识广博，而大部分的劳苦人民是船夫，生活在社会最底层。杜甫在《最能行》一诗中，面对人们对峡中人的误解，发出反问："若道士无英俊才，何得山有屈原宅？"

初居夔州，杜甫与周边的一些朋友有诗歌来往，彼此问候。

杜甫的舅舅崔公辅，原以评事出为外州幕僚，后以元戎之荐，入补羽林军职，经过夔州，与杜甫相会。舅甥二人，谈得很多，杜甫希望舅舅以百姓困苦、早平群寇为念，写诗《赠崔十三评事公辅》赠予舅舅。

夔州的山川古迹，让杜甫的诗歌创作进入了高潮，他写了一首又一首诗，其中《夔州歌十绝》写出了夔州当地的绝美形胜。

这年夏天久旱无雨，到六七月份更为燥热，峡中喧鼓祈雨以及暴巫救旱，楚俗大旱焚山击鼓以祈雨。这些习俗杜甫以诗歌的形式，力言救旱之道非乞神暴巫所为。

这段时间，杜甫写《雷》《火》《热三首》《毒热寄简崔评事十六弟》，记下这场旱灾。

后来，下了几场雨，每下一场雨，杜甫就要以诗记之。

时崔十六评事使蜀还京，崔十六是杜甫的内弟，因为不能相见，杜甫以诗为简赠之。

现在杜甫已经适应这里的生活了，虽然生活比较简朴艰苦，但一家人在一起比较安逸，家中事无巨细，杜甫事事操劳。

家门前种的莴笋，因为久旱没有长出来，倒是旁边的野苋菜长得青枝绿叶，杜甫过水处理后让家人炒着吃。听说苍耳可以治疗风痹，杜甫督促儿子们和几位仆人一同去摘苍耳，晨去午归，以避瘴热，采摘回来或炒着吃，或凉拌。杜甫写诗《驱竖子摘苍耳》记下采摘苍耳之事。

引水的竹筒坏了，杜甫派信行去修理竹筒，信行去了一天，到晚上才回来。泉水通了，杜甫看着回来满面通红的信行，心疼不已，想到信行往来四十里而尚未果腹，就将自己喜欢的浮瓜裂饼给信行吃，答谢他的劳顿。

文友们、官吏们来来往往，杜甫以诗相赠，日子就这么不紧不慢地过着。

3. 停驻脚步回忆

秋天，杜甫感觉到自己的身体时好时坏，疟疾、肺病、风痹、消渴病（糖尿病）时时侵袭着他。

很多朋友来看望杜甫，杜甫都热情相待。

李秘书文嶷将经过洪州拜访江西及观察使李勉，李勉也是宗室。肃宗初，李勉曾为梁州都督，后来做河南尹，刚到江西任观察使不久，因此李秘书想取道黔阳往江西。临别的时候，杜甫写诗赠别，并且称呼李秘书为十五丈，因为杜甫的外祖母也是宗室，李文嶷比杜甫长一辈。李文嶷这年夏末从云安至夔州因事逗留，与杜甫往来密切。临别时，杜甫作诗《赠李十五丈别》相赠。

这期间，杜甫写了《白盐山》《白帝》《黄草》三首诗。

此时，杜甫读到了元结 763 年在道州（今湖南道县）任刺史时所作的诗，那时道州刚刚经过战乱，原有人口四万多户，离乱后不满四千。百姓已经不能缴纳赋税，但是上级催迫，不准缓期，因此元结作有《舂陵行》与《贼退示官吏》两首诗。杜甫大为感动，在《舂陵行》中，杜甫没想到元结会关注到百姓的疾苦，遂作诗《同元使君舂陵行》，赞美元结"道州忧黎民，词气浩纵横"。

有殿中监杨某赴蜀见杜鸿渐，因为此时杜鸿渐辟杨某为蜀中郡守，道经夔州，与杜甫见面。杨殿中监给杜甫看张旭的草书图，又出示画鹰十二扇，杜甫皆以诗题之，并以诗送别。杜甫告诉杨殿中监，画鹰十二扇是冯绍正在开元间所画，而此十二扇乃其摹描本。送杨殿中监告别时，则嘱其为郡之道，并以诗示之。

深秋之后，杜甫病情加重，大部分的时间是伏枕养病。这时候他写回忆往事的诗比较多。追忆自己过去经历的时候，从《夔府书怀四十韵》开始，依次追述往事，作《往在》《遣怀》《昔游》《壮游》几篇长诗。

在《夔府书怀四十韵》中，杜甫前半部分写自天宝十四载（755）安禄山叛唐说起，追述安史之乱、吐蕃和回纥的入侵。后半部分慨叹藩镇拥兵自重，纷乱日滋，百姓不堪忍受赋税征敛之苦。而现在，自己因病滞留峡中，不能为国家出力：

> 昔罢河西尉，初兴蓟北师。
> 不才名位晚，敢恨省郎迟。
> 扈圣崆峒日，端居滟滪时。
> 萍流仍汲引，樗散尚恩慈。
> 遂阻云台宿，常怀《湛露》诗。
> 翠华森远矣，白首飒凄其。
> 拙被林泉滞，生逢《酒赋》欺。
> 文园终寂寞，汉阁自磷缁。
> 病隔君臣议，惭纡德泽私。
> 扬镳惊主辱，拔剑拨年衰。
> 社稷经纶地，风云际会期。
> 血流纷在眼，涕洒乱交颐。
> 四渎楼船泛，中原鼓角悲。
> 贼壕连白翟，战瓦落丹墀。
> 先帝严灵寝，宗臣切受遗。
> 恒山犹突骑，辽海竞张旗。
> 田父嗟胶漆，行人避蒺藜。
> 总戎存大体，降将饰卑词。
> 楚贡何年绝，尧封旧俗疑。
> 长吁翻北寇，一望卷西夷。
> 不必陪玄圃，超然待具茨。
> 凶兵铸农器，讲殿辟书帷。

庙算高难测，天忧实在兹。

形容真潦倒，答效莫支持。

使者分王命，群公各典司。

恐乖均赋敛，不似问疮痍。

万里烦供给，孤城最怨思。

绿林宁小患，云梦欲难追。

即事须尝胆，苍生可察眉。

议堂犹集凤，正观是元龟。

处处喧飞檄，家家急竞锥。

萧车安不定，蜀使下何之。

钓濑疏坟籍，耕岩进弈棋。

地蒸余破扇，冬暖更纤絺。

豺遘哀登楚，麟伤泣象尼。

衣冠迷适越，藻绘忆游睢。

赏月延秋桂，倾阳逐露葵。

大庭终反朴，京观且僵尸。

高枕虚眠昼，哀歌欲和谁？

南宫载勋业，凡百慎交绥。

　　杜甫的这首长诗，铸格整严，如金科玉律，用思精细，若茧丝牛毛。天宝十四载（755），杜甫授河西尉不拜，正值安禄山反叛，扈从肃宗于凤翔，入蜀后，严武表荐，除工部员外郎。又辞幕府，至夔州，先后历经十二年，他将自己的为官生涯做了一次总结。

　　《往在》这首诗中，杜甫历述三朝治乱，将安史之乱以来唐代大事一一写出来。他首先讲述天宝末年，安禄山陷京城之事，毁及宗庙。伤及宫禁，后面言说皇室父子出走，百姓悲涕，贼徒逆节称贺。一时间，将主将之骄横、官民之失业、君臣之奢玩……种种弊端呈现。

　　国家危难之时，总不乏爱国之士、栋梁之材担起重任，杜甫对同时代他所钦佩的八个人的事迹写了出来，名为《八哀诗》，这八人为前辈张九龄、李邕，当代名将王思礼、李光弼，有恩于自己给予帮助最大的李琎、严武，亲密无间的好友郑虔、苏源明。这八首诗歌，就像是给八人写的传记。

在《故右仆射相国曲江张九龄》诗中写道：

> 相国生南纪，金璞无留矿。
> 仙鹤下人间，独立霜毛整。
> 矫然江海思，复与云路永。
> 寂寞想土阶，未遑等箕颍。
> 上君白玉堂，倚君金华省。
> 碣石岁峥嵘，天地日蚌蛭。
> 退食吟大庭，何心记榛梗。
> 骨惊畏囊哲，冀变负人境。
> 虽蒙换蝉冠，右地恧多幸。
> 敢忘二疏归，痛迫苏耽井。
> 紫绶映暮年，荆州谢所领。
> 庾公兴不浅，黄霸镇每静。
> 宾客引调同，讽咏在务屏。
> 诗罢地有余，篇终语清省。
> 一阳发阴管，淑气含公鼎。
> 乃知君子心，用才文章境。
> 散帙起翠螭，倚薄巫庐并。
> 绮丽玄晖拥，笺诔任昉骋。
> 自我一家则，未缺只字警。
> 千秋沧海南，名系朱鸟影。
> 归老守故林，恋阙悄延颈。
> 波涛良史笔，芜绝大庾岭。
> 向时礼数隔，制作难上请。
> 再读徐孺碑，犹思理烟艇。

张九龄，韶州曲江人。杜甫哀其志存王室，明皇始终不能对他信任重用。当年张九龄见安禄山有反相，欲因安禄山失律诛杀。皇帝不同意，及至幸蜀之后，追思张九龄之言，派遣使臣祭赠。杜甫洋洋洒洒写传记文字用韵，这种创新开拓了传记诗歌的新路。

杜甫写李邕，哀其文章气节，遭到奸佞谗言而死。在《赠秘书监江夏李公邕》中写道：

> 长啸宇宙间，高才日陵替。
>
> 古人不可见，前辈复谁继。
>
> 忆昔李公存，词林有根柢。
>
> 声华当健笔，洒落富清制。
>
> 风流散金石，追琢山岳锐。
>
> 情穷造化理，学贯天人际。
>
> 干谒走其门，碑版照四裔。
>
> 各满深望还，森然起凡例。
>
> 萧萧白杨路，洞彻宝珠惠。
>
> 龙宫塔庙涌，浩劫浮云卫。
>
> 宗儒俎豆事，故吏去思计。
>
> 眄睐已皆虚，跋涉曾不泥。
>
> 向来映当时，岂独劝后世。
>
> 丰屋珊瑚钩，骐驎织成罽。
>
> 紫骝随剑几，义取无虚岁。
>
> 分宅脱骖间，感激怀未济。
>
> 众归赒给美，摆落多藏秽。
>
> 独步四十年，风听九皋唳。
>
> 呜呼江夏姿，竟掩宣尼袂。
>
> 往者武后朝，引用多宠嬖。
>
> 否臧太常议，面折二张势。
>
> 衰俗凛生风，排荡秋旻霁。

忠贞负冤恨，宫阙深旒缀。

放逐早联翩，低垂困炎疠。

日斜鹏鸟入，魂断苍梧帝。

荣枯走不暇，星驾无安税。

几分汉廷竹，凤拥文侯彗。

终悲洛阳狱，事近小臣敝。

祸阶初负谤，易力何深哜。

伊昔临淄亭，酒酣托末契。

重叙东都别，朝阴改轩砌。

论文到崔苏，指尽流水逝。

近伏盈川雄，未甘特进丽。

是非张相国，相拔一危脆。

争名古岂然，键捷欻不闭。

例及吾家诗，旷怀扫氛翳。

慷慨嗣真作，咨嗟玉山桂。

钟律俨高悬，鲲鲸喷迢递。

坡陀青州血，芜没汶阳瘗。

哀赠竟萧条，恩波延揭厉。

子孙存如线，旧客舟凝滞。

君臣尚论兵，将帅接燕蓟。

朗吟六公篇，忧来豁蒙蔽。

李邕，广陵江都人，少知名，人称得邕之文，如明珠洞彻。李邕胸怀高旷。可惜为小人谗言所陷。

杜甫将八位传记一一写出，又写了《诸将五首》。

而在追述自己往事的时候，写了《昔游》，回忆天宝四载（745）与高适、李白相遇于齐兖。杜甫这首诗，长短适中，情浓意切，整散兼行，摹情写景，十分到位：

昔者与高李，晚登单父台。
寒芜际碣石，万里风云来。
桑柘叶如雨，飞藿去裴回。
清霜大泽冻，禽兽有余哀。
是时仓廪实，洞达寰区开。
猛士思灭胡，将帅望三台。
君王无所惜，驾驭英雄材。
幽燕盛用武，供给亦劳哉。
吴门转粟帛，泛海陵蓬莱。
肉食三十万，猎射起黄埃。
隔河忆长眺，青岁已摧颓。
不及少年日，无复故人杯。
赋诗独流涕，乱世想贤才。
有能市骏骨，莫恨少龙媒。
商山议得失，蜀主脱嫌猜。
吕尚封国邑，傅说已盐梅。
景晏楚山深，水鹤去低回。
庞公任本性，携子卧苍苔。

在这首《昔游》中，杜甫回忆天宝四载，与高适、李白于齐兖东游，在单父台登台望远，抒发抱负志向，评点朝廷宠任边将，君无所惜，明皇滥赏之事件，导致安禄山恃功自傲，目空一切。今日，登台故人已不可见，让人倍感悲凉。

对自己人生几十年生活，杜甫在《壮游》一诗中，从十四五岁时写起，也是对自己过去做了一个总结：

往昔十四五，出游翰墨场。
斯文崔魏徒，以我似班扬。
七龄思即壮，开口咏凤皇。

九龄书大字，有作成一囊。

性豪业嗜酒，嫉恶怀刚肠。

脱略小时辈，结交皆老苍。

饮酣视八极，俗物都茫茫。

东下姑苏台，已具浮海航。

到今有遗恨，不得穷扶桑。

王谢风流远，阖闾丘墓荒。

剑池石壁仄，长洲荷芰香。

嵯峨阊门北，清庙映回塘。

每趋吴太伯，抚事泪浪浪。

枕戈忆勾践，渡浙想秦皇。

蒸鱼闻匕首，除道哂要章。

越女天下白，鉴湖五月凉。

剡溪蕴秀异，欲罢不能忘。

归帆拂天姥，中岁贡旧乡。

气劘屈贾垒，目短曹刘墙。

忤下考功第，独辞京尹堂。

放荡齐赵间，裘马颇清狂。

春歌丛台上，冬猎青丘旁。

呼鹰皂枥林，逐兽云雪冈。

射飞曾纵鞚，引臂落鹙鸧。

苏侯据鞍喜，忽如携葛强。

快意八九年，西归到咸阳。

许与必词伯，赏游实贤王。

曳裾置醴地，奏赋入明光。

天子废食召，群公会轩裳。

脱身无所爱，痛饮信行藏。

黑貂不免敝，斑鬓兀称觞。

杜曲晚耆旧，四郊多白杨。

坐深乡党敬，日觉死生忙。
朱门任倾夺，赤族迭罹殃。
国马竭粟豆，官鸡输稻粱。
举隅见烦费，引古惜兴亡。
河朔风尘起，岷山行幸长。
两宫各警跸，万里遥相望。
崆峒杀气黑，少海旌旗黄。
禹功亦命子，涿鹿亲戎行。
翠华拥英岳，螭虎啖豺狼。
爪牙一不中，胡兵更陆梁。
大军载草草，凋瘵满膏肓。
备员窃补衮，忧愤心飞扬。
上感九庙焚，下悯万民疮。
斯时伏青蒲，廷争守御床。
君辱敢爱死，赫怒幸无伤。
圣哲体仁恕，宇县复小康。
哭庙灰烬中，鼻酸朝未央。
小臣议论绝，老病客殊方。
郁郁苦不展，羽翮困低昂。
秋风动哀壑，碧蕙捐微芳。
之推避赏从，渔父濯沧浪。
荣华敌勋业，岁暮有严霜。
吾观鸱夷子，才格出寻常。
群凶逆未定，侧伫英俊翔。

杜甫的这首自传诗，押五十六韵，在五言古风中少见，诗歌语调悲壮，音调节奏跌宕豪放，语无重复，才思善于变化。一时间，夔州文士相互传阅，都被杜甫的才情所折服。

其实，杜甫对自己这些经历，以诗歌的创作的形式做出总结，他是怕自己的身体不行，突然离世，没有文字将这些经历记录下来，将来留下遗憾。

4. 定卜瀼西居

秋天，杜甫移居于夔州的西阁。西阁的结构与地势，是层轩高楼，前临大江，背倚山崖。初移居此地，杜甫对夔州的山川景物耳目一新，他的创作激情猛增。每一时、每一处、每一景都能触动他的情思。他创作很多作品，有关西阁的就写有六首，其他的如《月圆》《中霄》《不寐》《远游》《垂白》《雨晴》《摇落》《夜》《江月》《江上》《中夜》《遣愁》《返照》《吹笛》等诸多诗歌，写景状物，抒发情怀。

一日午后，宗文从外面回来对杜甫说："父亲，峡谷里翻船了！据说是商家的船。"卧在病榻上的杜甫"哦"了一声，不想动弹。

"父亲，您起来去看一看！"宗文说。他想让父亲活动下身体。

杜甫强撑起身体，拄着拐杖，走向一块伸向江面的石头，那里已经站满了人。大家都在议论纷纷："可惜了！一船人没了。"

"我们看着船撞到岩石上，船体和人都沉入水中了。"

"据说就只有船家会水性才捡了一条命，唉！"

杜甫在旁边的一块石头上坐了下来。

岩石下的峡谷旁，有官府和打捞的人员在救援。远远地看去，那些人就像一只只小蚂蚁。不一会，他们上来了，随着他们上来的有船家，他一边哭着一边诉说着失事的经过。

最后大家才弄清楚，这是一艘为皇室采买丹药的船。使者由黔阳（今湖南辰州）采买丹砂药物等贡品，舟运至巫峡失事，使者溺亡，丹砂等药物亦沉于水，而船夫却幸而生还。杜甫作诗两首，谈及宫中迷信丹药之风，讽刺使者溺水成仙。

杜甫人在夔州，心却在朝廷。对朝中君臣将相念念不忘规劝，为此他写了《秋兴八首》《诸将五首》《咏怀古迹五首》。

此时，郑虔的侄儿郑审由秘书少监谪居江陵，郑审在江陵之湖边新筑了一栋宅子，来函索杜甫题诗。杜甫寄诗二首，表明自己也想与郑审作邻居的想法，陈述自己出峡之意。

宗武十四岁的生日到了，看着长大的儿子，杜甫心中十分高兴，他寄希望于小儿子宗武。

"父亲，我不要礼物，您写首诗送我！"宗武说。

"当然要为你写诗。"杜甫说，随口吟诵起来：

> 小子何时见，高秋此日生。
>
> 自从都邑语，已伴老夫名。
>
> 诗是吾家事，人传世上情。
>
> 熟精文选理，休觅彩衣轻。
>
> 凋瘵筵初秩，欹斜坐不成。
>
> 流霞分片片，涓滴就徐倾。

一首《宗武生日》写出了杜甫的舐犊之情。亲情是杜甫生命中的一部分，他爱妻子儿女，兄弟姐妹。

弟弟杜丰独自在江左有三四年没有消息了，自从天宝十五载（746）避难与诸弟分开，到现在已经有十年没有见面了，杜甫得知有江左的使者回去，他托使者打听弟弟的消息，并带去两首诗《第五弟丰独在江左三四载寂无消息觅使寄此二首》：

> 其一
>
> 乱后嗟吾在，羁栖见汝难。
>
> 草黄骐骥病，沙晚鹡鸰寒。
>
> 楚设关城险，吴吞水府宽。
>
> 十年朝夕泪，衣袖不曾干。
>
> 其二
>
> 闻汝依山寺，杭州定越州。
>
> 风尘淹别日，江汉失清秋。

> 影盖啼猿树，魂飘结蜃楼。
>
> 明年下春水，东尽白云求。

兄弟别离，相思之意，在诗中一一呈现。

高适的族侄、杜甫儿时的朋友，还有其他的朋友，杜甫只要与他们交往，无论他们索诗与否，一律以诗相赠。

十月，柏茂林为夔州都督，在此之前，柏茂林就已来夔州，他常常将自己的俸薪分一半给杜甫，资助杜甫的生活，杜甫作诗《峡口诗二首》。如今，柏茂林成为都督，杜甫替他写《谢上表》。因为有了柏茂林的厚待，杜甫的日子略有好转，情绪安宁，身体也渐渐好转。

一日，他们相约登夔府城东山顶观天池，杜甫写有《天池》一诗，说自己饱受战乱的漂泊，想在这无人的地方卜居躬耕。日暮时分，登夔州城，杜甫作诗《南极》，均有离峡之意。

第二天，柏茂林约杜甫游瞿塘峡，游览期间，杜甫吟诵《瞿塘两崖》诗：

> 三峡传何处，双崖壮此门。
>
> 入天犹石色，穿水忽云根。
>
> 猱玃须髯古，蛟龙窟宅尊。
>
> 羲和冬驭近，愁畏日车翻。

柏茂林连声称赞："好！好！杜工部奇语写奇诗，我喜欢'入天犹石色，穿水忽云根'句。"

杜甫谦虚："过奖了，柏中丞的诗亦是豪放大气，是我等不及。"

柏茂林："惭愧！惭愧！和您的诗比起来，我的诗相形见绌。"

两人边赏景边聊诗，乘兴而归。

一日，柏茂林大宴将士，请杜甫作陪，旁有歌伎助宴，有将士乘着酒兴醉中起舞为乐，杜甫写诗《陪柏中丞观宴将士二首》。

"杜工部的诗让人陶醉！'醉客沾鹦鹉，佳人指凤凰。几时来翠节，特地引红妆。绣段装檐额，金花帖鼓腰。一夫先舞剑，百戏后歌樵。'这可是场景再现！"柏茂林赞不绝口。

其他的将士们也跟着喝彩。

这场酒宴大家很开心，特别是柏茂林，一场酒宴将他和将士们的距离拉近了，杜甫的诗作更是锦上添花。

柏茂林之弟以及数人皆除官，他将其子弟的除官制词出示给杜甫看，在他心中，杜甫已经是他最信得过，亲密的朋友和兄弟。杜甫写诗《览柏中丞兼子侄数人除官制词，因述父子兄弟四美，载歌丝纶》，赞颂柏氏一族。

杜甫登白帝楼时，写有"楼光去日远，峡影入江深。腊破思端绮，春归待一金……"说出春节后拟作归计之意。登白帝城楼时，写诗也流露出此意。在《晓望白帝城盐山》中，有"春城见雪松，始拟进归舟"，而在《不离西阁二首》中，借西阁问答写出欲离不离之苦境。

柏茂林听说杜甫有离开夔州的打算，他派人请杜甫到他的府署。

当门童报杜甫来时，柏茂林放下手中的公文，快步迎接。

到了会客室，柏茂林扶着杜甫坐下。

柏茂林："杜工部，让您动步了，本该是我去看您，只是案头有点事。"

杜甫："柏中丞这么说我当不起，感谢您对我的照顾。"

柏茂林："我们之间就不要说客气话了。听说您想离开夔州，是不是有什么困难？"

杜甫："嗯，您看我身体不怎么好，不想住在西阁险阻之区，想远离喧嚣，找一安静的地方居住。"

柏茂林点点头："哦，我明白了。您想找一处平旷闲静之地，可以耕种，有自己的房子，离城市不远，进城便捷，是吗？"

杜甫笑了笑："哪里去找这样的地方。"

柏茂林想了想："有！还真有。州西有个地方叫西瀼溪的地，有柑林四十亩，系公地，且有草屋可居；又州东之东瀼溪两岸有公田百顷，据说公孙述曾在此屯田，地名东屯，可以耕种。这两块地任凭您选择。"

杜甫同意了。柏茂林叫来马车，陪着杜甫去瀼西卜地。

远远地，杜甫看见了那块地，心中一阵惊喜，只见此地疏旷，与山城面面为岩石所壅闭者不同。他朝柏茂林看去，正好柏茂林也看着他。

柏茂林："杜工部，这块地还行吧？"

杜甫感激地说："不错，很好！"

"远处有山，近处有水，土地平旷，房屋也还较新。"

"那就定了？"柏茂林问。

杜甫点点头。晚上回去后，杜甫将这个喜讯告诉家人，并写了一首诗《瀼西寒望》：

> 水色含群动，朝光切太虚。
>
> 年侵频怅望，兴远一萧疏。
>
> 猿挂时相学，鸥行炯自如。
>
> 瞿唐春欲至，定卜瀼西居。

有了土地，杜甫心中踏实多了，他感谢柏茂林，所以大凡是柏茂林吩咐的事情，他都不会推辞。

时柏茂林遣其二弟赴江陵问候荆南节度使检校工部尚书卫伯玉之太夫人起居，杜甫以诗送之，并寄诗从弟杜位。因为杜位时为荆南节度使之行军司马。

杜甫身体好些后，频频参加一些宴会。

荆南兵马使赵太常驻白帝城，在宴会时，赵太常出示一把大食国刀，杜甫为此刀作歌《荆南兵马使太常卿赵公大食刀歌》。夔州隶属于荆南节度，这次崔旰反叛，赵太常以荆南兵马使刮寇至此，虽然崔旰叛乱已平，但是杜鸿渐在蜀中，荆南兵还未回归。

又有王兵马使，亦承荆南节度使卫伯玉之命，治兵来夔。王兵马使养了两只鹰，请杜甫赋诗，杜甫作歌行一首。王兵马使又说近山有黑白二鹰，有人想网罗却久而未得。王兵马使认为那两只鹰毛骨特殊，请杜甫赋诗。于是，杜甫赋诗两首。杜甫的诗写得很出色，王兵马使是爱鹰者，杜甫是爱把鹰况喻人才，两者结合，以杜甫的笔力，所写之诗被众人称颂。

年底到了，杜甫看到小奴缚鸡到市场卖，似于心不忍，想到这些鸡任人宰割，不禁心酸，写诗《缚鸡行》。

　　朝中，杜甫得知鱼朝恩独断专行，且判国子监事，而集贤待制的诸臣，噤口不予纠正，杜甫气愤之中作《折槛行》诗歌讥讽。"青衿胄子困泥涂，白马将军若雷电"，说士子被排斥，中官子弟横行霸道，无非恃鱼朝恩为监门大将军兼神策军使之势。

　　"千载少似朱云人，至今折槛空嶙峋"，杜甫在诗中感叹。

第十九章　仓廪慰飘蓬

复作归田去，犹残获稻功。

筑场怜穴蚁，拾穗许村童。

落杵辉光白，除芒子粒红。

加餐可扶老，仓廪慰飘蓬。

——《暂住白帝复还东屯》

种五谷、养六畜，屋前屋后，瓜果蔬菜，杜甫带着一家人在东屯和瀼西之间忙碌着。太阳是金色的，稻子是金色的，橘子也是金色的，杜甫带着家人过着田园耕读的生活。

1. 移居瀼西

大历二年（767），杜甫五十六岁，身体时好时坏。

立春日的喜庆冲淡了疾病的折磨，每逢节日他特别喜欢回忆。

午餐时，孩子们聚在桌前，杜甫看着两儿两女渐渐长高，一份无言的欣喜藏在他的心中。

杜甫："孩子们，往昔立春日，我们亲戚之间以春饼生菜为盘，号称春盘，互相馈赠。"

宗武："哦，在夔州我们没有亲戚，自己吃吧！父亲，今天这个日子您要作诗吧？"

杜甫："当然，我写出来，你能立马背出来？"

宗武："当然可以！"

杜甫："去，给我拿纸墨来！"

宗武赶快去拿纸墨笔砚，并开始磨墨。杜甫饱蘸浓墨，写道：

> 春日春盘细生菜，忽忆两京梅发时。
> 盘出高门行白玉，菜传纤手送青丝。
> 巫峡寒江那对眼，杜陵远客不胜悲。
> 此身未知归定处，呼儿觅纸一题诗。

杜甫写完，问宗武："记下了？"

宗武将诗背了下来，说道："父亲，我觉得你这首诗通篇就是悲，昔日两京的盛况更衬托现在的悲。"

杜甫对小儿子的领悟能力感到欣喜："是的，想回故乡，可是战争动荡，不知道我们漂泊到何时。"

宗文："父亲，我们现在不是很好吗？有这么多地可种，日子很安逸啊。"

杜甫摇摇头，叹了一口气："儿子啊，你不懂！"

这个春天，杜甫因为身体缘故，出门不多，看着周围的花草树木，写了很多诗，如《江梅》《庭草》。有一诗友王君设宴石阁，邀约杜甫，杜甫因发疟疾不能饮食，写诗《王十五前阁会》，又写《老病》感叹自己的残体一天比一天糟糕。想起去年春天写的《白帝城楼》和《晓望白帝城盐山》诗，那时游玩的兴趣正浓，身体也还行，可今春却卧病在床。

据说乌鸡能治疗风痹，杜甫买了一些鸡蛋抱孵，现在乌鸡长大了，杜甫敦促长子宗文在墙东竖立栅栏，以防乌鸡乱跑。杜甫写诗《催宗文树鸡栅》，记下竖立栅栏之事。

有很多朋友听说杜甫病了，前来探望。数日后，杜甫身体好转，崔评事来西阁相访，并约定宴饮之期以马相迎。可是，约定期限过了，杜甫不见他来，也没有任何音信，遂写一首诗戏之。

此时，京兆用第五琦什亩税一法，此法一出，百姓多流亡，国乱民贫，杜甫由个人流离想到百姓的流离，一时间千愁万绪，他将这种愁绪写进诗《愁》中。

年老体衰的杜甫，报效国家的梦破灭了，他只能用手中的笔写出世道人心。这一阵子，他写了《昼梦》《暮春》《即事》《雨》《晴二首》《怀瀼上游》《月三首》《晨雨》等诗，大多是以追忆长安以及思念故乡为内容。

有一位路姓拾遗朋友，有一段时间，与杜甫来往密切。一次，杜甫与他外出游玩，可是夜经雷雨，早晨微寒，莺畏雨而坐，若交愁其湿；鹭乘雨而飞，甚难于得干，杜甫滞留雨中，见此情形，心中更加愁闷，作诗《遣闷戏呈路十九曹长》。

暮春，杜甫率全家由西阁迁往赤甲。赤甲瀼西，在奉节县北三十里。新居背靠赤甲山，正面对着白盐山的断崖，春天来了，处处鲜花盛开，林中群鸟啁啾，溪中水流潺潺，这处田园美景全家人都喜欢。

杜甫以诗《入宅三首》记下搬迁之事，在第二首中，他写道：

> 乱后居难定，春归客未还。
> 水生鱼复浦，云暖麝香山。
> 半顶梳头白，过眉拄杖斑。
> 相看多使者，一一问函关。

函关之事，是指周智光据华州反叛之事。鱼朝恩当年神策军驻陕州（今河南陕县）时，周智光为其部下，鱼朝恩深得皇上宠恩的时候，推荐了周智光。代宗广德元年（763），周智光升任华州刺史，兼任同州、华州节度使以及潼关节度使。这两个地方是京城长安通向中原的军事交通要地。不管朝廷怎么安抚周智光，他还是在这条交通要道上杀死路过的朝廷命官，抢劫进贡朝廷的各种货物。对辖区内的百姓，任意抢劫杀戮，走上反叛朝廷的道路。后来朝廷密旨郭子仪讨伐，周智光的部下杀死周智光，此次叛乱平息下来。杜甫得知这些情况，对生活在两州的百姓深表同情。

在赤甲新居安排妥当后，杜甫写诗《赤甲》记下在此地的生活：

> 卜居赤甲迁居新，两见巫山楚水春。
> 炙背可以献天子，美芹由来知野人。

荆州郑薛寄书近，蜀客郗岑非我邻。

笑接郎中评事饮，病从深酌道吾真。

　　难得山区有可耕种的地方，这里地面平坦而宽广，适合耕种，又有一大片桃树、橘树。自去年春天到今春，已历经两春了，杜甫的生活渐渐稳定下来。近来，他的心中挂念着郑审和薛据，念及贬谪在巴中的郗昂，郗昂与严武有旧交情。又想到在杜鸿渐幕府中的岑嘉州，以及崔评事的舅弟和一郎中朋友。心中所想，倾诉于笔端，杜甫为他们一一写诗。

　　柏茂林对杜甫的才华非常钦佩，在生活上也是倍加关照杜甫。在杜甫迁居赤甲之后，他将瀼西四十亩柑林租给杜甫，杜甫还可以租赁漕廨所属之草屋居住。于是，杜甫带着一家人又迁往瀼西。

　　瀼西，四川奉节瀼水（今名草堂河）西岸地。因为有水灌溉，这块地很适宜种植，杜甫得到这块地非常高兴，打算好好经营这处果园。

　　在《卜居》一诗中，杜甫记下瀼西之地的一些景色："云嶂宽江北，春耕破瀼西。桃红客若至，定似昔人迷。"田居生活的美好，让杜甫看到未来的希望。

　　迁居瀼西后，杜甫又作诗《暮春题瀼西新赁草屋五首》。首章，题瀼西暮春，次章写瀼西赁居，三章对草屋有感，四章旅居而概身世，五章感慨尘世离乱自己年老体衰。五个章节循序渐进，将自己的生活和心情一一道来。

　　在瀼西，与杜甫只有一溪之隔有一邻居郑典设。郑典设曾是东宫典设郎，东宫一般设典设郎四人。郑典设退官后居瀼东。他们俩常常来往，忆往昔，谈古今。一日下雨，蕙碧桃红，经过雨水洗涤，花木争妍，坐在家中的杜甫想到与郑典设游赏美景，有感写诗《江雨又怀郑典设》。

　　寒食日（也叫"熟食日"）到了，秦人称呼寒食日为熟食日，这天不生烟火，预办熟食过节。齐人称这天为冷节，也叫"禁烟节"。天宝十载（751）二月敕：礼标纳火之禁，语有钻燧之文，今后寒食，并禁火三日。这天，按照惯例，家中不生烟火。第二天便是清明，杜甫祖茔在洛阳，因流寓而不能展省，心中悲伤不已。他喊来两个儿子，给他们讲起先祖之事，随后，写诗《熟食日示宗文宗武》：

> 消渴游江汉，羁栖尚甲兵。
> 几年逢熟食，万里逼清明。
> 松柏邛山路，风花白帝城。
> 汝曹催我老，回首泪纵横。

想到自己即将成为松柏之人，恐老不能归，杜甫思念起自己的弟妹，又写一首诗《又示两儿》：

> 令节成吾老，他时见汝心。
> 浮生看物变，为恨与年深。
> 长葛书难得，江州涕不禁。
> 团圆思弟妹，行坐白头吟。

长葛属于许州，这里指居住在河南许州长葛的弟弟。江州浔阳郡，属江南西道，江州有他的妹妹。

不久，杜甫接到三弟杜观的信，说他已经从中京[长安，至德二载（757）西京改为中京]到了江陵，即将到夔州与杜甫相聚。杜甫高兴异常，喜而赋诗《得舍弟观书自中都已达江陵今兹暮春月末行李合到夔州悲喜相兼团圆可待赋诗即事情见乎词》：

> 尔到江陵府，何时到峡州？
> 乱离生有别，聚集病应瘳。
> 飒飒开啼眼，朝朝上水楼。
> 老身须付托，白骨更何忧。

杜甫急切想见到弟弟，他是一个重视亲情的人。

在夔州，杜甫与隐士惠二相交甚欢，有诗歌《送惠二归故居》赠予他。惠二的故居也在瀼溪，两人常常结伴野游。这天，两人相约骑马登瀼西野堂远眺，到一高处，两人下马将马系在树上。

他们站在高坡上，远眺原野，只见瀼水高岸，岩石堆砌，岸边地里，麦地零散地散布，山的背景更衬托出麦地的稀落。

杜甫："唉，惠二，你看，山田无麦陇！连年战乱，百姓怎么生活啊！"

惠二："是啊，杜工部，百姓流离失所，生活在贫困之中。"

杜甫："我本想回到洛阳，可是，乱不能归，伤不能救，我已衰病谢官，原来希望当年的同事大臣，施展济世之才，可是，他们一个又一个各埋枯冢。蜀中崔旰之乱，京辅周智光之乱，还有一些诸侯蠢蠢欲动，何时才有真正的太平呢？"

惠二："或许快了吧！"

杜甫点点头："希望这种局面赶快结束。"

暮春月末，杜甫听说正月间淮南节度使李忠臣入朝，三月汴宋节度使田神功入朝，并传闻河北诸道节度使入朝，这些消息让杜甫大喜过望，他认为这是大唐已经恢复统一的迹象，于是作诗《承闻河北诸道节度使入朝欢喜口号绝句十二首》，盛赞天下即将太平。

杜甫联想到去年十月代宗生日，诸道节度使来京城祝寿，带来许多金帛、珍玩等，值缗钱二十四万，逐一献给代宗。门下侍郎常衮对皇上说："这些节度使们，既不能耕种，也不能纺织，这些宝物都是从老百姓那里取来的。"代宗没有听进去，一一照收。

杜甫认为这是节度使们表明听从朝廷的态度。

一天，杜甫前去赴柏茂林宴饮，酒后骑马从白帝城门驰下瞿塘峡，想着自己年少时的光景，杜甫一股豪气升起，他打马扬鞭，马儿小跑起来。山崖下江村屋舍映入杜甫的眼帘，城墙粉堞一晃而过。看得高兴处，杜甫再给马儿打一鞭，马儿狂奔起来，在马上颠簸的杜甫坠马受伤。众位朋友听说这件事情，皆携酒前来探望杜甫。想起自己如少年一般骑马，杜甫不禁摇摇头，"骑马忽忆少年时，散蹄迸进瞿塘石"。他以诗《醉为马坠诸公携酒相看》记下骑马癫狂之事。

自从暮春迁居瀼西草堂，因为租得东屯一部分公田耕种，又培植瀼西四十亩柑林，很明显家中的人手不够了。原来只有仆人阿段、信行，现在杜甫又雇请了伯夷、辛秀，以及女仆阿稽，他们是本地彝族人，杜甫请他们来培植瀼西的果园菜蔬。

东屯的水田，杜甫交给行官张望管理，自己带着家人住在瀼西。这里离城不远，许多路过夔州的朋友听说杜甫住在瀼西，都过来拜访他，每来客人，园中瓜果蔬菜尽情招待。柑林离居住的草堂还有一点距离，仆人们采摘蔬果后，需提携而至草堂。有时候，杜甫乘小舟在瀼溪中前往柑林查看，然后又乘舟回到草堂。

此时，杜甫听说当年与自己同登慈恩寺塔的薛据，已到荆州一年有余，据说他要北归京师，杜甫念之不已，写诗《寄薛三郎中据》给他。薛据为人骨鲠，颇有气魄，为文亦佳。杜甫羡慕他才力犹健，扁舟往来于江汉与洞庭湖之间，徜徉山水，得天地之趣。

瀼西的春天，在杜甫忙碌的生涯中过去了。

2. 东屯那片田地

弟弟杜观来到瀼西，杜甫有说不出的高兴，他的病似乎也好了一半。

长夏之日，有弟弟杜观帮忙管理，加上儿子们也加入进来，还有几位仆人的精心打理，杜甫看到四十亩果树蔬菜以及东屯的稻子长势喜人，心中十分欣喜。

一日，杜甫将众位仆人聚在一起，说："各位，瀼西的地在你们辛苦的操持下，今年应该是丰收年了，最近还要辛苦你们。"

众位仆人回答："这是我们应该做的，您有什么尽管吩咐！"

杜甫："你们知道，藩篱经过风吹雨淋，有些已经腐朽了，有的已经破损，而且为了防止虎患，我们要将篱笆补起来，这样就需要一些木料。"杜甫顿了顿，接着说，"我想请你们进山伐木，早去晚归，午饭送给你们吃，不知道诸位意下如何？"

"没问题！"众仆人回答。

第一天，杜甫和仆人们一起进山，寻找适合砍伐的树木。之后，只安排仆人们去做，另派一人进山送饭。不久，所需要的木料都已经备齐，大家一起扎篱笆。

为此，杜甫写诗《课伐木》，记下伐木之事。

柏茂林让园吏经常送蔬菜给杜甫，送来的菜既不新鲜，菜品也不好，徒有送菜之名。杜甫由此推及世道，写《园官送菜诗》，伤小人，妒害君子。也有园人送瓜来，杜甫作《园人送瓜诗》。对柏茂林，杜甫大加赞扬，说他能与士卒同甘共苦，瓜成熟了先犒士兵，然后想到贫困之人，这种博爱之心该当发扬。

盛夏太炎热，杜甫发明一种凉品。他用槐树叶汁拌面，煮得不太熟，然后拌凉吃，并取名为"槐叶冷淘"。这种凉拌面几个孩子都喜欢吃，于是，杜甫变着花样做给孩子们吃。

六月，杜鸿渐还朝，有同姓弟弟杜韶陪行，杜甫写诗《季夏送乡弟韶陪黄门从叔朝谒》。杜鸿渐，以黄门侍郎同平章事镇蜀。杜韶兼任开江使，杜韶和杜鸿渐舍舟策马而行，杜韶将杜鸿渐送至荆州后，从荆州陆道返回。

在瀼西，杜甫也常坐船出游。一日，杜甫出游三峡间，回望瞿唐两岸，悬崖壁立，怪石嶙峋，江流湍急。东望白帝城，大地如燔柴，点火即着。回到瀼西，杜甫写诗《柴门》记下这次出游。

夔州太守王崟对杜甫非常友好，他北归时，杜甫送诗《奉送王信州（夔州）崟北归》，"林热鸟开口，江浑鱼掉头"，杜甫以这些动物来状炎热的天气。

杜甫的十五族弟，为侍郎，奉命使蜀，经过夔州，前来拜访杜甫，分别的时候，杜甫以诗相赠，希望他归朝后再叙谈。

在山间种稻，六月必须灌溉，东屯的田地虽然交给行官张望管理，秧苗已经插下去了，现在必须补水，但是管理安排还是杜甫。

这天，杜甫和张望在田头看稻子，两人边看边聊。

杜甫："张望啊，东屯这一百顷田是当年公孙述开垦出来的，紧临东瀼水，浇灌方便，所产的稻子是全蜀第一。所以这片田可要好好管理。"

张望："是的，杜工部，我会尽力。您看，我已经将水引进稻田了。"

杜甫点点头："你很尽力尽心，过一段时间，我让几位仆人来这里扯野草和稗子。所以这灌水之事有劳烦你了。"

补水后，杜甫朝田野看去，只见鸥鸟在如镜的水面游动，绿色的秧苗倒影在水中，别有一番情趣。在杜甫和张望一问一答间，他们判断秋后的水稻肯定丰收。杜甫说除了供自己一家吃的外，多余的粮食还可以供给周边困难的家庭。

七月一日立秋，奉节县终明府邀请杜甫在水楼宴饮。终明府，是奉节宰相，杜甫应邀前往。席间，高朋满座，酒酣耳热后，大家从蜀中大乱谈到边城战事，然后吟诗和诗。杜甫写了两首《七月一日题终明府水楼二首》，诗歌从水楼说起，终于明府。

秋天张望督促东屯耗稻，即清除杂草和稗子。杜甫派遣女仆阿稽、竖子和阿段前往。杜甫写诗二首《秋行官张望督促东渚耗稻向毕清晨遣女奴阿稽竖子阿段往问》，详细记下此事。耗，减，即蒲稗，是稻子的禾害者。因为雨水充足，粳稻可望丰收，但是蒲稗竞生，众人用功除草。

这年，河东、河南、江浙、淮南、福建等道五十五州奏报水灾。一天，杜甫前往白帝城，途中见雨水后滟滪石的根部淹进水中，峡中水势浩大，惊涛拍岸，杜甫写诗《滟滪》警示人们经过此处要小心行船。到了白帝庙，又遇到大雨受阻，舟不能渡，杜甫不能回瀼西，扶着拐杖叹息，写诗《阻雨不得归瀼西柑林》，抒发自己的感受。

蜀中瀼西岁供柑橘，品相口感俱佳，近年因为苦于豪吏侵夺，以致此处乡邻不重视种柑之业。杜甫客居此地，暂时对柑林加以封植。雨水停止后，杜甫回到瀼西草屋，有《归甘霖》诗。

回柑林后，杜甫又去上了后园山脚，登高望远，不禁想起当年游学山东，登泰山东南俯瞰日观峰之趣事，因赋诗追述当时安禄山强梁于范阳，中间经年丧乱，至今干戈未尽，而今，自己漂泊他乡，无所依归，心中感慨不尽。杜甫的这首《又上后园山脚》，先咏怀后赏景，初上山脚之时，在大历二年（767）之夏，诗作是先写景后咏怀。现在吐蕃之警时时拉响，虽然自己生活安定下来，但是普天下百姓仍然有很多人流离失所，无家可归，为衣食奔波。

杜甫身体好转的时候，便去小园督促仆人们种植秋天的蔬菜，毕竟现在有十多口人要吃饭。东屯、瀼西均有茅屋可居，瀼西有果园，东屯有水田，杜甫常对仆人们说："地湿则易耕，山雨则宜种。曼青饲牛，则牛的力气足能耕地。秋蔬多种，春天的圃畦可自给，现在不种菜，春天就没有吃的。"并以诗作《暇日小园散病将种秋菜督勒耕牛兼书触目》一诗纪实。

这段时间，杜甫有很多记述时序之诗作，如《夜雨》《更题》《秋风二首》《见萤火》《白露》《溪上》《树间》《诸葛庙》等短篇，小儿子宗武常常拿他的诗作研读。

杜观在四月初来瀼西居住，到现在已经有几个月了。他要去蓝田省亲，然后迎娶新娘。家中添人进口，杜甫特别高兴，写诗《舍弟观归蓝田迎新妇送示两篇》：

其一

汝去迎妻子，高秋念却回。

即今萤已乱，好与雁同来。

东望西江水，南游北户开。

卜居期静处，会有故人杯。

其二

楚塞难为路，蓝田莫滞留。

衣裳判白露，鞍马信清秋。

满峡重江水，开帆八月舟。

此时同一醉，应在仲宣楼。

杜甫在仲宣楼（荆州楼）宴请弟弟后，送杜观坐船东下，只见西江丰水，码头上大小船只停泊。杜甫叮咛弟弟，一到蓝田尽快返回江陵，自己将在八月与弟弟相会于江陵。送别杜观后，杜甫想到小弟杜丰独在江左，已经有三四年没有消息了，杜甫写诗歌两首，托使者寻其弟杜丰。杜甫听说杜丰以山寺为依，不知道究竟是在杭州还是在会稽，他又计划明年春去寻找弟弟。

一直以来，杜甫并不安心居住夔州，他一直想出峡。杜甫的好友李功曹在荆州，杜甫又赠诗《送李功曹之荆州充郑侍御判官重赠》，这两首诗均有出峡之意。遥望荆州水国，心中向往而不能至，自己年老体衰，疾病缠身，心中不免悲伤。

得知王十六判官到了荆南，杜甫委托他于江陵城北荒林间寻觅一处住宅留下，自己不日即来江陵卜居，于是又赠诗王判官《送王十六判官》。

杜鸿渐六月还朝后，留在京城仍然以同平章事兼领山南剑南副元帅，他以书信招李八秘书入幕。当年李八秘书自凤翔扈从肃宗复国时，与杜甫同朝，后来他又在夔州拜访杜甫。这次李八秘书由成都经夔府赴京入杜鸿渐之幕，杜甫除了以诗《送李八秘书赴杜相公幕》相赠外，又有赠别诗三十余韵，追忆这些年来国家个人发生的一些事，并简述自己的观点，希望李八秘书入朝后上朝对谒，陈述蜀中实际情况。

在始兴寺，杜甫有一朋友李十五秘书，讲经寺中，杜甫听经后与其告别，写诗《别李秘书始兴寺所居》相赠，直言"妻儿待米且归去，他日扶藜且细听"，生活对于杜甫来说是第一位的，他必须担起这个责任。

故人之子苏徯流落夔州，五年前，杜甫与他在梓州同游，情谊很深。杜甫作诗《君不见简苏徯》，勉励他出仕，不久，苏徯想下荆杨，杜甫复赠以诗。得知苏徯赴湖南幕，杜甫又写诗《别苏徯》。

杜甫的亲戚很多在湖南做官，其内弟崔漠即将赴湖南幕，杜甫写诗作别。其四舅以侍御使湖南澧州（今澧县）与朗州（今常德县），经过夔州时，特地去看杜甫。在瀼西，杜甫带着四舅在他的园地转转、看看，临别之时，杜甫以诗《巫峡敝庐奉赠侍御四舅别之澧朗》：

> 江城秋日落，山鬼闭门中。
> 行李淹吾舅，诛茅问老翁。
> 赤眉犹世乱，青眼只途穷。
> 传语桃源客，人今出处同。

杜甫的舅舅对杜甫的诗作大为赞赏。

这段时间，许多朋友与杜甫来往，杜甫均以诗相赠。

一日，杜甫得郑审和李之芳的书信，这时郑审在江陵，李之芳在夷陵，两人都离夔州不远。去年秋天，杜甫以诗赠郑审《寄题郑之湖亭》，在《八哀诗》中悼念郑虔。李之芳出身宗室，杜甫客游齐鲁时他任齐州太守，其后于广德元年（763）为御史大夫，出使吐蕃，被吐蕃羁留两年才得归，拜礼部尚书，改太子宾客。今天，得到两人的来信，杜甫欣喜之余，作诗《秋日夔府咏怀奉寄郑监李宾客一百韵》。这是杜甫写的诗作中排律最长之作，比起其祖父杜审言所作的四十韵长篇排律有了更进一步发展。杜甫从自己漂泊夔州开始，情景交融，归到"两京犹薄产，四海绝随肩"，杜甫在东京、偃师、西京、杜陵皆有故业，而自己却不能北归。下句写故交日替，朋友渐渐离开人世，至今朋友绝少，次述客居夔州情况，得到柏中丞以上客礼相待，筵席间曾闻梨园弟子李仙奴歌南内开元间法曲，不禁哀叹。如今李之芳和郑审两人居荆南，每有吟赏，自己也想前去却因为种种原因不能前往。在给他们的回信中，杜甫将自己旅居在夔州，对故园的思念、对弟妹的牵挂、对先辈的怀念、对故交的深情回忆、自己在他乡谋求衣食、租赁房屋、耕种公田种种情形详述以告知……

不久，杜甫从瀼西移居东屯，东屯为农庄所在，离白帝城只有四五里路，稻田水畦，延袤百顷。这块地前面有清清的溪流，后面高枕山冈，树木葱茏，气象深秀，是一处宜居之地。又因接近秋收，为便于督促秋收以及田间管理，杜甫决定移居东屯。移居后，杜甫以诗《自瀼西荆扉且移居东屯茅屋四首》记下这次搬迁。这四首诗有不同内容，第一首说的是东屯的形势，第二首写的是来往东屯与瀼西间，使来访客人起迷津之想，第三首高兴的是移居东屯结交一位好邻居冯都使。冯都使家有一高台，可作远眺之用。第四首写见物思念故乡。这一年中杜甫四次搬迁，从西阁到赤甲，从赤甲到瀼西，从瀼西到东屯，不啻飘蓬之客，所以在诗中，杜甫想守在东屯这里不再搬迁。

社日那天，杜甫写诗两首，这是杜甫多年来每逢节假日必以诗记载的习惯。闲暇之中，杜甫又随心而写十二首，冠以题目《解闷》。既而追忆西京往事，写成《洞房》《宿昔》《能画》《斗鸡》《历历》《洛阳》《骊山》《提封》五律八首，每首诗歌都有寓意。同时，又写有咏物八首《鹦鹉》《孤雁》《鸥》《猿》《麂》《鸡》《黄鱼》《白小》等。

在杜甫心中，他有计划地写诗记下日常生活，写诗成了他生命中一个重要的组成部分。

3. 诗生活

高秋，杜甫的病情加重了，主要是肺病加剧。

他以诗《秋清》记下自己的生活：

> 高秋苏肺气，白发能自梳。
> 药饵憎加减，门庭闷扫除。
> 杖藜还客拜，爱竹遣儿书。
> 十月江平稳，轻舟进所如。

杜甫走路需要拐杖，走不了几步就气喘吁吁。生活的苦难带来的疾病，让他生活在痛苦中。在《秋峡》诗中他写道：

> 江涛万古峡，肺气久衰翁。
> 不寐防巴虎，全生狎楚童。
> 衣裳垂素发，门巷落丹枫。
> 常怪商山老，兼存翊赞功。

因为生病不能出门，杜甫只能在家中借晓望、日暮、暝、晚、夜诸题为诗。这些诗写出他独居静养与山农生活状态。到了九月初，杜甫的肺病稍微轻了一些，他可以出门了。

与他同居一处的孟氏兄弟，与杜甫素有往来。这天杜甫前去拜访他们，并且赠诗《九月一日过孟十二仓曹十四主簿兄弟》，接着孟十二携酒和酱赠予杜甫，杜甫以诗《孟仓曹步趾领新酒酱二物满器见遗老夫》相赠。不久，孟十二赴洛阳应选，杜甫写诗送他，并委托他携书信《凭孟仓曹将书觅土娄旧庄》访觅土娄庄，即杜甫的故居偃师陆浑庄。乾元年间杜甫任华州功曹时曾回去一次，至今已经十年了，不知道家中的情况如何。

有时候，杜甫也去瀼西小住，写诗《小园》《寒雨朝行视园树》二首。

忠州司法参军吴南卿与杜甫有姻娅关系，吴参军到瀼西拜访杜甫，杜甫写诗记下他的来访。重阳日这天，杜甫写诗歌五首，在《九日诗五首》中第一、第五首为七律，第二、第三首为五律，第四首为排律。这些诗还是以思故乡，念弟妹，论朝廷，抒感怀等内容为主题。

因吴参军自忠州来夔州觅居住之所，杜甫已经移居东屯了，瀼西的住宅空着，于是杜甫就将瀼西的草堂借给吴参军住，并写诗《简吴郎司法》，其诗中写道：

> 有客乘舸自忠州，遣骑安置瀼西头。
> 古堂本买借疏豁，借汝迁居停宴游。
> 云石荧荧高叶曙，风江飒飒乱帆秋。
> 却为姻娅过逢地，许坐曾轩数散愁。

杜甫移居东屯，就不再打算住在瀼西了。

居住在瀼西的时候，杜甫了解邻居们的疾苦，草堂院子里有枣树，枣子成熟的季节，常有邻居妇人来打枣，杜甫任其打枣。吴参军住进去之后，将院子扎上篱笆。杜甫得知这一情况后，写诗《又呈吴郎》带给吴参军：

> 堂前扑枣任西邻，无食无儿一妇人。
> 不为困穷宁有此，只缘恐惧转须亲。
> 即防远客虽多事，便插疏篱却甚真。
> 已诉征求贫到骨，正思戎马泪盈巾。

吴参军接到杜甫的信笺，停止扎篱笆。

一天，杜甫经过覃山人隐居的屋子，题诗一首。又过柏学士茅屋，知道学士藏书甚多，用以教育子弟，便进去看看藏书。柏学士因为安史之乱而弃官避居夔州。杜甫与他们数次交往交谈后，竟然也有了隐居的想法。

季秋，杜甫的表弟苏缨邀崔十三平事表侄以及韦少府诸侄夜宴于夔州江楼，杜甫也在邀请之列。杜甫因病不能饮酒，席间写诗三首《季秋苏五弟缨江楼夜宴崔十三平事韦少府侄三首》，写出高朋满座，雅兴正浓的情景。

前不久的六月，荆南节度使卫伯玉封阳城郡王，卫伯玉受封后，其母亲封邓国太夫人，到秋九月这个消息才传到夔州。柏中丞因遣其部属田将军前往荆南问候，杜甫除赋诗奉和阳城郡王太夫人恩命加邓国太夫人外，以诗《送田四弟将军将夔州柏中丞命起居江陵节度使阳城郡王卫公幕》，并写诗寄给杜位，因为杜位和杜甫曾一同在严武幕府中同事。现在杜位是江陵节度使卫伯玉的行军司马。同时，以一首诗作《玉腕骝》寄去。玉腕骝是卫伯玉的战马，安史之乱后，这匹马伴随卫伯玉曾击败过史思明，卫伯玉以功迁神策军节度使，又破史朝义于永宁，进而封为河东郡公。杜甫的诗作《玉腕骝》看似写马，其实是写卫伯玉的战绩。

羁留在夔州的杜甫，朋友越来越少了，大多数时间他待在东屯，诗歌的题材多是江村景物和四时时序。此时，杜甫的听力下降了，耳聋实际上从八月份就开始了，交流出现了困难。杜甫在其诗《耳聋》中写道：

> 生年鹖冠子，叹世鹿皮翁。
> 眼复几时暗，耳从前月聋。
> 猿鸣秋泪缺，雀噪晚愁空。
> 黄落惊山树，呼儿问朔风。

在诗《独坐二首》里也写到耳聋：

> 其一
> 竟日雨冥冥，双崖洗更青。
> 水花寒落岸，山鸟暮过庭。
> 暖老须燕玉，充饥忆楚萍。
> 胡笳在楼上，哀怨不堪听。
> 其二
> 白狗斜临北，黄牛更在东。

峡云常照夜，江月会兼风。

晒药安垂老，应门试小童。

亦知行不逮，苦恨耳多聋。

杜甫感到自己真的老了。

秋收开始了，瀼西有果园而无稻田，东屯粮食丰收了。杜甫指挥仆人们收割稻子，看见金黄一片的田野，杜甫心里有说不出的喜悦，写诗《茅堂检校收稻二首》和《刈稻了咏怀》。看着丰收的稻子，杜甫触动了思乡之情，很想回到故乡，可是又很难，北方还不安定。

稻子收割之后，杜甫有许多闲暇，于是吟诗自遣，因为较少人事往来，诗歌的题材大多是时序晴雨，如《大历二年九月三十日》《十月一日》《孟冬》《返照》《向夕》《朝二首》《夜二首》《雷》《闷》等诗。

晴朗的时候，杜甫偶尔也出行。他到过大觉寺，住持僧去年去了湖南，还没有回来，杜甫写诗《大觉高僧兰若》，又去拜谒真谛寺禅师，写诗《谒真谛寺禅师》，诗中说明自己虽有向佛之心，可惜不能抛妻弃子而从隐。

此时，杜甫的舅舅崔卿翁已权摄夔州刺史，杜甫写了一首七言诗给舅舅，请他缮修夔州西郊武侯庙遗像。不久，崔卿翁率节度使镇军还江陵，杜甫以诗《上卿翁请修武侯庙遗像缺落时崔卿权夔州》赠别。

去年吐蕃入寇灵邠二州，京师警戒，杜甫写诗《伤秋》，记下北方的动荡，到了十月，仍然没有听到警戒和缓的消息。"安得突骑只五千，崒然眉骨皆尔曹。走平乱世相催促，一豁明主正郁陶。忆昔范增碎玉斗，未使吴兵着白袍。昏昏阊阖闭氛祲，十月荆南雷怒号。"接连不断的消息让杜甫忧心如焚。

在诗《久雨期王将军不至》中，杜甫借雨评论时乱。比如王将军在蜀，杜鸿渐不用他作为平乱的人才，以致王将军隐居夔州。杜甫又写《虎牙行》，说自安史之乱后，又有吐蕃之祸，接连不断的战事，让百姓家破人亡，居无定所。

裴施州（今湖北恩施县）三年前与杜甫相遇，现为施州刺史，屡次以书信寄给杜甫，杜甫也以诗寄他。春天，郑典设寄居夔州瀼东，杜甫与之为邻，写诗《江雨又怀郑典设》。今年夏天，郑典设投奔裴施州，施州属于夔州路。十月，郑典设从施州回夔州，与杜甫相见，讲述他在施州的经历，杜甫以诗《郑典设自施州归》相赠。

十月十九日，在夔州别驾元持家的酒宴上，杜甫见到了临颍李十二娘舞剑器，只见她舞姿矫健多变，杜甫问她从师于谁，李十二娘回答她是公孙大娘的弟子。杜甫听后一惊，霎时，儿时的记忆涌现出来。开元三年（715），还是孩童的杜甫在郾城曾经观看公孙大娘舞剑器浑脱，飒爽的英姿根植在他的记忆中。当时宜春梨园二伎坊内人，泊外供奉中，擅舞者以公孙大娘为第一。五十年来人事变迁，公孙大娘的玉貌锦衣已归于尘土，今天见到她的弟子，也不是盛颜，回想自己，也已经是白首老翁，感慨之余，杜甫写诗《观公孙大娘弟子舞剑器行》，"……先帝侍女八千人，公孙剑器初第一。五十年间似反掌，风尘澒洞昏王室。梨园弟子散如烟，女乐余姿映寒日。金粟堆南木已拱，瞿唐石城草萧瑟。"杜甫观剑器伤往事，吟咏李氏，怀公孙大娘，思念先帝，从开元天宝起，五十年的兴衰让人唏嘘，杜甫将自己的感慨写于笔端。

冬至日第二天，杜甫写有诗歌两首，见日月思故乡，年岁越大他的思乡情结越浓。

一天，杜甫在草堂外晒太阳，忽然见一人朝草堂走来。只听那人喊道："杜工部，近来可好？"

杜甫站起身来，那人走近了，杜甫一看，原来是柳司马："柳司马，是您啊，快进屋！"

原来柳司马来夔州办事，顺便到东屯拜访杜甫。两人聊起两京近况。

杜甫："柳司马，您从京师来，不知道北方近况如何？"

柳司马："吐蕃入寇，函关渭水一带依然处在警戒中。"

杜甫："河北诸镇如何？"

柳司马摇摇头："唉！诸将跋扈，各自为阵，犹梗朝命。"

两人就时下局势，畅谈许久，杜甫写诗《柳司马至》相赠。

几天后，宗室李义来夔州干谒，他来拜访杜甫，并在此居住数日。

李义与杜甫为中表，小时候相见于京师。李义为高唐祖六世孙，高祖第十六子道王李元庆，元庆次子李询，李询的儿子是李微，李微的儿子是李鍊，李鍊是李义的父亲。高祖第十八子舒王李元名，杜甫是舒王李元名外孙的外孙。

杜甫与李义谈起熟知的亲戚，小时候一起玩耍的往事，以及这次在夔州的会面。杜甫谈及李鍊在广德年间官宗正卿时，写的忠义文章，他劝李义入蜀少干谒。临别的时候，杜甫以诗《别李义》送别。

天气渐渐变得寒冷了，杜甫在东屯较少进城参加活动，大多是朋友亲戚来拜访。一日，他的又一位亲戚高司直到巴中干谒封阆州，路过夔州，特来拜访杜甫。杜甫写诗《送高司直寻封阆州》，语气亦是含有规劝。

对杜甫来说，夔州迎来送往的客人太多，很多人又因为杜甫诗歌的盛名，都希望能得到他的诗，杜甫为了生存，亦是来者不拒。

蜀中太守韦之晋迁衡州刺史湖南都团练观察使，道出峡内，杜甫以诗《奉送韦中丞之晋赴湖南》相送。玄宗时，鲜于仲通的次子鲜于炅，在万州（今四川万县）任刺史时，有政绩，诏迁秘书监，不久又改迁巴州刺史，赴巴州任，路过夔府，受到宴请，杜甫参加宴会，并作诗《送鲜于万州迁巴州诗》送给他。

作为名门望族，杜甫大家族中亲戚很多。一日，他的十七舅前往韶州（湖南宝庆）任职，贵阳属湖南衡州，杜甫在诗《奉送十七舅下邵桂》中写道："……绝域三冬暮，浮生一病身。感深辞舅氏，别后见何人。"孤独地居住在东屯，亲戚们的来访给漂泊在他乡的杜甫带来些许温暖。

自秋初杜观前往蓝田为迎娶新妇走后，杜甫一直没有杜观的消息，现在杜观来信了，杜甫得知杜观的近况。杜观与妻子已经到了江陵，得到这个消息，杜甫十分开心，他写诗《舍弟观赴蓝田取妻子到江陵喜寄三首》：

一

汝迎妻子达荆州，消息真传解我忧。

鸿雁影来连峡内，鹡鸰飞急到沙头。

嶢关险路今虚远，禹凿寒江正稳流。

朱绂即当随彩鹢，青春不假报黄牛。

二

马度秦山雪正深，北来肌骨苦寒侵。

他乡就我生春色，故国移居见客心。

剩欲提携如意舞，喜多行坐《白头吟》。

巡檐索共梅花笑，冷蕊疏枝半不禁。

三

庾信罗含俱有宅，春来秋去作谁家。

短墙若在从残草，乔木如存可假花。

卜筑应同蒋诩径，为园须似邵平瓜。

比年病酒开涓滴，弟劝兄酬何怨嗟。

"青春不假报黄牛"，黄牛滩在夔州峡口外，杜甫告诉弟弟自己即将买舟出峡。在第二首诗中，杜甫说弟弟从故国移居江陵，来年春天更生喜色。在第三首诗中，杜甫与弟弟商量在江陵卜居。杜观迎眷到江陵后，杜甫出峡定居江陵的心愿更加迫切了。

这个冬天，杜甫接到弟弟的信，心情大好，写《夜归》《前苦寒行二首》《晚晴》《复阴》《有叹》《峡隘》《江涨》等诗歌，其中在《峡隘》《江涨》诗中，流露出峡的愿望异常强烈。

4. 出峡

大历三年（768）正月初一，东屯草屋外，太阳暖暖地照着，杜甫的四个孩子在门外正玩得高兴。

杜甫喊道："骥儿，你进来一下！"

宗武进了屋子，站在杜甫身边："父亲，有事吗？"

杜甫对着儿子笑了笑，说："和我的骥儿聊聊天。骥儿，你已经十五岁了，成人了。我已经身衰体弱，疾病缠身，报效朝廷已经没有机会了。你还年轻，我把希望寄托在你身上，希望你将来能将我杜氏门楣发扬光大。"

宗武："父亲，我谨记您的教诲！"

杜甫："嗯，好！我安排你学习的书目一定要熟读熟记，不可懈怠。我刚写了一首诗，你理解后说与我听听。"

这是一首《元日示宗武》诗：

> 汝啼吾手战，吾笑汝身长。
> 处处逢正月，迢迢滞远方。
> 飘零还柏酒，衰病只藜床。
> 训喻青衿子，名惭白首郎。
> 赋诗犹落笔，献寿更称觞。
> 不见江东弟，高歌泪数行。

宗武读后，说："父亲，我理解的不一定对。"

杜甫看着宗武的眼睛鼓励："不要紧，你说吧！"

宗武："父亲，我认为您这首诗的情感是悲喜交加。首言父子，末说兄弟，中触景伤怀。啼手战，是悲；笑身长，是喜。逢正月，是喜；滞远方，是悲。对柏酒，是喜；坐藜床，是悲。子可教，是喜；身去官，是悲。赋诗称觞，是喜；忆弟泪行，是悲。父亲，这首诗包含的容量很大。还有对仗很好，我会好好学习的。"

杜甫点点头，看来小儿子悟性不错："正月初一进柏椒酒，大凡饮酒，都从小的开始。去年我托人打听你杜丰叔叔的情况，一直没有消息。想到他一个人漂泊江左，我心中就很难过。阳翟（河南禹县）有你杜颖叔叔，不知道你杜观叔叔卜居地选好了没有。"

宗武："父亲，您别着急，一切都会好起来。"

杜甫点点头，又写了一首诗《又示宗武》：

> 觅句新知律，摊书解满床。
> 试吟青玉案，莫羡紫罗囊。
> 假日从时饮，明年共我长。
> 应须饱经术，已似爱文章。

> 十五男儿志，三千弟子行。
>
> 曾参与游夏，达者得升堂。

宗武诵读后，杜甫说："骥儿，熟读《文选》，我一会再写两首诗供你诵读。"

杜甫接着写了一首诗《远怀舍弟颖观等》，供宗武学习：

> 阳翟空知处，荆南近得书。
>
> 积年仍远别，多难不安居。
>
> 江汉春风起，冰霜昨夜除。
>
> 云天犹错莫，花萼尚萧疏。
>
> 对酒都疑梦，吟诗正忆渠。
>
> 旧时元日会，乡党美吾庐。

一直以来，无论杜甫在哪里，他都怀念弟弟杜颖、杜观、杜丰。几个弟弟中，杜占和杜甫在成都一直生活在一起。764年秋，杜颖到成都看望过杜甫，不久就往山东去了。杜丰自从安史之乱后就和他们的姑母留在江东，杜甫已经很久没有他们的消息了。杜观原来一直在山东，767年，杜观到了江陵（荆州），又到夔州和杜甫见面，并一起住了几个月，随后去蓝田结婚。正在杜甫怀念弟昆之余，杜甫接到杜观的来信，杜观告诉杜甫他已经在当阳县卜居，催促大哥早日出峡。于是，杜甫决定在正月中旬出峡，并赋诗《续得观书迎就当阳居止正月中旬定出三峡》给杜观：

> 自汝到荆府，书来数唤吾。
>
> 颂椒添讽咏，禁火卜欢娱。
>
> 舟楫因人动，形骸用杖扶。
>
> 天旋夔子峡，春近岳阳湖。
>
> 发日排南喜，伤神散北吁。
>
> 飞鸣还接翅，行序密衔芦。

> 俗薄江山好，时危草木苏。
>
> 冯唐虽晚达，终觊在皇都。

　　杜甫初步定了与弟弟的欢聚之期。正月初三，太岁日，杜甫作诗《太岁日》；初七，人日，又作诗《人日二首》，他将这些诗送给宗武学习。

　　新春，杜甫得到一个好消息。他听说去年吐蕃入寇之众数万，经去年十月朔方节度使路嗣恭大破吐蕃于灵武城下，残寇全部退去。杜甫激动之中写诗《喜闻盗贼蕃寇总退口号五首》。在诗中，杜甫一面歌颂此次胜利，一面批评朝廷对吐蕃关系的失策，导致双方关系紧张。

　　杜甫与家人商定好正月中旬离开夔州，赴江陵，他将瀼西果园赠给吴南卿，并写诗《将别巫峡赠南卿兄瀼西果园四十亩》记下此事。

> 苦竹素所好，萍蓬无定居。
>
> 远游长儿子，几地别林庐。
>
> 杂蕊红相对，他时锦不如。
>
> 具舟将出峡，巡圃念携锄。
>
> 正月喧莺末，兹辰放鹢初。
>
> 雪篱梅可折，风榭柳微舒。
>
> 托赠卿家有，因歌野兴疏。
>
> 残生逗江汉，何处狎樵渔。

　　与夔州朋友们告别后，杜甫从白帝城放船，出瞿塘峡，经过险要的三峡。沿途，只见两岸怪石嶙峋，山峰高耸，山势险峻，水流湍急，船家熟练地撑着篙，点拨之间，船就轻飘飘地越过去了。

　　有时，杜甫进入船舱，整理着他在夔州的诗篇。在夔州的两年，他的身体时好时坏，疟疾、肺病、风痹、糖尿病不断地侵袭着他的身体，牙齿落了一半，耳朵也聋了，他成了一个残废的老人。但是，他诗情不减，两年内写了四百三十多首诗。

　　"父亲，我们离开夔州去江陵，你有启程之诗吗？"宗武问。

杜甫："当然有，你听！《大历三年春，白帝城放船出瞿塘峡，久居夔府，将适江陵，漂泊有诗，凡四十韵》，过来，你吟诵我听听。"

宗武拿着杜甫写的诗稿念了起来："老向巴人里，今辞楚塞隅。入舟翻不乐，解缆独长吁……丘壑曾忘返，文章敢自诬。此生遭圣代，谁分哭穷途……回首黎元病，争权将帅诛。山林托疲苶，未必免崎岖。"

念完后，宗武垂手站立一旁，等待杜甫的提问。

杜甫看着儿子，叹了一口气，摸着宗武的头说："百姓生活在困苦之中，以后会更难。"

"杜工部，到了巫山县，要不要在这里歇息？"舵工问杜甫。

杜甫："可以，我这里有朋友，一会我上岸托人送封信。"

巫山县属于夔州，在夔州东七十二里。

杜甫让家人在船上待着，他带着信上岸去了。

码头上有专门的人送信，杜甫给送信的人交代了一番，回到了船上。不一会儿，有一个人匆匆来到码头，找到杜甫的船。

"十八弟！"杜甫欣喜地喊道。

"大哥，一路舟车劳顿，辛苦了！"来人是唐十八。

与杜甫寒暄了一会，唐十八便请杜甫一家人上岸，他要宴请杜甫一家人。

杜甫给妻子和儿子们介绍唐十八是族弟。因为唐杜两姓同出陶唐后。唐十八先为汾州（山西汾阳县）刺史，今贬到施州（湖北恩施县）。分别时，唐十八宴别杜甫，诸公携酒乐相送，杜甫在室壁上题诗一首，后以诗《敬寄族弟唐十八使君》寄族弟。

告别众人，一家人又出发了。

行至陕州，泊船于春夜，有田侍御长在津亭留宴，席间，分韵赋诗。杜甫得"筵"字赋诗《春夜峡州田侍御长史津亭留宴》，巫山之峡，亦尽于此。

三月，船进入松滋县，这意味着出峡了。杜甫欢喜之余，写诗《泊松滋江亭》。松滋县属于江陵府，江亭在县治后。"江湖深更白，松竹远微青"，这里的景色另有一番情趣，杜甫的心情舒展开了。

船行到古城店，已接近三月的上巳日。杜甫请船工泊船，他先以诗呈江陵幕府诸公。荆南节度使是卫伯玉，时封阳城郡王。"……王门高德业，幕府盛才贤。行色兼多病，苍茫泛爱前。"杜甫希望自己的诗能引来卫伯玉以及幕僚的青睐。

春雨淅淅沥沥地下着，上午行船已经抵达江陵。站在船头，有那么一刻，杜甫的眼睛湿润了。自从安史之乱以来，连年的战乱让百姓生活在颠沛流离之中，关内的百姓大多逃往西蜀，洛阳、邓州和襄州的百姓则投奔江湘，荆州几乎成了中转站，繁华几近以往的十倍，成为交通枢纽中心。往北可以经过江陵到洛阳、长安；往南，可以达到潭州（今长沙）、桂林、广州。出峡入峡，这里是必经之路，也是吴蜀相互联系的要道，被朝廷封为南都。

杜甫写了一封信，托人带给杜位。也将自己写的诗呈给江陵府。杜位是李林甫的女婿，因岳父之故而被贬谪。当年在长安，有一年春节，杜甫在他家过年，两人关系很密切。在严武幕府中，又是同僚。很快，杜位带着马车来到码头，见到杜甫，他非常热情，吩咐下人将杜甫的生活器物搬至马车，让杜甫住进他的家中。

一家老小在杜位家中安顿下来，杜甫告诉杜位，只是暂时住在江陵，他要回北方，守着祖上的田产过完后面的日子。杜甫写了一首诗《乘雨入行军六弟宅》赠给杜位：

> 曙角凌云罢，春城带雨长。
> 水花分堑弱，巢燕得泥忙。
> 令弟雄军佐，凡才污省郎。
> 萍漂忍流涕，衰飒近中堂。

然而北方的形势不容乐观，战争局势似乎一触即发，杜甫只好放弃北归。雨气连城，杜甫打算只在杜位家住几日，然后全家到当阳投奔弟弟杜观。

三月三日上巳节，杜甫应徐司录参军之邀约，参加其所居之林园宴集。席中，高朋满座，杯觥交错，众人吟诗助兴。杜甫吟诗《上巳日徐司录林园宴集》，"有喜留攀桂，无劳问转蓬"，杜甫感谢司录的盛情。

过了几日，杜甫与家眷一起前往当阳县杜观处。

第二十章　不能安居的江陵

> 苦摇求食尾，常曝报恩腮。
>
> 结舌防谗柄，探肠有祸胎。
>
> 苍茫步兵哭，展转仲宣哀。
>
> 饥籍家家米，愁征处处杯。
>
> ——《秋日荆南述怀三十韵》

满心以为江陵是自己能栖息生命的地方，却不知道这里的冷漠让他看透了世态炎凉。江陵，他一度幻想安居乐业的地方，给了他更多的心酸。他离开这里，从此开始了漂泊的日子。

1. 穿梭在各种筵席中

大历三年（768），已近暮春，杜甫到了江陵。

杜甫将家人安置在当阳县弟弟杜观那里，杜观的房屋不多，田地有一半是开荒出来的。安顿好妻子儿女，也嘱咐弟弟照顾好他们。杜甫则回到江陵，租住在江陵的客栈，穿梭在江陵城各种酒宴中，希望能有机会得到亲朋好友，官绅士人的相助，在江陵安家。

胡侍御热情地邀请杜甫赴宴，酒宴设在书堂。席中有杜甫的好友李之芳、郑审等人。酒宴上很热闹，大家彼此客气，酒喝到高兴时，分韵赋诗。杜甫分得"归"字，作诗《宴胡侍御书堂》一首：

> 江湖春欲暮，墙宇日犹微。
>
> 暗暗书籍满，轻轻花絮飞。

> 翰林名有素，墨客兴无违。
>
> 今夜文星动，吾侪醉不归。

李之芳也作诗一首，席间大家都很尽兴。酒宴结束后，杜甫和李之芳一起骑马归家，两人一起谈论当今诗坛之事，见李之芳意犹未尽，杜甫便邀请他月下再饮。两人在一酒店门前下马，月下畅饮。

清风徐徐吹来，店家将院中的雅座布置得十分温馨。一棵树下，点亮的灯笼，发出柔和的光，设置的木几木椅，洁净整齐；院内，月光流泻，到处一片银光。酒一杯杯下肚，话也越来越多，他们从当年山东见面谈起，谈到多年的情谊，谈到朝廷忠臣与奸臣，感叹战事频繁，藩镇割据……不觉已到五更，鸡鸣声起，两人才起身离开酒店。

到客栈，杜甫写下《书堂饮既夜复邀李尚书下马月下赋绝句》：

> 湖水林风相与清，残尊下马复同倾。
>
> 久判野鹤如霜鬓，遮莫邻鸡下五更。

李之芳和杜甫颇有缘分，两人也很能聊得来，关系亲密。

适逢李长史丈到苏州就任，苏州吴郡，属于江南西道，杜甫以诗《奉送苏州李二十五长史丈之任》相送。

一晃到了暮春，杜甫在江陵城穿梭在各种酒宴中，除了参加酒宴送诗，他没有得到实际的帮助。清高的他也不会直接向人说出他的困境，因为战乱之后，像他这样到处漂泊的人太多。

"天意高难问，人情老易悲"，在《暮春江陵送马大卿公恩命追赴阙下》一诗中，杜甫发出感叹。

一场春雨后，宋少府宴请诸公以及杜位在书斋饮酒，杜甫因病未能出席，席间宋少府赋诗一首，其他人各和一首。酒宴结束后，宋少府将酒宴上的诗收录起来，送给杜甫。在家中的杜甫，得到宋少府的诗后，也和诗一首《和江陵宋大少府暮春雨后同诸公及舍弟宴书斋》：

渥洼汗血种，天上麒麟儿。

才士得神秀，书斋闻尔为。

棣华晴雨好，彩服暮春宜。

朋酒日欢会，老夫今始知。

　　一天，郑审置驿马邀请李之芳、李中丞、杜甫等几位朋友去湖亭泛舟。关于湖亭，杜甫曾经写过一首诗，在湖上泛舟却是首次。湖亭在峡中，一行人到了湖亭前，只见湖中荷叶有的刚刚露出水面，有的则舒展开碧绿的叶子，鱼儿在水中欢快地穿梭来往，湖中小舟漂浮在镜面般的碧水之上。李之芳、李中丞、郑审、杜甫等人上了船，饮酒、赋诗、谈时事，似乎有聊不完的话题，不觉天色已晚，他们趁着酒兴高声诵诗，辽阔的水面回荡着浑厚的声音……

　　李尚书："杜工部，您分韵得'过'字，请你赋诗！"

　　杜甫："不才得拙诗岂能入李尚书之眼，献丑了！"

　　众人七嘴八舌地说道："久闻杜工部的诗名，今日得此机会惠听！"

　　杜甫："那我就献丑了。"

　　沉思了一会，杜甫吟诵道：

海内文章伯，湖边意绪多。

玉尊移晚兴，桂楫带酣歌。

春日繁鱼鸟，江天足芰荷。

郑庄宾客地，衰白远来过。

　　"郑庄宾客地，衰白远来过"，在《暮春陪李尚书李中丞过郑监湖亭泛舟》诗中，杜甫分韵得"过"字，赋诗一首，众人评判起来。

　　郑审："杜工部的诗不像其他人的诗，他沉郁的风格别有韵味。在这首诗中，用乐景，衬出悲哀的心情。'衰白'和'远'字，将他这种落寞的情感融入其中了。真是好诗！"

　　李之芳："此诗景与情融入得好。"

李中丞捻着胡须笑而不语。

初夏，杜甫与宇文晁、崔彧三人再次游湖亭，郑审做东。宇文晁是尚书之子，李之芳的外甥。崔彧是司业之子，太子少瞻。在郑审的湖亭，碧水连天，野趣悠然，亭中酌酒，舟中醉容，大家玩得很开心，杜甫赋七律一首，四个人同舟醉归。

以诗讨生活，成为杜甫现在的常态，他在等待机会。

岭南节度使徐浩，去年见到大雁南飞的不同，上奏朝廷："十一月二十五日，当管怀集县阳雁来，乞编入史。"

徐浩认为，阳为君德，雁随阳者，臣归君之象也。徐浩认为是祥瑞。在杜甫看来，却认为是异象。对徐浩这种贪而佞的人，杜甫以诗《归雁》讽刺他。对这种哗众取宠的贪官污吏，杜甫深恶痛绝。

江陵城中，杜甫遇到旧友司直王郎。司直，掌纠劾官僚。宝应元年（762），王郎在成都时，一次骑马折断左臂，杜甫有诗戏赠予他。现在王司直潦倒江湖，想去成都干谒侯门。两人聊起生活，都感叹生活的不易。杜甫作诗《短歌行赠王郎司直》赠予他，希望能劝阻他，不要依靠侯门，靠自己的能力为朝廷效力。

能吗？听了杜甫的话，王司直苦笑了。

来江陵日久，杜甫看到了江陵有很多不惬意的地方，他反思自己，心中渐渐升起求佛访仙的愿望。忆起当年梁宋漫游时，与李白一起渡洪河浪涛，水行之险，上王屋山寻访小洞天之华盖君，然而其人已死，以致修炼之秘至今未得。现在听说董炼师奉先在衡阳栖朱陵后洞中修九华丹法，杜甫有意想去拜访，与他一起探求人生。慨叹声中，杜甫写诗《忆昔行》。

日子一天天过去，在江陵迎来送往与客人周旋中，杜甫频频写诗相赠。如荆南节度使卫伯玉遣向卿进京敬献物品，杜甫写诗《惜别行送向卿进奉端午御衣之上都》《夏日杨长宁宅送崔侍御正字入京》（得"深"字韵）等诗。

在李之芳宅中，杜甫赴宴最多，李之芳也特别关照杜甫。这天夜宴，杜甫又来到李尚书家中，李尚书的外甥宇文晁新任石首县令，李尚书为外甥饯别。看着年轻人成长起来，杜甫心中欣喜，总希望能出更多的栋梁之材，为朝廷效力。酒宴与诗相伴，杜甫写的诗《夏夜李尚书筵送宇文石首赴县联句》，盛赞李之芳和宇文。

杜甫不知道李之芳能否会像柏茂林一样，帮助处在困境中的他。李之芳对杜甫的好，众人看在眼里。那天，李之芳来信约杜甫去他宅中相聚，杜甫因天气炎热，病侵不能列席，便以诗《多病执热奉怀李尚书》致歉。

江陵城，来来往往的客人很多，杜甫认识的人也很多，实际上除了参加酒宴，酒宴上别人只需要他赋诗，没有人能实际帮助他。

杜甫心中一阵阵悲凉，他安家江陵的愿望落空了。

2. 不能安居的江陵

杜甫在江陵城穿梭在各种酒宴中，他不知道妻子儿女们在当阳的生活状况，他想有弟弟杜观的关照，应该不用他操心。

可事实相反。杜甫接到当阳儿子的频频来信，信中他以困苦相告，说家里连野菜粑粑都吃不上了。

接到儿子的信后，杜甫忧心如焚，他当即决定去当阳，看看妻子儿女们生活的情况，可是他没有盘缠。

杜甫写诗《水宿遣兴奉呈群公》，呈述家中困境，自己多病，希望节度府的朋友们能给予资助：

鲁钝仍多病，逢迎远复迷。

耳聋须画字，发短不胜篦。

泽国虽勤雨，炎天竟浅泥。

小江还积浪，弱缆且长堤。

归路非关北，行舟却向西。

暮年漂泊恨，今夕乱离啼。

童稚频书札，盘餐诅糁藜。

我行何到此，物理直难齐。

高枕翻星月，严城叠鼓鼙。
风号闻虎豹，水宿伴凫鹥。
异县惊虚往，同人惜解携。
蹉跎长泛鹢，展转屡鸣鸡。
嶷嶷瑚琏器，阴阴桃李蹊。
余波期救涸，费日苦轻赍。
杖策门阑邃，肩舆羽翮低。
自伤甘贱役，谁悯强幽栖。
巨海能无钓，浮云亦有梯。
勋庸思树立，语默可端倪。
赠粟囷应指，登桥柱必题。
丹心老未折，时访武陵溪。

这首诗写得情真意切，读后让人心酸。可是，没有任何人给他资助。

杜甫没有想到人心是如此冷漠，他不再对他人抱有希望，得自己想办法。杜甫找人借了资费，订了去当阳的船，可是登船后，因雨大浪急，船工迟迟没有开船，等到风平浪静，船家开船了。

行船中，杜甫写诗《遣闷》：

地阔平沙岸，舟虚小洞房。
使尘来驿道，城日避乌樯。
暑雨留蒸湿，江风借夕凉。
行云星隐见，叠浪月光芒。
萤鉴缘帷彻，蛛丝冒鬓长。
哀筝犹凭几，鸣笛竟沾裳。
倚着如秦赘，过逢类楚狂。
气冲看剑匣，颖脱抚锥囊。
妖孽关东臭，兵戈陇右创。
时清疑武略，世乱踬文场。

> 余力浮于海，端忧问彼苍。
>
> 百年从万事，故国耿难忘。

生活的困苦让杜甫放下清高，孩子们睁开眼睛便要吃饭，儿子的一封封来信像一把把匕首，扎向杜甫的心脏。身为人夫、人父，却不能给他们栖身之地、进口之食，杜甫心中有莫大的哀伤。

到了当阳，杜甫才真正了解到妻子儿女们艰难的生活，妻子的眼泪，孩子们菜青的脸色、看他求助的眼神，杜甫心在滴血。

问及生活，妻子低头啜泣，儿子们默不作声，两个女儿在那里叽叽喳喳地说给父亲听。

杜甫深深地叹了一口气。

弟弟杜观默默地坐在杜甫身边，什么话都不说。

杜甫伸出手，拍了拍杜观的肩膀，深深地叹了一口气。

"我到武陵去看看故友，不知道能否寻得帮助。"杜甫说。

第二天，杜甫决定去武陵（湖南常德）寻求几位故友的帮助。

这个夏天，雨水特多，到处是一片湿漉漉的天地，杜甫的心也是湿漉漉的。

武陵在洞庭湖西边，地处水乡泽国，水道纵横，杜甫乘船前往武陵。不巧的是，船行中途船家不知道路线，误入湖岔，船又不巧搁浅，时间到了晚上，杜甫只好和船家一起上堤岸睡一夜。夏夜的炎热，蚊子的肆虐，这一夜杜甫几乎没睡好，看着天空的星星，他回想着自己的生活，从夔州走出来，不知道这一步走得对不对，不管怎样，他现在不可能再回到夔州去，他想回到北方，回到京城，回到他自己的故乡。

第二天，船家送他到几位故人那里，杜甫陈述了他的困难，可是除了招待他吃饭，几位故人什么资助也没有。历经了世态炎凉，杜甫两手空空地回到了船上。如果不从夔州出来，在那里还有饭可以吃，溪流里还有鱼可以抓，果园里还有水果供孩子们吃，可是现在生活没有了着落……

杜甫带着沉重的心情回到了当阳，决定将妻子们接到江陵，再苦一家人总在一起，总会有办法。

回江陵还是走水路，杜甫与妻子商量后决定的。

宗文问："父亲，我们不回北方吗？是回到陆浑庄、东都洛阳还是长安。"

杜甫："北方是断不能回去的，二月商州（陕西商县）兵马使刘洽杀死防御使殷仲卿反叛朝廷，六百里的商於地区（河南淅川县西）一片混乱，交通阻隔，车马不通，百姓四处逃难。吐蕃在北方虎视眈眈，边地警戒还没有解除，怎么能回去？"

宗武："那我们怎么办？去江陵吗？"

杜甫："先到江陵看看情况再说。"

与杜观告别后，杜甫带着妻子和孩子们乘船回到江陵。一路上，杜甫百感交集，晚上住宿在船上时，看到满天的星星，杜甫写诗《江边星月》二首：

其一

骤雨清秋夜，金波耿玉绳。

天河元自白，江浦向来澄。

映物连珠断，缘空一镜升。

余光隐更漏，况乃露华凝。

其二

江月辞风缆，江星别雾船。

鸡鸣还曙色，鹭浴自晴川。

历历竟谁种，悠悠何处圆。

客愁殊未已，他夕始相鲜。

江边星月，雨后气清，看着船舱里熟睡的孩子们，杜甫轻轻地走出船舱，站到船头，此刻，万籁俱寂，杜甫深深地呼吸了一口气，又叹了一口气。

在江陵，杜甫租赁了一套大一些的房子，一家人暂时安顿下来。

杜甫在街上摆了一个药摊，让宗文出摊学习卖药。宗武在杜甫的指导下读书习文。

杜甫整理了去当阳往返路上的两首诗《舟月对驿近寺》《舟中》，两首诗都是在舟上有感而写。

江陵的生活会怎样，在江陵住多久，杜甫心里没有底。

3. 苦摇求食尾 常曝报恩腮

初秋，江陵节度使阳城郡王新楼落成，邀请一帮朋友赴宴，杜甫也是被邀请之人。席间，阳城郡王请严侍御判官赋七字句。

阳城郡王是尚书卫伯玉，当初代宗幸陕，认为卫伯玉有干略，可独当一面，任大事，于是，拜为荆南节度使。大历初年，卫伯玉丁母忧，夏末再出来任职。

杜甫席间作诗《江陵节度使阳城郡王新楼成请严侍御判官赋七字句同作》：

> 楼上炎天冰雪生，高飞燕雀贺新成。
> 碧窗宿雾濛濛湿，朱栱浮云细细轻。
> 杖钺褰帷瞻具美，投壶散帙有余清。
> 自公多暇延参佐，江汉风流万古情。

"楼上炎天冰雪生，高飞燕雀贺新成。"杜甫志新楼落成的诗，得到大家的喝彩。为了尽宾主之情，杜甫对新楼都是溢美之词。

随后，杜甫作诗《又作此奉卫公》：

> 西北楼成雄楚都，远开山岳散江湖。
> 二仪清浊还高下，三伏炎蒸定有无。
> 推毂几年唯镇静，曳裾终日盛文儒。
> 白头授简焉能赋，愧似相如为大夫。

大家点评杜甫的诗壮而闳大："二仪清浊还高下，三伏炎蒸定有无。"盛赞杜甫总有一些让人惊喜的句子。

　　在酒桌上杜甫强颜欢笑，每次酒宴归来，杜甫静下心来思索着自己的人生轨迹。几个月来，在与众官员的来往中，杜甫越来越觉得自己是多余的人了，他逐渐感到人情的冷漠、世态的炎凉。或许真不能怪他们，在这里动荡的社会里，人人都在自危，有多少人能顾及他人的生活呢？

　　他想起自己在江陵的这些日子，在一场又一场酒宴中奔波，就为了乞求他人的帮助，为了给孩子们一口饭吃。是自己没有能力，老弱病残，没有让妻子儿女过上温饱的生活，可是天下像自己这样的百姓不知有多少，怎么样才能改变这种状态，国家怎样才能兴盛起来，百姓怎样才能过上安定的生活……

　　杜甫回头看着正在静心读书的小儿子，他的眼睛湿润了。

　　站起身来，杜甫拿起笔写下《秋日荆南述怀三十韵》，这首诗歌是杜甫的心酸之作。诗歌首叙授官去位之故，任左拾遗，箴言救房琯，却被投监，幸亏张镐相救而得免牢狱之灾。而今自己流寓江陵，"苦摇求食尾，常曝报恩腮"。杜甫仿佛看到自己可怜乞求帮助的惨景。"饥籍家家米，愁征处处杯。"每一天都在为下一顿操心：

> 昔承推奖分，愧匪挺生材。
> 迟暮宫臣忝，艰危衮职陪。
> 扬镳随日驭，折槛出云台。
> 罪戾宽犹活，干戈塞未开。
> 星霜玄鸟变，身世白驹催。
> 伏枕因超忽，扁舟任往来。
> 九钻巴噀火，三蛰楚祠雷。
> 望帝传应实，昭王问不回。
> 蛟螭深作横，豺虎乱雄猜。
> 素业行已矣，浮名安在哉。
> 琴乌曲怨愤，庭鹤舞摧颓。
> 秋雨漫湘水，阴风过岭梅。
> 苦摇求食尾，常曝报恩腮。

结舌防谗柄，探肠有祸胎。

苍茫步兵哭，展转仲宣哀。

饥籍家家米，愁征处处杯。

休为贫士叹，任受众人咍。

得丧初难识，荣枯划易该。

差池分组冕，合沓起蒿莱。

不必伊周地，皆知屈宋才。

汉庭和异域，晋史坼中台。

霸业寻常体，宗臣忌讳灾。

群公纷戮力，圣虑窅裴回。

数见铭钟鼎，真宜法斗魁。

愿闻锋镝铸，莫使栋梁摧。

盘石圭多剪，凶门毂少推。

垂旒资穆穆，祝网但恢恢。

赤雀翻然至，黄龙讵假媒。

贤非梦傅野，隐类凿颜坏。

自古江湖客，冥心若死灰。

"苦摇求食尾，常曝报恩腮。结舌防谗柄，探肠有祸胎"，一位清高的诗人却被生活击倒。

这么多年来，妻子跟着自己吃苦，没有半句怨言，杜甫觉得愧对她，可是他没法改变自己的命运。

过了几天，杜甫又作了一首长诗《秋日荆南送石首薛明府辞满告别奉寄薛尚书颂德叙怀斐然之作三十韵》，石首县令薛明府任满，辞别归京，杜甫与薛明府的哥哥薛景仙有旧交，于是写诗寄给其兄薛景仙尚书。诗中，历叙薛景仙当年安史之乱初，由成仓令迁扶风太守，贼寇扶风，薛景仙击退。当九节度联合讨伐安庆绪时，薛景仙曾会师于安阳，肃宗还京后，薛景仙由凤翔太守入迁执金吾之职，不久，授予羽林前后二将军。广德二年（764）正月，吐蕃陷京师旋即退去，薛景仙以太子宾客迁为南山五谷防御史。大历初，奉使和番，大历二年（767）十一月，和番使检校户部尚书薛景仙自吐蕃回京，吐蕃首领论泣陵随景仙入朝，这似乎是给双方友好相处带来契机。

在杜甫心中，朝廷若多有一些薛景仙这样的大臣，唐室才能兴盛起来。想到目前的处境，自己一天天衰老，生活一天比一天艰难。本想来到江陵，能得到一些帮助，在这里安家，可是现在情况不是自己想的那样。耳朵聋了，与客人谈话，要将所说的话写在纸上交流，右手臂也偏枯了，写信需要儿子代笔，面对年老体衰的自己，幕府的传达也不肯通报……

或许江陵不是自己生活的地方。

静思之后，杜甫写诗《独坐》：

> 悲愁回白首，倚杖背孤城。
> 江敛洲渚出，天虚风物清。
> 沧溟服衰谢，朱绂负平生。
> 仰羡黄昏鸟，投林羽翮轻。

杜甫羡慕那些飞翔的鸟，它们有栖身的林子，可是自己呢？连个栖身之处都没有。

南去北归，都很困难，没有钱买船，居住在这里，人情的冷漠让人寒心。

多少次，踏着暮色，目送归鸟，杜甫走在回家的路上，秋霜覆盖在梧桐树金黄的叶子上，有白鹤栖息在树上，城楼上的梆子一声声地响着，惊得乌鸦乱啼。

又有多少次，杜甫踏着月色回到家中，不知道是哪家捶衣的声音阵阵，想南渡桂水却缺少舟楫，想北归却又有战鼓阵阵，大历三年（768）八月，吐蕃复寇灵邠，京师戒严，要知道灵邠离京城长安不到四百里，故乡怎么回得去呢？

杜甫觉得自己的心空着，想到自己年过半百，竟然落到这样凄凉的境地，心中一阵阵心酸，南去北归都很艰难，留居此地也不称心，是该离开江陵的时候了。杜甫感慨一生无处可托，自伤不如一匹老马。

4. 移居公安

晚秋，杜甫决定离开江陵，移居公安。

公安，昔日称为七省孔道。汉高祖五年（202），建屠陵县，县域凭借长江天堑之险，南北交通要道，成为兵家必争之地。三国时期，刘备领荆州牧，扎营油江口，改屠陵县为公安县，公安县名始于此时。

郑审秘书监此时迁为江陵少尹。杜甫决定移居江陵以南九十里的公安县，离开前写诗《舟出江陵南浦奉寄郑少尹审》给郑审。郑审接到杜甫的诗，回诗一首。

江陵的人情淡漠让杜甫对世道有了更深层次的认识，穷困至此，是时代的悲哀，更是自己的悲哀。这次离开江陵，杜甫没有告诉任何人起程的时间。他雇了一艘船，晚秋一大早，一家人静悄悄地离开了江陵，离开他曾经念念想想的地方。站在船头，杜甫叹了一口气，他不知道何时能再来江陵，这里已经没有他留恋的人和事了，只留下人情淡漠的心酸。

在荆州东南七十里，有一座山叫公安山，船行到这里时天已经黑了，杜甫带着家人投宿在公安山馆。白天，到处都是雾气蒙蒙，一入秋，天气渐渐变得寒冷了。杜甫本来睡眠不好，上半夜睡不多时，早起的厨师在夜深人静时的说话声，清晰入耳。杜甫躺在床上翻来覆去，不能入眠。

到公安后，一家人该怎么生活呢？杜甫毫无头绪。

杜甫刚到公安县境，一个不好的消息已经传到公安县了，李之芳殁于江陵府。听到这个消息，杜甫不敢相信，当确认消息后，当即流下热泪。昔日与李之芳交往的点滴一幕幕浮现在眼前，杜甫写诗《哭李尚书》。

漳滨与蒿里，逝水竟同年。

欲挂留徐剑，犹回忆戴船。

相知成白首，此别间黄泉。

风雨嗟何及，江湖涕泫然。

修文将管辂，奉使失张骞。

史阁行人在，诗家秀句传。

客亭鞍马绝，旅榇网虫悬。

复魄昭丘远，归魂素浐偏。

樵苏封葬地，喉舌罢朝天。

秋色凋春草，王孙若个边。

杜甫心中无限悲伤，情不自禁，于是，他又写诗《重题》：

涕泗不能收，哭君余白头。

儿童相识尽，宇宙此生浮。

江雨铭旌湿，湖风井径秋。

还瞻魏太子，宾客减应刘。

李之芳的去世让杜甫悲伤的情绪还没缓过来，行船在江汉间的杜甫又遇到了李常侍归葬长安的灵柩。李常侍，左右散骑常侍，隶门下中书省，掌规讽过失、侍从顾问。卒于岭南，归葬长安。杜甫昔日在长安，与李常侍同入青琐之门，后来李常侍在渝州铜梁，杜甫由蜀下夔州。待李常侍移官岭南，才有诗文书札来往，不想李常侍卒于此官。今旅榇相逢，杜甫写诗《哭李常侍峄二首》：

一

一代风流尽，修文地下深。

斯人不重见，将老失知音。

短日行梅岭，寒山落桂林。

长安若个畔，犹想映貂金。

二

青琐陪双入，铜梁阻一辞。

风尘逢我地，江汉哭君时。

次第寻书札，呼儿检赠诗。

> 发挥王子表，不愧史臣词。

抵达公安后，杜甫的朋友颜十少府请宴，颜少府是公安县尉。席间，杜甫作诗《醉歌行赠公安颜十少府请顾八题壁》：

> 神仙中人不易得，颜氏之子才孤标。
> 天马长鸣待驾驭，秋鹰整翮当云霄。
> 君不见东吴顾文学，君不见西汉杜陵老。
> 诗家笔势君不嫌，词翰升堂为君扫。
> 是日霜风冻七泽，乌蛮落照衔赤壁。
> 酒酣耳热忘头白，感君意气无所惜，一为歌行歌主客。

杜甫的这首歌行体写出来后，由顾八分题在室内的壁上。

顾八分名顾戒奢，天宝十载（746）年曾任太子率更丞，上元年间为太子文学。善于文学，书法以八分书法见重于朝廷，与韩择木、蔡有邻齐名。杜甫与顾戒奢在长安相识，并订交。后杜甫被贬，顾戒奢流落江湖，如今两人在这里见面，不禁感慨万千。现在，顾戒奢打算到南方洪州，洪州属于豫章郡，韩少游为洪州刺史兼江西观察使，顾戒奢打算投奔韩少游。杜甫赠诗给顾戒奢，诗题为《送顾八分文学适洪吉州》。

在公安县，杜甫有很多应酬之作，泛泛应酬如《移居公安敬赠卫大郎钧》《宴王使君宅题二首》，交情深厚的如《公安送韦二少府匡赞》，有毫无交情的应酬之作《送覃二判官归京师》，还有主请客失约之诗《官亭夕坐戏简颜十少府》。

三国时期，吴大帝封吕蒙为孱陵侯，公安县北二十五里，有吕蒙城，即吕蒙屯兵处。孙刘之战争，始于公安，这里留下很多遗迹。杜甫探访遗迹后，写诗《公安县怀古》：

> 野旷吕蒙营，江深刘备城。
> 寒天催日短，风浪与云平。

> 洒落君臣契，飞腾战伐名。
>
> 维舟倚前浦，长啸一含情。

又写诗《呀鹘行》：

> 病鹘孤飞俗眼丑，每夜江边宿衰柳。
> 清秋落日已侧身，过雁归鸦错回首。
> 紧脑雄姿迷所向，疏翮稀毛不可状。
> 强神迷复皂雕前，俊才早在苍鹰上。
> 风涛飒飒寒山阴，熊黑欲蛰龙蛇深。
> 念尔此时有一掷，失声溅血非其心。

江边，杜甫见到一只呀鹘，其病态和哀伤让人叹息，联想到自己，杜甫深深自伤，这病惫之态何曾又不是自己的呢？

在这深秋之时，本该是鹘振翅搏击的时候，却因病而残废，这不是呀鹘的本心。正如自己，本想着为国出力，可是自己的年老体衰，力不从心。

时值冬天，杜甫客居公安两月，不耐人情淡漠，决意离开居住公安县。

想到一些小吏对自己的轻视，杜甫写《久客》：

> 羁旅知交态，淹留见俗情。
> 衰颜聊自哂，小吏最相轻。
> 去国哀王粲，伤时哭贾生。
> 狐狸何足道，豺虎正纵横。

那些小官吏，对衰老的杜甫没有尊重，杜甫心中对他们有一种鄙视。

杜甫："我们离开这里吧，到衡阳韦之晋那里，他和我交情深厚。"

杨淑娟："听你的，树挪死，人挪活。这里人情太淡漠了。"

杜甫："是的，好友一个个老去，一个个离开人世，能帮助我们的人不多了，何况这乱世，多少人为生活在挣扎。"

与妻子儿子定下离开公安县的日期后，他们就开始准备了。

适逢李贺的父亲李晋肃入蜀，李过公安县，杜甫与之相见，分外开心，赠诗《公安送李二十九弟晋肃入蜀余下沔鄂》。

离开前，杜甫写了一首诗《留别公安太易沙门》给僧人太易。

> 隐居欲就庐山远，丽藻初逢休上人。
> 数问舟航留制作，长开箧笥拟心神。
> 沙村白雪仍含冻，江县红梅已放春。
> 先蹋炉峰置兰若，徐飞锡杖出风尘。

杜甫看了很多船家，最后挑选了一艘稍微大一点的船，一是遇到风浪相对平稳一些，二是空间大些。

宗文："父亲，从成都带出来的这几样生活器具，我们带上吧！"

杜甫："带上吧，我们对这几样东西有感情了，对了，买足半个月的粮食，还有能久放的蔬菜。"

两个儿子一一将杜甫吩咐的事办好了。

一切准备就绪，杜甫带着孩子们上船了。

解缆了，船家高喊一声"开船了！"船头竹竿一撑，船尾舵工急忙摇舵，船离开了码头。

别了，江陵！别了，公安县！杜甫看着公安县在身后渐渐隐去。

第二十一章　生命的绝唱

水阔苍梧野，天高白帝秋。

途穷那免哭，身老不禁愁。

大府才能会，诸公德业优。

北归冲雨雪，谁悯敝貂裘。

——《暮秋将归秦留别湖南幕府亲友》

漂泊在水上，从潭州到衡州，从洞庭湖到湘江，他时时刻刻想着他的家园，他的故国，但是，他却永远看不到了，"千秋万岁名，寂寞身后事"，送给李白的诗句也送给了自己。

1. 潇湘洞庭白雪中

大历三年（768）暮冬，杜甫带着一家人离开了公安县，他没有惊动任何人，也没有一个朋友送别。早晨，北城的更柝在夜空回荡，东方明星迟迟没有出来，村子里公鸡亮开了嗓子，一声接一声鸣叫，一条小船载着杜甫的一家人悄悄地出发了。

天亮了。船头，杜甫瘦弱的身躯立于风中，一双有神的眼睛直视着远方，他缓缓地念道：

北城击柝复欲罢，东方明星亦不迟。

邻鸡野哭如昨日，物色生态能几时。

舟楫眇然自此去，江湖远适无前期。

出门转眄已陈迹，药饵扶吾随所之。

船舱内，宗武握着毛笔在纸上飞快地写着。

宗武问杜甫，这首诗的题目是不是《晓发公安》，杜甫说是。现在父子之间有了一种默契，宗武能理解并明白父亲的意图。

船顺水而下，在船上，杜甫又作了一首诗《冬深》。"风涛暮不稳，舍棹宿谁门"，偌大的陆地却没有自己的安家之处，杜甫吟诵完诗，悲哀地摇了摇头。

从公安县到岳州（今岳阳），要经过刘郎浦，刘郎浦在石首县，先主刘备纳吴女处。昨晚杜甫安排一家人在此处停船歇息，今天一早发船，看着江岸上的景物，杜甫想到三国鼎立的风云，联想到现在的国家，犹如行驶在大海的一叶扁舟，风雨飘摇中前行。长叹一口气，杜甫吟诵《发刘郎浦》，宗武连忙将父亲吟诵的诗记录下来。

在汉水口，杜甫的行船与一艘船相遇，坐在船舱的杜甫看着对面船头那个身影很熟悉，便喊了一声："董颋！"

那人应了一声，寻找声音的来源。

杜甫走出船舱，说："是我！"

董颋又惊又喜："是你呀，子美！"

两艘船上的舵工将船并拢，董颋邀请杜甫到他的船上。久违的两人在一起就着酒聊了起来。原来董颋溯汉水而上到邓州，杜甫到潭州。两个人一个逆流而上，一个顺流而下。

相聚半日，临别，杜甫赠诗《别董颋》。

两艘船渐行渐远，相向而行。

一个夜晚，杜甫在舟中歇息，忽然听到觱篥吹出的曲子。觱篥是汉朝古代的一种管乐器，形似喇叭，以芦苇做嘴，以竹做管，吹出的声音悲凄，有类似于笳。夜深人静时，吹奏出的哀乐在江面上格外悲凉，杜甫初听觉得感伤，久听更觉悲惨，何况在这寒夜孤灯，霜雪凛冽的江夜，一时间愁思万千，吟诵《夜闻觱篥》：

夜闻觱篥沧江上，衰年侧耳情所向。

邻舟一听多感伤，塞曲三更欻悲壮。

积雪飞霜此夜寒，孤灯急管复风湍。

君知天地干戈满，不见江湖行路难。

"君知天地干戈满，不见江湖行路难。"这一夜，杜甫失眠了，他想到边境战争局势，天下烽烟四起，想到很多像自己这样漂泊的人，不知道何时才能太平下来，百姓能安居乐业。

已近岁暮，行船到了岳州。天空下起了大雪，风呼呼地刮着，雪洋洋洒洒地飞舞，跌落大地湖面，整个潇湘洞庭白色一片。渔夫的渔网挂在岸边的树上，上面堆满了雪。杜甫想起去年米贵军粮缺乏，今年粮食丰产却又伤农，很多人卖儿卖女偿还赋税……看着水域浩大的洞庭湖，杜甫吟诵道：

岁云暮矣多北风，潇湘洞庭白雪中。

渔父天寒网罟冻，莫徭射雁鸣桑弓。

去年米贵阙军食，今年米贱大伤农。

高马达官厌酒肉，此辈杼轴茅茨空。

楚人重鱼不重鸟，汝休枉杀南飞鸿。

况闻处处鬻男女，割慈忍爱还租庸。

往日用钱捉私铸，今许铅锡和青铜。

刻泥为之最易得，好恶不合长相蒙。

万国城头吹画角，此曲哀怨何时终？

这首诗首记岁宴景事，伤穷民之渔猎者，天寒不能打鱼。又伤农民之耕织者，再叹赋税之重，逼得百姓卖儿卖女。而铸钱之混乱，让社会经济出现很大的问题。民生穷困，是由离乱所致，百姓太过于穷困了，将又会导致新的离乱……每到一处，杜甫想到的是天下百姓艰难困苦的生活，他恨自己更痛恨朝廷无力改变这种状况。

不久，船泊岳阳城下，白天，孩子们上岸玩耍，晚上宿在船中。杜甫写诗《泊岳阳城下》，看岳阳楼立于洞庭湖边，其雄伟气势让杜甫心中生起了豪情，"留滞才难尽，艰危气益增。图南未可料，变化有鲲鹏"。若有机会，他还真想大展鲲鹏之志。

在岳阳城下泊舟数日，不想又是连续几日的大风，吹得桅杆欹斜。岳阳城内，杜甫有一位认识的朋友郑判官，于是他写了一首诗《缆船苦风戏题四韵奉简郑十三判官》托人送给郑判官。"因声置驿外，为觅酒家垆"杜甫以戏题希望郑判官能送些酒来御寒。

郑判官接到杜甫的诗前来看望杜甫，并给予一些资助。

浩瀚五百里岳阳楼，日月出没其中，其胜景让历代多少文人墨客为之吟诵。杜甫带着一家人登岳阳楼，站在楼上，看着眼前浩瀚的洞庭湖，感觉个人的渺小，面对洞庭湖他高声吟诵：

昔闻洞庭水，今上岳阳楼。

吴楚东南坼，乾坤日夜浮。

亲朋无一字，老病有孤舟。

戎马关山北，凭轩涕泗流。

"亲朋无一字，老病有孤舟。"妻子不知道何时站在杜甫身边，念着这句诗，"漂泊他乡孤苦伶仃，这就是我们此时的处境。"

杜甫伸手揽过妻子，深深地叹了一口气，说："我们到了衡阳韦之晋那里，情况可能会好起来。"

鞭炮声响起，人们迎接新的一年，大历四年（769），五十八岁的杜甫漂泊在岳阳城下。

正月，船仍然泊在岳阳城下。岳阳太守裴使君给杜甫一家送来物资并款待杜甫一家，随后他邀请杜甫登岳阳楼。杜甫重登岳阳楼并赋诗一首《陪裴使君登岳阳楼》。"礼加徐孺子，诗接谢宣城"，杜甫赞裴使君对他以礼相待，并深表感谢。

裴使君问杜甫的打算，杜甫说他要继续往南走，去衡州投靠那里的朋友韦之晋，和他有四十年交情的朋友。

泊舟数日，杜甫告诉舵工起舵南发，沿湘江而下。

一路上，胜景很多，杜甫感慨也很多。船行驶湘江，桃花汛涨到了湘江两岸，顺风的白帆高高挂起，驶过枫林。看着眼前的景，杜甫想到自己一路漂泊，但是一颗向北感念皇恩的心却不变，感慨之中写诗《南征》。

因为用兵，南行的水路时通时不通，杜甫看到的江山气象，日渐萧条，身未得归，魂未得归，北方是他魂牵梦萦的地方。魂来枫林青，魂返关山黑，一路的行走，杜甫想到的还是"归"自己的故乡，因而作诗《归梦》。

船过岳麓山，进入洞庭湖，"悠悠回赤壁，浩浩略苍梧。帝子留遗恨，曹公屈壮图。"远览古迹，杜甫写诗《过南岳入洞庭湖》，想到皇帝虽然复归长安，可与吐蕃的战事未息，心中不禁又是感慨万千。

不久，到巴丘湖，又名青草湖。青草湖在巴陵县南，周回二百六十五里，即古云梦泽，湖北连洞庭，南接潇湘，东纳汨罗之水，每年夏秋汛期，与洞庭连成一片汪洋。水涸时，此湖先干，长满青草，故名青草湖。杜甫一家宿在青草湖，驿站邮签前来报告水程。看到湖雁双双飞起，杜甫写诗《宿青草湖》。

过湖五里，又一奇景出现。只见水流清澈，直视江底，石如樗蒲，五色鲜明；两岸沙滩，白沙如霜雪，赤崖如朝霞。放眼四顾，水含残照，亭起夕烟，一叶孤舟，泊于水岸，面对这一美景，杜甫作诗《宿白沙驿》。

晚上，杜甫一家人宿于白沙驿。

行船到达长沙府湘阴县，北九十里有黄陵庙。杜甫带着家人登岸拜谒湘夫人祠。

宗武问道："父亲，湘妃庙是不是有什么故事？"

杜甫："当然有。"于是，他边走边向孩子们讲湘妃的故事。

杜甫："湘妃祠又叫'湘妃庙'，在君山岛东侧，濒临东洞庭湖。你们看这些竹子，有什么特征？"

宗武回答："竹子上有斑斑点点的痕迹。"

杜甫："是的，这叫湘妃竹。传说尧帝有两个女儿，名叫娥皇和女英。尧帝禅位于舜帝后，将两个女儿一起许配给他。因是尧帝之女，称为帝女，又是舜帝之妃，又称为二妃。"杜甫顿了顿，接着讲，"湘境有岭名苍梧，舜登帝位后三十九年南征时，崩于苍梧之野，二妃追至洞庭湖君山，抚竹痛哭，泣泪成血，悲极而亡，化为湘水之神。她们的血泪洒在竹子上，留下斑斑点点的印痕，这些竹子被称为'湘妃竹'或'斑竹'。为了纪念两位妃子，人们在君山建'湘妃祠'。"

讲完故事后，杜甫作诗《湘夫人祠》。第二天傍晚，回望湘夫人祠，又写诗《祠南夕望》。

接下来，行船溯湘水而上，由岳州到潭州，杜甫写诗《上水遣怀》。因逆水而上，水势湍急，舵工经验丰富，"篙工密逞巧，气若酣杯酒"，杜甫盛赞舵工驾船的技艺，舟人首位呼应，以求水脉。一时间，船上热闹非凡。

行进途中，有朋友招待杜甫一家，辞别主人后，舵工驾着洪涛出发了。一路上，赤崖如丹霞，舵工们辛勤操舵。船拢岸歇息间，杜甫偶遇采蕨女，采蕨于水石间。

杜甫与她攀谈起来："阿妹石间采蕨何为？"

采蕨女："采蕨卖钱交赋税。"

杜甫："哦，这么辛苦，你的丈夫呢？"

采蕨女："丈夫已经死于兵役。"

杜甫不再问了。

晚上，采蕨女悲凄的眼神在杜甫脑海里晃来晃去，遂写诗《遣返》。"暮返空村号"，下层妇女的困苦生活又岂是能用文字表达出来的，杜甫想。

二月初二，小舟抵达湘潭县西之磐石浦，杜甫写诗《宿磐石浦》。次日早行，一路上用诗歌《早行》《过津口》《次空灵岸》《宿花石戍》《早发》《次晚舟》《野望》《入乔口》《铜官渚阻风》记录行程。

三月，船抵达潭州。

2. 来往于潭州与衡州

杜甫一家人抵达潭州后，在潭州泊舟数日，杜甫带着家人游长沙县西岳麓、道林二寺，观赏宋之问在睿宗初流放钦州道出长沙时题于寺壁之诗，游完后，杜甫回舟中写诗《岳麓道林二寺行》。

清明节到了，漂泊在外的杜甫不能给先人上坟祭祀，而自己是"此身漂泊苦西东，右臂偏枯半耳聋。寂寂系舟双下泪，悠悠伏枕左书空"。面对他乡的新火春光，杜甫有感写《清明二首》。

现在杜甫一家人由潭州向衡州出发，湘水两岸野花遍地，燕子在林间飞来飞去，水中的船稳稳地航行，杜甫写诗《发潭州》记下行程。

不久到达白马潭，白马潭在潭州，湘阴县西，传说屈原在此乘白马过江。沿着水路行船，一路诗歌做伴，杜甫写有《北风》《双枫浦、咏怀二首》。

双枫浦在浏阳县。

一个暖春之日，船到衡州。杜甫来衡州的目的是投靠年少时，在山西郇瑕（猗氏县）认识的衡州刺史韦之晋。杜甫到府衙打听韦之晋，却被告知韦之晋三月间已经改任潭州刺史。听到这个消息，杜甫一惊，自己刚从潭州过来，不想错过了。

唉，是自己的消息不灵通！杜甫责怪自己。

杜甫又打听他认识的一朋友郭受，得知郭受现为衡州判官。

郭受得知杜甫来了，非常高兴。相见后，郭受热情地款待杜甫，并邀请他舟中饮酒，并赠诗《寄杜员外（员外垂示诗因作此寄上）》：

> 新诗海内流传久，旧德朝中属望劳。
> 郡邑地卑饶雾雨，江湖天阔足风涛。
> 松花酒熟傍看醉，莲叶舟轻自学操。
> 春兴不知凡几首，衡阳纸价顿能高。

郭受在诗中赞杜甫诗才，说杜甫的诗名久为朝中推重，现在于雾雨风涛中，与杜甫乘舟酌酒，兴到诗成，能令洛阳纸贵。

杜甫对郭受赠诗深表感谢，酬谢一首诗《酬郭十五受判官》：

> 才微岁老尚虚名，卧病江湖春复生。
> 药裹关心诗总废，花枝照眼句还成。

> 只同燕石能星陨，自得隋珠觉夜明。
>
> 乔口橘洲风浪促，系帆何惜片时程。

两人聊为知音，一连几天，郭受只要有空就来陪杜甫。

杜甫在衡州逗留了几日，远远地观赏衡山。南岳衡山，也叫"岣嵝山"。传说禹曾在此得金简玉书，南岳周回八百里，回雁为首，岳麓为足。衡山轩翔耸拔九千余丈，高低参差七十二峰，而以芙蓉、紫盖、石廪、天柱，祝融五峰为最高，诸峰都朝祝融，唯独紫盖一峰势转东去。气象万千的南岳给了杜甫很多的感慨，他写诗《望岳》，记下南岳的气势。

在衡州，杜甫遇到了李勉。李勉前为江西观察使入为京兆尹兼御史大夫，去年又由京兆尹御史大夫拜广州刺史岭南节度使，今始由长安道出衡州赴广州任。李勉是宗室，又与杜甫是亲戚关系。杜甫与之相遇后，以诗相送。

已经是四月，天气渐渐变得炎热起来，杜甫的病体难以接受这种天气，他叹息自己的身体变得这么差。

既然韦之晋已经不在衡阳，杜甫决定回棹。回棹之初，杜甫想回归故里襄阳，在《回棹》诗中谈及故里汉水砚山之胜，是可以终老之地。

杜甫写诗《奉送中丞韦之晋赴湖南》寄韦之晋：

> 宠渥征黄渐，权宜借寇频。
>
> 湖南安背水，峡内忆行春。
>
> 王室仍多故，苍生倚大臣。
>
> 还将徐孺子，处处待高人。

待在衡州的杜甫还没有来得及去潭州，突然接到消息，韦之晋刚由衡州抵潭州任所，于四月病殁。听到这一消息，杜甫心哀至极，写诗《哭韦大夫之晋》：

> 凄怆郇瑕邑，差池弱冠年。
>
> 丈人叨礼数，文律早周旋。

台阁黄图里，簪裾紫盖边。

尊荣真不忝，端雅独翛然。

贡喜音容间，冯招病疾缠。

南过骇仓卒，北思悄联绵。

鵩鸟长沙讳，犀牛蜀郡怜。

素车犹恸哭，宝剑谷高悬。

汉道中兴盛，韦经亚相传。

冲融标世业，磊落映时贤。

城府深朱夏，江湖眇霁天。

绮楼关树顶，飞旐泛堂前。

帘幕疑风燕，笳箫急暮蝉。

兴残虚白室，迹断孝廉船。

童孺交游尽，喧卑俗事牵。

老来多涕泪，情在强诗篇。

谁寄方隅理，朝难将帅权。

《春秋》褒贬例，名器重双全。

　　杜甫恭恭敬敬地将诗誊写一遍，然后，摆上香案，点燃香，在朝着潭州的方向，焚烧掉这首诗。

　　现在杜甫要对后面的日子做新的打算。

　　他要回故乡，于是，船又从衡州向潭州进发。

　　在潭州，杜甫遇到了旧交裴虬。时裴虬以著作郎兼侍御使出任道州刺史，即继前任道州刺史元结之后，道出潭州，潭州官员迎候甚众，并饯以盛筵，杜甫也在座，以诗《湘江宴饯裴二端公赴道州》相送。在诗中，杜甫勉励裴虬以解除人民痛苦为首要。

　　杜甫在潭州居于船中不久，移居于江阁，船家得到资费后与杜甫一家告别。

　　此时杜甫身体虚弱，又卧病在床。写诗《江阁卧病走笔寄呈崔卢两侍御》，谈及自己的病情以及生存现状。杜甫的诗中，崔是崔大涣，卢是卢十小弟，杜甫希望两位御史接济在困境中的他。

两位御史接到诗后接济在困境中的杜甫。

初秋，昔日同朝的员外郎韦迢出牧韶州（今广东曲江县），与杜甫相逢于潭州，临别的时候，韦迢赠诗《潭州留别杜员外院长》：

> 江畔长沙驿，相逢缆客船。
> 大名诗独步，小郡海西偏。
> 地湿愁飞鵩，天炎畏跕鸢。
> 去留俱失意，把臂共潸然。

杜甫以诗《潭州送韦员外迢牧韶州》：

> 炎海韶州牧，风流汉署郎。
> 分符先令望，同舍有辉光。
> 白首多年疾，秋天昨夜凉。
> 洞庭无过雁，书疏莫相忘。

韦迢到湘潭后，又有诗《早发湘潭寄杜员外院长》给杜甫：

> 北风昨夜雨，江上早来凉。
> 楚岫千峰翠，湘潭一叶黄。
> 故人湖外客，白首尚为郎。
> 相忆无南雁，何时有报章。

杜甫接到韦迢的诗后，酬诗《酬韦韶州见寄》：

> 养拙江湖外，朝廷记忆疏。
> 深惭长者辙，重得故人书。

白发丝难理，新诗锦不如。

虽无南去雁，看取北来鱼。

两人诗笺往来，韦迢的诗给病重的杜甫带来一些安慰。

卧病江阁的杜甫由寄给韦迢的诗句"朝廷记忆疏"，引出《楼上诗》，忆起自己昔日朝中之事，如今自己虽有拳拳报国之心，可惜不见用于朝廷，如今自己白发苍苍，沦落漂泊他乡，恐怕要老死在湘潭。

秋社日，卧病在水阁中的杜甫追忆起玄宗定的千秋节。千秋节，旧时皇帝的诞辰。始自唐玄宗。开元十七年（729）八月，玄宗以降诞日宴百僚于花萼楼下，百官表请每年八月五日为千秋节，皇上同意，并移社日就千秋节。杜甫赋诗《千秋节有感二首》，慨叹开元之盛已经不可再回，玄宗骄奢自满，偏听偏信，终导致祸患，酿成国家悲剧。

时江陵幕府参谋卢琚到长沙，请将长沙钱米拨付江陵，而潭州当权者则以本地民食之需，不能多拨付给邻郡。卢琚为这事请旨，并在长沙待旨，待旨期间，与杜甫常常来往。杜甫的母亲和卢琚的母亲都出自崔氏，因此杜甫和卢琚以亲戚相称，杜甫赠诗《奉赠卢五丈参谋琚》给卢琚。杜甫告诫卢琚请旨时不要逞虚词以罔上，勿信奸吏之言以虐民，卢琚虚心接受。

常住水阁也不是长久之计，杜甫重新雇了一条船，带上家人离开水阁，居住在船上，自此，一家人又生活在潭州江浦的船上。

九月重阳日，杜甫有诗作《惜别行送刘仆射判官》。之后，杜甫有很多诗作送给在潭州来往的官员。

既然以舟为家，一家人的生活担子就压在杜甫的肩上。杜甫有时在鱼市上设一药摊，出卖药物，以维持生活。有一天，有一位叫苏涣的人与杜甫相识。苏涣拜访杜甫于舟楫中，茶酒晤谈间，朗诵他写的诗。杜甫一惊，很久没有听到这样的金石之音。再朗诵苏涣的新句，觉得他超过了黄初（三国魏文帝年号）时期的诗人。两人面对，几乎怀疑是生在不同时代的扬雄与司马相如会晤。杜甫感觉其诗歌力度大，读苏涣的诗歌，感觉白发生出了黑发，船篷外仿佛有湘娥悲泣。杜甫惊异于苏涣的诗歌，写诗《苏大侍御访江浦赋八韵记异》记下他的感受。

苏涣，少时喜剽盗，善用白弩，巴蜀商人称之为"白跖"，后折节读书，学有所成。代宗广德二年（764）成为进士，累迁侍御使。书法家怀素与苏涣有过交往，苏涣为怀素写过一首诗。苏涣的变律诗，杜甫十分喜欢和推崇。

杜甫与苏涣订交之初，道州刺史裴虬适有书信给杜甫，在回信中，杜甫写诗《暮秋枉裴道州手札率尔遣兴寄近呈苏涣侍御》，除赞美裴虬外，还大力推荐苏涣，说苏涣怀才不遇。

宗室李曛，在潭州幕府任判官，暮秋曾到访过杜甫的船，并给予生活的资助，杜甫以诗《奉赠李八丈曛判官》相赠。

道州刺史裴虬曾推荐张建封给湖南观察使韦之晋，辟署参谋，授左清道参谋兵曹参军。在潭州张建封与杜甫相逢，谈及起来才得知，杜甫少时在山东兖州省亲时相与交游之张玠，即是建封之父。当时建封是个小孩子，如今已经是八尺之躯，正当盛年。因张建封不乐意这个职位，辞官归京，杜甫以诗《别十三建封》相赠。

冬天，杜甫写有很多诗，有一系列的迎来送往的赠别诗，还有的慨叹自己漂泊身世的诗，更有关心人民生活的诗，以及时代无处不操戈景象的诗。

诗歌支撑着杜甫的精神生活。

3. 潭州，那一片火光

大历五年（770）正月二十一日，杜甫整理诗歌，忽然发现高适在上和元年间任蜀州刺史时，在人日曾寄给他一首《人日寄杜二拾遗》：

> 人日题诗寄草堂，遥怜故人思故乡。
> 柳条弄色不忍见，梅花满枝空断肠。
> 身在远藩无所预，心怀百忧复千虑。
> 今年人日空相忆，明年人日知何处。
> 一卧东山三十春，岂知书剑老风尘。
> 龙钟还忝二千石，愧尔东西南北人。

不知何故杜甫当时没有及时回复，杜甫拿着诗，心中酸酸的。他努力回忆，记起来了，当时想回诗歌，想着不久要去拜访高适，恰逢杜占在草堂门前建亭子需要他帮忙，他就耽搁下来了。想起两人多年的交往，如今阴阳两隔。杜甫拿出笔墨追和这首诗《追酬故高蜀州人日见寄（并序）》：

开文书帙中，检所遗忘，因得故高常侍适往居在成都时，高任蜀州刺史——人日相忆见寄诗，泪洒行间，读终篇末，自枉诗已十余年，莫记存殁，又六七年矣。老病怀旧，生意可知。今海内忘形故人，独汉中王李瑀与昭州敬使君超先在，爱而不见，情见乎辞。大历五年（770）正月二十一日却追酬高公此作，因寄王及敬弟。

自蒙蜀州人日作，不意清诗久零落。
今晨散帙眼忽开，迸泪幽吟事如昨。
呜呼壮士多慷慨，合沓高名动寥廓。
叹我悽悽求友篇，感时郁郁匡君略。
锦里春光空烂熳，瑶墀侍臣已冥莫。
潇湘水国傍电鼍，鄂杜秋天失雕鹗。
东西南北更谁论，白首扁舟病独存。
遥拱北辰缠寇盗，欲倾东海洗乾坤。
边塞西蕃最充斥，衣冠南渡多崩奔。
鼓瑟至今悲帝子，曳裾何处觅王门。
文章曹植波澜阔，服食刘安德业尊。
长笛邻家乱愁思，昭州词翰与招魂。

杜甫将这首诗寄给汉中王李瑀和昭州（今广东乐平县）敬使君超先。

此时杜甫的表侄王砅以廷尉评事奉使入岭南节度观察使幕，道出长沙。得知杜甫在潭州，特来舟中拜访。杜甫以诗《重表侄王砅评事使南海》相送。重表示两层表亲，杜甫在诗中叙述两家亲戚渊源，"我之曾老姑，尔之高祖母"。

王砅家族史还有一段趣闻，王砅之高祖王珪与房玄龄和杜如晦关系很好，有一天，房玄龄和杜如晦偕同李世民过王珪家，王珪的妻子见所来之人非同寻常，家里穷无以供给，将头发剪掉在市场卖掉，买回酒，招待客人。王珪的妻子对王珪说："李世民必大贵，房玄龄和杜如晦辅才，你也一定会大贵无疑。"

后来果然如此。

杜甫在给王砅的诗中回忆与王砅在同州一起逃难的过往。王砅此次奉使岭南，杜甫以一个长者的身份给予勉励。

鱼朝恩在宫中横行，皇上听信元载建议，想法除掉。寒食节，代宗依照计议在宫中设酒席宴请亲近大臣，元载留守中书省。宴席散后，鱼朝恩将要回营，代宗说有事情找他商议。鱼朝恩问有什么事情，代宗斥责他有叛变的意图。鱼朝恩辩解中言辞傲慢，并顶撞皇上。皇上一使眼神，站在旁边的周皓与部下擒住鱼朝恩，将他勒死。代宗颁下诏书，罢免鱼朝恩观军容使等职务，内侍监仍然保留。对外称"鱼朝恩接到诏书后便上吊自杀了"。

于是，外面传鱼朝恩伏诛，寒食日缢死于禁中。多日后，消息传到江南，杜甫心中十分快意，奸佞终于去除。

寒食次日，杜甫写诗《小寒食舟中作》；清明日，作《清明诗》，写出长沙千万人空巷出游之盛况，特别是岳麓道林二寺，人满为患。

此时，杜甫在严武府中的同僚萧十二，为湘中刺史，其人很义气，严武卒后，曾厚葬严武母亲，杜甫赠诗歌给他，希望他给予资助。

杜甫的舅舅崔伟以湖南录事参军出任湖南郴州（今湖南郴县）刺史，时桂林人朱济时叛变，郴州与桂州邻近，杜甫希望舅舅此去，务必在军事上留意，要注意自身的安全。杜甫奉诗《奉送二十三舅录事之摄郴州》，盛赞舅舅而自伤"衰老悲人世"。

在湖广采访使的筵席上，杜甫遇到了一个人。那天，杜甫参加酒宴，大家入座后，主客拜会完毕，酒菜上桌，酒酣耳热之际，有一位音乐家上来，大家齐声鼓掌，杜甫看见那人心中一惊，是他，李龟年！年少时杜甫在岐王李隆范（睿宗之子）和崔涤堂前听过他歌唱，声音美妙，萦绕在杜甫脑海里几十年！

天宝年中，通晓音律的皇上命能歌善舞的数百名女子为梨园弟子，都住在宜春院北。当时有马先期、李龟年、贺怀智等通晓律度，被皇上看好。安禄山献白玉箫管数百件，都陈列于梨园。李龟年特呈恩遇，自是声名大振。安史之乱后，李龟年流落江南，在筵席上为人高歌数曲，声音里充满了沧桑和悲凄，让人听后罢酒掩泣。

如今，杜甫在湖南采访使筵席上见到了李龟年，昔日年轻的容颜变得苍老不堪。琴师开了弓，李龟年开始唱王维的诗：

红豆生南国，春来发几枝。

愿君多采撷，此物最相思。

随后，他又唱：

清风明月苦相思，荡子从戎十载余。

征人去日殷勤嘱，归雁来时数附书。

杜甫听得热泪盈眶，随即作诗《江南逢李龟年》：

岐王宅里寻常见，崔九堂前几度闻。

正是江南好风景，落花时节又逢君。

岐王是玄宗李隆基的弟弟李隆范，好学工书、雅爱文章之士，擅长音律。崔九，是崔涤，兄弟中排行第九，中书令崔湜的弟弟，玄宗时，曾任殿中监，深得玄宗宠信，常出入宫中，后赐名澄。

在夔州，杜甫看到李十二娘的剑器舞，联想到盛世之时的公孙大娘的剑器舞；昔日在王公大臣家听到李龟年的歌声，与现在流落江南歌唱的李龟年，几十年过去了，盛衰之比，让杜甫心中悲凉万分。

自己呢，也流落江南，生活在一艘船上。

四月初八夜里，潭州城内火光冲天。

杜甫知道城中肯定有变故，连忙叫醒舵工，让他赶快将船划向江中。经过打探消息才知道，湖南兵马使臧玠杀死潭州刺史兼湖南都团练观察使崔瓘，一时间，潭州城内大乱。

崔瓘爱民，以士行闻，莅职清谨，迁潭州刺史，政在简肃，恭守礼法。四月会月给粮食兵营，兵马使臧玠与判官达奚觏起了争执。达奚觏说："今幸无事。"臧玠说："有事何逃？"说完脸色阴沉着离去。到了夜里，臧玠蛊惑将士，以杀达奚觏为名，发生叛乱，攻下州城。崔瓘急忙逃走，碰到臧玠的兵，于是崔瓘被杀死。代宗听说这个消息，十分震惊，哀悼崔瓘很久，下诏平乱。

知道事情的原委后，杜甫连忙指挥家人划着小船向上游避乱，经过商量，他们决定经衡州去郴州，郴州的舅舅崔伟多次来信邀请他们去那里。杜甫作《逃难》诗：

> 五十头白翁，南北逃世难。
>
> 疏布缠枯骨，奔走苦不暖。
>
> 已衰病方入，四海一涂炭。
>
> 乾坤万里内，莫见容身畔。
>
> 妻孥复随我，回首共悲欢。
>
> 故国莽丘墟，邻里各分散。
>
> 归路从此迷，涕尽湘江岸。

不几日，船又到了衡州。

小船再入衡州，杜甫写诗《入衡州》。

在这首诗中，逃难的艰辛，互相杀戮的血腥让杜甫看到了国势的衰微，他的心中万分悲愤。"重镇如割据，轻权绝纪纲。"安史之乱后，叛将接二连三出现，这是皇室帝王的责任。贤德的崔瓘，却死于兵乱。自己一家避难衡州，"……销魂避飞镝，累足穿豺狼。隐忍枳棘刺，迁延胝趼疮。远归儿侍侧，犹乳女在旁。久客幸脱免，暮年惭激昂。萧条向水陆，汩没随鱼商……"一家老老小小总算逃到安全地带。在诗作中，杜甫感谢衡州刺史阳济的款待，侍御使苏涣也在场，他也是从潭州叛乱中避乱衡阳。诗中杜甫大赞苏涣，说他有刘猛的侠义，司马相如的文采、白起的勇敢。

在筵席中杜甫得知，澧州刺史杨子琳、道州刺史裴虬与阳济各自出兵平乱。听说澧州刺史杨子琳起兵讨伐臧玠，收受贿赂后返回，假借众议，三次上表，请释臧玠之罪。杜甫劝阳济与岭南节度使相约，合兵讨伐叛军。

天气渐渐热起来，舟中更热，病中的杜甫时刻关注着潭州城的战事。他劝衡州刺史阳济、道州刺史裴虬、澧州刺史杨子琳、岭南节度使兼御史大夫李勉联合起来共同讨伐臧玠，写诗《舟中苦热遣怀奉呈阳中丞通简台省诸公》，并寄给他们。

阳济接到杜甫的诗，得知船中逼仄，舟中炎热，便关照杜甫，让其一家暂时住在江边的高阁上。

4. 生命的绝唱

岸边高阁上，杜甫一家老小住了下来，陆地上住着总比船上方便一些。杜甫献诗《江阁对雨有怀行营裴二端公》。裴二是裴虬，因为讨伐叛军，有行营。

七月，京畿地区发生饥荒，一斗米价值一千钱，百姓生活更艰难了。安史之乱后，整个社会弃文重武，杜甫写诗《题衡山县文宣王庙新学堂呈陆宰》，盛赞重文。

陆是衡州县宰，衡山县与衡州相望。

杜甫的舅舅崔伟，已在郴州任职，一直来信邀请杜甫一家去郴州，所以杜甫打算行船溯郴水东南行到郴州。没想到行船一日到耒阳县境的方田驿，遇到江水大涨，不能前行，只好泊船于方田，遇到水阻时达半个月，更不能前行。

窗外，雨下得很大，杜甫一家有五天得不到食物。小女儿气息奄奄地躺在船舱里，对杜甫说："父亲，我想睡觉了。"

杜甫："来，乖女儿，喝点水！"

小女儿："父亲，天黑了，怎么不点灯啊？"

486

杜甫和杨淑娟对望了一眼，杨淑娟转过脸去，泪水滚落下来，她轻轻地抱着瘦小的女儿，泪水滴落在女儿的脸上："母亲，这雨好冰！"

忽然小女儿身子一挺，然后软绵绵地躺在杨淑娟的怀中。

杜甫伸出手在小女儿鼻下一探，别过脸去，泪如泉涌。

宗文和宗武用杜甫的一件衣服包裹着冰凉的妹妹，宗文抱着瘦小的妹妹登岸，葬在路边。杜甫冒着雨移来一株花树，植在坟头。杨淑娟搀扶着杜甫走进船舱。

一位渔民得知杜甫一家的情况后，报告给耒阳县令。

耒阳聂县令接到报告，派人送信让杜甫等候，并送来丰厚的食物，有酒有牛肉。杜甫写诗一首《聂耒阳以仆阻水，书致酒肉，疗饥荒江，诗得代怀，兴近本韵，至县呈聂令，陆路去方田驿，四十里舟行一日，时属江涨，泊于方田》，以此感谢聂县令：

> 耒阳驰尺素，见访荒江渺。
> 义士烈女家，风流吾贤绍。
> 昨见狄相孙，许公人伦表。
> 前期翰林后，屈迹县邑小。
> 知我碍湍涛，半旬获浩溔。
> 麾下杀元戎，湖边有飞旐。
> 孤舟增郁郁，僻路殊悄悄。
> 侧惊猿猱捷，仰美鹳鹤矫。
> 礼过宰肥羊，愁当置清醥。
> 人非西喻蜀，兴在北坑赵。
> 方行郴岸静，未话长沙扰。
> 崔师乞已至，澧卒用矜少。
> 问罪消息真，开颜憩亭沼。

因为水势不退，无法前行，杜甫无法将这首诗当面呈交给聂县令，只好调转船头，又顺流而下衡州，杜甫写诗《回棹》。

待水退去，聂县令派人在江上寻找杜甫，却遍寻不到其踪迹，于是断定杜甫死于水中，在耒阳县北为之建一衣冠冢，纪念大诗人。

此时，杜甫带着全家由方田驿下衡州，折回衡州后，在衡州逗留数日。这时候，各路讨伐臧玠的兵马已经集合起来，崔侍御乞师于洪府，兵马已到袁州北；杨子琳中丞问罪将士，兵马已经从澧州到达长沙。

杜甫随在大兵集结之后，由衡州顺流而下，盛夏之时过洞庭湖，并写诗《过洞庭湖》：

> 蛟室围青草，龙堆拥白沙。
> 护江盘古木，迎棹舞神鸦。
> 破浪南风正，收帆畏日斜。
> 云山千万叠，底处上仙槎。

一幅洞庭美景在杜甫的笔下舒展开来：舟过湖中，青草白沙，岸边古木舞鸦，南风吹过，白浪涌起，斜阳映照，桨棹金黄，水光一色……

九月，在长沙，杜甫听说李衔到西康州（同谷县）去，以诗《长沙送李十一衔》相赠：

> 与子避地西康州，洞庭相逢十二秋。
> 远愧尚方曾赐履，竟非吾土倦登楼。
> 久存胶漆应难并，一辱泥涂遂晚收。
> 李杜齐名真忝窃，朔云寒菊倍离忧。

杜甫与李衔是旧时相识。乾元二年（759）冬，杜甫与李衔一起在同谷县避乱，今又在洞庭湖相逢，历时十二载。两人回忆起往事的快乐，即将离别的惆怅，依依不舍地分别。

杜甫计划出汉阳，溯汉水而北归，写诗《登舟将适汉阳》。

九月底，杜甫写了一首诗《暮秋将归秦留别湖南幕府亲友》，算是对湖南幕府亲友们告别：

　　水阔苍梧野，天高白帝秋。
　　途穷那免哭，身老不禁愁。
　　大府才能会，诸公德业优。
　　北归冲雨雪，谁悯敝貂裘。

　　暮秋将至，杜甫以这首诗告别，希望能有所资助，回到故乡。
　　从秋到冬，杜甫一家漂在水上。他的风痹之疾，日益加重，最终卧病舟中。
　　冬日，船舱外的寒风呼呼地刮着，船舱内，孩子们围在杜甫的身边，杜甫能感觉到自己的身体在一天天衰弱下去，他知道自己支撑不了多久。
　　这天，杜甫忽然觉得自己精神很好，他决定写一首诗。宗武磨完墨后，说替他代笔，杜甫摇摇头，自己坐起来。他看着船舱外的湖水，回想自己走过的人生，不禁老泪纵横。
　　杜甫饱蘸浓墨，下笔写道：
　　《风疾舟中伏枕书怀三十六韵奉呈湖南亲友》：

　　轩辕休制律，虞舜罢弹琴。
　　尚错雄鸣管，犹伤半死心。
　　圣贤名古邈，羁旅病年侵。
　　舟泊常依震，湖平早见参。
　　如闻马融笛，若倚仲宣襟。
　　故国悲寒望，群云惨岁阴。
　　水乡霾白屋，枫岸叠青岑。
　　郁郁冬炎瘴，蒙蒙雨滞淫。
　　鼓迎非祭鬼，弹落似鸮禽。
　　兴尽才无闷，愁来遽不禁。
　　生涯相汩没，时物自萧森。
　　疑惑尊中弩，淹留冠上簪。
　　牵裾惊魏帝，投阁为刘歆。

狂走终奚适，微才谢所钦。

吾安藜不糁，汝贵玉为琛。

乌几重重缚，鹑衣寸寸针。

哀伤同庾信，述作异陈琳。

十暑岷山葛，三霜楚户砧。

叨陪锦帐座，久放白头吟。

反朴时难遇，忘机陆易沈。

应过数粒食，得近四知金。

春草封归恨，源花费独寻。

转蓬忧悄悄，行药病涔涔。

瘗天追潘岳，持危觅邓林。

蹉跎翻学步，感激在知音。

却假苏张舌，高夸周宋镡。

纳流迷浩汗，峻址得嶔崟。

城府开清旭，松筠起碧浔。

披颜争倩倩，逸足竞骎骎。

朗鉴存愚直，皇天实照临。

公孙仍恃险，侯景未生擒。

书信中原阔，干戈北斗深。

畏人千里井，问俗九州箴。

战血流依旧，军声动至今。

葛洪尸定解，许靖力还任。

家事丹砂诀，无成涕作霖。

　　仿佛用尽了最后一点儿力气，他写出一首三十六韵的长诗，将笔搁下，气喘吁吁。宗文连忙将父亲抱进被子，给他盖好被子，大女儿小凤倒了一杯温水，喂给父亲喝下。

　　几天后，一声声撕心裂肺的哭声从一艘小船里传出，高高低低地铺满水面……

一位伟大的诗人留下生命里最后一首诗，成为生命中的绝唱。

这首诗回顾了他的一生，因风疾江中伏枕的病痛，常年漂泊水上的艰辛，早年京中上朝的往事，目前困境难解的处境，令人悲痛的幼女的夭亡，凄切动人的家国之忧……

他的生命在从潭州向岳州进发的湘江舟中溘然长逝。

时间是代宗大历五年（770）冬月，诗人59岁。

因为无力运榇归葬，其棺木厝于岳州。

四十三年后，元和八年（813），其孙杜嗣业始从岳州启其灵榇归到偃师，祔葬于首阳山下其先人杜审言之墓侧。

当杜嗣业扶榇道出荆州时，拜请元稹为其祖父作墓志铭，元稹曰：

……

至于子美，盖所谓上薄风骚，下该沈宋，古傍苏李，气夺曹刘，掩颜谢之孤高，杂徐庾之流丽，尽得古今之体势，而兼人人之所独专矣。使仲尼考锻其旨要，尚不知贵其多乎哉。苟以为能所不能，无可不可，则诗人以来，未有如子美者。

……

2023 年 11 月 18 日初稿

2024 年 4 月 11 日二稿修改

2024 年 4 月 25 日三稿修改